Gisa John

Pension Weimar

Gisa John

Pension Weimar

Eine Liebe
in schwieriger Zeit

Roman

Schneekluth.

Für Jonny
Für Mima

Besuchen Sie uns im Internet:
www.schneekluth.de

ISBN 3-7951-1611-2

Ein Unternehmen der Verlagsgruppe Droemer Weltbild
Gesetzt aus der Stempel Garamond Roman 10,5 / 13 Punkt
Druck und Bindung: Wiener Verlag, Himberg
Printed in Austria 2001

Erster Teil

Das da ist die ›Pension Weimar‹?«
Jojo blickte in die Richtung, in die der ausgestreckte Arm von Mama zeigte, über die kopfsteinpflasterglänzende, breite Straße zu der altertümlichen Villa-mit-Turm hinüber, die »Pension Weimar« hieß, genauso wie diese Stadt, in der die beiden gerade angekommen waren, eine Stadt voller Fahnen und Girlanden.
Aus irgendeinem Grund durfte man die Kaiserin-Augusta-Straße nicht überqueren. Schutzleute standen da und ließen keinen rüber. Die Sonne schien warm auf Mutter und Tochter am Straßenrand. Dabei war der Sommer schon vorbei. Ab und zu kam ein heftiger Windstoß, der den Herbst ankündigte, der die Fahnen knattern ließ, der ihnen die Seidenröcke um die Beine schlug und der Jojo zwang, ganz schnell nach ihrem Florentinerhut auf ihrem hochfliegenden dunklen Haar zu greifen. Der Hut war maisgelb und hatte ein himmelblaues Band aus Samt. Sie hatte ihn sich selbst aussuchen dürfen in der Boutique im Hotel »Palazzo Grande« in Genua. Das war am 3. August gewesen, an ihrem Geburtstag, der genau mit dem Tag ihrer Ankunft zusammengefallen war, nach sechs Wochen Schiffsreise von China.
Und jetzt war Jojo zehn. Weil jetzt das Jahr 1935 war. Endlich zehn! Und sie war in Weimar, das erste Mal in Europa, seit sie denken konnte. Was kommen würde, war ungewiss. Irgendwie fühlte sie sich mulmig. Vom Warten am Straßenrand taten ihr die Füße weh, weil die Bordsteinkante durch die weichen Sohlen ihrer Sommerschuhe drückte. Die eine Hand in der Hand der Mutter, die andere auf dem italienischen Hut, in flatternder Seide, inmitten wirbelnder Blätter von den Alleebäumen, stand sie da und äugte zu der Villa-mit-Turm hinüber, die »Pension Weimar« hieß.
Die Villa-mit-Turm schien zurückzuäugen. Mit blank geriebenen Fensteraugen, weiß umrandet in dunkelgrauem Gemäuer. Sie war

vornehm nach hinten versetzt zwischen einem mit Riesenfahne geschmückten Palastgebäude und einer girlandenverzierten, fahnengeschmückten Apotheke. Die Villa protzte mit ihrem dicken Turm und den in Stein gehauenen Blumen, mit Erkern, Balustraden und Balkonen. Und es war, als winke sie mit ihrer Fahne. Die mulmige Bedrückung in Jojo wurde enger und enger, ließ nur noch Platz für Ungeheures. Die Idee überfiel Jojo, dass dieses Haus ein Stück von ihrem Leben haben wollte und dass es im Tausch dafür Jojo ein Stück Schicksal anbot. Und plötzlich wusste sie, dass sie dieses Haus lieben und hassen würde, so wie sie die süßsaure Soße zum chinesischen Fisch liebte und hasste.
Ein Schutzmann schrie: »Achtung! Sie kommen.« Im gleichen Moment hörte und sah Jojo die heranbrausende Lastwagenkolonne mit laut singenden Männern darauf. Alle in braungelben Uniformen, braungelb wie indische Currysuppe, alle hatten Schirmmützen auf, die wie festgeschnallte, umgedrehte Keksdosen aussahen, auch currysuppenfarben. Die Männer hielten Fahnen in den Wind, die Leute auf dem Bürgersteig rissen alle einen Arm hoch. Nur Jojo und ihre Mama nicht. Die Laster donnerten über das Kopfsteinpflaster, übertönt vom schmetternden Gesang der Männer. Jojo trafen die Schallwellen mit der geballten Wucht mutwilliger, streitbarer Männlichkeit. Die Männer sangen über Deutschland. Und über morsche Knochen.
Plötzlich machte die Kolonne Halt, die Männer sprangen von der Ladefläche, ihre Stiefelabsätze knallten auf die Pflastersteine. Lachen. Reden. Schulterklopfen. Sie liefen eine Weile hin und her, dann verloren sie sich in Hauseingängen und Seitenstraßen. Die Fahrzeuge rollten ab, und die Leute auf dem Bürgersteig durften die Kaiserin-Augusta-Straße überschreiten.
Mama steuerte mit Jojo an der Hand entschlossen über den fächerförmig gemusterten Pflasterweg auf die »Pension Weimar« zu. Ihr Hut saß schräg auf der ondulierten, windzerzausten Frisur. Er war mit einer Hutnadel festgemacht. Die flache Lacklederhandtasche hatte sie unter den Arm geklemmt. Jojo ging schleppend, sie ließ sich an der Hand ziehen. Dann standen sie vor dem

Eingang, drei Stufen über der Erde, und Mama hatte schon geklingelt. Sie warteten vor der Tür auf einer Zwergterrasse, deren Steinbalustrade nicht viel breiter als der Eingang war. In Stein gehauene Blumen rankten sich auf beiden Seiten am Gemäuer hinauf. Das Vordach, unter dem sie standen, war ebenfalls aus Stein, gewölbt, verziert und von säulenbestückten Erkern bekrönt.
Jetzt hörten sie von innen energische Tritte, die Klinke wurde energisch nach unten gedrückt und die schwere Haustür mit Schwung aufgemacht. Was folgte, war eine Begegnung ohne Worte, beinah wie im Stummfilm. Vor ihnen stand einer von »denen«: groß, stramm, blond. In Curryuniform, aber ohne diese Keksdose auf dem Kopf. Dafür war sein Haar messerscharf gescheitelt und rundum streichholzkurz geschnitten. Unter hoher Stirn und starken Brauen blickten sehr blaue Augen in die Augen von Mama – wortlos, endlos, wie Jojo fand. Und Mama blickte zurück – wortlos, endlos. Mit ihren »polnischen Augen«, die »so hell waren wie ein nordischer Winterhimmel«. (Vati hatte das gesagt, Chinesisch-Neujahr, nach dem vielen Whisky.) Jojo hatte diese Augen auch. Aber sich so in die Augen zu glotzen, fand sie plemplem. Dann sah sie, wie sein üppiger Mund sich zu einem Lächeln breitzog, das zwei Grübchen in den Backen hervorrief. Sein Blick streifte die Tochter, und auch Jojo traf das tiefe Blau seiner Augen. Auch sie erwiderte mit ihren winterhellen Augen den Blick. Aber ganz anders als die Mutter.
Mama fand mit einem kleinen Räuspern ihre Stimme wieder, die, was sie sicher nicht wollte, ein bisschen »von oben herab« klang. »Gehören Sie zur Familie? Ich suche ein möbliertes Zimmer. Wir kommen aus China.«
»Gnädige Frau«, seine Grübchen wurden tiefer, »ich bin der Sohn des Hauses: Wolfgang Weimar. Weimar, genauso wie die Stadt.«
Mama ließ Jojos Hand los, klemmte die Handtasche unter den linken Arm, reichte ihm die Rechte. »Mein Name ist Jordan. Wanda Jordan.«
Er nahm ihre Hand. Zu ihrer Verblüffung verpasste er ihr einen

eleganten Handkuss, gleich neben den Brillantring. Dann sagte er: »Das Turmzimmer ist frei.«
Blickwechsel. »Ich nehme es.«
»Aber Sie haben es noch gar nicht angesehen!«
»Ich nehme es.«
Oje, das Turmzimmer! Fette Spinnen, Kakerlaken, Fledermäuse. Und wahrscheinlich ein eingemauertes Gespenst.
»Bitte kommen Sie, ich mache Sie mit meiner Mutter bekannt. Sie ist in der Küche.« Und nach einem kritischen Blick auf Seidenkleid, Perlenkette und französische Pumps: »Oder wollen Sie lieber im Salon warten?«
Ach wo! Die gnädige Frau aus China und Jojo stiegen hinter Wolfgang Weimar her die Treppe nach unten, denn die Küche war im Souterrain.

Die Küche war riesengroß und übervoll mit Gerede, Geklapper, Feuerhitze, Wasserdampf, Gerüchen und Leuten. Der Sohn des Hauses lotste Mama und Jojo um den gewaltigen Herd herum zu der Frau am offenen Feuerloch. Sie hantierte mit Feuerhaken und Eisenringen, und die Glut färbte ihre Backen und Haare rot. Sie schob einen Eisenring über das Loch und setzte einen Wasserkessel auf, beugte sich nieder, machte die Ofenklappe auf und stocherte in den Flammen. Dann richtete sie sich auf, strich sich die Stirnlöckchen nach hinten und wandte sich den beiden zu. Sie lächelte, und auch ihre Augen lächelten. Ihre Haare waren zu einem Dutt aufgesteckt, sie waren grau, nicht rot.
Der Sohn des Hauses stellte sie vor: »Meine Mutter, Amalie Weimar, die Chefin der Pension.«
Frau Weimar musste erst den Feuerhaken weglegen, dann nahm sie Mamas Hand mit dem Brillantring.
Mama erklärte, ihr Name sei Jordan. Wanda Jordan. Und sie kämen aus China. Freunde hätten ihr die »Pension Weimar« empfohlen. Sie suche ein möbliertes Zimmer. Sie sagte: »Ich nehme das Turmzimmer. Ich habe schon gehört, dass es frei ist.«
»Sie haben es noch gar nicht angesehen, ob es Ihnen auch gefällt.«

Aber die Frau aus China war entschlossen. »Ich nehme es!« Der Sohn des Hauses zeigte seine Grübchen. Sie gab noch weitere Erklärungen ab, auf die Jojo nicht mehr hörte, dass die Schiffsreise sechs Wochen gedauert habe, dass sie mit Sohn und Tochter angereist sei, dass ihr Mann wegen der Eipulverfabrik in China bleiben musste, dass die Kinder drei Wochen im Tropeninstitut gewesen seien, dass ihr Sohn jetzt in Deutschland in ein Internat gekommen sei, dass Hotels so unpersönlich seien, dass sie Weimar gewählt habe wegen der Kultur, dass die Koffer noch in der Gepäckaufbewahrung vom Bahnhof …

Eine krumme Frau mit hochgebauschtem Weißhaar, die ein Bein nachzog, trug einen vollen Teller mit etwas dampfend Heißem an Jojo vorbei zum Tisch. Der Tisch stand an der Fensterseite und war mit einem rotweiß karierten Wachstuch bedeckt. In einem Gartenstuhl hatte sich der Sohn des Hauses vor einem Suppenlöffel und einer Serviette niedergelassen. Dorthin stellte die Frau die dampfenden Teller. »Du weißt ja: Eintopfsonntag.«

Erst jetzt bemerkte Jojo, dass Wolfgang Weimar ein Sanitäterkreuz am Ärmel hatte und darunter die rote Armbinde mit der Swastika, die sie schon in indischen Tempeln gesehen hatte. Dr. Rosebudd, der Vater ihrer Freundin Sarah in Shanghai, hatte beim Abschied scherzhaft gesagt: »*Look out, Jojo, in Germany everybody runs around with a* Hakenkreuz!«

Amalie Weimar, die Chefin, beugte sich zu Jojo, drehte sie zu sich herum und lächelte sie an. Wieder lächelten auch ihre Augen. »Du kannst Tante Mali zu mir sagen.«

Jojo gab ihr die Hand, machte einen Knicks und sagte: »Ich heiße Josefa Jordan. Josefa mit f.«

Einige der Anwesenden lachten. Nun musste sie reihum die Hand geben, knicksen und »Ich heiße Josefa Jordan« sagen. Den Zusatz »mit f« ließ sie jetzt weg. Sie drückte die Hand von einer Frau mit Herrenschnitt und markanten Backenknochen, die auf einer Treppenstufe saß und rauchte. Drei Stufen führten zu einem Podest mit einer Bank unterm Küchenfenster. Vor der rauchenden Frau stand der Tisch, an dem der Sohn des Hauses Eintopf aß.

»Ich bin Hannelore Weimar«, sagte sie, »die Tochter von der da.« Sie zeigte mit der Zigarette auf ihre Mutter, dabei fiel Asche auf das karierte Wachstuch neben den Aschenbecher. Sie blies sie einfach weg.
Eine Frau neben dem Ausguss, die in einer Zinkwanne Suppenteller und Löffel abwusch und sie sorgsam auf einem Küchentuch auf dem Arbeitstisch ablegte, stellte sich als Frau Pusch, geborene Weimar, vor. Sie gab Jojo ihre immer noch nasse Hand, obwohl sie sie an der Schürze abgewischt hatte.
Jetzt kam die mit den krummen Schultern und dem gebauschten Weißhaar an die Reihe, die gerade die Messingstange des Herds polierte. Auch sie wischte sich zuerst die Hand an der Schürze ab und sagte: »Soso ... Du bist also aus China? Von so weit her!« Ihre Augen unter den faltigen Lidern verrieten Neugier auf Sensationelles. »Ich bin die Tante Frieda. Und wenn du Lust hast, zeige ich dir, wie man Blumen aus Wolle macht.« Blumen aus Wolle? Das wollte Jojo sich merken. Da waren noch ein Fräulein Bambach mit schräg geschnittener Haarsträhne, die machte sich Milch warm, und ein zweites Fräulein – »ich bin Chorsängerin Liane Krauss« – mit kupferblonden Locken und feuerroter Bluse. Eine weitere Person, nicht jung, nicht alt (Mama würde »ein spätes Mädchen« sagen), kam aus dem Gewölbe der Speisekammer, zog hinter sich die Holztür zu, balancierte ein Kuchenblech mit frisch gebackenem Bienenstich und stellte es auf dem Tisch ab. Der Bienenstich duftete süß. Das »späte Mädchen« war lang und dünn, der Mund war säuerlich verzogen. Jojo gab ihr die Hand, knickste, »Josefa Jordan«. Das Mädchen wischte sich nicht die Hand ab, denn es hatte keine Schürze um. »Ich bin Maria Herder. Du kannst Mariechen zu mir sagen.«
Und der Sohn des Hauses vor seinem Eintopfteller, dem das Getue sichtlich auf den Wecker fiel, sagte geziert zu Jojo: »Du kannst Wolf zu mir sagen.«
Jojo sah ihn stumm an. Wolf!
Ihre Mutter mahnte: »Hier ist noch ein Herr!« Ein Mann hatte sich in die Küche gedrängt, fast blieb er in der Tür stecken mit sei-

nem ungetümen Bauch. Zwischen den Lippen hatte er eine kalte Pfeife. Fräulein Liane Krauss in der feuerroten Bluse rief mit Singsangstimme: »Aber Gottlieb! Ich hab sie schon!«, und hielt eine Schachtel Streichhölzer hoch. Jojo gab dem dicken Gottlieb die Hand, machte einen Knicks (sie hatte jetzt die Nase voll) und sagte einfach »Jojo!«.

Tante Frieda neben ihr auf dem Stuhl mit der Kaffeemühle zwischen den Knien, die sie kräftig drehte, wunderte sich: »Wieso denn auf einmal ›Jojo‹?«

Das artig erzogene Kind mit dem Florentinerhut wurde patzig: »Na, das kapiert doch jeder: *Jo*sefa *Jo*rdan. Da rufen mich alle *Jojo!*«

Tante Frieda drehte sich zu den anderen um und rief laut: »Alle nennen sie Jojo.« Und dabei sollte es auch bleiben.

Die Frau, zu der sie Tante Mali sagen sollte, ging in ihrem langen, schwarzen Rock und mit den schwarzen Schnürschuhen vor ihnen her. Sie führte Mutter und Tochter durch die Räumlichkeiten der Pension. Die sahen genauso aus wie die aller Pensionen und Boarding-Häuser überall auf der Welt. Immer gab es das große Esszimmer mit dem lang gezogenen Tisch für mindestens vierzehn Personen, dem riesigen Büfett und einem Ölgemälde an der Wand. Immer gab es den Salon mit den Plüschsesseln, dem Klavier und den Kakteen hinter Spitzengardinen. Einzig die vielen Pompons hier an den dunkelroten Samtmöbeln gefielen Jojo. In allen Zimmern standen turmhohe Kachelöfen, die die Zentralheizung ersetzten. Mama stöckelte durch die Flügeltüren. Sie redete lebhaft, blieb dann überrascht stehen und rief: »Oh wie schön!« Sie meinte den Wintergarten. Es stimmte. Der Wintergarten der »Pension Weimar« war wunderschön: sonnendurchflutet, bunt verglast mit Jugendstillianen und Jugendstillilien, in hellgrünes Licht getaucht dank einer weit ausfächernden Zimmerlinde. Darunter ein großer runder Tisch mit Kreuzstichdecke. Und bestickte Kissen auf Bank und Stühlen. »Oh wie schön!«, sagte Mama noch mal. Tante Mali nickte zustimmend, alle in der

Pension fanden diesen Platz besonders schön. »Sie können gerne hier frühstücken« – das war eine Art Einladung, Wanda Jordan war sehr angetan –, »wenn Sie nicht wie die anderen ihr Frühstück auf dem Zimmer einnehmen wollen.« Nein, nein, Wanda Jordan würde hier frühstücken, unter der Zimmerlinde, mit deutschen Brötchen und einer deutschen Zeitung. Und sie freute sich, als sie hörte, dass sie mit Jojo in der Pension auch essen konnte, denn Amalie Weimar führte einen Mittagstisch. Gutbürgerliche Küche. »Die meisten kommen von der Bank nebenan.«
Eine Glastür, die Tante Mali öffnete, führte zu einem Freisitz mit Steinbalustrade. Von dort gelangte man über eine Eisentreppe in den Garten. Der war nicht groß, wirkte aber mit seinen üppigen Büschen und Bäumen, die ab und zu einen Windstoß abkriegten, ganz verwunschen. Tante Mali zeigte nach hinten zu zwei Stricken mit Brett an einem Ast. »Da kannst du schaukeln, Jojo.«
Jetzt ging's durchs Treppenhaus nach oben, die breiten alten Holzstufen knarrten. Tante Mali zeigte im Vorbeigehen auf eine Tür neben der Treppe: »Da ist der Lokus.«
Lokus? Jojo schaute fragend auf die Mutter, die flüsterte: »Das Klo!«
Als die Tür zum Turmzimmer aufgemacht wurde, strömte ihnen der Geruch von Bohnerwachs und Schmierseife entgegen. Es war kein düsteres Gemäuer, wie Jojo befürchtet hatte, und es gab keine Spinnen, Kakerlaken und Fledermäuse. Und wo war das eingemauerte Gespenst? Das Zimmer befand sich nur zur Hälfte im Turm. In dieser Rundung mit drei Burgfenstern standen ein Korbtisch mit Kreuzstichdecke und zwei Korbstühle. Mama und Jojo schauten sich um: zwei penibel gemachte Betten, altertümliche Gestelle aus Messing, je eines in einer Zimmerecke. Jojo hängte ihren Florentinerhut über eine der großen Messingkugeln. Das war ihr Bett. Sie beäugte Plumeau und Kopfkissen, prall gefüllt, ohne ein Fältchen und weiß wie Schnee. Sie luden nicht gerade zum Kuscheln ein. Und ihr Teddy war noch am Bahnhof.
Jojo entdeckte ihr Gesicht im ovalen Spiegel, der über einer Waschkommode in der Mitte zwischen den Messingbetten hing.

Und sie sah sich im Spiegel gähnen, ohne die Hand vor den Mund zu halten. Sie schielte zu Mama hinüber, ob sie die Unart gesehen hatte, aber Wanda Jordan stand bei Amalie Weimar und redete und redete: über die Internatssuche für Jojos Bruder Alexander, der gerade zwölf sei und alleine in Deutschland zurückbleiben müsse, wenn sie nach China heimkehrten. Amalie Weimar zeigte Mitgefühl, die Frauen entdeckten ihre Sympathie füreinander, tauschten Lebensdaten aus. Frau Weimar erzählte, sie betreibe die Pension seit fünfzehn Jahren. Sie war seit sechzehn Jahren Witwe. Jojo guckte im Spiegel auf die Witwe: deswegen also der schwarze Rock, die schwarze Strickjacke und die schwarzen Schnürschuhe.
»Mein Mann war Arzt«, hörte Jojo sie sagen. »Im Weltkrieg hat er vier Jahre als Chirurg im Feldlazarett geschuftet. Und aus dem Krieg hat er dann das Gelbfieber mitgebracht. Das hat er nicht überlebt.« Jojo stellte sich das Gelbfieber vor und den Arzt, wie er das nicht überlebte. »Ich stand allein da mit zwei kleinen Kindern. Und dann die Inflation! Ein Stück Brot kostete hundert Millionen Mark!« Hundert Millionen Mark für ein Stück Brot! Frau Weimar sagte mit Genugtuung: »Mein Sohn wird auch Arzt. Wie sein Vater und sein Großvater. Wolf ist schon im zehnten Semester.« Wolf. Der mit dem Sanitäterkreuz auf dem Ärmel. Der mit dem Eintopf.
Jojo stützte sich auf die Marmorplatte der Waschkommode. Die war eiskalt. Jojo sah, dass da eine Waschschüssel und ein Wasserkrug standen, beide aus weißem Porzellan. Am Boden sah sie einen weißen Emailleeimer mit Deckel, der Deckel hatte in der Mitte ein Loch. Entgeistert rief sie: »Gibt's hier denn kein Wasser aus der Leitung?« Sie war an pompöse Bäder gewöhnt.
Tante Mali sagte beruhigend: »Mariechen bringt jeden Tag das Waschwasser herauf, morgens und abends, und leert auch den Eimer mit dem Schmutzwasser aus.«
»Und wo soll man baden?« Es klang ganz unglücklich.
»Man kann wunderbar baden.« Frau Weimar strich irritiert die Stirnlöckchen zurück und wandte sich an die Frau aus China: »Im Sophien-Krankenhaus, in dem neuen Badetrakt.« Und zu Jojo

sagte sie: »Es ist nur drei Straßen von hier.« Dem Kind traten die Tränen in die Augen, und seine Mutter zog die Brauen hoch. Man sollte drei Straßen weit gehen für ein Wannenbad?
Tante Mali umarmte die Kleine. »Jojo, es wird dir hier schon gefallen …« Ehe sie nach unten ging, lud sie Mutter und Tochter zu Kaffee, Kakao und Bienenstich ein. Aber Wanda Jordan wollte erst mit dem Gepäckschein zum Bahnhof, um die Koffer herbringen zu lassen. Jojo konnte unterdessen dableiben und Kakao und Kuchen haben.

Als Jojo allein war, entdeckte sie den Balkon. Die Fenstertür war »doppelt gemoppelt«, ein Flügel nach innen, ein Flügel nach außen. Wenn man die Griffe drehte, schoben sich oben und unten meterlange Schienen aus der Verriegelung. Jojo trat hinaus. Ein Windstoß riss ihr die Tür aus der Hand, fegte sie scheppernd gegen das Gemäuer, so dass sie zurückschlug und Jojo traf. Der Schreck war stark, aber die Neugier stärker. Mit dem rostigen Haken, der in eine rostige Öse passte, befestigte sie die Tür.
Der Balkon war ein Traum. Ganz klein klebte er am Turm und hatte wie alles hier ein steinernes Säulengeländer. Verwunschen wie im Märchen war er überwuchert von einer Kletterpflanze mit tellergroßen Blättern. Dornröschenschloss! Man musste mit den Händen die Blätter auseinander schieben, wenn man etwas sehen wollte.
Und was war zu sehn? Büsche. Bäume. Das Nachbarhaus. Ein Stück Nachbarhof. Ein Stück Nachbargarten. Das Haus nebenan war nur halb so hoch wie die Villa-mit-Turm und bildete mit anderen einen Haufen alter Zwergenhäuser. Im Giebel unter dem niedrigen Dach sah man das Fenster einer Bodenkammer, vom Hinterhof war ein Stück Steinpflasterung zu sehen, darauf ein auf den Lenker gestelltes Fahrrad. Dann sah Jojo zwei bloße Beine aus den Gartenbüschen ragen, sie schwankten in der Luft und waren wieder weg. Was war denn das? Wieder tauchten die Beine auf, nackt, braun, ohne Schuhe. Und verschwanden. Noch ein drittes Mal. Jetzt blieben sie in der Luft stehen, ziemlich lange, mit

leichtem Wackeln, die Füße nicht geschlossen. Da machte einer einen Handstand. Als die Beine im Gebüsch verschwanden, kam ein brauner Knabenrücken hoch, mit einem wilden Blondschopf darüber. Und schon war er wieder abgetaucht und die Beine ragten hoch. Sie steckten in schwarzen Turnhosen.

Jojo starrte zwischen den großen, grünen Blättern hindurch. Sie wollte mehr sehen, aber leider musste sie aufs Klo. Dringend. Sie wusste ja, wo die Klotür war.

Das Klo, welches hier Lokus hieß, verpasste Jojo, nachdem sie die Tür aufgemacht hatte, einen unerwarteten Schock. Sie hatte gekachelte Hygiene erwartet und wurde brutal von einem fliegenumschwirrten Plumpsklo empfangen, einem Brettersitz und rundem Deckel mit Knopf über dem Sitzloch. Jojo hob, von brummenden Fliegen umgeben, den Deckel hoch und blickte in die braun gemusterte Kloschüssel mit dem direkten Abgang zum unsichtbaren Jauchefass in der Tiefe. Sie drehte sich weg, um sich zu übergeben. Aber wohin? Da hinein? Auf einem Zettel an der Wand stand: »Bitte nichts hineinschütten!«

Sie hielt sich die Nase zu, setzte sich gottergeben auf das runde Loch. Sie drückte und drückte. Sie musste, aber sie konnte nicht. Das passierte ihr auf Reisen immer wieder. Obwohl sie in Hotels, Pensionen, Schiffskabinen und Eisenbahncoupés zu Hause war, obwohl sie Zeitverschiebungen, Essensumstellungen, Klimawechsel, Quarantänen, Impfungen, Amöbenkuren und Spulwürmerbefall schon hundertmal mitgemacht hatte, es war immer dasselbe: Ihre Eingeweide verweigerten den Dienst, sobald wildfremde Menschen wie hier in der »Pension Weimar« sie gleich einer Spielzeugpuppe in ihr Leben einfügen wollten und gar nicht fragten, ob sie das überhaupt wollte.

Um die Langeweile zu vertreiben, fing Jojo an, das Klopapier zu studieren. Säuberlich in gleich große Stücke zerteilt und zu einem exakten Rechteck gehäufelt, lag hier auf dem Lokus die »Allgemeine Thüringer Landeszeitung« zur letzten Nutzung bereit. Jojo las langsam und rätselnd Sätze, die am Zettelrand mitten im Wort abgeschnitten waren. »HJ und BDM für das WHW in der Weimar-

ha... 3. SS-Totenkopfstandarte mit Bläsergr... Entblößer festgenommen im Südvie... Weimars SA gegen volksfremde Elem...«
Sie wunderte sich über die vielen unaussprechlichen Großbuchstabenabkürzungen: NSKK, WHW, BDM, NSV, HJ, SA, NSDAP, SS, KDF, DAF... »Im Burgthea...« wurde »›Weiße Sklaven‹ verlän...«, weil der »Camilla-Horn-F...« Der Film »im Zentralpal...« hieß »Die weiße Schwadr...« und hatte »den Mussolini-Pok...« gewonnen.
Jojo wusste Bescheid: Mussolini war der mit der Glatze, er war der Duce in Italien. Hitler war der mit dem Bärtchen, er war der Führer von Deutschland.

Der Kakao von Tante Mali sollte Jojo mit der »Pension Weimar« versöhnen. Eins zu null gegen den Lokus. Der Kakao mit der Schaumhaube drauf, der duftende, frisch gebackene Bienenstich und der erhöhte Platz auf der Bank unter dem Souterrainfenster der Küche – das kam den drei Gaben einer guten Fee gleich.
Wenn Tante Mali Kakao kochte, spielte sie auf der heißen Herdplatte einen Sekundenwettkampf mit der weiß schäumend hochkochenden Milch. Im letzten Moment nahm sie den Topf weg, und die Milch sackte zurück. Sie rührte Kakao mit Zucker unter, und das Sekundenspiel begann von neuem. Wieder schoss der Schaum hoch, diesmal braun, und im letzten Moment: Topf weg und beiseite. Mit der Schöpfkelle kriegte Jojo die große Blümchentasse voll gelöffelt. Sie probierte gleich, verbrannte sich prompt den Mund. Sie stellte die heiße Tasse auf den schmalen Tisch mit der Wachstuchdecke und markierte so ihren Platzanspruch. Der Teller mit Bienenstich gehörte dazu. Von hier oben, drei Stufen über dem Boden, hatte sie den Überblick über das bewegte Küchengeschehen. Das lange, dünne Mariechen schnitt den Bienenstich in Stücke und gab den beiden alten Frauen, Tante Frieda und Frau Pusch, je ein Stück zu ihrem Muckefuck in der Blümchentasse.
»Unser chinesischer Koch kann auch backen«, sagte Jojo, »sogar deutsches Brot. Das gibt es nämlich nicht zu kaufen.«

»Ach ja?«, sagte Tante Mali. Sie machte gerade eine Brennschere glühend und brannte sich nach einer Probe an einem Stück Papier ihre Stirnhaare zu hübschen Ringellocken. »Erzähl mal, wie euer Koch das macht!«
Jojo musste erst lachen, dann erzählte sie, wie Mama mit einer Frau aus Deutschland in die Küche gegangen war, um ihr den fetten Koch zu zeigen, der so gut schmeckendes deutsches Brot backen konnte. Jojo kriegte einen Lachanfall, was alle neugierig machte. »Er hat ... er hat den Brotteig ... gegen seine nackte Brust gedrückt, ihn geknetet und dazu laut gesungen. Und weil es so heiß war und er so fett ist« – sie musste wieder lachen – »hat er sooo geschwitzt ... Da ist der ganze Schweiß in den Teig gelaufen.« Die Frauen in der Küche waren richtig entrüstet. Also diese Chinesen! »Mein Vati hat gesagt, wegen dem Chinesenschweiß hat das Brot so gut geschmeckt.« Jojo drehte den Kopf zum Fenster und sah in Pflasterhöhe bis hinaus zur Kaiserin-Augusta-Straße. Sie rief: »Mama kommt!«, und sie freute sich auf ihren Teddy Pong-Ju, den der Kofferdienst anlieferte.
Das Überseegepäck wurde mit Ächzen und für ein dickes Trinkgeld nach oben geschleppt: ein Schrankkoffer, zwei Kabinenkoffer, Hutschachteln und Reisetaschen. Mutter und Tochter begannen zu wühlen, und im Handumdrehen war es im nach Bohnerwachs und Schmierseife riechenden Turmzimmer chaotisch, persönlich, gemütlich. Jojo setzte Pong-Ju aufs Kopfkissen, legte den vierten Band von »Trotzköpfchen« dazu, stellte ihre Zahnbürste ins Glas auf der Marmorplatte und zog Schuhe nebst Söckchen aus. Mama war im Charmeuseunterrock und duftete nach ihrem Moschusparfüm. Die beiden wuschen sich in der Waschschüssel mit Wasser aus der Kanne Gesicht und Hände und schütteten es durch das Loch im Deckel in den Emailleeimer.
»Warst du schon auf dem Klo, Mama?«
Die Mutter nickte und sagte: »Wir bleiben ja nicht für immer.« Sie legte den Pyjama raus. »Hast du noch Hunger, Jojo?«
Aber Jojo gähnte, wollte nichts essen. Die Lider wurden ihr schwer und sie verkroch sich freiwillig mit Pong-Ju im Messing-

bett, dabei war es noch nicht mal dunkel. Beim Vorlesen von Trotzköpfchens neuestem Wutanfall schlief sie mäuschenstill ein.

Umso dramatischer war das Aufwachen, mitten aus einem Albtraum: schmetternder Gesang, Motorenbrausen, knatternde Fahnen, morsche Knochen, Knicks und Handgeben, Knicks und Handgeben, ein wirrer Traum, der in einem wahnwitzigen Strudel alles ins Plumpsklo schleuderte, so dass Jojo in Panik hochfuhr. Wo war sie? In welchem Bett? In welchem Zimmer? In welchem Haus? In welcher Stadt? In welchem Land?
Im Turmzimmer. Sie hörte Knacksen und Schaben. Spinnen, Kakerlaken und Fledermäuse unter ihrem Bett! Wenn sie sich jetzt hinunterbeugte, würden tausend Knopfaugen sie böse anstarren. Die Balkontür stand offen, die tellergroßen Blätter raschelten wild: Das war das Gespenst. Eine kleine, abgedeckte Lampe brannte auf Mamas Nachtkasten. Mama war nicht im Bett und nicht im Zimmer. Jojo nahm Pong-Ju unter den Arm und ging barfuß zur Tür.
Im Treppenhaus war Licht. Sie stieg in ihrem drachenbestickten Pyjama nach unten, horchte. Hinter einer Tür hörte sie Stimmen. Sie machte die Tür einen Spalt auf, da saßen sie alle an einem langen Tisch unter der Deckenlampe. Auch Mama in der silbergrauen Volantbluse und mit ihrer Perlenkette. Neben ihr Wolf. Er schenkte ihr gerade einen dicken gelben Likör in ein Kristallglas ein. Mamas Wangen waren wie angemalt in ihrem blassen Gesicht, die ondulierten dunklen Haare hatte sie sich hinter die Ohren gestrichen, ihre hellen Augen blitzten wie der Brillant an ihrem Finger. Jojo wusste, dass sie hinterher jammern würde, weil Liköre ihr zu Kopf stiegen und Kopfschmerzen und Sodbrennen verursachten. Wolf neben ihr, der Sohn des Hauses, trank Bier, hatte aber auch ein Schnapsglas vor sich und eine Schnapsflasche. Er blickte ohne Pause auf Mama, die ihr Temperament versprühte.
Jojo trat ins Zimmer und blieb mit ihrem Teddy an der Tür stehen. Niemand bemerkte sie. Tante Mali saß vor einer ausgebreiteten Zeitung, hatte aber die Brille weggelegt und hörte zu, was die Frau

aus China zum Besten gab. Auch sie hatte ein Glas mit gelbem Likör vor sich. Mama erzählte von Arm und Reich in China, dass man Bettelkindern einen Arm oder ein Bein abhackte und sie als Krüppel auf die Straße schickte, um jammernd Geld zu erflehen … Die anderen fanden das »kaum zu glauben«, wie auch die Geschichte von den Bettlerkönigen, die genauso reich seien wie die Opiummillionäre. Die leisteten sich Särge aus Rosenholz mit Elfenbeingriffen, ausgeschlagen mit roter Seide, und verbrachten probeweise Nächte in ihnen, um sich an den Tod zu gewöhnen.
Fräulein Bambach vergaß ihr Kreuzworträtsel in der Illustrierten und ihre dampfende Milch: »Sich probeweise in den Sarg zu legen! Darauf wäre nicht mal Goethe gekommen …«
Mama trank ihr Glas leer und tischte eine weitere Geschichte auf: Diese Leichenfeiern! Die dauerten vier Wochen, mit Essen und Singsang. Im Leichenzug dann, hinter dem prunkvollen Sarkophag, die weiß gewandeten Klageweiber mit lautem Heulen und einem Rotz, der bis auf die Straße hängen musste …
Die krumme Tante Frieda mit dem aufgebauschten weißen Haar, die über eine pastellfarbene Häkelarbeit gebeugt war, sagte mit roten Ohren: »Du großer Gott!«
Jojo an der Tür sah Hannelore Weimar an, mit ihrem Herrenschnitt und den markanten Backenknochen. Sie saß in einem Sessel abseits, rauchte und hatte die Hand in der Hand eines Mannes im Sessel daneben, der auch rauchte. Zwischen ihnen stand ein kleiner Tisch mit Aschenbecher und Radio. Sie sahen sich in die Augen und hörten halb auf die Erzählungen aus China und halb auf die Schlager aus dem Radio.
Mama war in Fahrt: »China ist so weit weg, dass ein Brief sechs bis acht Wochen braucht, und auch die Antwort braucht so lange.« Wollte man zu Weihnachten deutsche Kinderbücher verschenken, musste man sie im Hochsommer bestellen. Einer, der von seiner Krankheit geschrieben hatte, war, wenn er den Antwortbrief bekam, schon gesund oder aber tot. Da wurde gelacht. »Und wenn eine von ihrer bevorstehenden Hochzeit schrieb, konnte es sein, dass der Bräutigam, wenn das Geschenk eintraf, schon mit

einer anderen durchgebrannt war.« Da lachten sie noch mehr. Und Jojo an der Tür ärgerte sich, weil Mama hier so vergnügt war und sie, Jojo, oben alleine im Turmzimmer ihren Ängsten und Albträumen überließ. Sie machte drei Schritte nach vorn ins Licht.
»Jojo, was machst du denn hier?«, rief ihre Mutter. Alle schauten auf Jojo. Da stand sie mit verwuschelten Haaren, im drachenbestickten Pyjama, barfuß, den Teddy unterm Arm, mit theatralischer Miene und nassen winterhellen Augen, die von schlafmüden, schweren Wimpern überschattet waren. »Komm her zu mir, Jojo!«, und die Kleine kam in Mamas Arme, auf Mamas Schoß. »Was ist denn los?« Sie erzählte von den Spinnen, Kakerlaken, Fledermäusen und vom Gespenst auf dem Balkon. Frau Jordan flüsterte Wolf zu: »die ungewohnte Umgebung« und »das Kind hat so viel Fantasie«, und fragte Amalie Weimar nach Baldriantropfen. Jojo bekam Baldrian auf Zucker und durfte auf Mamas Schoß bleiben. Die erzählte nun vom Jang-tse-kiang, der jedes Jahr über die Ufer trat und Tausende in den Tod riss, und dass in China ein Menschenleben gar nichts zählte. Die Weimarer schüttelten den Kopf. Wolf schenkte noch mal ein. Eierlikör für Mama und Schnaps für sich. Er stieß mit ihr an, und Jojo sah, dass seine Augen doppelt so blau waren wie heute Nachmittag und seine Grübchen doppelt so tief.
Am langen Ende des Tisches, Mama gegenüber, erhob sich ein flott gescheitelter Mann halb vom Stuhl: »Gestatten, ich hätte eine Frage. Ich bin Journalist, mein Name ist Demjensky, Celino Demjensky.«
Mama, die einen sitzen hatte, lachte. »Ein schöner Name, genauso polnisch wie meiner: Wanda, geborene Pavlazcek.« Sie blickte Wolf in die Augen: »Freunde nennen mich Wanduschka.«
Betretene Gesichter. Hatte sie etwas Falsches gesagt?
»Ich bin aber echte Berlinerin«, fügte sie hinzu, und Tante Mali erklärte: »Herr Demjensky wohnt erst seit zwei Wochen bei uns, er ist als Bildberichter hier an die Zeitung gekommen.«
»Da wollen Sie sicher was Politisches hören.« Mama legte los: dass sie Marschall Tschiang-Kai-schek persönlich kannte, der in den

Bergen in Ku-Ling seine Sommerresidenz neben dem Anwesen der Jordans hatte, dass ein deutscher Arzt ihn von seinen Bauchschmerzen kurieren konnte – ein jüdischer übrigens, die sind die besten – und dafür eine Limousine geschenkt bekam; der Marschall hatte nämlich ein Kilo Würmer im Bauch. »Und haben Sie von Borodin gehört? Dem Drahtzieher aus Sowjetrussland?«
Drahtzieher?, dachte Jojo, was war denn das für ein Beruf? Mama erzählte Herrn Demjensky, der geheime Drahtzieher habe im gleichen Haus mit ihnen gewohnt. »Und an der Haustür standen Chon-gutzen als Wache.«
»Chong-gutzen? Was sind denn das für welche?«
»Chon-gutzen«, korrigierte Jojo. »Die sehen aus wie Teufel. Sie haben Fratzen. Die kommen schon mit Fratzen auf die Welt. Aber sie sind sehr nett. Unser Chauffeur ist auch einer.«
Mama warf mit den Namen chinesischer Kriegsherren und Revolutionäre nur so um sich. Das verschlug allen die Sprache. Auch Herr Demjensky fragte nichts mehr.
Fräulein Bambach nutzte die Pause: »Frau Jordan, auch Weimar ist eine Reise wert. Sie werden überrascht sein – in Weimar ist fast jeder Stein historisch, fast jedes Gebäude eine Kulturgedenkstätte: das Goethe-Haus, das Schiller-Haus, das Liszt-Haus ...«
Wolf unterbrach sie, fuhr in der Aufzählung fort und äffte einen Fremdenführer nach: »... Goethes Gartenhaus, das Haus der Frau von Stein, das rote Schloss, das gelbe Schloss, das grüne Schloss, das Schloss Belvedere, das Schloss Tiefurt.« Wie der das sagte! Jojo wusste nicht, ob er Weimar mochte oder nicht.
Tante Mali sagte: »Und die Herder-Kirche mit dem Lucas-Cranach-Bild.« Von ihrem Sessel her rief Hannelore: »Das Nietzsche-Archiv«, und von Frau Pusch kam: »der Weiße Schwan«. Und als Jojo sagte: »die ›Pension Weimar‹«, lachten alle.
Herr Demjensky erhob die Stimme: »Vergessen wir nicht die *neue* Kultur und den *neuen* Geist einer *neuen* Zeit! Bei der nächsten Großkundgebung, gnädige Frau, werden Sie sehen, woher der neue Wind weht. Hohe Persönlichkeiten werden Reden halten.«
Der Mann im Sessel, der Hannelore Weimars Hand hielt, sagte:

»Ich bin Tierarzt, Herr Demjensky, ich weiß, dass die ›großen Tiere‹ nicht immer die besten sind.« Was sollte das heißen? Herr Demjensky schaute verärgert, und Jojo beobachtete den Tierarzt im Rollkragenpullover, dessen Haare nicht mit dem Lineal geschnitten und gescheitelt waren.
Da ging die Tür auf, und herein kam, direkt von der Oper, eine aufgekratzte Liane Krauss im feinen Kleid und in Begleitung des Herrn, der Gottlieb hieß und seinen kolossalen Bauch in einen Maßanzug gezwängt hatte. Mama erfuhr nun auch noch von der Berühmtheit des Weimarer Theaters, wo Fräulein Krauss im Chor sang und wohin Herr Gottlieb Schüble, so oft er konnte, aus dem schwäbischen Geißlingen eilte, wie er sagte, »um Liane auf der Bühne zu erleben«. Sie hatte »bis zur letzten Hingabe gesungen«, ihre Kehle war ganz trocken und Herr Schüble war bereit, noch ein paar »Fläschle« Wein springen zu lassen, um »das Feiern net zu verlerne«.
Dass Amalie Weimar mit einem Lächeln auf Jojo zeigte, merkte die Kleine nicht. Sie lag im Tiefschlaf in Mamas Arm. Sie merkte auch nicht, dass Wolf Weimar sie bald darauf auf seinen Armen mit dem Teddy die Treppe hinauftrug, während die schöne Mama sich an seinem Koppel festhielt, weil sie nicht mehr ganz sicher auf ihren Stöckelschuhen war.

Am anderen Morgen beim Frühstück unter der hellgrünen, breit gefächerten Zimmerlinde in dem sonnendurchfluteten Wintergarten, an dem runden Tisch mit duftendem Kaffee und schaumbedecktem Kakao, deutschen Brötchen und deutschen Zeitungen eröffnete Wanda Jordan ihrer Tochter, dass sie sich entschlossen habe, in Weimar zu bleiben.
»Du willst in Weimar bleiben?« Jojo legte den Eierlöffel hin. »Und wie lange?«
»Na, die ganze Zeit.«
»Das ganze Jahr? Und was ist mit Berlin? Und mit Wien und Genf?«
»Du kannst nicht überall herumzigeunern, Jojo.«

»Ich sollte doch auf die Internationale Schule in Genf!«
»Du kannst genauso gut in Weimar aufs Lyzeum.«
»Aber in Genf haben sie Pferde und Tennisplätze und einen Swimming-Pool ...«
Mama fand, dass Jojos Bruder wunderbar in den Ferien aus dem Internat nach Weimar kommen könne. Aber da könne er doch auch nach Genf kommen. Hier sei es eben viel persönlicher.
»Und Vati? Ob dem die ›Pension Weimar‹ gefällt?«
»Der Vati kommt doch erst in einem halben Jahr!«
Mama hatte Jojo gründlich das Frühstück verdorben. Nicht mal der Kakao schmeckte ihr mehr. Sie sollte hier in die Schule! In Weimar. Und nicht in Genf. Sie sollte ein ganzes Jahr in dem Messingbett im Turmzimmer schlafen. Sie sollte ein Jahr auf diesen Lokus gehen und drei Straßen weit laufen, um in der Wanne zu baden.

Mittwoch, neun Uhr dreißig. Es war einer der Augenblicke, die Jojo so hasste: eine fremde Klasse in einer fremden Schule. Da reinzuplatzen, mitten im Unterricht, mitten im Schuljahr, angeglotzt zu werden, vorne zu stehen mit Schulranzen und Brotdose. Sie hatte schon x-mal die Schule gewechselt, immer dieser schreckliche Moment. Die Lehrerin führte sie vor wie ein exotisches Tier: »Dies ist eure neue Mitschülerin, sie kommt von weit her, aus China.«
Mindestens dreißig Augenpaare starrten sie an. Alles Mädchen. Zöpfe, Haarkränze, hochgebundene Affenschaukeln, Kichern und Flüstern. Die Lehrerin mit dem linealgeraden Mittelscheitel trug ihre Flechten als Schnecken über den Ohren. Sie machte eine Handbewegung: »Und das ist die Sexta unseres Lyzeums. Das Sophien-Stift ist eine besonders schöne Schule, ein historisches Gebäude, gebaut wie ein Palazzo. Und jetzt sag mal der Klasse deinen Namen!« Jojo sagte brav: »Josefa Jordan – Josefa mit f.« Getuschel. »Und du bist in China geboren?« Jojo nickte stumm. In ihrem pflaumenblauen Häkelkleid aus leichter Wolle, von ihrer Kinderfrau, der Amah, angefertigt, mit weißen Söckchen in

Knopfschuhen und mit der Taftschleife, die das Haar am Hinterkopf zusammenhielt, kam sie sich vor wie ein entflogener Papagei. Der riesengroße Klassenraum mit den hohen Bogenfenstern und Topfblumen schien sich überraschend auszudehnen und mit allen glotzenden Augenpaaren wieder zusammenzuziehen, wurde hoch und lang und schief. Jojo machte eine Sekunde die Augen zu. Die Lehrerin hatte eine Frage gestellt, die sie gar nicht gehört hatte. Sie blieb stumm. Ein vorlautes Mädchen rief: »Die hat ja keine Schlitzaugen!« So was Blödes! »Ich bin doch deutsch«, sagte Jojo. »Aber du bist in China geboren?« Jojo nickte stumm. »Nun erzähl uns mal etwas von China!« Was denn? Was sollte sie erzählen, was wollten die hören? »Wie lange dauerte die Reise?« – »Sechs Wochen.« – »Mit der Bahn?« – »Nein mit dem Ozeandampfer.« – »Und wie lange bleibst du bei uns in Weimar?« Jojo sagte es ungern und mit Fragezeichen: »Meine Mutter meint ...«, ihre Stimme wurde immer leiser, »... vielleicht ein Jahr?« Die Lehrerin wurde ungeduldig. »Du brauchst nicht so schüchtern zu sein, bei uns wird keiner gefressen. Deutsche Mädchen sind frei und offen heraus.« Jojo gab sich einen Ruck: »Es sind so viele!« – »So viele?« – »In meiner letzten Klasse waren wir drei; zwei Jungens und ich.« Mit Jungens zusammen! Da wurde wieder geflüstert. »Nur drei in einer Klasse!« Die Lehrerin machte »pscht!«. »Erzähl mal: Was war das Schönste auf eurer Reise?« – »Das Feuerwerk für Alexander.« – »Alexander?« – »Mein Bruder. Er ist jetzt im Internat.« – »Und für den wurde ein Feuerwerk abgebrannt?« Jojo nickte. »Weil der nicht mehr mit uns nach China zurückfährt. Sie haben es knallen und knattern lassen, genau als der Dampfer an unserem Haus vorbeifuhr ...« Sie holte Luft und fügte hinzu: »... um die bösen Geister zu erschrecken.« Die bösen Geister? Die Lehrerin verzog den Mund. »Und wer hat das Feuerwerk veranstaltet?« – »Die Dienerschaft. Der Number-one-Boy und der zweite Boy und die Kulis, die Amah und der Chauffeur.« In Jojos Kopf zog der Jang-tse-kiang-Dampfer an ihrem Haus vorbei, der Hund auf der Veranda hatte wie verrückt gebellt. Jojos helle Augen wurden nass, der Strupps hatte nicht mitgedurft. Dass sie nur ja nicht zu heulen anfing, hier vor den fremden Mädchen! »Und dein Vater?« – »Der ist in China geblieben.« Aha. Die Lehrerin mit den Schnecken fand das genug fürs Erste, sie wies Jojo einen Platz neben Mechthild Vogelfund an. »Die gibt dir den Stundenplan.« Mechthild Vogelfund war aufgestanden und half Jojo mit dem Schulranzen und der baumelnden Frühstücksdose in die Schulbank.

Der Unterricht ging weiter, er rauschte an Jojo vorbei. In der kleinen Pause drängten sich dreißig Mädchen um Josefa mit f und fragten, ob sie wie alle Chinesen Schlangen und Kaulquappen esse? »Nein«, sagte Jojo, »aber geröstete Heuschrecken.« Igitt! »Und Quallen!« Oh Gott! Jojo genoss es, sie zu schockieren. »In Japan hab' ich rohen Fisch gegessen mit Seetang.« Heiliger Bimbam!

Die nächste Stunde begann mit einem gemeinsamen »Heil Hitler« für den Lehrer. Das kannte Jojo nicht. Aber ihre Verwunderung wurde noch größer, als gegen Mittag aus einem Lautsprecher laute Militärmusik erschallte. Eine kampfwütige Stimme ballerte los und rief die Jugend zu Heldentaten auf. Dann kamen wieder Trompeten und Trommeln. Als das Ganze zu Ende war, sangen alle das »Deutschlandlied«. Das kannte Jojo. Dazu musste man hier den rechten Arm heben. Während der dritten Strophe fing der Muskel im Oberarm an zu zucken. Als das Lied aus war, ließ Jojo erleichtert den Arm sinken, es kam aber noch »Die Fahne hoch« mit ebenfalls drei Strophen, und Jojo musste den rechten Arm mit dem linken stützen.

Die frisch gebackenen Freundinnen Mechthild und Jojo trödelten auf dem Heimweg die Gropiusstraße entlang. Mechthild in Berchtesgadener Strickjacke prahlte, dass sie Blockflöte blase und Klavier sowie Ziehharmonika spiele. Sie bemühte sich um ein Gegengewicht zu Jojos exotischer Welterfahrung. »Und du?« Jojo konnte auch Klavier spielen. Sie prahlte mit ihrem Klavierlehrer, einem langhaarigen Weißrussen, der sich jedes Mal von hinten über sie gebeugt hatte, seine Finger auf die ihren gelegt hatte und den der Vater rausgeschmissen hatte, weil er sich stets als Erstes einen Whisky bestellt hatte. »Und kannst du Blockflöte?«, fragte Mechthild. Nein, Blockflöte konnte sie nicht. Aber Hawaii-Gitarre. Hawaii-Gitarre? Das ging so: mit zugehaltener Nase die Töne hochpressen und mit aller Puste die Finger wegschnauben und einen lang gezogenen Ton loslassen. Jojo machte es vor, Mechthild machte es nach, zusammen summten sie à la Hawaii: »Ich tanze mit dir in den Himmel hinein, in den siebenten Himmel der Liebe«, bis ihre Nasen rot und ihre Finger nass waren und sie vor Kringeln und Gelächter nicht mehr vorwärts kamen.

Mechthild zeigte mit hochgerecktem Arm, wie groß die goldene Harfe sei, die bei ihnen im Salon stehe, und sie verriet, dass sie Harfenistin werden wolle im Staatsorchester von Weimar. »Und du, Josefa?« Da musste Jojo erst nachdenken. Einen schönen Mann heiraten? Mit ihm Golf und Tennis spielen und reiten? Ein hübsches Baby kriegen? Oder vielleicht Revuetänzerin? Oder vielleicht ...?

»Ich bin schon bei den Jungmädeln«, sagte Mechthild, »und du nicht.« Nein. Sie blieben stehen, denn hier an der Ecke vor dem Zeitungskasten trennten sich ihre Wege. Jojo hörte Mechthild mit den Jungmädeln angeben: Singen, Marschieren, Abzeichen und Uniformen, Wimpel, Wettkämpfe, Fackelzüge. Sie verbarg ihre Neugier hinter einem gelangweilten Gesicht und starrte in den Schaukasten an der Hausmauer, bis sie plötzlich wahrnahm, was sie da sah. Was waren denn das für dunkle, bärtige, wüste Gestalten? Grauen erregend krumm, gebuckelt unter schweren Geldsäcken. Hämische Teufelsfratzen mit gebogenen Nasen, großen Ohren und schwarzen Korkenzieherlocken, die unter schwarzen Hüten herausquollen, grinsten mit üblen Zahnlücken. Fassungslos und stumm fragend schaute Jojo Mechthild an, die erklärte: »Das sind Juden.« Mechthild winkte und sagte beim Weggehen: »Am Sonntag geh'n wir zusammen zur Kirmes, ja?« Jojo trabte nach der anderen Seite. Diese Gestalten sahen ja aus wie die Gräuelgeier in altjapanischen Bilderbüchern! Wulstige Lippen, stechende Augen, Gurkengesichter, Fratzen mit Locken. Halsab-

schneider, Kindermörder ... Jojo klatschte ihre Handfläche gegen jeden Baumstamm entlang dem Weg, um die Spukgestalten zu verscheuchen.
Als sie um die Ecke bog, grüßte am Ende des Pflasterweges die Villa-mit-Turm, schon fast ein Stück Heimat. Jojo ging ans Souterrainfenster und rief: »Tante Mali, ich bin da.«

Nach dem Vormittag der Wechselbäder zwischen »schrecklich«, »schön« und »scheußlich«, saß Jojo am gutbürgerlichen Mittagstisch der »Pension Weimar« und sah die nächste Katastrophe auf sich zukommen. Ungefähr ein halbes Dutzend Herren von der Bank in grauen Anzügen sowie Fräulein Bambach, Fräulein Krauss, Herr Demjensky und neben ihr Mama sahen zu, wie Mariechen – »guten Appetit!« – von einem großen Tablett Jojo einen Teller mit der aufgetürmten »Thüringer Spezialität« vorsetzte. Das sollte sie essen? Jojos strapazierte Seele wehrte sich. Diesen Riesenhaufen Sauerkraut mit dem schmalzbrutzelnden Kartoffelpuffer drauf? Und da drüber eine daumendicke Scheibe fetttriefender Blutwurst? An der Zumutung, das verspeisen zu sollen, zerschellte ihre Selbstbeherrschung, und das große Heulen brach sich Bahn, wobei sie stoßweise die beängstigenden Erlebnisse herausschluchzte: die paarweise glotzenden Augen, die Schnecken über den Ohren der Lehrerin, die Frage nach Jojos Schlitzaugen, der Schmerz im Oberarm bei »Die Fahne hoch«, die Gruselmänner mit Ringellocken im Schaukasten ... Ein Punkt des Gehtnicht-mehr war erreicht, das Schluchzen war Jojos privates Erdbeben. Mama tätschelte ihr den Kopf, die Herren von der Bank schauten hilflos drein, Herr Demjensky wusste sogleich zu erklären, dass sie den »Stürmer«-Kasten an der Ecke entdeckt hatte. Mariechen nahm Jojo mit in die Küche, wo ihr Tante Mali Eierkuchen machte, gefüllt mit Pflaumenmus.

Mama wusste immer genau, was richtig war für Jojo. Sie hatte einen Ball gekauft, rot mit weißen Punkten. Tante Mali zeigte ihr, wo sie auf dem Pflasterweg vor der Pension den Ball gegen die

Mauer des Bankgebäudes werfen konnte. Jojo fing gleich mit dem Ballwerfen an. Es war eine Art Ritual. Wo immer sie sich befand, ganz gleich an welchem Ort, in welchem Land, ein Ball und eine Wand zum Ballwerfen ließen sich überall finden. Auch Mama hatte so ein Ritual: Wohin sie auch kam, lief sie spazieren. Entweder im Kreis herum wie in Han-Kau um den Race Course der Kolonie oder am Gelben Meer entlang wie in Pai-tai-ho oder im japanischen Narah durch den Park zu den zahmen Rehen, in Berlin durch den Tiergarten und in Genua über den Campo Santo. In Weimar würde sie bestimmt am nächsten oder übernächsten Tag zu Goethes Gartenhaus und nach Schloss Belvedere gehen. Und meistens musste Jojo mit. Sie war eigentlich zu faul zum Laufen, weil Laufen langweilig war. Und weil Langeweile das Schlimmste war, hatte sie den Trick erfunden, »mit dem Zeichenstift zu sehen«. So schaute sie immer ganz genau hin, damit sie den Buddha, die Dschunke, den Ozeandampfer, den Suezkanal, die Villa-mit-Turm später zeichnen konnte. Was nicht zu sehen war, sah Jojo mit ihrem inneren Auge. Aber das wusste außer ihr keiner.
Sie warf den roten Ball mit den weißen Punkten gegen die Mauer des Bankgebäudes. Mit Schwung kam er zurück. Sie fing ihn aus der Luft auf, warf ihn wieder gegen die Wand und fing ihn abermals aus der Luft auf. Dreimal, viermal … zehnmal. Jojo spielte nach einem selbst erfundenen System: zehnmal frontal gegen die Wand, zehnmal hinterm Rücken herum, zehnmal unterm rechten Bein durch und zehnmal unterm linken, zehnmal werfen und Hände klatschen, zehnmal werfen und sich nach rechts herumdrehen, zehnmal linksherum. Bei einem Fehler – Jojo war ganz streng mit sich – musste man von vorn beginnen. Jetzt zehnmal Kopfball gegen die Wand. Söckchen und Knopfschuhe waren voll Staub, die Haarschleife rutschte, das pflaumenblaue Häkelkleid wurde ihr zu warm. Jetzt zehnmal gegen die Wand und mit dem Knie zurück. Mitten in der Bewegung war der Ball plötzlich weg, mit dumpfem Knall blitzschnell weggeschossen, worauf er gegen die Mauer prallte, wie eine Bombe zurückkam und Jojo mit Wucht an der Schulter traf. Das Haar flog ihr wild um den Kopf.

Sie richtete sich voll Empörung auf gegen die aggressive Gewalt, die ihre Kreise störte, sah direkt in zwei triumphierende Augen, sah einen frech lachenden Mund, eine gerötete Stirn und vom Scheitel aufspringendes Flachshaar.
Sie standen sich gegenüber, Jojo wie eine aus dem Spiel gerissene, aufgebrachte Elfe, mit dem zerzausten dunklen Haar und den zornigen eisklaren Augen, und er, dreizehn, vierzehn Jahre alt, Schultasche, kariertes Hemd und alter Sweater, heruntergerollte Strümpfe, Fußballerwaden, grobe Schuhe und darüber ein helles Gesicht – wie vom Umschlagbild der »Deutschen Heldensagen«. Es war der Junge aus dem Nachbargarten. Der mit dem Handstand. Er grinste schief, drehte ihr den Rücken zu – pah, ein Mädchen! –, ging und verschwand in dem niedrigen Haus nebenan.
Herausfordernd rief sie ihm hinterher: »Ich kann viel besser Handstand als du!« Da streckte er den Kopf noch mal nach draußen, blickte sie an, und sie hielt dem Blick stand. Es war ein unvermutet unvergesslicher Blickwechsel. Dann fiel die Haustür ins Schloss, und Jojo begann ihr Ballspiel von vorn, denn so war die Regel: bei einem Fehler das Ganze noch einmal.

Ein lockerer Einkaufsbummel war die beste Methode, sich eine neue Stadt zu erschließen, auf dem Programm standen Kulturgenuss und Kaufvergnügen. Einträchtig untergehakt überwanden Mutter und Tochter alle Arten von Kopfsteinpflaster, von grob, holperig, schief bis zum Kleinsteinmosaik, Wanda Jordan mit ungeeigneten Absätzen und Jojo mit dünnen, weichen Sohlen. Das konnte ihnen den Spaß nicht trüben, den sie wollten Weimar erobern. »Die Stadt der Dichter und Denker«, wie Mama sagte, »die berühmt ist für den Geist der deutschen Klassik. Merk dir das, Jojo!« Sie klemmte die schmale Lacktasche mit dem Geld von der Bank fester unter den Arm und zupfte unternehmungslustig an den Handschuhen. Jojo hielt mit der Mutter Schritt, auch sie unternehmungslustig unter ihrem Florentinerhut und mit dem flachen chinesischen Flechtkorb am Handgelenk.
Die Stadt zeigte sich im Alltagskleid, ohne Flaggenmeer, Kränze

und Girlanden. Untergehakt besichtigten sie am Wielandplatz den Dichter in Bronze und kauften dann in der Schreibwarenhandlung für Jojos Schuleinstieg Sütterlinfedern, Tinte, Federhalter, Hefte, Stifte, Radiergummi, Spitzer, Lineal und Zeichenblock, genau nach dem Zettel, den Mechthild ihr aufgeschrieben hatte. Untergehakt gingen sie über den Frauenplan und besuchten das Goethe-Haus. Hier roch es nach Bohnerwachs wie im Turmzimmer. Die Zimmerflucht war ähnlich wie bei ihnen in China, nur viel kleiner und nicht so elegant. Den riesengroßen Gipskopf der Göttin Juno durfte Jojo »nicht berühren«, wie darunter stand. Goethes Sterbezimmer fand Jojo popelig, in der Bettdecke waren Mottenlöcher. Mama, die für Goethe schwärmte und aus dem »Faust« die Verse »Vom Eise befreit sind Strom und Bäche« bis zu »Hier bin ich Mensch, hier darf ich's sein« auswendig konnte und die im Deutschen Club in Han-Kau an einem Goethe-Abend schon einmal diese Zeilen rezitiert hatte, erklärte Jojo, dass ein großer Geist oft bescheidenes Mobiliar lieber habe als Protz und Prunk.
Als sie wieder auf der Straße standen, fragte Wanda Jordan einen Mann nach dem Kaufhaus Kröger am Markt. Der sagte: »Da geh'n Se eenfach da nüber un vorbei am ›Weißen Schwan‹ un de Frauendorstraße lang. Da gommen Se ganz eenfach hin.« Dass hier alle Deutsch sprachen, fand Jojo inzwischen normal, aber so ein Deutsch!
Sie gingen also »eenfach da nüber« und waren auch schnell auf dem geräumigen Marktplatz mit dem seit fünfzehnhundertsoundsoviel berühmten »Hotel Elephant« und dem seit ebenfalls fünfzehnhundertsoundsoviel dastehenden Cranach-Haus nebst dem trutzigen Rathaus (»gotisch«, sagte die Mutter, das hatte sie aus ihrem Stadtführer) mit klotzigen Steinquadern und Spitzbögen, mit Doppelturm und massivem Säulenbalkon. Davor eine mit Ufa-Filmplakaten und Ankündigungen voll geklebte Litfaßsäule. Jojo mochte das Rathaus nicht, sie würde es nicht auf den neuen Block zeichnen und sie zählte deswegen auch nicht die vielen Fenster. Dafür entdeckte sie den Marktbrunnen, hielt die

Hände ins Wasser, obwohl sie lieber die müden, heißen Füße eingetaucht hätte, und spritzte den Knaben mit dem Fisch zu Füßen von Neptun nass. Gewissenhaft buchstabierte sie, was auf dem Sockel stand: *»Quos ego!«* Was sollte das nun wieder heißen – und wo war Mama? Die stand schon vor Krögers Schaufenstern. Da war die neue Herbstmode ausgestellt, ein Mantelkleid aus Samt, ein Complet mit Nutriabesatz. Wanda Jordan zeigte auf die Schaufensterpuppe (lange Wimpern, sinnlicher Blick, kurz gelocktes Blondhaar, Schleierhütchen) in mondänem Blau. »Das ist doch schick!« Jojo las laut, was auf dem Schild stand: »Damenhaftes Straßenkostüm, Stichelhaar, seitlicher Jackenverschluss, abgesteppter Schulterkragen, neunzehn fünfundsiebzig Er Em.« Mama sagte: »Das heißt Reichsmark.« Im nächsten Schaufenster sah man drapierte Stoffe, dazupassende Knöpfe, Gürtelschnallen, Plisseegarnituren. Im nächsten Fenster Steiff-Knopf-Tiere und Käthe-Kruse-Puppen. Drinnen kauften sie dann mehr als geplant. Für Jojo eine Strickjacke von Bleyle, einen Karostoff für das neue Schulkleid und einen Plüschhund. Jojo fragte, was *»Quos ego!«* heißen solle, aber Mama hatte keinen Kopf dafür. Sie kaufte einen federleichten Stichelhaarstoff für ihr Herbstcomplet, Futterstoff aus Seide, Knöpfe und eine Schnalle. Fast hätten sie Turnzeug und Turnbeutel für die Schule vergessen.

Sie mussten sich sputen, denn sie wollten noch zur Post. Wandas Jordan fragte eine Marktfrau nach dem Weg. »Da geh'n Se da lang un bei der Herder-Kirch nuff un nachher am Graben nüber, da gommen Se zur Bost.« Jojo schnaubte kichernd in ihr Taschentuch.

Unterhaken konnten sich Mutter und Tochter nicht mehr, weil die Einkäufe ihnen die Arme lang zogen. Jojos Flechtkorb war schwer von den Sachen für die Schule, und Mamas schnurumwickeltes Stoffpaket quetschte ihr trotz Handschuhe und Holztragegriff die Finger zusammen. Am Herderplatz betraten Mutter und Tochter die stille Kühle der alten Kirche und setzten sich mit den Einkäufen ganz vorn in eine Bank. Jojo betrachtete das Altarbild. Sie hatte schon öfter Christus am Kreuz gesehen, hier auf dem Bild spritzte sein Blut im hohen Bogen aus der Wunde direkt einem Mann mit weißem Bart auf den Kopf, und in der unteren Ecke trat einer barfuß auf ein Gerippe. Sie fragte flüsternd, was denn »INRI« auf dem Schild über dem Kopf von Christus bedeute? Mama flüsterte: »Jot-En-Er-Jot heißt: Jesus von Nazareth, Rex Judae – König der Juden.« Eine Frau, die beten wollte, machte »schsch« und ließ Jojo allein mit ihren Fragen. Jesus? Der König der Juden? Zu dem beteten die hier? Sie hatte doch gedacht, die könnten hier die Juden nicht leiden? Dann war Jesus auch der König dieser finsteren Gestalten mit Ringelhaar und Zahnlückengrinsen in dem Schaukasten an der Ecke des Schulwegs?

Jojo war froh, als sie wieder ins Freie traten. Mama gab einen Brief für Vati auf. Auch von Jojo standen Grüße drin, darunter eine Zeichnung von der Villa-mit-Turm. Mama schickte auch Alexander ein Päckchen ins Internat: ein Karl-May-Buch, eine Bonbontüte, ein extra Taschengeld und von Jojo eine Zeichnung der Villa-mit-Turm. Vati würde den Brief erst im November kriegen. So weit weg war er.

Weil die Füße von dem Kopfsteinpflaster schmerzten, kauften sie im nächsten Schuhgeschäft leichte Laufschuhe mit dicken Gummisohlen und behielten sie gleich an. Auf dem Theaterplatz standen sie dann vor Goethe und Schiller als Doppelstandbild und gähnten. Goethe schaute in die Luft und Schiller auch, beide hatten Kniehosen und rutschende Strümpfe aus Eisen an.

Da lief ihnen die Chorsängerin Liane Krauss, die mit den kupferblonden Locken, in die Arme. Sie hatte unter einer weißen Jacke wieder die feuerrote Bluse an. Sie begrüßten sich, Liane Krauss kam aus dem Theater. »Wir hatten gerade Stellprobe. Für ›Undine‹. Kennen Sie ›Undine‹, die Geschichte von der Wasserfee, die aus dem Nassen aufsteigt, um einen menschlichen Gatten zu suchen? Die Oper wird ganz phänomenal inszeniert.« Mama lud Fräulein Krauss in die nächste Konditorei ein. Bei Mohnschnitten und Baumkuchen, Mokka und Apfelmost hörten sie sich Theaterklatsch an. Die Chorsängerin war voller Begeisterung, ihre Wangen fast so feurig rot wie ihre Bluse. Ihre Singsangstimme machte

kleine Kiekser, während sie der Frau aus China vom Ansehen des Weimarer Nationaltheaters vorschwärmte, vom neuen Opernspielplan: »Zauberflöte«, »Barbier von Bagdad« und als Höhepunkt die Uraufführung des »Löwen von Venedig« zur Einweihung der Nietzsche-Gedächtnishalle durch den Führer persönlich. Wanda Jordan war dank der Kulturbotschaften gehobener Stimmung, sie bestellte für Liane Krauss und sich je ein Gläschen Sekt, was sehr ungewöhnlich in einer Weimarer Konditorei war. Die beiden Damen stießen gut gelaunt an. Jojo beobachtete inzwischen die Leute: Auf jedem Stuhl Kaffee-und-Kuchen-Tanten mit modischen Hüten und ausladenden Busen und Hinterteilen in geblümten Nachmittagskleidern. Der Sekt ließ Lianes Singsang noch mehr perlen. Sie schwärmte vom neuen lyrischen Tenor, der habe im Probesaal die Arie des Herzogs aus »Rigoletto« vorgetragen, »mit phänomenalem Elan!«. Staatsrat Ziegler habe gesagt, ganz Weimar dürfe sich auf das hohe C freuen. Jojo machte im Kopf ein Fragezeichen: das hohe Zeh?
Sie widmete sich dem Baumkuchen und dem Apfelmost, hörte nur noch mit halbem Ohr, dass ein Hermann Göring sich im Weimarer Theater von der Ehrenloge aus in Emmy Sonnemann auf der Bühne verknallt habe, wegen ihrem blonden Gretchenkranz und ihrer germanischen Aura, und dass er sie zuerst zur Staatsschauspielerin und soeben zu seiner Gemahlin gemacht habe. Und weil Liane Krauss plötzlich flüsterte, noch dazu hinter vorgehaltener Hand, spitzte Jojo die Ohren: »Eine Millionenhochzeit im Eintopfland!« Die Krauss tauschte einen Blick mit Mama.

Das hätte sich Jojo nie im Leben gedacht, dass sie ausgerechnet hier vor dieser Tür mit ihrer Mutter stehen und klingeln würde. Hier vor dem Eingang zu Nachbars Zwergenhaus. Hier, wo der rotzfreche Kerl nach dem Ballschuss grinsend verschwunden war. Auf dem weißen Emailleschild stand in Blau: »Luise Rollmann, Damenschneiderin«. Tante Mali hatte ihnen für die Herbstgarderobe »die Rollmann« als geschickt und preiswert empfohlen, die »ob man es glaubt oder nicht raffinierteste Kleider mit einem gewissen *avec*« schneidern könne. Jojo dachte sich, während sie mit dem Stoffpaket warteten, dass Tante Mali zwar gut Kakao und Eierkuchen mit Pflaumenmus machen konnte, aber raffinierte Kleider mit *avec* trug sie nie, sie trug zurückhaltend und bescheiden nur lange schwarze Röcke zu Stehkragenblusen und langen schwarzen Strickjacken. Bescheidenheit ist eine Tugend, das hatte sie in Weimar schon öfter gehört, und diese Tugend kam auch in Jojos Erziehung zur Anwendung. Aber nicht gerade bei Kleiderfragen. Sie dachte an die Nachmittage mit Mama in den chinesischen Seidengeschäften. Man durfte in den Stoffen wühlen, Ballen um Ballen nahmen die Händler aus den Regalen, hängten Jojo die Bahnen um den Hals, zeigten ihre Bewunderung, brachten heißen Tee, um die Einkaufswonnen zu verlängern, machten glückliche Gesichter, wenn Mama mit dem Feilschen anfing, die Preise herunterhandelte und die Gegenangebote ablehnte. Und Yang-Wu, ihr Hausschneider, fiel ihr ein, dem sie schon mit acht Jahren in einem Mischmasch aus Pidgin-Englisch und Chinesisch ihre Kleiderwünsche vorgetragen hatte. Und sie dachte an die Modesalons der zuckersüß-liebenswürdigen Weißrussinnen mit ihrem schwer rollenden Rrr, die allesamt nach China geflohene Fürsten- und Generalstöchter waren, was Mama glaubte und Vati nicht, und in leuchtenden Farben altrussische Ornamente auf flauschige Wollkleider stickten.

Damenschneiderin Luise Rollmann machte die Tür auf, und Jojo sah den beengten Vorraum, das dunkle Holz der Wandtäfelung und die Mantelhaken. Seitlich führte eine steile Stiege nach oben. Es roch nach Kohl. Frau Rollmann wirkte sehr freundlich. Sie trug das ergraute Haar aufgesteckt und ein Pepitakleid, das nicht dick und nicht dünn machte. Ein Lächeln verscheuchte ihre strengen Falten. Mama stellte sich und Josefa vor und erklärte ihr Anliegen. Luise Rollmann bat sie ins Haus. Sie kamen als Erstes in die Küche, und da blieben sie auch, denn die Küche war Luise Rollmanns Schneideratelier. Hier stand am Fenster bei drei Blumentöpfen die Nähmaschine, an der Wand lehnte das Bügelbrett. Jojo sah einen Ständer mit halb fertigen Kleidern, auf dem

Küchentisch Modehefte und Schnittmusterbögen, auf dem Herd einen dampfenden Suppentopf – und auf dem Kanapee einen ausgemergelten Mann. Er saß an einer mit Wachstuch abgedeckten Ecke des Tisches und schälte Kohlrabi. Frau Rollmann machte eine Handbewegung, sagte: »Das ist mein Mann, wenn es Sie stört, geht er so lange nebenan ins Schlafzimmer.« Der ausgemergelte Herr Rollmann legte Schälmesser und Kohlrabi weg und machte Anstalten aufzustehen. Jojos Mutter wehrte ab: »Nein, nein, bleiben Sie sitzen, Herr Rollmann! Das stört uns überhaupt nicht, wenn Sie hier Kohlrabi schälen.« Herr Rollmann sank aufs Kanapee zurück, sein anerkennender Blick verriet, dass ihm die fremde Frau zusagte, die so gar nicht etepetete wie so viele andere war. Jojo kannte ihre Mutter, Hauptsache war für sie, dass die Rollmann gut schneidern konnte. Da wickelte sie auch ohne weiteres mal auf einem Küchentisch ihren Stichelhaarstoff aus, mit Knöpfen, Schnalle und Zubehör. Man begann zu beratschlagen, und Jojo musste sich so lange aufs Kanapee zu Herrn Rollmann und seinen Kohlrabi setzen. Die Schneiderin erklärte: »Mein Mann darf keine Kartoffeln essen. Er hat Zucker.«
Er hat Zucker?, rätselte Jojo und schielte zu Herrn Rollmann hinüber, und weil er Zucker hat, muss er Kohlrabi essen statt Kartoffeln? Sie schaute zum Küchenregal, ob dort wohl der viele Zucker stand, den Herr Rollmann hatte. Der hob eine geschälte Kohlrabiknolle hoch, und seine Augen blitzten Jojo unter den buschigen Brauen an: »Sind man alles Mussoliniköppe, mein Kind, polierte Mussoliniköppe, Glatzkoppgemüse!« Jojo musste kichern, und der dürre Rollmann sagte: »Jawoll! Is auch zum Kichern! Der Rollmann hockt hier un frisst Mussoliniköppe. Hockt hier un geht nich uff Arbeit. Hockt den janzen Tag uff'm Kanapee un hat nischt zum Tun außer nachdenken.«
Mama hielt die Arme vom Körper und ließ sich abmessen, über die Brust, die Taille, die Hüften, den Rücken. Luise Rollmann hantierte mit dem Maßband und schrieb alles auf einen Zettel: Wie lang der Arm innen war und wie lang – abgewinkelter Ellbogen – außen und die gewünschte Rocklänge – bis zur Mitte der Wade –

und wie lang die Jacke des Complets – bis zur Mitte des Oberschenkels.
»Und worüber denken Sie nach?«, fragte Mama Herrn Rollmann aus Höflichkeit. »Worüber? Übern Herrn Hitler un die Herren Göring un Goebbels un übern Herrn Stalin un Herrn Lenin un Herrn Marx.« Frau Rollmann sagte: »Sei still, Max! Das interessiert die Dame doch nicht. Die möchte keine Politik, sondern ein Kleid.« Die beiden Frauen fingen an, über die Knöpfe zu diskutieren, sechs Knöpfe oder acht? Vielleicht einen Schrägverschluss? »Auf jeden Fall etwas mit Schick und Zislaweng.« Wanda Jordan, die geborene Berlinerin mit dem polnischen Blut und der Welterfahrung, liebte Kleider, Hüte, Handtaschen und Schuhe mit Schwung, mit diesem *avec* und Zislaweng. Und die Tochter auch, die sollte ein Schulkleid kriegen.
Zu Herrn Rollmann sagte Mama: »Der Stalin ist ein Massenmörder. Und Lenin genauso. Wir kommen aus China, wir kennen die Gräuelgeschichten aus erster Hand von den russischen Flüchtlingen. Die mussten Hals über Kopf das Land verlassen.«
Jetzt war Jojo dran. Luise Rollmann holte aus dem Schlafzimmer einen Schemel, auf den musste Jojo steigen zum Abmessen.
»Da wird's noch massig viele geb'n, in 'er Zukunft« sagte Herr Rollmann, »die Hals über Kopf janz freiwillig ihr Land verlassen wer'n. Un' zwar Deutschland.«
Seine Frau rief erschrocken: »Max!«, und blickte zornig zu ihm.
Jojo wickelte ihren Karostoff aus für das Schulkleid. Sie hatte eine Zeichnung gemacht, wie sie es haben wollte: mit langen Ärmeln und weißen Manschetten, einem runden Kragen in Weiß, das Oberteil mit Goldknöpfen bis zur Taille und den Rock mit dem Karo schräg, vorn und hinten drei Falten. Frau Jordan setzte sich neben Max Rollmann aufs Kanapee, denn Luise Rollmann machte nach Jojos Zeichnung sogleich einen Schnittbogen aus weißem Seidenpapier.
Jojo stand auf dem Schemel, die Arme vom Körper gespreizt, und ließ sich abmessen. Frau Rollmann schnitt mit der großen Schneiderschere das Papier aus, nahm Stecknadeln in den Mund und

begann die Seidenpapiere an Jojos Kleid anzupieksen. Bald war sie mit Oberteil und einem Ärmel weiß raschelnd verpackt. Wie lang? Bis zum Knie. Mama rief vom Kanapee: »Aber viel Zugabe im Rocksaum zum Auslassen nächstes Jahr!« Die Schneiderin piekste mit Stecknadeln den Faltenrock aus Seidenpapier an Jojo fest.

Hinter der Küchentür donnerte jemand die Treppe herunter. Es wurde angeklopft, die Tür einen Spalt breit geöffnet, und eine helle Stimme fragte: »Kann man?« Luise Rollmann rief: »Ja, du kannst.« Da wurde die Tür aufgerissen und *er* trat in die Küche: das flachshelle Haar wassergescheitelt und schnieke in Uniform, Koppel und Dolch blank poliert, selbst die alten Treter hatten Hochglanz, mit rotweißer Schnur, Abzeichen, Trillerpfeife, Mütze unter der Schulterklappe. *Er* – der mit dem Handstand. »Ich muss zum Dienst«, sagte er. »Bin nicht vor neun zurück. Soll ich noch Kohlen holen?« – »Ja mach mal!«, sagte Frau Rollmann, und sie erklärte, während er zum Kohleneimer neben dem Herd ging: »Das ist mein Lothar, er muss andauernd zum Dienst.« Lothar bückte sich nach dem Kohleneimer und sagte dabei zu Frau Jordan: »H'lhitler!« Jojo auf ihrem Schemel nahm ihm noch immer den brutalen Ballschuss übel, voll Verachtung schaute sie von oben herab auf den gebückten Lothar. Der warf ihr von unten aus den Augenwinkeln einen frechen Blick zu, der sie traf wie ein spitzer Pfeil und vor Ärger rot werden ließ. Sie konnte mit ihrem inneren Auge an seinem Blick seine blitzschnelle Gedankenkette lesen: Wie sieht die denn aus! Wie eine lebensgroße Puppe! Viel zu viel schwarzbraunes Haar, um echt zu sein. Viel zu helle Wasseraugen mit Klimperwimpern und angemalte Backen. Steht da im raschelnden Seidenpapier, Arme weg, wird abgemessen, ob sie in die Weihnachtsschachtel passt.

Frau Rollmann sagte stolz: »Lothar ist Jungenschaftsführer bei den Pimpfen, er hat die rotweiße Führerschnur. Vierzehn Pimpfe hat er unter sich.« Mama staunte pflichtschuldig. Max Rollmann verdrehte die Augen: »Der wird noch mal Hitler-General!« Seine Frau strafte ihn mit einem Blick: »Und du kommst noch mal ins

Lager!« Jojo wusste nicht, was ein Lager sein sollte und was Pimpfe waren und was man tun musste, wenn man die »unter sich« hatte. Aber sie wusste jetzt, dass *er* Lothar hieß.

Heute war ein besonderer Tag. Jojo saß, wie Tante Mali immer sagte, auf ihren vier Buchstaben auf der Küchenbank, drei Stufen über dem Boden, neben dem wachstuchbezogenen Tisch. Durch das Souterrainfenster sah sie bis zur Straße hinaus, ganz abgesehen vom Überblick über das Küchengeschehen bis hin zu der rackernden, heute Kartoffel reibenden Tante Frieda. Hier oben hatte sich Jojo im Laufe der Woche ihren Stammplatz erobert. Jeden Morgen vor der Schule passte sie von hier aus den Bäckerjungen ab – weiße Jacke, weiße Schürze, schwarze Haare –, der auf dem Fahrrad frische Brötchen im weißen Stoffbeutel brachte und Schlager pfeifend ans Fenstergitter hängte. Danach genoss Jojo jedes Mal den köstlichsten Augenblick des Tages: das Reinbeißen in ein dick mit kalter Butter bestrichenes, backfrisches, in Tante Malis hochgeschäumten Kakao getunktes Brötchen.
Heute gab's kein Brötchen, sondern Bienenstich zum Kakao, heute war keine Schule, heute war Sonntag, aber kein Eintopfsonntag. Heute war ein besonderer Tag. Deswegen hatte Jojo ihr Lieblingstupfenkleid an und die rosa Söckchen zu den Schuhen mit den Gummilaufsohlen. Der Florentinerhut lag neben ihr parat. Heute war großer Festtag: Erntedank, Kreisparteitag, Weimarer Kirmes. Jojo hatte alles schon auf dem Lokus in den zurechtgeschnittenen Zeitungen gelesen: »Volksgenossen, schmückt und beflaggt eure Häuser!« Staatsakt, Kundgebung, Appell, Vorbeimarsch. Nachmittags Trachtenzug durch die Straßen bis zum Festplatz. Dort am Marktbrunnen – *Quos ego!* – hatte Jojo sich mit Mechthild nach deren »Dienst« zum Volksfestvergnügen verabredet.
Noch war es früher Vormittag. Jojo wartete auf Mama und auf Fräulein Bambach. Die wollte mit ihnen in die Kanzlei, wo sie arbeitete, um vom Kanzleifenster aus der Frau aus China und ihrer Tochter die Größen des Kreisparteitags und die Jubelmenge auf dem Theaterplatz vorzuführen. Ihr Chef hatte nichts dagegen.

Tante Frieda rieb noch immer rohe Kartoffeln – »man muss sie unter Wasser schälen, damit sie schön weiß bleiben« –, und Frau Pusch, genauso krumm über die Arbeit gebeugt wie Tante Frieda, schnitt mit einem großen Messer Rotkohlköpfe in Schnipsel. Tante Mali stocherte mit dem Eisenhaken im Herdfeuer. Sie hatte eine Festtagsgans im Bratrohr und auf dem Ofen einen Riesentopf mit siedendem Wasser, eine Pfanne mit in Butter brutzelnden Weißbrotwürfeln, eine Pfanne mit Apfelzwiebeln, einen Tiegel mit abgeschöpftem Schmalz und warm gehaltene, gekochte Kartoffeln. Es roch nach Majoran, Beifuß, Gänsebraten. Jojo lief die Spucke im Mund zusammen trotz Kakao und Bienenstich. Tante Frieda häufelte das Rohgeriebene in einem hohen Topf mit Löchern und Auffangwanne auf, dann presste sie in einem Kraftakt zusammen mit der Pusch, da musste Jojo nah heran zum Zusehen, mit dem Deckel die Masse zusammen, bis aus den Löchern unten der Kartoffelsaft heraussprudelte. Die beiden Frauen richteten sich auf, so gut sie konnten, holten Luft für eine Atempause und weihten Jojo in weitere Geheimnisse der Herstellung Thüringer Klöße ein: Warme gekochte Kartoffeln musste man jetzt zermanschen und mit dem ausgepressten Kartoffelwasser vermengen, dann mit dem Rohgeriebenen verrühren und weiter rühren, bis nichts mehr am Rande klebte. »Und dann«, aber da hörte Jojo gar nicht mehr zu, denn Mama war in die Küche gekommen, »das Salz nicht vergessen und Kartoffelstärke dazugeben.« Wanda Jordan war im hellen Kostüm, trug einen Hut mit Ripsband und Vogelfeder, Laufschuhe und die Lacktasche unterm Arm. »Jetzt die Röstwürfel reindrücken.« Inzwischen war auch Fräulein Bambach erschienen, in Dunkelblau mit weißer Bluse, ohne Hut auf dem aschblonden Haar. »Und schöne, große Klöße formen und im Topf nur sieden lassen, nicht den Deckel hochheben, nicht nachschauen!« Jojo holte ihren Florentinerhut von der Bank und sprang über die drei Stufen hinab, denn jetzt ging's endlich los zu einem richtigen Remmidemmi.

Fahnen überall, Girlanden und Kränze an Fassaden und Masten. Fahnentücher auch über Fenster- und Balkonbrüstungen. Dazu Ähren, Feldblumen, bunte Bänder zum Erntedanktag. Blauer Himmel, weiße Wolken, wärmende Sonne – auch der Wettergott machte mit. In der Schützengasse geriet Jojo mit Mutter und Fräulein Bambach zwischen die immer dichter strömenden Menschen. Alle wollten zum Theaterplatz, man hörte schon Fetzen der Musik. Am Ende war ein Durchkommen nur noch mit Körpergewalt möglich. Jojo hielt ihren Florentinerhut fest, Fräulein Bambach zwängte sich durch die Leute auf den Eingangsstufen des Eckhauses, öffnete die schwere, holzgeschnitzte Tür und zog Jojo und ihre Mama hinter sich her. Das alte Haus nahm sie in Stille auf, Kühle, Halbdunkel und Bohnerwachsduft umgaben sie, der Lärm von draußen war wie verschluckt. Beim Hinaufgehen zählte Jojo im Treppenhaus die Stufen. Sie waren niedrig, breit und aus Holz, manche ächzten. Auch die Bambach ächzte, wie hart sie arbeiten müsse bei ihrem Chef, Dr. Maus, der furchtbar viel zu tun habe, hauptsächlich mit Scheidungen. Mama wunderte sich: »Ach, so viele Scheidungen? Hätte ich nicht gedacht.«

Im ersten Stock war die Kanzlei. Fräulein Bambach kramte in ihrer Handtasche, dabei fiel ihr schräg geschnittenes aschblondes Haar vor das halbe Gesicht. Sie schob die Strähne gewohnheitsmäßig hinters Ohr, nahm den Schlüssel und schloss mit Bedacht auf. Nachdem sie Frau Jordan und Jojo in die Kanzlei gelassen hatte, schloss sie hinter ihnen mit Sorgfalt zu und knipste die dreiarmige Deckenlampe an. In dem geräumigen, dunkel getäfelten Vorraum hängte Mama Jojos Hut auf einen geschnörkelten Wandhaken.

Im Sekretariat mit drei Schreibtischen zeigte Fräulein Bambach ihnen ihren Arbeitsplatz und ihre Schreibmaschine Marke Triumph. Jojo flitzte gleich an ein Fenster, ob sie es aufmachen dürfe? Ja. Sofort drang der festliche Lärm von draußen voll herein: Militärmusik, Befehle, Automobilgeräusche, Marschtritte auf Kopfsteinpflaster, Rufe aus der Menge. Auf dem Theaterplatz entdeckte Jojo zwischen Fahnen, Standarten und Girlanden Goethe und

Schiller auf ihrem Steinstufensockel, zu ihren Füßen eine sich verrenkende Gestalt. »Da ist der Herr Demjensky!«, rief sie. Auch Mama und Fräulein Bambach traten ans Fenster und beobachteten Demjensky aus der »Pension Weimar« mit seiner Leica. »In voller Aktion!«, bemerkte die Bambach, lachte und wurde rot. Jetzt sah Jojo das Spalier von BDM und Jungmädeln, viele nicht älter als sie selbst, in weißen Blusen und blauen Röcken, mit schwarzem Halstuch und Lederknoten. Sie säumten Straßen und Plätze, hinter ihnen die bewegte Menschenmenge auf dem Bürgersteig. Auch das Jungvolk bildete Spalier. Jojo fragte sich, ob sie Mechthild ausfindig machte, mit den braunen Zöpfen, oder Lothar, wassergescheitelt.

Autokarossen, feudal, schwarz, auf Hochglanz poliert, fuhren vor, Uniformträger entstiegen, Wagenschläge knallten zu, Rufe erschollen, die Marschmusik verstummte, hoch gewachsene Gestalten, ganz in Schwarz, überquerten mit ausgreifenden Schritten den Platz, dann curryfarbene Dickbäuche, dann wettergegerbte alte und zackige junge Offiziere, wieder Currymänner und Herren und Damen in grobem graubraunem Schmuddeltuch. Fräulein Bambach konnte alle beim Namen nennen, die Präsidenten und die Anführer, einen General sogar, der Knochenhauer hieß. Als Heil-Hitler-Rufe erschollen bei einem Currymann mit Stiernacken und kurzen Stiefelschritten, der einen Schwarm von Begleitern dabeihatte, verkündete die Bambach: »Gauleiter Sauckel.« Aha! Jojo wusste dank des Klopapiers: Gauleiter Sauckel, alter Kämpfer, Weggenosse. Dann verschwanden alle, ohne einen Blick auf Goethe und Schiller zu werfen, im fahnengeschmückten Theaterbau.

Wanda Jordan sagte: »Ich sehe so was zum ersten Mal!« Und Fräulein Bambach sagte: »Das ist die neue Zeit.«

Erst jetzt bemerkte Jojo, dass auch die anderen Kanzleifenster belegt waren, Kollegen der Bambach mit Anhang. In den Straßen zerstreute sich die Menge, und alle beschlossen aufzubrechen, um den Appell am Alexanderplatz nicht zu versäumen. Untergehakt bei Mama und Fräulein Bambach, den Florentinerhut auf dem

Kopf, marschierte Jojo inmitten der hochgestimmten Menschen durch die geschmückten Straßen. Aus den Türen der Cafés und Lokale schallten übers Radio die Festreden. Als sie sich dem Alexanderplatz näherten, verdichtete sich das Gedränge. Nachdem sie sich zu dritt vorgearbeitet hatten, wurden sie fast erdrückt. Jemand stieß Jojo ihren Florentinerhut vom Kopf, er fiel zwischen die vielen Beine und einer trat drauf. Sie bückte sich nach dem Hut und kam fast unter die Füße der Menge. Mama zog sie hoch, sah ihren erschreckten Blick und – so war eben Mama – gab dem kräftigen Mann neben ihr ein Schachtel Zigaretten aus ihrer Handtasche. Der nahm dafür die Kleine hoch auf seine Schultern. Jetzt hatte Jojo, den Florentinerhut wieder in der Hand, den gesamten Überblick: Linealgerade waren sie alle angetreten, ein Block mit den umgestülpten Keksdosen, ein Block Schwarzuniformierte, ein Block unter Stahlhelmen, die Hitlerjungen im Block, ein Block mit Schaufelträgern und einer mit Motorradfahrern. Dazwischen reihenweise Fahnen. Standartenträger hatten sich formiert, ein Rednerpult war zu sehen, darüber ein großer Adler, die Flügel ausgebreitet, mit großem Hakenschnabel, der zornig nach rechts blickte. Auch hier standen Jungvolk, BDM und Jungmädels Spalier. Wo war Mechthild? Wo Lothar?
Aus den hohen Pilzlautsprechern schallten Fetzen einer herausgeschrienen Rede: »... tschlandist – landistzumruh – ruhendenpolin – geschichtege – ichtegeword ...«
Jojo hörte angestrengt hin. War das Deutsch? Wurde Mama daraus klug? Sie schaute zur Mutter, die sagte gerade: »Man kann ja überhaupt nichts verstehen!« Und die Bambach erklärte: »Das ist immer so. Durch die vielen Lautsprecher, da gibt's diesen Nachhall.«
Auf den Schultern des Mannes war es nicht bequem. Jojos Rock war verrutscht und klemmte, ihre Waden hatte der Mann fest im Griff. Er rauchte Mamas Zigaretten, und wenn er den Kopf zur Seite drehte und an der Zigarette zog, kratzte seine unrasierte Backe gegen Jojos Innenschenkel: scheußlich, kitzelig, peinlich.
»... deminterna ... internationaljü ... jüdischenundbolsche ...«

Jojo schaute runter auf den rauchenden Kerl. Er hatte auch noch Schuppen!

»... wistischensturm – feeuchzu – tschlanderwa – wache ...«

Der Redner verstummte. Schmetternde Fanfarenstöße und fordernde Trommelschläge stießen in die Menge, Jojo fühlte die Schauer, die ihr über den Rücken liefen. Dann ertönte aus den Lautsprechern das Deutschlandlied mit Nachhall. Wohin mit dem Hut? Jojo, immer noch auf den Schultern des Mannes, hob wie alle den rechten Arm. Alles sang, auch der Mann mit den Schuppen. Seine Backe kratzte an Jojos Innenschenkel. Bei der dritten Strophe setzte sie den Hut auf, um den rechten Arm mit dem linken abzustützen. Mitten in »Die Fahne hoch« kriegte Mama Platzangst. »Sie können die Kleine runterlassen«, sagte sie zu dem Mann, der jetzt nicht mehr rauchte. »Wir gehen.« Sie lud Fräulein Bambach ein, sie ins Café zu begleiten, doch die traute sich nicht, mitten in »Die Fahne hoch«.

»Wir sagen einfach, der Kleinen ist schlecht geworden, wenn einer meckert.«

Sie gingen ins Café in der Schillerstraße, das war gar nicht leer, wie sie erwartet hatten. Es duftete nach Kaffee und frisch Gebackenem. Jojo bekam Trinkschokolade und Apfelstrudel, Mama ein Stück Käsekuchen. Fräulein Bambach aß ein hohes Stück Rumtorte und musste bei jedem Bissen ihre Haarsträhne hinters Ohr schieben. Sie schaute Mama an, ihre Augen glänzten, ihre Wangen glühten. »Ich bin ganz aufgekratzt von dem heutigen Tag«, sagte sie, »nachher kommt noch der Vorbeimarsch.«

»Paraden haben wir schon viele gesehen«, erzählte Mama, »vor allem bei den Engländern, die können das ganz exzellent mit Pomp und Gloria. Die haben diese bildschönen Rassepferde und«, sie lachte, »diese bildschönen Rassereiter.«

Jojo setzte die Tasse ab. »Und in Hongkong, Mama, weißt du noch, die Dudelsackpfeifer? Mit den Schottenröcken? Und den hohen Pelzmützen, wo's doch so heiß war!« Sie hatte einen Schokoladenrand um ihren Mund, den wischte Mama weg, während sie weiterplapperte: »Die marschierten so komisch, ich dachte

immer, gleich stolpern sie und fallen hin!« Die Bambach schüttelte verwundert den Kopf, wieder fiel das schräg geschnittene Haar in ihr Gesicht. Mama fragte nach ihrem Chef, dem Scheidungsanwalt Dr. Maus. Die Bambach schaute nach rechts und links und gestand mit Kichern: »Beim Stenodiktat rückt er so nah heran, dass ich seinen Atem abkriege ...« So nah! Jojo musste an den Mann mit der Kratzbacke denken. Mama amüsierte sich. »Und der Demjensky, wie finden Sie den?« Die Bambach wurde wieder rot. »Er hat mir das Du angeboten, ganz forsch ins Gesicht: Sag Celino zu mir und ich sag' Ulla zu dir – und das besiegeln wir mit einem Kuss.« Ob sie sich geküsst hatten, erzählte sie nicht.
Jojo sah durch die Scheiben, dass sich auf dem Bürgersteig in der Schillerstraße Dreier- und Viererreihen bildeten. Gleich würde der angekündigte Propagandamarsch durchkommen. Schon rückten die Cafébesucher die Stühle und riefen nach der Rechnung. Auch Mama, Jojo und Ulla Bambach eilten auf die Straße, denn mit bombastischer Musikkapelle und Fahnen kamen sie anmarschiert. Weil sie ein Kind war, ließ man Jojo nach vorn, sie stand direkt hinter dem Spalier der Jungmädels.
Mit Trompeten und Paukenschlägen, in breiten Reihen, mindestens zehn Meter breit, kamen sie heran, mit knallendem Tritt übers Kopfsteinpflaster: die Currymänner, die Schwarzen, die mit Helmen, die mit Schaufeln, dann in Dreierreihen die Hitlerjungen mit einem Haufen Fahnen – die Fahnen musste man immer mit erhobenem Arm grüßen – und hinter ihnen mit großen Landsknechttrommeln und blitzenden Fanfaren, mit weißen Runen auf schwarzen Wimpeln, im Gleichschritt und mit trotzigen Gesichtern die Pimpfe. Jojo kriegte Herzklopfen. Und da war auch der Jungenschaftsführer Lothar Rollmann. Er marschierte in der Dreierreihe im ersten Zug. Ihre Blicke kreuzten sich eine Sekunde lang. Schon ging's weiter. Die Landsknechttrommeln dröhnten. Die Fanfaren schmetterten. Den Abschluss bildeten die knatternden Motorräder. So etwas hatte Jojo noch nie gesehen, was für ein tolles Tamtam! Ihr wurde fast schwindlig, mit beiden Händen fasste sie sich an den Kopf. O Gott, der Hut! Wo war ihr

Florentinerhut? Sie zwängte sich durch die Menschen, stürzte sich schluchzend auf Mama. Die konnte erst gar nichts verstehen. »Der Hut! Der Hut!« Ulla Bambach ging zurück ins Café, wo sie gesessen hatten. Da lag er auf dem Stuhl.

Beim Mittagessen haute Wolf Weimar »rein wie ein Scheunendrescher« – so nannte das Vati, wenn einer sein Essen gierig verschlang. Wolf zerteilte mit zwei Gabeln seinen Thüringer Kloß, ließ dann einen Bissen davon mit Soße im Mund verschwinden, gleich ein Stück von der Gänsekeule auf seinem Teller folgen und dazu Rotkohl. Er erklärte der Frau aus China, die neben ihm am Tisch saß, seinen Heißhunger mit dem, was er heute hinter sich hätte: frühes Aufstehen, stundenlang antreten und Appell sowie Marsch durch ganz Weimar, Alexanderplatz, Museum, Viadukt, Adolf-Hitler-Straße, Karlsplatz, Theaterplatz, Schillerstraße, Frauentorstraße, Wielandplatz und schließlich Kaiserin-Augusta-Straße. Tante Frieda sagte im Hintergrund: »Du großer Gott!« Sie saß mit Frau Pusch abseits in der Küche bei Kloß, Gänsebraten und Rotkohl. Vorne am Tisch mit dem karierten Wachstuch saßen Jojo und Mama, die Amalie Weimar eingeladen hatte, mit der Familie beim Mittagsschmaus: Tante Mali, jetzt ohne Schürze, Sohn Wolf, noch in Uniform, Tochter Hannelore mit Herrenschnitt und markanten Backenknochen neben ihrem Tierarzt. Tante Mali strich sich die feucht geschwitzten Haare aus der Stirn, die zu Löckchen gedreht waren, und sagte zu Wolf: »Beinah jeden Sonntag antreten! Dein Studium ist doch schon anstrengend genug!« Der zuckte die Achseln, kaute und schluckte hinunter. »Du hast auch nie Sonntag, Mutter.« Hannelore drückte ihre Zigarette aus.
Der große Thüringer Kloß auf Jojos Teller war wie eine Drohung, wie in »Alice im Wunderland« schrie er sie an: *»Eat me! Eat me!«* Für Wolf und den Tierarzt gab es Ehringsdorfer Bier. Jeder am Tisch hatte außer dem Messer zwei Gabeln für die Klöße vor sich. Wolf erklärte der Frau aus China, wie man Thüringer Kloß isst. Er drückte ihr die zwei Gabeln in die Hände und ergriff mit seinen

Händen die ihren. »So lernt man operieren!« Nun zerteilte er mit ihr gemeinsam ihren Kloß, und sie lachten einvernehmlich. Jojo runzelte die Stirn und mochte ihren Thüringer Kloß mit seinem *»Eat me! Eat me!«* jetzt erst recht nicht. Ob bei den Rollmanns heute wohl wieder »Mussoliniköppe« auf den Tisch kamen?
Mama erzählte vom Essen in China. »Die kochen doch immer nur Reis«, sagte Tante Frieda aus dem Hintergrund. Jojo protestierte: »Die essen auch Nudeln. Sie verkaufen sogar heiße Glasnudeln auf der Straße! Mit Chicken und Bambus und Wasserkastanien. Und Dschau-tse. Und Mu-Err. Und Lotosnüsse. Und süße Bohnen.« Angesichts des Thüringer Kloßes auf dem Teller fielen Jojo alle ihre chinesischen Leibspeisen ein. Mama schilderte, dass bei einer Familienfeier zehn Schüsseln mit verschiedenen Gerichten auf den Tisch kämen, mindestens zwanzig bis dreißig bei den Reichen zu Chinesisch-Neujahr. »Da gibt's alles, von Peking-Ente bis zu süßsaurem Fisch.« Und Jojo ergänzte Mamas Aufzählungen mit makabren Einzelheiten: Haifischflossen, faule Eier, geröstete Heuschrecken. Es gab noch mal Ehringsdorfer Bier und ein paar Schnäpse zu dem fetten deutschen Essen. Mama nahm zwei Gabeln übereinander zwischen die Finger einer Hand und zeigte geschickt, wie man mit Stäbchen isst, machte vor, wie der Gastgeber erst die Stäbchen ableckt, dann die besten Leckerbissen aus den Schüsseln heraussucht, und »den schiebt er dir dann in den Mund«. Sie demonstrierte es an Wolf, dem sie ein Stückchen Gänsefleisch zwischen die Lippen schob. »Dafür muss man sich sehr höflich beim Gastgeber bedanken!« – »Und dann«, rief Jojo vergnügt, »muss man *Dschi-bau-la* machen, sonst ist er tödlich beleidigt.« *Dschi-bau-la?* »Ja«, sagte Wanda Jordan, »man muss laut rülpsen zum Dank.«
Herrje! Die Frauen am Tisch lachten angewidert. Wolf als angehender Arzt fand das Rülpsen gesund, hilfreich gegen Magenblähungen. Das solle man auch in Deutschland zulassen. Und der Tierarzt meinte, man solle in Deutschland auch einführen, was Wanda Jordan als nächste chinesische Tischsitte zum Besten gab, nämlich bei Herrenessen unter jedem Gedeck ein Geldgeschenk

des Gastgebers zu deponieren, für den Besuch im Puff. Alle amüsierten sich köstlich, nur Jojo wusste nicht, was das war, ein Puff.

Jojo riss groß die Augen auf, als sie den Markt erreichten. Wie im Märchen hatte sich der Platz verwandelt und bot nun eine festliche Spielwiese ohnegleichen: bunt verzierte Erntekränze mit langen, farbigen Bändern hingen an girlandenumwickelten Masten. Menschen in Feiertagskleidung, Volkstrachten und Uniformen wimmelten herum. Grün berankte, gezimmerte Tanzpodeste waren aufgebaut, Musikkapellen standen bereit. Jahrmarktsbuden, Karussells, Würstchenbratereien in bunter Reihe bis zum Fürstenplatz. Das Rathaus reich geschmückt, den Steinbalkon mit Palmen verziert. Auf ihm drängten sich dekorierte Ehrengäste aller Art. Das Kaufhaus Kröger war wie alle Häuser ringsum herausgeputzt mit Grünzeug und Fahnen, sogar Neptun am Brunnen hatte eine Girlande um den Hals und – das entdeckte Jojo wohl als Einzige – auch der Elefant auf dem Rundbogenvordach über dem Eingang zum Hotel »Elephant« hatte eine Erntekrone auf. Es roch durchdringend nach den berühmten Thüringer Rostbratwürsten.
Auf einmal wurde das Gedränge noch dichter, es wurde abgesperrt, Mama fasste nach Jojos Hand. Diese hielt ihren Hut fest, man hörte Musik und Rufe, der Festzug mündete in den Marktplatz ein und drehte eine bejubelte Runde auf der freigemachten Bahn. Auf einem Sims am Rathaus entdeckte Jojo den balancierenden Reporter Demjensky mit seiner Leica vor einem der Spitzbogenfenster.
Das bunte Festprogramm rollte ab: Erntedankgedichte wurden deklamiert, Volkstänze vorgeführt, Ansprachen gehalten, Volkslieder gesungen. Jojo, in der Menge eingemauert, sah das meiste nur bruchstückweise, hörte vieles nur halb. Das Beste waren die Juxeinlagen. Allmählich begann der zwanglose Teil, der Festzug löste sich auf in Einzelgruppen, die Erntewagen mit ihren Rössern zogen langsam ab, die Kapellen spielten zum Tanz auf. In die Menge mischten sich Pimpfe, BDM- und Jungmädels, die bisher

Spalier gestanden hatten. Jojo machte ihre Hand los, sie wollte Mechthild suchen. Mit Erlaubnis der Mutter und mit drei Mark in der Hand für Karussell und Rostbratwurst trabte sie davon. Wanda Jordan rief ihr noch nach: »Pass aufs Geld auf!« und »Punkt halb acht an der Litfaßsäule!« Im Weggehen winkte Jojo zurück und sah gerade noch Wolf Weimar bei Mama auftauchen.
Wo war jetzt der Neptunbrunnen? Alles sah heute so anders aus, auf drei Tanzpodien drehten sich die Paare zur Musik. Wo war das Kaufhaus Kröger? Da stand doch der Neptun davor mit seinem Fisch, seinem Knaben und seinem Rätselwort *Quos ego! ...* Ach, da war er ja! Und da war auch Mechthild, die sich zusammen mit ein paar Jungmädeln auf den Brunnenrand gequetscht hatte und vergnügt die Beine baumeln ließ. »Da bin ich!«, rief Jojo. Mechthilds Kameradinnen, die Jojo nicht vom Sophien-Stift kannten, beguckten sie mit offener Neugier. Einen Moment lang fühlte sich Jojo mit ihrem Tupfenkleid und ihrem Florentinerhut angesichts der uniformierten Mädchengruppe wie ein exotischer Käfer.
»Das ist die aus China«, erklärte Mechthild, »sie heißt Josefa, ich sitze neben ihr in der Bank.« Sie rutschte vom Brunnenrand herunter. »Und jetzt zeig' ich dir unsere Kirmes.« Jojo zeigte auf ihrer Handfläche die drei Mark vor. »Ich hab' Geld fürs Karussell.« Die Jungmädels redeten alle auf einmal: »Sag doch mal was auf Chinesisch!« – »Du hast ja gar keine Schlitzaugen!« – »Hast du uns gesehen? Wir haben überall Spalier gestanden.« – »Wo hast du denn den komischen Hut her?« Mechthild zog Jojo mit sich fort, sie mussten beide furchtbar lachen.
Mit dem Kettenkarussell durch die Luft sausen. Davon konnte man nicht genug kriegen. Jojos Rock flatterte und knallte im Wind wie eine Fahne, die Haare flogen auf, den Florentinerhut musste sie festhalten, so sausten sie Hand in Hand nebeneinander in den Kettensitzen durch die Luft. Als die Fahrt zu Ende war, gleich noch mal! Nach dem vierten Mal taumelten sie japsend an die nächststehende Bude, kauften Brausepulver für Limonade, schütteten es sich aus der Tüte in die Hand, giftgrün und grellrot, es schäumte und brodelte in der Hand, und sie schleckten alles mit

spitzer Zunge auf. Mit verschmierten Mündern und mit Lachtränen auf den Wangen liefen sie ausgerechnet Mechthilds Eltern in die Arme, Herrn und Frau Vogelfund. Die Mutter hatte die gleichen dicken, braunen Haare wie Mechthild, zurückgekämmt zu einem Knoten im Nacken. Sie war ziemlich dick, sehr nett, sehr freundlich; aber bestimmt auch sehr streng, dachte Jojo. Der Vater mit Bauch in Curryuniform und einem Bärtchen auf der Oberlippe. Jojo gab die saubere Hand, machte einen Knicks und sagte: »Ich heiße Josefa Jordan. Josefa mit f.« Sie sah Mechthilds rot verschmierten Mund, die rot verschmierte Hand, Mechthild sah Jojos grün verschmierten Mund, die grün verschmierte Hand, und beide mussten wieder schrecklich lachen. »Jetzt reißt euch mal zusammen!«, sagte Frau Vogelfund. Sie wischte ihnen die Münder und die Hände mit einer Papierserviette ab, die hatte sie noch von den Rostbratwürsten. »So …« Sie wandte sich Jojo zu. »Du kommst also gerade aus China. So weit her! Und direkt zu uns nach Weimar.« Sie wusste schon alles von Mechthild. »Und dein Vater musste in China bleiben. Und deinen Bruder habt ihr in ein deutsches Internat eingeschult.« Jojo nickte jedes Mal, es fiel ihr immer schwerer, ernst zu bleiben. »Und deine Mutter?« Jojo sagte: »Die ist auch hier.« Sie drehte sich um, ob sie Mama irgendwo entdecken und vorzeigen könne. Klar, da war sie, nicht zu übersehen. Im roten Kleid tanzte sie wie verrückt mit Wolf Weimar eine Polka auf dem Podium zur Musik von »Ro-sa-mun-de, schenk mir dein Herz …« Jojo wandte ich um und sagte: »Ich kann sie nirgends sehen.«
Aus der mütterlichen Obhut entlassen, blieben den Mädchen gerade noch zwanzig Minuten Zeit für die Kirmes, dann musste Mechthild nach Hause. Und das Feuerwerk? »Das ist erst um acht. So lange darf ich nicht bleiben, morgen ist Schule.« Auch Jojo hatte Schule, aber das Feuerwerk durfte sie trotzdem sehen. »In China gibt's die tollsten Feuerwerke der Welt.« Jojo prahlte mit Absicht. »Und alle Kinder bleiben immer bis zum Ende dabei.« Noch einmal fuhren sie Kettenkarussell und kauften dann zwei Lakritzestangen. Als sie an der Schießbude vorbeikamen,

war diese umlagert von Hitlerjungen und Pimpfen. Die Großen führten vor, was sie beim Kleinkaliberschießen gelernt hatten, die Pimpfe eiferten ihnen wie die Wilden nach. Mechthild zeigte auf einen: »Der Lange da, das ist mein großer Bruder.« Sie deutete auf einen Schmächtigeren: »Und der da ist mein anderer Bruder, er ist Fanfarenbläser im Musikzug.« Jojo sah auf einmal Lothar Rollmann. Ja, es war Lothar! Er schoss ganz konzentriert.

Zum Schluss teilten sich Jojo und Mechthild noch eine Rostbratwurst. »Pass auf«, sagte Jojo, »damit kein Fett auf deine Uniform tropft!« Mechthild beugte sich vor, sagte mampfend: »Nicht ›Uniform‹, bei uns heißt das ›Kluft‹.« Zwei von Mechthilds Jungmädeln kamen dazu, auch die mussten heim. Alle hatten auf ihren weißen Blusen am Ärmel ein schwarzes Dreieck mit der Aufschrift »Weimar«, darunter »Thüringen«. Beim Weggehen sagte eine: »Du trittst doch bestimmt bei uns ein, nicht?« Jojo wusste die Antwort nicht. Mit Florentinerhut und Tupfenkleid stand sie da und sah ihnen nach.

Dreißig Pfennig hatte sie noch in der Hand. Als sie an der Wurfbude vorbeikam, kaufte sie drei Ballwürfe. Und weil sie gut war mit dem Ball, hatte sie drei Treffer und kriegte drei Freiwürfe. Wieder hatte sie lauter Treffer, und dann noch einmal. Am Ende kriegte sie einen großen, weißen Bären überreicht. Zwei Schläge vom Schlossturm: halb acht. Jetzt aber schnell zur Litfaßsäule! Die Menge wurde schon unruhig, erwartete nun das Feuerwerk. Jojo hielt ihren Bären hoch und drängelte sich durch. An der Schießbude stand noch immer Lothar. Er schoss nicht mehr, das Geld war wohl alle. Ihre Blicke trafen sich. Jojo mit ihrer Siegestrophäe schaute in hellem Triumph, Lothar grinste sie an, schief, ziemlich von oben herab.

Zwanzig vor acht an der Litfaßsäule, aber die Mama war noch nicht da, nur Hannelore Weimar und ihr Tierarzt in seinem üblichen Rollkragenpullover. Beide standen Arm in Arm, beide rauchten. Hannelore strich mit der Zigarettenhand über ihre Herrenfrisur, ihre markanten Backenknochen waren gerötet wegen dem Fest. Fräulein Bambach erschien mit Liane Krauss, auch

Mariechen. Alle bestaunten Jojos großen, weißen Bären. Unter allgemeinem »Aaah« gingen die Scheinwerfer an und tauchten das Rathaus, den Schlossturm und das Fürstenhaus in romantisches Licht. Mama und Wolf tauchten aus der Menge auf. Sie hatten beide rote Gesichter und rochen nach Rostbratwurst. Auch sie bestaunten Jojos Siegestrophäe.
Ein lauter Tusch ließ alle aufhorchen. Sämtliche Kapellen zugleich legten mit einer schwungvollen Melodie los, einem beliebten Lied, das viele gleich mitsangen: »Freut euch des Lebens ...« Manche hakten sich unter, um zu schunkeln. »...solange das Lämpchen noch glüht ...« Wolf schnorrte eine Zigarette von seiner Schwester. »Pflücket die Rose ...« Chorsängerin Liane Krauss ließ ihre Stimme jubeln. »... solange sie blüht ...«
Jojo fühlte sich mitgerissen, hätte am liebsten auch laut gesungen. Wie eine Wolke stieg das Lied aus allen Kehlen in die Lüfte. Mit ihrem inneren Auge konnte sie die Wolke genau sehen. Das würde sie morgen malen, ein Bild für Vati. Gespannt auf das Feuerwerk starrte Jojo in den Himmel.
Jetzt! Sprühend rot und grün zischten die Raketen pfeifend steil in die Nacht. Unter »Aaah« und »Oooh« explodierten weiße Sonnen und Sternewerfer über dem Markt, strahlten auf wie himmlische Christbäume. Blendende Lichtsäulen zeigten wie überirdische Finger in den Himmel, kreisten und kreuzten sich. Mit einem knatternden, krachenden Höllenspektakel voller Blitze und Lichtschauer und ohrenbetäubend donnernder Kanonenschläge ging dieser wunderschöne Weimarer Tag zu Ende.

Spätabends im Turmzimmer reichte für Jojo eine Katzenwäsche: schnell, schnell Gesicht, Hals, Hände, in der Waschschüssel gewaschen, alles im kalten Wasser, Zähne putzen überm Abgusseimer, rein in den Pyjama und wusch-wusch ins Messingbett! Den großen, weißen Bär rechts, den Teddy Pong-Ju links im Arm, auf dem Messingknauf baumelte der Florentinerhut. »Du gehst doch auch gleich ins Bett, Mama?« Nein, Mama wollte noch ein bisschen nach unten. Aber vorlesen! Nein, heute nicht mehr.

Gutenachtkuss. »Lass die kleine Lampe an!« Mama ging nach unten.
Die Aufregung war zu groß, die Rostbratwurst lag im Magen zusammen mit Lakritze und Brausepulver. Jojo schlief ein, wachte auf, schlief wieder ein, wachte wieder auf. Das Feuerwerk tobte in ihrem Kopf, die explodierenden Sonnen und Bombenschläge vermischten sich mit den knatternden, knallenden Feuerwerksketten der chinesischen Dienerschaft und dem wahnsinnigen Kläffen von Strupps. Der wilde Traum schickte Jojo mit dem Jang-tse-kiang-Dampfer stromaufwärts am Lagerhaus vorbei, wo ihre Freundin Sarah winkte, vorbei an der Eipulverfabrik, wo zweihundert Chinesinnen winkten, vorbei am Haus mit den zwei Palmen und dem Balkon mit der Dienerschaft und dem Hund – und dem Feuerwerk zum Abschied des *young master*. Alexander streckte über die Reling den Arm aus, der Arm wurde lang und länger, reichte bis nach drüben, bis zur eisernen Rosette des Balkons. Jojo blickte erstaunt zu ihrem Bruder. Über sein Gesicht liefen Tränen. Nanu? Hatte er das nicht gelernt: Ein Junge weint nicht! Auf dem langen Arm balancierte Jojo hinüber zum Balkon, drehte sich nach Alexander um, aber der war weg mitsamt dem Jang-tse-kiang-Dampfer. Englische Kanonenboote lagen auf dem nachtschwarzen Strom, Sampan-Laternen wimmelten wie Glühwürmchen über dem Wasser, Lichterketten zeichneten die Umrisse der Kanonenboote in die Dunkelheit. *Victory Day*, aus den Schornsteinen schossen Lichterfontänen, ein ohrenbetäubend donnernder Kanonenschlag krachte. Vom Knall gegen das Trommelfell wachte Jojo auf. Wo war sie? Wer starrte sie da aus starren Knopfaugen an? Ein weißes Tier, so groß wie ein Eisbär! Von draußen unheilvolles Blätterrascheln, das Turmgespenst ging um. Jojo zog in Panik das Plumeau über Ohren und Augen, flüchtete Rettung suchend in den Schlaf. Der packte sie auch gleich, katapultierte sie in einem neuen irrwitzigen Traum mir nichts, dir nichts ins glitzernde nächtliche Shanghai, so bombastisch wie ein Feuer speiender Vulkan, ein mit tausend glühenden Schriftzeichen kreiselndes Karussell Farben sprühender Straßen, Plätze und

Gewässer. Laufende Lichterketten wie rasende Mäuse rot-grün-gelb-blau, hochjagend an Wolkenkratzern bis in die höchsten Spitzen. Ein riesiger Schriftzug leuchtete am Himmel auf: *»Quos ego!«* an – aus, *»Quos ego!«* an – aus. Von unten nach oben wieder rasende Mäuse rot-grün-gelb-blau. Vom Lichterirrwitz umwirbelt, marschierte Jojo durch die weltberühmte Nanking-Road, in Tupfenkleid und Florentinerhut inmitten einer Hand voll Jungmädels in Kluft, neben ihr Mechthild, alle sangen aus voller Kehle: »Freut euch des Lebens …«
Ein Schwall heißen Glücksgefühls riss Jojo aus dem Traum. Aufrecht saß sie plötzlich im Bett, marschierte noch immer, sang noch immer voll begeisterter Inbrunst: »… solange das Lämpchen noch glüht.«
An Schlafen war jetzt nicht mehr zu denken. Barfuß stieg Jojo die Treppe hinunter und machte einen Spalt breit die Tür auf. Da saßen sie wieder alle um den großen, langen Tisch. Mama, einen Eierlikör vor sich, lachte, Wolf Weimar saß neben ihr. Tante Mali trank ebenfalls Eierlikör, auch sie lachte. Hannelore Weimar, rauchend im Sessel vor dem Radio, erzählte von einem Götterboten auf Rollschuhen, und ihr Tierarzt im anderen Sessel erzählte von dem enormen Busen einer Frau, die Adele hieß. Mama sagte: »Morgen geh' auch ich gleich ins Kino.« Frau Pusch schlief mit Brille und Zeitung am Tisch, Fräulein Krauss und Gottlieb Schüble tranken Wein. Demjensky leerte sein Bierglas, stand auf, betastete sein glatt gescheiteltes Haar und sagte: »Ich muss los, zur Nachtschicht in die Dunkelkammer.« Er hatte es eilig, Jojo drückte sich platt in die Nische beim Lokus. Er sah sie nicht, dabei sah er doch sonst alles. Statt runter lief er die Treppe hinauf, und Jojo hörte ihn anklopfen. Eine Tür wurde aufgemacht. Ulla Bambachs Stimme sagte überrascht: »Celino!«
Jetzt trat Jojo ins Zimmer, an den Tisch, in den Lichtkegel. Sie platzte mit hochdramatischer Miene und der erbarmungswürdigen Klage: »Ich kann *überhaupt nicht* schlafen!«, in die lockere Stimmung der Abendrunde. Oje, das arme Kind! Der ganze Rummel heute mit Tschingdarassabum und Kirmes und Feuerwerk!

Jojo ließ sich bemitleiden. Sie durfte auf Mamas Schoß und berichtete von ihren Albträumen, abschließend verblüffte sie die Runde mit der Frage, was das heiße: »*Quos ego!*« Nanu? Das war doch Lateinisch. Die Mediziner am Tisch rätselten herum. Wo hatte die Kleine das denn aufgeschnappt? So? Geträumt? Und außerdem stand es auf dem Neptunbrunnen am Markt. Na so was! Das hatte bisher keiner gesehen. Wolf ging in den Salon, holte aus dem Bücherschrank ein Lexikon, kam durch die Flügeltür zurück, konnte aber nichts finden. Zu seiner Mutter sagte er mit einem Grübchengrinsen: »Im Salon riecht's nach Havanna extra.« Tante Mali strich sich die frisch gebrannten Löckchen aus der Stirn. Sie hob eine Schulter, hatte beim Lächeln die gleichen Grübchen wie ihr Sohn. »Ich wette«, sagte da der Tierarzt, »ein gewisser Kommerzienrat hat dort seine Duftmarke hinterlassen.« Hannelore rüffelte ihn ärgerlich. »Aber Eberhard! Typisch Tierarzt.«
Jojo bekam Baldriantropfen auf Zucker, und Mama brachte sie nach oben. Sie scheuchte sie ins Bett, stopfte das Plumeau rundum fest und sagte mit Nachdruck: »Jetzt wird geschlafen, basta!«
»Mama?«
»Ja?« Mama war schon an der Tür.
»Ich möchte bei den Jungmädeln eintreten.« Mama kam zum Bett zurück. »Mama, bitte, ich will da auch mitmachen, so wie Mechthild, in Uniform und so … ich meine in Kluft.«
Wanda Jordan war überrascht.
»In meiner Klasse sind fast alle dabei. Mama, darf ich?«
Die Mutter zeigte Stirnfalten. »Ob dir das gefällt?« Sie wusste nicht genau, ob sie es erlauben sollte.
»Bitte, Mama!« Jojo setzte sich auf. »Frag nicht erst den Vati, das dauert doch viel zu lange.«
Die Mutter verschob das Problem auf den nächsten Tag. »So was muss man erst überschlafen. Aber wenn du mal dabei bist, darfst du nicht jammern, du weißt, die haben andauernd Dienst. Das musst du dann ohne Mucksen alleine ausbaden!«
Jojo warf sich in die Kissen zurück: »Ich fänd's prima!«
Die Mutter sagte noch mal mit Nachdruck: »Wer A sagt, muss

auch B sagen. Malen, Bücher lesen, Rumtrödeln – dafür bleibt dann nicht mehr viel Zeit. Wer sich verpflichtet, muss dann auch seine Pflicht tun!«

Jojo in ihrem Kissen, putzmunter und todmüde, baldrianschläfrig und überkandidelt, sagte, als wäre sie schon ein echtes Jungmädel: »Ich werd' schon nicht aus den Latschen kippen!«

Am Montag in der Schule versagte Jojo ganz jämmerlich beim Aufsatz. Erst tuschelte sie zu Mechthild hinüber: »Ich darf zu den Jungmädeln. Ganz bestimmt ... Ich hab' meine Mama schon halb rumgekriegt.« Klassenleiterin Fräulein Gessling stand plötzlich neben der Bank und sagte streng: »Josefa!« Jojo sprang auf, stand in gerader Haltung vor der Lehrerin, die trotz der Schnecken über den Ohren das Getuschel gehört hatte. »Hier ist kein Ratschkränzchen, Josefa, hier wird mit Ernst und Disziplin gearbeitet. Wir sind nicht wie in China nur drei, sondern wir sind dreißig in der Klasse.« Die beiden Mädchen wurden auseinander gesetzt. Mechthild hatte schon das halbe Blatt voll, Jojo, jetzt auf der Strafbank ganz hinten, hatte noch kein einziges Wort außer der Überschrift: »Mein schönstes Erlebnis am Erntedanktag.«

Jojo kaute am Federhalter. Das »schönste« am gestrigen Sonntag war einfach alles! Ihr Gehirn spuckte Bilder aus wie eine Laterna magica: fahnen- und girlandengeschmückte Straßen, festliche Menschen im Jubel, Kolonnen im Gleichschritt, polierte schwarze Autos und Heil-Hitler-Rufe, geschmückte Rösser vor Erntewagen, Pimpfe mit Trommeln und Fanfaren, der Höhenflug im Kettenkarussell, der erbeutete große, weiße Bär, das Feuerwerk und die Kanonenschläge. Wie sollte man das auf zwei Seiten aufschreiben? Wie sollte sie Worte finden für die Größe und den Glanz dieser Erlebnisse? Nur dürre Sätze fielen ihr ein, dürr, glanzlos, blöde: »Am Vormittag ging es schon los. Die ganze Stadt war geschmückt. Schwarze Autos fuhren vor. Der Gauleiter stieg aus und ging ins Theater. Dann marschierten alle durch die Schillerstraße. Am Nachmittag war die Kirmes. Auf dem Markt hingen Erntekränze. Der Erntedankzug ...« Das war nicht das, was sie

erlebt hatte! Keine Spur von den gebrüllten Lautsprecherreden und der süßen heißen Schokolade mit Sahne im Café an der Schillerstraße, keine Spur von dem blitzenden Blick aus Lothars Augen, der vorbeimarschierte. Schreibfehler machte sie auch noch, strich aus, verbesserte, schrieb oben drüber. Aus der Feder spritzte ein dicker Klecks. Na, prost Mahlzeit! Zwei Tränen tropften auf das Geschriebene und verursachten wässrige Flecken. Auch das noch! Das gab – so klar wie Erbsensuppe – eine Fünf.
Einen Schubs nach oben erlebte Jojo beim Turnen. Die Klasse mit den dreißig Schülerinnen übte Leichtathletik. Da musste jeder Leistung zeigen, weil unerbittlich die HJ-Sportwettkämpfe auf alle zukamen. Also Fünfundsiebzigmeterlauf, Schlagballwurf, Hochsprung, Weitsprung, Staffellauf – alles Pflichtübungen. Jojo fiel im Hochsprung auf. Sie flog wie ein Gummiball über die Latte. Noch fünf Zentimeter höher, noch drei Zentimeter höher, noch zwei. Sie sprang und sprang, als hätte sie Flügel, als entbehre sie der Erdenschwere. Die Sportlehrerin rief sie zu sich: »Josefa Jordan, ich melde dich für die nächsten Jugendspiele an. Du bist doch Mitglied bei den Jungmädeln?«
»Ja.« Jojo nickte und log: »Ich bin dabei.«

Immer diese scheußlichen ersten Male! Das erste Mal in der »Pension Weimar« (Handgeben und Knicks. »Ich heiße Josefa Jordan. Josefa mit f.«). Das erste Mal in der Schule (»Das ist Josefa Jordan, sie kommt aus dem fernen China« und »Die hat ja gar keine Schlitzaugen!«).
Das nächste erste Mal war jetzt nachmittags, gleich um drei, im Lehrerzimmer des Sophien-Stifts: Nachhilfe in Französisch bei Studienrat Köhler. Jojo schritt in dem bombastischen Treppenhaus die Steinstufen zwischen den Säulenkolonnen empor und unter Spitzbögen den Kreuzgewölbegang entlang bis zur Tür des für Schülerinnen verbotenen Lehrerzimmers. Sie brauchte eine Weile, dann klopfte sie an. Nichts. Kein Herein. Sie klopfte nochmals. Sie drückte die Klinke, die Tür ging auf, niemand war da.
Jojo trat ein, blieb stehen. Das geheimnisvolle Lehrerzimmer, von

dem alle eine verschwommene, ehrfürchtige und beängstigende Vorstellung hatten, war überhaupt nichts Besonderes. Schreibtische, Stühle, ein großer Tisch, ein Stehpult wie bei Goethe und genauso popelig, Aktenschränke, Garderobenhaken, eine Wanduhr, eine Deutschlandkarte, ein Führerbild, ein Kunstkalender und Zimmerpflanzen im hohen Rundbogenfenster.
Jojo stand da, wartete, ging zum Fenster, guckte zwischen den Zimmerpflanzen hindurch hinaus. Auf dem Platz vor dem Stift bimmelte eine Straßenbahn vorbei, eine Gruppe Jungens war mit einem Fußball unterwegs. Jojo drehte sich wieder um, sie als Einzige in der ganzen Stadt Weimar musste hier am Nachmittag in der Schule auf den Nachhilfelehrer warten. Sie blickte auf ihre Schuhe, machte Spielchen mit den Füßen: Fußspitzen zusammen, Fersen auseinander, Fersen zusammen, Fußspitzen auseinander. Sie hielt Kladde, Block und Schreibetui unter dem linken Arm festgeklemmt, und machte auf Zehenspitzen Langeweilerschrittchen bis zur Wand. Da hing der Kunstkalender. Das Bild des Monats zeigte eine riesengroße Bronzefigur, einen Mann mit Schwert und Siegermiene, splitterfasernackt, mit gewaltigen Muskeln und dort, wo sonst Männer die Hosen zuknöpften, mit einem sehr großen, sehr dicken ... Jojo wusste keine Benennung dafür. Sahen Männer da unten wirklich so aus? So merkwürdig. Wie Wurst auf Birne. Jojo hatte noch nie einen nackten Mann gesehen, außer einmal den Vati in der Badewanne, aber gerade an dieser Stelle hatte ein Waschlappen gelegen. Sie sah sich das nächste und das übernächste Bild an: nackte Krieger und nackte Denker. Ihr Bruder Alexander, klar, das wusste sie, hatte einen Zipfel. Er konnte im Stehen pinkeln und er hatte die kleine Schwester auch mal anfassen fassen, wo die zwei Kugeln im Beutel waren. »Ich hab' zwei Schusser verschluckt, die sind jetzt da drin.«
Jojo hörte Schritte im Gang, ging auf Distanz zum Kunstkalender, stand da mit Kladde, Block und Schreibetui. Ein Schlüssel wurde ins Türschloss gesteckt, aber es war ja offen. Studienrat Köhler in Knickerbockern, mit Brille und einem Hut auf der Stirnglatze trat ein und sagte: »Ah, da bist du ja!« Er hängte den Hut auf einen

Haken, zog seine Pfeffer-und-Salz-Jacke mit den Lederherzen auf den Ellenbogen aus, hängte sie auf, setzte sich und nahm ein Formular. »Und wie heißt du?« – »Josefa Jordan. Josefa mit f.« Er schrieb ihren Namen auf und erzählte von der Fahrradkette, die gerissen war und die Verspätung verursacht hatte. »Wir machen dafür länger.« Auch das noch! Er knallte ein zerfleddertes Französischbuch auf das Pult. »Setz dich an den Tisch, nimm deine Kladde! Du hast also noch kein Französisch gehabt?«

»Nein.«

»Die Grammatikbezeichnungen kennst du aber?«

»Ja.«

»Dann gehen wir methodisch vor: Wir nehmen ein französisches Verb, das konjugieren wir durch: ich, du, er, sie, es ... in Präsens, Imperfekt, Historischem Perfekt ... Dann das Ganze im Konjunktiv und in der Verneinung und in der Frageform und in der verneinten Frageform ...«

Jojo fühlte im Bauch einen Klumpen aus nervösem Ich-weiß-nicht-was. Der Studienrat ging vor wie ein Trampeltier. Jetzt stand er auf, ging beim Reden hin und her und blieb in voller Größe vor Jojo stehen, die ganz klein am Tisch saß. Mama hatte ihr mal geraten, wenn einer ihr zu groß und zu mächtig komme, solle sie sich ihn einfach in Unterhosen vorstellen: »In Unterhosen verlieren alle Männer ihre Macht.«

»Natürlich musst du fleißig Vokabeln lernen«, dröhnte der Studienrat. »Die anderen sind schon ein halbes Jahr voraus.«

Jojo sagte: »Dafür kann ich Englisch und Chinesisch.«

»Das nützt dir hier nichts.«

Jetzt! Sie stellte sich Studienrat Köhler in Unterhosen vor, wie er da so groß vor ihr stand. Aber nicht in Unterhosen erschien er vor ihrem inneren Auge, sondern wie die Figur im Kunstkalender: splitterfasernackt. Jojo erlitt zwischen Schrecken und Kichern einen heimlichen Erstickungsanfall. Jetzt brachte er ihr auch noch die Eigenart der französischen Aussprache nahe, beugte sich zu ihr, sprach ihr Wörter mit langen nasalen und mit halblangen nasalen Tönen vor, hielt sich dabei die Nase zu, presste die Wörter an seinen Halsmandeln vorbei. Wo, um Gottes willen, blieben seine Unterhosen? Er war immer noch splitterfasernackt.

Ein klarer, blauer Herbsthimmel spannte sich über die kilometerlange Zweierreihe farbenprächtiger, machtvoller Bäume: die Belvedere-Allee. Frisch und kühl war die Luft. Mutter und Tochter schritten flott voran auf ihrem ausgiebigen Spaziergang, und auch als die Straße zur Anhöhe anstieg, wurden sie nicht langsamer.
Mama sagte: »Die Belvedere-Allee, musst du wissen, ist berühmt, sie führt direkt zum Schloss.« Sie sagte: »Sieh mal, da das Haus, da hat mal ein berühmter Maler drin gewohnt.« Und sie sagte: »Da drüben der Goethe-Park ist nach englischem Muster angelegt; natürliche Landschaft, aber exotische Bäume aus aller Welt. Du musst natürlich hinschauen ...«
Aber Jojo schaute nicht hin und hörte nicht hin. Jojo hätte viel lieber Ball gespielt, hätte lieber hundertmal ihren Ball gegen die Mauer des Bankgebäudes geworfen. Beim Ballspiel konnte Jojo die Welt vergessen, beim Ballspiel plusterte ihre Seele sich auf, wenn man sie klein gemacht hatte, beim Ballspiel trainierte sie mit selbst erfundenen Strafpunkten die Lust an der Ausdauer, das Ballspiel machte sie frei.
Und warum wollte sie dann unbedingt zu den Jungmädeln? Die Kluft anziehen? Sich einordnen? Sich unterordnen?
Mama erzählte von Maria Paulowna, der Zarentochter, die im Schloss Belvedere gelebt hatte und in der goldenen Kapelle mit den fünf Zwiebeltürmen begraben war. Mitten in Mamas Satz hinein sagte Jojo: »Gehen wir morgen die Kluft kaufen?«
Mama blieb stehen. Jojo auch. Sie blickten sich an, Mutter und Tochter. Sie waren sich so ähnlich, die gleichen hellen Augen und die gleichen dunklen Haare, und doch so verschieden in ihren Wünschen an das Leben.
Mama sagte entnervt und mit Nachdruck: »Wir haben das doch alles von vorn bis hinten durchgekaut!«
»Ja, aber ...«
»Du weißt, was du dir damit einbrockst.«

Ja. Mama hatte ihr alles aufgezählt, was sie an der Sache mies fand, und jetzt fing sie noch mal damit an!
Eigensinnig sagte Jojo: »Die ganze Klasse ist dabei. Außer mir fast alle. Ich will auch zu den Jungmädeln!« Dabei sein. Das wollte sie. Mitmachen. Singen, Marschieren, Spalier stehen – so wie Mechthild.
Am Ende gab die Mutter halbherzig die Erlaubnis.

In der Schillerstraße vor dem Fachgeschäft für Uniformen sah Jojo schon ihre Freundin stehen, Mechthild mit den dicken, braunen Zöpfen. Hier hatten sie sich verabredet, Jojo mit Mama und Mechthild mit einem Zettel, auf den sie alles für Jojos Einkleidung geschrieben hatte. Als Wanda Jordan nachgekommen war, im schwingenden Crèpe-de-Chine-Kostüm, mit Federhütchen und Lacktasche, streckte sie die Hand aus: »Du bist also die Mechthild!« Mechthild machte ihren Knicks. Frau Jordan sagte: »Jojo hat mir schon viel von dir erzählt.«
»Jojo?«
»Ich meine Josefa. Jojo ist der Spitzname von ihr.«
Mechthild warf einen Blick auf Jojo mit der üppigen, dunklen Mähne. »Ein Pony-Name?« Nein, nein! Es gab Gelächter. Jojo war kein Pony, Jojo war die Abkürzung von *Jo*sefa *Jo*rdan. »Lasst uns reingehen!«
Die Verkäuferin brauchte überhaupt nicht auf Mechthilds Zettel zu sehen, sie wusste »aus dem Effeff«, was alles zur Jungmädelkluft gehörte: weiße Bluse, dunkelblauer Rock, Kletterweste (leider wieder mal curryfarben), schwarzes Halstuch, Lederknoten, Berchtesgadener Jacke, schwarz mit Rot und Grün, Söckchen, Turnzeug und Bundschuhe. Dazu ein schwarzes Armdreieck mit »Weimar« darauf und darunter »Thüringen«.
In dem großen, ovalen Kippspiegel erlebte Jojo ihre Verwandlung in ein Jungmädel. Schließlich stand sie da in Bluse, Rock, Halstuch und curryfarbener Kletterweste. Diese war unbequem und schwer. Mama fragte: »Ist die nicht zu schwer und unbequem?« Aber Jojo schüttelte den Kopf. »Nein, die ist in Ordnung.« Jetzt

noch ein HJ-Abzeichen zum Anstecken an die linke Brusttasche. Jojo strich die Haare zurück, ihr Gesicht glühte, sie schwitzte im Nacken. Jetzt noch die Schuhe. Die passten wie alles auf Anhieb, waren aber ungefähr so schwer wie Ziegelsteine.
Die tüchtige Verkäuferin drehte Jojo für alle im Kreis herum und sagte freudig bewegt: »Scheen, nich wa? So en Jungmeedche möcht ich ooch noch amal sein!«
Nach Limonade und Mohrenkopf in der Konditorei trennte man sich. Hausaufgaben machen. Und Mechthild musste noch Klavier üben.
Im Turmzimmer zog Jojo sofort alles an, dann ging sie hinunter und stellte sich in ihrer Kluft vor. Man saß zusammen im bunt verglasten Wintergarten unter der grünen Zimmerlinde um den runden Tisch herum. Tante Mali zerschnitt alte Frauenstrümpfe in Streifen und wickelte sie zu Knäueln auf, Tante Frieda häkelte einen Kleiderbügelüberzug, Frau Pusch war beim Wäscheausbessern, Mariechen beim Messerputzen. Wolf Weimar brütete über medizinischen Wälzern und klein bekritzelten Schreibseiten. Alle unterbrachen ihre Tätigkeit und begeisterten sich für das Jungmädel Jojo. Mama stand an die Vitrine gelehnt, begutachtete ihre Tochter und lächelte ein bisschen schief. Da kam Demjensky hereingeschneit, sah Jojo in Kluft und lief gleich, um seine Leica zu holen, und Fotos zu machen. »Für deinen Vati, der wird stolz auf dich sein. Und eins mit der schönen Mama.« Dann schob er Jojo an den Tisch. »Und eins mit der ganzen Runde.«

Mittwochnachmittag. Dienst! Das erste Mal Dienst. Antreten an der Herz-Jesu-Kirche. Mechthild holte Jojo in der »Pension Weimar« ab. In Kluft und Kletterweste, denn es ging ein kalter Wind, zogen sie los. Jojo winkte nicht zurück zum Küchenfenster, wo, das wusste sie, Mama und Tante Mali ihnen hinterherschauten. Gut, dass Mechthild an ihrer Seite war, denn vor der Herz-Jesu-Kirche erwartete Jojo wieder einmal das verhasste erste Mal: eine neue Gruppe, die neugierigen Blicke, die blöden Fragen. Die Jungmädels standen schon da, drei kannte sie aus der Klasse, zwei

von der Kirmes. Mechthild stellte Jojo der Führerin vor: »Das ist die Neue, die schon den Mitgliedsantrag gestellt hat, Josefa Jordan.« Und Jojo sagte: »Josefa mit f.« Die Führerin schüttelte ihr die Hand, sagte: »Ich bin deine Jungmädelschaftsführerin, ich heiße Edith, Edith Müller.« Edith, mit der rotweißen Führerschnur, war robust und stämmig und hatte wie Fräulein Gessling Schnecken über den Ohren. Sie war dreizehn oder vierzehn, hatte Pickel und schon ziemlich Busen unter der Kletterweste. »Ich begrüße dich im Namen der Kameradinnen in unserer Gemeinschaft!«
Der Größe nach wurde angetreten, abgezählt, Meldung gemacht. Jojo stand neben Mechthild, die zwei Finger größer war als sie. Von Edith Müller kamen die Befehle: »In Dreierreihen, schwenkt!« und »Im Gleichschritt, marsch!« Jojo machte mit, passte höllisch auf und marschierte in der Dreierreihe über den Platz. Edith Müller rief: »Wir singen das Reiterlied!« Sie bogen in eine Straße ein. »Achtung, ein Lied: zwo, drei …« Dann stieg aus elf Mädchenkehlen das Lied in die Lüfte: »Auf, auf Kameraden, aufs Pferd, aufs Pferd!« Die Jungmädels sangen und marschierten durch die Straßen, der Herbstwind riss ihnen die Worte von den Lippen, stellte Jojos ungebändigte Haare auf, wehte sie ihr ins Gesicht. Sie traute sich nicht, die Strähnen zurückzustreichen, wegen der für Arme und Beine vorgeschriebenen Marschordnung. Irgendwie fühlte sie sich plötzlich ganz unwirklich. Marschieren, marschieren, singen, singen, die Kletterweste drückte auf ihre Schultern, steif und dick, der lange blaue Rock scheuerte gegen die Waden, die Bundschuhe waren wie Klötze aus Lehm. Der Marschgesang der Mädchen im Wind war hoch und dünn, er klang Jojo ein bisschen widerlich im Ohr. Sie begegneten zwei anderen Jungmädelschaften, die ebenfalls mit Gesang durch die Straßen marschierten. Die Führerinnen grüßten sich mit erhobenem rechtem Arm.
Endlich am Ziel! Eine Volksschule, ein Klassenzimmer. Hier fand der Heimnachmittag statt. Die Anwesenheitsliste wurde verlesen. Ein Mädchen fehlte, war krankgemeldet, hatte Ziegenpeter. Da wurde gelacht. Ein Neuzugang war vermerkt: Josefa Jordan aus

Han-Kau in China. Jojo musste vor zur Führerin, die sich hinters Lehrerpult gesetzt hatte. Alle starrten auf Jojo. Gleich würde wieder eine schreien: »Die hat ja keine Schlitzaugen!« Jojo riss ihre hellen Augen besonders weit auf. Die Führerin setzte zur Rede an, sicher würde kommen: Erzähl doch mal was von China! Und Jojo hatte sich schon ausgedacht, womit sie sie schockieren wollte, mit beharrten Riesenspinnen und Tausendfüßlern, die nachts über deinen Hals krabbeln, und giftigen, roten Ameisen und Skorpionen, die sich selbst umbringen konnten.

Aber Jungmädelschaftsführerin Edith hatte ganz anderes im Sinn, sie fand, dass Jojos wilde, vom Wind zerzauste Mähne nicht zu einem ordentlichen Jungmädel passte. Sie sagte, sie solle sich Zöpfe flechten. Mechthild meldete sich, und unter den Augen aller bekam Jojo Rattenschwänze, die mit Gummischnipsern gesichert wurden. Und wie sah das aus? Sie fassten sich mickrig und kurz an. Es gab keinen Spiegel. Edith kündigte zur feierlichen Aufnahme von Josefa den Besuch der Jungmädelgruppenführerin an. Bis dahin ließ sie singen. Jojo kriegte ein Liederbuch, es hieß »Singkamerad«. Sie sangen: »Es braust ein Ruf wie Donnerhall, wie Schwertgeklirr und Wogenprall« und »So gelte denn wieder Urvätersitte« und »Steige hoch, du roter Adler«. Die Lieder gefielen Jojo, die Stimmen der elf Mädchen dagegen in dem nüchternen Klassenzimmer ohne Begleitung waren ihr zu hoch und zu armselig.

Die Führerin sprang auf und rief: »Achtung!« Alle sprangen auf, Jojo mit Verzögerung, und nahmen Haltung an. Man grüßte sich stramm mit Führergruß.

In der geöffneten Klassentür war eine erschienen mit Brille und grünweißer Führerschnur, blond, vielleicht sechzehn Jahre alt: die Jungmädelgruppenführerin. Edith Müller meldete mit geröteten Pickeln: »Jungmädelschaft vier/einhundertdreizehn mit elf Jungmädeln beim Heimnachmittag! Ein Neuzugang!«

»Hinsetzen!«

Der Neuzugang, das war Jojo. Sie griff nervös nach ihren Rattenschwänzen. Sie wurde nach vorn gerufen.

Die Gruppenführerin sagte: »Du bist also Josefa Jordan« – sie schaute auf ihren Spickzettel – »aus Han-Kau in China. Du bist nach Weimar gekommen und hast dich freiwillig zum Eintritt in die HJ gemeldet?« Jojo nickte. »Ich werde dich jetzt vereidigen.«
»Achtung!«, schrie Edith Müller. Alle sprangen auf.
Jojo kriegte ein Blatt in die Hand, musste laut und feierlich den Text sprechen: »Jungmädel wollen wir sein, stark und stolz wollen wir werden ...« Sie fühlte, wie ihr das Blut in die Wangen stieg, wie sie unter den Rattenschwänzen feucht wurde. »Zu aufrichtig, um etwas scheinen zu wollen, zu gerade, um Streber oder Druckmäuser zu sein.« Druckmäuser! Sie räusperte sich, verbesserte: »... oder Duckmäuser zu sein.« Sie erhob ihre Stimme: »Zu ehrlich, um zu schmeicheln, zu gläubig, um zu zagen und zu zweifeln, zu trotzig, um feige zu sein ...«
Schauer liefen ihr über den Rücken, trotz des Versprechers war sie heftig erschüttert.
Die Gruppenführerin gab ihr die Hand, sagte noch etwas von Adolf Hitler und von »einer für alle und alle für einen«, von Treue und Pflicht und freudiger Opferbereitschaft, von Fahne und Tod. Noch ein Lied – dann fuhr sie mit dem Fahrrad weg.

Sie marschierten in Formation zurück, durch viele Straßen, der Rock scheuerte gegen die Waden, die Bundschuhe hingen schwer an den Füßen, es war windig und fing an zu nieseln. Das merkte Jojo alles nicht, sie sang und marschierte unbeirrbar in ihrem neuen Hochgefühl.
An der Herz-Jesu-Kirche löste sich die Gruppe auf. Mechthild und Jojo trennten sich, Jojo stiefelte alleine los Richtung »Pension Weimar«. Sie zog die Gummischnipser von den Rattenschwänzen, sie pulte, während sie dahin stiefelte, die feuchten Flechten auf und schüttelte den Kopf. Im Nu stand die dunkle Haarpracht wie die Mähne eines Wildpferds um ihren Kopf. Sie bückte sich, um den Schuh auszuziehen und das Söckchen, weil der Fuß aufgescheuert war. Als sie hochkam, stand Lothar vor ihr, mit dem Fahrrad, in Uniform, von oben bis unten voll Dreck.

»Mensch Meier, ich werd verrückt!«, sagte er. »Die Porzellanpuppe aus China – jetzt ganz zackig in Kluft!« Er lachte und zeigte seine Zähne, und seine Augen blitzten in dem verschmutzten Gesicht. Jojo wurde rot, das kam aber bestimmt nur vom Bücken.
»Dich drückt wohl der Schuh?« Jojo zeigte ihm ihre blutige Ferse, und Lothar, ganz Kamerad, bot ihr an, sie auf dem Fahrrad mitzunehmen. »Wenn ich dir nicht zu dreckig bin. Wir hatten Geländeübung.«
Jojo kletterte auf die Stange des Herrenrads, saß zwischen seinen Armen wie ein gefangener Paradiesvogel. Ein Paradiesvogel in Kluft. Lothar nahm Anlauf und Schwung, landete im Sattel, und ab ging die Fahrt, rappelnd übers Kopfsteinpflaster der Kaiserin-Augusta-Straße. Es war ganz schön wackelig, und sie mussten lachen. Jojos Haare flogen ihm um die Nase, er musste niesen. Da lachten sie noch mehr. Dann bog er bei der Bank ein, fuhr sie bis vors Küchenfenster und ließ sie absteigen.
Jojo sagte: »Ich heiße Josefa.«
»Weiß ich schon«, sagte er. »Ich heiße Lothar.«
»Weiß ich.«
»Na denn ...«, sagte Lothar und startete schwungvoll, auf einem Pedal stehend, Richtung Haustür.
Jojo klopfte an die Scheibe, rief: »Tante Mali, ich bin da!« Er verschwand im Eingang zum Zwergenhaus, guckte vorher aber noch mal, genau in dem Augenblick, als auch Jojo guckte.

Dienst am Mittwoch – Dienst am Sonnabend – Antreten am Sonntag. Marschieren, singen, marschieren, singen. Völkerball, Dauerlauf, Schulung. Dienst am Mittwoch – Dienst am Sonnabend – Antreten am Sonntag. Aufmarsch, Appell, Fahnenhissen, Fahnensprüche. Im Gleichschritt Marsch! Mit Kletterweste, Bundschuhen und Rattenschwänzen. Es gab kein Entrinnen.
Auf dem Brettersitz saß Jojo und sang, was die Stimme hergab. »Wach auf, du deutsches Land, wach auf, die Heldenzeit bricht an« und »Unsere Fahne flattert uns voran« und alles was im »Singkamerad« mit Bleistift angekreuzt war. Das paukte sie sich

ein, ungestört auf dem unfeinen, fliegenumschwirrten Plumpsklo, das in Weimar Lokus hieß.
Auch französische Vokabeln konnte man hier prima konjugieren, für den Herrn Studienrat Köhler mit Brille und Stirnglatze und manchmal ohne Unterhosen. Das Ganze dann im Konjunktiv, in der Verneinung, in der Frageform, in der verneinten Frageform. Es war so genau geregelt und so spannend wie das Spiel mit dem Ball gegen die Mauer des Bankgebäudes.
Dazwischen studierte Jojo in der säuberlich zerschnittenen, rechteckig gehäuften, als Klopapier dienenden »Thüringer Landeszeitung«, wenn auch verstümmelt, das Neueste aus Weimar: »Demnächst im Ki... ›Pünktchen und A... freigegeben ab s...«
Kästners »Pünktchen und Anton« hatte letzte Weihnachten in China auf dem Gabentisch gelegen. Mama hatte das Buch Jojo und Alexander kapitelweise vorgelesen, wenn sie nicht gerade im Abendkleid antänzelte und das Vorlesen ausfiel, weil sie zu einem Ball oder einem Basar oder zu einem Galaessen mit den Chinesen oder zum Osterfest der Weißrussen musste. »Pünktchen und Anton« als Film, da wollte Jojo unbedingt rein. Natürlich mit Mechthild.
»In vier Schaufen... eine Ausstel... Käthe-Kruse-Pu...«
Das war bei Kröger. Auf der Modeseite, halb zerschnitten, fand sie ein Kleid mit Spitzenkragen und Spitzen an den Ärmeln. Ob ihr Frau Rollmann so eines schneidern würde für Berlin? Sie nahm den Zeitungsausschnitt an sich. Auf dem nächsten Blatt war wieder mal »Volksgenossen, beflaggt eure Häuser« gedruckt. Eine »Großkundgebung« wurde angekündigt. Das ging auch Jojo an, denn da würde sie dabei sein: aktiv in Kluft, mit ihrer Jungmädelschaft, und zwar wieder zum berühmten ersten Mal.

Sonntag. Kaiserin-Augusta-Straße. Antreten früh um sieben. Der Wind blies den Hunderten ins Gesicht, es war bitterkalt. Jojo suchte ihren Jungmädelzug, steckte die eiskalten Hände in die Kletterweste.
Mama hatte sich, als Jojo aufgestanden war, in ihrem Seidennacht-

hemd tief unters Plumeau gekuschelt. Sie konnte nicht verstehen, was so erhebend daran sein sollte, sonntags in aller Herrgottsfrühe für die Volksgemeinschaft aufzustehen und in der Kälte anzutreten. Aber das lange, ältliche Mariechen, das gerade im Turmzimmer zum Heizen des Kachelofens auf der Erde kniete, hatte Mama unter heftigem Stochern erklärt, dass das deutsche Volk sich nur in Einheit und Kraft aus Not und Elend befreien könne. Mamas schwarzer Lockenkopf war zwischen Kopfkissen und Plumeau aufgetaucht: »Aber doch nicht früh um sieben!« Und Jojo war ermahnt worden, auf alle Fälle lange Strümpfe anzuziehen und erst darüber die Söckchen. Mariechen hatte weiter gestochert. »Keiner von uns ist arbeitsscheu. Aber wer arbeiten will, für den muss auch Arbeit da sein. Zum Einheizen müssen auch Kohlen da sein. Und für die Kartoffelsuppe müssen Kartoffeln da sein. Für alle!« Jojo hatte sich ein Paar von Mamas fleischfarbenen Seidenstrümpfen gemopst, sie an den Gummibändern ihres Leibchens festgemacht und über Mariechens Reden gerätselt. In der »Pension Weimar« gab es doch Kohlen und Kartoffeln in Hülle und Fülle und dazu Braten und Klöße und Pudding und Kakao.

In riesigen Formationen marschierten sie los durch die Stadt, Jojo neben Mechthild, in der Reihe vor ihnen drei Jungmädelschaftsführerinnen mit rotweißen Schnüren, eine davon war Edith Müller mit den Schnecken über den Ohren und den Pickeln im Gesicht. Vornweg die Pimpfe mit Landsknechttrommeln und Fanfaren, hinter ihnen mit wehenden Fahnen die HJ, dann die BDM-Mädels und die Jungmädels mit schwarzen Wimpeln und hell klingenden Marschliedern. Überall drängten sich Menschen. Die Jugend war aufgerufen zur Großkundgebung für das Winterhilfswerk. Der Marsch endete auf dem Markt. Nacheinander nahmen die Formationen Aufstellung zum Appell. Es dauerte eine Ewigkeit, bis alle an ihrem vorgeschriebenen Platz waren. Vorne unterm steinernen Balkon des Rathauses spielte eine HJ-Kapelle, oben standen wie immer bei Großveranstaltungen die Kübelpalmen, heute besonders vom Wind gebeutelt. Im Wind flatterten auch die Girlanden und die wild bewegten Fahnen.

Jojo trat von einem Fuß auf den anderen: ein pflichtgetreues, opferbereites, Wind und Wetter trotzendes Mitglied der Volksgemeinschaft. Darauf musste man stolz sein. Wie schön warm war es wohl jetzt in China? Vielleicht saß Vati gerade in seinem weißen Tropenanzug im Korbstuhl auf dem mit Rosetten verzierten Balkon am Jang-tse-kiang, Strupps an seiner Seite, Zigarre in der Hand und vor sich den Five-o'clock-Drink, den der Number-one-Boy ihm gerade serviert hat. Vielleicht sah er gerade, wie ein Handelsdampfer aus Bremen zwischen den Dschunken, Sampans und Kanonenbooten manövrierte und an der Hulk vor dem Haus festmachte. Die Kulis würden an Bambusstangen alles auf den Warenhof schleppen mit ihrem *Eee-ho-aaa-ho*-Singsang, und der Kapitän mit dem Ersten und Zweiten Offizier würde zum Dinner eingeladen. Von Vati war lange keine Post gekommen, vielleicht hatte es wieder Hochwasser oder Straßenkrawalle oder eine Revolution gegeben.
Plötzlich schrien ringsum alle laut und begeistert. Was war los? Jojo hatte nicht bemerkt, dass die Großkundgebung längst losgegangen war. Auf dem Balkon zwischen den gebeutelten Palmen stand ein Mann und hielt eine Rede. Jojo schaute zu Mechthild. Die flüsterte: »Das ist der Reichsjugendführer Baldur von Schirach.«
Baldur? Hieß so nicht einer von den germanischen Göttern? Das hatten sie doch in der Schule durchgenommen. Baldur da oben redete und redete. Er rief die Jugend auf zum Einsatz mit Sammelbüchsen für das WHW, weil jeder Groschen wichtig sei. Dann kam unter Beifallsgetöse Gauleiter Sauckel, den erkannte Jojo schon. Auch er redete und redete. Vom Reichsopfertag und vom Eintopf und von Kartoffeln und Kohlen. Er schrie und stieß mit dem Zeigefinger in die Menge: »Auch du! Und auch du!« Mit einem Mal konnte Jojo es nicht mehr aushalten. Wie in einem wilden Strudel fing alles an sich zu drehen, wie in einem Trichter kreiselten die Fahnen, die Girlanden, die Uniformierten, das Rathaus und der Schreihals auf dem Balkon. Sie hörte eben noch einen kleinen Aufschrei neben sich und Stimmen. Dann war alles schwarz ...

Der raue Ärmel eines Sanitäters weckte Jojo wieder auf. Der Mann schleppte sie auf seinen Armen zu einem im Rathaus eingerichteten Notdienstraum. Hier wurde Jojo auf eine Pritsche gelegt. Langsam wurde sie wieder klar im Kopf. Sie sah sich um. Auf Pritschen lagen reihenweise andere Umgefallene, und laufend wurden neue von den Sanitätern hereingetragen. Einer in Uniform mit rotem Kreuz am Ärmel kam und zog Jojo die Augenlider hoch. »Wohl 'n bisschen blutarm«, sagte er.

In der Küche der »Pension Weimar« saßen alle schon beim Eintopf um den Tisch, als Jojo mit ihrer dramatischen Neuigkeit von der Ohnmacht auf dem Marktplatz angestiefelt kam. Wie ein Opferlamm wurde sie bemitleidet und gehätschelt. Fällt in Ohnmacht mitten auf der Großkundgebung! Tante Frieda sagte: »Du großer Gott!«, und Mama rief erregt: »Sie ist ein Tropengewächs! Das Klima hier ist zu rau für sie!« Wolf fühlte Jojo den Puls, seine Hand hatte einen festen, starken und doch feinfühligen Zugriff. »Der Puls ist ganz normal«, sagte er zu Wanda Jordan. »Wir können ruhig ins Kino gehen.« Hannelore Weimar rauchte. Sie suchte den Aschenbecher und gab ihrem Tierarzt Feuer, der sagte mit Mitleidsmiene: »Sie hat das Geschrei vom Sauckel nicht vertragen.«
Es klingelte, Wolf ging aufmachen, brachte einen Mann in die Küche in curryfarbener Uniform, mit Currymütze, blank geputzten Stiefeln, dickem Bauch und strammem Hitlergruß. In der Hand hielt er eine Liste. Das war Parteigenosse Huschke, der Blockwart. Alle tauschten lange Blicke, als er seinen Bauch um den riesigen Herd schob, den Deckel hob und seine Nase über den dampfenden Eintopf hielt. Jojo sah, dass er mit kritischem Blick auch die Teller kontrollierte, ob da nicht vielleicht etwas anderes als Zusammengekochtes drauflag. Er lobte die Volksgenossen und schritt zur Sammelaktion. Hannelore schob zwei Teller zusammen, zog den Aschenbecher weg und machte auf dem karierten Wachstuch eine Ecke frei für seine Liste. Niemand bot ihm einen Platz an. Im Stehen sortierte er die Spendeneinträge für das WHW: pro Familienmitglied eine Reichsmark.

Amalie Weimar kramte das Geld aus einer alten Zigarrenkiste.
»Und Sie?«, sagte er zu Mama.
»Ich?«
Blockwart Huschke setzte zur Belehrung an. »Wer Eintopf isst statt Braten, spart Geld. Wenn alle Eintopf essen und alle das Geld spenden, dann kann bedürftigen Volksgenossen geholfen werden. Zum Beispiel mit Kinderbetten, denn noch immer hat in Deutschland nicht jedes Kind sein eigenes Bett.«
Mama ging und holte ihre Lacktasche, dann gab sie ihm fünf Mark für seine Liste. Der Blockwart dankte im Namen des WHW für die großzügige Spende. »Nicht alle denken so«, ereiferte er sich. »Der Rollmann von nebenan, der sagt, er gibt nich 'n Groschen fürs WHW. Keine zehn Pfennig spendet der für 'n Eintopfsonntag!«
Jojo rief: »Der isst doch sowieso nichts als Musso…«
»Pschsch!«, machte Mama.
Endlich war der Blockwart weg. Alle stöhnten. »Vor *dem* muss gewarnt werden. Der steckt seine Nase nicht nur in den Eintopf.
»Ist er denn ein so hohes Tier?«, fragte Mama.
Sie lachten. »Er ist der Hausmeister von der Bank nebenan.«

Nach einem schwarzen Schlaf ohne Traum wachte Jojo mitten in der Nacht auf. Sie hatte ein komisches Gefühl. Unruhe. Herzklopfen. Im Zimmer war es stockfinster. Mamas kleine Lampe brannte nicht. Jojo klemmte sich Pong-Ju unter den Arm, glitt aus dem Bett, erkannte allmählich in Umrissen das Turmzimmer, das Fenster, die Balkontür. Sie tappte zu Mamas Bett, tastete über das Kopfkissen. »Mama?« Das Bett war leer. Wo war sie denn wieder? Jojo wankte schlaftrunken zurück in ihr Messingbett, kroch mit Pong-Ju unters Plumeau und fiel wieder in Schlaf.
Später in der Nacht das Ganze noch mal. Aufwachen. Unruhe. Herzklopfen. Raus aus dem Bett, hinüber zu Mamas Bett. Diesmal landete ihre tastende Hand direkt auf Mamas Gesicht. Es war ganz nass. »Mama«, sagte Jojo, und Mama sagte: »Jojo!« Sie machte die kleine Lampe an. »Was ist denn?«

»Ich hab' so ein komisches Gefühl.« Jojo schwieg einen Moment. Dann sagte sie: »Mama, weinst du?«
»Nein«, sagte Mama. Sie wischte sich das Gesicht ab und schnäuzte ins Taschentuch, das sie zusammengeknüllt in der Hand hatte. »Ich schwitze nur. Die Plumeaus sind so schwer, und der Kachelofen spuckt noch Wärme aus. Du hast also ein komisches Gefühl? Komm ein bisschen zu mir ins Bett!« Jojo schlüpfte mit Pong-Ju unter Mamas Plumeau. Mama knipste die kleine Lampe aus.
Nach einer Weile fragte Jojo: »Bist du traurig wegen Vati? Er schreibt überhaupt keine Briefe mehr.«
Mama schnäuzte sich noch mal in ihr Taschentuch. Dann sagte sie ganz fröhlich: »Morgen oder übermorgen kriegen wir bestimmt alle seine Briefe auf einmal.«
Aber Jojo wollte nicht fröhlich sein. »Und Alexander schreibt auch nicht.«
Mama sagte eine Weile nichts. Dann seufzte sie. »Er ist schreibfaul wie alle Jungs. Der dumme Kerl weiß überhaupt nicht, wie sehr man auf drei Zeilen wartet.«
»Ich bin einfach so in Ohnmacht gefallen.« Jojo hatte das Bedürfnis zu weinen. »Habe ich eine schlimme Krankheit?«
»Ach was!« Mama nahm sie fest in den Arm. »Du bist ganz gesund, das haben sie doch schon im Tropeninstitut gesagt. Manche Mädchen fallen ab und zu in Ohnmacht.«
Jojo ließ den Tränen freien Lauf. Vati war weg, Alexander war weg, Strupps war weg, und nur noch die Mama gehörte ihr – und die ging mit Wolf ins Kino.
»Was habt ihr im Kino gesehen?«
»›Schwarze Rosen‹.«
»Bestimmt ein Liebesfilm.«
Mama sagte gar nichts.
»Findest du Wolf nett?«
»Ich glaube, du gehst jetzt wieder in dein Bett. Morgen ist Schule.«
»Darf ich morgen mein neues Kleid anziehen?«
»Ja.«

»Darf Mechthild morgen zum Spielen kommen?«
»Ja ... Nun geh aber!«

Mama war wieder im Kino. Im Turmzimmer herrschte Chaos. Offene Schränke, offene Schubladen, offener Schrankkoffer, Jojo und Freundin Mechthild spielten. Verkleiden, Mutter-und-Kind, gnädige-Frau-und-Dienerin. Jojo war die gnädige Frau, mit Florentinerhut und Seidenkimono, sie kramte auch noch Mamas rote Stiefel, die zum polnischen Tanzkostüm gehörten, aus dem Schrank und stöckelte in ihnen herum. Teddy Pong-Ju und der große, weiße Kirmesbär wurden herumgetragen. Jojo war die Mutter, und Mechthild musste die Amah sein, die chinesische Kinderfrau. Jojo löste Mechthilds Zöpfe, flocht ihr einen dicken Chinesenzopf auf dem Rücken. Mechthilds Haare fassten sich wunderbar dick und schwer an. Jojo gab Mechthild eine weiße Pyjamajacke, zog ihr weiße Söckchen an und umwickelte Mechthilds Füße mit Mullbinden aus Mamas Apothekerbeutel. Was das solle? Na, Mechthild hatte jetzt die winzigen verkrüppelten Füße, die alle chinesischen Dienerinnen hatten. Jojo zeigte ihr, wie sie mit kurzen Trippelschrittchen gehen solle. So gingen alle chinesischen Amahs. Sie betteten Teddy Pong-Ju und den weißen Kirmesbär unter Decken und Kissen, sagten streng, sie sollten jetzt schlafen, weckten sie auf, weil es dann Morgen war, wuschen sie in der Schüssel, ließen sie über dem Abgusseimer Pipi machen, bürsteten sie mit Mamas Bürste, fütterten sie mit Hilfe von eingebildeten Löffeln mit eingebildetem Brei. Und dann? Was weiter? Schule spielen? Spazieren gehen? Ja, spazieren gehen. Nach draußen durften sie nicht. Es war zu kalt. Aber spazieren gehen konnte man auch durch die »Pension Weimar«!
Jojo stöckelte und Mechthild trippelte die Treppe nach unten. Jojo mit Pong-Ju, Mechthild mit dem Kirmesbär. Jojo mit Florentinerhut, Mechthild mit eingebundenen Chinesenfüßen. Sie kamen vor Lachen kaum die Stufen hinunter.
Im Parterre, in dem großen Raum, wo mittags der Mittagstisch und abends die Abendrunde stattfanden, erfanden sie ein Restau-

rant. Jojo, die gnädige Frau mit ihren zwei Bärenkindern, setzte sich und bestellte Essen. Thüringer Klöße und Blutwurst auf Sauerkraut. Mechthild musste die Bedienung machen. Nach dem Essen begaben sie sich ins Gartencafé. Unter der grünen Zimmerlinde des Wintergartens bestellte Jojo einen Eierlikör für sich und Mohrenköpfe für die Kinder. Mechthild wurde erbarmungslos herumkommandiert.

Als Nächstes eroberten sie den Salon mit den purpurnen Samtmöbeln, pompös verziert mit zahllosen Pompons, und dem dicken dunkelroten Teppich. Und dem Klavier!

Jetzt musste Jojo sich hinsetzen und still sein. Jetzt nahm Mechthild Platz am Klavier und gab ein Konzert. Sie war die weltberühmte Pianistin Elly Ney. Sie spielte mit Hingabe und Leidenschaft und von vorn bis hinten das Stück, das sie besonders gut konnte, etwas aus dem »Vogelhändler«. Sie verbeugte sich und nahm den begeisterten Applaus entgegen.

Als das durchgespielt war, zogen sie wieder ins Treppenhaus, diesmal ganz nach oben, bis unters Dach. Da gab's vier Türen. Sollten sie eine aufmachen? Sie horchten nach unten. Nichts zu hören. Alle waren in der Waschküche, denn heute war Waschtag in der »Pension Weimar«. Jojo drückte eine Klinke herunter, die Tür ging auf.

An der Schwelle blieben sie stehen. Sie sahen ein Zimmer mit schrägen Wänden und einem Fenster mit Mullgardine. Zwei Betten, zwei Nachttische, zwei Schränke mit ovalen Spiegeln, kein Teppich, nur Bettvorleger, gehäkelt aus grau-braunschwarzen aufgeschnittenen Frauenstrümpfen. In der Ecke eine alte Waschkommode mit zwei Schüsseln, zwei Kannen. Ein Abgusseimer. Auf zwei Stühlen lag Kleidung. Auf dem einen Anziehsachen von Amalie Weimar, dunkler Rock und dunkle Strickjacke, auf dem anderen von Hannelore, eine weiße Bluse, ein weißer Schlüpfer, dazu eine Schachtel Zigaretten. Jojo wagte sich weiter in den Raum. Die beiden wohnten also hier! Es war eiskalt. Kein Ofen im Zimmer. Mechthild stand Wache in der Tür.

Jojo machte auch die anderen Türen auf. Eine Rumpelkammer mit Luke. Noch eine voll gestellte Rumpelkammer. Noch eine Tür. Wieder ein Schlafzimmer mit Dachschräge. Jojo ging hinein, Mechthild stand wieder Wache, zitterte. Das Zimmer war kleiner als das nebenan, eiskalt, ebenfalls ohne Ofen. Ein Bett, ein Nachttisch, ein Schrank, eine Waschkommode, ein Tisch mit Stuhl unter einem Dachfenster, da sah man die Baumwipfel, und Bücher über Bücher in einem Regal. Auf dem Tisch lag ein aufgeschlagenes Buch. Oh Gott! Jojo rief Mechthild. Sie schauten im aufgeschlagenen Buch auf eine Frau mit Geschwüren auf ihren Brüsten. Jojo sagte: »Die hat Lepra.« Hier wohnte also Wolf. Auf seinem Bett türmten sich zwei Plumeaus. An der Wand hing ein gelbliches Foto: ein Offizier mit strengem Blick unter dicken Brauen, mit Schmissen im Gesicht, mit Schnauz- und Kinnbart, mit zusammengepressten dicken Lippen. Über eine Ecke am Bilderrahmen war ein schwarzes Band gespannt. »Ich hör was«, sagte Mechthild und beide Mädchen stürzten aus dem Zimmer. Jojo stolperte gefährlich in ihren roten polnischen Tanzstiefeln, verlor fast ihren Florentinerhut. Aber Mechthild fing sie auf.
Sie gingen nach unten. Jojo zeigte Mechthild den Lokus, hob den runden Deckel hoch, ließ die Fliegen schwirren. Mechthild sagte: »Wir haben ein Wasserklosett.«
Jetzt wollten sie wieder im Turmzimmer spielen. Schnell noch die Tür zu Fräulein Bambachs Zimmer aufgemacht, die ist ja nicht da, arbeitet im Büro. Ist es hier aber schön! Das hübscheste Zimmer der ganzen Pension. Weiße Schleiflackmöbel, ein Bett mit Blumenüberzug, Blümchengardinen, ein heller Teppich, viele Blumen. Ein Korbsessel mit bunten Kissen. An der Wand das berühmte Foto mit der »Unbekannten aus der Seine«. Jojo flüsterte: »Es ist ihre Totenmaske.« Fräulein Bambachs Balkon ging zum Garten, auch hier wucherten Kletterpflanzen.
Und da drüben? Da wohnte Fräulein Krauss. Da konnten sie ruhig hineingehen, die war mit Mama im Kino. »Sie hat zwei Zimmer«, flüsterte Jojo, »eins gehört ihrem Fettbauch, der kommt immer sonnabends.« Jojo hatte schon die Hand auf der Klinke, da

sagte jemand: »Was macht ihr denn an einer fremden Tür?« Die Mädchen schossen herum, puterrot.
In der offenen Tür der Wäschekammer stand Frau Pusch. Der schwere Wäschekorb, den sie trug, zog ihren krummen Rücken nach unten. Jojo stotterte herum, von Spazierengehen spielen und Besuche machen. Hinter der krummen Frau Pusch sah sie in der schmalen, hohen Wäschekammer eine Badewanne stehen, auf vier Löwenfüßen und aus Zink. Frau Pusch redete von einer »Ehrensache«, von »unverschlossenen Türen in der ›Pension Weimar‹«. Mechthild war ganz schlau, sie sagte: »Sollen wir nicht den schweren Wäschekorb runtertragen?« Ach ja! Da war Frau Pusch aber froh! Jojo musste erst die verrückten roten Stiefel ausziehen, die waren ja viel zu groß, da konnte sie fürchterlich stolpern auf der Treppe. Die Mädchen setzten ihre Bären auf eine Stufe, zogen im Turmzimmer schnell ihren Firlefanz aus und ihre Kinderschuhe an und schleppten den schweren Wäschekorb in den Keller.
Dort kochte in der Waschküche Wäsche im riesengroßen Bottich. Sie wurde mit großen Holzklammern bewegt, Mariechen legte gerade Briketts nach und stocherte im Feuer. Eine dicke Frau stand an der Wäschepresse, drehte an der Kurbel und quetschte lange Laken durch die Rollen. Unten floss das Wasser auf den Steinboden. Tante Frieda rubbelte Wäsche übers Waschbrett. Es roch nach Kernseife und heißem Dampf. Alle Frauen trieften, hatten rote Gesichter, ihre Kleidung hing schlapp an ihnen herunter, unter geschürzten Röcken hatten sie nackte Füße in Holzpantinen. Die kleinen Mädchen hoben auf Geheiß von Frau Pusch den Korb auf einen Holztisch. Frau Pusch bedankte sich und sagte: »Gleich gibt's in der Küche Kuchen und Kakao.« Au fein! Da wollen sie mit ihren Bärenkindern gern kommen.
Jojo und Mechthild waren schon richtig erledigt von ihren Abenteuern. Aber jetzt guckten sie neugierig im Keller unter der Funzellampe hinter die anderen Türen. Ein schmaler, stockfinsterer Raum öffnete seinen Rachen. Sie grausten sich, trauten sich nicht über die Schwelle. Jojo knipste das Licht an. Eine schwache Birne hing am Kabel von der Decke. Ach so, der Kartoffelkeller! Im

Hintergrund sahen sie Sandkisten mit vergrabenem Wurzelgemüse, in der Hausmauer ein schmales Fenster, das mit Pappe abgedunkelt war.
Noch so ein grausiger Raum ließ die Mädchen erschauern. Lang und schmal, schwarz und voll mit schwarzem Staub. Ganz hinten ein schmales, offenes Fenster mit dicken Eisenstangen davor. Der Kohlenkeller! Hier konnte keiner rein und keiner raus. Sie jagten die Treppen hinauf, um ihre Bären zu holen.
Auf dem Weg zu Kakao und Kuchen kamen sie an Celino Demjenskys möbliertem Zimmer vorbei. Jojo blieb stehen. Sollten sie es wagen? Bei Herrn Demjensky wusste man nie, ob er da war. »Ich klopf' einfach an«, flüsterte sie. »Wenn er antwortet, rennen wir weg.« Mechthild meinte: »Nicht!« Aber Jojo hatte bereits angeklopft. Sofort wurde die Tür aufgerissen und Demjensky stand da. Er hatte Rasierschaum auf der Backe, ein Netzunterhemd an und sagte: »Was wollt denn ihr?« Jojo wurde heiß und kalt vor Schreck, doch dann hatte sie eine Eingebung: »Ich ... äh ... ich wollte nur fragen, haben Sie ... Ich meine, ist es schon fertig? Mein Foto, das Jungmädelfoto?«
»Kommt rein!«, sagte Herr Demjensky. »Es muss hier irgendwo auf dem Tisch liegen.« Jojo und Mechthild, beide feuerrot, wechselten einen Blick. Sie traten ein, gingen zum Tisch in der Zimmermitte. So was hatten sie noch nie im Leben gesehen, der Tisch war mit mindestens drei Schichten Fotos bedeckt. Auch sonst war das Zimmer nicht aufgeräumt, das Bett nicht gemacht, überall lag alles Mögliche herum. Demjensky trocknete sich die Hände ab und wühlte durch die Fotos, zog schließlich das gesuchte hervor: Jojo als Jungmädel, in Kluft und mit Rattenschwänzen. Er gab es ihr. »Danke!« Sie machte einen Knicks. »Ich schicke es an Vati.«
In der Küche stand Amalie Weimar am Herd, um Kaffee und Kakao zu kochen. »Du kannst mich ruhig auch Tante Mali nennen«, sagte sie zu Mechthild. Die beiden Mädchen setzten sich auf die Küchenbank unter dem Fenster, drei Stufen über dem Boden, und Jojo zeigte Mechthild den Ausblick auf die Straße. Jetzt kamen auch die Waschfrauen in die Küche und setzten sich um den Tisch

mit der karierten Wachstuchdecke. Bei Kaffee und Kuchen redeten sie über die Wäsche, immer noch dampfend und nach Kernseife riechend. Als Jojo und Mechthild aufgegessen und ausgetrunken hatten, ging sie wieder nach oben, denn die Bären mussten ins Bett. Zuvor aber noch frische Luft schnappen auf dem Balkon, unter dem dichten Geäst der blätterlosen Kletterpflanze. In der Mitte war die Pflanze ausgeschnitten, die Sicht frei. Die beiden lehnten an der Steinbalustrade. Jojo zeigte in den Garten: »Da drüben der Baum, der hat eine Schaukel.« Dann stieß sie Mechthild an. »Und dort, das ist Lothar!« Auf dem Hof des Nachbarhauses sahen sie Lothar beim Radputzen.

»Pass auf!« Jojo holte aus Mamas Obstschale einen Apfel und warf ihn nach drüben. Er schlug direkt vor Lothar auf und zerplatzte. Der schaute sofort zum Balkon. Aber die Mädchen waren kichernd und prustend hinter der Brüstung verschwunden.

»Jetzt gib Acht!«, sagte Jojo. Sie stellte sich hin und rief laut: »Loothaar!« Als er den Kopf drehte, tauchte sie ab und machte Handstand. Nur ihre Beine in den weißen Strümpfen und den schwarzen Lackschuhen ragten über die Brüstung. »Guckt er her?«, fragte sie atemlos. »Und wie!« Mechthild spähte durchs Geäst. »Er glotzt sich glatt die Augen aus dem Kopf!« Jojo ließ ihre Beine zu Boden, und die beiden duckten sich hinter die Brüstung. Sie starben fast vor Lachen, linsten durch die Lücken. Aber Lothar tat, als wäre nichts gewesen, putzte weiter sein Rad, polierte die Speichen wie für die Weltmeisterschaft.

»Wie viel Uhr ist es?« Sie schauten auf Mamas Wecker. »Gleich sechs.«

»Ich muss heim, Klavier üben.«

Auf dem Tisch im Turmzimmer lag das Foto, das Herr Demjensky mit seiner Leica gemacht hatte: Jojo mit Rattenschwänzen und in Kluft. Auf dem Stuhl saß Jojo und schrieb:

»Lieber Vati,

hier kannst Du mich auf dem Foto sehen als Jungmädel in der Kluft. Bei der Rede des Gauleiters bin ich in Ohnmacht gefallen,

mitten auf dem Marktplatz. Einer hat mich ins Rathaus getragen und dann in die Pension gebracht. Das war grässlich. Heute war ich mit Mama baden. Wir haben zwei Wannen gemietet. Mein Wasser war ganz grün von der Fichtennadeltablette. Mama hat mir in ihrer Wanne ›O du mein schöner Abendstern‹ vorgesungen, aus der Oper ›Tannhäuser‹. Hinterher mussten wir uns warm anziehen mit Mütze und Schal und zur ›Pension Weimar‹ laufen. Gestern waren wir in Goethes Gartenhaus. Am Sonntag wollen wir zum Schloss Belvedere. Mama geht immerzu ins Kino, ins Theater und ins Museum. Ich habe immerzu Dienst. Morgen gehe ich mit Mechthild ins Kino. Mechthild ist auch Jungmädel. Es gibt ›Pünktchen und Anton‹.
Wir warten jeden Tag auf Post von Dir. Wie geht es Strupps? Er fehlt mir so.

Viele Grüße, Deine Josefa.

P.S. Ich hab' Dich lieb.«

In der siebten Reihe im Zentralpalast saßen Jojo und Mechthild, erwartungsvoll und mit einer Tüte Lakritzeschnecken, um »Pünktchen und Anton« zu sehen. Was sie jedoch vorher sahen, war die Ufa-Wochenschau, die mit unheimlichen Szenen auf einen Schlag alles Schwatzen in der Kindervorstellung verstummen ließ. Auf der Leinwand erschien ein düsterer Schweigemarsch, von Fackeln beleuchtet, vorneweg drei Männer mit der »Blutsfahne«, wie der Wochenschausprecher ergriffen erklärte, dahinter »der Führer« mit »alten Kämpfern«. Trommelwirbel und pathetische Musik begleiteten den Schweigemarsch. Jojo fühlte, wie ihre Haut bei den Trommelwirbeln mitzitterte. Ab und zu verharrte »der Führer« vor einer Säule, aus der oben Feuer schlug, alle anderen auch. Die Musik verstummte, und in die Stille hinein rief die Säule mit dumpfer Stimme einen Namen. Dann marschierten alle weiter bis zur nächsten Säule. Die rief wieder mit dumpfem Schall einen Namen. Es war wie bei »Alice im Wunderland«, da sprachen auch die Bäume und die Steine und hatten alle einen Namen. Wieder schallte aus einer Feuersäule ein hohl klingender Name.

Es war so unheimlich, dass Jojo und Mechthild sich nicht trauten, ihre Lakritzeschnecken aus der Knistertüte zu kramen.
Nach der Wochenschau ging kurz das Licht an, dann wurde es wieder dunkel und »Pünktchen und Anton« begann. Aufregend und geheimnisvoll. Sie zitterten voll Mitgefühl mit der zehnjährigen Pünktchen, die nachts im Regen und in Lumpen auf der Straße stand und mit brechender Stimme um Mitleid flehte: »Kaufen Sie Streichhölzer, zeigen Sie Herz, meine Herrschaften! Meine Mutter ist erblindet.« Neben Pünktchen stand die erblindete Mutter, die in Wahrheit Pünktchens Kindermädchen war und alles andere als blind. Die abenteuerliche Kriminalgeschichte verschlug den beiden den Atem. Jedes Mal wenn's brenzlig wurde, knuffte Jojo Mechthild, und Mechthild knuffte zurück. Am Schluss wurde das betrügerische Kindermädchen gefeuert und ein Juwelenraub verhindert. Pünktchen und ihr Freund Anton waren die Helden. Als das Licht anging, stutzten Jojo und Mechthild: Nicht eine einzige Lakritzeschnecke hatten sie sich in den Mund geschoben!
Nach der Vorstellung ging Jojo mit zu Mechthild. Deren Mutter hatte sie eingeladen. An der Herz-Jesu-Kirche vorbei, unter kahlen Bäumen entlang, in einer Querstraße wohnten die Vogelfunds. In einem mit mittelalterlichen Holzanbauten und Erkern verschnörkelten Haus klingelte Mechthild im ersten Stock. Das Dienstmädchen machte ihnen auf, Frau Vogelfund mit ihrem großen Busen in einer gelben Bluse stand in der offenen Wohnzimmertür und zeigte ein Besucherlächeln. Jojo gab ihr die Hand, machte einen Knicks: »Guten Tag und vielen Dank für die Einladung!« Die Mädchen zogen die Mäntel aus, das Dienstmädchen nahm Jojos Mantel, um ihn aufzuhängen, und sie legten die Mützen ab. Frau Vogelfund bewunderte Jojos Kleid mit den schräg geschnittenen Karos und den Goldknöpfen.
»Das hat Frau Rollmann genäht, die Mutter vom Lothar.«
»Und wer ist Lothar?«
»Ach, nur einer aus dem Nachbarhaus.«
»Kommt herein, Kinder!«, sagte Frau Vogelfund. »Else, Sie kön-

nen den Kaffee und den Kakao bringen!« Im Wohnzimmer war der Tisch gedeckt, eine gehäkelte Kaffeedecke, Blümchenteller, Blümchentassen, Blümchenplatten mit Kuchen drauf, eine Schüssel mit Schlagsahne. Der Kakao schmeckte scheußlich. Nur Tante Mali konnte richtig guten Kakao kochen. Die Unterhaltung war wie immer. »Du kommst also aus dem fernen China? Erzähl doch mal, wie es da ist!« Jojo hatte aber »Pünktchen und Anton« im Kopf und den Schweigemarsch mit den sprechenden Säulen. Sie sah an der Wohnzimmerwand in einem Naturholzrahmen das Porträt des Führers. Sie zeigte mit ausgestrecktem Arm auf das Bild und sagte: »Den haben wir gerade in der Wochenschau gesehen.« – »Ach ja?« Frau Vogelfund fand das interessant, Mechthild sagte: »Sie haben die Blutsfahne vorneweg getragen«, und Frau Vogelfund sagte: »Das war ›Der neunte November‹.« Sie verrührte den Zucker in der Kaffeetasse und stellte ergriffen fest: »Unser Führer ist ein großer Mann. Ihn hat die Vorsehung uns geschickt.« Die Vorsehung? Was war das? Jojo traute sich nicht zu fragen.
Auch Mechthilds Bruder, der schmächtige, hatte sich an den Tisch gesetzt. Er verschlang gerade das dritte Stück Kuchen. »Rüdiger, stopf nicht so!«, mahnte die Mutter, und zu Jojo sagte sie: »Wir sind eine musikalische Familie. Rüdiger ist beim Fanfarenzug im Jungvolk, Mechthilds älterer Bruder spielt die Posaune, und Mechthild kann Klavier, Flöte und Harfe.«
»Ich habe an meinen Vati ein Foto geschickt«, erzählte Jojo, »von mir in Jungmädelkluft. Es dauert sechs Wochen, bis er den Brief kriegt, mit dem Dampfer.« Sie dachte an die Briefe von Vati, die nicht kamen, und fügte hinzu: »Oder acht Wochen oder zehn.«
Else brachte noch mehr Kuchen. Frau Vogelfund aß das nächste Stück Apfeltorte, tat sich Schlagsahne drauf. Sie tat sich auch Schlagsahne in ihren Kaffee. »Möchtest du noch Kakao, Josefa?«
»Nein danke.«
Nachher zeigte Mechthild Jojo die Harfe. Sie stand im Salon, war mannshoch und ganz aus Gold. Der Salon war wie in der »Pension Weimar« mit roten Plüschmöbeln voll gestellt. Eiskalt war es hier, der deckenhohe Kachelofen nicht eingeheizt. Mechthild griff

in die Saiten und entlockte dem Instrument Engelstöne. An der Wand hing ein Ölbild in Goldrahmen, ein Segelschiff im Sturm.
Auf dem Heimweg fegte ein kalter Wind durch die Villenstraße mit den kahlen Bäumen. Es fing an zu graupeln. Novemberwetter. In den Häusern brannte bereits Licht. Jojo zog die Baskenmütze tiefer und dachte an Pünktchen nachts auf der Brücke: »Kaufen Sie Streichhölzer, zeigen Sie Herz, meine Herrschaften! Meine Mutter ist erblindet.« Der düstere Schweigemarsch aus der Wochenschau tauchte in ihrer Vorstellung auf, und die Säulen mit den lodernden Feuern, die mit hohler Stimme Namen riefen. Das war unheimlich, und sie beschleunigte die Schritte.
Bei der Bank bog Jojo um die Ecke. Im Hintergrund blinzelten ihr die Fenster der »Pension Weimar« entgegen, mit einem Funzellicht in Demjenskys Zimmer und einer hellen Lampe bei Liane Krauss. Eine Riesentube Zahnpasta, von innen erleuchtet, prangte im Schaufenster der Sonnen-Apotheke. Der große Garten dahinter verschwamm in Graupelschauern und drohte mit weiß angestaubten kahlen Ästen. Mit dem Gefühl, nach Hause zu kommen, schritt Jojo auf die Villa-mit-Turm zu. Zum Schluss ging sie immer langsamer. Vielleicht traf sie ja noch auf Lothar. Aber Lothar kreuzte nicht auf.

Mama war nach oben gegangen, um die »Überschwemmungsfotos« zu holen, denn heute war endlich Post von Vati gekommen, mehrere Briefe mit Katastrophenberichten, ihm war aber nichts passiert. Zur Feier des Tages spendierte Mama Henkel-Trocken-Sekt. Sie kriegte jeden Monat eine Kiste von der Sektkellerei, weil sie von denen, wie sie sagte, Papiere hatte. Mama kam mit den Fotos, sie strahlte, obgleich sie schlechte Nachrichten bekommen hatte.
Jojo wickelte den Wollfaden um den Bleistift. Man musste dann mit einer Stopfnadel den Wollfaden am Bleistift entlang durchziehen, alles vom Bleistift runterschieben und zusammenknoten – fertig war die Wollblume! Nicht so bei Jojo. Ihre Blume zog sich zusammen zu einem unansehnlichen Knäuel.

Die Fotos wurden herumgereicht. Alles stand unter Wasser. Die Kontore des Handelshauses mit den Palmen davor: überschwemmt. Die Eipulverfabrik: überschwemmt. Der Warenhof: ein See. Büffelhäute und gepresste Sesamsamenplatten schwammen auf dem Wasser. Das unter Wasser stehende firmeneigene Elektrizitätswerk war außer Betrieb. Von einem selbst gebauten Floß grüßte der Sohn des Chauffeurs. Die Hauskulis standen bis zur Brust im Wasser und brachten die Einkäufe zum Küchentrakt. »Du großer Gott!«, sagte Tante Frieda.
Vati stand da, auf der obersten Stufe der überschwemmten Treppe, im weißen Anzug, mit Zigarre, Herr der Lage. Er lächelte in die Kamera. Neben ihm Strupps.
»Mein süßer Strupps!«, seufzte Jojo. Sie beugte sich vor, kriegte die Stopfnadel nicht durch das Aufgewickelte. Dann fiel ihr der Bleistift mit dem Wollfaden runter, das Ganze löste sich auf. Unterm Tisch suchte sie nach ihrer verunglückten Wollblume.
Jetzt stießen alle mit dem Sekt an, Jojo mit Himbeersaft. Ob denn nun alles kaputt und verloren sei? Vielleicht verkauft, versteigert, verschleudert werden müsse? Aber Mama winkte ab. Das passiert doch jeden Sommer, wenn im Himalaja Schneeschmelze ist. Tante Frieda machte eine Blume nach der anderen, in allen Pastellfarben, zur Verzierung der Kleiderbügel. »Was glauben Sie denn, wie fatalistisch die Chinesen sind! Sie bauen sich Lehmhütten wie Schwalbennester, einfach angeklebt an die Jang-tse-kiang-Felsen. Und sie wissen genau, dass die Flut sie eines Tages wegschwemmt mit Kind und Hund. ›Macht nichts‹, sagen sie, ›das ist Schicksal.‹ Was ist schon ein Menschenleben? Ein Menschenleben ist nichts.«
Ein Menschenleben ist nichts, nichts wert? Gar nichts? Das konnten die Weimars nicht fassen, nicht gut finden. In der alteingesessenen Arztfamilie war ein Menschenleben das höchste Gut.
»Es sei denn, man stirbt fürs Vaterland«, sagte der Tierarzt. Er hielt das Sektglas hoch, lachte schief, als glaube er selbst nicht, was er sagte. Herr Demjensky beeilte sich, sein Glas zu heben, und rief: »Oder für eine große Idee!« Fast hätte Jojo ihren Himbeersaft

hochgehalten und wie im »Lied der Jugend« gerufen: »Ja, die Fahne ist mehr als der Tod.«
Tante Frieda hatte schon wieder eine Wollblume fertig, befestigte sie am Kleiderbügel. Ihr Glas war schon ausgetrunken, und ihre Wangen waren knallrot. Sie stieß Jojo mit dem Ellbogen an und sagte: »Du musst mich mal mit deiner Mama besuchen. Ich wohne gleich gegenüber bei Frau Fischbein. Da zeig ich dir all die Babyjäckchen, Babymützen und Bettschuhe, die ich häkle, die werden in den feinsten Wäschegeschäften verkauft.« Wolf, der Tante Friedas Worte gehört hatte, schenkte allen Sekt nach. »Die paar Groschen! Was die dir zahlen, Tante Frieda, da könntest du glatt verhungern. Aber das Häkeln ist Medizin für deine alten Gichtfinger.«
Mama sagte jetzt: »Das Wasser ist längst wieder abgeflossen, wie jedes Jahr. Ist doch schon zwölf Wochen her!« Längst würden wieder neue Lehmhütten an die Uferfelsen gebaut, bis die nächste Flut sie wegriss. »Sie halten das Leben für nicht so wertvoll«, rief Mama und erzählte freiweg, und sie vergaß, dass Jojo dabeisaß und alles hörte. Sie erzählte von den Aufständen in Han-Kau, von den jungen Kommunisten, die singend und zu viert zusammengebunden in den Tod marschierten, die – das hatte Vati fotografiert, vor dem Haus geköpft wurden, worauf man die Köpfe auf den schmiedeeisernen Gartenzaun aufgespießt hatte. »Ihr Leben war nichts wert!«, ereiferte sich Jojos Mutter. »Aber ihre Seelen durften nicht verstümmelt ins Nirwana. So liefen hinter den Verurteilten die Verwandten her, mit Nadel und Faden, um die Köpfe wieder anzunähen, damit die Hingerichteten unversehrt ins Jenseits gelangten.« Da grausten sich alle und spülten das Unbehagen mit Sekt hinunter. Jojo fand das ganz in Ordnung. Sie würde auch nicht an der Himmelstür ohne Kopf vor dem heiligen Petrus erscheinen wollen. Wieder fiel ihr der Bleistift unter den Tisch, und die Wolle ringelte sich auf.
Die Diskussion darüber, was ein Mensch wert ist, wurde immer heftiger. Es wurde gequalmt und noch mehr Sekt getrunken. »Als angehender Arzt bin ich darauf vereidigt, ein Menschenleben als

höchstes Gut zu schätzen«, sagte Wolf, »als ein Gottesgeschenk, auch wenn man nicht an Gott glaubt.« Und Demjensky fragte dazwischen, ob denn auch Krüppel und Idioten Gottesgeschenke seien? Oder ob ein gesunder, leistungsstarker Mensch nicht mehr wert sei. »So wie in der Natur. Da siegen die Starken und die Schwachen gehen zu Grunde.« Tante Mali schüttelte den Kopf und sagte mit fester Stimme zu Demjensky: »Aus manchen schwachen Wesen sind große Geister erwachsen. Und manche großen Genies endeten in Wahnsinn. Das wissen wir doch aus unserer Kultur. Beethoven war taub. Und Schiller hatte es auf der Lunge. Und Nietzsche starb geistig umnachtet.«
Jojo gähnte. Sie kroch auf der Suche nach ihrer Wollblume unter dem Tisch herum, setzte sich in den Schneidersitz. Der Tierarzt rief jetzt in die Runde, man solle vor allem die Tiere schützen und Vegetarier werden. Die anderen protestierten, er mache sich lustig. Er fragte aber ganz ernsthaft den Herrn Demjensky: »Und was ist mit Goebbels und seinem Klumpfuß?« Demjensky erregte sich: »Goebbels ist ein Genie, ein großer Geist, er wird mit anderem Maßstab gemessen.«
Hannelore rief: »Seid mal alle still! Unser Lied!« Die Runde verstummte. Am Radio sang jemand mit tiefer und gefühlvoller Stimme das Lieblingslied von Hannelore und ihrem Tierarzt: »Alle Tage ist kein Sonntag, alle Tage gibt's kein' Wein, aber du sollst alle Tage recht lieb zu mir sein …« Die Tränen strömten über Hannelores Tatarengesicht, und ihr Eberhard tätschelte gerührt ihre Hand.
Wolf verzog das Gesicht, zu Wanda Jordan sagte er leise: »Die Hannelore – so intelligent und so hemmungslos sentimental! Wenn ich ihr Tierarzt wär', würd' ich sagen: Mich laust der Affe!«
Mama lachte beschwipst.

Weimar hatte sich in ein romantisches Feenkleid verwandelt. Es kam Jojo vor, als sei die Schneekönigin leibhaftig durch die Straßen geschwebt, so weiß, so locker, so duftig war alles in kristallene Pracht gehüllt. Auf jedem Sims, auf jeder Balustrade, auf jedem

Schnörkel der Häuser lag eine watteweiche Schicht. Dicke, gemütliche Flocken fielen sanft herab. In den Auslagen sah man Tannenzweige, Flitter und Sterne, Puppen und Spielzeugeisenbahnen: Vorweihnachtszeit.
Aber es war kalt! Bitterkalt. Jojo stand inmitten eilender Passanten auf der Straße, in Kluft, mit Rattenschwänzen, eine Sammelbüchse in der Hand. Sie schepperte mit ein paar kümmerlichen Münzen. »Bitte eine Spende fürs WHW!« Jojos Stimme war viel zu leise. Schepper. Schepper. »Bitte eine Spende fürs WHW!« Die Leute liefen vorbei, beachteten sie nicht. Sie bekämpfte die Schüchternheit, erhob die Stimme: »Eine Spende fürs WHW bitte!« Einige zogen verärgert den Hut tiefer ins Gesicht. Wer zwanzig Pfennig in die Büchse warf, kriegte ein Abzeichen, ein Holzfigürchen aus dem Erzgebirge. Das konnte man an den Weihnachtsbaum hängen.
Jungmädel und Pimpfe waren heute zum Sammeln aufgerufen, immer zu zweit, aber Jojo hatte Pech: Mechthild musste in letzter Minute mit Fieber ins Bett. Gegen die Kälte hatte Jojo die Berchtesgadener Strickjacke unter der Kletterweste an und unterm Rock den gehassten, kratzenden, knielangen Wollschlüpfer von Bleyle. Dazu doppelte Strümpfe zu den Socken in den Bundschuhen. Und eine Strickmütze auf dem Kopf. Schepper. Schepper. »Bitte eine Spende für das WHW!« Zu leise, Jojo! Und noch mal lauter: »Bitte eine Spende für das W-i-n-t-e-r-h-i-l-f-s-w-e-r-k!« Eine alte Frau steckte zwei Groschen in die Büchse, suchte endlos lange eines der Erzgebirgsfigürchen aus. Die drei nächsten Passanten, die Jojo anschepperte, eilten achtlos vorbei, ließen sie stehen.
Jojo fühlte, wie von ihrem Magen her ein Knäuel zusammengeballter Gefühle hochstieg, ihr den Hals eng werden ließ und sich in ihrem entleerten Gehirn breit machte: Demütigung. Versagen. Empörung. Selbstmitleid. Sie sollte betteln! Sie, Josefa Jordan aus China! Hier in Weimar in der Schützengasse! Sie fühlte sich erniedrigt, als gehöre sie zur lumpigen, chinesischen Bettlergilde, die ihre Kinder als Krüppel vorzeigte und sie hungerleidend mit

Blechlöffeln gegen leere Essnäpfe schlagen ließ, alles für ein paar Copper und Cents. Auch die chinesischen Bettlerkinder sammelten nicht für sich, sondern für einen reichen Bettlerkönig. Jojo schepperte mit der Büchse. Ihr fiel Pünktchen ein aus dem Film im Zentralpalast. Kaufen Sie Streichhölzer, zeigen Sie Herz, meine Herrschaften!

Sie klemmte die eiskalte Sammelbüchse unter den Arm, blies sich auf die eiskalten Finger; beim Sammeln konnte man keine Handschuhe anziehen. Sie gab auf. Oben an der Stadtbrauerei standen zwei Pimpfe, die schepperten aufdringlich mit den Büchsen, hielten die Leute an, hatten bestimmt schon die halben Sammelbüchsen voll. War der eine Lothar? Tränen der Wut und der Enttäuschung sprangen aus Jojos Augen, liefen ihr über die Backen. Sie wischte sie weg, hatte Angst, sie könnten anfrieren. Sie drückte sich zwischen den Menschen um die Ecke. Lothar durfte sie auf keinen Fall so sehen.

Sie klopfte nicht wie sonst ans Küchenfenster und rief: »Tante Mali, ich bin da!« Heulend stapfte sie ins Turmzimmer. Mit ihrem Kummer zur Mutter: eine Bettlerin, ihre Tochter!

Das empörte auch die Mutter. Sollten die Parteibonzen doch selber sammeln! Und nicht die Kinder ausbeuten. Noch dazu bei dieser Kälte! Wanda Jordan sah auf ihre Tochter, die halb erfroren im Korbstuhl hing, zermalmt von der Zumutung, Fremde auf der Straße anzubetteln, voll Grauen bei dem Gedanken, morgen in der Schule mit einer leeren Büchse ihr Versagen eingestehen zu müssen.

»Zieh mal erst die nassen Sachen aus!« Mama half Jojo beim Ausziehen, gab Küsschen, sagte »arme Maus!«. Sie hüllte Jojo in ihren Kimono, stellte für sie den Korbstuhl an den warmen Kachelofen, machte die Rattenschwänze auf und rubbelte das Haar. Sie hatte auch noch eine Tafel Sarotti-Schokolade und gab Jojo ihren Teddy zum Kuscheln. Dann klemmte sie sich ihre Lacktasche unter den Arm: »Ich komm' gleich wieder. Wir werden das Kind schon schaukeln!«

Jojo war fest eingeschlafen im Korbstuhl am warmen Ofen, aber beim ersten Türgeräusch wachte sie alarmiert auf, mit der weich gewordenen Schokolade in der Hand. Wanda Jordan klopfte mit triumphierendem Lachen auf ihre Beute: Die Taschen ihrer Strickjacke waren schwer und ausgebeult. »Ich habe bei jedem in der Pension Kleingeld eingetauscht.« Sie schüttelte die vielen Münzen in Jojos Schoß, holte die leere Sammelbüchse, und Jojo steckte Münze für Münze in den Schlitz. Ab und zu schepperte sie triumphierend mit der Büchse und rief übermütig: »Bitte eine Spende fürs WHW!« Heute würde sie gut schlafen. Kein Albtraum würde sie hochjagen und aus dem Bett treiben.

Das Überraschendste an dieser Sammelaktion zeigte sich jedoch gegen Ende der Schulwoche. In der Aula des Sophien-Stifts war die Schülerinnenschaft zu einer Feierstunde versammelt. Lorbeerbäume in Kübeln auf der Bühne, darüber ein Transparent: »Schüler im Wettstreit für das Winterhilfswerk«. Dazu ein Rednerpult für den Direktor und für den Reichsjugendbeauftragten. Der Chor des Lyzeums trat mit vaterländischen Liedern in Aktion. Von der Sexta bis zur Oberprima füllten die Schülerinnen klassenweise das Auditorium, froh gestimmt, dass mal wieder der Unterricht ausfiel. Jojo tuschelte mit Mechthild, die kein Fieber mehr hatte.

Vorne sprach der Direktor. Nach ihm sprach der Reichsjugendbeauftragte. Dann wurde aufgerufen: »Josefa Jordan aus der Sexta.«

Mechthild stieß Jojo in die Seite. »Mensch, Josefa – du! Geh nach vorn!« Jojo arbeitete sich durch die Sitzreihe zum Seitengang, Fräulein Gessling mit den Schnecken schubste sie nach vorn. Sie musste auf die Bühne, dort wurde ihr die Hand gedrückt, wurde verkündet, dass ihr Sammelergebnis aus der Büchse das höchste der ganzen Schule war. Man überreichte ihr eine Ehrenurkunde und ein Buch.

Es gab noch eine zweite und eine dritte Gewinnerin. Das »Deutschlandlied« wurde gesungen, mit erhobenem Arm, dann »Die Fahne hoch«, noch mal drei Strophen mit erhobenem Arm. In einer Reihe mit der zweiten und dritten Siegerin, dem Direktor und dem Reichsjugendbeauftragten stand Jojo auf der Bühne. Sie hielt durch, obwohl der Muskel im Oberarm schmerzhaft zu zucken begann, sie hielt durch, traute sich nicht, den hochgereckten Arm abzustützen, wie sie es sonst immer tat. Schließlich hielt sie in der linken Hand Ehrenurkunde und Preis, und außerdem waren deutsche Mädels dazu erzogen, ohne Muckser jeder Härte zu trotzen.

Weihnachtsferien! Der erste schulfreie Tag! Herrlich, einfach herrlich! Dicker Schnee auf den Hügeln. Eisverkrustet der Bach. Kindergeschrei und Jubelrufe vor der Stadt im Kirschbachtal. Jojo und Mechthild fuhren auf dem Schlitten den Abhang hinab, lachten und schrien, ließen sich unten in den Schnee fallen, quiekten, strampelten, kniffen die Augen. Mit einer Schneefontäne kam nach rasanter Fahrt ein schneller Schlitten direkt neben ihnen zum Halten und überpuderte die im Schnee liegenden Mädchen nochmals mit kaltem Geriesel. Sie kreischten. Jojo blinzelte, dann sah sie Lothars lachendes Gesicht. Er saß auf dem schnellen Schlitten, seine Augen blitzten sie an, sein helles, unbedecktes Haar war überzuckert mit Eiskristallen. Die Mädchen rappelten sich hoch und zogen ihren Schlitten den Hügel hoch, neben ihnen Lothar.
»Na Josefa, traust du dich?« Er luchste aus den Augenwinkeln zu ihr hinüber. »Steigste auf meinen selbst gebauten Raserschlitten? Machste mit mir die Abfahrt?«
Jojo traute sich, stieg zu Lothar auf den Schlitten, zwischen seine Arme, zwischen seine Beine. Sie musste die Füße vorn auf die Kufe stellen, sich ganz ihm überlassen. Mechthild warnte: »Rast ja nicht unten an ’nen Baum! Da ist schon mal einer tot gewesen.«
Eine Schlittenfahrt mit Todesgefahr! Schon sausten sie dahin, Jojo und Lothar, sie klammerte sich an seinen Oberschenkeln fest, fühlte die Muskeln beim Steuern mit den Absätzen in den Kurven. Sie wurde gegen seinen Körper gedrückt, schon waren sie unten am vereisten Bach. Zwischen zwei Bäumen bremste Lothar scharf, der Schlitten kippte um, beide stürzten in den Schnee, Jojo lag unten, Lothar auf ihr. Jojo hatte die Mütze verloren, ihr Haar

bauschte sich um ihr Gesicht. Sie machte die schneehellen Augen auf unter dem dunklen Wimpernkranz. Als sie in seine Augen blickte, aus zehn Zentimeter Entfernung, sah sie hinter seinem Lachen noch einen anderen Ausdruck, angriffslustig, besitzergreifend. Sie wusste mit einem Mal: Das hatte er mit Absicht gemacht, dieses Umfallen und Drauffallen. Eine Frechheit! Und trotzdem – sie hatte es gar nicht so eilig aufzustehen.
Sie machte die Abfahrt noch einmal mit Lothar. Und noch einmal. Und noch mal. Und jedes Mal kippte der Schlitten unten um. Mechthilds Gesicht hatte sich verfinstert. Als die beiden das dritte Mal hochkamen, war Mechthild beleidigt heimgegangen. Jojo und Lothar setzten ihre waghalsigen Abfahrten fort, bis es dunkel wurde. Lothar kassierte hänselnde Zurufe von seinen Jungvolkkameraden, die aber an ihm abprallten. Auf dem Heimweg sprachen sie kaum miteinander. Zu tief saßen ihnen die körpernahen »Todesfahrten« im Blut.
Vor der »Pension Weimar« fragte Lothar: »Fahren wir morgen wieder Schlitten?«
»Nein.«
»Nein?«
»Morgen kommt mein Bruder aus dem Internat. Und dann fahren wir nach Berlin. Zu meiner Tante. Über Weihnachten.«
Lothar stand da, schaute Jojo an. Eine ganze Weile. »Schade«, sagte er, dann drehte er sich um und ging.
»Fröhliche Weihnachten!«, rief Jojo ihm hinterher.

Mama schlief heute in einem anderen Zimmer. Tante Mali hatte ihr ein Bett im Raum gegenüber von Herrn Demjensky gerichtet, da zog erst nach Weihnachten ein neuer Pensionsgast ein.
Im Turmzimmer schien der Vollmond durchs Geäst der kahlen Kletterpflanze. Zwei Kinder lagen in den Messingbetten unter den prallen Plumeaus: Jojo und Alexander. Schliefen die Geschwister? Sie taten so. Sie schliefen nicht. Sie redeten nicht. Als Alexander heute auf dem Bahnhof aus dem Zug gestiegen war, hatten sie »gefremdelt«, Alexander und Jojo, Alexander und

Mama. Ganz anders als früher war er gewesen. Selbstständiger. Sachlicher. Bemüht, keine Gefühle zu zeigen. In Knickerbockern und Pimpfenmütze. Mama hatte sich um ihn bemüht, hatte ihn ausgefragt, ihn ermuntert: »Erzähl doch mal!« und »Wie geht es dir?« und »Wie fühlst du dich?« Alexander hatte »gut, Mutter« gesagt und »in Ordnung, Mutter« und »Der Direktor ist ein blöder Mistkerl.«

»Aber Alexander!«

»Mutter«, sagte er, und nicht mehr »Mama«. Jojo hatte Mamas Empfindlichkeit gespürt, und dass jedes kühle Wort des Sohnes sie traf wie ein Stich.

Nach einem Imbiss in der Küche bei Tante Mali (Würstchen mit Senf und Malzbier), einer Stunde in der Abendrunde (zwischen Adventskerzen und »Mütterlein, Mütterlein ...« aus dem Radio), dem üblichen Ausgefragtwerden (»Freut ihr euch auf Berlin? Wann geht's denn los? Ganz früh schon?«) und Angeödetsein (»Habt ihr denn nette Lehrer im Internat? Was ist dein Lieblingsfach?«) lagen sie nun endlich beide im Turmzimmer, Alexander in Mamas Bett. Das Licht war aus.

»Schläft du?«, fragte Jojo.

Alexander antwortete nicht.

»Weißt du noch, die Fledermaus?«, fragte Jojo. »Wie wir die in Tchi-kun-san im Schlafzimmer gejagt haben?«

Alexander antwortete nicht.

Jojo sagte: »Ich habe sie mit dem Kopfkissen getroffen.«

»Nein, ich«, sagte Alexander.

Das Eis war gebrochen. Sie erzählten sich alles so wie früher. Alexander erzählte von den ersten Zigaretten und wie schlecht ihm dabei wurde. Jetzt rauchte er schon, ohne zu spucken. Jojo erzählte, wie sie mitten auf dem Marktplatz in Ohnmacht gefallen war. Alexander erzählte vom Direktor, der ein Schwein sei, ein Hundertfünfundsiebziger. »Ein Hundertfünfundsiebziger?«, fragte Jojo, das kapierte sie nicht, und Alexander erklärte es auch nicht. Aber dass sie manchmal bis Mitternacht mit den Unterprimanern Karten spielten, erzählte er, und dabei Bier tranken. »Das

Internat ist wohl ziemlich blöde«, fand Jojo. »Nicht so blöde wie die ›Pension Weimar‹«, fand Alexander. »Wir haben Wasserklosetts und gekachelte Duschen.«
»Und was findest du am schönsten?«
»Am schönsten ist Tennis und Modellflieger bauen.«
»Ich finde Schlittenfahren am schönsten.«
Alexander gähnte, und weil Gähnen ansteckt, gähnte auch Jojo.
»In Berlin geh'n wir in den ›Wintergarten‹ und in die ›Scala‹, hat Mama gesagt, und zu Wertheim in die Spielwarenabteilung!«
»Und ins ›Haus Vaterland‹ zu den Clowns mit der Spinne!«
»Und zu ›Aschinger‹ Erbsensuppe essen.«
Am Ende schliefen beide mitten in ihrem Dialog ein.

Weihnachten in Berlin! Lichterketten, Spiegelglanz, Glitzerkugeln. Berlin war beinahe Shanghai, bombastische Lichtreklamen an Hochhäusern, hochjagende Leuchtspuren, rot-grün-gelb-blau, in die Nacht gezeichnete Gebäude, an-aus, an-aus. Plötzlich erschien eine strahlende Hausfrau, sie schüttete Persil in die Schüssel, weißer Schaum stieg auf, wunderbarer weißer Schaum. »Persil bleibt Persil«, an-aus, an-aus. Alexander und Jojo konnten sich nicht satt sehen. An einer anderen Hauswand goss eine Dame Sekt ein, es perlt im Glas, sie trinkt mit Genuss. »M.M. – M.M. – Mathäus Müller ...« Sie verschwindet, erscheint wieder.
Auf der Bühne sangen sie: »Das ist die Berliner Luft, Luft, Luft ...«, und schmissen die Beine. Unterm künstlichen Sternenhimmel im »Wintergarten« turnten fast nackte Artisten mit Goldbronzehaut. Clown Grog auf dem kaputten Stuhl spielte auf der winzigen Geige, rief: »Akrobat schöön!« Am Potsdamer Platz das Kaufhaus Wertheim in pompöser Weihnachtspracht: tausend Puppen, tausend Bären, tausend Plüschhunde, tausend Eisenbahnen.
Berlin! Donnernde U-Bahnen, vorbeiflitzende helle Wagonfenster, schnelle Menschen, schnelle Radfahrer, bimmelnde Straßenbahnen, rasendes Eishockey im Sportpalast. Zurufe von den oberen Rängen: »Hau dem Puck eins druff, der is ja nich Parteigenosse!« Gelächter, witzige Antworten, wieder donnerndes Lachen.

Stille Welt im Aquarium. Bunte Fische hinter Glas. Lautloses Terrarium. Schlangen, die sich schneckenlangsam häuten. Nur Flüstern erlaubt im Pergamon-Museum.
Ufa-Palast am Zoo. Goldverzierungen und rote Samtsessel zum Hoch- und Runterklappen. Sahnebonbons, die an den Zähnen kleben. Heinz Rühmann auf der Leinwand. Mama, die »echte Berliner Pflanze«, ging mit Jojo und Alexander überallhin, wo Kinder rein durften.
Bei Tante Emily in der Wohnung am Tiergarten, mit Zimmerflucht und Bechstein-Flügel, war es nicht so toll. Bei dieser Tante, die eine Schwester von Vati war und eine reiche Witwe, musste man dauernd die Hände waschen, die Haare kämmen, und bei Tisch durfte man nur reden, wenn man gefragt wurde. Wenn einem Tante Emily Salz zum Ei oder Brombeergelee reichte, klimperten ihre Goldketten an den Armen. Drei Decken lagen auf dem Frühstückstisch übereinander: aus Flausch, aus Brokat, aus Lochstickerei. Wenn Jojo heiße Schokolade vergoss, sprangen alle auf, um die drei Decken zu retten, und das Stubenmädchen eilte herbei, um sich um die Flecken zu kümmern. Auch bei den dicken puderfarbenen Teppichen musste man höllisch aufpassen. Tante Emily mochte nur Kinder, die sittsam und unauffällig waren wie ihre auf den Sofas und Sesseln herumlungernden Siamkatzen.

Inzwischen war Jojo wieder in Weimar und Alexander im Internat. Und Mama lief wieder im Ilmpark spazieren. Jojo saß am Tisch im Turmzimmer, vor sich die neue Puppe aus Berlin. Draußen lag dick der Schnee. Auf ihrem Kinderbriefpapier mit den kleinen Katzen drauf schrieb sie in ihrer schönsten Schönschrift:
»Lieber Vati,
in Berlin habe ich zu Weihnachten eine Puppe gekriegt. Sie war unterm Weihnachtsbaum bei Tante Emily. Wenn du im Frühling nach Weimar kommst, zeige ich dir die Puppe. Sie hat Schlafaugen und heißt Marika. Alexander hat Karl-May-Bücher gekriegt und eine Eishockey-Ausrüstung. Im Wintergarten war ein Bauchredner mit einer Ente. Da haben wir furchtbar gelacht. Im Museum

ist Alexander hingefallen. Er hat das Seil umgerissen. Sein Knie war ganz blutig. Wir waren auch auf dem Friedhof in Tempelhof, wo Oma und Opa Pavlazcek begraben sind. Ich freu' mich schon auf Fastnacht. Frau Rollmann näht mir ein Zigeunerkostüm. Ich darf mit Mama ins Theater, wenn es ›Rumpelstilzchen‹ gibt. Ich bin ganz allein im Turmzimmer. Mama ist mit Wolf im Kino. Ich wünsche Dir eine schöne Dampferreise im März. Wenn Du mit dem Schnellschiff ›Scharnhorst‹ fährst, dauert es nicht so lange. Bitte, bitte bring mir aus Colombo einen Holzelefanten mit. Viele Grüße und Küsse, Deine Josefa.«

Ein springendes, aufregendes Lüftchen wehte durch die Balkontür ins Turmzimmer. Mit Puppe Marika im einen Arm und Teddy Pong-Ju im anderen lag Jojo lang ausgestreckt im Messingbett, die Augen weit offen. Auf dem Bettknauf erkannte sie gerade noch den Florentinerhut. Draußen pritschelte Schmelzwasser auf die Steinbalustrade. Im Haus war es still, fast alle waren in der Oper. Liane Krauss hatte Karten besorgt, denn heute war Abschiedsvorstellung der fetten Kammersängerin.

Jojo war hellwach. Sie lag da und dachte nach. Über das Leben. Sie horchte nach draußen auf das Pritscheln. Winter ade! Wie schnell verging eigentlich die Zeit? Die Zeit flog dahin wie ein rasender Blitz. Dann wieder war sie so langsam wie eine Schnecke. Für Jojo rutschten die Tage vorbei, schnell wie ein D-Zug. Montag bis Sonnabend: Sophien-Stift, aufstehen, setzen, aufstehen, setzen. »Heil Hitler, Herr Studienrat.« Die Nachmittage: Hausaufgaben, Handarbeitsstunden, Schulsport, montags Tanzgymnastik, weil Mama das wollte, dienstags Konjugieren und Deklinieren auf Französisch bei Studienrat Köhler im Lehrerzimmer vor dem Wandkalender mit den nackten Helden. Mittwochs und sonnabends Dienst mit Vaterlandsliedern und Völkerball unter dem Kommando der pickeligen Edith. Sonntags Großkundgebung, nicht immer, aber immer wieder antreten, marschieren, endlos stehen in Formation unter dem akustischen Anprall schallender Reden.

Jojo setzte sich mit einem Ruck auf. Sie hatte ja überhaupt keine Zeit mehr! Sogar auf dem Lokus hatte sie keine Zeit zum Dösen, auf dem Lokus lernte sie Verse von Hermann Löns für Deutsch und für Französisch: *Au clair de la lune, mon ami Pierrot* ... Dabei las sie auf dem zerschnittenen Klopapier, was es im Kino gab, und die üblichen Aufrufe an die Volksgenossen.
Wann war eigentlich die Zeit so langsam wie eine Schnecke? Jojo fiel es ein: in China. Dort hatte sie, ohne nach der Uhrzeit zu fragen, oft am Balkongitter gelehnt und auf den ewig gelben Jangtse-kiang geschaut und seine fernen Ufer. Stundenlang, von der Nachmittagsglut bis zur hereinfallenden Dunkelheit, bis die Lichter auf dem Wasser getanzt hatten und der Boy gekommen war, um sie zu Tisch zu bitten: *»Missi, chi-fan.«*
Jojo ließ sich ins Kopfkissen zurückfallen. Morgen würde sie den Ball nehmen und hundertmal gegen die Wand des Bankgebäudes werfen, zehnmal mit Handklatschen, zehnmal unterm Bein durch, zehnmal mit dem Knie zurück, zehnmal ...
Jojo fielen gerade die Augen zu, da hörte sie laute, erregte Stimmen, Türenschlagen, Stöckelschuhgeräusche auf den Treppen, hohe Frauenstimmen, tiefe Männerstimmen. Sie ließ sich aus dem Bett auf den gehäkelten Bettvorleger gleiten, ging barfuß zur Tür, machte auf und lauschte ins Treppenhaus. Die lebhaften, aufgeregten Stimmen kamen von unten. Sie hörte Mamas Stimme und die hohe Stimme von Liane Krauss, dazwischen das Gerede der Männer. Jojo machte ein paar Schritte vor, beugte sich übers Geländer. Sie waren wohl alle soeben von der Oper gekommen, Mama im Pelz mit Fuchskragen, Wolf im Trenchcoat, Fräulein Krauss mit doppeltem Wollschal um den Hals, der dicke Herr Schüble, Hannelore Weimar im Kamelhaarmantel, alle hatten nasse Schuhe von dem Tauwetter; Mama zeigte gerade ihre verdorbenen Brokatpumps.
Alle redeten gleichzeitig. Was war passiert? Tante Mali und hinter ihr Tante Frieda mit Häkelzeug kamen wegen des Spektakels aus dem Esszimmer in den Flur. Mama rief: »Der Führer! Ich habe den Führer gesehen! Ganz nah! Er trat plötzlich in die Ehrenloge.

Ich war keine zwei Meter von ihm weg, in der Loge nebenan. Fantastisch! Was für ein Mann! Ich hab' in seine Augen gesehen.« Tante Frieda sagte »Du großer Gott!« Mamas helle Augen blitzten im trüben Licht des Flurs. »Einen Blick hat er – wie ein indischer Guru!« Wolf nahm Mama den Pelz ab, hängte ihn auf, sie strich sich erregt über ihr damastseidenes Theaterkleid, fasste an ihre ondulierten Haarwellen.

Liane Krauss übertönte die anderen: »Ich habe für ihn gesungen, ganz allein für den Führer!« Ihre Backen waren so kupferrot wie ihre Locken. »Wir vom Chor sind alle über uns hinausgewachsen.« Sie gab Herrn Schüble ihren Mantel und Schal. »Gottlieb, meine Stimme kriegte Flügel.«

Wolf hatte seinen Trench abgelegt, stand nun neben Mama und sah ganz anders aus als sonst: theaterfein mit Silberschlips, eingezwängt in ein steifes Hemd und einen engen schwarzen Anzug. Jojo fand ihn affig, wie er Mama beim Ellbogen festhielt und sie anglotzte mit seinem blöden Grübchenlächeln.

Hannelores Tierarzt, wie immer mit Rollkragenpullover, kam in den Flur. Hannelore erhob ihre Stimme: »Wir waren noch vor dem ›Elephanten‹. Ich sag' dir, Menschen über Menschen, alle schrien: ›Wir wollen unsern Führer sehn!‹« Sie hängte ihren Mantel weg. »Jetzt muss ich erst mal eine qualmen.« Mit ihrem langen Theaterrock und weißer Bluse stieg sie halbwegs zum ersten Stock hoch, blieb auf einer Stufe stehen, zündete sich eine Zigarette an und stieß genussvoll den Rauch aus. Jojo wich zurück, stieß dabei gegen jemanden neben sich, watteweich mit Niveaduft. Das war Fräulein Bambach im rosa Schlafrock. Sie war leise herangetreten, hatte ebenfalls übers Geländer gespäht. Jetzt legte sie verschwörerisch den Finger auf die Lippen.

»Das Haus war total ausverkauft«, berichtete Liane Krauss. »Wir hatten ›Mignon‹, Abo grün. Die Abschiedsvorstellung für unsere dicke Martha-Marie. Der Führerbesuch war total überraschend. Ausgerechnet bei ›Mignon‹!« Die Krauss war am aufgeregtesten. Herr Schüble mit Fettbauch und Mantel und Schal überm Arm stand zwischen dem Hin-und-Her wie ein Klotz. »Es war schon

einmalig!« Mamas Stimme klang merkwürdig, als sie berichtete: »Alle haben sich spontan erhoben, mit ausgestreckten Armen und Heil-Hitler-Rufen. Es wollte überhaupt kein Ende nehmen.« Tante Frieda sagte noch mal: »Du großer Gott!«
»Und er hat zurückgegrüßt ... so!« Hannelore auf der Treppe machte mit abgewinkeltem Arm den Hitlerdankesgruß nach, die qualmende Zigarette zwischen den Fingern. »Ich glaube, du brauchst jetzt 'n Schnaps«, rief ihr der Tierarzt zu. Wieder redeten alle auf einmal: dass der Führer eben das Besondere habe, diese Ausstrahlung, diesen Blick aus seinen blauen Augen, eine Aura wie ein Priester, und dabei so einfach, so bescheiden! Er lebt nur für sein Volk. Er trinkt nicht. Er raucht nicht. Er hat keine Frau, nur seine Schäferhunde. Tante Friedas brüchige Stimme war lauter als sonst: »Die Vorsehung! Die Vorsehung hat ihn uns bestimmt.« Liane Krauss berührte Mamas Hand: »Das haben Sie noch nicht erlebt, Frau Jordan! Ich sage Ihnen: Wenn der Führer spricht, da laufen Ihnen die Schauer über den Rücken und hinterher sind Sie fix und fertig.«
Durch die Haustür kam jetzt Celino Demjensky, mit Leica und hochgeschlagenem Kragen. Trotz der Pomade im Scheitel waren seine Haare zerzaust vom Bilderschießen in der Menge. Er entdeckte oben auf der Treppe Ulla Bambach und rief: »Da hast du was versäumt. Die Menschen waren wie hypnotisiert.« Als auch Mama nach oben blickte, sprang Jojo schnell zurück. Demjensky stieg die Treppe hoch, verschwand mit Ulla hinter deren Zimmertür: »Ich erzähl' dir alles ...«
»Möchte jemand einen heißen Tee?«, hörte Jojo Tante Mali fragen. Aber Gottlieb Schüble wollte lieber Wein, Wolf und der Tierarzt bevorzugten Bier, Hannelore verlangte Schnaps. Da rief Mama: »Ich spendiere Sekt. Kommen Sie, Wolf, den holen wir beide aus dem Keller!« Sie lachte. »Zu Ehren des Führers.« Jojo sah Mama mit Wolf in den Keller hinabsteigen und Sekt holen. Sie hörte sie erregt reden und lachen. »Eine Frau? Eine Frau für den Führer?« Und Wolf sagte: »Der ist mit dem Reich verheiratet.«

In Rollmanns Küche roch es nach Bratkartoffeln, Zwiebeln und Kohlrabi – wie immer. Heute roch es auch noch nach Bohnenkaffee, denn Mama hatte welchen gestiftet. Jojo stand auf dem Hocker, die Arme seitlich ausgestreckt, in raschelndes weißes Seidenpapier eingehüllt. Verschwenderisch viele Volant waren in Stufen zum Rock zusammengesteckt. Luise Rollmann, Stecknadeln auf dem Nadelkissen am Handgelenk und einige zwischen den Lippen, fertigte wieder einmal einen ihrer Seidenpapierschnitte aus dem Handgelenk.
Mama saß neben Herrn Rollmann auf dem Kanapee. Der hatte sein Schälmesser und seine »Mussoliniköppe« weggelegt, denn heute gab's Bohnenkaffee. Mama goss aus Frau Rollmanns Steingutkanne ein, in zwei große weiße Porzellantassen mit Streublümchen. Die Tasse für Luise Rollmann blieb erst mal leer. Auf dem wachstuchbedeckten Teil des Küchentischs stand das Geschirr, auf der anderen Hälfte lag rote, grüne, gelbe und blaue Kunstseide für Jojos Zigeunerkostüm.
Jojo entdeckte am Kleiderständer das Samtkleid in Himmelblau. »Mama, sieh mal! Da hängt mein Kleid! Ist's fertig, Frau Rollmann?« Die nickte mit Stecknadeln im Mund. »Mama, darf ich's heute Abend anziehen?« Jojo zappelte aufgeregt. »Steh mal still!«, sagte Frau Rollmann, trotz der Stecknadeln zwischen den Lippen konnte sie sprechen. »Sonst stech' ich dich noch.« Mama erklärte: »Wir geh'n heut' ins Nationaltheater, wir zwei. In die Märchenvorstellung. Wenn das Kleid fertig ist, kannst du es natürlich anziehen.« Am liebsten hätte Jojo in die Hände geklatscht. Sie rief vergnügt: »Ach, wie gut, dass keiner weiß, dass ich Rumpelstilzchen heiß!«
Herr Rollmann hatte mit Genuss seine Kaffeetasse leer geschlürft. »Schmeckt richtig süffig, Ihr Kaffee.« Mama goss noch mal ein. »Soll ja eigentlich gar keenen Kaffee trink'n, Se wissen's ja: Ick hab' Zucker.«
Er hat Zucker, dachte Jojo, wenn er Zucker hat, warum tut er dann keinen in seinen Kaffee? Nur diese kleinen weißen Pillen. »Is' Süßstoff«, sagte er zu Mama. »Ick nehm' immer massenhaft

Süßstoff … Man kriegt ja sonst von morjens bis abends nur Saures.« Mama rührte löffelklappernd in ihrer Tasse. »Is' doch keen Leben, was? Keen Kaffee. Keen Bier. Dat hält doch keen Schwein aus! Immer nur Mussoliniköppe! Und über alles immer die gleiche braune Soße.« Mama klapperte wieder mit dem Kaffeelöffel. Sie hatte auch Magenbitter mitgebracht, den trank Herr Rollmann, obwohl er nicht sollte, gleich aus der Flasche. Das fand Jojo komisch. Mit Bohnenkaffee und Schnaps kam Herr Rollmann voll in Fahrt, denn jetzt fing er zu Politisieren an. Seine blauen Augen blitzten wie die seines Sohnes. Luise Rollmann nahm ihre Stecknadeln aus dem Mund und sagte warnend: »Max, überleg was de sagst!« Aber Max klärte unbeirrt die Frau aus China auf. Er nahm die Zeitung hoch und klopfte auf das Foto auf der ersten Seite: »Wissen Se, wer's is? Denn kennen Se doch: Det is' Sauleiter Gauckel.«
»Max!«
Er zwinkerte. »Hab mich bloß versproch'n, ick mein' natürlich nich Sauleiter Gauckel, ick mein' Gauleiter Sau-Kerl – äh, nich' Sau-Kerl, sondern Sauleiter Sauckel …«
Jojo musste laut lachen, Frau Rollmann ärgerte sich, sagte: »Pass auf, du kommst noch nach Buchenwald!«
»Buchenwald?« Mama schaute fragend.
»Is'n hübsches Örtchen, nich' weit weg von hier.«
Wieder rührte Mama mit dem Löffel in der Tasse. Rollmann funkelte sie vergnügt an: »Wissen Se, was der Gauleiter früher mal war? Matrose. Matrose uff'm Schiff.« Jojo stellte sich das sofort vor, wie der Gauleiter in seiner Curryuniform über dem Wasser in der Takelage hing. »Un' tätowiert is' er, janz groß«, tönte Rollmann. Jojo veränderte ihr Fantasiebild: Gauleiter Sauckel, jetzt ohne Uniform, dafür nackter Oberkörper mit Segelschiff auf dem Rücken und Drachen auf der Brust, so hing er in den Seilen. Jojo kannte solche Matrosen von ihren vielen Dampferreisen.
»Und wo ist er tätowiert?«, fragte Mama neugierig.
»Is' jeheim.« Max Rollmann gluckste, nahm noch einen Schluck aus der Flasche. »Det wissen nur der Führer und die Frau Sau-

ckel«, er hustete, hatte sich verschluckt. »Die Frau Sauckel, die sieht ihn ja immer. Der hat er ja schon 'n halbet Dutzend Kinder jemacht.«

»Du redest dich noch mal um Kopf und Kragen!«, zischelte Frau Rollmann, die jetzt die Stecknadeln wieder zwischen den Lippen hielt. Sie schaute ihren Mann wütend an und machte eine heftige Bewegung. Jojo schrie auf. Sie hatte mit einer Stecknadel eins abgekriegt. »Ach Kindchen!« Das tat Frau Rollmann furchtbar Leid.

Hinter der Tür donnerte wieder einer die Treppe runter, machte Halt, klopfte dann an, öffnete einen Spalt und fragte: »Darf man?« Frau Rollmann nahm ihre Nadeln raus, fragte Jojo: »Darf er?« Jojo wurde knallrot, nickte. Frau Rollmann rief: »Ja, du kannst«, und steckte die Nadeln wieder zwischen die Lippen. Jetzt kam Lothar herein, sah Jojo auf dem Hocker stehen, kriegte Lichter in den Augen und fragte mechanisch: »Soll ich Kohlen holen?« Mechanisch ging er zum Kohleneimer, schoss einen Augenwinkelblick Richtung Josefa. Wie sie da stand, auf dem Hocker, die Porzellanpuppe, mit ausgestreckten Armen, in raschelndes Seidenpapier gepackt, mit Puppenmund und hellen Klappaugen und schwarzen Wimpern und viel zu viel Haaren – fertig für die Weihnachtsschachtel.

Und Jojo auf dem Hocker entzifferte in seinem Blick die Gedankenkette und wurde noch mal rot.

Frau Rollmann sagte nun schon zum zweiten Mal: »Bring auch Anbrennholz mit!« Lothar ging mit dem Eimer an ihr vorbei. »Hast du gehört!«

»Was?«

»Holz!«

»Jaa!«

Frau Rollmann musste lächeln, trotz der Stecknadeln im Mund.

In ihrem himmelblauen Samtkleid saß Jojo vorn auf der Kante des Theatersessels, erster Rang, erste Reihe. Endlich war sie eingedrungen in das heilige Innere des berühmten Deutschen National-

theaters, das sie von außen so gut kannte mit Goethe und Schiller davor. Sie kaute vor Aufregung an den Nägeln. Vor ihren Augen entfaltete das Theater all seinen Prunk mit den gerillten weißen Säulen, den vergoldeten Girlanden, den Kordeln und Quasten, den glitzernden Kristallleuchtern und tiefen roten Polstern. Jojo setzte sich zurück und strich verliebt über ihr himmelblaues Kleid. Den Blick auf die Bühne verdeckte der schwere, geheimnisvolle Vorhang, der sich bald teilen würde, um dem im Dunkeln sitzenden Publikum eine strahlende Märchenwelt vorzuführen. Mama, die neben ihr saß, schlug Jojo mit dem Programm leicht auf die Hand. »Lass um Himmels willen das Nägelkauen!« Ein Schauspieler lugte in der Mitte durch den Vorhang, da jubelten die Kinder auf. Jojo rutschte wieder vor, beugte sich über die Brüstung und betrachtete durch Mamas Opernglas die Besucher, die reihenweise aufstanden, um jene vorbeizulassen, die ihre Plätze in der Mitte hatten. Überall herausgeputzte Kinder mit Müttern und Omas, die Jungens in Anzügen, die Mädchen mit Schleifen und Spitzen wie kleine Prinzessinnen. Plötzlich ein Gong, dann noch ein Gong, darauf wurde es dunkel, und ein Aufstöhnen der Erwartung ging durch das Publikum. Jojo lehnte sich schnell zurück.
Das Märchen von der Müllerstochter und dem Waldkobold, der für sie Gold spann und dafür ihr Baby haben wollte, nahm seinen Lauf. Jojo begeisterte sich für die wunderschöne Schauspielerin, die die ehemalige Müllerstochter in wunderschönen Kleidern spielte, und ärgerte sich über den goldverzierten König.
Aber einer war ganz fürchterlich: dieser Kobold, dieses Rumpelstilzchen. Ein Unhold, ein wüster krummer Bursche mit kreischender Stimme. Selbst ein böser Giftzwerg wie in »Alice im Wunderland« war nie so ein Scheusal wie der hier. Jojo hatte erwartet, ein echter Zwerg würde Rumpelstilzchen spielen, vielleicht ein Kind, aber doch nicht ein Schauspieler, der in der Hocke spielte, verhüllt in einen schwarzen Umhang, ein hüpfender, kreischender Erwachsener mit Schlapphut.
Der Widerwille stieg in Jojo hoch. Sollte sie das lustig finden?

Oder spannend? Und noch etwas stieg, weiteren Widerwillen erregend, hoch, nistete sich ein in ihre Nase: Aus ihrem himmelblauen Samtkleid stieg penetrant der Geruch nach Bratkartoffeln, Zwiebeln und Kohlrabi auf – der Küchengeruch der Rollmanns. Jojo schaute sich um, zu Mama und den anderen, ob sie das auch merkten?

In der Pause spazierten sie im Foyer mit den anderen im Kreis herum. Auch hier weiße Säulen mit vergoldeten Girlanden, Kristall und Marmor. »Riech mal an meinem Kleid!«, sagte Jojo zu Mama. »Am Kleid riechen?« Sie beugte sich über Jojo, sog Rollmanns Küchendunst ein, wich zurück und sagte unwillkürlich wie Tante Frieda: »Du großer Gott!« Dann gab sie Jojo ihr Parfümfläschchen. »Aber nicht aufs Kleid! Pass auf, das gibt Flecken, die nicht rausgehen!« Dann sagte sie, das Kleid müsse mindestens acht Tage auf den Balkon.

Auf der Bühne wurde es zum Schluss sehr dramatisch. Rumpelstilzchen wollte das königliche Baby holen und war ganz sicher, die Königin wisse seinen Namen nicht, doch sie kannte ihn, nannte ihn R-u-m-p-e-l-s-t-i-l-z-c-h-e-n. Da schrie der Gnom auf, kreischte: »Das hat dir der Teufel gesagt!«, und Jojo wartete darauf, dass er mit seinem Fuß aufstampfte, so fest, dass der im Boden stecken blieb, der Kobold mit beiden Händen das freie Bein ergriff und sich selbst in zwei Stücke zerriss.

Aber stattdessen gab es Blitz und Donner, auf der Bühne wurde es finster und grell hell und wieder finster, dann war Rumpelstilzchen verschwunden. Wohin? In die Luft? In den Wald? Hinter die Bühne? Wo war er abgeblieben? Er konnte überall sein, überall lauern.

Die Theaterbesucher, groß und klein, klatschten begeistert, manche Kinder heulten, alle Schauspieler verbeugten sich, die ehemalige Müllerstochter, der König und auch ein hoch gewachsener Mann in Schwarz, der scheinbar gar nicht mitgespielt hatte. Nur Rumpelstilzchen war und blieb verschwunden, war wer weiß wo.

Jojo hatte vor Aufregung geschwitzt. Aus ihrem Kleid stieg, vermischt mit dem Dunst von Kohlrabi, Bratkartoffeln und

Zwiebeln sowie Mamas Parfüm, der Schweißgeruch. Ihr wurde beinahe übel.
In der Nacht wachte sie auf. Rumpelstilzchen hockte in der Ecke, und sie floh schreiend aus dem Turmzimmer. Mama gab ihr Baldrian. »Schlaf jetzt, das war doch alles nur Theater!«
In der übernächsten Nacht saß Rumpelstilzchen wieder in der Ecke. Und im Mondlicht wankten Gespenster auf dem Balkon. Jojo rannte die Treppe hinunter, störte die Abendrunde mit einem dramatischen »Ich kann nicht schlafen!«. Sie bekam wieder Baldrian, und Mama sagte drohend: »Wenn du so weitermachst, darfst du beim Rosenmontag nicht mitfeiern.« Da war Jojo flugs oben im Bett und mucksmäuschenstill. Sie drückte ihre Puppe an sich und wusste plötzlich, dass die Gespenster auf dem Balkon nichts weiter waren als ihr Theaterkleid und ihr neues Zigeunerkostüm, die Mama hinausgehängt hatte wegen dem Küchengeruch der Rollmanns. Das Fastnachtsfest am Rosenmontag wollte sie unbedingt mitmachen. Mama hatte schon Schallplatten gekauft und Scherzartikel, und Frau Pusch hatte bereits Mamas polnisches Tanzkostüm mit den vielen bunten Bändern aufgebügelt, mit ihrem komischen Bügeleisen, in das man glühende Eisenstücke steckte, die im Herd heiß gemacht wurden.

Heute war Fastnacht, heute war alles erlaubt.
Jojo und Mechthild schoben sich in Hochstimmung durch das Gedränge in der Schillerstraße. Jojo als Zigeunerin, bunt aufgeputzt in Rüschenkaskaden aus Kunstseide, beladen mit klimpernden Goldreifen, Halsketten und Ohrgehängen, den Puppenmund knallrot geschminkt. Die Haare hatte Tante Mali mit der Brennschere zu einem Lockengetümmel aufgekringelt. Die Leute drehten sich nach Jojo um, die ihre Hüften schwenkte, wie sie es in der Tanzgymnastik gelernt hatte. Mechthild neben ihr fiel weniger auf. Sie war als Holländerin maskiert, mit aufgesteckten Zöpfen, karierter Schürze, Holzpantinen und angemalten Wangen.
Gedränge und Geschiebe auf der Schillerstraße. Sonnenschein, Lachen, überfüllte Konditoreien. Man war ausgelassen und ver-

gnügt: Mädchen als Ballettratten, Jungen als Indianer oder Clowns, kleine Kinder als Marienkäfer, rot mit schwarzen Punkten, oder als Fliegenpilze, rot mit weißen Punkten. Luftballons stiegen unter Gejohle in den Himmel, gegenseitig pustete man sich quäkende Blasrollen ins Gesicht. Knatternde Knallerbsen überall. Musikkapellen schmetterten »Kornblumenblau« und »Du munteres Rehlein du«.

»Da, da geh'n wir rein!«, rief Jojo und deutete auf die Eisdiele. Hinter der Glasscheibe hatte sie Lothar gesehen. Sie zog Mechthild mit durch die Tür. Lothar saß da mit ein paar Kameraden, im karierten Hemd, überhaupt nicht kostümiert, drei Kugeln Eis vor sich. Als er sie sah, diese Josefa als Zigeunerin, hielt er auf halbem Weg zum Mund den Löffel mit dem Eis an. Jojo warf ihm einen hellblitzenden Blick zu und ein Puppenlächeln mit geschminkten Lippen. Sie schüttelte ihr Lockengekringel und machte einen gekonnten Hüftschwung – heute war Fastnacht, heute war alles erlaubt. Sie sah, wie Lothar die Röte dunkel ins Gesicht stieg und die andern am Tisch blöde grinsten.

Die Eisdiele war proppenvoll. Jojo und Mechthild kauften sich Eis in der Waffeltüte und zogen mit Gekicher schleckend wieder los, die Schillerstraße rauf, über den Theaterplatz und die Schillerstraße wieder runter zum Markt und abermals zurück. Was für ein Spaß! Sich zu zeigen, jemand ganz anderes zu sein als sonst! Sie liefen ihrer Führerin Edith Müller in die Arme, die im Matrosenkleid anmarschierte. Jojo schwenkte ihren Zigeunerrock, klimperte mit den Reifen und schüttelte ihr Lockengebirge, zeigte dieser Schnecken-Edith, dass heute Rattenschwänze nicht angesagt waren. Die Mädchen tänzelten weiter, geradewegs in eine Gruppe hoch gewachsener, eleganter Uniformträger hinein, alle in schwarzen Hemden. Die Männer fingen sie auf mit Lachen und vergnügten Blicken, riefen laut: *»que bella ... que bella ...«* Und weiterging's mit Gekicher und roten Köpfen. »Was waren denn das für welche?« Mechthild wusste es von ihrem großen Bruder: »Das sind Jungfaschisten, die sind aus Rom zu Besuch hier.«

Dreimal begegnete Jojo im wandelnden Menschenstrom Lothar

und seinen Kameraden. Die beiden nahmen voneinander kaum Notiz, nur mit einem sekundenkurzen Blick aus den Augenwinkeln.

In der Pension Weimar war Hausball am Rosenmontag – mit Kostümzwang.
»Ich tanze mit diiiir in den Himmmel hinein, in den siebenten Himmmel der Liiiiebe …« Bunt kostümierte Paare tanzten hingebungsvoll den English Waltz, mit ausgreifenden Schritten übers glatt gebohnerte Parkett. »Die Erde versinkt, und wir zwei sind allein …«
»Jojo«, rief Wolf, »kurbeln!«
Er tanzte mit Mama, die sich in seinen Armen wiegte. »Kurbeln!«
Jojo, die Zigeunerin, hockte auf der Sesselkante neben dem Koffergrammophon. Sie starrte auf die immer langsamer werdende Schellackscheibe, bis auf dem runden Etikett in der Mitte der kleine Hund sichtbar wurde, der in den Trichter lauschte. Der Gesang wurde dabei immer schleppender und sackte schließlich ab.
»Jojo!«, rief Wolf noch einmal. Alle Paare waren stehen geblieben. Jojo kurbelte rasch das Grammophon an, die Platte drehte sich schneller und schneller, der weiße Hund wurde zum weißen Kreis, der Gesang erhob sich aus den Niederungen des Grunzens, wurde wieder melodisch und rhythmisch und die Tanzpaare fassten wieder Tritt für den »siebenten Himmel der Liebe«.
Der Salon, das Esszimmer und der Wintergarten waren dekoriert mit Luftschlangen, Papiergirlanden und Ballons. Von der Erdbeerbowle hatten alle schon »einen in der Krone«, die Fastnachtsstimmung war ihnen in den Kopf geschossen – und manchen in die Beine. Mama hatte einen Haufen Tanzplatten eingekauft, die neuesten Filmschlager, die jeder mitsingen und mitpfeifen konnte. Jojo, vor sich ein Glas Apfelsaft, hatte Kurbeldienst. Wie ein Bühnenspektakel schwenkten die Tanzpaare an ihr vorbei: Der Tierarzt als Trapper mit Stirnband, Dachsschwanz und wildem Stoppelbart schwenkte Hannelore im Arm, die mit ihren Hunnenaugen und markanten Backenknochen stilecht als Tscherkessin

verkleidet war. Fräulein Bambach tanzte mit Herrn Demjensky, er als Pirat mit rotem Kopftuch und Augenklappe, sie als Haremsdame mit Schleier und angeklebten Wimpern. Liane Krauss als Katze, mit aufgemalten Schnurrhaaren und Katzenohren in den kupferroten Locken, suchte gerade nervös nach ihrem Tänzer, aber Fettbauch Schüble, mit Fez und Bärtchen und im Kaftan wie ein echter Orientale, flüchtete zu seinem Sessel. Die Tollste von allen war natürlich Mama in ihrem polnischen Nationalkostüm mit den flatternden Bändern in allen Farben und den roten Saffianstiefeln. Sie lachte, schäkerte und hatte, wie sie selbst verkündete, schon ein Glas zu viel gekippt. Sie funkelte mit den Augen und machte den Kapitän verrückt, der sie übers Parkett führte. Das war natürlich Wolf Weimar, Goldtressen am Ärmel, Goldborten an der Mütze. Die Uniform aus »Madame Butterfly« war aus dem Theaterfundus, von Liane Krauss organisiert.

Jetzt Wiener Walzer! Jojo hatte die Platte gewechselt. Die Paare tanzten schwungvoll und gekonnt Wiener Walzer, rechts herum, links herum, dann folgten ein flotter Foxtrott und eine schnelle Polka. Bei »Ich küsse Ihre Hand, Madame, und träum' es wär' Ihr Mund« ergaben Mama und Wolf sich hautnah dem Tango.

Liane Krauss trank zu viel, trippelte nervös hin und her und ärgerte sich, weil der behäbige Gottlieb nicht mehr ans Tanzen dachte. Er saß gemütlich schwäbelnd im Sessel und ließ sich von den »drei Röschen« verwöhnen. Das waren Tante Mali, Tante Frieda und Frau Pusch, jede mit einer roten Rose im Haar und einer roten Rose am Busen, die fürs leibliche Wohl sorgten. Sie schenkten Erdbeerbowle aus und reichten auf Platten klein geschnittene Graubrote mit Leberwurst, Thüringer Rotwurst, saurer Gurke und Käse. Mariechen als Küchenmamsell mit gestärkter Schleife im Haar und weißem Schürzchen lief immer wieder zur Küche runter und holte Nachschub.

Wieder mal hatte Jojo vergessen zu kurbeln. Man stand herum, lachte, nahm sich etwas zu trinken, aß belegte Brötchen. Jojo rannte, die Pause nutzend, schnell zum Lokus. Als sie zurückkam, legte gerade Fräulein Krauss eine Platte auf, kurbelte und setzte

die Nadel auf. Während die Musik einsetzte, rief sie ganz laut »Damenwahl!« und stürzte sich auf Demjensky. Die Bambach, plötzlich allein gelassen, schnappte sich Wolf. Und Mama, die nicht übrig bleiben wollte, nahm Hannelore den Trapper weg. Die Tscherkessin schmiss sich in einen Sessel und zückte ihre obligatorische Zigarette.
»Mein Herz ruft nach dir …« Mama sang begeistert mit Jan Kiepura um die Wette, der sein Liebeslied für Marta Eggerth von der Schallplatte schmetterte. Sie blieb mit dem Tierarzt vor Herrn Schüble und der qualmenden Hannelore stehen, ganz kurzatmig, und schwärmte ihnen von der Nacht mit Jan Kiepura auf dem Dampfer vor, als sein Film an Deck vorgeführt wurde: »Unvergesslich, diese Nacht im Indischen Ozean. Wie das Schiff durchs Meer pflügte, über uns das funkelnde Firmament mit dem Kreuz des Südens. Und Jan Kiepuras unvergleichliche Stimme, die zu den Sternen hochstieg.« Eine wirklich unvergessliche Schiffsnacht war das gewesen, auch für Jojo. Denn sie hatte heimlich die Kabine verlassen, hatte mit ein paar anderen Kindern hinter der Leinwand gehockt, zwischen Lüftungsrohren und Tauen, und den unerlaubten Film von der Rückseite angesehen, seitenverkehrt, Linkshänder alle. Auch sie erinnerte sich, wie Kiepuras Stimme in die indische Nacht zu den funkelnden Sternen hochgestiegen war.
Als Nächstes jagte wieder der goldbetresste Kapitän aus »Madame Butterfly« mit der schönen Polin übers Parkett. Mamas bunte Satinbänder flatterten um ihren Kopf, mit festem Zugriff hatte Wolf Weimar sie um die Taille gepackt, dann flog ihm die Kapitänsmütze vom Kopf. Jojo, die Zigeunerin am Koffergrammophon, hatte aufgehört zu kurbeln, und die schmissige Polka erstarb mit jämmerlichen Tönen. »Kurbeln, kurbeln, Jojo!«, riefen alle. Aber Jojo drehte nicht. Sie sah auf das Paar, das heftig atmend und fest verhakt nah beieinander stand und sich selbstvergessen in die Augen glotzte.
Wanda Jordan löste sich von Wolf und kam zu Jojo, die tatenlos vor dem Grammophon saß. Sie las in den Augen ihrer Tochter und brachte ihr ein halbes Glas Erdbeerbowle. Das leerte Jojo in

einem Zug, die Bowle schoss ihr sofort in den Kopf. »Tanz du doch mal mit ihr!«, sagte Wanda Jordan zu Wolf. Jojo spitzte die Ohren: Sie duzten sich also schon! Wolf ließ Wanda ungern allein, aber ihr zu Gefallen hätte er schon einmal mit Jojo getanzt. Aber Jojo wollte gar nicht und zog einen Flunsch. »Komm, sei kein Frosch!«, sagte Mama. Und Jojo sagte: »Ich kann gar nicht tanzen.« Und Wolf sagte: »Ich zeig's dir schon.« Ein Walzer tönte aus dem Grammophon, dessen Kurbel jetzt Mama drehte. Wolf beugte sich hinab, nahm Jojo um die Taille, fasste fest ihre kleine Hand, und los ging's mit dem Drehen, eins-zwei-drei, eins-zwei-drei. Der Salon flog im Kreis an Jojo vorbei: das große Büfett, der Esstisch mit den »drei Röschen«, das Ölbild an der Wand. Kriegte sie überhaupt noch die Füße auf den Boden oder schwebte sie im Wirbel auf Wolken? Was sie wahrnahm, war Wolfs fester Zugriff, seine Hand. Nein, er würde nicht loslassen, eins-zwei-drei, eins-zwei-drei. Er zog sie hoch, ließ sie fliegen, eins-zwei-drei, eins-zwei-drei. Er zog sie an sich, da klebte sie wie ein Blatt der Länge nach an seinem Körper, fühlte seine Muskeln, sah im Kopf wie mit Blitzlichtern die nackten Helden aus dem Lehrerzimmerkalender. Halt suchend irrten ihre Augen umher, blieben an Wolfs Augen hängen, die lachten, die glänzten und wie die Donau so blau, so blau waren. Er hielt sie fest in seinem Arm. So hielt er auch Mama fest beim Tanz, so strahlte er auch Mama an, so setzte er für Mama sein Grübchenlächeln auf. Jojo fing an zu zappeln, wollte weg von ihm, wollte nicht von ihm festgehalten werden, und Mama sollte er auch nicht festhalten. Die Bowle machte sie schwindlig, und sie begann zu schreien wie ein Kleinkind. Wolf Weimar setzte sie ab, hielt sie noch fest, damit sie nicht fiel, doch sie machte sich los, torkelte ein bisschen übers Parkett und ließ sich aufs Sofa im Salon fallen. Alle lachten. Jojo war ganz anders zu Mute. Aber alle lachten.
Tante Mali mit ihrem Feingefühl schlug eine Pause vor, mit Erbsensuppe und heißen Würstchen unten in der Küche. Ja, heiße Würstchen! Das war jetzt auch etwas für Jojo.
Nach der Suppenpause wurde die Stimmung noch einmal richtig

aufgeheizt. Demjensky hatte »noch ’n paar ganz phänomenale Scheiben«, die holte er aus seinem Zimmer. Als er sie auflegte, stürzten sich alle aufs Parkett, denn los ging’s mit waschechtem, heißem »Nigger-Jazz«. Die Tanzenden gerieten aus dem Häuschen, hampelten mit zuckenden Gliedern zu quäkenden Trompetenstößen, tanzten zu Swing und Dixie. »Wo ham Se *die* denn her, Demjensky? Sind doch alle verboten!« Jojo hörte den Piraten lachen: »Alles erbeutet!« Er fetzte mit Ulla Bambach herum, bis ihr Haremsschleier sich löste und ihr die schräge Haarsträhne um den Kopf flog.

Demjensky hatte auch eine ganze besondere Schallplatte für Mama. »Das is was für Sie!«, rief er. »Was ganz Wildes, ganz Schnelles: ein Krakowiak.« Da schrie Mama: »Das ist mein Tanz!« Ihr polnisches Blut ging mit ihr durch, sie stieg auf einen Stuhl, vom Stuhl auf den Esstisch, winkelte die Arme vor der Brust ab und legte mit Stiefelknallen einen Krakowiak hin, dass Teller und Gläser klapperten. Wanda sang auf Polnisch mit, die Satinbänder ihres Kopfschmucks zitterten im rasanten Rhythmus, die »drei Röschen« schoben schnell die restlichen belegten Brote nach hinten. Wanda schmiss die Beine, wirbelte den Rock und die hellen Augen versprühten Leuchtfeuer. Am Ende klatschten alle begeistert. »Ihr dürft mich Wanduschka nennen!«, rief sie, ehe Wolf sie vom Tisch hob. Sie atmete schnell und lachte.

Die Bowle war aus, Mama leerte in einem Zuge ein Glas Sekt. Wolf trank inzwischen Ehringsdorfer Bier. Hannelore und der Tierarzt qualmten und tranken Schnaps. Jeder ließ sich irgendwo nieder, alle hingen erledigt herum. Jojo gähnte hingebungsvoll ohne die Hand vor den Mund zu halten. Mama sah es und sagte: »Ich bring’ mal eben die Kleine ins Bett.«

In ihrem Messingbett im Turmzimmer lag Jojo und war viel zu aufgedreht, um zu schlafen. Sie rutschte aus dem Bett, ging auf den Balkon. Die Schläge vom Kirchturm hallten durch die Nacht. Der Mond ließ die Knospen an der Kletterpflanze glänzen, ein lauer Luftzug strich um Jojos nackte Beine unter dem kurzen Hemd.

Sie hörte leise Stimmen, leises Lachen, Geflüster. Sie beugte sich über die Balkonbalustrade und sah im Garten auf dem Rundweg zwei Gestalten stehen: eine Frau und einen Mann. Die Frau war Mama! Jojo erkannte ihr Lachen. Der Mann war Wolf! Sie erkannte seine tiefe Stimme. Die beiden standen dicht beisammen, er sagte ihr etwas ins Ohr, sie drehte den Kopf weg, lachte. Er fasste ihr in die Haare, drehte ihr Gesicht zu sich, Jojo hörte, wie er unterdrückt »Wanduschka!« rief. Mama wollte ihn abschütteln, aber er war stärker. Dann sah Jojo, wie er Mama küsste. Sie konnte es im nächtlichen Licht nicht genau sehen, aber sie sah es genau mit ihrem inneren Auge. Sie küssten sich.

Jojo stürzte ins Zimmer, zurück ins Bett. Ihr war heiß und kalt und kalt und heiß. Sie flüchtete in den Schlaf, wachte aber in Panik wieder auf, stieß einen Schrei aus: Rumpelstilzchen hockte in der Ecke!

Sie floh vor Rumpelstilzchen aus dem Turmzimmer, die Treppe runter, riss die Tür auf und schrie heulend: »Wo ist Mama?« Sie saßen alle herum unter den verqualmten Luftschlangen, die »drei Röschen« klapperten mit Geschirr, die Wintergartentür zum Garten stand weit offen. Durch die kam Mama gerade herein und sagte aufschnaufend: »Ich habe mal ordentlich Luft geschnappt.« Luft geschnappt! Jojo wusste es besser und heulte gleich noch mehr los.

»Jojo!«, rief Mama.

Und Jojo rief: »Rumpelstilzchen! Ich hab' Angst! Rumpelstilzchen hockt in der Ecke vom Turmzimmer!«

Dieses blöde Rumpelstilzchen! Mama ärgerte sich, wurde ganz rot vor Ärger. Jojo kriegte auch diesmal Baldrian. Musste ins Bett. Ohne Pardon.

»Das war alles zu viel für das Kind«, sagte Wanda Jordan zu den anderen, die nickten. »Aber es ist ja nur einmal Fastnacht im Jahr.« Da nickten sie noch mal.

Jojo hatte es gesehen. Sie hatten sich geküsst. Ist so was an Fastnacht denn nicht erlaubt? Ja schon, aber vielleicht küssten sie sich auch ohne Fastnacht?

Jojo lag in ihrem Messingbett, den Kopf unterm Plumeau vergraben, halb erstickt. Der Schlaf holte sie in sein wirres Reich, bescherte ihr einen wüsten Traum: Das krumme, krüppelige Rumpelstilzchen drehte sich besessen wie ein rasender Kreisel mitten zwischen den Tanzpaaren auf dem Parkett im Salon, grässlich grinsend unterm Schlapphut stieß es Hohngelächter aus, kreischte irrwitzig: »Ach, wie gut, dass keiner weiß …«, hüpfte auf Jojo zu und griff nach ihr. Schreiend warf Jojo sich herum, riss das Plumeau mit, fiel aus dem Bett und wachte auf.
Die kleine Lampe brannte. Mama war noch immer nicht im Bett.

Beim Spielen kann man alles vergessen. Mechthild und Jojo schaukelten im Garten, spielten Zirkus, übten beim Schaukeln den Ball zu fangen. Dann stiegen sie hinab in den finsteren Keller, spielten Burgverlies, schmachteten hinter den dicken Eisenstangen, waren am Verhungern und Verdursten, hatten nur den Ball als ein Stück Brot. Schließlich wurden sie errettet, von einem Ritter mit hoher Burg, da stiegen sie bis ganz nach oben unters Dach. Hier schlichen sie heimlich in Wolfs Zimmer mit den medizinischen Büchern voller nackter Männer und nackter Frauen. Beim Anblick einer Hochschwangeren steckte sich Jojo probeweise den Ball unters Kleid. Komisch sah das aus, die beiden lachten halbherzig. Der Ball rutschte weg, fiel zu Boden und rollte unters Bett. Jojo ging auf die Knie, angelte nach dem Ball, sah unters Bett. Da sah sie etwas, das konnte sie nicht verstehen. Wieso? Was machte Mamas roter Saffianstiefel hier in Wolfs Dachkammer, unter diesem Bett? Jojo fischte nach dem Ball, kam hoch, ihre hellen Augen blickten milchig, ihr Gesicht war rot, die Stirn nass. »Was hast du?«, fragte Mechthild. »Ich weiß nicht! Ich will hier raus. Ich glaub', es kommt jemand!« Sie rannten im Treppenhaus nach unten, durch die Haustür nach draußen, blieben atemlos stehen, bis sie wieder schnaufen konnten.
»Wir spielen mit dem Ball gegen die Wand.«
»Und wie geht das?«
»Ich zeig's dir. Immer zehnmal.«

Als sie allein war, schaute Jojo nach. Im Turmzimmer im Schrank stand nur ein roter Stiefel von Mama.
Am nächsten Tag, als sie wieder allein war, schaute Jojo nochmals nach. Jetzt standen zwei rote Stiefel im Turmzimmer im Schrank.

Er sagte Wanduschka, sie sagte Wolfi, wenn sie glaubten, dass niemand sie hörte. Sie gingen zusammen ins Kino. Sie gingen zusammen ins Theater. Sie gingen zusammen im Park spazieren. Wenn Wolf in Uniform marschierte, rannte Mama hin, um ihn zu sehen. Jojo, die sonst maulte, wenn sie mit zum Spazierengehen musste, wollte jetzt immer dabei sein, aber Mama sagte: »Nein, nein, mach deine Hausaufgaben!« Oder: »Du musst doch zum Dienst!« Oder: »Du hast doch heute Tanzgymastik!«
Mama ließ Jojo im Turmzimmer jetzt oft allein. Dann wachte Jojo nachts in Panik auf, starrte voll Entsetzen unterm Plumeau hervor ins Eck, ob da nicht Rumpelstilzchen saß, grinsend, grässlich verkrümmt, schwarz mit Schlapphut. Obwohl sie seine Beine nicht sah, sah sie doch: Es hatte Mamas rote Stiefel an. Gleich würde es einen davon in den Fußboden rammen, nach dem anderen greifen und sich selbst in zwei Stücke zerreißen. »Ach wie gut, dass keiner weiß ...« Schreiend rannte Jojo die Treppe nach unten, stürmte die Abendrunde, wo alle riefen: »Rumpelstilzchen ist wieder da!« Der Tierarzt meinte: »Jetzt geht der Baldrianterror wieder los.« Tante Frieda sagte: »Du großer Gott!« Mama nahm ihr Töchterchen auf den Schoß, Wolf schaute finster, und Tante Mali, ein Engel der Geduld, holte Baldrian. Zu Jojo sagte sie: »Ich weiß, das Leben ist manchmal schwierig.« Sie warf einen Blick zu Wolf, der scheel grinste. Dann stand er auf, um das übermüdete Kind nach oben zu tragen, aber Jojo wehrte sich empört. Mama musste sie hinaufbugsieren, ihr gut zureden, sich mit ihr ins Bett kuscheln, Puppe und Bären hätscheln, die Lampe brennen lassen, um Rumpelstilzchen zu verscheuchen.
»Mama, wann kommt Vati endlich.«
»Ja, ja, Vati kommt. Er ist ja schon auf dem Schiff.«
Mama wurde blass und nervös, hatte schwarze Ringe um die

Augen, hatte sich schrecklich erkältet. Jojo wurde blass und hatte schwarze Ringe um die Augen. Wanda Jordan ging mit ihrer Tochter zum Arzt, der fand Jojo gesund, vielleicht »ein bisschen überkandidelt«, und schlug vor, sie solle Baldrian nehmen. Da musste Jojo lachen. Schließlich verschrieb der Arzt einen Hopfentee.

An einem Montagnachmittag saß Jojo im Turmzimmer am Tisch und schrieb. Wenn sie hinausschaute, sah sie den Regen in Strömen niedergehen.

»Lieber Vati,

ich schreibe Dir nach Bremen, damit Du den Brief gleich hast, wenn Du mit dem Schiff ankommst. Ich freue mich schon soooooooooo, wenn Du endlich hier bist! Dann zeige ich Dir meine neue deutsche Puppe. Hoffentlich regnet es dann nicht so wie heute. Ein Zimmer im Hotel ›Elephant‹ hat Mama schon bestellt. Wenn wir in den Osterferien alle zusammen nach Berlin fahren, das wird schön. Schade, dass Strupps nicht mitkommen durfte. Darüber bin ich traurig. Ich hab' Dich lieb.

Viele Küsse, Deine Josefa.«

Tante Mali kochte den besten Kakao der Welt. Der Bäckerjunge brachte die besten ofenfrischen Brötchen von Weimar. Mit kühler Butter beschmiert, tunkte man sie in den heißen Kakao, dann musste schnell abgebissen werden. Dieses morgendliche Ritual teilte Jojo auf der Küchenbank oftmals mit Wolf, sie vor der Schule, er vor der Zugfahrt nach Jena zur Universität.

Auch heute. Beide tranken den heißen, köstlichen Kakao, beide tunkten die frischen, mit Butter beschmierten Bäckerbrötchen ein. Beide schauten finster aneinander vorbei.

Wolf sagte: »Du machst dich ganz schön mausig mit deinem blöden Rumpelstilzchen.« Seine Mundwinkel blieben beim Sprechen ärgerlich verzogen.

Jojo war patzig: »Bald kommt mein Vati. Er wohnt mit Mama im Hotel ›Elephant‹.«

Wolf zog die Brauen zusammen und sagte: »So?«
Tante Mali brachte Wolf seine eingewickelten belegten Brote und die tägliche schmale Schachtel mit den drei Zigaretten. »Los, mach dich fort!« Ihre Stimme war nicht so freundlich wie sonst.

Vor der Apotheke holte ein Radfahrer Jojo ein, fuhr schnell von hinten an sie heran, dann ganz langsam neben ihr her, tänzelte mit dem Fahrrad über die Steine. Lothar. Er hatte die schwarze Pimpfenkluft an mit der angeknöpften rotweißen Führerschnur. Seine nackten Beine steckten in gestrickten Kniestrümpfen und groben Schnürschuhen. Das Rad war bepackt mit Tornister, gerollter Decke, Zeltplane und angeschnallter Feldflasche. Die Morgensonne spielte in seinem strohblonden Haar. Er beschaute Jojo ausgiebig von oben bis unten, wie sie fein herausgeputzt mit der großen Puppe im Arm ausschritt. Mit gewolltem Spott sagte er: »Bist du auf dem Weg zur Kirche?«
Jojo blieb stehen und warf ihm aus ihren dicht bewimperten hellen Augen einen bedeutsamen Blick zu. Mit einer Art Feierlichkeit verkündete sie: »Ich geh' jetzt zum ›Elephant‹. Zum Frühstück mit meinem Vati.« Und weil Lothar nichts sagte, redete sie weiter: »Er ist gestern ganz spät gekommen, da habe ich schon geschlafen.« Sie ging weiter, Lothar fuhr neben ihr her, musste Balance halten, so schwer bepackt auf der holperigen Straße. Jojo verkündete weiter: »Wir fahren nach Berlin. Zu Tante Emily. Über Ostern.«
»Da kannste ja in Berlin die Eier vom Osterhasen suchen.« Spott in Lothars Stimme.
»Ich glaub' nicht mehr an den Osterhasen«, beteuerte Jojo.
»Aber an den Weihnachtsmann.«
»Ich glaub' auch nicht mehr an den Weihnachtsmann. Oder an Alice aus dem Wunderland. Und auch nicht an Rumpelstilzchen.«
Jojo log. Sie glaubte fest an Rumpelstilzchen.
Lothar grinste. Sie beschleunigte ihre Schritte. Sie wollte pünktlich im Hotel »Elephant« sein. Außerdem spürte sie seine Herab-

lassung, dabei hatte sie von China bis Europa die Welt gesehen, er aber nicht. Sie sagte schnippisch: »Ich bin froh, wenn ich in Berlin bin, da ist mehr los als in Weimar.«

»Denkste, *ich* bleib' in Weimar? Wir geh'n auf große Fahrt, quer durch Thüringen, alles mit dem Fahrrad.«

Jojo sagte hochnäsig: »Na, viel Vergnügen!«

Lothar bog ab, fuhr ein Stück in die andere Richtung, rief: »Josefa!« Sie drehte den Kopf zu ihm. »Grüß den Osterhasen von mir!«

Jojo ärgerte sich. Blöder Lackaffe!

Sie erreichte den Marktplatz, da war das Hotel. Und da war der Elefant aus Bronze auf dem Rundbogendach über dem Eingang. Jojo durchschritt ohne Zögern das Hotelportal, stand in der Eingangshalle mit den mächtigen Deckenbalken, den massiven Rundbögen, dem riesigen Kamin mit gedrehten Säulen. Auch hier stand ein Elefant. Eine geschwungene Treppe verschwand oben im Gewölbe. Zahlreiche Uniformierte standen herum, curryfarben, schwarz, feldgrau, in Livree. Ein bisschen eingeschüchtert war sie nun doch und deshalb froh, als ein Livrierter fragte, wohin denn die junge Dame mit ihrer Puppe wolle. Er zeigte ihr den Frühstücksraum.

Auf der Schwelle blieb Jojo stehen. Stimmen, Kaffeegeruch, Löffelgeklapper. Sie runzelte die Stirn. Da saßen so viele, tranken, kauten, plauderten, hatten Eier im Eierbecher vor sich, Männer mit schnurgeradem Scheitel und streichholzkurzem Haar, Blondinen mit der neuen Frisur, der Olympiarolle im Nacken. Jojo stand einsam auf der Türschwelle mit ihrem Florentinerhut, Frühlingsmantel und den weißen Söckchen in schwarzen Lackschuhen. Und mit ihrer großen Puppe.

Ein Herr an seinem Frühstückstisch, mit breitem Mund und großen sprechenden Augen, lächelte Jojo sehr freundlich zu. Der war aber nicht ihr Vati, nein, dieser da hatte eine Curryjacke an und dunkelbraune, angeklatschte Haare, während Vati doch eine Glatze hatte. Er wurde von zwei zackigen Männern in Hochglanzstiefeln umdienert.

Aber da hinten am Ecktisch, bei Tee und Zigarette, im englischen

Flanellanzug und mit Glatze – das war Vati! Auf Jojos Gesicht ging die Sonne auf, sie strebte auf Vatis Tisch zu, musste dabei vorbei an dem freundlichen Herrn mit den sprechenden Augen und dem breiten Mund. Der lachte Jojo an und sagte: »Hast du aber eine schöne Puppe!« – »Die ist aus Berlin«, sagte Jojo stolz. »Aha«, der Herr schmunzelte. »Sie heißt Marika«, fügte Jojo hinzu. »Ein schöner Name. Meine älteste Tochter spielt auch gern mit Puppen. Und wie heißt du?« Jojo machte einen Knicks und sagte: »Ich heiße Josefa Jordan. Josefa mit f.« Das amüsierte den Herrn am Tisch. »Und woher kommst du?« – »Aus China.« – »So? Das ist ja von weit her. Und? Gefällt es dir bei uns in Deutschland?« Jojo nickte pflichtschuldig. Dann machte sie eine Kopfbewegung zu ihrem Vater hin. »Da sitzt mein Vati. Er hat mich hierher zum Frühstück bestellt. Er ist gerade aus China gekommen.« – »Das ist ja interessant«, sagte der freundliche Herr und drehte seinen großen Kopf auf den schmächtigen Schultern in Richtung von Vati. »Na, dann lauf mal zu deinem Vati! Da will ich dich gar nicht aufhalten.«
Jetzt durfte sie endlich zu ihm. »Vati!« Er war aufgestanden, fing Jojo mitsamt ihrer Puppe auf, als sie sich an seinen Hals warf und der Florentinerhut ihr vom Kopf flog.
»Josefa!« Er küsste sie. Er roch nach Rasierwasser und nach Zigarette. Nach Vati. Glückliche Momente können so riechen. Sie setzte ihre Puppe auf den freien Platz und hob den Florentinerhut auf. Der Oberkellner nahm ihr Mantel und Hut ab und trug beides zur Garderobe.
Jojo fragte: »Wo ist Mama?«, und erfuhr, dass Mama noch im Hotelbett war, sich ausschlafen wollte, weil Vati so spät nachts angekommen war mit dem Zug aus Bremen.
»Wir zwei frühstücken jetzt mal alleine, du und ich. Und du erzählst mir alles, was neu und wichtig ist.«
Das Frühstück mit Vati war schöner als alle Frühstücke der Welt. Jojo kriegte süße, heiße Schokolade und Milchbrötchen mit Rosinen, Vati noch ein Kännchen englischen Tee und Toast mit Schinken. Jojo fragte nach ihrem geliebten Drahthaarterrier, und Vati

berichtete stolz, dass Strupps jetzt über den Spazierstock sprang. Jojo lachte sich kaputt. »Das wollte der doch nie! Weißt du noch, wie er immer die Ohren zurückgelegt hat?« Aber Vati hatte es ihm auf dem Race Course beigebracht, mit viel Geduld und Spucke. Und? Wer kümmerte sich jetzt um Strupps? Wenn alle weg waren? Na, der Number-one-Boy und die Amah und der Hundekuli, genauso wie immer. Vati steckte sich eine weitere Zigarette aus der Simon-Arzt-Schachtel an. Jojo kriegte das Zigarettenbildchen, da war eine Filmdiva drauf. Im Aschenbecher lagen schon zwei Kippen.
»Und wie geht's in der Schule?« Jojo war stolz: »Ich bin jetzt in der Quinta. Im Zeugnis hab' ich in Französisch eine Drei. Ich brauch' auch nicht mehr zur Nachhilfe.« Vati fragte, ob sie denn immer noch wie auf dem Foto herummarschiere, mit Rattenschwänzen und in Uniform? »Na klar!« Sie erzählte vom Dienst, von Vaterlandsliedern, Leistungssport, von ihrer Führerin Edith Müller mit den Schnecken und den Pickeln und von den Großkundgebungen, bei denen sie während langer Reden in Ohnmacht fiel. Jojos Vater war sehr besorgt, da müsse sie doch mal mit Mama zum Doktor gehen. »Da waren wir schon. Ich bin ganz gesund.« Dass Vati so besorgt um sie war, tat ihr wohl. »Ich bin sooo froh, dass du da bist!«
Vati gab ihr einen kleinen Nasenstüber. »Und *ich* erst!« Sie lachten. Da trat der eine von den zackigen Stiefelträgern vom Tisch des freundlichen Herrn zu Vati heran, knallte überraschend mit den Hacken und sagte: »Gestatten, wir haben von Ihrer Tochter gehört: Sie sind gerade aus China eingetroffen. Hätten Sie Interesse daran, dass ich Sie dort drüben am Tisch dem Herrn Reichsminister Dr. Goebbels vorstelle?«
Vati blickte zu dem zackigen Stiefelknaller hoch, dann zu dem Tisch hinüber, an dem der Reichsminister frühstückte und pausenlos Anweisungen gab. »Vielen Dank, ich bedaure«, sagte Vati und erklärte auch warum, was Jojo, die ihre Puppe fütterte, nicht verstand. Bald danach erhoben sich die beiden und gingen.

Oben im Hotelzimmer sagte Vati: »Das hätte mir gerade noch gefehlt, Muxi«, er nannte Mama immer Muxi, »mich dem Reichsminister Goebbels vorstellen zu lassen. Als der ›Deutsche aus China‹ vielleicht Kratzfuß machen oder gar mit Im- und Exportbericht über chinesisches Trockenei und Schweinedärme aus Wang-Pu. Nein danke!«
Mama lag noch in einem Luxusnachthemd aus schwarzer chinesischer Seide im Bett. Sie streckte sich unter der federleichten Daunendecke des feudalen Hotels. »Heiliger Strohsack!«, sagte sie. »Der Goebbels ist ein ganz hohes Tier.«
»Er hat zu mir gesagt, wie schön meine Puppe ist«, rief Jojo dazwischen, »und er hat mich gefragt, wie ich heiße …«
»Ja, ja.« Mama sagte zu Vati: »Er ist der oberste Chef der Reichspropagandamaschinerie.« Sie wusste es genau. »Er hat ein Riesenmundwerk. Und einen Klumpfuß.« Nun ärgerte sich Jojo, dass sie Goebbels Klumpfuß nicht gesehen hatte.
»Schau mal in die Schachtel, Josefa!« Vati fasste sie um die Schulter. Da war der Elefant drin, den hatte er ihr mitgebracht, direkt aus Colombo, aus schwarzem Ebenholz.

Der Speisesaal im Hotel »Elephant« war groß und gediegen. Familie Jordan setzte sich zum Mittagessen an den mit weißem Damasttischtuch, Damastservietten und Gläsern für Wein und Tafelwasser gedeckten Tisch. Der Ober kam und fragte nach den Getränkewünschen, und Mama sagte auch gleich, was sie beziehungsweise ihr Ehemann zu essen wünschte: »Eine thüringische Spezialität, Herr Ober. Das haben Sie doch bestimmt immer auf der Speisekarte, Sauerbraten mit rohen Kartoffelklößen. Oder Rinderbrust à la Goethe mit grüner Soße.«
»Wir haben heute Eintopfsonntag!«, erklärte der Ober. »Leider. Es steht nur ein Gericht auf der Karte: Pichelsteiner.« Das konnte Vati gar nicht verstehen, das fand er irgendwie unglaublich. »Sie meinen, alle Deutschen essen heute am Sonntag Eintopf? Wo sind wir denn hier? Was ist denn das für ein Land?« Der Ober versicherte: »Ist aber sehr gut, das Pichelsteiner.« Vati stand auf.

»Muxi, dann gehen wir zum Essen eben in den ›Weißen Schwan‹, von dem du so geschwärmt hast.« Auch Mama und Jojo mit ihrer Puppe standen auf, alle drei gingen.
Der Ober folgte ihnen ein paar Schritte, erklärte aufgebracht: »Im ›Schwan‹ kriegen Sie heute auch nur Eintopf.« Jetzt kam auch noch der Empfangschef und fragte, was es gebe. Vati sagte ihm die Meinung: »Alle Deutschen essen heute Eintopf. Ich komme aus China, den Chinesen mit ihrer Esskultur könnte man das nicht zumuten. Nicht mal den Kulis.«

Als Jojo später bei der Abendrunde der »Pension Weimar« zwischen Vati und Mama am großen Tisch saß, vor sich einen Apfelsaft und eine Schachtel Katzenzungen, da fühlte sie sich fest eingefügt in die Welt ihres Vaters und ihrer Mutter. Eigentlich müsste es Sommer sein, dachte sie. Bei Mechthild war es immer so. In Jojos Leben dagegen wurde immerzu gereist, man nahm Abschied, man feierte Wiedersehen, man kam an, man fuhr los. Mal war alles wie früher, mal war nichts mehr wie früher. Es gab Plätze, da wohnte man, solche, die man liebte, und solche, die man hasste, oder beides zugleich, so wie diese »Pension Weimar«.
Es waren alle da, am großen Tisch unter der Deckenlampe. Mama hatte ihren Mann mit allen bekannt gemacht. Zur Feier des Tages gab es mal wieder Henkel-Trocken-Sekt, aber Vati trank lieber das Ehringsdorfer Bier. Er machte Frau Weimar ein Kompliment, denn sie hatte die Jordans mit Kraftbrühe und Rührei mit Schinken und Ehringsdorfer Urquell versorgt, weil sie wegen der dummen Geschichte mit dem Eintopf im ›Elephant‹ um ihr Mittagessen gekommen waren.
Überhaupt! Dieses seltsame Eintopfessen im feinsten Hotel der Stadt, nach dem Motto: Vogel friss oder stirb, das amüsierte alle sehr. Vati sagte auch hier noch mal, dass Chinesen sich so was nicht gefallen lassen würden. Herr Demjensky versuchte, ihm die Idee von der neuen Volksgemeinschaft zu erklären, doch Mama schnitt Demjensky einfach das Wort ab und tischte die Geschichte von Reichsminister Dr. Goebbels auf.

»Der Goebbels wollte unseren Vati zu sich an seinen Frühstückstisch bitten, schickte extra einen Adjutanten an seinen Tisch. Aber was machte Vati? Er sagte nein danke!« Alle redeten durcheinander wegen dieser Goebbels-Geschichte. Man sprach über seine außergewöhnliche Intelligenz und seine Wortgewalt und natürlich auch von seinem Klumpfuß. Tante Frieda sagte ein ums andere Mal: »Du großer Gott!« Der Klumpfuß war, so tuschelte man, in Wahrheit ein dünnes, zu kurzes Bein in einem dicken Schuh. Jojo grauste es. Hatte der mal voller Wut sein Bein in den Boden gestampft? War der vielleicht Rumpelstilzchen?
Jojo schaute heimlich zu Wolf. Heute Abend saß er nicht neben Mama. Alle redeten laut, nur Wolf war maulfaul, trank stumm sein Bier. Mama, die ab und zu einen Blick zu ihm über den Tisch warf, wollte seine Meinung hören: »Was sagen Sie denn dazu?« Sie sagte extra Sie und nicht du. »Sie als Arzt in spe können das doch beurteilen: Kann man denn mit so einem dünnen, so kurzen Bein richtig marschieren?«
»Weiß ich nicht«, sagte Wolf pampig und schob die Lippen vor: »Bei dieser Vorlesung hab' ich grad blau gemacht, gnädige Frau.« Da verstummten plötzlich alle. Einen Moment lang war es mucksmäuschenstill.
Fräulein Krauss witterte die Chance und beschwor Herrn Jordan, doch unbedingt das Nationaltheater zu besuchen. Der dicke Schüble nickte dazu, eine erstrangige Inszenierung jage die andere.
Aber Vati sagte, er fahre ja morgen mit Frau und Kind nach Berlin, zu seiner Schwester Emily. »Und darauf freue ich mich, weil auch mein Sohn aus dem Internat dorthin kommt.« Ach so, ach ja, den Sohn hatte er ja so lange nicht gesehen. Auch Fräulein Bambach wollte etwas sagen, schob ihre Haarsträhne hinters Ohr, und öffnete den Mund, doch Celino Demjensky war schneller: »Sie werden in Berlin den größten Fackelzug aller Zeiten sehen können, Herr Jordan. Grandios, sag' ich Ihnen, kilometerlang! Unter den Linden. Und durchs Brandenburger Tor. Zu Führers Geburtstag.« Vati winkte ab, er kannte lange Märsche zur Genüge.

»In China marschierten gerade über fünfzigtausend hinter diesem Mao her.«
Schließlich war es Hannelore, die Vati für sich in Anspruch nahm. Sie, mit ihren markanten Backenknochen, dem Herrenschnitt und dem männermordenden Lachen, wie Mama manchmal sagte, qualmte mit dem Gast aus China um die Wette. Sie tauschten Erfahrungen und Marken aus, Vati rauchte Simon Arzt, die hatte er sich aus Port Said mitgebracht, der Hafen am Suezkanal war berühmt dafür. Hannelore gab ihm eine R6. »Von der Zigarettenfabrik Reemtsma, schmeckt ziemlich schäbig, wird aber massenhaft geraucht, deutsche Konsumware. Wenn Sie mal probieren wollen, Vati? Ich darf doch Vati sagen?« Sie ließ ein gurrendes Lachen hören, das passte überhaupt nicht zu ihrem Herrenschnitt. Vati blickte ihr tief in die Hunnenaugen und sagte ernsthaft bedauernd: »Ich kann das verehrte Fräulein Weimar leider nicht in den ›Elephant‹ einladen.« – »Und warum nicht?« – »Weil da ein Schild hängt: ›Die deutsche Frau raucht nicht!‹« Da kriegten alle einen Lachanfall.
Jemand zeigte auf Jojo. Sie saß am Tisch, die Augen waren ihr zugefallen. Vati stupste sie an. »Josefa! Ab nach oben!«
Im Turmzimmer standen bereits die gepackten Koffer. »Darf ich meine Puppe nach Berlin mitnehmen?«, wollte Jojo wissen. »Die ist doch aus Berlin!« Sie lag schon im Bett. Mama sagte: »Ja, ja.« Die Eltern standen da und diskutierten.
»Dass du unbedingt in Weimar wohnen musst!«
»Es ist wegen der Kultur«, sagte Mama.
»Und ausgerechnet in dieser Pension!«
»Es sind die Menschen.«
»Aber die hygienischen Verhältnisse, die sind alles andere als optimal.« Jojo hatte ihrem Vater den Lokus gezeigt. In den möblierten Zimmern schwere Plumeaus und umständliche Ofenheizung. Und drei Straßen weit laufen für ein Bad in der Wanne! »Da wohn' ich aber lieber im Hotel ›Elephant‹, Muxi.«
Mama mochte keine Hotels als Daueraufenthalt. »Die sind so unpersönlich.«

»Du hättest doch bei Emily in Berlin ...« Mama hob abwehrend die Hände. »Oder ’ne eigene kleine Wohnung mieten ...« Mama wehrte ab. »Um Gottes Willen, diese Umstände!« Jojo kannte ihre Mama: die war nicht scharf auf Putzen und Kochen.
»Gute Nacht, Josefa!« Jojo kriegte von Vati einen Kuss. Von Mama auch einen. Dann gingen die beiden, machten das Licht aus und die Tür zu. Jojo lag allein im dunklen Zimmer. Sie wusste, dass Mama nachher mit Vati ins Hotel gehen und sie alleine zurücklassen würde. Trotzdem schlief sie friedlich und vergnügt ein. Kein Albtraum schreckte sie hoch, kein Rumpelstilzchen hockte im Turmzimmer in der Ecke.
Morgen in aller Herrgottsfrühe würde Mariechen sie wecken, sie würde aufspringen, sich reisefertig machen, aus der Thermosflasche Kakao trinken, sich auf ihren Koffer setzen und mit ihrer Puppe auf das Taxi warten. Mit den Eltern würde sie dann im Taxi zum Bahnhof fahren und von dort mit dem D-Zug nach Berlin.

Es war nicht das letzte Mal, dass Jojo ganz alleine im Turmzimmer geschlafen hatte. Nach den in Berlin verbrachten Osterferien ließen die Jordans ihre Tochter in der Obhut von Tante Mali in Weimar zurück und fuhren mit dem Sohn ins Internat, damit der Vater sehen konnte, wo und wie Alexander sein Leben verbrachte. Danach wollten sie weiter nach Bad Wiessee zur Kur. Da durfte Vati drei Wochen lang keine Zigaretten rauchen.
Der ganze Mai wurde für Jojo zum Abenteuer. Ursprünglich sollte sie bei Mechthild wohnen, aber sie hatte sich heftig gewehrt, wollte nicht unter die Obhut von Frau Vogelfund. Die kommandierte ihre Familie herum, schwitzte im Korsett und ließ jeden wissen, wie musikalisch gebildet sie war. Jojo blieb lieber in der »Pension Weimar«. Ein verlockendes Gefühl von süßer Freiheit nistete sich in ihr ein. Der Frühling war mit Macht ausgebrochen. Der betäubende Duft blühender Bäume und Büsche drang in Schwaden in die Nase und reizte zum Niesen. Der Himmel zeigte sein zartestes Blau, die Sonne rief wohlige Schauer auf der Haut hervor.

Die höchste Lust machte das Schaukeln auf der Brettschaukel am Baum. Hoch und höher und immer höher und nochmals höher. Man konnte vieles wegschaukeln, was einem Angst machte, was einen überwältigen wollte. Hoch und höher, der Baum wippte und bebte. Alles war bedrohlich fremd gewesen, als sie ins deutsche Weimar gekommen war, heute war das meiste Gewohnheit, manches war lästig, vieles blöde. Hoch und höher, mit fliegendem Rock und fliegenden Haaren. Sie machte nicht mehr alles so, wie es ihr vorgeschrieben wurde. So ging sie trotz Befehls der Führerin nie mehr mit fipsigen Rattenschwänzen zum Dienst. Sie streckte die nackten Beine hoch in die Luft beim Vorwärtsschaukeln, knickte sie ab beim Zurückschaukeln. Am liebsten waren ihr die Vorbeimärsche mit dem zackigen Marschschritt und den schmetternden Fanfaren. Hassenswert waren die Großkundgebungen, bei denen sie umfiel und nach Hause oder ins Zelt getragen werden musste. Wie am ersten Mai. Wie am Heldengedenktag. Sie holte noch einmal Schwung. So hoch kommt keiner! Die Welt gehört mir! Ich sehe alles, ich fliege, ich fliege! Was ist schon ein Gartenstuhl, was ist schon ein Busch, was ist schon ein Zaun!
Und dann: Lothar. Steht auf der anderen Seite des Zauns. Steht im Nachbargarten. Lothar. Nackter Oberkörper, Turnhose, sein Kopfhaar in der Sonne gelb. Taucht auf, taucht ab, taucht auf, taucht ab, wie die Schaukel es will. Schaut er her? Lacht er sie an? Ist er noch da? Da ist er. Ist er noch da? Nicht mehr. Rauf, runter, rauf … Lothar ist weg.
Jojo ließ das Brett ausschaukeln, ging ins Haus, ins Turmzimmer, auf den Balkon und schob die Ranken der Kletterpflanze auseinander. Er war wirklich weg. Sie ging ins Zimmer, trödelte herum, besah sich im ovalen Spiegel über dem Waschtisch. Die dunklen Haare bauschten sich um ihren Kopf wie die Mähne eines Wildpferds. Im Schubfach entdeckte sie eine Rolle saure Drops, die nahm sie mit zum Tisch, sie musste noch Hausaufgaben für Mathe und Reli machen.

Wieder so ein warmer Frühlingstag. Gleich nach dem Mittagstisch – kein Dienst heute, keine Tanzgymnastik, keine Hausaufgabe – war sie mit dem Ball vors Haus gelaufen, warf ihn unermüdlich gegen die Wand des Bankgebäudes ... achtmal, neunmal, zehnmal. Pause. Und jetzt mit Händeklatschen dazwischen: einmal, zweimal, dreimal ... Der Ball war weg, aus der Luft weggeschnappt von Lothar, der ihn als Beute mit den Armen hochhielt und überlegen lachte.
»Los, gib ihn mir!«
Sie sollte um Rückgabe betteln, das machte sie nicht, sollte mit den Händen bitte-bitte machen.
»Du hast ja 'n Knall!«
»Wenn du 'ne Mutprobe wagst, kriegste den Ball zurück.«
»Und wie soll das geh'n?«
»Du traust dich ja doch nich'!«
Jojo fühlte die Herausforderung. »Ich trau' mich!«
»Das glaub' ich nich'.«
»Sag 'ne Mutprobe! Ich schaff's.«
»Die Höhle.«
»Was für 'ne Höhle?«
»Wenn du mit mir in die Höhle gehst, kriegste den Ball wieder.«
»Okay«, sagte Jojo absichtlich auf Englisch. Ihre himmelhellen Augen blitzten Lothar an. *»Let's go!«* Er legte den Ball in eine Steintulpe an der Fassade der Pension und nahm sein Rad. »Setz dich vorn drauf!« Jojo setzte sich auf die Stange, saß zwischen seinen Armen und Beinen, und er fuhr mit ihr zum Ilmpark, über Schlängelwege, hangabwärts, über Holzstufen mit wildem Gerüttel, ein Stück an der Ilm entlang. Dann bremste Lothar scharf an einem Felshang. Da war das Loch im Berg. Der Eingang zur Höhle.
Sie standen vor dem Felsenloch, aus dem es muffig nach Erde roch. Jojo war schon in Höhlen gewesen, immer hatte sie aber mit Entsetzen gekämpft, hatte Gnome und Drachen und Riesenspinnen hinter jeder Felsennase vermutet. »Na, trauste dich?« Jojo nickte, drinnen war es schwarz. Und kalt. Und feucht. Lothar

ging voran, hatte eine Taschenlampe angeknipst, zog Jojo an der Hand hinter sich her. Nie hätte sie gedacht, dass es in Weimar so tiefe, wilde Höhlen gab. Beim Zurückschauen sah sie das Tageslicht am Eingang, das Loch wurde kleiner und kleiner. Nach einer Biegung war das Tageslicht vom Eingang ganz verschwunden. Sie stolperte, er fing sie auf, hielt sie fest, lachte und zog sie weiter. Jetzt waren sie mitten im Berg, Lothar leuchtete die Felswände ab, sie glänzten schwarz im Lichtstrahl der Taschenlampe. Auf einmal machte er die Lampe aus.
»Nicht!«, schrie Jojo.
»Ich denk', du hast keine Angst«, sagte Lothar in der Finsternis.
»Hab' ich auch nicht!« Ihre Stimme war tonlos, ihr Herz klopfte wie verrückt.
»Jetzt müssen wir uns noch Gruselgeschichten erzähl'n. Gehört dazu.«
»Okay«, sagte Jojo tapfer, »von Frankenstein bitte!« Ihre Zähne klapperten, eine Gänsehaut jagte die andere. Der einzige Festpunkt in der kalten Schwärze war seine Hand, die ihren Arm gepackt hielt. Sie war stark und heiß, trotz der kalten Luft.
Lothar fühlte ihr Zittern, machte die Taschenlampe wieder an, sah, wie ihr die Haare zu Berge standen, die sich in der magnetischen Höhlenluft aufgestellt hatten. Sie tat ihm fast Leid. »Mutproben sind so«, sagte er ein bisschen lahm.
Schließlich standen sie wieder im Sonnenlicht draußen, dem Berginnern entronnen. Es dauerte einen Moment, bis sie ins Alltägliche zurückkehrten. Lothar fummelte an seiner Radkette, Jojo erklärte, Mutproben seien das Läppischste von der Welt.
Schließlich vor der »Pension Weimar« angelangt, holte Lothar Jojos Ball aus der Steintulpe. Sie nahm ihn wortlos entgegen und verschwand grußlos im Haus. Na warte, dachte sie, dich krieg' ich auch noch dran!

Ein paar Tage später war es soweit. Die Sonne verabschiedete sich gerade, die Schatten waren schon lang, Jojo stand auf dem Balkon, hatte die Ranken auseinander geschoben und sah Lothar im

Nachbargarten stehen. Jetzt würde sie ihn in die Zwickmühle nehmen. »Lothar!«, rief sie. Er schaute zu ihr hoch. »Komm rauf in mein Turmzimmer, ich bin allein, meine Eltern sind am Tegernsee! Ich zeig' dir mein chinesisches Glücksspiel.« Lothar blieb stumm, zog die Stirn in Falten. »Is' ne Mutprobe«, rief sie. Lothar winkte ab. Sie lachte ihn aus: »Ha, du traust dich nicht durch die ›Pension Weimar‹!«

Aber Lothar traute sich etwas anderes. Er stieg über den Zaun, kam zum Haus, fasste nach der Kletterpflanze und fing an hochzuklettern. Jojo lehnte sich weit über die Steinbalustrade, sah zu, wie er höher und höher herauf kam, das alte Geäst ächzte bedenklich, und plötzlich gab es nach. Lothar stürzte auf halber Höhe ab, prallte am Boden auf, lag leblos da. Sie beugte sich noch weiter vor. Da lag er, unten im Gras. Jojo rannte aus dem Zimmer, rannte die Treppe hinunter, rannte durch den Wintergarten nach draußen, ums Haus herum und fand Lothar nach wie vor leblos im Gras. Sie ging in die Knie, beugte sich über ihn, tastete nach seiner Wange, flüsterte: »Lothar!« Wie tot lag er da. Sie legte ihre Hand auf seine Brust, ob sein Herzschlag zu fühlen war. »Lothar!« Sie schaute sich um. Was sollte sie machen? Hilfe holen? Ein Vogel zwitscherte auf einem Zweig. Ob Lothar tot war?

Plötzlich packte er sie, fast blieb ihr das Herz stehen. Er lachte, ihm fehlte gar nichts. Jojo war froh, heilfroh, aber auch beleidigt. Das war hundsgemein.

Sie machte sich los, und ehe er aufstehen konnte, war sie verschwunden, wie ein Windstoß im dunklen Garten, um die Hausecke, schnell und lautlos wie eine Elfe. Eine höchst verärgerte Elfe.

Jojo trödelte nach der Schule mit Mechthild nach Hause. Sie schlenderten die Gropiusstraße entlang, an der Ecke mit dem Zeitungsschaukasten voller ringelgelockter Fratzengestalten trennten sie sich. Mechthild fragte: »Kommst du heut' zum Spielen?« Aber Jojo wusste es noch nicht, schaute die Straße hinauf, vielleicht kreuzte ja Lothar auf ... Alleine stelzte sie weiter, immer genau einen Fuß auf einer Gehwegplatte. Auf die Rille zwischen den

Platten durfte man nicht treten, das gab einen Fehlerpunkt, die sie an ausgestreckten Fingern abzählte, auf Chinesisch: *ij*, kleiner Finger, *oerl*, Ringfinger, *san*, Mittelfinger. Bei den Jungmädels zählten sie genau andersherum: Daumen, Zeigefinger, Mittelfinger. So machte sie weiter bis zum Küchenfenster. Von Lothar war nichts zu sehen. Sie klopfte an die Scheibe, und Mariechen machte das Fenster auf und sagte: »Geh mal gleich rauf, da wartet jemand auf dich!«

Jojo ahnte schon, wer sie erwartete. Ja, da waren sie! Im Turmzimmer saßen sonnengebräunt vor einem Sherry Vati und Mama in den Korbsesseln. Vati rauchte. Jojo schmiss den Schulranzen ins Eck, es gab stürmische Umarmungen. Von Vati bekam sie einen Plüschlöwen mit blauweißer Schleife. Noch mal stürmische Dankesküsse.

Danach aßen alle drei an Tante Malis Mittagstisch, zusammen mit den Herren von der Bank, Fräulein Bambach, Fräulein Krauss und Herrn Demjensky. Es gab das Lieblingsgericht aller: gefüllte Kalbsbrust mit Kartoffelbrei und Leipziger Allerlei. Als man die Gäste aus China nach ihren Eindrücken von Deutschland fragte, fing Mama sofort an, die Tischrunde mit der Schilderung Bayerns zu unterhalten: die herrliche Berglandschaft, die romantischen Seen, die tiefen Wälder – »hat mich an Japan erinnert«. Sie schwärmte von den bemalten, blumengeschmückten Bauernhäusern und den strammen Schuhplattlerburschen. Das Wetter allerdings sei eine einzige Strapaze gewesen. Morgens eine Sonne, so heiß wie in der Sahara, und nachmittags eiskalter Regen wie aus Eimern. Mariechen brachte den Nachtisch, Schlagsahne mit Schokoladenpulver vermischt. Aber auch im Schwarzwald sei es wunderschön. Dort hatten die Jordans den Sohn Alexander in seinem Internat besucht. Fräulein Krauss ereiferte sich, dass Weimar wegen seiner hoch stehenden Kultur wohl eine der interessantesten und schönsten Städte Deutschlands sei. »Nicht wahr?«, sie schaute in die Runde, ein paar Herren von der Bank nickten. Jojo löffelte ihre Schokoladensahne wortlos in sich hinein. Und auch die Portion von Vati. Und die von Mama.

Sie waren mal wieder eine richtige Familie: Vater, Mutter, Kind. Mama schlief manchmal im Turmzimmer, manchmal im Hotel bei Vati. Sonntags ging Jojo mit ihrem Florentinerhut zum Frühstücken in den »Elephant«. Manchmal durfte sie zum Five-o'clock-Drink mit Vati in der »Elephanten-Bar« auf dem hohen Hocker an der Theke sitzen und Limonade mit bunten Eiswürfeln bestellen. Dann gehörte ihr Vati ganz allein.
Das war schön. Das genoss sie. Und doch, die heimlich gekostete Freiheit des Monats Mai war verloren. Sie gab wie gewohnt Rechenschaft ab, über alles, was gewesen war, welche Noten sie hatte, welche Hausaufgaben sie machen musste, aber kein Wort über Lothar.
Vati kriegte Telegramme und ab und zu besuchten ihn Herren der Bremer Firma. Da gingen sie zum Herrenessen in den historischen »Weißen Schwan« und hinterher mit Mama ins Theater. Mama probierte für Vati die neue Frisur aus, die Olympiarolle. Er fand sie aber zu brav für seine Muxi. Diese Haarrolle im Nacken war für sie viel zu bieder und zu deutsch. Jojo wunderte sich – zu deutsch?
Ehe es Jojo bemerkte, war Vatis letzter Abend da. Um den großen Tisch saß die Abendrunde und feierte Abschied von Herrn Jordan, der wieder die große Reise antrat ins ferne China. Jojo durfte aufbleiben, betrachtete die angeheiterte Runde. Ihr Herz war schwer, sie konnte die leichtlebige Stimmung nicht nachfühlen. Der Sekt floss, und sie qualmten mal wieder wie die Weltmeister. Nur einer trank an diesem Abend Bier: Wolf. Auch blieb er den ganzen Abend auffällig maulfaul. Tante Mali schaute ihn stirnrunzelnd von der Seite an.
»Ja, Vati raucht wieder!« Mama beklagte, dass die Entwöhnungskur in Bad Wiessee nichts bewirkt habe, denn Vatis erste Handlung am Tag nach der Kur sei der Gang zum Zigarettenautomaten gewesen. Da zündeten sich Vati und Hannelore gleich neue Glimmstängel an. Herr Demjensky überreichte Vati zur Erinnerung ein Dutzend seiner Fotos von Weimars historischen Bauten, alle in üppigem Fahnen- und Girlandenschmuck. Vati nahm sie

mit einem nicht sonderlich herzlichen »Dankeschön« entgegen. Zur Feier des Tages behäkelte Tante Frieda heute ausnahmsweise keine Kleiderbügel, und Frau Pusch stopfte keine Strümpfe. Der Tierarzt fehlte, er half einer Stute, ihr Fohlen zu kriegen …

Jojo war Vati ganz nahe gerückt. Sie roch sein Rasierwasser. Hannelore himmelte ihn über den Tisch mit ihren schrägen Augen an. »Ich weiß, ich bin hoffnungslos sentimental und romantisch«, sagte sie zu ihm. »Aber ich muss es aussprechen: Ein Weltmann wie Sie, Vati«, sie blickte kurz zu Mama hin, »Wanduschka, Sie verzeihen mir, wenn ich das sage«, und wieder zu Vati, »ein Weltmann wie Sie, der hat einfach das, was Männer hier nicht haben, das Flair und das gewisse Etwas der großen Welt – das, was Frauen schwach macht.«

Was für ein Kompliment! Fast eine Liebeserklärung! Alle waren im Moment sprachlos. Jojo konnte sehen, wie auch Vati Feuer fing. »Ich stell' mir vor, Fräulein Hannelore«, erwiderte er mit einem Lächeln, »dass *Sie* es sind, die das Flair und das gewisse Etwas hat. Sie könnten doch«, er schnippte mit den Fingern, »einfach mit einem Fingerschnippen zum Beispiel den König von England schwach machen, so wie diese Mrs. Simpson.« Hannelore ließ ihr »männermordendes« Lachen hören.

Liane Krauss und Ulla Bambach stürzten sich mit heftiger Anteilnahme auf das bewegende Schicksal des britischen Königs und seinen vermutlichen Thronverzicht aus Liebe und Leidenschaft. Eduard VIII. und die zweimal geschiedene Amerikanerin Wallis Simpson waren mit ihrer schicksalhaften Verstrickung die Sensation des Jahres. Mittendrin in der königlichen Liebesgeschichte musste Jojo ins Bett. Bloß weil sie ein Kind war.

Jojo war traurig. Sie stand auf dem Bahnsteig des Weimarer Bahnhofs, mal auf den Zehenspitzen, mal auf einem Bein, wie immer, wenn etwas Unabänderliches sich in die Länge zog. Ihre Augen wanderten die Gleise entlang in die Ferne, gleich würde der D-Zug auftauchen. Die schönen Wochen mit Vati waren vorbei. Jojo hasste solche Abschiede. Sie hatte Vati schon umarmt, und er hatte sie geküsst und gesagt, was dann immer gesagt wurde: »Sei hübsch brav! Pass gut auf in der Schule!« Jetzt war Mama dran mit Küssen und Umarmen. Durch den Lautsprecher kam: »Achtung, in wenigen Minuten ...« Jojo rief: »Gleich kommt der Zug!«, und Vati setzte den Hut auf, den er wegen der Umarmungen in die Hand genommen hatte.

Letzte Sätze wurden gesagt: »Gute Reise, Vati!« – »Ihr kommt ja bald nach.« – »Grüß Alexander von mir, Muxi, er soll sich auf den Hosenboden setzen!« – »Vati, sag dem Strupps, dass ich in zehn Wochen komme!« Der D-Zug lief ein mit fauchender Lok, bremste mit Dampf und Zischen und ohrenbetäubendem Quietschen. »Weimar!«, tönte es aus dem Lautsprecher. »Weimar!« Der Zug kam zum Stehen, Türen gingen auf, Leute stiegen aus, stiegen ein, Gepäckträger schoben ihre Wagen heran, Zeitungen und heiße Würstchen wurden ausgerufen. Vati, mit Hut, Handkoffer, Staubmantel und Stock, war eingestiegen, ließ das Abteilfenster herunter, steckte sich eine Zigarette an. Ja, er qualmte wieder, trotz der Kur. »Ein schöner Urlaub war's mit euch in Deutschland«, sagte er von oben, »und macht noch schöne Sommerferien mit Alexander!«

»Warum bleibst du denn nicht noch hier, Vati?!«

Er lächelte zu seiner Tochter herunter. »Josefa, wer nicht dabei ist, der macht keine Geschäfte.« Der Zug setzte sich in Bewegung. »Du willst doch hübsche Seidenkleider anziehen, oder?« Noch einmal schnell die Hand nach oben reichen, aber Jojos Arm war zu kurz. Sie lief ein Stück mit, warf Kusshände zu Vati, der sich schneller und schneller entfernte. Jojo winkte, bis der Zug entschwunden war. Dann schaute sie zu Mama. Hatte die geweint? Nein. Sie auch nicht. Aber ihr war furchtbar flau. Mama wusste, was dagegen half: heiße Würstchen.

Mama aß auch ein Paar. »Ich mach' einen Vorschlag: Wir gehen von hier zu Fuß zurück, machen einen schönen Spaziergang durch die Anlagen und besuchen dann Tante Frieda. Wir gehen da hinten entlang, wo es so aussieht, als wäre das Mittelalter stehen geblieben. Warst du da überhaupt schon mal, in den alten Gassen

mit den kleinen Häusern und dem ländlichen Drumherum?« Jojo nickte. »Im Asbachgrund, klar. Sind wir schon hundertmal durchmarschiert.«
Sie hatten die Straße zum Bahnhof bald hinter sich und auch den Viadukt, gingen auf Kieswegen zwischen Rosenbüschen und Blumenrabatten. Wie weit war Vati jetzt wohl schon gefahren? Jojo stellte sich Vati vor, wie er im Erster-Klasse-Abteil saß, mit Zigarette und Zeitung. Mama sagte im gleichen Augenblick: »Vati fährt jetzt durch den berühmten Thüringer Wald. Ob er wohl mal durchs Fenster schaut?«
Unverhofft verstellten ihnen Bagger, Planierraupen und Männer mit Schaufeln den Weg, mitten in den schönsten Wiesenauen. Eine Absperrung hinderte sie am Weitergehen. Was sie sahen, konnten sie gar nicht glauben: So weit das Auge reichte, wurde die romantische, vom Asbach durchflossene Wiesenlandschaft zugeschüttet. Ein paar im Wege stehende alte Häuschen riss man gerade ab.
Mama sprach einen der Arbeiter an, sie konnte ihre Empörung kaum zügeln: »Das gibt's doch nicht! Was wird denn hier gemacht?! Da kann man sich ja richtig aufregen!«
Der Mann hörte auf zu schaufeln. »Uffregen nutzt nischt«, sagte er. »Uffregen schadet der Schönheit.«
»Sie können doch hier nicht einfach alles zuschütten! Das ist doch eine historische Gegend! Was soll denn das werden?«
Der Arbeiter sah Mama direkt ins Gesicht und sagte mit komischem Unterton: »Fragen Se nich', gute Frau, das eine sach ich Ihnen, Se wer'n noch Ihr blaues Wunder erleb'n.«
Aufgebracht wandte Mama sich mit Jojo ab, ging die Absperrung entlang. »Se könn's glooben«, rief der Arbeiter ihnen nach, »Ihr blaues Wunder wer'n Se erleb'n.«
Mama fragte einen anderen Arbeiter, einen schwitzenden, tätowierten Mann mit Schaufel am Wegrand, was denn hier geschehe? Der zeigte mit seinem tätowierten Arm rundum: »Det wird, so wahr mir Jott helfe, det jrösste Uffmarschjelände, det Weimar je jesehn hat. Mit Bonzenpalästen druff. Da wer'n Ihn'n die Pupillen aus den Augen kugeln.«

Mama, die sonst eher mit *maski*, macht nichts, und *meo fatse*, ist ja egal, auf chinesische Art die Probleme löste, konnte den brutalen Abriss einer ganzen historischen Vorstadt nicht gut finden. Und das sagte sie auch laut. Schließlich war sie wegen der Kultur nach Weimar gekommen.

Man musste von der »Pension Weimar« nur schräg über die Kaiserin-Augusta-Straße gehen, dann stand man vor dem Haus, in dem Tante Frieda wohnte, ein Haus mit Erkern, Balkonen, Giebeln und Simsen, drei Stockwerke hoch mit doppeltem Dachgeschoss. Unten gab es einen Hutladen, da schauten Jojo und ihre Mutter erst die Schaufenster an, dann gingen sie ins Haus. »Drei Treppen hoch«, hatte Tante Frieda gesagt, Sie stiegen nach oben. Auf dem dritten Treppenabsatz standen sie dann vor der Wohnungstür mit dem blank geputzten Namensschild »Rebekka Fischbein«. Darunter auf blauweißem Email: »Frieda Weimar – 2 x läuten.«
Jojo drückte zweimal den Klingelknopf. Es dauerte lange, bis aufgemacht wurde. Tante Frieda, mit frisch gebauschter Frisur und weißer Jabotbluse unter der schwarzen Strickjacke, ließ ihren Besuch erfreut eintreten. Zuerst gelangten sie in den Vorflur mit viel buntem Jugendstilglas. »Oh, Sie haben's aber schön hier!«, rief Mama, aber Tante Frieda zeigte zu der schmalen Treppe, die sich seitlich hochwand, und sagte: »Ich wohne da oben, noch eins höher.« Sie wies zu der verglasten Tür: »Dort wohnt die Frau Fischbein, bei der bin ich in Untermiete.« Sie ging schleppend voraus die steilen Stufen hoch, Mama und Jojo hinterher. Mama war schon ganz atemlos und sagte leise zu Jojo: »Wie sie das schafft, mit Gicht und Rheuma und lahmem Bein tagtäglich die vielen Stufen ...« In einem winzigen Flur mit geriffeltem Glasdach endete die Treppe, hier flutete das Sonnenlicht auf viele Grünpflanzen und Hängegewächse. Tante Frieda führte ihren Besuch ins Wohnzimmer.
»Oh!«, rief Jojo, denn dies war eine echte Puppenstube. Zierliche Möbel auf engstem Raum, unter Dachschrägen, das Kanapee voll

gehäuft mit Häkelkissen, auf dem gedeckten Kaffeetisch eine Puppe mit feinem Porzellankopf und wattiertem Häkelrock als Kaffeewärmer, auf der Kommode reihenweise aufgestellte Fotos, an den zwei Dachfenstern im Erker so viel Blumen, wie nur Platz hatten, dazwischen ein Goldfischglas mit einem roten Fisch. Grüner Efeu wucherte durchs ganze Zimmer. So etwas hatte Jojo noch nie gesehen. Tante Frieda zeigte noch ihre winzige Schlafkammer, die Küche und den Lokus. Jede nur mögliche Stelle war behäkelt. Waschen konnte man sich nur in der Küche.

Tante Frieda, die man eigentlich nur als Kartoffelreiberin für Thüringer Klöße und als Häkeltante in der Abendrunde kannte, stellte sich als muntere Gastgeberin heraus. Sie bot reichlich Kaffee und Kuchen an und dazu reichlich alte Familiengeschichten. Sie erzählte von den Weimars, einer alteingesessenen Arztfamilie, die einst in der Turmvilla eine florierende Praxis betrieben hatte. Der alte Sanitätsrat Dr. Weimar war Tante Friedas Onkel. Er hieß Franz-August und war ein Bruder ihres Vaters, der ebenfalls Arzt war. Sie holte von der Kommode ein altes Foto, das zeigte die Brüder Franz-August Weimar und Paul-Eduard Weimar, beide in weiß gestärkten Arztkitteln, beide mit imponierend gezwirbelten Bärten. Tante Frieda tippte auf den einen: »Mein Vater. Ich bin am Frauenplan aufgewachsen, in einem schönen, geräumigen Stadthaus. Unten war Vaters Praxis, oben wohnte die Familie, ich hatte noch zwei Brüder.«

Jojo baumelte mit den Beinen, vom vielen Gerede ermüdet, starrte sie auf den Goldfisch. Tante Frieda sprach sie an: »Soll ich dir mal erzählen, Jojo, was damals Schreckliches auf der Schaukel passiert ist? Mit meinem Vetter Ernst-August?« Das wollte Jojo unbedingt hören. Die betuliche Tante Frieda holte erst von der Kommode ein bräunliches Foto im Silberrahmen, zwei Kinder: Frieda im Matrosenkleid und Vetter Ernst-August im Matrosenanzug. »Die Schaukel war schon damals an dem Baum. Jojo, an dem du auch so gerne schaukelst.«

»Und was ist da Schreckliches passiert?«

Tante Frieda senkte die Stimme, denn die Kinder hatten damals etwas streng Verbotenes gemacht: Wettspringen von der Schaukel. Ernst-August schaukelte besonders hoch und sprang besonders weit. »Und was passierte? Ernst-August stürzte beim Sprung. Er kugelte seine Schulter aus, blieb liegen und schrie und wimmerte.« Tante Frieda machte eine Pause, erfrischte die Kehle mit kalt gewordenem Kaffee. Jojo war ganz gespannt, wie's weiterging. »Sein Vater war ja gottlob Doktor, und in der Villa war das Behandlungszimmer, dort wo heute Herr Demjensky logiert.«

»Und dann?«

Der Doktor Weimar war entsetzlich streng und wütend gewesen, Frieda musste mit ins Behandlungszimmer, er befahl ihr, den Vetter festzuhalten, und plötzlich rief der Doktor: »Da oben ist 'ne fette Spinne!« Und als beide Kinder nach oben starrten, hat er mit einem Ruck die Schulter von Ernst-August eingerenkt! »Den Aufschrei«, sagte Tante Frieda, »habe ich heute noch im Ohr.«

»Und die Spinne?«, fragte Jojo.

»Da war gar keine.«

Jetzt wollte Mama wissen, ob Vetter Ernst-August denn später der Ehemann von Tante Mali geworden war? Tante Frieda verdrehte viel sagend die Augen. »Die schöne Amalie, in die hatte er sich beim Silvesterball verguckt. Der prächtigste Ball und die schönsten Roben, denn es war neunzehnhundert, ein neues Jahrhundert fing an. Da war sie siebzehn.« Tante Frieda holte von der Kommode das nächste Foto, das Hochzeitsbild. »1903 war die Hochzeit, Amalie war zwanzig, er dreißig und fertiger Arzt.« Mama sagte: »Was für ein schönes Paar!«

Tante Frieda war in Fahrt, als hätte man Schleusen geöffnet, erzählte sie von Amalie, die zwar aus guter Familie war, aber mittellos und die das Glück hatte, in eine so etablierte Arztfamilie einzuheiraten, noch dazu den einzigen Sohn. Die Ehe von Ernst-August und Amalie Weimar hatte glücklich angefangen und traurig geendet. Amalie bekam fünf Kinder, aber nur Hannelore und Wolfgang blieben am Leben. Im Weltkrieg musste Dr. Weimar für vier Jahre als Chirurg in die Frontlazarette. Während des Kriegs starben Amalies Schwiegereltern. Als Ernst-August 1918

heimkehrte, war er krank und elend, hatte infektiöses Gelbfieber und starb. Amalie stand allein da mit zwei Kindern, nichts zu essen außer Steckrüben, mit wertlosem Geld und einer großen Villa.
»Und da hat sie ›Pension Weimar‹ aufgemacht?«
»Ja, nur so konnte Amalie in ihrem Elend überleben.«
»Und Sie, Tante Frieda, warum haben Sie keinen eigenen Hausstand?« Auch von Tante Frieda hatte der Weltkrieg Blutopfer gefordert, und er hatte ihre Existenz zerstört. Ihr Vater war im Krieg geblieben und beide Brüder gefallen, ihr Verlobter in Gefangenschaft gestorben. Und nach dem Krieg schmolzen bei der Inflation ihre Mitgift und ihr Erbe dahin – wie Butter in der Sonne. »Frau Jordan, Sie können sich nicht vorstellen, was es heißt, alles zu verlieren.«
»Oh doch«, sagte Mama. »Die Engländer haben uns nach dem Weltkrieg mit Schimpf und Schande aus China rausgeschmissen. Auf einem Frachter im Zwischendeck, in Holzverschlägen, zwischen Ratten und Mäusen, bei Wassersuppe und ohne Tageslicht und bei Gluthitze wurden wir acht Wochen lang nach Europa transportiert. Mein erstes Kind, ein Sohn, ist unter Deck gestorben, er war vier. Im Nachkriegsdeutschland haben wir in Berlin auf der Straße gestanden, mittellos, und mein Mann ohne Arbeit. Da haben wir dankbar bei der Heilsarmee die Erbsensuppe gelöffelt.«
»Du großer Gott!«, sagte Tante Frieda. »Zum Glück haben wir jetzt bessere Zeiten in Deutschland.«
Als sie endlich aufbrachen und die schmale Treppe hinabstiegen, trafen sie im Vorflur auf Frau Fischbein. Sie stand in der offenen Tür, und Tante Frieda machte sie miteinander bekannt. Allseitiges Händeschütteln. Mama schaute durch die offene Tür in Frau Fischbeins Wohnung, in der es sehr hübsch aussah. Sie sagte: »Darf man einen Moment hereinkommen?« Frau Fischbein zeigte sich darüber sehr erfreut, ihr blasses Gesicht färbte sich rosa. Sie ging voraus und führte ihre Besucher ins Wohnzimmer. Dort bat sie sie, Platz zu nehmen, bot einen Likör und Jojo Pfefferminztaler an. Mama und Frau Fischbein plauderten, Jojo kaute Pfeffer-

minztaler, Tante Frieda nippte an einem Likör. Frau Fischbein wies auf Tante Frieda und sagte: »Frau Weimar lebt seit undenklicher Zeit unter meinem Dach.« Sie nickte Tante Frieda zu. »Nicht wahr? Und wir haben nie gestritten. Auch wenn es oben sehr eng ist.«

Die Pfefferminztaler schmeckten gut, Jojo hatte in jeder Backe einen. An Frau Fischbein fiel ihr auf, dass sie in ihren streng zurückgekämmten dunklen Haaren eine breite weiße Strähne hatte. Jojo hätte sich anders gekämmt, denn die Frisur betonte Frau Fischbeins große Ohren.

Hinter Frau Fischbein an der Wand stand ein Klavier, und auf dem Klavier stand ein Kerzenleuchter aus Messing. Jojo zählte die Kerzen, es waren sieben.

Mama plauderte mit Frau Fischbein, erzählte, dass ihr Mann gerade nach China abgereist sei, dass sie und ihre Tochter ihm in zwei Monaten nachfolgen würden. Sie beschrieb, wie schön so eine Reise auf dem Dampfer war, durchs Rote Meer, durch den Indischen Ozean, die Aufenthalte in tropischen Häfen mit Palmen und Elefanten und exotischen Menschen in golddurchwirkten Gewändern.

Frau Fischbein sagte: »Da kriegt man ja direkt Fernweh!« So eine Reise hätte sie auch gern mal gemacht, wenigstens durchs Mittelmeer, aber sie war aus Weimar nie hinausgekommen. Ihr Mann hatte als Oboist im Orchester des Nationaltheaters gespielt, war aber schon lange tot. Bis vor einiger Zeit habe sie Klavierunterricht gegeben, »aber es kommt keiner mehr, es sind wohl zu viele Treppenstufen«.

»Das ist wahr«, stimmte Mama zu. »Es sind unheimlich viele Stufen, die sind schwer zu schaffen.«

Aber Tante Frieda widersprach: »Also bitte, sehen Sie mich an, mit Gicht, Rheuma und schwachem Bein! Ich schaffe die Treppen täglich. Die Wahrheit ist doch, die Leute trau'n sich nicht mehr zu Frau Fischbein.«

»Nicht mal meine alten Schüler«, sagte Frau Fischbein. »Ich bin Jüdin …«

»Na und?«, sagte Mama. »Deswegen kann man doch bei Ihnen das Klavierspielen lernen. Wir haben in China einen Hausarzt, der ist Jude, der ist der beste von allen – und der menschlichste.«
Jojo mischte sich ein: »Und er hat sogar Strupps die Hinterpfote geschient!«
Auf dem Heimweg über die Kaiserin-Augusta-Straße bekam Jojo Bauchschmerzen und Zahnweh. Tante Friedas Kuchen lag ihr wie ein Klumpen im Magen, und im Zahn, wo sie ein Loch hatte, wühlte die süße Füllung von Frau Fischbeins Pfefferminztalern. Jetzt nur schnell zur »Pension Weimar« und sich da im Turmzimmer aufs Bett werfen, im Kimono, mit einem schönen Buch. Mit einem schönen Buch konnte man erst mal Sachen vergessen, die einem Bauchweh machten, so wie der Abschied von Vati heute, und Sachen, über die man nachdenken musste, wie das Schultereinrenken bei Tante Friedas Vetter Ernst-August oder die komische weiße Haarsträhne im dunklen Haar von Frau Fischbein.
Aber vor der Pension liefen sie Wolfgang Weimar in die Arme. Er war in Uniform, ganz in Curry, mit der komischen umgestülpten Keksschachtel auf dem Kopf. Seine Stiefel waren auf Hochglanz gewienert, und die Absätze knallten auf dem Pflaster, als er ihnen entgegenkam.
Jojo schaute zu Mama. Vati war weg. Ob sie wohl wieder anfangen würde, mit Wolf zu poussieren? Jojo schaute zu Wolf. Er war vor Mama stehen geblieben, die Daumen eingehakt im Koppel, und platzte vor Körperkraft fast aus der engen Kluft. Wolf setzte sein Grübchenlächeln auf, blitzte Mama aus schmalen Schlitzen an mit seinen blauen Augen, denn er hatte die Augen halb geschlossen. So was Blödes hatte Jojo noch nie gesehen. Mama schien es zu gefallen, sie war rot geworden und fummelte an ihrer Halskette herum.
»Wir haben Vati zum Bahnhof gebracht«, sagte Mama, und so, wie sie es sagte, hörte es sich an, als freue sie sich darüber.
»Wir fahren ihm bald hinterher nach China«, betonte Jojo. »Endlich!«
»Stell dir vor, wir waren heute beim Spazierengehen ganz entsetzt,

standen plötzlich vor lauter Baggern und Arbeitern. Die schütten doch wirklich das ganze idyllische Asbachviertel zu. Und weißt du warum?« Sie sagte wieder du zu ihm.
Natürlich wusste SA-Mann Wolf Bescheid. »Da kommt ein Aufmarschgelände hin. Da kommen Prachtbauten hin, im Stil der neuen Architektur, da wird Weimar der Stempel der neuen Zeit aufgedrückt.« Er grinste noch breiter. Jojo verstand nicht, fand er das toll oder nicht?
»Aber das passt doch gar nicht zu Weimar!«
»Jede Zeit hat ihre großen Ideen. Früher hat der Herzog hier sein Schloss hingebaut, heute baut Sauckel hier seinen Aufmarschplatz. Hast du was dagegen?«
Mama lenkte ab. »Wir kommen gerade von Tante Frieda. Sie hatte uns zum Kaffee eingeladen. Sie wohnt ja wirklich wahnsinnig eng, aber hübsch, wie in einer Puppenstube. Wir haben auch Frau Fischbein kennen gelernt, eine sehr feine, sehr nette Dame.«
»Die ist doch Jüdin«, sagte Wolf, »wusstest du das nicht?« Auch er duzte sie.
»Na und?«, sagte Mama.
Gemeinsam betraten sie die »Pension Weimar«.

Gab es etwas Schöneres als hitzefrei? Am Fenster des Klassenzimmers hing das Thermometer. Die nächstsitzende Schülerin war beauftragt, das steigende Quecksilber zu kontrollieren. Alle fünf Minuten stand sie auf, um nachzusehen, wurde deshalb auch getadelt. Dann schrie sie plötzlich auf. »Fünfundzwanzig Grad! Es sind fünfundzwanzig Grad!« Bei fünfundzwanzig Grad Celsius gab's hitzefrei.
Das Gefühl von Freiheit war überwältigend, denn die gesamte Schülerinnenschaft des Sophien-Stifts strömte mit Hochgefühl in den prunkvollen Treppengewölben abwärts und hinaus in die Sommerhitze, ohne Hausaufgaben, aller Pflichten enthoben. Die meisten hatten nur einen Gedanken im Kopf: Schwanseebad!
Jojo verabredete sich mit Mechthild. Nicht lange danach saßen beide in Badeanzügen – der von Jojo war feuerrot, der von Mecht-

hild dunkelblau – am Beckenrand des Freibads und ließen die Füße ins kühle Wasser hängen.
Mechthild war eine gute Schwimmerin. Sie zeigte Jojo das auf den Badeanzug aufgenähte Freischwimmerabzeichen und auch das aufgenähte Fahrtenschwimmerabzeichen. Jojo hatte kein aufgenähtes Abzeichen auf ihrem feuerroten Badeanzug, sie hatte immer, wenn Prüfung war, gerade die Schule gewechselt. Aber sie schwamm wie ein Fisch – oder eher wie eine Ente, die unter- und auftauchte. Sie war x-mal rein und raus aus dem Wasser, mal mit Kopfsprung, mal mit Bombe, hatte durchs Becken getaucht, konnte kraulen und rückenschwimmen, kam immer schnell zurück. Nun tauchte sie bei Mechthild auf, stemmte sich hoch, zog die Bademütze vom Kopf und saß da und triefte wie eine Nixe.
Dann sah sie Lothar. Sie erkannte ihn augenblicklich am sonnengebleichten Haar und an dem Piekser in ihrer Brust. Auch Lothar hatte sie erspäht. Er stand mit Kameraden gegenüber am Beckenrand. Seine Badehose war voll aufgenähter Schwimmerabzeichen.
Jojo stand auf, stellte sich an den Beckenrand und zog die Bademütze über. Lothar redete mit den anderen, zeigte ihr den Rücken, machte aber plötzlich eine Drehung und einen Hechtsprung ins Wasser. Im gleichen Moment machte auch Jojo einen Hechtsprung ins Wasser. Beide schwammen unter Wasser, beide tauchten in der Beckenmitte auf, keine zwei Meter voneinander entfernt. Sie sahen sich an, schüttelten die Tropfen vom Kopf, traten Wasser. »Na?«, sagte er. Und sie sagte: »Na?« Weiter Wassertreten. Jojo sagte: »Auch hitzefrei?« Lothar machte »Mhmm.« Nach einer Weile sagte er: »Ich schwimm' jetzt raus und spring' vom Zehnmeterturm.«
Jojo tauchte weg und erst am Beckenrand bei Mechthild wieder auf. »Lothar springt vom Zehnmeterturm«, verkündete sie, und beide verfolgten Lothar, wie er hinaufstieg, wie er oben anlangte, wie er hoch oben die Plattform betrat, sich an den vorderen Rand des Sprungbretts stellte, die Arme anlegte, den Kopf aufrichtete. Sie warteten wie gebannt. Jojo konnte die Spannung auf der Haut fühlen, sie hielt unendlich lange den Atem an.

Dann sprang Lothar. Kerzengerade, die gestreckten Beine nach unten, den Blondschopf wie eine Flamme auf dem Kopf. Beim Eintauchen ins Becken schoss eine Wasserfontäne hoch. Als er auftauchte, rief Jojo: »Bravo!«, und klatschte in die Hände. Lothar schwamm zu seinen Kameraden am Beckenrand und würdigte Jojo keines Blicks.
Jetzt unternahm Jojo etwas, was Mechthild den Atem nahm. Sie stieg auf den Turm, höher und höher. Sie stieg bis ganz nach oben und betrat die oberste Plattform. Sie wird doch nicht vom Zehnmeterturm springen? Mechthild rief: »Nicht! Josefa, nicht!«
Nein, Jojo sprang nicht. Aber was sie da oben machte, war kühn und extravagant, das hatte keiner erwartet. Auf der Zehnmeterplattform schwang sie sich in einen Handstand, stand unendlich lange in ihrem feuerroten Badeanzug Balance haltend auf ihren Armen hoch da oben.
Hatte sie nicht Angst? Konnte sie nicht leicht umkippen und über den Rand ins Becken stürzen? Jojo hatte keine Angst. Sie schwebte bar jeder Erdenschwere in der Höhe, mit den Fußsohlen berührte sie den Himmel, und ihr persönlicher Engel schenkte ihr ein Lächeln.
Als sie wieder auf den Beinen stand, hörte sie von weit unten Beifallsrufe. Sie schaute hinunter. Mein Gott, war das tief! Wie klein das Becken war! Sie kletterte die Leiter hinunter, sprang vom Fünfmeterbrett mit zugehaltener Nase ins Wasser, tauchte auf, platschte im Wasser und fand das Leben einfach toll. Wie ein blonder Seehund tauchte Lothar vor ihr auf. »Mensch, Josefa, das war eins a!« Kaum hatte er es gesagt, tauchte er schon wieder weg zu seinen Kameraden. Jojo schwamm zu Mechthild und setzte sich neben sie. »Dein Handstand, Josefa, große Klasse!« Mechthild kramte eine Tüte Lakritze aus ihrem zusammengerollten Handtuch. Die Lakritzeschnecken waren ganz weich, das Papier klebte an ihnen, man musste es abpulen, dann konnte man erst die Schnecken in den Mund schieben.
Gab es etwas Besseres auf Erden? Sommersonne, kühles Wasser, ein Handstand in Schwindel erregender Höhe und ein blon-

der Seehund, dazu aufgeweichte Lakritzeschnecken. Hitzefrei eben.

»Wildgänse rauschen durch die Nacht, mit schrillem Schrei nach Norden …« – ein Schritt, zwei Schritt, drei Schritt. Mit dem Lied auf den Lippen früh um sieben in Dreierreihen marschierte Jojo mit der Jungmädelgruppe durch die Straßen, in der Reihe vor ihr zu dreien die Jungmädelschaftsführerinnen mit ihren rotweißen Schnüren.
In der Formation der hundertfünfzig Jungmädel marschierte Jojo hinter Fahnen und Wimpeln durch das festlich geschmückte Weimar. In der Pension hatte sie schon auf dem Lokus die verstümmelten Botschaften der »Thüringischen Landeszeitung« über das Großereignis gelesen: »…eichsparteitages Weimar …ster Spatenstich des Füh…«
An der Schwansee-/Ecke Coudreystraße trafen auf dem Weg zur Kundgebung die hundertfünfzig marschierenden, singenden Jungmädel auf eine zweite Jungmädelgruppe. Es gab Verzögerungen beim Einschwenken, sie mussten endlos lange auf der Stelle treten, es gab auch ein Durcheinander beim gleichzeitigen Absingen verschiedener Marschlieder. Endlich konnten sie sich anschließen und weiter ging's auf der Schwanseestraße in Richtung Stadion. Von anderen Straßenzügen her ertönten Fanfarenschmettern, Trommelwirbel, dumpfe Paukenschläge. Von allen Seiten kamen sie anmarschiert zum Appell auf dem Kampfsportplatz. Ein heißer Sommertag kündigte sich an, es war der 3. Juli. Jojo fing an zu schwitzen, der Anmarsch war ihr zu weit, die Bundschuhe waren zu schwer, der blaue Rock scheuerte grob an den Waden, der Gesang war zu hoch. Und sie hatte das dumme Vorgefühl, mal wieder »aus den Latschen zu kippen« und auf den rauen Ärmeln eines Sanitäters im Rotkreuzzelt zu erwachen.
Ein SA-Musikzug ließ zackige Musik durch die Lautsprecher erschallen. Jojo war mit ihrer Einheit endlich auf ihrem Stellplatz angelangt. Bis alle Formationen eingeschwenkt und aufgestellt waren – HJ, Jungvolk, BDM, Jungmädel, SA, SS, NSKK, Arbeits-

dienst, Parteigenossen – hatte sie sich die Beine bereits in den Bauch gestanden. Als Letzte kamen in Autos die Goldfasane – so nannte man heimlich die curryfarbenen Parteileiter – und nahmen ihre Ehrenplätze auf der Tribüne ein.
Die Musik verstummte. Im Stadion entstand erwartungsvolle Unruhe. Jetzt erschien im breiten, freigehaltenen Mittelgang zu den plötzlich einsetzenden, dröhnenden Klängen eines atemberaubenden Marsches eine Schar curryfarbener Würdenträger, und, mein Gott, da kam er! Der Führer leibhaftig mit angewinkeltem Grußarm. Er war es! Mit seinem Führerlächeln für die aufschreienden Massen und seinem stolzen Blick auf die ihm zujubelnde Jugend. Die Heil-Rufe schwollen ohrenbetäubend an, nicht enden wollend.
Jetzt erreichten die hohen Herren die mit Fahnen, Standarten, Riesenadler und Ehrengarden bombastisch dekorierte Tribüne. Als Erster trat Gauleiter Sauckel ans Rednerpult und brüllte Ankündigungen und Aufrufe ins Mikrofon. Die Lautsprechersäulen ringsum verdoppelten und verdreifachten seine Worte, deren Echo auf die Menge niederging. Wenn er eine Pause machte, brandete Beifall auf. Am Ende dröhnte von den Lautsprechersäulen vielfach: »Ein Reich-eich-eich, ein Volk-olk-olk, ein Führer-ührer-ührer …«
Da trat der Führer vor, im Tosen des Stadions. Er wartete geduldig und lange, wartete, bis die Menge sich beruhigt hatte, wartete, bis es ganz still geworden war. Dann fing er mit seiner Rede an, leise, stockend, zählte Namen auf und Jahreszahlen. Alle spitzten die Ohren, auch Jojo. Er sprach von Schmach und Schande, von Festungshaft, von 1926, von damals in Weimar, vom unendlichen Glück, wieder zu Kampfgenossen, zu Gleichgesinnten zu sprechen. Alle strengten sich an, ihn zu verstehen, umso mehr traf es sie alle wie ein Donnerschlag, als der Führer plötzlich mit einem Faustschlag aufs Pult im lauten Brüllton »ein neues, ein starkes, ein wiederauferstandenes, ein unschlagbares Deutschland« verkündete. Dabei überschlug sich seine Stimme, die gurgelnd aus der Tiefe seines Halses kam. Alle gerieten auf einen Schlag außer

sich. Führer und Gefolgschaft tobten um die Wette. Da »kippte« Jojo »aus den Latschen«. Sie hörte noch den Aufschrei von Mechthild neben sich, dann ging sie zu Boden.

Die Abendrunde geriet an diesem 3. Juli fast aus den Fugen. Jeder wollte zuerst erzählen, alle redeten durcheinander. Sie saßen um den großen Tisch unter der Deckenlampe, alle erschöpft und erledigt, sie tranken und qualmten wie die Weltmeister. Jojo, sehr blass, gewaschen und gekämmt und schon im Bademantel, saß mit ihrer Puppe im Arm neben Mama und trank Lindenblütentee. Wolf Weimar, noch in Uniform, aber ohne Stiefel, schüttete Ehringsdorfer Urquell in sich hinein und rechnete den anderen vor, dass er zehn anstrengende Stunden auf den Beinen hinter sich hatte.
Fräulein Bambach, auffallend käsig und mitgenommen, trank mit fiebrigen Augen warm gemachte Milch, strich nervös die Haarsträhne hinters Ohr, setzte immer wieder zum Erzählen an, kam aber nicht dazu. Denn Herr Demjensky, bereits bei der dritten Flasche Bier, führte das große Wort. Er hatte seit früh um sieben fotografiert und dann in der Dunkelkammer entwickelt. Nun zeigte er seine Bilder herum.
»Das erscheint morgen in der ›Landeszeitung‹!« Er hielt ein Foto für alle sichtbar hoch: der Führer mit geballter Faust und in die Stirn gefallenem Haar mitten in seiner Rede. »Aber hier! Jetzt kommt's! Das Bild des Tages!« Demjensky hielt das Foto Ulla Bambach direkt vor die Nase. Sie ließ einen Aufschrei hören. »Ein Bild der echten Ekstase!«, rief Demjensky und ließ das Foto in der Runde kreisen. Es zeigte herausvergrößert drei ekstatisch begeisterte Frauen, die mit ausgestreckten Armen heranstürmten, um den Führer zu berühren, die Münder geöffnet, die Augen aufgerissen, Tränen der Verzückung auf den Gesichtern. Eine von ihnen war Ulla Bambach! Demjensky tönte: »Ein Dokument des Mitgerissenwerdens. Genau richtig für die Zeitung!«
Nach einer stummen Schrecksekunde wehrte sich Ulla Bambach. »Kommt nicht in Frage! Celino, das machst du nicht! Ich will

nicht in die Zeitung!« Sie stritten sich, vergaßen, dass sie sich sonst nur heimlich duzten. Sie trank nervös von ihrer kalt gewordenen Milch, und ein Fetzen Milchhaut blieb an ihren Lippen kleben. Jojo sah es, grauste sich, Milchhaut war zum Ekeln. Die Bambach, sonst so etepetete, wischte den Fetzen nachlässig mit dem Handrücken weg und schrie Demjensky mit unterdrückter Stimme an: »Untersteh dich! Wie ich da aussehe! So aufgelöst ...«

»Das ist es ja gerade! Die ungeheuerliche Wirkung der Führerrede.«

Jojo wollte sich wichtig machen: »Ich bin sogar in Ohnmacht gefallen!«

»Einmal erwisch' ich dich, Jojo«, rief Herr Demjensky ihr über den Tisch zu, »und dann bring' ich dich in die Zeitung: ›Ohnmächtig auf den Armen eines Sanitäters, überwältigt von der Großmacht der Worte.‹«

Jojo musste lachen. Aber es war ihr nicht ganz geheuer.

Mama sagte besorgt: »Lass dir mal von Wolf den Puls fühlen!« Sie saß vor ihrem Henkel-Trocken-Sekt, auch Tante Mali und Mariechen tranken ein Glas Sekt. Mama hatte Modemagazine vor sich, war nicht so lebhaft wie sonst, denn sie war »unwohl«, wie Jojo wusste. Wolf hatte einen sitzen und sprach zu Jojo im Tonfall eines gütigen Kinderarztes: »Komm her, mein Mädel!« Er nahm sie zwischen seine Knie, zog ihr erst das eine, dann das andere Augenlid herunter, drückte dann an Jojos schmalem Handgelenk herum und konnte den Puls nicht finden. Er spürte ihren Ärger, klemmte sie noch ein bisschen fester zwischen seine Knie, grinste sie an mit Grübchenlächeln und verschwommenen Augen wie ein Kater die Maus. Er roch nach Bier und Zigaretten und Schweißfüßen. Ärgerlich befreite Jojo sich aus der Umklammerung. Wolf lehnte sich vor: »Wanduschka, du kannst beruhigt sein, sie hat überhaupt keinen Puls.« Mama verdrehte die Augen und sagte: »Wie witzig!«

Tante Mali meinte, Kinder, die umfallen, sollten mehr essen. »Wie wär's denn mit ein Paar Würstchen, Jojo?« Au ja! Mariechen stand auf, um für das Kind in der Küche Würstchen heiß zu machen. Wolf rief ihr nach: »Mir auch! Zwei Paar!« Mariechen war heute aus Neugier noch da, wollte alles aus erster Quelle hören. Sie wohnte bei ihrer Mutter in der Schützengasse und war, wie Jojo wusste, seit zehn Jahren verlobt.

Mit ihrer Puppe im Arm neben Mama blätterte Jojo in einem Modemagazin. Frau Rollmann sollte nächste Woche anfangen, die Bordgarderobe zu schneidern. Da wollte sich Jojo etwas Hübsches aussuchen. Herr Schüble entkorkte ein »Fläschle Wein« und stöhnte. Er hatte den Vorbeimarsch angesehen, alleine davon taten ihm die Füße weh. Er goss auch Hannelore und ihrem Tierarzt ein, die wortkarg in ihren Sesseln saßen und nicht mal Radioschlager hören konnten, weil es heute keine gab, nur die pausenlos aufgeregte Berichterstatterstimme über die zehnjährige Wiederkehr des Reichsparteitages in Weimar.

Mit Lockenwicklern im kupferroten Haar rauschte Liane Krauss herein. Sie war im geblümten Morgenmantel, abgeschminkt, fettcremeglänzend und entschuldigte sich, aber man sei ja in der »Pension Weimar« quasi eine Familie. Sie wollte zu gern noch mitplaudern, weil alles so aufregend war. Sie würde morgen bei der musikalischen Umrahmung des Festaktes mit dem Chor Beethovens Ode »An die Freude« singen. Um den Hals hatte sie einen zarten Seidenschal geschlungen, ein Geschenk von Mama, um ihre Stimmbänder zu schützen. Sie flüsterte in Mamas Ohr, hielt die Hand vor: »Ich hab's geschafft. Hab' zwei Karten für die Gala für Sie organisiert. War fast unmöglich. Großer Abschluss des Parteitags, da kommt die ganze Politprominenz hin, mit Damen.« Sie warf einen Blick auf Wolf und wiederholte mit Betonung: »Zwei Karten!« Mama war hoch erfreut, sie würde sich natürlich revanchieren. Da würde sie ja tolle Sachen erzählen können, aus erster Hand, wenn sie wieder in China war. Jojo und Wolf stopften inzwischen die Würstchen in sich hinein. Wolf trank noch ein Bier, dann gähnte er ungeniert laut. »Ich verkrümel mich ins Bett, mir reicht's. Morgen geht's weiter im Takt. Der erste Spatenstich im Beisein des Führers für das neue Gauforum.«

Das Gauforum! Bei diesem Reizwort entbrannte nochmals eine

heiße Redeschlacht. Die einen waren dafür, die anderen dagegen. Hannelore Weimar und ihr Tierarzt wurden plötzlich lebhaft: »Alles soll abgerissen und zugeschüttet werden, der Vismaria-Brunnen verschwindet, das Viadukt soll weg, auch die historischen Anlagen vor dem Landesmuseum und von der Jakobsvorstadt mindestens hundert alte Häuser.«
»Und was kommt dafür hin? Eine Steinwüste!« Mama machte die Arbeiter nach, die sie im Asbachgrund angesprochen hatte: »Gute Frau, Se wer'n noch Ihr blaues Wunder erleb'n. Se könn's glooben.« Und: »Det wird, so wahr mir Jott helfe, det jrößte Uffmarschjelände, det Weimar je jeseh'n hat. Mit Bonzenpalästen druff.« Sie riss die Augen weit auf. »Da wer'n Ihn'n die Pupillen aus die Augen kugeln.«
Sie mussten alle lachen, obwohl es gar nicht zum Lachen war.

Am nächsten Abend ging es in der Runde noch lebhafter zu, lauter, erregter. Die Diskussion über die Zuschüttung des Asbachgrundes und die Führerbauten ging heftig weiter, Demjensky hatte schon die ersten Fotos vom Spatenstich.
Weil sie sich alle so erbosten, las Demjensky aus der Zeitung vor, was da stand: dass über Altes und Morsches mit sieghaftem Schritt hinweggegangen werde, dass hässliche Steinhaufen verschwänden, dass nach dem Niederreißen von Schmutz- und Elendsvierteln Geschichtliches und Bleibendes geschaffen werde ... Der Tierarzt bekam einen Hustenanfall, Demjensky wartete, fuhr dann fort: Neue Kulturwerte schönster Art würden geschaffen, die der deutschen Volksgemeinschaft und ihrer Verherrlichung dienten. Seine Stimme versagte, er nahm einen Schluck Bier. »So groß, einfach und schlicht der Führer vor uns steht, so fest, würdig und klar sind auch seine Bauten, die sein energisches, gütiges Gesicht widerspiegeln.«
Hannelore sagte: »Welch ein fürchterliches Deutsch! Und das in der Goethe-und-Schiller-Stadt Weimar!« Da nickten sie und schüttelten zugleich den Kopf.
Jojo gähnte, sie hatte heute stundenlang Spalier gestanden, dabei

waren doch Ferien! Und morgen hieß es wieder Spalier stehen, vor dem Schloss. Auch Wolf gähnte. Er musste früh raus, zur Ehrung der alten Kämpfer. Und Mama gähnte ebenfalls. Sie hatte den ganzen Tag in der Kammer gekramt, die sie für ihre Überseekoffer zusätzlich gemietet hatte. Dort hatte sie Garderobe, Schuhe und Handtaschen sortiert und überlegt, was in welchen Koffer musste. Jetzt fertigte sie am Tisch mit Jojo eine Liste an, wofür man jeweils die passende Garderobe brauchte. »Für den Vormittag an Deck«, sagte sie und schrieb es auf. »Für den Swimming-Pool, für den Five o'clock tea, fürs Dinner, für die Bar.« Jojo ergänzte: »Für den großen Ball und fürs Sportfest und für den Kostümball.« Die anderen waren still geworden und hörten zu. »Für den Ausflug ins tropische Inland, für das Hotel ›Montlavinia‹ und noch Shorts und leichte Schuhe für die Deckspiele.« Mutter und Tochter merkten gar nicht, dass alle schwiegen. Mama zeigte Modezeichnungen herum, fragte, welche denn am schicksten seien. Sie fragte Wolf, der war ganz direkt: »Als Arzt hab' ich den Röntgenblick, da seh' ich nur, wie die Frau unter dem schönen Kleid aussieht.« Mama wurde rot. Die Tischrunde wollte sich kaputt lachen.
Es klingelte.
Wer kam denn jetzt noch? Es waren doch alle da! Hoffentlich nichts Unangenehmes, der Blockwart oder so jemand. Wolf ging nachsehen, in Uniform, aber auf Strümpfen.
Es war Alexander Jordan, der mit abgewetztem Lederkoffer vor der Tür stand. Es gab ein großes Hallo. Er war einfach vom Internat für die Ferien angereist, ohne Ankündigung. Mama umarmte und küsste ihn stürmisch. »Wir hätten dich doch vom Bahnhof abgeholt!« Aber er wehrte ab, er brauche nicht abgeholt zu werden, er sei groß genug, allein zu reisen. Er gab allen höflich die Hand, Jojo bemerkte, dass er keinen Diener mehr machte. Sie nahm ihm den Koffer ab, Mensch war der schwer, und da klebten ja noch die Aufkleber dran: »Norddeutscher Lloyd«, »Shanghai«, »Peking«, »Manila«, »Genua«. Alexander trug kurze Hosen, ein kariertes Hemd und Kniestiefel. »Warum Kniestiefel?« – »Ich reite. Wir haben beim Internat einen Reitstall. Aber was ist denn in

Weimar los?« Er hatte Umwege machen müssen, keine Straßenbahn fuhr mehr nach Fahrplan, überall Absperrungen, die ganze Stadt auf den Beinen. Alexander erfuhr, dass hier Parteitag sei. »Ach so. Und wo kann ich schlafen?« Mama wollte ihr Bett räumen, aber Alexander wollte nicht mehr mit der Schwester das Zimmer teilen, mit Mädchen hatte er nichts am Hut. Jojo war eingeschnappt.

Aber in der Kammer mit Mamas Überseekoffern stand in der Ecke ein Bett. Das besichtigten sie, sogar eine Nachttischlampe war angeschlossen. »Das is' in Ordnung«, befand Alexander, da wolle er sich gleich hinhauen. »Aber doch noch was zu essen?«, fragte Tante Mali. Er lehnte höflich ab. Danke, er habe auf dem Bahnhof zwei Thüringer Bratwürste verdrückt.

Mama strich ihm übers Haar, irgendwie wirkte er fremd. »So höflich warst du früher nie«, sie lächelte und fand, er sehe blass aus und habe Ringe unter den Augen. »Was ist bloß mit meinen Kindern los, der eine hat schwarze Ränder unter den Augen, die andere fällt dauernd in Ohnmacht ...« Sie seufzte, dann sagte sie guten Mutes: »Ihr werdet sehen, wir machen uns wunderschöne Ferien.«

Mama schickte Jojo ins Bett, denn die hatte morgen wieder Dienst. »Wir kommen noch rauf, um gute Nacht zu sagen.«

Als sie ins Turmzimmer kamen, schlief Jojo schon.

Der Mond schien ihr ins Gesicht, da wachte Jojo auf. Gleich war sie hellwach, glitt aus dem Bett und schaute zu Mama hinüber, die schlief. Sie schlich durchs Treppenhaus hinunter ins Parterre zur Kofferkammer und machte einen Spalt die Tür auf. Ob Alexander schlief?

Alexander schlief nicht. Die Nachttischlampe brannte, ein Karl May lag neben ihr, das Bett aber war leer. Sie spähte vorsichtig hinter einen Schrankkoffer.

»Ich bin hier«, sagte Alexander. Er saß im Mondschein auf dem Fensterbrett und grinste, weil sie auf nackten Zehenspitzen herumschlich.

»Bist du auch mondsüchtig?«, fragte Jojo.
»Nee, du?«
Jojo nickte. »Bin schon mal im Schlaf zur Balkontür gewandelt.«
»Aber auf der Dachrinne bist du noch nicht balanciert?« Jetzt sah Jojo, dass er eine Zigarette rauchte und Bier trank.
»Du rauchst«, sagte sie, »und trinkst Bier.«
»Alle rauchen im Internat. Alle trinken Bier.«
»Wenn Mama das merkt!«
»Du hältst den Mund! Ehrenwort?«
»Ja. Ehrenwort ... Lass mich mal an der Zigarette ziehen!«
»Kommt nicht in die Tüte.«
»Ich muss morgen Spalier stehen«, sie verzog sich Richtung Tür, »zwischen ›Elephant‹ und Schloss.«
»Bin ich froh, dass ich nichts muss!« Alexander genoss sichtlich seinen Fensterplatz im Mondschein mit Zigarette und Bier. »Im Internat muss man andauernd was müssen.«
»Bis morgen dann!« Sie hatten kein Wort über Jojos bevorstehende Reise nach China gesprochen.

Ein vollkommener Julitag spannte sich über Weimar. Ein Himmel von sanftem Blau, saftig grün und dicht belaubte Bäume und Büsche hügelan jenseits der Sternbrücke. Die Sonne verstärkte an den historischen Bauten mit Licht und Schatten die Kanten und Zacken, die Bögen und Schnörkel. Fahnen, Kränze und Girlanden überall. Andrängende, erwartungsvolle Menschen.
Jojo und Mechthild standen im Spalier ziemlich nahe am Eingang zum Schloss. »Da drin hat mein Vater sein Büro«, sagte Mechthild. Jungmädel und BDM bildeten in ihren weißen Blusen eine heitere Kette zu beiden Seiten der breiten Kopfsteinpflasterstraße. Hinter ihnen hielten die schwarz uniformierten Männer der SS die drängelnden Menschen auf Distanz. Alle paar Meter stand einer mit dem Rücken zur Straße. Jojo fand das komisch, aber Mechthild wusste warum: »Wenn einer eine Bombe schmeißt.« Aha. Vom Markt her hörten sie Kommandorufe und Fetzen von Reden. Sie mussten einmal mehr endlos warten.

Endlich wehten Bruchstücke des »Deutschlandlieds« herüber und »Die Fahne hoch«, dazu Siegheilrufe. Die Feier zur Ehrung der alten Kämpfer ging zu Ende. Die Menschenmenge hinter den Spalieren wurde unruhig, alle drängten vor, schauten die Straße hinauf, von dort mussten sie kommen – der Führer und die Delegation, zu Fuß vom »Elephanten« zum Schloss, so war es vorgesehen. Jojo wurde es heiß unter den Haaren, hoffentlich durchbrachen die Leute die Absperrung nicht! Dergleichen hatte sie in China schon mal erlebt. Mama hatte ihre Kinder wie mit Eisenkrallen an den Händen festgehalten, und sie wurden von der schreienden Masse mitgerissen. Vor Jojo war einer Frau von Soldaten ins Bein geschossen worden. Nun hörte sie hinter sich die SS-Männer: »Nicht drängeln!« und »Zurück!« Die Menschen drückten aber weiter nach vorn.
Da kamen sie! In der Mitte der Führer, begleitet von einem Schwarm Uniformierter mit Orden und gewichsten Stiefeln. Die Menschen hoben die Arme, schrien: »Heil!« Der Führer schritt gemessenen Schrittes voran, eine Hand am Koppel, lächelte er freundlich zur rechten Straßenseite und zur linken hin. Er winkelte den Grußarm an, ließ ihn wieder sinken, erfreut, dass die Leute ihn so liebten. Er kam jetzt näher rechts heran, zu den Jungmädeln im Spalier, wo auch Jojo und Mechthild standen. Er trat ganz nah an die Jungmädelkette heran, ausgerechnet bei Jojo und Mechthild blieb er stehen. Der Führer tätschelte einigen die Wangen und lächelte Jojo an. Er streckte die Hand aus, fuhr Jojo sanft übers wuschelige Haar. Jojo blickte mit ihren spiegelhellen Augen geradewegs in die blauen Führeraugen, diese berühmten Augen des Führers. Jojo wurde blass, Jojo wurde rot. Nur jetzt nicht umfallen! Der Führer war schon weitergegangen, da brach Jojo in Schluchzen aus, empfing aber von Mechthild einen bitterbösen Blick. Sie hatte der Führer nicht gestreichelt. Jojo liefen die Tränen übers Gesicht. Sie löste sich aus der Spalierkette, meldete sich bei Edith Müller ab, die von dem Geschehen zutiefst beeindruckt war. Jojo sagte: »Mir ist schlecht.« Die Jungmädelschaftsführerin kommandierte Mechthild ab, die sollte Jojo nach Hause begleiten.

Jojo wurde von unterdrücktem Schluchzen geschüttelt, Mechthild ging stumm und beleidigt neben ihr her. Der Führer hatte sie überhaupt nicht beachtet, nur Josefa. Sie blieb stehen. »Du kannst auch allein in deine ›Pension Weimar‹ gehen.« Und machte auf dem Absatz kehrt.
In der Pension löste Jojo Bestürzung aus. Sie war noch immer tränennass und von Schluchzen geschüttelt. »Der Führer ... der Führer ...« Alle in der Küche gerieten in Panik, ließen die Arbeit liegen und stehen. Etwas war mit dem Führer passiert, aber was? Man kriegte kein Wort aus Jojo heraus, nur unter Geschluchze: »Der Führer ... der Führer ...«
Mama tauchte ein Küchentuch in kaltes Wasser und patschte es ihr aufs Gesicht. Der Kälteschock brachte Jojo wieder zu sich. »Was ist mit dem Führer?«, schrie Mama sie an. Jojo schluckte, holte Luft. »Der Führer ...« Sie holte nochmals Luft. »Der Führer hat mir ...« Sie betastete ihren Kopf. »Der Führer hat mir über mein Haar gestrichen.« Sie atmete tief auf. »Der Führer hat mir von ganz nah in die Augen gesehen.« Langsam beruhigte sie sich.
Alle waren zutiefst beeindruckt. Mama nahm Jojo in den Arm. An Mama vorbei schaute Jojo auf Tante Frieda. Würde sie es sagen? Ja, sie sagte es: »Du großer Gott!«
Jojo wollte ihre Haare nicht waschen, ja nicht einmal bürsten. Sie fühlte sich auserwählt. Eine Woche lang konnte sie keine Nacht schlafen, trotz Mengen von Baldrian. Eine Woche lang sprach die beleidigte Mechthild kein Wort mit ihr. Alexander zerstörte schließlich die Illusion von ihrer Einmaligkeit und Auserwähltheit. Als sie ihn bei seiner Karl-May-Lektüre störte, sagte er grob: »Mensch, Jojo, denkst wohl, du bist einmalig und auserwählt. So 'n Quatsch mit Soße! Jungmädel und Kindergartenkinder werden andauernd von Hitler gestreichelt. Siehste doch in jeder Wochenschau und Illustrierten!«

Als Jojo mit ihrer Mutter zur Schneiderin ging und Frau Rollmann die Tür vom Zwergenhaus aufmachte, fragte Jojo als Erstes: »Ist Lothar da?«

Frau Rollmann antwortete gar nicht. Sie gingen in die Wohnküche, und irgendwie war bei den Rollmanns alles anders als sonst. Es roch zwar wie immer nach Bratkartoffeln, aber nicht nach Kohlrabi. Herr Rollmann saß nicht Mussoliniköppe schälend auf dem Kanapee wie sonst. Frau Rollmann sah vergrämt aus, ihr Gesicht war grau. Trotzdem platzte Jojo mit ihrer Neuigkeit heraus: »Der Führer hat mir übers Haar gestrichen!« Sie machte es vor. »Und er hat mir von ganz nah in die Augen geseh'n!«

»So?«, sagte Luise Rollmann und zeigte ein müdes Lächeln.

»Beim Spalierstehen vorm Schloss.«

»Das musst du mal Lothar erzählen!«

»Das will ich ja! Wo ist er denn?«

»Lothar is' weg, is' auf großer Fahrt mit seinen Pimpfen, auf'm Fahrrad zum Sommerzeltlager bei Saalfeld.«

Jojo war sehr enttäuscht.

»Und wo ist Ihr Mann?«, fragte Mama. »Ich habe extra Bohnenkaffee mitgebracht, den trinkt er doch so gern, auch wenn er nicht soll …«

»Auf den wird er wohl eine Weile verzichten müss'n.« Mama und Jojo setzten sich an den Tisch. Frau Rollmann schob den Kessel übers Feuer. Das Wasser kochte gleich, sie brühte den Kaffee auf. »'n Kaffee kann ich jetzt auch brauchen.«

»Ist Ihr Mann im Krankenhaus?« Frau Rollmann zögerte mit der Antwort. »Dann besuch' ich ihn.«

»Das geht nich', er is' gar nich' in Weimar.« Sie goss Kaffee ein, reichte Zucker, Sahne hatte sie keine. Dann sagte sie leise: »Bitte, reden Sie nich' drüber, Frau Jordan! Er is' im Lager«, und noch leiser: »In Buchenwald.«

Buchenwald? Mama klapperte beim Umrühren mit dem Löffel in der Tasse. Aber Jojo hatte das Wort trotz Geflüster aufgeschnappt. Max Rollmann hatte doch selbst von Buchenwald gesagt: ein hübsches Örtchen, nicht weit von hier.

Frau Rollmann schob Jojo ein Modeheft hin, extra für Mädchen ab zwölf, und eine Schachtel Knöpfe. »Vielleicht findste 'n paar hübsche Knöpfe für dich.« Leise fuhr sie fort, damit Jojo es nicht hörte, aber die hörte es mit halbem Ohr doch: »Sie haben ihn in Schutzhaft genommen, so nennense das. Wegen dem Parteitag. Er is' doch einer, der nich' konform is'. Max war schon kontra, wie er noch Vorarbeiter in der Wagonfabrik war. Er hat gegen den Kapp-Putsch gestreikt, wenn Sie wissen, was der Kapp-Putsch war. Da hab'n sie ihn bei der Straßenschlacht gegen die Rechten schwer zusammengeprügelt.« Mama ließ sich die zweite Tasse Kaffee eingießen, nahm Zucker, rührte wieder klappernd mit dem Löffel um. Das Gespräch der beiden Frauen verebbte in Wortlosigkeit. Dann gingen sie zur Tagesordnung über, tauchten ein in die Welt der Stoffe und Schnitte, der Borten, Knöpfe, Falten und Säume. Sie diskutierten über das, was man trug: Keulenärmel und falsche Schößchen, Paspelierungen und Biesen. Mama stellte sich hin zum Abmessen. Frau Rollmann mit Stecknadelkissen am Handgelenk, Stecknadeln zwischen den Lippen und raschelndem Seidenpapier bewunderte Mamas Idealfigur. Sie würde als Erstes die Sonnenkleider mit Hosenrock nähen und dann die Abendkleider aus Lamee und Organza. Dann kam Jojo dran mit Abmessen und Seidenpapiergeraschel und Stecknadelgefahr. »Was bin ich froh, dass ich durch Sie so viel Arbeit hab', da kann ich nich' nachdenken.«

»Ihr Mann fehlt mir richtig«, sagte Mama. »Er konnte so treffend erzählen und gewitzt argumentieren.«

»Das is' ja das Unglück. Er kann's Maul nich' halten.«

Sie verabredeten die erste Anprobe und standen dann unter der Haustür. Luise Rollmann sagte beim Verabschieden: »Was für 'n Zufall doch 'n Menschenleben is'! Sie fahr'n jetzt auf'm Luxusdampfer nach China – und wir müssen hier bleiben.«

»Ja«, sagte Mama, »aber es geht auch für mich nicht ohne Opfer. Ich muss meinen Sohn hier lassen. Und vergessen Sie nicht, Sie haben Ihren Lothar!«

Frau Rollmann nickte. »Stimmt, ich hab' den Lothar, und ich wünsch' mir, er geht seinen Weg. Er is' ja ehrgeizig, aber auch ein Hitzkopf, genau wie sein Vater.«

Ein Hitzkopf? Und ehrgeizig? Das hatte Jojo nicht gemerkt.

Mutig, ja: Er sprang vom Zehnmeterturm. Und verrückt: Er kletterte die Hauswand hoch. Frech: verschleppte sie in die Höhle, knipste das Licht aus, stellte sich tot im Gras, packte sie dann und lachte sie aus. Er war ... er war ... Jojo verlor sich in Gedanken ... wenn er lachte, blitzten Augen und Zähne ... Wenn man ihn gern dahätte, war er fort.

Die Ferien waren nicht so vergnüglich, wie Jojo sich das gedacht hatte. Eine Spannung lag über allen Tagen, eine Spannung zwischen Hiersein und Packen, zwischen Ferien und Abschied, zwischen heute hier und morgen fort.

Alexander las stundenlang Karl May, schlief jeden Tag bis mittags im Bett hinter den Überseekoffern, die ohne ihn auf die Reise nach China gehen sollten. Er wurde immer wortkarger, Mama aber wurde nervös, weil sie nicht zum Kofferpacken kam. Sie wollte mit ihrem Herumkramen Alexander in seiner Ferienfaulheit nicht stören, denn die beiden hatten in der Kofferkammer einen fürchterlichen Krach gehabt.

Jojo hatte sich zu Tode erschrocken. Dass ein Junge seine Mutter so anbrüllte! »Ich will mal allein sein, kannst du das nicht kapieren?«, hatte Alexander gemeutert. »Im Internat ist man nie allein. Immer is' einer da, der einem reinquatscht.«

»Ich versteh' dich ja, Alexander, ich kapier's ja.« Mama flehte Alexander geradezu an. »Aber denk doch mal an mich! Ich bin extra hier geblieben zu den Ferien. Wegen dir! Weil ich mit dir zusammen sein will. Mit dir sprechen. Über alles ... Ich muss doch wieder zurück nach China.«

»Von mir aus haut doch gleich heute ab!«, schrie er seine Mutter an und dann zeigte er auf Jojo: »Die darf ja mitfahren! Bloß weil sie ein Mädchen ist!«

Mama fasste sich ans Herz. »Du musst doch hier Abitur machen! Du willst doch mal was werden! Das sagt auch Vati.«

Aber Alexander tobte. »In Shanghai könnte ich auch das Abitur machen. Da wär' ich zu den Ferien in drei Tagen zu Hause.«

»In Shanghai gibt's kein Internat, du müsstest allein wohnen, viel-

leicht bei irgendwelchen Bekannten.« Jetzt war auch Mama laut geworden. »Der Rikschakuli müsste dich jeden Tag zur Schule fahren, durch diese Viertel mit den Spielhallen und den Opiumhöhlen und den ...« Sie zögerte.
»... und den Huren«, ergänzte Alexander frech. »Ich weiß schon Bescheid!«
Mama wurde noch lauter. »Der Sohn von Trefurts und Max Bechler aus Nanking und Max Korn, die sind alle als Schüler in Shanghai unter die Räder gekommen.«
»Und warum ist es denn in Weimar so schön?«, warf er ihr an den Kopf, »warum wohnen wir denn überhaupt hier? Mit lauter Leuten in so einer Pension, wo's nicht mal 'n Wasserklosett gibt. Warum bleiben wir denn die ganze Zeit ausgerechnet in Weimar?« Jojo wusste es: Wegen Wolf. »Warum hast du denn nicht 'ne eigene Wohnung gemietet, wo wir unter uns sind?« Jojo wusste es: Mama wollte nicht kochen und putzen. Jojo wusste alles, sagte aber nichts. »Warum fahr'n wir nicht nach Berlin? Da ist doch was los! Da ist im August die Olympiade.«
Mama nahm den wütenden Alexander einfach in die Arme. »Ich hab' eine Überraschung für dich, eine ganz große.«
»Was denn?«
»Das erfährst du schon noch. Da lass' ich dich erst mal zappeln.« Sie gab ihm eine liebevolle Kopfnuss. »Wenn du so frech zu deiner Mutter bist.« Sie entdeckte Jojo, die blass zwischen den Koffern stand. »Wisst ihr was? Wir geh'n jetzt alle drei Eis essen, Fürst-Pückler-Eis im ›Residenzcafé‹. Und hinterher geh'n wir ins Kino. Ich weiß einen Film, der ist zum Totlachen.«
»Au ja!«, rief Jojo. Alexander sagte nichts, aber er ging mit.

In abendlicher Abschiedsstimmung lehnte Jojo im Pyjama an der Steinbalustrade des Balkons zwischen dem Geäst der Kletterpflanze. Bald würden die letzten Tage sich nähern, der letzte Becher Kakao mit Schaum drauf, die letzten krachfrischen Bäckerbrötchen mit kalter Butter, das letzte Mal Thüringer Klöße, das letzte Mal auf dem Lokus sitzen und die zerschnippelten Nach-

richten der Zeitung lesen, das letzte Mal im Turmzimmer schlafen unter dem prallen Plumeau und die letzte Abendrunde der »Pension Weimar«.
Es war schon ziemlich dunkel. Jojo schaute hinüber in den Nachbargarten. Lampenlicht wurde im Zwergenhaus angeknipst, fiel in den Hinterhof, fiel auf Lothars Fahrrad. Er ist zurück vom Zeltlager. Lothar! Jojos Herz schlug einen Trommelwirbel.
Aus dem Garten der Pension hörte sie ein Geräusch. Im verschatteten Lichtschein aus dem Wintergarten sah sie zwei Personen. Sie standen dicht zusammen. Ein Mann und eine Frau. Mama und Wolf!
Jojo nahm ihren Teddy Pong-Ju, ging eilig die Treppe nach unten, wollte zu Alexander, wollte mit ihm irgendeinen Jux machen, um ihn abzulenken, damit er, wenn er vielleicht mit Zigarette und Bier am offenen Fenster saß, nichts merkte von den zweien im Garten.
Sie machte leise die Tür auf, es brannte kein Licht. Auf Zehenspitzen schlich sie durch das fast leere Zimmer – die Koffer waren schon abtransportiert –, schlich zu Alexanders Bett. Ihr Bruder schlief, lag da, mit einem Arm sein Kopfkissen umklammernd, hielt er etwas in der Hand. Jojo ging im diffusen Halblicht ganz nahe heran: eine kleine Mickymaus-Figur! Zwischen den Fingern hielt er eine kleine Mickymaus.
Jojo zog sich auf Zehenspitzen zurück, fiel beinahe über Alexanders Koffer, der mitten im Zimmer auf dem Boden abgelegt war, den abgewetzten, englischen Lederkoffer. Im diffusen Licht leuchteten die bunten Aufkleber. Alexander hatte ihr gestanden, dass er extra mit diesem Koffer reise, weil jedes Mal Mitreisende ihn doof anquatschten, er sei wohl Millionär und Weltenbummler. Da hatten beide lachen müssen. »Und«, hatte Jojo gefragt, »was sagst du dann?« – »Dann sag' ich: Den Koffer hab ich geklaut.« Da hatten sie noch mehr gelacht.
Jojo fühlte sich plötzlich sehr müde. Sie ging in die Hocke, neben Alexanders Koffer, stützte sich gegen die Wand und verlor sich in Gedanken. Sie würde den Florentinerhut aufsetzen und ihre Puppe auf den Arm nehmen, dann würden sie über die Alpen fahren

und in Genua im Hotel »Palazzo Grande« übernachten. Am nächsten Tag würden sie an Bord gehen. Wenn die »Scharnhorst« ablegte, tutete sie dreimal, ein ganz tiefes Tuten, und die Bordkapelle spielte »Muss i denn, muss i denn zum Städtele hinaus«. Die Leute winkten, weinten und lachten, und man spürte das erregende Vibrieren der Motoren.

Jojo hörte vom Bett her die tiefen Atemzüge ihres Bruders. Aus dem Garten war nichts zu hören. Ihre Gedanken schweiften in die Zukunft. Bald würde es sein wie im Märchen. Sie würden mit dem Dampfer den Suezkanal durchfahren und die Kamelkarawanen sehen, und auf Ceylon im Hotel »Montlavinia« würden Männer in wehenden Gewändern sie bei Tisch bedienen, mit Edelsteinringen an den nackten Zehen. In allen Häfen würden die Chefs der Niederlassungen mit Mama und Jojo Landpartien machen: in Bombay zu den Elefanten, die im Dschungelfluss Wasser aus dem Rüssel spritzten, in Singapur zum Märchenpalast des steinreichen Chinesen und zum Botanischen Garten, wo die wilden Affen von den Bäumen herabflitzten und dir die kleinen grünen Bananen aus der Hand rissen. Sie würde früh um sechs aufstehen und auf dem Oberdeck ganz allein im Swimming-Pool übers blaue Meer fahren, an den Palmen von Sumatra vorbei, und dann nach Manila, der Stadt mit den weißen Zuckerbäckerpalästen.

Hatte sie geschlafen? Wieso saß sie hier in der Hocke an der Wand in Alexanders Kammer neben seinem Koffer? Sie hörte Alexanders Atemzüge. Durchs offene Fenster kam kühle Nachtluft herein. Jojo fasste einen Entschluss. Der tat ihr ein bisschen weh, aber trotzdem. Sie machte Alexanders Koffer auf, fühlte nach dem Inhalt, Bücher, Bücher, Unterwäsche und Strümpfe, ein Pullover. Sie hob den Pullover und die Wäsche hoch, schob dann ihren Lieblingsteddy Pong-Ju dazwischen und machte den Kofferdeckel zu.

Auf Zehenspitzen verließ sie die Kammer, rannte nach oben ins Turmzimmer und kroch unter ihr Plumeau.

Nicht nur in den Tropen, auch in Weimar gab es Gluthitze im Juli und Gewitterschwüle im August. So ein Tag war heute. Alle stöhnten, fühlten sich schlaff, nur Jojo nicht. Hitze war sie gewöhnt. Sie sprang vor der Mauer des Bankgebäudes mit dem Ball herum, im weißen, hauchdünnen Batistkleid, mit nackten Zehen in den Sandalen. Mit fanatischem Eifer warf sie den Ball gegen die Wand. Zehnmal zehn Übungen ohne Fehler, bei einem Fehler alles von vorn. Das war Jojos selbst ausgedachte, unerbittliche Regel.
Vom üppig blühenden Apothekergarten nebenan zog Jasminduft wie eine Parfümwolke herüber. Der Ball flog gegen die Wand, Jojo machte die Drehung, fing den Ball, beim achten Mal: Fehler. Noch mal von vorn. Gegen die Wand, viermal, fünfmal und: Fehler. Noch mal von vorn. Was war denn los? Was sollte denn los sein? Gar nichts. Überhaupt nichts. Doch! Jojo konnte sich nicht belügen. Lothar! Würde sie abreisen, ohne Lothar noch einmal zu sehen? Er musste doch hier mal vorbeikommen. Er war ja längst zurück. Sie hatte sein Fahrrad vom Balkon aus gesehen. Wieder ein Fehler. Noch mal von vorn …
Dann passierte es. Der Ball war plötzlich weg, weggefangen aus der Luft. Jojo schnellte herum: Lothar, braun gebrannt, das Haar ausgebleicht von vier Wochen in Wind und Sonne. Er lachte sie an. Sie sah seine Zähne, sie sah seine Augen. Er hielt den Ball zwischen beiden Händen, wie er ihn soeben weggefangen hatte. Sie standen sich gegenüber, kaum drei Fußbreit entfernt. Unter der Bräune sah sie sein Gesicht rot werden. Im Hals fühlte sie ihr Herz klopfen.
»Du fährst wieder nach China?«, fragte er.
»Ja.«
»Wann?«
»Morgen.« Ihr steckte ein Kloß im Hals.
Beide waren eine Endlosigkeit stumm.
»Machst du eine Runde auf dem Rad mit mir?«
»Ja.«
Jojo ließ sich entführen. Sie hatte nicht mal in der Pension

Bescheid gesagt, dabei war es schon ziemlich spät. Sie saß auf der Fahrradstange, hielt sich neben Lothars Händen am Lenker fest. Das Eingeengtsein zwischen Lothars muskelstarken Armen und Beinen bereitete ihr ein ungewohntes Behagen. Sie drehte den Kopf zu Lothar: »Ich mach' jetzt die Augen zu und rate, wo du hinfährst.« Sie machte die Augen zu. Das Fahrrad holperte erst über Kopfsteinpflaster, dann über Kies- und Sandwege. »Wir fahr'n den Ilmpark lang, stimmt's?« Lothar rief ihr ins Ohr: »Stimmt!« Dann ging es bergab. »Halt dich fest!« Sie rumpelten über Stufen hangabwärts. Jetzt bremsen mit schlittern, sie riss die Augen auf, gerade brachte Lothar das Rad zum Stehen. »Absteigen!« Sie waren am »Nadelöhr«. Diese künstlich gebaute Wegenge mit Stufen kannte sie schon, gleich dahinter sah sie die Höhle. »Da kriegst du mich nie im Leben mehr rein!« Lothar lachte, er hatte sein Rad durchs Nadelöhr gehoben, stellte es vor sie hin: »Sitz auf, Josefa! Wir fahren noch weiter.«
»Und wohin?«
»Zu 'nem Stein.«
»Zu 'nem Stein?«
Der Sand knirschte unter den Rädern, dann kam eine weiße Holzbrücke: Sie fuhren über die Ilm. Am lichtgrünen Hang drüben leuchtete weiß gestrichen unter einer violetten Gewitterwand das kastenförmige, simple Haus, das als Goethes Gartenhaus berühmt war. Genau dorthin fuhr er mit ihr. Was sollten sie denn hier? Das Haus war doch schon geschlossen. Kein Mensch da. Aber Lothar stieg mit Jojo über den Zaun, zog sie am Gartenhaus vorbei durch den verwilderten Garten bis ziemlich weit nach hinten. Zwischen knorrigen Baumwurzeln und alten Büschen schob er einen Zweig beiseite: »Hier ist der Stein.«
Eine große Steinkugel, gefährlich balancierend auf einem schweren Quader. Jojo legte sofort ihre Hände auf die Kugel, sie liebte alles, was rund war. Ob sich der Stein bewegen ließ? Die Kugel saß fest.
Auch Lothar legte seine Hände auf die Steinkugel. Zufällig – zufällig? – stieß eine Hand an die ihre. Jojo nahm ihre Hand nicht weg.

»Und?«, fragte sie. »Was ist mit dem Stein?« Ihre Stimme vibrierte, ihre hellen Augen leuchteten ihn an, die Haare, vom Fahrtwind gezaust, bauschten sich um ihr errötetes Gesicht. Sie fühlte sich erregt, hier in Goethes Garten bei der geheimnisvollen Steinkugel unter der mulmig anwachsenden Gewitterwand.

»Der Kugelstein …«, setzte Lothar an, er war plötzlich heiser, »der Kugelstein war 'ne Idee von Goethe. Der Steinquader mit der Kugel drauf wurde hier im Garten aufgestellt, ich glaub' 1777, wir haben's g'rad in Heimatkunde durchgenommen.« Er holte Luft und sagte dann gut einstudiert wie am Schnürchen: »Der Kugelstein ruht auf einem festen Quader. Der Quader bedeutet alles, was fest und unzerstörbar ist in der Welt. Auf diesem festen Quader balanciert die Kugel des Glücks, sie kann jeden Augenblick wegrollen …« Er machte eine Atempause. »Die Legende sagt: Wenn man seine Hände auf den Kugelstein legt … kann man das Glück festhalten.«

Jojo war ganz hingerissen. »Das ist ja wie in China, da glaubt man auch an heilige Steine und an Glücksgötter aus Marmor und an steinerne Langeslebenschildkröten.«

»Versprichst du mir was?«

»Was denn?«

»Dass du wiederkommst nach Weimar.«

»Ja«, sagte Jojo und hielt den Kugelstein fest, »ich versprech' es. Ich weiß aber nicht, wie ich je wieder nach Weimar kommen soll.«

»Versprichst du mir noch was?«

»Was?«

»Dass wir uns dann an unserm Stein hier treffen.«

»Ja«, sagte Jojo, »ich versprech's.« Ein Blitz zuckte vom Himmel und der Donner krachte, als hätten die Naturgewalten auf Jojos Versprechen hin ein Zeichen gesetzt. Jojo war blass geworden, die Gewitterangst machte ihr zu schaffen. Sie nahm von ihrem Hals die zierliche Flussmuschelperlenkette, legte sie in Lothars Handfläche. »Vergrab die Kette! Wenn wir uns wiedersehen, werden wir sie hier finden.« Es war wie eine Formel aus »Alice im Wunderland«.

Lothar hob unter einer uralten Baumwurzel einen Tuffstein hoch, machte ein Erdloch, zog sein kariertes Taschentuch aus der Hosentasche und wickelte die japanische Perlenkette darin ein. Das kleine Bündel schob er ins Loch, drückte den Stein darauf, trat ihn mit seinem Schnürschuh fest. »Ich weiß, du kommst wieder, Josefa.«
»Sag Jojo zu mir!«
»Jojo!«
»Is' mein Spitzname.«
Noch einmal fassten sie an den Kugelstein. Diesmal wagte es Lothar, seine Hand auf ihre zu legen.

Letzte Abendrunde in der »Pension Weimar« vor der großen Reise. Letzter Abend von Jojo und Mama mit Alexander. Jojo musste heißen Fencheltee trinken, weil sie im strömenden Gewitterregen wie eine nasse Katze angekommen war, ihr frisch gerubbeltes Haar war noch feucht. Neben Jojo saß ihr Bruder, neben ihm Mama. Und neben Mama saß Wolf. Mama war heute besonders aufgekratzt, hatte schrecklich Reisefieber. Alles, was sie nicht mitnehmen wollten, hatte sie im Schrank hängen lassen: ein paar getragene, aber wunderschöne Kleider, drei aus Seide, zwei aus Wolle, und auch Jojos Kluft mit der Kletterweste und den Bundschuhen. »Alles, was im Schrank ist, Tante Mali, können Sie verschenken.«
Gleichgültig und scheinbar unberührt von allem las Alexander seinen Karl May. Jojo fand das blöde und affig, an so einem Abend! Sie schlürfte ihren heißen Tee, sagte es Alexander auch, zankte sich mit ihm, aber leise: »Das ist doch affig!« – »Was?« – »Dass du wie blöde deinen Karl May liest, an so 'nem Abend.« Alexander hob nicht mal die Augen von der Buchseite. »Karl May ist eben spannender als alles andere«, und leicht verächtlich fügte er hinzu: »Kannste ja nich' kapiern, weil du 'n Mädchen bist.« Das machte Jojo wütend. »Weißt du, was *du* bist? Ein blöder Zulukaffer bist du!« Er hielt den Finger auf die Textstelle, sah Jojo jetzt an: »Da kannste ja froh sein! Den blöden Zulukaffer brauchste ab morgen nich' mehr seh'n.« Das gab Jojo einen Stich.

Mama erhob die Stimme: »Alle mal herhören!« Sie stand auf und rief wie im Kasperltheater: »Seid ihr alle da?« Jojo musterte schnell die Tischrunde. Waren alle da? Neben Mama saß Wolf, daneben Tante Mali, neben ihr Tante Frieda, weiter in der Runde Frau Pusch, auch Mariechen, Fräulein Bambach, Herr Demjensky, Fräulein Krauss, Herr Schüble, Hannelore und ihr Eberhard. Alle tranken Sekt, den Mama spendiert hatte. »Heute ist unser letzter Abend in Weimar«, sagte sie. »Ich möchte allen danken für die schöne Zeit.« Sie dankte besonders Tante Mali für die gute Betreuung, speziell von Jojo, und die guten Gespräche in der Dämmerstunde. Nanu. Von denen hatte Jojo gar nichts mitbekommen. Tante Frieda dankte sie für die himmelblauen und rosa Bettschuhe, die sie ihnen für die Reise gehäkelt hatte.
Dann verteilte sie Abschiedsgeschenke: Halstücher aus schwerer chinesischer Seide und Kistchen mit teuren Havannas, und für alle gab es Baumkuchen. Etwas Besonderes hatte sie für Hannelore: ein goldenes Zigarettenetui vom Juwelier Koch. Hannelore ließ das Etui aufschnappen und las laut die Gravur vor: »Für Hannelore von Vati.« Sofort traten ihr die Tränen in die Augen, Eberhard musste den Arm um sie legen. »Ihr wisst ja, wie unrettbar romantisch sie ist«, sagte er. Bei all dem Rummel um Geschenke und Dankesworte bemerkte Jojo, dass Alexander nun doch aufgehört hatte, Karl May zu lesen.
»Und jetzt kommt das große Überraschungsgeschenk!«, verkündete Mama und legte dabei zärtlich ihre Hand auf Alexanders Haupt. »Für meinen lieben Sohn Alexander und …« Sie drehte sich zu Wolf, » … für Wolf.«
Alle blickten voll Spannung auf sie. Keiner konnte sich vorstellen, was das sein sollte.
»Eine Woche Berlin und sechsmal Karten für die Olympiade!«
Alexander sprang spontan auf, fegte dabei das Karl-May-Buch vom Tisch und umarmte seine Mutter mit feuchten Augen. Kein größeres, kein passenderes Geschenk hätte sie ihm zum Abschied machen können. Und Wolf? Mit seinem Grübchenlächeln stand er auf und bedankte sich mit einem eleganten Handkuss.

Mitten in die Hochstimmung hinein heulten draußen Luftschutzsirenen los, ein lang gezogenes, durchdringendes Auf-und-Ab-Geheule. Herrgott! Neun Uhr! »Licht aus!« Demjensky sprang auf, knipste das Deckenlicht aus und alle saßen im Dunkeln.
Dass heute eine Verdunkelungsübung angeordnet war, daran hatten sie vor lauter Abschied-Feiern überhaupt nicht mehr gedacht. Das unheimliche Gejaule jagte Jojo Schauer über den Rücken, und sie umklammerte ihre Puppe. Alexander fand das toll. Verdunkelung! Hatte auch niemand Licht brennen lassen, ohne zu verdunkeln? Fräulein Krauss rannte schnell mal durchs finstere Treppenhaus nach oben, um nachzusehen. Sie kam gleich wieder herunter, hatte von Gottlieb Schübles Balkon auf die Kaiserin-Augusta-Straße geguckt: »Alles stockfinster. Keine einzige Straßenlaterne brennt.«
»Sollen wir in den Salon gehen?«, fragte Tante Mali. »Da hab' ich schwarze Gardinen.« Aber sie blieben sitzen bei ihrem Sekt, Bier und Likör. Wegen der luxuriösen Jugendstilverglasung des Wintergartens gab es hier noch keine Verdunkelungsvorrichtung. Sie angelten im Dunkeln nach ihren Gläsern, nach Baumkuchen und Zigaretten, machten mal kurz das Feuerzeug an, lachten und machten sich lustig über das Deutsche Reich und diesen »Fliegeralarm« mitten im tiefsten Frieden und angesichts der Berliner Olympiade als Fest der Völkerfreundschaft.
Letzte Geschichten wurden im Dunkeln erzählt. Man interessierte sich, was es zu essen gab auf so einem Schiff. Da legte Mama gleich los: Den Frühaufstehern brachte der Decksteward bereits ab fünf Uhr früh heiße Bouillon und Sandwiches, nach dem Frühstück zwischen acht und zehn mit dreiseitiger Speisekarte gab es an Deck um elf schon wieder eisgekühlte Consommé und belegte Häppchen, mittags fünf Menüs zur Auswahl, um drei Uhr ein Zwischenhäppchen und zum Five o'clock tea Gebäck und Toast mit Jam. Am Abend dann das große Dinner, manchmal Ball oder Kostümfest oder Gala. Mama war außer Atem gekommen und musste lachen, denn um elf Uhr kamen nochmals Stewards gelaufen mit Gutenachtleckereien.

»Und was übrig bleibt«, erklärte Alexander, »wird über Bord geschmissen.« Und Jojo ergänzte: »Das fressen die Möwen, die zu Hunderten mit Gekreisch hinterm Schiff herfliegen.« Alexander wusste es genau: »Aber nur in Küstennähe.«

»Und bei uns heißt die neueste Parole ›Kampf dem Verderb!‹«, ärgerte sich der Tierarzt. »Keine Kartoffel darf verfaulen und kein Stück Butter ranzig werden. Und am Eintopfsonntag wird kontrolliert, ob einer vielleicht ein Stück Braten isst.«

Jojo schrie auf. Sie sah durch die Wintergartenglaswand ein bläuliches Gespenst durch den Garten geistern. Aber das war nur, wie sich gleich herausstellte, der Blockwart auf Kontrollgang. »Passt auf, gleich klopft er!« Da klopfte es auch schon an die Wintergartentür und herein stapfte mit bläulich schimmernder Lampe und Armbinde der Parteigenosse Huschke. »Heil Hitler!«, dröhnte er. »Als euer Luftschutzwart bin ich auf Kontrollgang.« Er ließ den abgeblendeten Kegel seiner Stablampe über die Runde wandern. »Sie sitzen hier ja alle im Finstern. Warum ist nicht nach Vorschrift verdunkelt?« Er leuchtete Tante Mali an, die erklärte ihm das mit dem Wintergarten. »Dann zeigen Sie mir mal die übrigen Verdunkelungsvorrichtungen!« Tante Mali ging im Schein des abgeblendeten Kegels mit ihm zum Treppenhaus. »Kann ich mit? Wozu ist die blaue Lampe? Gibt es denn bald Krieg? Wo sind die Flugzeuge?« Huschke antwortete nicht. In der Tür drehte er sich um und sagte zu der Runde im Dunkeln, in dem nur die Zigaretten aufglühten: »Sie wissen, dies ist eine Übung des Selbstschutzes.« Hannelores Stimme war zu vernehmen. »Haben wir schon kapiert, Herr Block- und Luftschutzwart, und Sie kriegen alles unter Kontrolle.«

»Der Ordnungsdienst tut nur seine Pflicht. Ein kleiner Lichtstrahl nach draußen könnte im Ernstfall den Tod durch Bomben bedeuten.« Sie boten dem Blockwart Schnaps an, aber der lehnte Beeinflussung durch Alkohol aufs Schärfste ab. Man hörte unterdrücktes Kichern, aber der strenge Mann konnte nicht sehen, wer da lachte.

Als er vom Rundgang zurückkam, sagte er: »Alles in Ordnung.

Aber das nächste Mal muss hier verdunkelt sein, das werde ich kontrollieren.« Er leuchtete wieder Tante Mali an. »Jeder Säumige wird gemeldet und kriegt eine Verwarnung.« Er kratzte sich am Kopf. »Stänkert mich doch eben der Rollmann an – dabei kommt er grad von woher! – Sagt mir glatt ins Gesicht: ›Die hab'n doch 'n Knall, die da oben. Wo die ganze Welt jetzt zur Olympiade kommt, spiel'n wir denen hier Krieg vor.‹ Na, dem hab' ich vielleicht Bescheid gegeben!«

»Dann ist er ja wieder da, der Herr Rollmann.« Mama war hörbar erleichtert. »Er ist doch so zuckerkrank.«

»Wieder da. Jawohl, bis zum nächsten Mal.«

Jojo sah den bläulich beleuchteten Hausmeister mit der Geisterlaterne durch den Wintergarten verschwinden und sein Licht noch durch den Garten irrlichtern. Sie war auf einmal heilfroh, dass sie morgen hier rauskam: im Express über die Alpen nach Italien und dann ins Hotel »Palazzo Grande«, dann auf die »Scharnhorst« und dann weg über das blaue Meer.

Eine Sirene mit Dauerton gab Entwarnung. »Licht an!« Gott sei Dank vorbei, war ja nur eine Übung. Aber so was möchte man nicht im Ernstfall erleben. »Du großer Gott!«

Alle redeten wieder durcheinander, in Jojos Kopf fing alles an, sich zu drehen, nur gut, dass sie auf dem Stuhl saß. Sie schloss die Augen, alles war mit einem Mal ganz weit weg, und die Abendrunde verschwand wie ein Kreisel in einem schwarzen Loch.

Jojo merkte nicht, dass Wolf sie auf seinen Armen nach oben trug und aufs Messingbett legte. Sie sah auch nicht, wie Mama und Wolf voneinander Abschied nahmen. Jojos Welt war schwarz und erquickend nach all den Aufregungen der vergangenen Stunden.

Das Herumstehen auf dem Bahnsteig war immer so furchtbar bei einem Abschied. Das Schlimmste und auch das Beste war heute: Alexander war nicht mitgekommen. Er war in der »Pension Weimar« geblieben, um Karl May zu lesen. Er hasste große Szenen auf dem Bahnhof, hatte er zu Mama gesagt.

Jojo wünschte sich den Express herbei, damit endlich Schluss wäre mit den guten Wünschen und den vielen Grüßen und den letzten Sätzen. Tante Mali war da, denn heute mussten Mariechen und Tante Frieda für den Mittagstisch sorgen. Hannelore hatte sich freigenommen, und auch Wolf war da, der hatte Semesterferien. Sie umringten Mama, die elegante Weltreisende im neuen, silbergrauen Kostüm. Ihr Gesicht war ganz durchsichtig weiß gegen die dunklen, ondulierten Haare unter dem kleinen, schrägen Hut. Ihre winterhellen Augen glänzten um die Wette mit der Perlenkette an ihrem Hals. Sie fummelte nervös mit ihrer Lacktasche herum, die, wie sie sagte, »viel zu klein für die vielen Papiere und Geldscheine« war.

Jojo, natürlich mit Florentinerhut, hielt eine Schachtel Katzenzungen und einen Band Goethe- und Schillergedichte unter den Arm geklemmt, Geschenke ihrer Freundin Mechthild. Die stand neben ihr an der Bahnsteigkante und hatte den weißen Kirmesbär im Arm, Jojos Abschiedsgeschenk. Beide spähten die Schienen entlang, warteten auf den Zug. Mechthild kaute an der Bahnsteigkarte.

Der Lautsprecher kündigte endlich das »Einlaufen des Zuges auf Gleis zwei« an. »Bitte zurücktreten!« Die zwei Mädchen wurden von Wolf energisch von der Bahnsteigkante zurückgezogen, und mit gewaltigem Zischen und Schnauben und Dampfausstoß fuhr die Lok mit der endlosen Wagonkette ein. Mit ohrenbetäubendem Quietschen kam der Zug zum Stehen. »Weimar! Weimar!«, dröhnte es aus dem Lautsprecher. Das war immer wieder der aufregendste Moment. Der Bahnsteig verwandelte sich in einen Ameisenhaufen, Leute stiegen aus, Leute stiegen ein, Gepäck wurde herangerollt, Koffer und Taschen durch Türen und Fenster in den Zug gereicht, heiße Würstchen verkauft, Zeitungen angepriesen, Umarmungen, Küsse, letzte Worte, Tränen, Lachen. Schnell einsteigen, Jojo zuerst, mit Buch und Katzenzungen, Wolf hielt sie beim Aufsteigen über die hohen Eisenstufen am Arm fest, dann Mama. Jojo sah sich um, Wolf hielt Mama an der Taille gepackt, damit sie nicht stolperte und ihre Lacktasche verlor. »Alles einsteigen! Vorsicht am Zug!«, rief der Bahnhofsvorsteher.

»Was für'n Abteil haben wir?« Jojo schaute sich um, Wolf küsste Mamas Hand. »Nummer acht!« Jojo lief vor durch den Gang, Buch und Katzenzungen unter den Arm geklemmt. Glücksgefühle überrieselten sie. Erste Klasse, Nummer acht, Luxusabteil, roter Samt, weiße, spitzenverzierte Kopfschoner. Sie warf alles auf die Sitze, zog zum Fensteröffnen am Gurt, vergebens, da war Mama schon bei ihr, half, und die Scheibe glitt hinunter. Beide beugten sich hinaus, hörten die Ansage: »Alles einsteigen! Türen schließen!« Unter ihnen vor dem Abteilfenster die Traube ihrer Freunde, letztes Händeschütteln. »Gute Reise!« – »Auf Wiedersehen!« – »Bleibt gesund!« – »Schreiben Sie bald!« – »Grüße an Vati!« Jojo lehnte sich aus dem Fenster. »Hier steht auf'm Schild: ›Nicht hinauslehnen! Nicht aus dem Wagen spucken!‹«, rief sie Mechthild zu. Da kriegten die beiden einen Lachanfall.
Die Lok pfiff, schnaubte und gab Dampf ab. Jojo schaute nach hinten. Der Zugführer mit der roten Mütze hing am Zugende in der offenen Tür und hielt die Kelle hoch. Der Zug setzte sich langsam in Bewegung, alle gingen noch ein paar Schritte mit, Mama hielt Wolfs Hand fest. »Wolf, pass mir gut auf meinen Alexander auf, wenn ihr bei der Olympiade seid! Berlin ist so groß …«
»Mach' ich, Wanduschka«, sagte Wolf und setzte sein Grübchenlächeln auf. »Mach' ich, nur keine Bange!« Beim Gedanken daran, dass Alexander nicht da war, zog sich Jojos Herz zusammen. Allerletztes Händeschütteln nach unten, Winken, schnell das Taschentuch heraus. Die blasse Mama weinte, Tante Mali wischte sich Tränen aus den Augen, Hannelore heulte hemmungslos, Wolf war hochrot im Gesicht, Mechthild winkte mit der Pfote des Kirmesbären. »Glückliche Reise!« – »Auf Wiedersehen!« Jojo winkte mit dem Taschentuch, winkte mit dem Florentinerhut. Der Zug legte an Tempo zu. Jojo wurde von irrwitziger Vorfreude überwältigt: Endlich, endlich ging's wieder los! In die große bunte Bilderbuchwelt, die ihr Zuhause war. Das Bahnhofsschild »Weimar« blieb zurück. Jojo winkte immer noch mit dem Florentinerhut, obwohl keiner mehr zu sehen war. Dann kamen Weichen, ein Vorsteherhäuschen, eine Kurve, der Bahnhof ent-

schwand, vorbei flogen Bäume, Straßen, Villen, Siedlungen. Jojo warf ihren Hut auf den Sitz, hielt den Kopf in den Fahrtwind und starrte hinaus auf die Gegend, ohne die Gegend zu sehen. Mit ihrem inneren Auge jedoch sah sie Goethes Gartenhaus, den Kugelstein des wackeligen Glücks, Lothar.
Würde sie jemals wiederkommen? Nach Weimar?

Zweiter Teil

Die Kaiserin-Augusta-Straße hieß jetzt Straße der SA.
Jojo und ihre Mutter blieben am Randstein zwischen zwei Bäumen stehen und blickten über die Straße. Da stand sie, die »Pension Weimar«.

Jojo griff in den Nacken unter die üppige Haarfülle, kämmte mit den Fingern die dunkle Haarflut nach oben und schüttelte sekundenkurz ihre schulterlange Mähne. Eine Angewohnheit, die sie seit dem Erdbeben in Japan hatte. Jedes Mal machte sie diese Bewegung, wenn etwas sie mehr irritierte, als sie sich anmerken lassen wollte.

Jetzt hier zu sein war irgendwie merkwürdig. Jojo schaute unwillkürlich auf ihre eckige Nickeluhr: halb drei vorbei an einem schmeichelnden, sonnigen Frühlingstag mit allen Düften und aufspringenden Knospen. Der 20. Mai oder der 21. oder der 19.? Jojo wusste es nicht genau, sie waren schon so lange auf Reisen. Man schrieb das Jahr 1941. Viel war inzwischen passiert, sehr viel. Jojo hätte nie gedacht, dass sie wieder hierher kommen würde. Nach Weimar.

Da drüben stand sie also, die Villa-mit-Turm, unverändert altertümlich, zurückgesetzt zwischen Bankgebäude und Apotheke, mit blanken Fenstern in ehemals weißen Rahmen, mit nachgedunkeltem, schwärzlich grauem Gemäuer, bestückt mit steinernen Blumen, Erkern, Balustraden und Balkonen. Die alte Kletterpflanze schien noch dichter geworden zu sein. Jojos Herz zog sich mit einem kurzen Stich zusammen. Die Villa-mit-Turm hielt ein Stück ihres Lebens besetzt – mit erster Liebe, Lothar, und erstem Hass, Wolf.

Jojo warf einen Blick auf ihre Mutter, die wandte im selben Moment ihren Kopf Jojo zu. Die winterhellen Augen von Mutter und Tochter trafen sich auf gleicher Höhe, denn Jojo war auf ihren langen Beinen inzwischen so groß wie Mama. Beider Augen spiegelten heftige Gefühle wider. Wanda Jordan war blass unter dem

schwarzen Strohhut. Sie lächelte Jojo an. »Weißt du noch, Jojo? Die ›Pension Weimar‹?«
Und ob sie wusste! Sie erinnerte sich genau. Damals war sie zehn gewesen, mit diesem Florentinerhut. Mama hatte geklingelt, und Wolfgang Weimar hatte die Haustür geöffnet, der Sohn des Hauses. 1935 war das gewesen, Jojo warf die Lippen mit dem sinnlichen Amorbogen auf. »Ja, ich weiß«, sagte sie wegwerfend. »Gott sei Dank bleiben wir nur zwei Wochen!«
Wanda Jordan stöckelte über das Kopfsteinpflaster der jetzigen Straße der SA und über den fächerförmig gemusterten Pflasterweg zur Pension. Jojo hielt Schritt, aber ihr taten die Füße weh, barfuß in ihren neuen, weißen Lackledersandalen. Auf den Eingangsstufen mit der Steinbalustrade blieben sie stehen. Mama klingelte. Dann warteten sie vor der Haustür unter der säulenverzierten Erkerwölbung.
Sie kamen nicht unangemeldet. Mama hatte aus Berlin ein Telegramm geschickt, dass sie mit dem Transsibirien-Express eingetroffen seien und die »Pension Weimar« besuchen wollten. Die Koffer hatten sie am Bahnhof gelassen, waren zu Fuß durch Weimar gelaufen, mit Erstaunen an den schneeweißen Führerbauten vorbei, für die damals das Asbachviertel und der historische Park niedergerissen und zugeschüttet worden waren. Am Theaterplatz hatten sie enttäuscht vor den gegen Bombensplitter eingemauerten Dichtern Goethe und Schiller gestanden und auf dem Marktplatz hatten sie das geliebte alte »Hotel Elephant« nicht mehr vorgefunden, mit seinem Rundbogendach über dem Eingang und dem Bronzeelefanten obendrauf, stattdessen einen Bau im Reichskanzleistil mit Führerbalkon.
Wanda Jordan klopfte nervös unsichtbare Stäubchen von ihrem Reisekostüm aus schwarzem Leinen. Jojo, im neuen Frühlingskleid aus bunter Seide, zeigte mit Gekräuseltem und Gerafftem ihre jungen Rundungen, zog den breiten, weißen Lackgürtel noch ein Loch enger um ihre schmale Taille. Die Mutter warf einen prüfenden Blick auf ihre Tochter: sechzehn Jahre alt, noch nicht ganz, aber in ein paar Wochen, kein Backfisch mehr und noch keine jun-

ge Dame. Ihr Haar glänzte, essigwassergepflegt, in der hellen Maisonne. Jojo schüttelte wieder kurz ihre Mähne, und Mama sagte: »Lass das, du bist doch keine Stute!« Auf ihrer Stirn erschien eine Falte. Ob die große Tochter sie wohl älter erscheinen ließ? Sie, die immer noch junge Witwe? Jojo blickte auf ihre Mama. Ob sie an Wolf Weimar dachte, den Sohn des Hauses?

Vom Apothekergarten zogen die Duftschwaden der blühenden Bäume und Büsche herüber, stiegen Jojo in die Nase, brachten die Erinnerung zurück an den Frühling von damals, ein ganz besonderer Frühling war das gewesen, mit ersten Abenteuern im Park, in der Höhle ... mit Lothar. Ob es ihn noch gab? Das Zwergenhaus der Rollmanns stand ärmlich, aber peinlich sauber unverändert neben der »Pension Weimar«.

Sie hörten Schritte, dann wurde die Haustür geöffnet. Es war Mariechen, unverändert dünn und ältlich, in der Servierschürze vom Bedienen am Mittagstisch. Sie bot ihnen mit einer Aura von Kohlenschleppen, Wassertragen, Ascheimerleeren, Schrubben und Bohnern ein dünnes Willkommenslächeln. »Mariechen!«, rief Wanda Jordan unbeirrt erfreut. »Wie schön, dass es Sie noch gibt! Wir sind ja soo neugierig auf alle! Was für ein Wiedersehen nach so langer Zeit!« Sie schüttelten sich die Hände, Mariechen sagte: »Du bist aber groß geworden, Jojo!«

Mama hängte im Flur den schwarzen Strohhut an den Haken, als wäre sie nie weg gewesen, dann gingen sie nach unten ins Souterrain, wo ihnen durch die offen stehende Tür Küchengeklapper und Küchengerede entgegenschlug. In Jojo stieg ein halb vergessenes Gefühl der Vertrautheit hoch.

Das Gerede und Geklapper verstummte, als Wanda Jordan mit Tochter Josefa in der Tür erschien. Ein Moment, als würde ein Film angehalten. Jojo erfasste mit einem Rundumblick das Küchenpanorama: Tante Mali, rötlich beschienen vom Feuerloch, an dem gewaltigen Herd, mit neu eingegrabenen Falten im Gesicht, aber den alten Grübchen beim Lächeln. Tante Frieda mit Poliertuch an der Herdstange, hochgebauschtes, weißes Haar, alt, aber nicht verschrumpelt, krumm im Rücken und die Augen voll Sensationslust. Frau Pusch, auch sie arg krumm, an der Zinkwanne mit Geschirrlumpen und Tellern. Auf der Treppenstufe: Hannelore Weimar mit Zigarette – markante Wangenknochen, Tatarenaugen und Herrenschnitt. Am Tisch, ebenfalls mit einer Zigarette, saß eine junge Person in enger ärmelloser Bluse, sie hatte lang fallendes Blondhaar, trug Lippenstift und schaute neugierig. Chorsängerin Liane Krauss stand in der Küche herum, mahagonirot jetzt statt kupferblond, und trotz der Kriegszeiten mit mehr Speck auf den Hüften. Ein einziger Mann befand sich im Raum, mittelgroß, aber nicht zu übersehen, massig, mit kantigem Gesicht und Stirnglatze, er trug curryfarbene Uniform und hatte die Mütze unter den Arm geklemmt.

Alle blickten auf Wanda Jordan und Jojo, die telegrafisch angekündigten Sibirienreisenden aus dem Fernen Osten. Dann brach der Bann, und es gab ein großes Hallo, herzliche Begrüßungen und Umarmungen, Rührung und Staunen, Händeschütteln mit an Schürzen abgewischten Händen, Vorstellen, Bekanntmachen. Amalie Weimar musste erst den Feuerhaken weglegen, dann begrüßte sie Wanda Jordan, und es war, als hätten sie sich eben erst getrennt, als lägen zwischen gestern und heute nicht vom Schicksal besiegelte Jahre. Sie nahm Mamas Hand und betrachtete am Ringfinger hinter dem Brillanten die doppelten Eheringe als Zeichen der Witwenschaft. Und sie drückte Anteil nehmend Mamas Hand zwischen ihren verarbeiteten Händen. Hannelore Weimar war aufgesprungen, drängte sich dazu, drückte sich an Mama, das Gesicht tränenüberströmt. »Wanduschka … der Vati …« Sie schluchzte, und auch Mama konnte sich nicht mehr beherrschen und weinte.

Jojo blieb nicht ungerührt angesichts dieser Wiedersehensszene, aber ihre Gefühle waren gemischt. Auch für Jojo war der Tod ihres Vaters ein schrecklicher Schmerz gewesen, und das Drama seines Sterbens, fern von der Familie, im Japanisch-Chinesischen Krieg hatte eine tiefe Kerbe in ihr und Mamas Leben geschlagen. Aber die Zurschaustellung von Mitleid und Kummer war ihr irgendwie peinlich, noch dazu vor fremden Leuten wie dieser langhaarigen Blondine da mit ihrem neugierigen Blick und diesem massigen Currykerl. War sie zu stolz für das Zeigen solcher Gefühle? Oder zu »chinesisch«? Jojo hatte nach Art der alten Ritter mit einer Art erdachtem Kettenhemd ihre Seele gepanzert, denn sie wollte nicht zu Boden gehen bei jedem Schlag, den das Leben austeilte. Sie sah zu Tante Frieda hin, die mit Wollust die aufwühlende Szene genoss. Würde sie gleich sagen, was sie immer gesagt hatte? Tante Frieda ließ einen tiefen Seufzer hören, dann sagte sie: »Du großer Gott!«

Jojo wurde von einem Lachanfall angesprungen wie von einem Tier, sie kämpfte ihn nieder, wurde vor Anstrengung puterrot im Gesicht. Ausgerechnet in diesem Moment geriet sie in den Mittelpunkt der Aufmerksamkeit. Mama führte sie vor, war stolz auf ihre herangewachsene Tochter. Jojo musste sich begutachten lassen, ihre Größe, ihre Figur. Wieder schüttelte sie die Haare »wie eine Stute«, schließlich wurde sie ja taxiert wie ein Pferd. Sie zog am breiten weißen Lackgürtel, aber der war schon im letzten Loch fest gezurrt. »Süße sechzehn!«, pries Mama sie an, und Jojo hasste sie dafür. Tante Mali legte ihr den Arm um die Schulter, sagte: »Für dich koch' ich jetzt deinen Lieblingskakao. Ich hab' noch eine eiserne Ration.«

»Und ich hab' Bohnenkaffee mitgebracht!«, rief Mama, »und Dosensahne! Die haben wir jeden Morgen im Transsibirien-Express gemopst, was Jojo?«

Tante Mali schob Eisenringe über das Feuerloch, stellte den Milchtopf auf, beugte sich zur Ofenklappe und stocherte in der Glut. Dann holte sie aus der Speisekammer die Kakaodose. Sie lächelte Jojo an, und Jojo fiel auf, dass ihre Augen noch immer lächelten. »Du hast viel erlebt, Jojo. Ich hoffe, es macht dich stark. Man soll sich im Leben immer für die Stärke entscheiden und nicht für die Schwäche. Und für die Fixigkeit!« Sie lachte, denn sie hatte im letzten Moment die hochkochende Milch vom Feuer gerettet.

»Ach, Tante Mali, Sie haben immer noch Ihre gescheiten Lebensphilosophien. Was meine Erfahrungen angeht«, Wanda Jordan

machte eine wegwerfende Handbewegung, »ist das Leben doch nur so was wie ein Kartenspiel. Man gewinnt und man verliert, und nur wer Glück hat, erwischt den Joker.« Tante Mali nickte. »Ich bin zwar keine Kartenspielerin, aber so ist das Leben.«
Jetzt kam von Mama die Frage, auf die Jojo schon gewartet hatte. »Und wie geht es Wolf?« Es sollte ganz beiläufig klingen, aber Mamas Stimme vibrierte. »Ist er an der Front?«
Tante Mali bemühte sich wohl auch, dass es beiläufig klang. »Wolf ist Assistenzarzt im Reservelazarett. Hier in Weimar.« Sie stellte den Kakao wieder aufs Feuer. Mama lachte ein bisschen gezwungen. »Na, dann werd' ich ihn ja irgendwann mal sehen.«
»Er kommt heute Abend«, sagte das blonde Mädchen am Tisch und schaute Mama direkt in die Augen. »Er hat es mir versprochen.« Da sagte Mama: »Ach ja?«
»Der Kakao kommt hoch!«, rief Jojo, und Tante Mali schnappte sich im letzten Moment den Topf. Während sie für Jojo den Kakao in den Becher goss, erzählte ihr diese: »Mama kann gar nicht Karten spielen, aber ich. Ich lege Doppelpatiencen mit zwei Mal zweiundfünfzig Karten und acht Assen; da braucht man manchmal zwei Tage dafür.« Tante Mali schob ihr den vollen Kakaobecher hin. »Dann bist du immer noch so ausdauernd wie früher, da hast du ja den Ball hier vorn gegen die Mauer des Bankgebäudes geworfen, stundenlang!«
»Ja«, sagte Jojo, »ich weiß noch, wie es ging: zehnmal gegen die Wand, zehnmal mit Händeklatschen, zehnmal mit Kopfball und so weiter. Es war mein Lieblingsspiel.« Was Jojo für sich behielt, war, wie da einer auftauchte, ihr den Ball wegschoss, sie mit rotzfrechem Lachen anlachte, braun gebrannt mit sonnengebleichtem Haar und angriffslustigen Augen: Lothar. Heiliger Strohsack! Kindereien waren das gewesen, Gruselgeschichten in der Höhle, vergrabene Perlenkette in Goethes Garten, feierlicher Abschied am Kugelstein. Geschichten aus der Mottenkiste. Und doch: Jojo war zu befangen, um nach Lothar zu fragen.
Jetzt roch es nach Bohnenkaffee, denn Frau Pusch mahlte die mitgebrachten Bohnen in der alten Kaffeemühle. Mama hatte sich am

Tisch mit dem karierten Wachstuch niedergelassen, schob Hannelore eine Schachtel mit englischen Zigaretten zu. Die dankte, steckte sich gleich eine an. Dem langhaarigen blonden Fräulein am Tisch bot sie keine an. Die sagte zu Mama: »Ich bin die Jutta. Ich wohne im Turmzimmer.« Mama sah irgendwie enttäuscht aus, als habe sie erwartet, sie und Jojo würden selbstverständlich im Turmzimmer übernachten. »'ne hübsche Bluse haben Sie an«, sagte Mama aus Höflichkeit. »Hab' ich selbst geschneidert«, erwiderte diese Jutta reichlich selbstbewusst. »Ich bin nämlich auf der Meisterschule für Mode.« Da sagte Mama zum zweiten Mal: »Ach ja?«

»Sehen Sie mal, Wanduschka!« Hannelore zog aus der Jackentasche das goldene Zigarettenetui, ließ es aufschnappen und las laut die Gravur vor: »Für Hannelore von Vati.« Wieder stand ihr das Wasser in den Augen. Und Mama auch. »Er hat es extra beim Juwelier Koch eingravieren lassen! Er war schon ein Weltmann, der Vati.«

Jojo stieg mit ihrem Becher die drei Stufen hoch, setzte sich oben auf die Küchenbank unterm Fenster, schlürfte vorsichtig die heiße Schaumkrone und genoss den Überblick über die Küche. Sie hatte ihren Stammplatz in der »Pension Weimar« wieder eingenommen – zum Glück nur für zwei Wochen.

In zwei Wochen würden sie Alexander aus dem Internat holen und alle drei zusammen im Transsibirien-Express zurückfahren nach Shanghai oder nach Tokio. Genau das erzählte Mama jetzt eben am Tisch. Tassen und Untertassen klapperten, man setzte sich zusammen. »Kommen Sie, setzen Sie sich, Fräulein Krauss!« Die setzte sich auf die Stufe neben Hannelore Weimar. Mama blickte fragend zu dem Herrn in Uniform, der sagte: »Danke, ich nicht.« Bohnenkaffee wurde eingegossen, auch für Tante Frieda und Frau Pusch, und die Dosen mit der »bolschewistischen« Frühstückssahne wurden aufgestemmt. »Wanduschka«, ereiferte sich Hannelore, »Sie können doch unmöglich schon in zwei Wochen wieder zurückreisen!« Mama musste ihnen genau erklären, warum sie es so eilig hatte: »Wegen Alexander. Er ist doch noch in

Deutschland im Internat. Er wird aber bald achtzehn, und dann wird er wehrpflichtig. Da darf er nicht mehr ins Ausland.« Aus diesem Grund wollte sie so schnell wie möglich mit ihren Kindern zurück. Passagierschiffe verkehrten nicht mehr, wegen der englischen Seeblockade, so war die Bahnfahrt durch Russland die einzige Möglichkeit, es bestand ja der Hitler-Stalin-Pakt. Alexander konnte sein Abitur auch in Shanghai oder in Tokio machen. »Ich will nicht, dass mein Sohn Soldat wird!«

Eine peinliche Stille trat ein. Was war jetzt los?, dachte Jojo. Hatten sie was in den falschen Hals gekriegt? Der Mann in Uniform trat heran, mischte sich ein. »Wenn Sie mir erlauben, dass ich meine Meinung dazu äußere …«, wandte er sich mit geschulter Stimme an Mama. »Was Sie vorhaben, wäre eindeutig eine Fehlentscheidung. Großdeutschland braucht im siegreichen Kriegsgeschehen alle seine Söhne als Soldaten.«

Mama setzte ihre Tasse hörbar auf die Untertasse. Ihre winterhellen Augen schossen eisglitzernde Blicke auf den Mann und seine Stirnglatze: »Die Entscheidung überlassen Sie doch bitte mir! Ich kenne die Welt wahrscheinlich besser als Sie. Und wir kennen auch den Krieg zur Genüge. Ob siegreich oder nicht. Fragen Sie mal meine Tochter, wie das war, als wir uns durch die chinesisch-japanische Frontlinie durchschlagen mussten. Das war kein Spaziergang.«

Jojo zog die Stirn in Falten. Sie hatte keine Lust, jetzt vom Japanisch-Chinesischen Krieg zu erzählen. Der Mann wollte das auch gar nicht hören, er war zäh: »Fragen Sie mal Ihren Sohn, der denkt als Hitlerjunge darüber garantiert ganz anders.«

»Der wird nicht gefragt!« Mama rührte heftig in der Tasse.

Tante Mali trat zu dem Herrn. »Sie wollten sicher die Lebensmittelmarken für den Monat Mai abgeben, Herr Dr. Brenner?« Ja, er überreichte ihr die Marken. »Wir haben in Ihr Zimmer noch eine Couch reingestellt, das war doch Ihr Wunsch?«

»Ja, vielen Dank.« Der Currymann verließ die Küche.

Tante Mali klärte Mama auf: »Das war Herr Dr. Brenner, ein wichtiges Tier bei der Partei. Wohnt noch nicht lange in der Pension. Er hat im Gauforum sein Büro, und als Beruf hat er Schulungsleiter angegeben. Sie haben ihn mir einfach zugeteilt, in Herrn Demjenskys Zimmer.« – »Ach, was macht denn der?« – Is' Kriegsberichterstatter, war schon überall, in Polen, Frankreich, Norwegen, Jugoslawien, immer begeistert. Jetzt ist er in Griechenland.« – »Na, da sieht er ja was von der Welt.« – »Und Ihr Tierarzt, Hannelore, der wird doch hier gebraucht?«

»I wo, Wanduschka! Den habense längst vereinnahmt, bei der bespannten Artillerie is' er, da gibt's genug Pferde für einen Veterinär.« Hannelore rauchte jetzt grimmig die dritte englische Zigarette. »Es werden jetzt massiv Behörden und Parteistellen nach Weimar verlegt«, ereiferte sie sich. »Und wissen Sie, warum, Wanduschka? Weil sie denken, Weimar wird niemals aus der Luft angegriffen wegen seiner berühmten Kultur. Deswegen kommen immer mehr Goldfasane hierher.«

Jojo auf ihrem erhöhten Platz musste loslachen. »Dieser Mann mit der Stirnglatze«, sagte sie, »der gerade hinausstolziert ist, ein Goldfasan? Der ist doch eher ein Currysuppenhuhn.«

Tante Mali warnte Jojo: »Du darfst niemals Goldfasan sagen, das Wort hast du bei uns nie gehört!«

Jojo lachte. »Keine Angst, ich bin ja bald wieder fort.«

In dem einzigen Zimmer, das in der »Pension Weimar« frei war, versuchten Wanda Jordan und Jojo sich einzurichten. Sie kannten den schmalen Raum im Parterre, der war damals ihre Kofferkammer gewesen. Alexander hatte hier während der Schulferien geschlafen.

Alexander! Es war ein merkwürdiges Wiedersehen gewesen, als Mutter und Schwester nach so vielen Jahren im Internat aufgekreuzt waren. Mama, aufgelöst in Gefühlen, hatte sich ihrem Sohn an den Hals geworfen, der inzwischen einen Kopf größer war als sie. Alexander hatte ihr unbeholfen den Rücken gestreichelt, hatte Wiedersehensfreude gezeigt, aber Jojo hatte seinen heimlichen Vorwurf gespürt. Er hatte seine Schwester umarmt und geküsst, seine Backe hatte gekratzt und nach Seife gerochen und nach

Alexander. »Mensch Jojo«, hatte er lachend gesagt, »du bist ja 'ne ausgewachsene Frau!«
Mama rief jetzt: »Steh nicht rum, Jojo! Pack lieber deine Sachen aus!« Das Gepäck hatten sie vom Bahnhof kommen lassen. Mama war schon am Ausräumen, hängte Kleider in den Schrank, legte Geschenke aufs Bett. Mariechen hatte ein zweites Bett aufgestellt, die Plumeaus und Kopfkissen waren straff gezogen und prall gefüllt und erinnerten Jojo an Nächte mit kalten Füßen.
Amalie Weimar klopfte und trat ein. Sie führte ihnen die Verdunkelungsrollos vor und ließ sich von Mama die Reisemarken geben, die sie in Berlin bekommen hatte. Mama sagte: »Ich freu' mich schon aufs Frühstück im Wintergarten unter der Zimmerlinde, mit deutscher Zeitung und deutschen Brötchen und einem weich gekochten Ei.« Aber Tante Mali verdarb ihr die schöne Vorstellung von einem solch kompletten Frühstück. »Wann wollen Sie das Ei essen?«, fragte sie mit entschuldigendem Lächeln. »Morgen? Oder lieber am Sonntag? Sie haben nämlich nur zwei Eier auf der Zuteilung, Wanduschka. Und eins davon muss ich für den Mittagstisch zurückbehalten, sonst kann ich keinen Auflauf oder falschen Hasen machen.«
»Oh Gott, die blöden Marken! Ich habe überhaupt nicht drauf geschaut. Also dann ein Ei gleich morgen, sonst wird's noch schlecht. Und Jojo ist auch nur zu einem Ei berechtigt?« Die Pensionschefin nickte. Sie stelle für alle Wochenrationen zusammen, die müsse sich jeder Pensionsgast selber auf sieben Tage aufteilen: ein Ei, Graubrot, etwas Wurst, etwas Käse. Butter ist ganz knapp. Hundertfünfundzwanzig Gramm Kunsthonig. »Aber selbst gemachte Marmelade haben wir reichlich.«
»Wie Sie das nur schaffen! Die ganze Pension voller Menschen, der Mittagstisch, die Familie! Und alle wollen essen. Das Gefummel mit den Marken und Zuteilungen würde mich verrückt machen. Nein, das könnte ich nicht.« Tane Mali sagte ergeben: »Wenn man es jeden Tag machen muss, hat man bald den Dreh raus. Es ist ja nicht nur das Essen rationiert, auch Kohle, Seife, Kleidung, Schuhwerk, fast alles.«

Als Tante Mali draußen war, sahen Mutter und Tochter sich an und sagten beinah wie aus einem Munde: »Ist ja nur für vierzehn Tage!«
Mama zog Rock und Bluse aus, stand da im champagnerfarbenen Seidenhemdchen mit viel Stickerei und französisch geschnittenen, champagnerfarbenen Seidenshorts. Sie goss Wasser aus der Kanne, kaltes Wasser, in die Waschschüssel, um Toilette zu machen.
Jojo musste auf den Lokus. Sie stolperte fast über den Eimer mit Sand und Schaufel, einen Besen und eine Lederklatsche. Hatte Mariechen ihr Putzzeug vergessen? Aber ein Eimer mit Sand? Sie machte die Klotür auf – der Lokus begrüßte sie unverändert mit dem runden Holzdeckel mit Knauf über dem runden Loch. Seitlich auf dem Sitzbrett lag nach wie vor säuberlich gestapelt die zerschnittene »Thüringer Landeszeitung«. Jojo nahm den Deckel hoch, die Fliegen schwirrten auf. Widerwille ergriff sie, als sie sich setzte. Sie musste, aber sie konnte nicht, wie es ihr immer auf Weltreisen passierte. Aus Langeweile studierte sie ein Stück bedrucktes Papier. »...onntag Großkundgebung ...« Oh Gott, Jojo fielen ihre Ohnmachten ein. »...pricht: Gauleiter Fritz Sauckel ...« Der war also immer noch da! Der fanatische Redner, der tätowierte Matrose, wie Herr Rollmann ihr damals mit Augenzwinkern verraten hatte. Im Kino gab's »Das himmelblaue Abendkleid«, »U-Boote westwärts« und »Hauptsache glücklich«, und da stand auch das von den Eiern: vier Eier für vier Wochen auf Abschnitt e der Reichseierkarte. Unter den Kleinanzeigen hatte jemand eine Tüte mit Knöpfen verloren: »ehrl. Find. w. geb. ds. geg. Bel. abzg. ...« Schließlich konnte Jojo den Lokus verlassen.
Mama war schon umgezogen, stand da in einer Wolke von Parfüm. Die eisblaue Damastbluse und die dicke Perlenkette betonten die winterhelle Tönung ihrer Augen. Das dunkle Haar umrahmte ihr blasses Gesicht. Sie sah schön und interessant aus.
»Stell dir vor«, rief Jojo, als sie hereinkam, »die haben hier immer noch das gleiche alte Plumpsklo!«

Das Wiedersehen sollte bei der Abendrunde feierlich mit Sekt begossen werden. Wanda Jordan stellte zwei Flaschen Henkel Trocken auf den großen Esstisch, und Jojo brachte ebenfalls zwei Flaschen. Das gab natürlich ein großes Hallo. Mama erklärte, sie habe Tante Emily in Berlin eine Kiste Sekt abgeluchst, extra für die Weimarer Abendrunde. »In Tante Emilys Keller stapeln sich nämlich die Kisten.« Frau Pusch holte die Sektgläser aus dem altertümlichen, reich geschnitzten Büfett, stellte sie paarweise auf den Tisch, bis jeder sein Glas hatte. Jojo hatte auch eine große Blechdose mitgebracht, doppelstöckig gefüllt mit Erdnusskeksen. So was hatten sie hier alle noch nie gegessen. »Erdnüsse, die sind doch was für Affen und Papageien!« Es gab Gelächter, Fräulein Bambach kam dazu, in Dunkelbraun mit weißer Bluse. Sie hatte nicht mehr die kesse schräge Haarsträhne im Gesicht. Nachdem sie Mama umarmt hatte, staunte sie, wie Jojo gewachsen war, und setzte sich auf ihren Stammplatz. Auch diese Jutta in der engen ärmellosen Bluse saß da. Sie klopfte eine Zigarette auf der Tischplatte zurecht. Jojo fing ihren Blick auf, die platzte ja vor Neugier! Letztes Abendlicht fiel durch das bunte Jugendstilglas des Wintergartens, ließ die grüne Zimmerlinde leuchten und hellte das Halbdunkel auf, das sich im Essraum schon einnistete.
War die Abendrunde so wie früher, so wie Jojo sie als Kind erlebt hatte, als sie barfuß im Pyjama durch den Türspalt gespitzt und die Erwachsenen beobachtet hatte? Heute war sie ganz anders: Es waren keine Männer dabei.
Jetzt warteten alle gespannt auf das Sektkorkenknallen, was auch ohne Hilfe männlicher Experten ging. Dann wurde eiligst eingegossen, und Mama erhob das Glas: »Ein Prosit auf ...«, sie schaute in die Runde, »... auf uns Frauen!« Alle hoben die Gläser. »Und auf unsere fehlenden Männer!« Alle prosteten sich zu, schlürften begeistert den Henkel Trocken, fanden ihn »einfach göttlich!«. Auch Jojo. Der Sekt stieg schnell zu Kopf, und alle redeten los: »Man hat ja schon ganz vergessen, wie so was schmeckt!« – »Da merkt man mal wieder, dass Krieg is'.« – »Na, der dauert nicht mehr lange.« – »Unsere Männer kommen bald zurück.« – »Wir

haben ja überall gesiegt!« – »Der Führer weiß schon, was er macht.«
Wanda Jordan verteilte Mitbringsel aus China und Japan, Blusenseide für Tante Mali und Hannelore, grünen Tee und kandierten Ingwer für Tante Frieda und Frau Pusch, eine handgestickte Kissenhülle für Mariechen. Das war ja fast wie Weihnachen! Die Bambach und die Krauss erhielten ein chinesisches Schriftzeichen als vergoldete Anstecknadel mit der Bedeutung »Langes Leben« und »viele Söhne«.
Wanda Jordan hatte ein dickes Kuvert mit Fotos dabei, die sie herumzeigen wollte. Da das Dämmerlicht nicht ausreichte, wollte sie die Lampe anschalten, aber gleich schrien alle: »Kein Licht machen, es ist doch Verdunkelung!« Sie zogen einen bodenlangen, bis zur Decke reichenden, dicken Velourvorhang von beiden Seiten zu, so dass der Wintergarten mit dem letzten Tageslicht hinter der dunkelgrauen Wand verschwand. Jemand knipste die Deckenlampe an. Eine Funzelbirne spendet Licht überm Tisch. Die Runde rückte näher zusammen. Mama tauschte einen Blick mit Jojo aus. Beide fühlten sich plötzlich beengt und unbehaglich abgeschottet, während die anderen schon daran gewöhnt waren. Alle wollten gerne die Fotos sehen und hören, was Wanduschka und Josefa erlebt hatten.
Mama holte tief Luft: »Es ist eine lange Geschichte, ich weiß gar nicht, wo ich anfangen soll.« Sie schaute in das Kuvert. »Die Fotos sind alle durcheinander geraten.« Sie zeigte Bilder vom Sommer am Gelben Meer, Mama und Jojo am Strand, lachend und winkend auf Eseln, mit Freunden und chinesischen Eseltreibern. »Das war der Sommer siebenunddreißig«, erklärte sie. »Gleich nach dem fröhlichen Eselreiten kam die Nachricht aus Peking von den Schüssen auf der Marco-Polo-Brücke: Der Chinesisch-Japanische Krieg hatte angefangen. Es kann sich keiner vorstellen, in welcher Odyssee wir uns durchs Frontgebiet durchgeschlagen haben, in einer wochenlangen Zickzacktour quer durch China, bis wir endlich abgerissen, verdreckt und verwanzt bei Vati ankamen.« Jojo lachte: »Da mussten wir gleich in Lysol baden. Wir

haben so gestunken, dass sogar der Strupps einen Bogen um uns machte.«
Jetzt kamen in Hongkong aufgenommene Fotos, Wanda und Jojo auf dem Peak, mit Blick über Buchten und Inseln, über die Traumstadt aus weißen Kolonialbauten mit Säulen, Rundbögen, Spitztürmen und Terrassengärten. »Da oben haben wir gewohnt, in einem Sommerhaus von Freunden. Wir waren immerzu erkältet, die Stadt unten ist feucht und heiß, und oben auf dem Peak kommt dauernd kalter Nebel auf.«
Bilder von Vatis Begräbnis in Han-Kau: »Das war neununddreißig.« Ein Sarg. Viele Blumen. Eine kleine Trauergemeinde, nur Männer. Und heimlich aufgenommen mit japanischem Militär am Friedhofstor. »Als Vati starb, waren wir schon längst weg. Alle Frauen und Kinder der internationalen Niederlassungen wurden in die englische Kronkolonie Hongkong evakuiert. Soll ich beschreiben, wie das war, diese Evakuierung? Davon gibt es keine Fotos.« Ja. Die Runde unter dem Funzellicht hinter dem Verdunkelungsvorhang wollte bei Sekt und Erdnusskeksen alles hören aus der bunten, weiten, schrecklichen Welt.
»Also: Der endlos lange Internationale Zug, ganz leer, steht im Großbahnhof von Wu-Han, das ist gegenüber von Han-Kau am anderen Ufer des Jang-tse-kiang. Auf jedem Wagon eine große Nationalflagge, deutsch, englisch, französisch, italienisch, amerikanisch, was weiß ich, als Erkennungszeichen für Militärflugzeuge. Der Bahnsteig voller Menschen. Die Frauen und Kinder nehmen Abschied von den Männern und Vätern, steigen ein. Und dann – in jedem Abteilfenster geht eine Kerze an, denn es ist der vierundzwanzigste Dezember, Heiliger Abend.«
»Du großer Gott!«, sagte Tante Frieda.
»Die Männer standen auf dem Bahnsteig, der Zug setzte sich langsam in Bewegung …« Mama machte eine Pause, sie konnte nicht weitersprechen. Jojo hatte plötzlich den drängenden Wunsch – zu Ehren von Vati – weiterzuerzählen: »Ich sehe es noch ganz genau wie auf einem Foto: Vati stand da, auf seinen Stock gestützt, weil ihm sein Bein wehtat. Er hatte die Zigarette im Mund und tippte

sich zum Abschied an den Hut.« Jojo holte Luft. »Das war das letzte Mal, dass wir ihn gesehen haben ...« Mama schaute sie an, ergriff ihre Hand.

Hannelore behielt nur mühsam die Fassung. »Ich weiß nicht, wenn mir das passiert, ob ich dann weiterleben könnte.«

»Man muss!«, sagte Mama. »Und wir hatten ja die Hoffnung auf ein Wiedersehen. Der Internationale Zug fuhr uns bis in die Kronkolonie.« Sie deutete auf die Hongkong-Fotos, die jetzt bei Fräulein Bambach angekommen waren und traumhafte Szenerien zeigten: chinesische Dschunken und Sampans auf dem Wasser, elegante weiße Ozeanriesen und die Berghänge hinauf bis ganz nach oben eine ganze Stadt aus Zuckerbäckervillen. »In Hongkong haben wir über ein Jahr auf die Rückkehr gewartet, dann erhielten wir das Telegramm mit der Todesnachricht. Was sollten wir machen? Wir konnten ja nicht hin, es war alles japanisch besetztes Kampfgebiet.«

Sie griff nach der Sektflasche, goss sich ein Glas voll und trank es in einem Zuge leer. »So«, sagte sie, »genug von den traurigen Geschichten! Jetzt trinken wir erst mal Sekt, wir haben noch mehr Flaschen. Und vergesst nicht die Erdnusskekse! Nur keine Schüchternheit vortäuschen! Jojo, reich doch mal die Dose herum.« Jeder probierte einen Keks, sehr ungewöhnlich schmeckte der, die Erdnusspastenfüllung blieb am Gaumen kleben. Die blonde Jutta sagte: »Beinahe wie Karamellbonbon.« Alle kauten mit langen Zähnen. Jojo musste lachen, die kamen sich jetzt wohl vor wie die Affen und Papageien. Weitere Flaschen wurden geholt, Pfropfen knallten und sprangen in die Luft. Schnell eingießen. Und trinken! Das bringt den ganzen Menschen in Schwung.

Tante Mali sagte: »Wanduschka, wir wollen natürlich alles hören, aber wenn es Sie zu sehr anstrengt ... Sie sind ja nicht nur einen Tag in Weimar.«

»Es regt mich zwar auf«, erwiderte Mama, »aber es ist ganz wunderbar, seinen Freunden einfach einmal *alles* erzählen zu können.«

Alles erzählen. Sich alles von der Seele reden. Dazu gehörte auch

das erniedrigende Betteln bei den japanischen Militärs in Shanghai um die Erlaubnis, ans Grab des Ehemannes zu dürfen. »Nach ewigem Gezögere haben sie uns Spezialpässe und Sonderstempel gegeben. Wir waren ja Deutsche von der Achse Berlin-Rom-Tokio! Sie ließen uns mit vier japanischen Generälen in einer kleinen Militärmaschine mitfliegen, unter chinesischem Flakbeschuss. Der eine General verstand ein bisschen Englisch. Als er hörte, dass das Kind ans Grab des Vaters wollte, nickte er heftig, lächelte ehrfürchtig und zog mit einem langen Zischlaut die Luft zwischen den Zähnen ein.« Sie führte es vor. »Dann sagte er: *so-deska, so-deska!*«
»Und was heißt das?«, wollten sie wissen. »Das heißt ›Aha!‹« Da mussten sie trotz der Tragik der Geschichte lachen. Die Runde folgte Mamas Schilderungen mit Faszination. Nun erzählte sie, was sie in Han-Kau vorfanden: Das stolze Handelshaus sah erbärmlich aus, von Bomben halb zerstört, die zwei Palmen am Eingang verkohlt. In der Eipulverfabrik stank es nach faulen Eiern, die Dienerschaft war verzweifelt und verbittert nach den Übergriffen fanatischer Japaner und der Abwehr von Plünderern. »Den Friedhof konnten wir gar nicht finden, er war völlig zerstört.« Jojo ergänzte: »Und Strupps war auch nicht mehr da.« Sie hatte den Number-one-Boy nach ihrem Hund gefragt, der Boy hatte ein Gewehr nachgemacht: »*Japanese soldiers* – peng-peng!« Und was wusste er von Vati? Der hatte seit Jahr und Tag in Han-Kau festgesessen. Sieben Männer der Kolonie waren vor ihm gestorben, an Infektionen durch verseuchtes Wasser oder an der herztötenden, feuchten Tagundnachthitze im Juli. »Bis zuletzt hat er noch für die Firma Wahnsinnsgeschäfte gemacht. Dann wurde er das achte Opfer der mörderischen Zustände.«
Wanda Jordan hörte auf zu sprechen, alle waren still.
»Ich glaube, ich brauche einen Pfefferminztee, wenn Sie einen haben, Tante Mali.« Sie sah auf einmal müde und abgespannt aus. »Es regt mich doch auf … Aber ich habe so ein starkes Bedürfnis, mal alles loszuwerden.« Mariechen stand auf, um den Tee aufzubrühen. »Du auch, Jojo?« Aber Jojo hatte Gefallen am Sekt gefun-

den, von dem wollte sie gern noch ein Glas. Und das bekam sie auch, weil heute ein besonderer Abend war.
Wanda Jordan reichte noch ein paar Fotos herum. »Hier der heilige Berg Fudschijama und hier das Hotel »Kawagushi« am Kawagushi-See, da haben wir uns im Sommer von den Strapazen erholt.« Sie erzählte von der Haushaltsauflösung und der Auktionierung der restlichen Möbel, vom Verpacken des geretteten Eigentums, da waren Pelze und Teppiche dabei und die Sammlung von Elfenbeinschnitzereien und bestickten Mandarinmänteln. Die Dienerschaft war fabelhaft, sie hatte alles vor Plünderern gerettet.
Jojo trank von ihrem Sekt, schloss die Augen und ließ ihn schlückchenweise die Kehle hinunterperlen. Sie wollte das Hier und Jetzt genießen, wollte Abstand zwischen sich und Mamas Geschichten herstellen, loskommen von der Vergangenheit. Aber sie schaffte es nicht.
Vor ihrem inneren Auge spielt sich alles noch einmal ab: Mit Mama steht sie an der Pier vor dem Truppentransportschiff im Tarnanstrich, einem alten Raddampfer. Alle sind zum Abschiednehmen da, der Number-one-Boy, die Amah, ihr kleiner Sohn, die Kulis, der Koch. Sie haben heißen Tee in Kannen und Gebäck in Päckchen mitgebracht. Als Jojo und Mama die ersten Schritte zur Laufbrücke machen, werfen sie sich alle zu Boden, weinen, halten sich an ihren Füßen fest, so dass Jojo beinahe stürzt. Mama ist erschüttert. Japaner springen wütend mit Gewehren dazwischen, treiben die Chinesen mit Kolbenschlägen von der Pier, beschimpfen die Ausländerin und ihr Kind, wollen sie nicht mehr aufs Schiff lassen. Mama packt Jojo an der Hand und verschafft sich energisch Zugang zur Laufbrücke, um an Bord zu gelangen.
Jojo nippelte an ihrem Sekt, er schmeckte lustig und tröstlich, trotz der schweren Gedanken vom Abschiednehmen, vom Abreisen, vom Zurücklassen der Kinderzeit in einer kriegsverwüsteten alten Handelsstadt am Jang-tse-kiang.
Mariechen brachte den Pfefferminztee und befreite Jojo aus düsterem Nachdenken. Mama hatte inzwischen weitererzählt.

Fräulein Bambach ging, um sich eine Milch warm zu machen, ihr waren die Erlebnisse der Jordans auf den Magen geschlagen. Liane Krauss fasste sich an den Kopf und stöhnte: »Was einem alles im Ausland passieren kann!«

»Wir dachten, das Schlimmste ist jetzt vorbei«, fuhr Mama fort, »aber das Pech hat uns nicht verlassen. Wir wollten endlich nach Europa, endlich Alexander wieder sehen. Wir buchten eine Schiffspassage auf der ›Scharnhorst‹, die lag im Hafen von Kobe und sollte am fünften September ablegen. Und jetzt ratet mal, was da passierte, am dritten September neununddreißig!«

»Da ist der Krieg ausgebrochen«, sagte Hannelore.

»Jawohl, in Europa brach der Krieg aus und die Engländer machten ihre U-Boote mobil und verhängten die Blockade. Die ›Scharnhorst‹ lag im Hafen fest mit fünf anderen deutschen Schiffen. Da waren wir wieder mal gestrandet.« Mama trank von dem Tee, seufzte erschöpft. »Jetzt kann ich bald nicht mehr.« Aber dann erzählte sie doch noch, dass sie jetzt in Japan zu Hause seien, weil sie ja in die britische Kronkolonie Hongkong nicht zurück durften. »Hier sind ja noch ein paar Fotos!« Sie schüttelte das Kuvert leer, zeigte Bilder von Japan, Landschaften von märchenhafter Schönheit, Blicke in Schluchten und über Inselgruppen, rauchende Berge, Urwälder. Jojo im Kimono beim Tempelfest, lächelnde Japanerinnen, das Lampionrennen zu Ehren des Kaisers, Jojo vor ihrer Schule, und dann das Haus im japanischen Stil, das sie hoch am Hang über der Stadt gemietet hatten.

Tante Mali war voller Mitgefühl: »Wanduschka, dann haben Sie ja all die Jahre ihren Jungen nicht ein einziges Mal gesehen!«

»Wir wären viel früher via Sibirien zu Alexander gefahren, aber wir konnten nicht von Japan weg.« Sie musste lachen. »Wenn ich erzähle, wieso, also das würde sich richtig blöde anhören, nein, ich erzähl's nicht. Ich komme mir zu dumm dabei vor.«

Jetzt war die Neugier aufgestachelt, nun wollten sie es unbedingt wissen. Aber Mama schüttelte den Kopf, so sehr sie auch gedrängt wurde. Schließlich sagte sie: »Also Jojo, dann erzähl du, was beim Erdbeben passiert ist!«

»Du großer Gott!« Beim Erdbeben! »Es gibt andauernd Erdbeben in Japan«, erzählte Jojo, »leichte und schwere. Wenn die Stöße von tief unten kommen, kann's gefährlich werden, das weiß da jeder. Also: Es war mitten in der Nacht, da kamen die Stöße. Wir rannten wie alle anderen auf die Straße in die stockfinstere Dunkelheit, und dabei trat die Mama auf einen Hund. Der jaulte laut auf und biss sie fürchterlich ins Bein. Sie wollte ihn mit Tritten abwehren, fiel aber hin und stürzte in einen Bach, der plötzlich mit Geröll die Straße herunterkam. Die Nachbarn halfen ihr auf, dann ließen sie sie mit einem Mordspalaver stehen. Sie stank nämlich zehn Meilen gegen den Wind.« Jojo hielt sich vor Lachreiz die Hand vor den Mund. »Der Bach war nämlich reine Jauche, da weiter oben durch das Beben eine Versitzgrube geborsten war.«
Wanda Jordan gab ihrer Tochter einen Stupser. »So witzig war das gar nicht!« Sie machte eine Handbewegung zur Runde: »Schenkt nach! Die Geschichte ist noch nicht zu Ende.«
»Also: Die Mama wollte mit den triefenden Jaucheklamotten nicht ins Haus und zog sie schnell vor der Haustür auf. Sie schmiss alles auf einen Haufen, es war ja wegen des Stromausfalls stockfinster. Genau in diesem Augenblick kam die Erdbebenpolizei angefahren, mit Abblendlicht beleuchteten sie Mama vor ihrer Haustür. Die stand da, ohne Kleider, von oben bis unten voll brauner Soße und mit drei Perlenketten und zwei Goldketten um den Hals, die hatte sie nämlich nachts immer um, falls es beben sollte. Da ist sie wie ein Känguru ins Haus gehopst. Aber es gab kein Wasser, weil irgendwo die Hauptleitung zerstört war. Da mussten wir aus der Regentonne Wasser holen …«
Alle am Tisch lachten über die groteske Geschichte, obwohl sie ja eigentlich grässlich war. Auch die blonde Jutta lachte. Sie waren richtig in Sektlaune geraten. Jojo sah zu Mama hin, ob sie inzwischen selber über ihr Unglück lachen konnte. Doch Mama lachte nicht. Sie schaute gebannt zur Tür. Jojo drehte den Kopf, dort stand Wolf. Wanda und Wolf hatten die Blicke ineinander getaucht und schauten einander gebannt an. Wolf hatte anscheinend schon eine Weile in der Tür gestanden und ihr zugehört. Jojo

schoss das Blut zu Kopf. Sie konnte ihn zwar nicht leiden, musste aber zugeben, wie gut er aussah. In Offiziersuniform, das blonde Haar kurz geschnitten, nicht mehr der junge Student. Trotz des Funzellichts waren seine blauen Augen durchdringend und beherrschend. Jojo schaute zurück zur Mutter, die blickte mit weit offenen Augen immer noch zu Wolf.
Die ganze Runde schwieg plötzlich, denn alle hatten nun Wolf bemerkt, auch diese Jutta. Sie sprang vom Stuhl auf, lief um den Tisch, warf sich Wolf an den Hals und küsste ihn auf die Backe. »Wolfi!« Der sagte: »Jutta, bitte!« und »Nicht jetzt!«, schob sie freundlich beiseite und ging zu Mama, die ihm strahlend ihre Hand entgegenstreckte.
»Die gnädige Frau aus China! Da kann man nur sagen: sehr erfreut!« Er beugte sich über ihre Hand, hielt einen Moment inne, betrachtete den zweifachen Ehering an ihrem Finger, dann gab er ihr einen Handkuss, der für eine einfache Begrüßung zu lang dauerte.
Wolf nahm sich einen Stuhl, stellte ihn nah neben Mamas Stuhl und ließ sich ganz selbstverständlich neben ihr nieder. Die Modeschülerin Jutta ging irritiert zu ihrem Platz zurück. Frau Pusch holte ein Sektglas aus dem Büfett, Mama schenkte es voll, sie hoben die Gläser.
»Wanduschka!«
»Wolf!«
Sie sahen sich in die Augen und tranken auf das Wiedersehen. Jojo, an der anderen Seite der Mutter auf ihrem Stuhl, spielte mit ihrem leeren Sektglas, beobachtete Wolf und Mama mit explodierendem Widerwillen. Jetzt stand er auf, kam mit seinem Glas hinter Mama herum zu Jojo – auch das noch! –, beugte sich mit seinem Grübchengrinsen über sie, griff nach der Flasche, füllte Jojos Glas und nötigte sie, mit ihm anzustoßen, ihm in die blauen Augen zu sehen. »Auf das Wohl der jungen Dame!« Sie hätte ihn töten können, trank aber, in chinesischer Höflichkeit geübt, einen Schluck Sekt mit ihm.
Dann schaute sie zu dieser Jutta, die sich Wolf so an den Hals ge-

worfen, ihn geküsst, ihn Wolfi genannt hatte. Die saß auf ihrem Stuhl, klopfte eine Zigarette zurecht und konnte nicht so tun, als sei nichts. Sie zeigte Enttäuschung und Argwohn, warf einen finsteren Blick auf Mama und ließ die Mundwinkel hängen.

Man gab Wolf die Fotos, aber er schaute sie nur flüchtig an, Wanduschka interessierte ihn sichtlich mehr. »Ich habe die Geschichte vom Erdbeben mit angehört«, sagte er, und Jojo konnte sich genau denken, wie er sich die vom Hund gebissene, nackte Wanduschka mit Gold- und Perlenketten um den Hals vorstellte, sein Lächeln verriet es. Wolf hatte seinen Arm auf Mamas Stuhllehne gelegt, und sie spielte nervös mit ihrem Brillantring herum, sagte mit Betonung auf dem »Sie«: »Wolf, Sie sind ja inzwischen zum Doktor promoviert. Ich gratuliere! Damals waren Sie ja noch Student.« Sein Lächeln wurde noch breiter. »Und wie ich gehört habe, arbeiten Sie hier in Weimar, im Reservelazarett?« – »Ja, Wanduschka!« – »Und als was?« – »Als Chirurg.« – »Oh, alle Achtung!«

Er lenkte ab. »Und du, Jojo?« Wohlgefällig ruhte sein Blick auf der Tochter, die ihn wie eine unfertige Zweitausgabe von Wanduschka mit ihren hellen Augen anblickte. Mama lächelte. »Na, wie finden Sie meine große Tochter? Süße sechzehn! Da hat man das Leben noch vor sich.« Jojo ärgerte sich. Immer dieses »süße sechzehn«! Sie schüttelte ihre Mähne. »Ich bin erst fünfzehn«, sagte sie patzig und schleuderte einen kurzen wütenden Blitz auf Mama und Wolf.

Wolf grinste, wandte sich wieder Wanduschka zu. »Und wie ist das ausgegangen mit dem Hundebiss und der Jauche und dem abgestandenen Regenwasser? Das konnte doch nur eine bestialische Infektion geben ...«

»Ich habe wochenlang im Krankenhaus gelegen. Wir wollten ja damals schon mit dem Transsibirien-Express nach Deutschland zu Alexander, aber ich konnte monatelang nicht auftreten.«

»Mit Wadenbissen ist nicht zu spaßen. Ist alles wenigstens gut verheilt?« Mama sprang auf, zog den Rock etwas hoch und zeigte ihm die Wade ihres seidenbestrumpften Beins. »Schauen Sie mal, Herr Doktor! Es ist nichts zu sehen.« Wolf griff nach dem Bein,

begutachtete die Wade, an der nichts zu sehen war außer einer Strumpfnaht und einer modisch verzierten Ferse in einem eleganten Schuh. Jojo beobachtete Jutta, die kommentarlos aufstand, um hinauszugehen. An der Tür prallte sie mit Dr. Brenner, dem Goldfasan zusammen. Tante Mali erhob sich und ging ihm entgegen, fragte nach seinen Wünschen.
Er zog einen jungen Mann mit sich in den Raum. »Ich möchte Ihnen der Ordnung halber meinen Neffen vorstellen: Michael von Sattfeld, Student der Baukunst, erstes Semester. Er ist zu Besuch in Weimar und wird bei mir auf der Couch übernachten. Wenn ich um etwas Bettzeug bitten dürfte.«
Alle schauten auf den Neffen. Der strich sich das Haar zurück, das für die herrschende Mode ziemlich lang war. Gut sah er aus, jung, breitschultrig, in Pullover und schicken Hosen. Jojo fand ihn toll.
»Michael hat Abitur gemacht und sich gleich immatrikuliert, er studiert in Berlin, will sich aber mal die Staatliche Hochschule für Baukunst in Weimar ansehen.«
»Und«, fragte Hannelore geradeheraus, »müssen Sie denn nicht zum Kommiss?« Der Student klärte das gleich nach einem kleinen Räuspern auf: »Ich bin leider vom Militär zurückgestellt. Hätte ich nie gedacht, dass mir das passiert, als Leistungssportler der HJ. Aber«, er legte die Hand auf die Brust, »ich hab' ein Sportlerherz, zu groß, das haben die Ärzte bei der Musterung festgestellt, fürs Militär zu schwach.«
Sein Onkel legte ihm kameradschaftlich den Arm um die Schulter. »Ein zu großes Herz, das kann doch keine Schwäche sein!« Er lachte seinen Neffen an und klopfte ihm aufmunternd auf die Schulter. Wanda Jordan sah zu Wolf, ob der als Arzt etwas dazu sagen würde, aber Wolf sah nur mit Medizinerblick auf die beiden und sagte nichts.
»Ich gebe Ihnen gleich das Bettzeug.« Tante Mali ging mit Onkel und Neffe hinaus, gefolgt von Jutta, die sagte: »Ich geh' nach oben, muss noch was zeichnen.«
Jojo stand auf. Der Sekt ließ sie ein bisschen schwanken, ihr war mulmig, und die ganze Abendrunde drohte sich im Kreis zu dre-

hen. Jojo fasste sich an den Kopf, sagte: »Gute Nacht allerseits«, und schaute in lauter verständnisinnige Gesichter. Wolf stand auf. »Komm, ich begleite dich, ich will mir sowieso noch ein Bier holen.« Er brachte sie bis zur Zimmertür, hielt sie an den Schultern gerade, während sie ihn mit schwummrigen Augen anschaute. Wolf stand doppelt vor ihr, sie schwankte, kippte vor und rutschte gegen seine Brust. »Komm, ich bring' dich ins Bett!« Da stand Mama schon dabei. »Das mach' ich«, sagte sie, »aber warte, Wolf! Ich komm' gleich wieder raus.«
Als Jojo ins Bett sank, verschwand Mama schon vor der Tür.

Nachdem Jojo sich ausgestreckt hatte, drehte sich ihr der Magen um, der Sekt mit den Erdnusskeksen kam hoch, und sie stürzte aus dem Zimmer. Im Flur rempelte sie gegen Wanda und Wolf, die hier dicht beieinander standen. Im Lokus erbrach Jojo sich in das runde Loch. Mit einem Stück »Thüringer Landeszeitung« wischte sie sich die sauren Lippen ab.
Als sie mit entleertem Magen den Lokus verließ, sah sie gerade noch die Tür ihres Zimmers ins Schloss schnappen, hinter der die Mutter eben verschwunden war. Auf der Treppe waren nach oben sich entfernende Männertritte zu hören. Jojo ging leise ein paar Stufen hinterher und passte auf, dass sie nicht stolperte, denn sie sah alles immer noch doppelt. Und so sah sie, wie oben der doppelte Wolf ohne anzuklopfen im Turmzimmer verschwand, bei dieser Jutta. Trotz der miesen Verfassung, in der sie sich befand, ergriff plötzlich eine übertriebene Exaltiertheit von ihr Besitz: Ätsch, Mama, er hat eine andere!
Sie schlich sich zurück, da ging eine andere Tür auf, von Celino Demjensky Zimmer – ach, da wohnte ja jetzt der Goldfasan drin. Und wer kam raus? Der Neffe! Jojo stand da und vergass wegzugehen. Der sah ja aus wie ein griechischer Gott! Sie machte die Augen zu und wieder auf: ein zweifacher griechischer Gott, mit zerzausten Locken, athletischem Brustkorb, knabenhafter Taille, unbehaarten, langen Beinen, in engen Unterhosen, so wandelte er in doppelter Schönheit über den Flur. Jojo konnte den Blick nicht

abwenden, der Neffe schaute zurück, sein Grinsen war schief, sehr schief, er zeigte auf die Lokustür: »Das ist doch dort? Ich muss mal.« Jojo dachte daran, dass sie sich da drin gerade erbrochen hatte, ohne eine Spülung betätigen zu können. Sie nickte und verschwand wie eine Feder, die man anpustet, hinter ihrer Zimmertür.

Mama lag im Bett. »Mach kein Licht, ich hab' das Fenster aufgemacht!« Jojo nahm im Dunkeln den Wasserkrug, goss sich ein Zahnputzglas voll, spülte den Mund, fühlte mit den Händen, wo der Eimer stand und spuckte das Wasser hinein. Mit einigen Stolperschritten suchte sie ihr Bett. Als Mama fragte: »Findest du ins Bett?«, war Jojo schon drin, und die Sinne schwanden ihr.

Am nächsten Morgen beim Frühstück unter der Zimmerlinde im Wintergarten verzehrten Jojo und Mama je ein Ei von den zweien, die sie für zwei Wochen zugeteilt bekommen hatten. Vier Eier gab's im Monat. »Genieße dein Ei, Mama! Es gibt so bald kein zweites.«

»Du warst ganz schön beschwipst gestern, Jojo.«

»Ich habe alles doppelt gesehen. Auch den Wolf, wie er bei Jutta im Turmzimmer verschwand.«

Mamas Eierlöffel klapperte auf dem Teller. »Diese Jutta mit ihrer engen Bluse und ihrem Loreley-Haar. Ich hätt' es mir denken können.«

»Geh'n wir heute Mechthild besuchen?«

»Ich würde gern zuerst bei Rollmanns vorbeischauen.«

Jojos Herz machte einen Stolperer. Lothar! Sie würde etwas über Lothar erfahren.

In der Küche der Rollmanns roch es nach Bratkartoffeln und Mussoliniköppen. Genau wie damals, als ihr aus dem neu geschneiderten Theaterkleid genau dieser Geruch bei der Aufführung von »Rumpelstilzchen« in die Nase gestiegen war. Der Duft von frisch aufgebrühtem Kaffee gesellte sich jetzt zum Geruch in der Küche, was eine sonderbare Mischung ergab. Auf dem Kanapee hockte, als wäre er all die Jahre nie aufgestanden, Max Rollmann. Die Unterarme auf den Tisch gestützt, verfolgte er mit wechselndem Ausdruck in seinem zerknitterten Gesicht die Erzählungen von Mama über die Reise durch Russland. Mama und Jojo saßen am Tisch ihm gegenüber, Mama schwärmte von der Sibirienfahrt, wie luxuriös der Express gewesen sei und wie opulent das Essen im Speisewagen. Frau Rollmann legte Untertassen, Tassen und Löffel auf, dann goss sie den Kaffee ein, den Mama mitgebracht hatte. »Können Sie sich vorstellen, Herr Rollmann, dass die Ihnen in der Sowjetunion jeden Tag Kaviar mit saurer Sahne und Krimsekt servieren? Und Borschtschsuppe, Piroschki und gebratenes Wildschwein, alles furchtbar fett, aber köstlich, einfach köstlich!«

In Max Rollmanns Augen blitzte trotz Krankheit und Auszehrung die alte Angriffslust auf: »Dann war's ja exaktemang wie's sich jehört: im Arbeiter- und Proletarierparadies.«

»Na ja, 'n komisches Gefühl war's schon, durch Stalins Sowjetunion zu fahren. Es gab auch Schikanen, durch den Lautsprecher kam pausenlos bolschewistische Propaganda, und ab und zu mussten wir die Rollos vor die Fenster ziehen und keiner durfte hinaussehen.« Jojo verriet: »Ich hab' doch rausgeblinzelt, war aber überhaupt nichts zu sehen außer weitem, flachem Land.« Mama hakte gleich wieder ein: »Dieses russische Land! Diese Endlosigkeit, diese weiten Steppen und unendlichen Birkenwälder! Dann dieser grandiose Baikalsee, Stunden um Stunden sind wir an seinen Ufern im Mondschein entlang gefahren.« Sie trank ihren Kaffee und kam zu dem Punkt, dass es doch einfach toll sei, noch so wunderbare Reisen machen zu können, dank des Hitler-Stalin-Freundschaftspakts.

Herr Rollmann wurde rot im Gesicht. »Den find'n Se also jut, diesen hirnverblödeten Freundschaftspakt? Da kann ich nur lachen: Kommunisten un' Faschisten verbrüdern sich! Für mich isses die jrößte Verarschung der Weltjeschichte.« Frau Rollmann sagte: »Pschscht, Max, pass auf, was de sachst!« Mama wiederum fand es angenehm, so sicher zu reisen. »Wir fahren ja in zwei Wochen schon wieder dieselbe Strecke zurück.« Und zu Frau Rollmann, die am Tisch schlückchenweise den Kaffee genoss: »Ich nehme meinen Sohn mit. Das ist der Grund unseres Deutschlandbesuchs. Ich will nicht, dass er Soldat wird.« Herr Rollmann nickte. »Det is' jut.« Seine Frau aber stellte die Tasse hin, als schmecke ihr der Kaffee nicht mehr, und sagte: »Sie können Ihren Sohn einfach rausholen aus'm Schlamassel …«

Jojo wagte die Frage: »Und Lothar? Ist der schon bei den Soldaten?« Sie schaffte es, nicht rot zu werden, und erfuhr, dass Lothar beim Arbeitsdienst war. Arbeitsdienst, das waren doch die mit der scheußlichen Uniform und mit der Schaufel auf der Schulter. »Er ist jetzt neunzehn. Und wie alt bist du, Jojo?« Fast hätte sie »süße sechzehn« gesagt, aber sie sagte: »Fünfzehn drei Viertel.« Frau Rollmann lächelte. »Du bist sehr hübsch, Jojo, das weißte sicher selber.« Mama fand, das Leben in Weimar habe sich kaum verändert, außer den Lebensmittelmarken und der Verdunkelung. »Es gibt alles noch: im Nationaltheater Schauspiele, Opern und Operetten, Kinofilme, Konzerte, Varieté in der Weimarhalle …« Max Rollmann nickte bedächtig mit dem Kopf. »Ja, alles jibt's noch in Weimar: den Sauleiter Gauckel un' Buchenwald un' Blockwarte un' Luftschutzwarte wie den Herrn Parteijenossen Justav Huschke.« Seine Frau wischte mit einer Handbewegung seine Reden weg. »Hör'n Se nich' auf den, Frau Jordan! Der is' verbittert, is' seiner Lebtag lang für die proletarische Revolution uff de Barrikade ruff, un' jetzt fühlt er sich von Stalin verrat'n und vom Blockwart bespitzelt. Aber red'n Se zu keinem drüber, bitte!« Wanda Jordan beteuerte: »Wo werd ich! Wir fahren sowieso gleich wieder in den Fernen Osten.«

Als sie sich dann an der Haustür verabschiedeten, bedankte sich Frau Rollmann noch mal für die Geschenke, den Shetlandpullover für Max und den schönen Kleiderstoff. Mama drohte mit dem Finger: »Der Kleiderstoff ist für *Sie*, nicht etwa für irgendeine Kundin.« Frau Rollmann gab ihr die Hand: »Nee, nee, ich versprech's, is' ja was Besonderes, 'n neues Kleid zu nähen, hab' ja sonst nur noch Flickschneiderei: aus zwei Kleidern eins machen oder Mäntel wenden, da sind dann die Knöpfe auf der falschen

Seite, links wie beim Herrenmantel.« Mama ergriff Jojos Arm. »Also los, Jojo, wir müssen ... Ich will heute noch ins Kino.«
Im letzten Moment traute sich Jojo zu fragen: »Kommt Lothar denn auch mal her?«
»Der kommt am Sonnabend.«
»Das ist ja morgen!« Jojo war jetzt doch feuerrot geworden. Morgen war Sonnabend! Morgen würde Lothar kommen. Wie sollte sie das bloß schaffen, in dieser popeligen Waschschüssel die Haare zu waschen! Mama gab Jojo Geld für den Damensalon. Als sie zurück war, starrte sie mit Befremden und Verzweiflung in den ovalen Waschtischspiegel: Die Haare klebten am Kopf in unzähligen, kunstvoll ondulierten Wellen. Einfach grauenhaft! Jojo griff nach der Bürste, ihre Mama rief »nicht!«, aber da fuhr sie schon wie eine Furie durch die Frisur, dass die Haare sich empört aufstellten. Dann fing sie an, in Koffern und Schränken zu kramen. Was sollte sie nur anziehen?
Wanda Jordan setzte ihren schwarzen Strohhut auf, zog ihn schräg und fragte nicht weiter nach, denn sie ging ins Kino. »Ich komm später nach Hause, ich geh' nach dem Film noch ein Glas Wein trinken im ›Schwan‹.«
»Mit Wolf?« Aber Mama war schon weg durch die Tür.

Es sollte eine ganze zufällige Begegnung werden, aber Jojo war von Anfang an auf der Lauer. Erst auf der Küchenbank mit Blick durchs Küchenfenster, dann lieber draußen. Es war ein sonniger Tag, ein laues Lüftchen wehte. Sie schlenderte bis zur Apotheke, verweilte vor dem Schaufenster, spielte mit dem Jadering an ihrem Finger, besah ihr Spiegelbild in der Scheibe: Die Haare waren trotz Friseur eine Wucht, sie hatte das bunte Flatterkleid mit dem breiten weißen Lackgürtel an. Sie kontrollierte ihre weißen Sommersandalen, bewegte die Zehen, denn sie hatte Mamas Nagellack auf den Nägeln. Mama war heute gar nicht da, machte (mit Wolf?) einen Ausflug zu irgendeinem Schloss. In der Apotheke kaufte Jojo Lutschpastillen, stand herum, spähte durch die Scheibe die Straße der SA rauf und runter, lutschte eine Pastille, schaute auf die Uhr. Viertel vor drei. Eine Kundin wollte Nivea haben, gab's gerade nicht. Und Kamillenseife? Auch nicht, vielleicht nächste Woche, aber bestimmt nicht Kamille. Die Kundin gratulierte der Apothekerin zum Mutterkreuz. »Ich hab's in der Zeitung gelesen. Das fünfte Kind! Das freut den Führer!« Jojo verließ die Apotheke. Nebenan im Schuhladen standen Schuhe auf Bezugsschein im Schaufenster. Sie spuckte die Lutschtablette aus, die schmeckte nach Medizin. Eine Kompanie Soldaten marschierte mit schmetterndem Gesang heran: »Schwarzbraun ist die Haselnuss, schwarzbraun bin auch ich ...« Sie warfen Blicke auf Jojo am Straßenrand im Flatterkleid und mit den gebauschten Haaren so schwarzbraun wie die Haselnuss. Als sie weg waren, trödelte Jojo den Pflasterweg zurück, an der Mauer des Bankgebäudes entlang. Mitten im Gehen drehte sie sich um, aus einem bestimmten Gefühl heraus, da sah sie ihn kommen: Das musste er sein. Er bog von der Straße der SA in den Pflasterweg ein, in dieser groben, graubraungrünen Arbeitsdienstuniform, die scheußliche, graubraungrüne Mütze auf dem Kopf, groß gewachsen. Die Füße in Knobelbechern, schritt er kräftig aus, denn er hatte es eilig, nach Hause und ins Wochenende zu kommen.

Jojo ließ ihn herankommen, stellte sich ihm mitten in den Weg. Er sah sie, die letzten Schritte wurde er langsamer. Er hielt einen Meter vor ihr an, vereinnahmte sie mit einen Blick von oben bis unten und schaute dann in ihre hellen, sehr hellen Augen. Er wusste sofort, wer sie war. Ein Männerlächeln erschien auf seinem jungen Gesicht, und sie sah, wie in seine Augen die Erinnerung an eine weit zurückliegende, herzbetörende Romanze stieg mit einem Mädchen gleich einem Rauschgoldengel.

Auch in ihren Augen stand jetzt wie ein Nebelschleier das Erinnern an erste sinnliche Geheimnisse.

»Josefa!«, sagte er. »Die Porzellanpuppe aus China.« Seine Stimme klang tief, das überraschte sie. Er zog die Arbeitsdienstmütze vom Kopf, als wäre sie ihm plötzlich zu eng. Unter der Mütze kam das weizenhelle Haar zum Vorschein, ganz kurz geschnitten und von der Sonne gebleicht beim Dienst im Freien. Sie sah seine

lebenssprühenden Augen im sonnenverbrannten Gesicht. Er trat einen Schritt vor, als wolle er sie nicht nur sehen, sondern auch riechen. Jojos Kopf war plötzlich leer, ihr Herz schlug wild bis zum Hals, sie wollte »Hallo, Lothar!« sagen, aber sie bekam es nicht heraus. Ihre Finger spielten irritiert an der Gürtelschnalle, zogen den breiten Lackgürtel ein Loch enger. Er sah es, sah die zum Zerbrechen schmale Taille. Bei einem tiefen Atemzug hoben sich ihre Brüste unter der Seide, auch das sah er.
Schließlich streckte sie die Hand aus und sagte so selbstbewusst wie es ging: »Hallo, Lothar!« Er ergriff ihre Hand und drückte sie. Jojo schrie auf unter seinem Händedruck, der rau und hart war und ihre Finger mit dem Jadering zusammenquetschte. Lothar ließ gleich los, fuhr sich durchs Stoppelhaar, grinste entschuldigend: »Wir sind eben nichts Feines mehr gewöhnt. Beim Arbeitsdienst wird nur geschaufelt und gehackt und in Sümpfen geackert.« Noch immer die Hand am Hinterkopf stand er da und betrachtete Jojo versonnen wie einen verirrten Schmetterling. Jojo schüttelte ihre Mähne.
»Wie lange ist das denn eigentlich her … seit damals?«
»Fünf Jahre.«
Beide dachten an unvergessliche Dinge: einen Handstand, Schlittenfahrten, eine Höhle …
»Musst du wieder zurück nach China?«
»Ja. Und dann nach Japan.«
»Und wann?«
»Übernächste Woche.« Sie sah die plötzliche Panik in seinem Gesicht. »Da haben wir ja nur dieses Wochenende für uns.«
»Nur bis morgen Mittag. Meine Mutter und ich sind bei Mechthild eingeladen, zum Sonntagsessen.«
»So ein Mist!«, entfuhr es ihm. »Warte hier auf mich, Jojo!« Er hatte ihren Spitznamen nicht vergessen! Auf einmal war er sehr in Eile, wollte bloß zu Hause Bescheid sagen, sein Rad holen, mit ihr eine Radfahrt machen. »Du hast doch Lust dazu?« Sie wusste schon, wohin er mit ihr fahren wollte.

Es war eine aufregende Radfahrt übers Kopfsteinpflaster, Jojo auf dem Gepäckträger, die Arme um Lothar geklammert. Sie spürte ihn, spürte unter dem groben Stoff seine Bewegungen, den kräftigen Rücken, den Männerkörper. Wenn einer in Offiziersuniform am Wegrand erschien, musste Lothar den Arm heben und grüßen, dann fing das Rad gefährlich zu wackeln an. »Halt dich fest!« – »Jaa!« Jojo klammerte sich noch fester an ihn.
Auch bei Goethes Gartenhaus, wo sie das Rad abstellten, musste Lothar wiederholt mit erhobenem Arm grüßen. Halb Weimar spazierte hier am Sonnabendnachmittag im Mai durch die Gegend. Uniformträger mit Frauen und Kindern. Mütter und Väter mit Fronturlaubern, Mädchen mit einfachen Soldaten, Mädchen mit Offizieren. Man sah frech in die Stirn gesetzte Mützen und die schwarzen Barette der Panzerfahrer, das Blau der Luftwaffe, Auszeichnungen auf Männerbrüsten, EK I und EK II und auch einmal das Deutsche Kreuz in Gold. Und Jojo war hier mit einem Arbeitsdienstmann, einem, der mit der Schaufel herummarschierte und Sümpfe trockenlegte.
Aber der Arbeitsdienstmann war Lothar, und Lothar nahm ihre Hand in seine Hand, deren Schwielen kratzten, zog Jojo tief in Goethes Garten, dorthin, wo er am dichtesten war, wo der Kugelstein sein musste. Jojo, hinter Lothar, fühlte, wie seine Hand heiß wurde in der ihren. Lothar nahm die Mütze ab, steckte sie hinter den Ledergürtel. Jojo sah die Röte, die in seinem Nacken aufstieg bis in sein ausgebleichtes Haar, sie sah seine Ohren rot werden. »Vorsicht, Wurzeln!«, sagte er und stützte sie, damit sie nicht stolperte. Und da war der Kugelstein. Sie legten die Hände auf ihn, standen sich gegenüber, sahen sich an. »Weißt du noch?« – »Weißt du noch: das Gewitter?« – »Weißt du noch: die Höhle?« – »Weißt du noch: der Sturz von der Kletterpflanze?« Sie lachten über ihre Kindereien. Waren es wirklich nur Kindereien? Nichts weiter? Er schob seine Hände vor, bis die Fingerspitzen sich berührten, da sprangen kribbelnde Impulse über. Sie sah auf seine Hände, trotz der Erdarbeiten waren die Fingernägel sauber geschrubbt. Sie legte mutwillig ihre Hände auf seine. Das war wie

ein Griff in die Steckdose. Sie zog sie schnell zurück, auch weil ein anderes Paar zum Kugelstein vordrang. »Siehste, du wollst's nich' glooben! Hier isser.« Der Mann las laut die Hinweistafel: »Stein des guten Glücks.«

»Glaubst du, dass es unser Versteck noch gibt?«, fragte Lothar. Sie suchten unter Wurzeln und Steinen und fanden sie: Jojos vergrabene Flussmuschelperlenkette in den vermoderten Resten von Lothars kariertem Taschentuch. Lothar putzte die Kette an seinem Ärmel ab, dann legte er sie Jojo um den Hals und fummelte mit seinen abgearbeiteten Fingern in ihrem Nacken an dem halb verrosteten Verschluss herum. Sie musste die Haare hochhalten, es kitzelte, da im Nacken war sie besonders empfindlich. Sie kicherte und krümmte sich, er rief: »Halt doch still!« Und dann: »Jetzt hab' ich's!« Er drehte sich zu ihr herum. Würde er sie küssen? Sie wartete darauf. Da kam ein neues Paar zum Kugelstein, lachend und schwatzend. Jojo seufzte. Lothar fragte: »Gehst du heut' abend mit mir ins Kino?«

Sie ging mit ihm ins Kino, nichts lieber als das. Im »Zentralpalast« gab es einen Zarah-Leander-Film. Es war noch hell, Lothar musste andauernd den Arm heben und grüßen. Jojo hatte sich wegen der Grüßerei bei ihm »an der falschen Seite« eingehängt. Sie hatte Stöckelschuhe von Mama an und Seidenstrümpfe mit Naht, und dazu hatte sie sich einen Hut aufgesetzt – der Film war nicht jugendfrei. Aber so erwachsen, wie sie auf einmal aussah, und in Begleitung eines Arbeitsdienstmannes würde man sie bestimmt reinlassen. Falls man sie nach dem Alter fragte, würde sie arrogant sagen: »Ich bin achtzehn.« Die Frau an der Kasse stellte aber die Fangfrage: »In welchem Jahr geboren?« Da war Jojo überrumpelt. Sie musste eilig nachrechnen, verhedderte sich aber mit den Jahreszahlen und sagte statt 1923 so herablassend wie möglich: »Siebenundzwanzig.« Die Frau an der Kasse verzog hämisch den Mund: »Dann bist du ja erst vierzehn!« Da stand Jojo blöde da. Was für eine Blamage! Lothar konnte sich das Lachen nicht verbeißen. Jojo war wütend über die Frau an der Kasse. »Die wollte mich reinlegen.« Sie schüttelte nervös die Mähne. »Seh' ich vielleicht aus wie vierzehn?« Lothar verneinte grinsend. »Du siehst wie eine ausgewachsene Filmdiva aus. *Ich* hätte dich reingelassen.« Jojo schimpfte weiter: »Mit ihren blöden Verordnungen überall, die sind hier in Deutschland ja unheilbar meschugge! In China und Japan fragt mich kein Mensch, wie alt ich bin, wenn ich ins Kino will. Und dort war ich auch nicht zu jung, um auf dem Bauch durchs Granatfeuer über die Front zu kriechen und mich im japanischen Militärflieger von der chinesischen Flak beschießen zu lassen …«

Lothar war beim Ausbruch mit ihren Kriegserlebnissen ernst geworden. »Komm, wir gehen ins ›Resi‹! Ich habe noch Kuchenmarken. Da setzen wir uns hin und erzählen uns alles.«

Beim Eintreten ins »Residenzcafé« musste Lothar erst einmal von der Tür aus alle Respektspersonen mit erhobenem Arm grüßen, dann nahm er die Mütze ab und hängte sie an den Haken. Jojo ging mit Mamas Hut und Stöckelschuhen souverän durch das gut besuchte Lokal, ergatterte einen Tisch mit Polsterbank, machte Platz auf der Bank, so dass Lothar sich nicht gegenüber, sondern neben sie setzte. Wunschmelodien kamen in Schmeicheltönen aus dem Volksempfänger. Lothar hatte Feuer gefangen und wollte Tuchfühlung mit seinem eingefangenen Schmetterling. »Dass du gleich wieder wegfährst! Da hat man ja nicht mal Zeit, sich zu verlieben.« Wie er das sagte! Mit dem typischen Lothar-Blick aus den Augenwinkeln. Jojo schoss das Blut in den Kopf. Die Bedienung kam und nahm die Bestellung entgegen. Kaffee und Kuchen. Lothar gab die Kuchenmarken ab, Jojo hatte keine.

»Es ist wegen Alexander.« Jojo erklärte, warum sie es so eilig hatten. »Mein Bruder soll nicht Soldat werden.« Das fand Lothar nicht normal, jeder Deutsche werde Soldat, um die Vaterlandsehre zu verteidigen. »Ich geh' zu den Panzern, gleich nach 'm Arbeitsdienst, da gibt's dann auch viel besseres Essen.«

Er wollte von ihren Kriegserlebnissen hören, und Jojo legte los. Es gefiel ihr, ihm zu imponieren und die Blamage an der Kinokasse auszuwetzen. Sie erzählte, wie sie in der Ebene des Gelben Flusses auf offener Strecke den Zug angehalten hatten, mitten in der Nacht, die Mama und Jojo und eine Hand voll Chinesen. Wie Mama auf den Schienen ihre Notfalltaschenlampe geschwenkt und wie die Chinesen ihre Geister gerufen hatten, denn die herandampfende Lok mit dem glühenden Auge hatte sich wie durch Zauber in den heiligen Drachen verwandelt, der mit ohrenbetäubendem Höllengetöse mitten in der Ödnis wutschnaubend zum Halt kam. Das Grausigste aber war dann das Gefühl in den Fußsohlen. »Ich bin im Zug auf lauter Menschenkörper getreten, wir sind einfach drübergestiegen. Die haben sich nicht gerührt, und ich dachte, es wären alles Leichen. Aber es waren Soldaten, die schliefen nur wie tot …« Dann sagte sie: »Da kommt unser Kaffee und Kuchen.« Die Bedienung war mit dem Tablett im Durchgang erschienen, doch im Radio ertönte eine durchdringende Fanfare. Lothar stieß Jojo an: »Eine Sondermeldung!« Die Bedienung stellte im selben Moment ihr Tablett ab, drehte das Radio lauter und setzte sich hin, denn bei Sondermeldungen war Servieren verboten. Aus dem Volksempfänger ertönte die begeisterte Stimme des Sprechers, der den fünfundsiebzigsten Luftsieg eines deutschen Jagdfliegers bei der Luftschlacht über England meldete. Die Leute im Lokal freuten sich, äußerten Anerkennung, dann erklangen wieder die Wunschmelodien. Rosita Serrano sang: »Roter Mohn, warum welkst du denn schon, wie mein Herz sollst du glühn …« Die Bedienung brachte den Kuchen und den Ersatzkaffee, der nach Zichorie schmeckte und inzwischen kalt war. »Und wie waren die Japaner als Kämpfer?«, wollte Lothar wissen. Er hatte den ganzen Mund voll Kuchen. Jojo sagte verächtlich: »Die Japaner haben sogar meinen Hund erschossen.« Sie schaute auf Lothars Teller, sein Kuchen war schon weg. Mit einer Kopfbewegung wies Jojo zu einem Tisch: »Da drüben sitzt ein Ritterkreuzträger.« Lothar kannte ihn. »War mein Fähnleinführer. Is' Jagdflieger, Heinz-Werner von Hessel. Neben ihm, die mit dem Fuchs auf der Schulter, das is' seine Frau. Sein Vater is' Konzertmeister, dem haben wir mal 'n Klavier gebracht.« Wieso denn das? Ach ja, das wusste sie ja noch nicht: Lothar hatte drei Jahre Spedition

gelernt, »bei der Firma Wilhelm Staupendahl, 'n altes Traditionsunternehmen. Riesiger Fuhrpark und Pferde. Sind auf Flügeltransporte spezialisiert.« Jojo fing an, ihm von den chinesischen Packern zu erzählen. Sie schob ihren Teller mit dem Kuchen und die Tasse mit dem kalten Ersatzkaffee gedankenlos auf dem Tisch zur Seite, während sie die Packer beschrieb, die am Boden hockten, mit lustigem Schwatzen und Singsang Endlosschlangen aus Papier drehten und alles Zerbrechliche damit umwickelten. »Und das manchmal drei Wochen lang.« Lothar konnte es nicht glauben. Dann fragte er: »Kann ich deinen Kuchen noch essen?« Sie schob ihm den Kuchen hin, von dem sie nur ein Bröckchen probiert hatte. Der schmeckte nach Mehl ohne Eier und Butter, ungefähr so lecker wie der Ersatzkaffee.
Als sie das Lokal verließen, brauchte Lothar in den verdunkelten Straßen nicht mehr dauernd zu grüßen. Er hielt Jojo um die Taille gefasst, wegen der Stöckelschuhe und dem Kopfsteinpflaster. Er machte sie auf jede Bordsteinkante aufmerksam, und jedes Mal hielt er sie fester. Jojo machte ihn auf den Nachthimmel aufmerksam, denn der war wie aus blauem Samt. Sterne blinkten. Ein halber Mond erschien. Man konnte jetzt schlendernde Paare in Umrissen erkennen. Jojo und Lothar gerieten in eine romantische Stimmung, ihre Gefühle waren voller Überschwang und melancholischer Anwandlungen wegen der bevorstehenden unabänderlichen Trennung. Die halbe Weltkugel würde sich wieder zwischen sie schieben. Jojo wollte sich nicht verlieben. Das hatte überhaupt keinen Sinn, aber aufregend war es doch. Ein bisschen probieren, einen Kuss vielleicht, was ist schon dabei? Sie war bald wieder in Asien und er bei den Soldaten. Lothar blieb stehen, dachte wohl im gleichen Moment das Gleiche. Er schlang seine Arme um sie, drückte Jojo sachte an seinen Körper. Sie ließ es geschehen, wartete ab. Ihr Körper meldete angenehme Gefühle. Gleich würde er sie küssen, schon spürte sie, wie nahe sein Mund war, wie er innehielt. Dann die Berührung, das federnde Nachgeben der Lippen beim sinnverwirrenden Aufeinander, Lothars Geruch nach Kernseife, sein Körperduft, der ihm aus dem Hemd-

kragen stieg. Er zog sie fester an sich, und das Gefühl des schwebenden Glücks drohte in einen körperlichen Tumult umzuschlagen. Sie schob ihn weg.

»Bring mich in die Pension!«

Lothar, der ihre Verwirrung hautnah gespürt hatte, war jetzt selbst verunsichert. »Es war doch bloß ein vorgezogener Kuss zum Abschied.« Er zog sie wieder an sich. »Abschiedsküsse sind erlaubt.«

»Man kann doch nicht etwas mit dem Ende anfangen!«, sagte Jojo in seinen Armen.

Lothars Lippen kamen näher: »Es ist nicht zu Ende.«

»Es soll auch nicht anfangen.« Wieder schob sie ihn weg. »Wir sehen uns morgen zum letzten Mal und dann nie mehr.«

Sie sprachen kein Wort bis zur »Pension Weimar«. Sie dachten ans Küssen. Jojo wollte es und wollte es nicht. Lothar wagte es nicht. Sie küssten sich nicht noch einmal.

Vor der Haustür verabredeten sie besonders burschikos ein Treffen für den Morgen des nächsten Tages, ganz etwas Sportliches: zum Schwimmen ins Schwanseebad.

Dann verschwand Jojo im Haus.

War es schon so spät? In der »Pension Weimar« hatte sich die Abendrunde schon aufgelöst. Was würde Mama sagen? Jojo schlich ins Zimmer, aber ihre Mutter war gar nicht da. Jojo fummelte vergeblich am Verdunkelungsrollo herum und legte sich dann ohne Licht zu machen ins Bett. Sie musste nachdenken über Lothar. Noch einmal würden sie sich treffen. Morgen Vormittag zum Schwimmen. Wo war bloß ihr Badeanzug?

Als Wanda Jordan heimkam, war Jojo noch immer wach. Sie merkte, wie Mama sich vorsichtig durchs Zimmer bewegte und dann doch gegen den Eimer knallte. Jojo musste loslachen.

»Was? Du bist noch wach?« Mama zog sich im Dunkeln aus.

Jojo fragte: »Wo warst du?«

»Ich? ... Nirgends.«

»Und wo ist ›nirgends‹?«

»Ach, halt die Klappe und schlaf! Es ist schon nach drei!«

Der Maisonntag war strahlend schön. Im Schwanseebad herrschte Hochbetrieb. Kindergeschrei durchzog die Luft. Alles planschte und spritzte, einige trainierten fürs Sportfest, andere lagen auf der Liegewiese. Auch Jojo und Lothar.
Jojo sah, was für einen Körper Lothar in der Badehose hatte: durchtrainiert, sonnenverbrannt, ohne Makel. Das gefiel ihr sehr. Lothar lag auf dem Bauch neben ihr auf seinem Handtuch. Den Kopf auf die Arme gelegt, schielte er mit diesem Lothar-Blick aus den Augenwinkeln zu Jojo, die mit geschlossenen Augen auf einem Handtuch der »Pension Weimar« auf dem Rücken lag. Ihr feuerroter Badeanzug verriet alle ihre Formen. Unvermittelt öffnete sie die Lider und erwischte den unverhüllten Blick aus seinen Augenwinkeln. Sie hielt seinem Blick stand, nun erst gerade, und auch er schaute nicht weg, lange, länger, noch länger. Unausgegorene Geheimnisse wechselten zwischen Lothar und Jojo in einer Art Windstille mitten im turbulenten Badebetrieb. Als sie es beide nicht mehr aushalten konnten, standen sie auf und stürzten sich ins Wasser, kraulten um die Wette, drückten sich unter Wasser, schnauften und prusteten und lachten.
Lothar sagte: »Warte hier!«, und kraulte zum Sprungturm, stieg die zehn Meter hoch, trat an den Plattformrand und grüßte Jojo von oben. Sich sammelnd, jeden Muskel gespannt, konzentrierte er sich, dann machte er diesen Sprung, der Jojos Herz tanzen ließ: gekonnt mit abgestreckten Armen durch die Luft segelnd, klappte er in halber Höhe die Fingerspitzen an die Zehenspitzen, streckte sich sekundenschnell und glitt im steilen Sturzflug ins aufspritzende Wasser.
Als er herangeschwommen war, sagte Jojo: »Warte hier!« Auch sie kraulte zum Sprungturm, stieg die zehn Meter hoch, stand in ihrem feuerroten Badeanzug oben und grüßte zu Lothar hinunter. Der winkte mit dem Arm zurück. Hier in luftiger Höhe hatte sie damals den Handstand gemacht, auch in einem feuerroten Badeanzug, die unerschrockene Porzellanpuppe aus China.
Jojo blickte in die Tiefe. Das Schwimmbecken sah so klein wie ein Spucknapf aus. Sie war noch nie von solcher Höhe gesprungen.

Ihr Magen meldete Unbehagen, ihr Kopf Schwindel, aber zurückklettern? Das ginge gegen die Ehre. Sie spannte jeden Muskel, ihre Zehen spürten die Absprungkante, sie machte lieber die Augen zu, dann sprang sie. Fußspitzen steif nach unten – sonst verbrannte man sich beim Aufschlag die Sohlen – und Mund auf wegen des Trommelfells. Der freie Fall dauerte ja eine Ewigkeit! Dann klatschendes Nass, Eintauchen, Untertauchen, Gegurgel, Gebrause. Sie schluckte Wasser, kam hustend und prustend hoch, Lothars Arme packten sie, hielten sie über Wasser, bis sie wieder genügend Luft bekam.

»Das erste Mal?«, fragte er. Jojo nickte heftig. Das hatte sie für Lothar getan. Denn dieser Vormittag sollte unvergesslich sein.

Unvergesslich! Ja! Denn Lothars starke Arme ließen Jojo nicht frei. Beim Wassertreten streiften sich ihre nackten Beine, nasse Haut glitschte an nasser Haut, unversehens war ihre Brust in seiner Hand. Ein heimlicher, ein verbotener oder nur ein versehentlicher Griff mitten im Schwimmbad. Eine Aufwallung unbekannter Gefühle ließ Jojo fast schlappmachen.

Und das sollte jetzt gleich vorbei sein? Für alle Zeiten vorbei? Die große Schwimmbaduhr zeigte in einer Unerbittlichkeit die Zeit zum Aufbruch an. Die Einladung bei Mechthilds Eltern zum Mittagessen verlangte deutsche Pünktlichkeit.

Lothar flüsterte ihr ins Ohr: »Ich warte auf dich. Wir müssen doch noch Abschied nehmen!«

Jojo drückte auf den Klingelknopf und war gespannt auf ihre Freundin Mechthild. In der Basttasche hatte sie einen Kimono aus Japan für sie. Die Vogelfunds waren in einen modernen Neubau gezogen. Das Dienstmädchen, es war noch dasselbe, öffnete. Herr und Frau Vogelfund und Mechthild begrüßten sie in der Diele. Die Begrüßungsworte schwirrten durch den Raum, Mamas liebenswürdige Diktion und die thüringisch gefärbten Laute der korpulenten Frau Vogelfund, ab und an die volle Stimme des Regierungsbeamten Vogelfund, der ein Parteiabzeichen trug. Jojo, die hier Josefa hieß, und Mechthild standen sich gegenüber, sahen sich an. Das Wiedersehen war eigenartig. Die besten Freundinnen von einst waren sich ganz fremd geworden. An Jojo flirrte, vibrierte alles, bei jeder leichten Bewegung wippte ihr schräg geschnittener Seidenrock, die Haare, feucht geworden unter der Bademütze, kringelten sich, ihre nackten Zehen mit den lackierten Nägeln zappelten spielerisch in den Sandalen, ihre hellen Augen nahmen alles auf. Dagegen Mechthild: Sie wirkte so fest und bodenständig mit den dicken braunen Zöpfen, in BDM-Kluft, über der vollen Brust die grüne Schnur der Mädelschaftsführerin. Sie war gerade vom Dienst gekommen, am Garderobenhaken hing die Kletterweste. Jojo war sich nicht sicher, ob der Kimono Mechthild passte. Sollte sie sie umarmen? Oder ihr die Hand schütteln? Beide machten sie beides gleichzeitig, verfehlten den Händedruck und stießen, statt sich zu umfassen, mit den Köpfen zusammen. Da mussten beide lachen, ein befreiendes Lachen, und das Gefühl der Freundschaft war wieder da.

Frau Vogelfund führte den Jordans mit kaum verstecktem Stolz ihre große Neubauwohnung vor, öffnete die Tür zu Schlaf- und Badezimmer, Tochter und Söhne hatten ihre eigenen Zimmer, der große Wohn-Essraum war mit Naturholzmöbeln der Vereinigten Werkstätten hell möbliert. Das Führerbild, ebenfalls im Naturholzrahmen, hing auf einem Ehrenplatz über der Vitrine, auf der eine Blumenvase prangte. Der gedeckte Tisch, der die Gäste erwartete, war übersät mit Streublümchen als Muster auf Tischdecke und Meißner Porzellan. Durch die großen Fenster und vom Balkon blickte man auf Auen und einen Bach. Prunkstück der Wohnung war wie ehedem im alten Haus das Musikzimmer, der so genannte Kalte Salon, mit roten Plüschmöbeln und Mechthilds mannshoher Goldharfe.

Nachdem das Dienstmädchen gefragt hatte, ob es servieren könne, gab es reichliches und kompaktes Essen: Rinderroulade mit Soße, Thüringer Klöße und Rotkohl. Frau Vogelfund wies angesichts der üppigen Fleischportionen verschmitzt auf ihre Beziehungen zum Lande hin, wo sie Verwandtschaft hatte.

Wanda Jordan erkundigte sich, was man denn von der allgemeinen Lage halten solle? Was für eine Frage! Herr Vogelfund fasste sich voll Vaterlandsliebe zwischen Parteiabzeichen und Bauchwölbung an die Brust und beschwor die Vision des auf allen Gebieten siegreichen und ruhmreichen, heiligen germanischen Krieges. »Das soll uns mal einer nachmachen! Wir haben überall gesiegt, in Polen« – Mama zog unwillkürlich ein Gesicht, Jojo sah es – »in Belgien, Holland und Frankreich. Die Engländer haben wir ins Meer getrieben. Wir haben Dänemark, Norwegen, Jugoslawien und Griechenland besetzt. Und Rommel steht mit dem Afrikakorps praktisch vor Kairo.« Er lächelte seine Frau an: »Die deutschen Mütter können sich glücklich schätzen, dem Führer ihre Söhne zu übereignen, nicht wahr, Mutti?«

Ja, die Mutter war unverhohlen stolz, besonders auf ihren Ältesten: »Er ist bereits Leutnant, und er hat das EK I und EK II. Zuletzt hat er mit den siegreichen Truppen in Jugoslawien gekämpft.« Vater Vogelfund fügte hinzu: »Wir haben allerdings lange keine Feldpost mehr bekommen. Irgendwie herrscht da momentan Funkstille.«

»Und der Jüngere?«, fragte Mama. Der war noch in der Ausbildung. Sie lachten. »Rüdiger hat sich ja so bitter über den Kasernendrill beschwert«, sagte Frau Vogelfund. Der Vater ergänzte verständnisvoll: »Er will bloß raus. So schnell es geht an die Front!« Und die Mutter mit Augenblinzeln: »Hat Angst, er könnte den Krieg verpassen, eh's zu Ende ist, und vielleicht ohne Orden und Ehrenzeichen dastehen.« Jojo schaute ihre Mama an. Würde sie von Alexander erzählen? Dass er jetzt mit ihnen via Sibirien verduften würde, um nicht Soldat werden zu müssen? Nein, Mama ließ das Thema unter den Tisch fallen.

»Und wie geht es dir in der Schule, Josefa?« Die ewige Verlegenheitsfrage von Erwachsenen an Jugendliche. Jojo hob die Schultern und sagte lässig: »Mal seh'n. Ich hab' jetzt neunmal die Schule gewechselt, mal hatte ich gar keine Schule und mal Privatlehrer.« Frau Vogelfund konnte sich solch chaotische Schulverhältnisse gar nicht vorstellen, und Mama fing an, die Schrecknisse von Kriegen und Erdbeben zu schildern. Als das Dienstmädchen

das Blümchengeschirr abräumte, sollte es noch einen Mokka geben. Die Freundinnen aber verdrückten sich in Mechthilds Zimmer.
Der mitgebrachte Kimono war wirklich zu eng, schade, Mechthilds Busen war zu mächtig. Aber Jojo hatte noch etwas anderes zum Vorzeigen: die Porträtpostkarten deutscher Helden, die sie im Schreibwarenladen gekauft hatte: Jagdflieger Mölders, Ritterkreuz mit Eichenlaub und Schwertern, Leutnant Marseille, zweiundzwanzig Jahre, Ritterkreuz mit Eichenlaub, den fanden sie besonders süß, einen U-Bootkapitän, Kaleu von Orthen, und Fliegerheld Galland, verwegen mit dem schwarzen Bärtchen. »Meine Schulfreundinnen in Japan sind ganz wild auf die.« Und dann Mechthilds Frage: »Josefa, hast du schon einen Liebsten?« Jojo zögerte, sollte sie von Lothar erzählen? Lieber nicht. »Ich ... ich bin ja nirgendwo lange genug.« Sie schaute in Mechthilds braune Augen. »Und du?« Mechthild nickte. Da war ein HJ-Führer, in den war sie verknallt, mit dem war sie übers Johannisfeuer gesprungen ... Mechthilds Mutter schaute ins Zimmer, Mechthild sollte noch etwas auf der Harfe vorspielen. Aber Mama bedauerte, sie hatte Karten fürs Theater. »›Tannhäuser‹, Sie werden verstehen, dass ich alles Kulturelle noch genießen möchte, solange wir da sind. In Ostasien ist deutsches Geistesleben leider Mangelware, und wir reisen ja gleich wieder ab.« Frau Vogelfund bedauerte das, auch Mechthild: »Schade, Josefa, für unsere Reichsjugendwettkämpfe Ende Juli könnte ich in meiner Mädelschar so eine Läuferin und Ballwerferin wie dich noch gut gebrauchen.«
»Da bin ich längst via Sibirien abgedampft.«

Wo nimmt man Abschied, wenn es ein Abschied für immer ist? Insgeheim und von keinem gestört? Jedenfalls nicht im Dunstkreis der »Pension Weimar« und auf keinen Fall auf dem Bahnhof, denn Abschiedsszenen auf dem Bahnhof sind für Jojo ein Gräuel. Nur einen Platz gab es dafür, der schon längst ihrer beider Platz war, verwunschen, verwildert, zugewachsen: der Garten hinter dem Gartenhaus Goethes – zu später Stunde, an diesem Maisonn-

tag romantisch beleuchtet vom feurigen Abendhimmel, zum Ersticken geschwängert mit Duftschwaden aus aufplatzenden, nachtaktiven Frühlingsblüten und symbolträchtig bestückt mit dem Kugelstein, dem »Stein des guten Glücks«. Hier standen sie, Jojo und Lothar, und ihre ineinander verschlungenen Hände ruhten auf der Kugel. »Lothar«, sagte Jojo, »ich habe das Blechkästchen mitgebracht. Hast du auch an das Foto gedacht?«
»Ja, und was legen wir dazu? Wieder deine alte Perlenkette?« Jojo nickte. »Machst du sie ab?« Lothar musste lange unter ihrem Haar an ihrem Nacken fummeln, dort, wo sie besonders kitzelig war, und er beeilte sich nicht. Schließlich hatte er das Schloss der Kette auf. Jojo zog aus der Tasche ein Foto, so hatten sie es verabredet. »Und jetzt dein Foto.« Beide Fotos sollten in die Blechschachtel und vergraben werden. »Und ich?«, sagte Lothar. »Ich hab' ja gar keins von dir!« – »Und ich?«, sagte Jojo.« Ich hab' keins von dir.« Sie hatte immer eine Schere bei sich, eine winzige, zusammengeklappte chinesische Schere an einer Seidenschnur. Die klappte sie auseinander, dann schnitt sie im letzten Lichtschein sorgfältig Lothars Gesicht auf dem Foto durch die Nasenmitte in zwei Hälften und dann auf ihrem Foto ihr eigenes. Die einen Hälften legten sie ins Kästchen, die anderen tauschten sie zur Erinnerung. Zur Erinnerung an die gekostete Süße und Bitternis des Lebens.
Das Kästchen vergruben sie unter Wurzeln und Steinen. Symbolisch begraben wurde auch ihre junge Liebe, die keine Zukunft hatte. Das Geheimnis des Verstecks besiegelten sie mit heißen Lippen in einem langen, unschuldigen Kuss, der sie glücklich und unglücklich machte, wie immer, wenn eine Liebe jung und hoffnungslos ist.

»Du verdirbst dir die Augen, Jojo«, sagte Tante Mali. Jojo saß am Tisch mit der »Berliner Illustrierten«, sie kniff die Augen zusammen, um im Zwielicht die Liebesszene im Fortsetzungsroman »Truxa« zu entziffern, in der der muskelstrotzende Trapezartist seine Geliebte, die Schlangentänzerin, im Zirkuswagen aufs Bett wirft.

Es war ein heller, langer Tag Anfang Juni gewesen, der jetzt verlosch. Sie hatten das Licht im Wintergarten bis zuletzt ausgenutzt, Tante Frieda zum Behäkeln von Kleiderbügeln, Frau Pusch zum Flicken von Pensionswäsche und Tante Mali zum Zerschneiden von alten, graubraunen Strümpfen, um aus ihnen Bettvorleger zu fertigen. Mariechen hatte Messerklingen geputzt mit Korken, Silberputzpulver und Poliertuch, ihre Finger waren ganz schwarz. Jetzt warf der Abend seine Schatten. Noch war es zu früh für die elektrische Beleuchtung, noch war Dämmerstunde zwischen Tag und Nacht, da durften die Hände ruhen und die Gedanken schweifen, ehe der Abendbetrieb losging.
Vor Jojos Augen verschwammen die Buchstaben, sie hatte gerade noch die letzten Zeilen lesen können, wie der heißblütige Liebhaber seiner Schlangentänzerin die Atlasbluse aufreißt, wie er seinen Gürtel lockert und den obersten Knopf seiner Hose öffnet … »Fortsetzung folgt« stand da mitten im unvollendeten Satz. Jojo fühlte sich enttäuscht. Sie hätte gern gewusst, wie diese Szene weitergeht. Warum war es so aufregend zu lesen, dass ein Mann den Knopf seiner Hose öffnete? Sie würde es nicht erfahren, denn bei der nächsten Fortsetzung würde sie bereits im ratternden Transsibirien-Express sitzen. Das Reisefieber ergriff sie und ließ sie innerlich zappeln.
Hannelore Weimar kam ins Zimmer und nahm in ihrem Sessel vor dem Volksempfänger Platz. Jojo sah ein Streichholz aufflammen, das Aufglühen einer Zigarette und für eine Sekunde das beleuchtete markante Gesicht. Dann roch sie den Rauch der Simon-Arzt-Zigarette aus Port Said, die Hannelore von Mama hatte – als Erinnerung an Vati. Hannelore drehte im Dunkeln am Knopf: atmosphärische Geräusche, Pfeifen, Morsezeichen, dann der Deutschlandsender mit »Was unsere Hörer wünschen«. Jojo kannte das schon: Hannelore war immer begierig auf Schmachtlieder, zu denen man weinen konnte. Dann seufzte sie und sehnte sich nach ihrem Tierarzt, der in Frankreich stationiert war. Das Einzige, was sie von ihm hatte, war eine Kiste mit französischem Cognac, die sein Bursche ihr während eines Kurzurlaubs abgeliefert hatte.

Im Radio spielten sie »Heimat, deine Sterne …« und dann »Tapfere kleine Soldatenfrau …«, und wieder einmal sang Rosita Serrano mit durchdringender Stimme. Jojo fühlte sich bei den Wunschmelodien augenblicklich ins Café versetzt, neben Lothar, spürte geradezu körperlich seinen kratzenden Uniformärmel an ihrer nackten Haut. Lothar, der aus dem Hemdkragen nach Kernseife roch und dessen Lippen beim Küssen federnd nachgaben. Sie überließ sich ihrem Liebeskummer, halbherzig, denn es gab ja keine Hoffnung. Ein Kuddelmuddel von Emotionen wühlte in ihrer Herzgegend, das elegische Gefühl einer verlorenen Liebe und zugleich eine schwirrende Flattervogelstimmung vor dem Aufbruch in neue Welten. Ihre Fantasie eilte kilometerfressend voraus über Schienen und Schienen, durch endlose Weiten, Woche um Woche, die ferne, schillernde Welt lockte wieder mit Abenteuern und skurrilen Nebenerscheinungen. Die Gedankenflut machte Jojo schwindlig, die gespensterhaft im Rund hockenden Gestalten begannen sich im diffusen Licht im Kreis zu drehen.
Da ging die Tür auf. Im Schein des Treppenhauslichts kamen die Pensionsgäste herein. Unter der Zimmerlinde erhoben sich alle gleichzeitig und verließen den Wintergarten. Im Essraum zogen sie den zentimeterdicken Verdunkelungsvorhang zu, machten Licht und suchten sich ihre Plätze. Herr Schüble schleppte eine Fünfliterflasche Wein an und fragte nach der »gnädigen Frau aus China«, die erst angekommen sei und bereits übermorgen, ausgerechnet zu Pfingsten, wieder abreisen wolle. Um in Erinnerung an die Abendrunden auf glücklichere Zeiten mit ihr anzustoßen, hatte er die bauchige Korbflasche aus Geißlingen, wo sein kriegswichtiger Betrieb war, mitgebracht.
Jutta mit dem schwer herabfallenden Blondhaar kam als Nächste hereingestelzt, auf hohen Keilabsätzen aus Kork. Sie fragte sofort: »Wo ist denn Wolfi?« Was sie hörte, gefiel ihr gar nicht, denn Hannelore antwortete ihr ein bisschen süffisant, dass nämlich »Wolfi« die »gnädige Frau aus China« in die Operette »Die Dubarry« ausgeführt habe. Jojo sah, wie Jutta vor Ärger rot wurde. »Die ›Dubarry‹ ist doch längst aus! Fräulein Krauss ist schon

längst da! Wo bleiben die denn so lange?« Sie merkte an Tante Malis Miene, dass sie sich im Ton vergriffen hatte, und versuchte, ihre Eifersucht zu überspielen. Sie drehte sich einmal um sich selbst, zeigte ihr neues selbst geschneidertes Sommerkleid. Aus Leinen? Mit dem raffinierten Rückenausschnitt? Die Reaktion der Abendrunde war lau, so setzte sie sich neben eine dicke Person, die bereits Platz genommen hatte. Sie war ebenfalls Modeschülerin und teilte sich mit Jutta das Turmzimmer. Jojo hatte mit der Dicken noch nie gesprochen. Sie hatte die Lippen genau wie Jutta knallrot bemalt. Beide hatten feuerrot lackierte Fingernägel. Die Dicke reichte Jojo die Hand. »Ich heiße Renate, und du bist die Jojo, nich' wahr?« Jojo nickte. Renate wusste schon von Jojos bevorstehender Abreise und fragte, was Jojo denn als Souvenir an Deutschland ausgesucht habe. Jojo holte ihre Heldenpostkarten, die für die Schulfreundinnen bestimmt waren, und wollte von den Modeschülerinnen wissen, ob noch ein wichtiger Held fehle. Renate und Jutta legten die Heldenporträtkarten aus wie eine Patience. Sie zeigten mit ihren rotlackierten Fingernägeln auf den und auf den und auf den, sagten mit Bedauern: »Abgeschossen … versenkt … gefallen.« Jojo gab es Stiche ins Herz, und Tante Frieda sagte: »Du großer Gott!«

Herr Schüble stemmte die Fünfliterflasche auf den Tisch und meinte, man solle doch mit dem Trinken anfangen, ehe der Weißwein warm werde. Frau Pusch holte Gläser und eine Karaffe, Herr Schüble goss Wein in die Karaffe, dann aus der Karaffe in die Gläser. Frau Pusch versorgte jeden mit einem Glas Wein. Wo war denn das Fräulein Bambach heute? Die Pusch stellte ein Glas für sie hin und zwei Gläser an die Plätze von Mama und Wolf. Gerade als alle sich zuprosten wollten, erschien Ulla Bambach mit verheultem Gesicht. Sie hielt eine durchnässte, zerknüllte Feldpostkarte in der Hand. Die Weingläser wurden wieder hingestellt. Fräulein Bambach schnäuzte sich ins Taschentuch und entschuldigte sich: Eigentlich wollte sie die anderen mit ihrem Kummer nicht stören, aber nun hatte sie es doch nicht ausgehalten. Sie hielt die Feldpostkarte hoch, konnte nur mit Mühe vorlesen, was Celi-

no Demjensky mit knappen, hastig gekritzelten Worten aus Griechenland geschrieben hatte: Urlaubssperre sei verhängt worden, ganz plötzlich, ohne Ausnahme. Celino würde nicht zu Pfingsten nach Weimar kommen, um mit Ulla Bambach die versprochene Kriegstrauung zu feiern. Sie schnäuzte sich noch einmal. Sie sei doch schon seit drei Jahren mit ihm verlobt. Gottlieb Schüble füllte ihr das Glas mit Wein, alle hoben die Gläser, man tröstete sie, der Krieg werde nicht ewig dauern und im Übrigen gebe es ja auch Ferntrauungen, da brauche der Bräutigam überhaupt nicht anwesend zu sein, ha, ha, und Mariechen machte einen verunglückten Trostversuch, indem sie sagte, dass sie schon über zwölf Jahre verlobt sei und immer noch am Leben. Man stärkte sich mit einem Schluck Wein, da klingelte es an der Haustür. Tante Mali erhob sich besorgt. Es war doch alles ordnungsgemäß verdunkelt? Sicher machte sich Luftschutzwart Huschke wieder wichtig.
Von der Haustür her hörte man eine lebhafte Begrüßung, dann kam Tante Mali mit einem jungen Mann in Tweedjacke, offenem Hemd und Flanellhosen herein, der sich angesichts der auf ihn gerichteten Blicke mit den Fingern durch die dunklen, gewellten Haare fuhr und ein charmantes, halb verlegenes Lächeln zeigte.
»Alexander!«, rief Jojo und lief um den Tisch herum. Er fasste sie um die Schultern, drückte ihr einen Kuss auf die Wange, und ein paar von Jojos widerspenstigen Haaren gerieten zwischen seine Lippen. Von denen musste er sich erst befreien, was ziepte, so dass Jojo »aua!« rief, worauf alle lachen mussten.
Das war also Alexander, der Sohn von Wanduschka! Die Abendrunde beäugte ihn voll unverhohlener Neugier. Man hatte ihn als Dreizehnjährigen mal flüchtig kennen gelernt, einer der immer nur Karl May las und mit Wolf zur Olympiade nach Berlin fahren durfte. Jetzt war er gut siebzehn, hochgeschossen, schlank und mit Sex-Appeal, wie die Weiblichkeit in der Abendrunde sofort erspürte. Mit dem im Internat erlernten Schliff begrüßte er reihum jeden mit Händedruck, schaute jedem mit seinen schiefergrauen Augen höflich und aufmerksam ins Gesicht, begeisterte damit Tante Frieda, Mariechen, Frau Pusch, beeindruckte Hannelore,

die Bambach, die Krauss, sowie Jutta und Renate. Alexander war sofort der Mittelpunkt der Abendrunde.
Er strahlte Lebenslust und Unternehmungsgeist aus, denn er hatte dem Internat den Rücken gekehrt. Er hatte außerplanmäßig sein Abgangszeugnis erhalten und sich in den Zug gequetscht, um seine Mutter zu überraschen. Aber die war überhaupt nicht da.
Es entstand eine Pause voll unausgesprochener Gedanken, während der man Juttas Finger auf der Tischplatte trommeln hörte. Dann erklärte Tante Mali: »Deine Mutter ist im Theater, sie wird sicher gleich kommen.« Frau Pusch wollte ein Weinglas, aber Alexander hätte lieber ein Bier gehabt. Ob das gehe. Jaja, Mariechen holte ein Ehringsdorfer Urquell für den Sohn von Wanduschka. Ehrensache! Alexander setzte sich neben Jojo, fragte höflich in die Runde, ob er rauchen dürfe. Hannelore gab ihm Feuer, er sagte »danke«, tat einen tiefen Gewohnheitszug, blies den Rauch genießerisch aus, hielt zwischen den erhobenen Fingern den Glimmstängel schon für den nächsten Zug bereit. Hannelore zeigte ihm das Zigarettenetui mit der Gravur von Vati. Dann zündete sie sich selbst eine an, lehnte sich zurück und stellte fasziniert fest: »Herr Jordan, Sie haben genau die gleiche kompromisslose Art zu rauchen wie Ihr Vater.« Sein Blick streifte ihr markantes Gesicht, dann trafen sich ihre Blicke, sie wusste anscheinend viel mehr von seinem Vater als er. Mit seinem charmanten Lächeln bat er sie: »Bitte sagen Sie Alexander und du zu mir, Fräulein Weimar!« Sie lachte ihr männermordendes Lachen, wie Mama es immer genannt hatte. »Dann musst du aber auch Hannelore zu mir sagen!«
»Sehr gern, Hannelore!«
Jojo und Alexander, Seite an Seite am Tisch, Schwester und Bruder, waren sich fremd und doch nah, hatten eine getrennte Vergangenheit hinter sich und eine gemeinsame Zukunft vor sich. Ob er ihr wohl verziehen hatte, dass er als Junge im Internat bleiben musste und sie als Mädchen zurück nach China durfte? Hätte er gern all das erlebt und durchlitten, was Jojo erlebt und durchlitten hatte?

Wo nur Wanda Jordan und Wolf Weimar blieben? Die blonde Jutta trommelte schon wieder mit den Fingern auf den Tisch, sie war entsetzlich nervös. Jojo konnte sehen: Die Eifersucht brachte sie fast um.

Dann endlich ging die Tür auf und Wanda Jordan und Wolf kamen herein, in gehobener Stimmung, angeregt und bester Laune, Wanduschka mit geröteten Wangen, Wolf mit prallen Lippen. Man konnte seine Schlüsse ziehen.

Jetzt entdeckte Mama den jungen Mann, der sie erwartungsvoll anlächelte: »Oh mein Gott! Da ist ja Alexander!« Mama fiel Alexander um den Hals, musste die Arme nach oben recken, denn er war größer als sie. Sie zog seinen Kopf zu sich herab, bedeckte sein Gesicht mit Küssen. Er wehrte geniert ab, so heftige Liebesbezeigungen war er nicht gewöhnt. »Jetzt wird gefeiert!«, rief sie in die Runde. »Ihr habt ja schon angefangen, aber ich habe noch Sekt aus Tante Emilys Kiste. Übermorgen geht's los, das müssen wir begießen! Nach Berlin, Warschau, Moskau bis Shanghai, und dann nach Japan. Alexander, freust du dich?«

»Ja, Mutter.« Er entzog sich ihr, warf einen misstrauischen Blick auf Wolf, der ihn männlich-kameradschaftlich mit Hand- und Schulterschlag begrüßte.

In der allgemeinen Hochstimmung stiftete Hannelore für die Herren eine Flasche Cognac aus ihrer französischen Kiste. Und weil es nichts zu essen dazu gab, waren alle ganz schnell angeheitert. Man lachte über alles und jedes und über nichts. Selbst Tante Mali gluckste, als sie erzählte, mit welchen Tricks sie auf dem Lande drei fette Hühner gegen falschen Schmuck eingetauscht hatte. »Pfingsten gibt's gebratenes Huhn! Und Eier für'n Pudding hab' ich auch ergattert.«

Die dicke Renate hielt sich die Ohren zu. Sie schrie: »Aufhören! Aufhören!« Sie hungerte schon seit Wochen, hatte aber kein Gramm abgenommen. »Meinem Liebsten, bei dem ich gerade in Kiel war, dem gefällt das ja, aber für die Mode bin ich einfach zu dick.« Sie stöhnte: »Die Pfunde sind immer noch vom Arbeitsdienst. Alle Arbeitsmaiden werden so entsetzlich dick. Andau-

ernd Milchreis und Grießbrei und Mehlklunkersuppe bei der harten Arbeit im Kuhstall und auf dem Feld. Da haut natürlich jede gleich die doppelte Ration rein.« – »Ich sag's euch«, rief Liane Krauss, »beim Theater gibt's keinen Nachwuchs fürs Ballett mehr. Alle, die zum Arbeitsdienst müssen und zurückkommen, haben schwere Brüste und dicke Hintern und fette Schenkel …« Mit schiefem Lächeln fügte sie hinzu: »Entschuldige, Renate!« Jojo dankte ihren Göttern, dass sie solchen Zumutungen entkam.
»Das ist wohl ganz nach dem Geschmack des Führers«, meinte Wanda Jordan. Nein, nein, man protestierte, die dicken, stämmigen Mädels wurden nur zum Kindergebären gebraucht, hatte doch gerade in der Zeitung gestanden, Himmler fordere höhere Geburtenziffern. »Himmler«, erklärten sie Wanduschka, »ist der Reichsführer der SS.« Und Liane Krauss wusste es ganz genau, denn das hatte man hinter vorgehaltener Hand über Weimars berühmteste Schauspielerin, Emmy Sonnemann, der jetzigen Gattin des Reichsmarschalls Hermann Göring, erfahren: Der Führer schwärmte im Gegenteil für elegante Frauen, für Filmstars wie Marika Rökk und Olga Tschechowa, Camilla Horn und Zarah Leander, Ilse Werner oder Christina Söderbaum. Er sieht sich jeden Abend ein, zwei Filme an, manchmal sogar drei.
»Dass der als Führer dafür so viel Zeit hat!«, rief Jojo verwundert. Sie hatte ein Glas Sekt geleert, und der perlte ihr durchs Gehirn. Mama hatte auch einen Schwips. Sie schlug mit der flachen Hand auf den Tisch wegen dem blöden Einfall der Weimarer Inszenierung, mitten in der französisch-höfischen Operette Churchill mit ausgestopftem Bauch und Zigarre antänzeln und politische Spottlieder auf sich selbst singen zu lassen. Wolf neben ihr grinste breit über ihre Empörung. »Das Publikum hat jedenfalls getobt.« Und Mama: »Da sieht man mal, wie unsensibel die sind. Da wird man ja mitten im Kulturgenuss mit blöder Propaganda überfallen!« Herr Schüble fand das normal, das sei die moderne Art der Politik: »Man will jeden immer und überall mit Parolen zubuttern.« Liane Krauss warnte ihn: »Gottlieb, pass auf, was du sagst! Sonst schicken sie dich noch an die Front!« Aber Gottlieb Schüble sagte auf

Schwäbisch: »Noi, noi«, und erklärte Mama, dass er u.k. sei, das heiße unabkömmlich, weil er in seinem Betrieb statt Tafelsilber jetzt Essgeschirr und Essbestecke aus Blech für die Soldaten herstelle. Er kippte einen Cognac zum Wein und rief: »Es lebe die Heimatfront!« Liane wollte von Gottliebs politischen Bemerkungen ablenken und dem Gespräch eine Wende ins Harmlose geben. »Frau Jordan«, fragte sie, »wohnen Sie in Shanghai eigentlich im Hotel oder privat?« Doch da geriet das Gespräch auf viel heikleres Terrain, denn Wanda erzählte freiweg, dass sie bei ihren Freunden, den Goldbaums, wohnen würde, die eine große Villa besäßen. »Goldbaum? Wohl Juden?« – »Na klar, ganz Shanghai wimmelt von deutschen Juden, alles Emigranten. Die meisten sind achtunddreißig/neununddreißig mit Überseedampfern angekommen, mit der ›Scharnhorst‹ und der ›Gneisenau‹, und stellt euch vor: Die mussten die ganze Schiffspassage hin und zurück bezahlen, dabei wollte und konnte keiner zurück. Und sie mussten alle Trinkgelder im Voraus bezahlen. Weil man in Deutschland ihre Vermögen beschlagnahmt hatte, waren sie ohne einen Cent. Viele haben als Hausierer mit dem Köfferchen angefangen, hatten schrecklich ärmliche Wohnverhältnisse im Chinesenviertel, aber jetzt, viele große Shops gehören diesen Juden, auf der Hauptgeschäftsstraße, der Nanking Road, wird hauptsächlich Deutsch gesprochen. Unser Freund Dr. Goldbaum hat eine florierende Arztpraxis, die reichsten Chinesen kommen zu ihm.«
Jetzt, als sie Luft holte, merkte Mama, dass alle dasaßen, als hätten sie eins auf den Deckel gekriegt. Alexander stand auf und sagte: »Jojo hat mir erzählt, im Salon gäb's ein Klavier. Darf ich mal was drauf spielen?« Klar! Alle waren heilfroh über diesen eleganten Schlenker, und Liane sagte laut: »Wie heißt es doch so schön? Lustig soll's zugeh'n, wenn die Zeiten traurig sind!«
Alexander zog die Jacke aus, setzte sich im weißen Hemd ans Klavier, schlug den Deckel auf und griff mit Temperament in die Tasten. Die Zigarette hing ihm nach Barpianistenart im Mundwinkel, die dunkle Haarlocke fiel ihm in die Stirn, wenn er sich im Rhythmus bewegte. Die pfiffigsten Gassenhauer und die senti-

mentalsten Schagermelodien entlockte er dem alten Klavier. Alle hatten sich um ihn versammelt, Chorsängerin Liane Krauss ließ ihre glockenhelle Stimme emporsteigen, und natürlich sang auch Mama mit, denn sie kannte alle Schlager. Die Bambach drückte in Gedanken an ihren Demjensky in der Ferne die Hand ans Herz. Hannelores Augen drohten überzulaufen, weil der schöne Alexander in seiner hinreißenden Art sie so entzückte. Man sang »Für eine Nacht voller Seligkeit, da geb' ich alles hin«, »Wenn die Sonne hinter den Dächern versinkt, bin ich mit meiner Sehnsucht allein« und: »Ich steh' im Regen und warte auf dich«. Dann wurde Alexander frech, spielte den »Lampert-Waltz« und verbotenen englischen Jazz und so genannte Niggersongs, zu denen er die englischen Texte sang.
Die Stimmung erklomm ihren Höhepunkt. Mama rüttelte Alexander an der Schulter: »Mach mal eine Pause, ich will was sagen!« Das Klavierspiel verstummte, alle sahen auf Wanda Jordan, die nun rief: »Kinder, es ist so schön! Ich hab' beschlossen: Wir bleiben noch hier. Wir verlängern unseren Aufenthalt. Sagen wir mal, um einen Monat. Noch vier Wochen in Weimar!«
Die Ankündigung löste einen Tumult aus. Jojo sprang sofort ein Gedanke an: Lothar! Ich werde Lothar wieder sehen! Alle redeten durcheinander, nur Wolf sagte nichts. Jojo fand, er glotzte und grinste Mama breit an wie ein Honigkuchenpferd. Und wie in einer Filmszene sah sie die blonde Jutta in eifersüchtiger Empörung aus dem Zimmer stürmen und die Tür hinter sich ins Schloss knallen.
Mama verkündete, was ihr so am Herzen liege: Theater, Oper, Konzerte, Kino, Kultur ... Aber jeder wusste: Es war Wolf.
Auch Alexander hatte längst mitgekriegt, was sich hier abspielte zwischen seiner Mutter und diesem Wolf in den Offiziersklamotten. Er erhob sich vom Klavierschemel und protestierte. Wie sie das machen wolle. Ob sie nicht wisse, wie schwierig der Umgang mit den Behörden sei. Dass man Zulassungskarten für jede Bahnfahrt brauche. Dass man für den Transsibirien-Express die Schlafwagenkarten nicht einfach umbuchen könne, weil alle Plät-

ze schon lange für andere Passagiere reserviert seien. Dass es Tausende gab, die raus aus Deutschland wollten. Und ob die Visa überhaupt so lange galten und das Geld reichte.
»Ach«, sagte Mama, »ich mach' das schon. Ich hab' in meinem Leben schon ganz andere Dinge zurechtgebogen. Ich sag' einfach, einer von uns ist krank geworden. Die Visa gelten bestimmt noch, und Geld ... Da kann ich nur lachen! Jeder darf gerade mal zehn Mark mitnehmen für die Fahrt bis Shanghai, das ist das deutsche Devisengesetz! Wenn du kein Geld im Ausland hast, mein Sohn, bist du da draußen ein Nobody.«
Tante Mali sagte: »Wanduschka, Sie müssen sich dann aber anmelden wegen der Lebensmittelmarken, und das Zimmer ist eigentlich schon für einen Mieter vorgemerkt.« Die Bambach fand das toll: »Dann können Sie doch noch Trauzeugin bei meiner Hochzeit machen, wenn die Urlaubssperre aufgehoben wird.«
Alexander widersprach seiner Mutter heftig, ohne auf die anderen Anwesenden zu achten: »Ich will nach China! Denkste, ich bleib' noch einen Tag länger in Deutschland? Seit fünf Jahren hab' ich mir das gewünscht: Shanghai wieder sehen, den Jang-tse-kiang wieder sehen. Ich will nicht länger warten, nur weil du« – er zeigte auf Wolf – »Weimarer Kultur genießen willst.«
Jojo blickte zu Wolf hin, der stand neben Mama und sagte: »Bleib hier, Wanduschka! Solange es geht.«
»Was sind schon vier Wochen, Alexander!«, rief Mama. Doch der war schon an der Tür und riss sie auf: »Hier in der ›Pension Weimar‹ bleib' ich jedenfalls nicht! Ich fahr' zu Tante Emily nach Berlin. In Berlin is' wenigstens was los! Da kannst du mich ja abhol'n, wann's dir passt!« Ging raus und schmiss die Tür hinter sich zu.
Jojo überfiel ein heftiger Kopfschmerz. Sie verdrückte sich aus dem Salon, wo alle durcheinander schwatzten. Im Treppenhaus hörte sie die Haustür aufgehen. Sie rief: »Alexander, warte!« Durchs Jugendstilglas der Tür sah sie ihn davonlaufen, mit Jacke, Lederkoffer und Tennisracket.
Sie zögerte einen Moment. Sollte sie ihm nacheilen? Da ging die Tür zum Zimmer auf, in dem früher Demjensky und jetzt der

Goldfasan wohnte, den man keinesfalls Goldfasan nennen durfte. Der trat im teuren gestreiften Morgenmantel in den Flur und zog die Tür hinter sich zu. Aber Jojo hatte seinen Neffen gerade noch blitzartig erspäht, wie er sich kaum bekleidet auf der Couch räkelte, so schön, dass es Jojo den Atem verschlug. »Also Frollein«, bellte Schulungsleiter Dr. Brenner Jojo an, »wenn ich nicht im Negligé wäre, würd' ich jetzt in den Salon reingehen und denen da den Schlusspfiff trillern.« Er zeigte auf sein Handgelenk, wo tagsüber die Armbanduhr war. »Es ist weit nach Mitternacht! Von meinem Zimmer aus kann man alles mithören. Alles! Es wurde Niggerjazz gespielt, und jemand hat sogar englisch gesungen!« Dr. Brenner erhob seine geschulte Stimme besonders nachdrücklich: »Sagen Sie denen da drin, dass das verboten ist und dass ich ihnen großen Ärger machen kann.« Jojo starrte den Goldfasan in konfuser Stimmung zwischen Schwips und Familiendrama mit ihren hellen Augen provozierend an. Wie ein konsterniertes Kaninchen wich sie nicht von der Stelle. Schon wollte er zu weiteren Drohungen ansetzen, als hinter ihm der schöne Neffe die Tür öffnete. Er grinste Jojo mit einem merkwürdig unanständigen Ausdruck an und sagte: »Komm wieder rein, Onkel, mir ist kalt.« Der Onkel verschwand hinter der Tür.

Jojo stand da und wusste nicht, was sie davon halten sollte: von diesem »Onkel, mir ist kalt«. Aus dem Salon kam ihre Mutter und sagte mit Schluckauf: »Wo ist Alexander? Jetzt werd' ich mal mit ihm Tacheles reden.«

»Der ist schon weg zum Bahnhof«, sagte Jojo leicht triumphierend. »Mit Koffer und Tennisschläger.« Mama starrte sie wortlos an, vom Schluckauf geplagt. Fast tat sie Jojo Leid, aber auch Schadenfreude stieg in der Tochter hoch: Das hatte sie schließlich alles Wolf zu verdanken.

Ein stechender Schmerz fuhr Jojo durch den Unterleib, sie fasste sich an den Bauch und krümmte sich. »Aua, ich glaub', ich krieg' meine Tage.« Sie ließ die Mutter stehen und verschwand in ihrem Zimmer.

Die Zeit ging dahin, für den einen schnell, für den anderen langsam. Jojo langweilte sich, Mama aber hatte andauernd zu tun. Alexander war wirklich nach Berlin abgehauen. Mechthild hatte Schule und BDM-Dienst, Lothar war von der Bildfläche verschwunden. Jojo lieh sich in der Pension ein Fahrrad aus und fuhr durch die Gegend. Sonne, Wolken und Himmelsblau wetteiferten mit dem üppigen Grün majestätischer Bäume. Jojo auf dem Rad sah sich alles an: die romantischen Pfade an glucksenden Bächen, das mit Veilchen und Farnen wie mit einem Teppich bedeckte Ilmufer, die steilen Hänge mit künstlichen Felsen, kunstsinnig entworfene Landschaften mit hineingebauten Ruinen. Sie strampelte die Belvedere-Allee hinauf, entdeckte oben versteckt im Park einen Prominentenfriedhof für besonders einflussreiche Bonzen, sie schob ihr Rad durch die Orangerie und genoss den Weitblick über das Land, bemerkte hier oben, wie klein in Wahrheit Weimar war. Sie raste ohne zu treten in lebensgefährlichem Tempo die Belvedere-Allee wieder hinunter im Licht- und Schattenraster der vorbeiflitzenden Bäume, sie durchradelte gemächlich die Laubwälder bis nach Tiefurt, sie entdeckte versteckte Brunnen, vermoderte Inschriften, eine Sphinxgrotte … Der Geist von Weimar ergriff sie, und in ihrer Vorstellung sah sie Menschen von damals lustwandeln, in altmodischen Gewändern, Poesie rezitierend, philosophischen Gedanken nachhängend, im Geiste komponierend. Geistvolle Frauen voller Eleganz mit Locken und Hüten und Hündchen, Goethe und Schiller, Liszt und Wieland, Charlotte Vulpius und Frau von Stein, Großfürstin Maria Paulowna und Herzoginmutter Anna Amalia. Der Geist von Weimar ergriff sie ganz ohne ihr Zutun, das berühmte Ilm-Athen erschloss sich ihr, erfüllte sie, weil sie sich wie ein weites Gefäß geöffnet hatte.
Mama nahm Wolf in Beschlag, als hänge ihr Leben von ihm ab. Sie ging mit ihm ins Kino, ins Theater, war verschwunden, tauchte wieder auf. Es gab auch Probleme, weil Wolf oft Dienst im Reservelazarett hatte. Aus Afrika trafen Verwundete ein, er musste zur Nachtwache und zum Sonntagsdienst. Den beiden blieben oft nur

ein paar späte Nacht- und gestohlene Tagesstunden. Jojo hatte Mamas Handtasche durchsucht und einen fremden Hausschlüssel gefunden: Sie hatten also eine geheime Zuflucht.
Jutta war natürlich durchgehend schlecht gelaunt. Einmal hörte Jojo durch die Tür, wie die Modeschülerin sich bei Tante Mali beklagte. Tante Mali sagte: »So was passiert eben im Leben, das ist höhere Gewalt.« Jojo horchte angestrengt, hörte Jutta ins Taschentuch schniefen. Tante Mali versuchte, Jutta zu beruhigen: »Es is' ja nich' für die Ewigkeit.« Aber Jutta ließ sich nicht besänftigen. »Wann reist denn diese Frau endlich mal ab!« Tante Mali sagte: »Machen Sie sich doch nicht verrückt, Jutta! Wolf ist nicht Ihr Eigentum. Sie haben doch gar kein Recht auf ihn, schließlich sind Sie nicht mal offiziell verlobt!« Als oben eine Tür aufging, verschwand Jojo ins Zimmer. Hier stand sie am offenen Fenster, blickte in den Garten und ließ sich Zeit beim Nachdenken über die Leidenschaften der Liebe. Weil sie aber nicht richtig wusste, wie diese Dinge eigentlich funktionierten, kam sie zu keinem Ergebnis.
Wenn Wolf keine Zeit hatte, ging Mama mit Jojo ins Theater. So erlebte sie »Tannhäuser« und »Rigoletto«, die »Räuber« und den »Faust«, dazu Shakespeares »Was ihr wollt« und auch in der »Dubarry« den dicken Churchill mit Zigarre, der antänzelte und Spottlieder auf sich selbst und die Engländer sang.
So verging eine Woche, und die nächste fing an. Dann war auch diese herum, und die dritte begann. Mama rannte zu den Behörden, hatte Scherereien und besorgte Bescheinigungen. Schließlich wurden ihr neue Schlafwagenplätze zugesagt, für Ende Juni – na also, es lief doch alles bestens!
Einmal trafen sie Rebekka Fischbein in der Straße der SA. »Frau Fischbein, wie schön, dass ich Sie treffe! Wie geht es Ihnen? Sie sind aber dünn geworden. Wir reisen gleich wieder ab, nach China, aber ich hätte mich auf alle Fälle noch vorher bei Ihnen gemeldet.« Die mager gewordene Frau Fischbein lächelte erfreut über die Begrüßung. »Ich werde sicher auch bald abreisen.« – »Und wohin?«, wollte Mama wissen. »Wir Juden sollen alle um-

gesiedelt werden, in den Osten«, sagte Frau Fischbein. »Es heißt, da warten ganze Siedlungen auf uns.« – »Ach«, sagte Mama, »das wird aber eine Umstellung für Sie sein.« Frau Fischbeins Augen mit dem ungesunden Glanz trübten sich. »Ach, Frau Jordan, so kultiviert wird es da nicht zugehen wie in Weimar. Aber ins Kino und ins Theater dürfen wir ja schon lange nicht mehr. Ich hab' jedoch noch ein Radio, da hör' ich halt gern die klassischen Stücke ...« Nach einer Verlegenheitspause sagte Mama: »Ich hab' noch englischen Tee, Frau Fischbein. Den werd' ich Tante Frieda für Sie mitgeben.« – »Oh, danke!«
Auch zu den Rollmanns ging Mama mit Jojo. Sie hatte zwar keinen Bohnenkaffee mehr, aber dafür englischen Tee, den goss Frau Rollmann auf. Jojo wollte nicht nach Lothar fragen. Aber dann fragte sie doch: Ob wohl Lothar noch mal komme? Frau Rollmann blickte in Jojos helle Augen, und ihr Blick verriet, dass sie wusste, wie verliebt Lothar in Jojo war. Ihre Mundwinkel gingen lächelnd nach oben und dann traurig nach unten. Lothar war vom Arbeitsdienst direkt in die Panzerkaserne einberufen worden. Ohne Urlaub. Keiner wusste etwas Genaues.
Sie saßen am Küchentisch, und Max Rollmann sagte zu Mama, sie solle man machen, dass sie wegkomme mit ihren beiden Kindern. »Wenn ich det so sach, Frau Jordan, Se nehmen's mir nich' übel, aber Se sin' vill zu naiv für die – und vill zu jraderaus ...« Er hustete und hielt sich die Brust. »Een leichtsinnjes Wort, und die Jestapo hat Se am Wickel!« Gestapo? Das Wort hatte Wanda Jordan schon gehört, was hieß das denn? »Det is vornehm abjekürzt und heeßt Jeheime Staatspolizei. Und wenn Se mit der Frau Fischbein auf der Straße steh'n und quatsch'n, wie mir meine Alte erzählt hat, dann könn'se Ärjer krieg'n.« Er hustete wieder. »Da setzen Se sich mal lieber schnell in 'n Sibirien-Express und dampfen ab, ehe der Parteigenosse Huschke Ihnen verpfeift.« Mama verschlug es die Sprache. Wie immer bei solchen Gelegenheiten rührte sie mit dem Löffel heftig in der Tasse, und es war nur das Klappern zu hören.
Zum Frühstück gab es Muckefuck mit Magermilch, dazu Grau-

brot mit Vierfruchtmarmelade. Die Wochenration Butter aßen sie schon am Sonntag auf. Am Mittagstisch wurden große Portionen serviert: Graupensuppe, Kartoffelauflauf, überbackener Kohl, Klöße mit Ragout in dunkler Mehlschwitze. Jojo aß fast gar nichts, trotzdem nahm sie zu. Sie merkte, dass an der Bluse und am Seidenkleid die Knöpfe spannten. Unter dem Pullover aus gerippter Baumwolle traten ihre Körperformen deutlich zu Tage.
Mama dagegen hatte abgenommen. Ihre helle Gesichtshaut schien noch blasser, direkt durchsichtig im Kontrast zum dunklen Haar. Ihre winterhellen Augen waren von Schatten umrandet. Jojo kam es vor, als leuchte ihre Mutter von innen heraus wie eine bläuliche Flamme, die brennt und brennt. Jojo musste an den Schlüssel in Mamas Handtasche denken. Sie hasste Wolf wegen dem, was er Mama antat. Jojo streifte das letzte Stück kindlicher Eierschale ab, sie fühlte sich erwachsener, immer mehr Frau, und empfand die Zerrissenheit der Mutter fast körperlich, deren zwiespältige Gefühle zwischen Wolf, der sie festhalten wollte, und Alexander, der zornig nach Berlin abgehauen war.
Nie, nie, so schwor sich Jojo in einem heftigen Gefühlsausbruch, wollte sie sich in ihrem Leben wegen eines Mannes so verzehren, sich von der Liebe zu einem Mann so abhängig machen. Ein Schwur, der auf Gefühlswirrwarr, Ahnungen, Halbwahrheiten, Fantasien, Kinogeschichten und Liebesromanen beruhte. Aber sie wollte an ihm festhalten.
Die Zeitungen waren plötzlich voll mit Schlagzeilen über einen Herrn Molotow. Es wurde gewütet gegen die Moskauer Verräter, tobender Hass machte sich breit gegen die jüdisch-bolschewistische Weltverschwörung. Der Hitler-Stalin-Freundschaftspakt war plötzlich nicht mehr freundschaftlich. Hannelore fragte: »Wanduschka, werden Sie noch heil nach China kommen?« Mama wischte alle Bedenken weg: »Hitler wird doch nicht so blöde sein, gegen Russland zu marschieren! Das wäre ja glatter Selbstmord!«
In der von Sondermeldungen und Politpropaganda aufgeheizten Hochspannung gab es nur einen Fixpunkt: den Abfahrtstermin.

Berlin, Anhalter Bahnhof, Transsibirien-Express, Schlafwagen erster Klasse, Zielort Shanghai.
Noch fünf Tage!

Es kam ganz anders. Jojo war sofort wach. Und Mama auch. Die Tür war aufgestoßen worden, Tante Frieda kam mit schleppendem Bein ohne anzuklopfen ins Zimmer gerannt und blieb zwischen den beiden Betten stehen. Mit einer Hand am Bettknauf festgeklammert, die andere Hand aufs Herz gedrückt, rief sie: »Es ist Krieg mit Russland! Es kam gerade im Radio. Goebbels hat gesprochen. Frau Jordan, es ist Krieg mit Russland! Du großer Gott!«
Mama setzte sich kerzengerade auf. »Krieg mit Russland?«, und zu Jojo: »Wir sitzen in der Falle! Jojo, wir sitzen in der Falle!« Dann ihr Aufschrei: »Alexander!« So laut, als solle der Sohn sie in Berlin hören. Sie schob das Plumeau weg, stürzte zum Fenster und erbrach sich in den Garten. Tante Frieda sagte noch einmal: »Du großer Gott!«
Jojo zog sich das Kissen über den Kopf, verschwand unter der finsteren, schweren Federfülle, wollte nichts sehen, nichts hören, wollte allein sein mit der Schwärze, mit dem Wahnsinn, mit ihrem einzigen Leben. Süße sechzehn – inmitten von Massen und Massen von Leben, die zur Vernichtung freigegeben waren. Russland, dachte sie, Russland. Sie wusste, wie groß Russland war. Unbezwingbar groß. Lothar, dachte sie, Lothar. Panzergrenadier Lothar Rollmann, sollte er die Taiga bezwingen? Lothar, der aus dem Hemdkragen nach Kernseife roch, dessen Lippen beim Küssen federten, der einen unversehens anblitzte aus den Augenwinkeln. Die Sonne Russlands würde ihm die Haare weiß bleichen.
Sie fasste sich unterm Plumeau ans Gesicht, es war glitschig von Tränen und Schweiß.

Alle aus der »Pension Weimar« waren zum Volksempfänger geeilt. Aus dem Apparat tönten Fanfaren und Parolen. »Deutsche! Nationalsozialisten! Volksgenossen und Volksgenossinnen! Die Kampffront gegen den Bolschewismus ist aufmarschiert!«

Tante Mali hatte noch nicht mal den Zopf aufgesteckt, Hannelore rauchte die erste Frühzigarette, wie eine dichte Traube standen sie vor dem Radio: Frau Pusch gesträubt wie ein aufgescheuchtes Huhn, Mariechen gezeichnet von vergrämter Bitternis, Tante Frieda glühend von Sensationslüsternheit, der Goldfasan im teuren Morgenrock neben seinem schönen Neffen, Fräulein Bambach, die ins Taschentuch schniefte wegen ihrer ungewissen Heirat, Fräulein Krauss im rotgoldenen Kimono, die dicke Renate, Jutta und die bleiche Mama mit Jojo. Was sie hörten, ließ sie erschauern: »Deutscher Aufmarsch vom Eismeer bis zum Schwarzen Meer, Schulter an Schulter mit Finnland und Rumänien. Seit Sonntag früh Kampfhandlungen gegen die Rote Armee. Deutsche Kampfflieger im ersten Angriff. Sowjetflugplätze zerschlagen. Tausende deutscher Panzer rollen gen Osten.«
Krieg mit Russland! Die Blicke von Mutter und Tochter kreuzten sich, der Schrecken stand ihnen im Gesicht, das Grauen kroch ihnen ins Gehirn und erreichte dann das Herz. Das Herz machte schnelle, aufgeregte Schläge, suchte nach Rettung ... suchte nach Rettung.
Jojo schaute zu den anderen. Sie schwankten zwischen Schock und Schicksalsergebenheit. Letztendlich ergaben sie sich gehorsam der Euphorie, die aus dem Radio ertönte: »Wir werden siegen! Wir werden den Erzfeind bezwingen! Die Rote Armee wird geschlagen werden! Der Weltverschwörung bieten wir die Stirn! Die Bolschewisten haben ausgespielt! Der Osten gehört uns ...«
Dann ertönte feierliche Musik. Der Goldfasan ergriff sofort das Wort. Mit seiner Schulungsleiterstimme erklärte er die begnadeten Eingebungen des Führers und seine von der Vorsehung gelenkten, genialen Strategien, die zum glorreichen Sieg des Germanischen Reiches führen würden. Aber Jojo wusste es besser: Der Krieg war verloren. Eine Vision zeigte sich ihr wie ein Blitz: eine gigantische Weite, die ohne Erbarmen jeden Eindringling verschlang in einer Hölle aus Hitze und Schlamm und Eis in Unendlichkeit. Amen.
In dieser Stunde hatte auch Jojo alles an den Krieg verloren, was

ihr lieb und wert war. Wie ein Kaleidoskop zog das Verlorene an ihr vorbei: Der Fudschijama, auf den Mama sie nicht hatte klettern lassen und den sie mit Alexander hatte besteigen wollen, das Haus hoch oben am Hang mit den Rissen und Löchern vom Erdbeben, ihre übermütigen Schulfreundinnen in Japan, ihre jüdischen Freunde in Shanghai, ihre Koffer und Kisten auf dem Speicher der Firma, die eingepackten Seidenkleider, die Pelze, die brokatenen Chinesengewänder, der geschnitzte Elfenbeinschmuck, die bestickten Nachthemden aus Satin, die amerikanischen Golfschuhe – und was vor allem verloren war, das war die Freiheit.

Aus dem Volksempfänger ertönte jetzt erneut die Stimme von Reichspropagandaminister Dr. Joseph Goebbels, derselbe, der damals so nett und freundlich im Hotel »Elephant« Jojos Puppe bewundert hatte. Goebbels' Stimme überschlug sich in fanatischer Kampfentschlossenheit. Jojo stand da, fühlte nichts mehr, nicht Verzweiflung, nicht Hoffnung, keine Panik, keine Ekstase. Sie fühlte sich tot.

Später lag Mama auf dem Bett, ihre Augen waren so groß wie Eulenaugen, schwarz umrändert, ihr Mund, der so gern plauderte und lachte, war stumm und nach unten gezogen. Die Genien Weimars waren ihr nicht hold gesonnen gewesen, hatten ihr die kurze, dem Leben gestohlene Spanne des Glücks nicht gegönnt, hatten sie für ihre Leichtfertigkeit bestraft, mit einer Härte, wie sie schlimmer nicht in den Tragödien der alten Griechen hätte sein können.

»Alexander!«, stöhnte sie. »Jetzt kann ich ihn nicht mehr retten. Ich muss sofort zu ihm, ich muss wenigstens mit ihm sprechen. Jojo, wir fahren noch heute nach Berlin!«

Die Berlinreise war eine Katastrophe gewesen: Alexander unversöhnlich, Tante Emily voller Vorwürfe, Mama zerknirscht und von schlechtem Gewissen aufgerieben, drei Wochen familiärer Auseinandersetzungen in Tante Emilys herrschaftlicher Wohnung am Tiergarten mit den tiefen Sesseln und den dicken Teppichen. Schließlich war Mama Hals über Kopf mit Jojo abgereist.

Jetzt waren sie wieder in der »Pension Weimar«, überanstrengt und verausgabt.
Mamas Entscheidung, Alexander müsse zurück ins Internat, hatte Alexander mit der ganzen Heftigkeit seiner fast achtzehn Jahre bockig und aufsässig gemacht. Er hatte Mama angeschrien und Türen geschmissen, hatte geraucht und Asche verstreut, Bier getrunken und Flecken gemacht, worauf Tante Emily Migräneanfälle bekam. Die Streitereien waren im Flüsterton weitergegangen, aber nicht minder heftig. Währenddessen hatten Hektik und Hysterie die Stadt ergriffen, Rundfunk und Zeitungen verkündeten Siege und Sondermeldungen: im Osten blitzartiger Vormarsch, bei Kowno gewaltige Panzerschlacht, Brest-Litowsk eingenommen, hunderttausend Gefangene bei Bialystok, in Afrika Erfolge des Wüstenfuchses Rommel, Millionen Bruttoregistertonnen der Briten versenkt, Eichenlaub mit Schwertern und Brillanten zum Ritterkreuz für Fliegerass Mölders. Berlin drehte durch und feierte Tag und Nacht. Jojos Niedergeschlagenheit, ihr Horror vor der abermaligen Einschulung ins Weimarer Sophien-Stift schlugen plötzlich um in eine verrückte Amüsierlust, mit der sie Alexander ansteckte. In Berlin war eben etwas los! Jojo hatte Tante Emily einen Taftrock und eine Federboa abgebettelt, Alexander hatte der Tante Geld abgeluchst. An Stelle fehlender Seidenstrümpfe hatte Jojo über ihre nackten Waden mit Augenbrauenstift Strumpfnähte gezogen, dann war sie mit Alexander losgezogen: »Haus Vaterland«, »Scala«, »Wintergarten«, »Ufapalast am Zoo«. Sie hatten sich nicht von der Verdunkelung abhalten lassen und sogar geheime Tanztees besucht, die Internatsfreunde von Alexander arrangierten und wo Alexander seiner Schwester den Foxtrott und den Tango beibrachte. Zwischen Mutter und Sohn hatte es jeden Tag Streit gegeben. Mama hatte um Verständnis gerungen, um Vergebung gebeten, Jojo hatte zu vermitteln versucht, hatte Alexander aufgefordert, das Unvermeidliche zu akzeptieren, das Beste aus allem zu machen. Es war ihr nicht gelungen. Schließlich hatte es Mama nicht mehr ausgehalten. Entnervt, verkracht, zerstritten hatte sie mit Jojo Berlin den Rücken gekehrt.

Die große Überraschung bei ihrer Rückkunft in Weimar war das Turmzimmer.
In einer Wolke von Schmierseifen- und Bohnerwachsgeruch standen Jojo und ihre Mutter vor den frisch bezogenen, prallen weißen Plumeaus auf den Messingbetten mit den Messingknäufen. Hinter ihnen Tante Mali und Mariechen in Erwartung von Lob und Anerkennung. Sie hatten alle Sachen der Jordans ins Turmzimmer gebracht, nachdem die Modeschülerin Jutta als Folge eines gewaltigen Krachs mit Wolf die »Pension Weimar« in Wut und Enttäuschung verlassen hatte. Die dicke Renate war auf Anraten von Tante Mali in die kleine Kammer im Parterre gezogen, in der bisher Jojo und Mama gehaust hatten.
Jojo drehte sich langsam einmal um sich selbst und begutachtete mit kaltem Blick die freundlich hergerichtete Mausefalle, die hinter ihr zugeschnappt war, ihr Zuhause für wer weiß wie lange. Sie hasste die Messingbetten mit den steifen Plumeaus, sie hasste die Waschkommode mit Schüssel, Kanne und Eimer, und sie hasste auch die liebevoll hingestellte Vase mit den frischen Blumen auf dem Tisch mit der Kreuzstichdecke. In diesem Moment verabscheute sie sogar Tante Mali und Mariechen, die so freundlich lächelten, und Mama, die sich überschwänglich bedankte.
Jojo trat auf den Balkon. Der heiß atmende Sommer der Weimarer Gärten drang durch die Blätterkühle der alten Kletterpflanze, als sie die schattenfeuchten Zweige auseinander schob. Ihr Blick fiel in den wuchernden Garten und das Stück Hinterhof des nachbarlichen Zwergenhauses: kein Fahrrad, kein Lothar.
Vögel ließen mittäglich leise Zwitschertöne hören. Es war, als stehe wie im Traum die Zeit still. Jojo konnte sich dem nicht entziehen, hasste es aber umso mehr, je traumhafter es sich darbot und je gefangener sie sich fühlte – ungefähr wie Dornröschen hinter einer Hecke aus Stacheldraht.

Der Tag, vor dem es sie am meisten gegraut hatte, wurde Wirklichkeit: wieder einmal Umschulung außer der Reihe, wieder einmal Angestarrtwerden als sonderbarer Neuling. Verloren, fremd

und widerwillig näherte sie sich inmitten einer schwatzenden, lachenden Schülerinnenschar dem imposanten Sophienstift. Mit dem Strom ließ sie sich durch das Eingangsportal treiben ins bombastisch aufsteigende Treppenhaus mit seinen Kreuzgewölben, Säulen und Marmorbalustraden, das von den Stimmen der Ferienerlebnisse austauschenden Mädchen widerhallte. Jojo stieg die Steinstufen hoch, wurde immer langsamer, am liebsten hätte sie kehrtgemacht. Wo musste sie eigentlich hin? Sie fragte ein Mädchen: »Die Sekunda?« – »Ganz oben rechts.« Sie wurde noch langsamer, die anderen verschwanden hinter den Klassentüren, die Schulglocke schrillte zum Unterrichtsbeginn, Lehrkräfte kamen die Steintreppen herauf. Jojo fand ihr Klassenzimmer, in dem es laut zuging. Alle suchten ihre Plätze, verstauten die Schultaschen, schrien durcheinander.
Da trat die Lehrerin ein, blond, mit Brille, sofort ging es zackzack: Wer gesessen hatte, sprang auf und stand neben seinem Pultplatz. Die Lehrerin grüßte mit »Heil Hitler!« und die Klasse antwortete mit »Heil Hitler, Frau Studienrat!«. Die Studienrätin war jetzt am Lehrerpult. »Setzen!« Alle setzten sich, nur Jojo stand an der Wand wie ein verflatterter Vogel, im Kleid von Tante Emily, weiß mit schwarzen Rosen, ganz Berliner Schick und von Frau Rollmann umgeschneidert. Vor Aufregung hatten Jojos Haare sich elektrisch aufgeladen und sprengten die glatt gekämmte Frisur. Ihre Backen zeigten hektische Röte.
Die Studienrätin erklärte, sie habe die Sekunda als Klassenlehrerin übernommen. »Ihr Klassenlehrer Dr. Klingenberg ist in den Sommerferien zum Russlandfeldzug eingezogen worden. Sie kennen mich ja aus Biologie, ich erwarte straffe Mitarbeit und baue auf ein gutes Miteinander.« Während dieser Worte hatten sich Jojos und Mechthilds Blicke getroffen. Mechthild saß in der dritten Reihe und trug ein schwarzes Kleid. »Wer ist Klassensprecherin?« Mechthild erhob sich: »Ich«, und meldete gleich: »Frau Studienrat, wir haben eine neue Mitschülerin.« Die Studienrätin blickte durch die Brille auf Jojo: »Bitte kommen Sie mal nach vorn.« Sie wusste Bescheid, Jojo war angemeldet, ihr Abgangszeugnis aus

Japan und ihr Lebenslauf lagen auf dem Lehrerpult. Die Studienrätin lächelte freundlich: »Sie sind also Josefa Jordan ...« Jojo schüttelte wie eine nervöse Stute ihre Mähne, nickte und sagte automatisch: »Jawohl, Josefa mit f.« Sie spürte am Hinterkopf und im Rücken die Blicke von mindestens dreißig Augenpaaren. »So«, sagte die Lehrerin und drehte Jojo an der Schulter zur Klasse herum: »Das ist also Josefa Jordan. Sie ist von weither zu uns gereist, um im Sophienstift das Abitur zu machen.« Die Lehrerin sah in die Papiere: »Sie kommen aus Japan. Dann erzählen Sie uns doch mal was über Ihren Werdegang! Wie ich aus Ihrem Lebenslauf hier ersehe, waren Sie ja schon in vielen Schulen in China und in Japan, sogar in der britischen Kronkolonie Hongkong.« Jojo gab sich einen Ruck und sagte: »Ich war auch schon mal hier im Sophien-Stift, in genau dieser Klasse hier. Das war in der Sexta und Quinta.« Na klar, daran konnten sich alle erinnern, dass Josefa ihnen Gruselgeschichten von gerösteten Heuschrecken und gekochten Quallen aufgetischt hatte und dass sie bei Großkundgebungen immer in Ohnmacht gefallen war. Jojo musste lachen, aber die Lehrerin setzte einen Schlusspunkt. »Hier ist kein Kaffeekränzchen! Setzen Sie sich, Josefa! Ich habe noch eine ernste Angelegenheit zu erledigen.« Josefa setzte sich neben Mechthild, die dank ihres Ansehens als Klassensprecherin und BDM-Führerin den Platz für Jojo hatte freimachen können.

Die »ernste Angelegenheit« war das Kondolieren zum Heldentod von Mechthilds Bruder. Mechthild wurde nach vorn gerufen, die Studienrätin drückte ihr die Hand und sprach ihr im Namen der Klasse und des Sophienstifts das Beileid aus, denn Mechthilds jüngerer Bruder Schütze Rüdiger Vogelfund war als einer der Ersten im Russlandfeldzug gefallen. Jojo musste daran denken, wie beim Besuch mit Mama Mechthilds Eltern so verständnisinnig und augenzwinkernd erklärt hatten, ihr Rüdiger wolle so schnell wie möglich an die Front, weil er Angst habe, den Krieg zu verpassen. Mechthild stand vorn, bewahrte Haltung, »in stolzer Trauer«, wie es immer in den Todesanzeigen für Gefallene hieß. Die Studienrätin gedachte auch des Studienassessors Paul Feller aus der Lehrerschaft des Sophienstifts, den bei Brest-Litowsk der Heldentod ereilt hatte. Sie legte mit der Klasse eine Schweigeminute ein.

Danach ging sie zum Schulalltag über, und Mechthild setzte sich an ihren Platz. Der geänderte Stundenplan wurde bekannt gegeben, und zwei Schülerinnen wurden zum Kartenholen geschickt. Jojo flüsterte: »Mechthild, es tut mir so Leid. Dein Bruder! Er konnte so toll die Fanfare blasen.« Mechthild riss an ihrem dicken braunen Zopf, als tue ihr das schmerzhafte Reißen gut. »Er ist für Großdeutschland gestorben«, flüsterte sie. »Wir müssen alle Opfer bringen, das sagt auch meine Mutter.« Mechthild zog aus ihrem Schulbuch eine ausgeschnittene Traueranzeige heraus und hielt sie Jojo hin. Jojo konnte sie nur verschwommen entziffern, ihre Augen waren nass. »Für Führer, Volk und Vaterland ... am 2. Juli ... geliebter Sohn und Bruder ... im blühenden Alter ... gegen den bolschewistischen Weltfeind ... schweren Kämpfen im Nordabschnitt ...«

Jojo dachte an Lothar, ob er auch in schweren Kämpfen steckte? Sie fuhr mit dem Daumennagel gedankenverloren alle Kratzer in der splitterigen, tintenbekleckerten Platte des Schulpultes nach. Oder ob er mit den Panzern schon bis an die Wolga vorgestoßen war? Als sie mit Mama zum Kleiderändern bei den Rollmanns gewesen war, hatten die keine Ahnung über Lothars Verbleib gehabt. Nachrichtensperre. Ein merkwürdiger Nachmittag war das gewesen, mit englischem Tee von Mama und mit Herrn Rollmanns von Husten unterbrochenen politischen Vorträgen über Stalin und Hitler. Der Bruch des so genannten Freundschaftspakts hatte ihn mit Genugtuung erfüllt, dass Lothar auf der Seite des Klassenfeindes für Hitler gegen die Sowjets kämpfte statt umgekehrt, ärgerte ihn. Frau Rollmann hatte andauernd »pscht, pscht!« gemacht und gesagt: »Du bringst dich wieder um Kopf und Kragen!« Dabei hatte sie Tante Emilys weißes Kleid mit den schwarzen Rosen aufgeschnitten und mit Stecknadeln an Jojos Körper neu zusammengesteckt, enger, kürzer und sehr schick. »Aber dass Se nu nich' mehr durch Sibirien gekonnt sind«, hatte sie dann zu Mama gesagt, »das tut uns Leid. Wo jetzt auch Ihr Sohn noch drankommt als Soldat, Frau Jordan, das is' man jrosses Pech.«

Jojo wurde aufgerufen, der Unterricht war längst in vollem Gange. Sie stand ordnungsgemäß auf. Vorn wies die Studienrätin mit einem Zeigestock auf die Landkarte am Kartenständer: Russland! Die Karte reichte nur bis zum Ural, doch hinter dem Uralgebirge war Russland mindestens noch zwei-, dreimal so groß. Die blonde Frau Studienrat fuhr mit dem Zeigestock siegessicher die Stoßrichtungen der deutschen Wehrmacht nach: im Nordabschnitt in Richtung Leningrad, im Südabschnitt bis zum Kaukasus und im Mittelabschnitt in Richtung Moskau.

»Josefa, was können Sie uns über Russland erzählen?« In Jojo explodierte wie ein Knallkörper ihr Wissen um das Riesenreich und die lauernden Katastrophen. Aber vor der Klasse hier wollte sie nicht als Angeberin dastehen, und der blonden Studienrätin wollte sie die Siegeszuversicht nicht verderben, deswegen sagte sie ausweichend auf chinesische Art: »Russland? ... Da hab' ich wohl in der Schule gefehlt.«

Auf dem Heimweg erklärte ihr Mechthild: »Ich nehm' dich in meine Mädelschar auf!« – »Ich geh' nicht zum BDM«, sagte Jojo, »dazu hab' ich keine Lust.« Mechthild war aufgebracht: »Na hör mal! Das ist doch längst Reichsjugenddienstpflicht, schon seit neununddreißig! Also pass auf, ich trainier' dich fürs BDM-Sportabzeichen auf Hochleistung. Wenn du eine Sportskanone bist, hast du auch alle Chancen fürs Abitur.« Mechthild schaute sie streng an, ungefähr so, wie auch Mechthilds Mutter immer schaute. Jojo merkte, dass ihre Freundin ein strammes BDM-Mädel und eine rassenreine Volksgenossin aus ihr machen wollte. In ihr sträubte sich jeder Nerv gegen diese Vereinnahmung.

Sie waren durch die Gropiusstraße gegangen und trennten sich vor dem Eckhaus, wo immer noch der Schaukasten des Hetzblatts »Der Stürmer« hing mit den grässlichen Judenkarikaturen, verzerrt grinsenden Fratzen, kringelgelockt, buckelnd und Geld-

säcke schleppend. Schon als Zehnjährige hatten Jojo diese Spukgestalten bis in ihre Albträume verfolgt.
»Morgen kommst du zum Dienst«, sagte Mechthild, »da nehm' ich dich auf. Heute Nachmittag gehst du die Kluft kaufen! Besorg dir vorher auf dem Amt einen Bezugsschein! Du brauchst bloß deine Schulanmeldung vorzulegen.«

Ehe Jojo sich versah, war sie eingekluftet in blauen Rock, weiße Bluse, Halstuch und Lederknoten, am Ärmel der Kletterweste das Dreieck »Weimar. Thüringen«. Und ehe sie sich versah, marschierte sie in schweren Bundschuhen in Reih und Glied übers Kopfsteinpflaster durch die Straßen und sang auf Mechthilds Kommando: »Die Vöglein im Walde, die singen so wunder-wunderschön …« Zweimal in der Woche war Dienst: Körperertüchtigung und Heimabend. Aufmärsche, Kundgebungen, Appelle, Ehrenfeiern, Ansprachen und Kranzniederlegungen fanden an Sonn- und Feiertagen statt.
Bei Mechthilds Heimabenden wurden Socken gestrickt für die Soldaten, und dazu wurde völkisches Gedankengut vorgetragen. Die Wolle war grau und kratzte, Jojos Finger kämpften unter der Anleitung einer Kameradin mit den fünf Stricknadeln, und als sie an den Fersen der Männersocken scheiterte, strickte sie Pulswärmer.
Mechthild war seit dem Heldentod ihres Bruders noch ernsthafter geworden und von ihrem Sendungsbewusstsein überzeugt. Unter dem Motto: »Weimar 1941 – Sinnbild für des Reiches Herrlichkeit« trug sie aus ihren Schulungsblättern einen Bericht über die Festspiele der Jugend vor, erläuterte die Sinngebung von Theaterereignissen wie »Wallenstein«, »Die Meistersinger«, »Minna von Barnhelm« und »Prinz von Homburg«, die der Jugend den Glanz, die Kraft und die Stärke des deutschen Volkes verdeutlichen sollten, damit eines Tages – nach der Besiegung Russlands – das »Heilige Germanische Reich Deutscher Nation« auferstehen werde. Mechthilds Stimme bibberte vor Ergriffenheit. Jojo verlor drei Maschen, versuchte sie aufzufangen, zwei Stricknadeln rutschten

aus den Schlingen und klimperten zu Boden. Der Pulswärmer löste sich auf und war nicht mehr zu retten.
Zum Abschluss sangen sie dann: »Nur der Freiheit gehört unser Leben …«

Der zündende Elan, der sich im Rausch von Geschwindigkeit, Beweglichkeit, Leichtigkeit und Geschicklichkeit entlud und beim Sport für Jojo immer das Einssein von Körper und Seele bedeutet hatte, verlor unter Mechthilds straffer Führung das elementare Lustgefühl. Ob Hochsprung, Weitsprung, Schnelllauf, Ballwurf – jede Übung wurde nach Leistung beurteilt, mit Stoppuhr und Maßband gemessen, in Tabellen eingetragen, mit Lob und Tadel bedacht. Nicht Sportplatz, sondern Sport*kampf*platz hieß das Feld mit der Aschenbahn.
Es gab nur eines, was Jojo rennend und springend klammheimlich genoss, das waren die Blicke der ebenfalls im Stadion trainierenden Hitlerjungen. Wenn die Mädels auf der Aschenbahn durchs Ziel preschten und unter ihren Turnhemden die Brüste wogten und wackelten, dann bekamen die Jungen Stielaugen. Das Tragen von Büstenhaltern war verpönt. Um dem Stumpfsinn beim methodischen Leistungssport zu entgehen, spielte Jojo ihre entsprechenden Reize voll aus. Sie rannte unter dem Geglotze der Knaben über die Aschenbahn, sprang mit langen Beinen und Zitterbrüsten über die Hürden, rang mit wogendem Busen nach Atem, strich sich die schweißnassen aufgekringelten Haare aus der Stirn und blickte mit ihren winterhimmelhellen Augen den Jünglingen geradewegs ins Gesicht, bis sie rot und unruhig wurden. Ja, das machte ihr Spaß.

Als es kälter wurde, windiger, nass und neblig, hörten diese Spielchen auf. Aber ein diffuses Wunschdenken blieb: Lothar! Wenn er doch plötzlich einmal dastehen und ihren Körper an seinen Körper heranziehen würde! Und seine Lippen auf ihre Lippen legte! Vor lauter Tagträumen merkte Jojo überhaupt nicht, dass sie schon wieder marschierte, zusammen mit Hunderten in Kolon-

nen geordneter Formation, laut singend hinter Fahnen und Wimpeln. Es ging ins Stadion zur Großkundgebung, kurz nach sieben Uhr früh. Das Wetter war unwirsch, und kalter Wind riss in Böen die Blätter von den Bäumen.
Das endlose Ritual des Einmarschierens und Einschwenkens, des Aufstellens und Ausrichtens, das stundenlange Warten bei Trommelklang und dumpfen Paukenschlägen und vom Wind verrissener Marschmusik zermürbte Jojos Durchhaltekraft. Zuletzt erschien der Pulk der Goldfasane, die ihren Limousinen entstiegen und unter Heilrufen den breiten Mittelgang durchschritten. Gauleiter Sauckel strebte im Kreis seiner Gefolgstreuen der Rednertribüne zu. Sein Anblick löste bei Jojo im Vorgefühl der zu erwartenden Reden stets ein unbezwingbares Dauergähnen aus. Auch diesmal hatte sie die schlimmsten Befürchtungen, und es passierte auch: Mitten in den herausgeschrienen Parolen des Gauleiters, die verstärkt und verzerrt durch die Lautsprecher über die Menge schallten, wurde es Jojo schwarz vor den Augen und sie fiel um.
Beim Kratzen der Uniformärmel des Sanitäters, der sie ins Rotkreuzzelt brachte, kam sie zu sich, schloss aber schnell wieder die Augen und ließ sich auf eine Pritsche legen. Genau wie damals der Zehnjährigen erging es Jojo auch heute. Ein junger Mediziner mit der Rotkreuzbinde am Arm zog ihr Augenlid hoch. »'n bisschen blutarm«, sagte er und schickte sie nach Hause.

Gleich am Montag wurde Jojo von ihrer Mutter zum Arzt begleitet. Der Sanitätsrat hatte seine Praxis am Theaterplatz und war ein Freund der Familie Weimar. Er horchte Jojos Herz ab, klopfte ihr auf Brust und Rücken, fühlte ihren Puls – und erklärte sie für gesund. Zu Mama sagte er mit einem kleinen Lächeln: »Sie wissen ja, gnädige Frau, die Entwicklungsjahre. Oft ist es das Ungleichgewicht zwischen Realität und Emotionen, das einen jungen Menschen umkippen lässt.«
Jojo sagte: »Ich möchte eine Bescheinigung.«
Das irritierte den Sanitätsrat. »Eine Bescheinigung? Aber Sie sind gesund, junge Dame.«

Doch Mama bestärkte Jojo: »Sie können doch eine Bescheinigung über den Vorfall ausstellen. Es gibt genug Zeugen, schließlich ist sie mitten in der Großveranstaltung in Ohnmacht gefallen, und früher ist ihr das auch schon passiert.«
»Wofür sollte eine solche Bescheinigung gut sein?«
»Für alle Fälle«, sagte Mama.
Auf dem Nachhauseweg riss ihnen der Wind fast Hut und Mütze vom Kopf. Sie wären so gern in ein Café gegangen, aber der Kaffee schmeckte schon lange nicht mehr gut, und Kuchenmarken hatte Mama auch keine. Während sie durch die Schützengasse gingen und sich die auf Kleiderpunkte erworbenen Herbstmäntel zuhielten, sagte Mama: »Wenigstens bist du gesund.« Worauf Jojo sagte: »Wenigstens habe ich die Bescheinigung.«
In der Straße der SA trafen sie Frau Fischbein, die eine Einkaufstasche aus Bast trug und auf ihrem Mantel einen großen gelben Stoffstern aufgenäht hatte. Mutter und Tochter hatten es in der Zeitung gelesen, das war jetzt für Juden Vorschrift. Mama blieb stehen und erkundigte sich nach Frau Fischbeins Befinden. Diese blickte sie nervös an und bedankte sich für den englischen Tee. Dann sagte sie abrupt: »Bitte, Frau Jordan, grüßen Sie mich nicht mehr auf der Straße! Und bleiben Sie nicht stehen, um mit mir zu sprechen!« Ihre Hand wischte fahrig über den gelben Stern auf ihrem Mantel. »Sie kriegen bloß Unannehmlichkeiten. Am Ende müssen Sie noch zur Gestapo. Und ich auch.« Mama wollte Frau Fischbeins Bedenken zerstreuen und redete auf sie ein, unwillkürlich im Flüsterton: »Frau Fischbein, ich bin doch nicht engstirnig, ich kenne die Welt! Vielleicht kann ich etwas für Sie tun …« – »Einen schönen guten Tag noch!«, sagte Frau Fischbein und ließ die beiden stehen. Sie sahen ihr nach, wie sie davonging, eine schwankende Gestalt, vom Wind gebeutelt.

Im Biologieunterricht war es passiert. Die Sache mit den Kaninchen lag Jojo im Magen wie ein Thüringer Kloß. Dabei hatte sie nur ihre Meinung gesagt, aber eine eigene Meinung war im Sophienstift nicht gefragt. Sie ging lustlos unter den kahl werdenden

Bäumen zur »Pension Weimar«, wo Tante Mali wahrscheinlich mit Graupensuppe und Kartoffelauflauf auf sie wartete. So schwer wie an ihrer Büchertasche schleppte sie auch an ihrer Niederlage.

Am Kartenständer war die Schautafel mit den Kaninchen ausgerollt worden, mit einem schwarzen, einem weißen und einem schwarzweißen. »Oh, sind die aber süß!«, hatte Jojo impulsiv ausgerufen. »Schaut mal, das Schwarzweiße!« Die Klassenlehrerin hatte unmutig das Gesicht verzogen, hatte dann den Sachunterricht mit einer zum Einschlafen nöligen Stimme abgehalten und mit dem Zeigestock auf die Kaninchen gezeigt.

»Was lernen wir daraus? Josefa Jordan!« Jojo war aufgesprungen, hatte Hilfe suchend zu Mechthild geschaut, die ihr vorgesagt hatte, was sie dann nachgeplappert hatte: »Das Schwarzweiße ist ein Rassenmischling.« – »Gut. Setzen!« Aber Jojo hatte mitteilsam hinzugefügt: »Ich kenn' viele *halfcastes*, chinesisch-deutsche, deutsch-japanische und jüdisch-arische. Meist sind die besonders schön und auch besonders intelligent.« Die Lehrerin hatte sauer reagiert: »Verschon uns mit solchen Vorurteilen, die lassen wir uns nicht auftischen!« Und Mechthild hatte geflüstert: »Wenn du mit deinen Extratouren so weitermachst, schaffst du hier nie das Abi!«

Jojo ärgerte sich, dass man nicht sagen durfte, was man meinte, dass Lebenserfahrungen, die man woanders gemacht hatte, hier nichts galten. Hier galt nur das nordische Ideal: blond, blauäugig, groß, schlank und stark. »Zäh wie Leder, schnell wie Windhunde, hart wie Kruppstahl« oder »anmutig in Glaube und Schönheit«. Und? Sahen so die obersten Anführer vielleicht aus? Hitler mit seinem Charly-Chaplin-Bärtchen? Und Goebbels mit dem Klumpfuß? Und Göring mit dem Fettbauch?

Jojo ging immer langsamer. Im Anschluss an den Vormittagsunterricht hatte sie auch noch zwei Stunden Nachhilfe gehabt, in Französisch. Bei dem gleichen Lehrer wie damals, als sie zehn war, im gleichen Lehrerzimmer wie damals, wo an der Wand wieder ein Kalender mit nackten Helden hing, in Bronze und Marmor von berühmten Bildhauern wie Breker und Thorak. Studienrat Dr. Köhler ging nach einer Kriegsverletzung mit einem steifen Bein am Stock. Er hatte, um ihre Französischkenntnisse zu prüfen, sofort in Französisch auf Jojo eingeredet. Die hatte nervös ihre Mähne geschüttelt und auf Französisch herumgestottert. Dann hatte sie gemeint, dass sie perfekt Englisch und gut Chinesisch könne und auch etwas Japanisch, was Studienrat Köhlers Laune alles andere als besserte.

Auf ihrer Nickelarmbanduhr war es nun fast drei. Sie musste noch Hausaufgaben machen, um sechs war Dienst. Jojo fragte sich, warum sie das eigentlich alles auf sich nahm? Was würde das Leben denn nach dem Abitur bieten? Erst mal das Pflichtjahr bei einer kinderreichen Familie auf dem Lande als Kosten sparendes Dienstmädchen. Und danach? Ein Jahr Arbeitsdienst. Und wenn einmal der Krieg aus und vorbei war und sicher verloren, wovon sie überzeugt war? Was würde sie vorzuweisen haben für ihr weiteres Leben? Das Sophienstift-Abitur. Das BDM-Sportabzeichen. Das Liedgut von »Unsere Fahne flattert …« bis »Wildgänse rauschen …« Das Pflichtjahr mit Kenntnissen im Windelwickeln und Bodenschrubben. Den Arbeitsdienst mit Erfahrungen im Kuhstallausmisten und einer verkorksten Figur mit Bauchspeck und schweren Brüsten.

Nein, nein, nein! Jojo fasste einen Entschluss, einen ganz, ganz anderen Lebensplan, der würde sie aus ihrem Dornröschen-Stacheldrahtverhau herausholen.

In der »Pension Weimar« hastete Jojo auf leisen Sohlen die Treppe hoch, denn sie wollte keinem begegnen, der sie vielleicht in die Küche zum aufgewärmten Mittagstisch holte. Sie schlüpfte ins Turmzimmer, um Mama sofort den neuen Lebensentwurf zu eröffnen. Doch Mama war wieder einmal nicht da.

Aber da lag etwas anderes auf dem runden Tisch mit der Kreuzstichdecke und zog sie magisch an: ein Feldpostbrief.

Jojos Herz fing wild zu klopfen an. Mit Bleistift gekritzelt: »An Fräulein Josefa Jordan, ›Pension Weimar‹«. Der Briefumschlag war verknittert und verschmutzt, sie nahm ihn, las den Absender

»Panzerschütze Lothar Rollmann« und seine Feldpostnummer. Sie öffnete das Kuvert. Als Erstes fiel ein ziemlich kleines Foto heraus: junge Männer in Uniform mit schwarzen Baretten auf einem Panzer, lachend, winkend, braun gebrannt. Lothars helles Haar konnte man unter dem Barett nicht sehen. Aber das Blitzen seiner Augen traf Jojo wie ein elektrischer Schlag.

»Liebe Jojo«, las sie, »ich grüße Dich aus Russland. Mutter hat mir geschrieben, dass Du in Weimar bist und nicht in China. Da hab' ich einen Freudensprung gemacht. Irgendwann gibt es vielleicht mal Heimaturlaub, und dass ich Dich dann in die Arme nehmen und küssen kann, lässt mich hier Schlamm und Wanzen vergessen. Ich träume von Dir, wenn's nicht zu laut knallt.« Er wünschte sich ein Foto, denn die Kameraden nahmen ihn auf den Arm, weil er nur ein halbes, mittendurch geschnittenes Passbild von seinem Mädchen besitze. An den Rand hatte er gekritzelt: »Meine chinesische Porzellanpuppe!«

Jojos Herz schmolz unter dem Ansturm der Gefühle und wehrte sich doch heftig gegen sie. Das tat weh. Ihre Augen liefen über, Tränen machten Flecken auf den kostbaren Brief. Lothar – so weit weg, irgendwo in Russland, und doch so nah in diesem Feldpostbrief. Sie konnte ihn riechen, sie konnte ihn fühlen, wie er sie an sich zog, wie seine Lippen näher kamen …

Sie ließ sich in den Korbstuhl fallen. Der Schmerz, den sie fühlte, war stechend und kam vom schlechten Gewissen: Sie kann ihm nicht treu sein und sie will es auch nicht. Sie kann nicht und will nicht eine Soldatenbraut sein. Sie hat einen anderen Lebensplan, und wenn der gelingt, dann sind sie beide für immer getrennt. Was sollte sie ihm schreiben, ohne zu lügen? »Ich bin verliebt in Dich.« Ja, das wäre keine Lüge gewesen. »Ich warte auf Dich.« Nein, das wäre gelogen. Aber ein Foto wollte sie ihm schicken und hintendrauf schreiben: »Zum ewigen Andenken an Deine chinesische Porzellanpuppe Jojo.«

Als sie Mamas Schritt auf der Treppe hörte, steckte sie den Feldpostbrief weg. Als Mama durch die Tür trat, überfiel sie sie mit: »Mama, ich hab' eine Idee!«

»So?« Wanda Jordan nahm den Hut ab, warf ihn aufs Bett und wollte zur Waschkommode.

Jojo stellte sich ihr in den Weg und sagte ihr ins Gesicht: »Wir gehen in die Schweiz. Das ist *die* Idee! Wir drei, du und Alexander und ich. Wir steigen in den Zug und fahren über die Grenze. Dann sind wir frei.«

Wanda Jordan musste sich erst mal setzen. »Jojo, ich glaub', du bist meschugge. In die Schweiz! Du weißt ja nicht, was du redest! In die Schweiz – mit zehn Mark! Das ist alles, was für jeden erlaubt ist, das weißt du doch!«

Ja, zehn Mark, das wusste Jojo, aber sie brauchten doch nicht einmal diese zehn Mark. »Wir haben doch Freunde in Genf, die Jesslers, bei denen waren wir doch früher schon, und die waren auch bei uns in China und haben bei uns gewohnt. Die haben Elfenbeinschnitzereien und bestickte Mandarinmäntel von euch geschenkt bekommen. Die haben eine Schokoladenfabrik und ein riesengroßes Haus. Ich könnte in Genf auf die Internationale Schule gehen, und Alexander könnte da Abitur machen und studieren statt Soldat zu werden.« Und dann sagte sie etwas, dass die Mutter schockierte, weil es absolut geheim war: »Der Vati hat doch Geld in die Schweiz geschickt!«

»Um Gottes willen, Jojo, woher weißt du das?«

»Macht doch jeder Geschäftsmann in Asien.«

»Lass das bloß keinen hören! Sonst werde ich am Ende noch denunziert.«

»Es erfährt ja keiner was.«

Mama hielt sich die Stirn. »Wenn die Leute von der Bank das erfahren! Die verlangen sowieso schon, dass ich unser Geld von Shanghai ins Reich transferiere, die US-Dollar in Reichsmark umtausche, und auch noch zum offiziellen Wechselkurs!«

»Mach das nicht, Mama! Warum sollen wir in diesem Kriegsdeutschland bleiben, in diesem Weimar? Wir gehen nach Genf, und du lässt dir das Geld dorthin schicken. Die Jesslers nehmen uns bestimmt erst mal auf.« Mama machte ein bedenkliches Gesicht, und Jojo wurde ganz massiv: »Du willst dich bloß nicht von

Wolf trennen! Weiß ich. Aber denk doch an Alexander! Noch ist er siebzehn, noch kannst du mit ihm raus aus Deutschland.«
»Ob man überhaupt so einfach ins Ausland fahren darf? Ich glaube, es ist nicht so leicht, wie du dir das vorstellst, Jojo. Auch die Schweiz hat strenge Gesetze.«
Jojo kämpfte um ihre Idee: »Wenn so viele Juden in die Schweiz entkommen, dann können wir das auch. Das geht bestimmt. Wenn es sein muss, gehen wir illegal rüber. In China war ja auch Krieg, und wir sind durch die Fronten gekommen.«
»Ich muss mit jemandem darüber sprechen, dem ich vertrauen kann.« Schnell stellte sich heraus, dass Wanda Jordan in Weimar zwar viele Freunde hatte, aber keine richtige Vertrauensperson – außer Wolf. »Ich werde Wolf fragen.«
»Ach Wolf!«, sagte Jojo aggressiv und zog ein Gesicht. »Der will doch bloß, dass du hier bleibst!«
Die Mutter blieb stumm.
»Er will doch bloß, dass du immer für ihn da bist, wenn er gerade Zeit hat.«
Ein abgründiger Seufzer war die einzige Antwort.

Am nächsten Abend kam Wolf ins Turmzimmer. Mama hatte ihn zu einem wichtigen und vertraulichen Gespräch gebeten. Als er eintrat, sagte sie gleich: »Ich brauche den Rat eines verlässlichen Freundes in einer heiklen Angelegenheit.«
Wolf ließ sich in einem der drei Korbsessel nieder. Jojo sah, dass er abgekämpft aussah, und obwohl sie ihn hasste, fand sie ihn umwerfend männlich. Er knöpfte die Uniformjacke und den Hemdkragen auf und ließ sich von Wanduschka ein Bier einschenken. Dann setzte Mama sich und druckste herum, wusste nicht, wie sie anfangen sollte. Jojo saß dabei und fixierte Wolf. Der zeigte ihr sein Grübchenlächeln: »Wie ich sehe, ist das Fräulein Tochter an der heiklen Angelegenheit beteiligt.«
»Von ihr stammt die ganze Idee«, ereiferte sich Mama, »aber ich weiß nicht, ob man … und wie man das anfangen soll …«
Wolf schaute Mama fragend an, da platzte Jojo einfach damit he-

raus: »Wir gehen in die Schweiz. Mit Alexander. Wir haben Freunde in der Schweiz. Und wir haben auch Geld.«
»Jojo! Wir haben doch ausgemacht: zu keinem ein Wort über Geld!«
Jojo wurde patzig. »Ich denke, Wolf ist dein Vertrauter. Hast du selbst gesagt.«
Wolf unterbrach beide energisch. »Ihr wollt in die Schweiz? Ihr seid wohl verrückt! In die Schweiz? Das geht überhaupt nicht.«
Jojo glaubte das nicht. Er wollte nur Mama zurückhalten, betonte die Schwierigkeiten. Er zählte alles auf, was man brauchte, er wusste es von einem Arztkollegen, der abgehauen war. Man brauchte eine Unbedenklichkeitsbescheinigung, einen triftigen Reisegrund, man brauchte einen Sonderstempel der Gestapo im Pass, man wurde befragt über die Motive, die Finanzen, die Dauer des Aufenthalts, die Verbindungen im Ausland, die vaterländische Gesinnung. Er schoss Jojo einen ironischen Blick zu. »Du würdest bei der Befragung sofort im Kittchen landen.« In Jojo stieg der Zorn hoch, sie schüttelte die Haare, warf sie zurück und wippte mit den Beinen. Er fügte hinzu: »Vermögen im Ausland ist ohne geschäftlichen Nachweis verboten und muss ins Reich transferiert werden. Also lasst lieber die Finger davon!«
Jojo platzte der Kragen: »Du willst bloß, dass Mama hier bleibt, hier in Weimar – bei dir!«
»Na klar«, sagte Wolf ganz ruhig und ohne Ausflüchte. Er beugte sich zu Jojo vor und hielt sie mit seinem Blick fest: »Wenn deine Mutter gehen will, halte ich sie nicht auf. Natürlich bin ich nicht begeistert. Wenn ihr aber aus Deutschland flüchten wollt und hinter den Gittern der Gestapo landet, dann ist das nicht meine Schuld. Ich hab' mir die Vorschriften und Devisengesetze für Auslandsreisende nicht ausgedacht. Ich hab' mir auch den Russlandkrieg nicht ausgedacht. Und die armen Schweine im Lazarett, denen wir die Arme und Beine abschnippeln, die haben sich das auch nicht ausgedacht.« Er trank sein Bier aus und knallte das Glas laut auf den Tisch. Jojo sprang auf und verließ das Zimmer. Alles schien verloren.

Aber es kam ganz anders. Wanda Jordan entschied sich gegen den Geliebten und für den Sohn, gegen Weimar und für die Schweiz. Und gegen alle Vernunft.

Mutter und Tochter hatten am nächsten Tag nochmals alles durchdacht, jedes Für und Wider abgewogen und waren schließlich zu einem Entschluss gekommen: Sie wollten es ohne den behördlichen Kleinkram probieren. Sie würden es einfach machen.

Wanda Jordan telegrafierte an Alexander: »Bitte sofort kommen, Mutter erkrankt.«

Sie holte Wolf ins Turmzimmer. Er knöpfte sich gerade die Uniformjacke zu, denn er musste gleich zum Nachtdienst. »Nur ganz kurz!«, sagte Mama. Er sah sie neugierig an, weil der Satz einen so dramatischen Unterton hatte. »Wir machen es«, sagte sie, »wir machen es einfach.« Unwillkürlich senkte sie die Stimme, weil vielleicht die Wände Ohren hatten, und fuhr fort: »Wir haben uns entschlossen. Wir setzen uns einfach mit unseren Pässen und unserem Handgepäck – und jeder mit zehn Mark – in den Zug und fahren alle drei in die Schweiz. Und wenn die uns nicht rüberlassen, dann geh'n wir eben illegal. Wir probieren's einfach. Wir sind schon x-mal durch Kriegsgebiete gekommen, durch die chinesisch-japanische Front, wir sind beschossen worden von der Flak, und wir haben in China den Straßenmob überlebt.« Sie holte tief Luft. »Und wir werden es jetzt wieder auf eigene Faust machen und uns nicht unter die höhere Gewalt ducken.«

Wolf war entsetzt, er fasste sie an den Schultern und rüttelte sie. »Mach das nicht, Wanduschka, mach das nicht!« Damit ließ er sie stehen. Die Tür blieb offen. »Ich muss zum Nachtdienst.« Jojo sah ihm übers Geländer nach, unten setzte er sich die Offiziersmütze auf, dann schlug die Haustür zu.

Mama fürchtete die Begegnung mit Alexander. Würde er überhaupt mit ihr sprechen? Sie waren in Berlin im Zorn geschieden. Sie hatte ihm Briefe und Päckchen ins Internat geschickt, von Alexander waren nur förmliche Dankeszeilen gekommen, kein persönliches Wort. Aber der Sohn kam und war schockiert, sie so gesund und unternehmungslustig anzutreffen. »Ich denke, du bist todkrank. Warum, zum Geier, sollte ich denn hier per Telegramm antanzen?« – »Das wirst du gleich hören«, und etwas kokett fragte sie: »Bekomme ich keinen Wiedersehenskuss?« Sie bekam einen, ziemlich flüchtig und unwillig auf die Wange. »Komm ins Turmzimmer! Ich habe dir etwas zu eröffnen.« Sie machte es ganz feierlich am Tisch mit der Kreuzstichdecke, hatte für Alexander Bier besorgt und Zigaretten, hatte für sich und Jojo noch eine Flasche Sekt und für alle drei Kuchen.

Dann weihte sie Alexander in den Plan ein: »Wir gehen in die Schweiz, wir drei. Zu unseren Freunden, den Jesslers, du weißt, die mit der Schokoladenfabrik. Du kannst in Genf dein Abitur machen und studieren.« Alexander wollte sie unterbrechen. »Moment, lass mich erst aussprechen! Es gibt da vielleicht einen Pferdefuß, aber wir reisen auf jeden Fall in die Schweiz, und wenn man uns offiziell nicht reinlässt, dann gehen wir notfalls illegal über die Grenze.« Sie holte Luft. »Das lässt sich schon machen, ich hab' darin Erfahrung, wenn's sein muss, mit Bestechung. Wir haben es auch durch das chinesisch-japanische Sperrgebiet geschafft.« Mama hob ihr Glas und stürzte den Sekt hinunter, dann stellte sie das Glas hin. »So, jetzt weißt du's.« Sie und Jojo blickten voll Spannung und in höchster Erwartung auf Alexander.

Der blieb erst mal ganz ruhig, drückte die Zigarette aus, führte sein Glas zum Munde und sagte dann: »Das geht leider nicht mehr. Ihr könnt ja gehen, aber ich bleibe hier.«

»Und wieso?«

»Ich habe mich freiwillig gemeldet, zur Kriegsmarine.«

Ein Engel ging durch den Raum, wie man so sagt, wenn ein plötzliches Schweigen alles ausfüllt, wenn die Luft stillsteht, so dass man den Flügelschlag des Engels spürt.

Alexander nahm eine neue Zigarette, zündete sie an, der Engel war immer noch im Zimmer. Dann schenkte er seiner Mutter ein kleines, schiefes Lächeln. »Ich hab' gemacht, was alle in der Klasse gemacht haben. Wer sich freiwillig meldet, darf sich die Waffengattung aussuchen. Mir wird ein halbes Schuljahr geschenkt, und das Abitur schmeißen sie mir ohne Prüfung hinterher. Und ich brauch' auch nicht zum Arbeitsdienst.«

»Alexander!« Mama vergrub ihr Gesicht in den Händen. Jojo war schockiert, wurde wütend auf ihren Bruder. Ihre Lebensträume konnte sie jetzt begraben. Die Träume von Freiheit und internationalem Leben, von Reiten, Tennis und Golf.

Alexander sagte beinahe entschuldigend: »Ich konnt' ja nicht ahnen, dass ihr so was Abenteuerliches ausheckt.« Er stand auf. »Ich muss morgen zurück, wegen der Marinetauglichkeitsprüfung. Geh'n wir vielleicht ins Kino? Ich hab' ewig keinen Film mehr geseh'n.«

»Dass du ausgerechnet zur Marine gehst!«, jammerte Mama. »Das Meer hat doch keinen festen Boden!«

Er lachte. »Sei froh, dass ich mich nicht zur Luftwaffe gemeldet habe! Im Meer kann man wenigstens noch schwimmen. Ich habe das Meer schon immer geliebt, ich kenn' es ja gut genug von unseren Ozeanreisen her.« Sein Blick fiel auf die Mutter, die blass und mit geweiteten Augen im Korbstuhl saß. Ihr hatte es die Sprache verschlagen. Alexander ging zu ihr, gab ihr einen Kuss auf die Wange. »Ich weiß, was du denkst. Du hast nämlich Angst vorm Wasser, weil du nicht schwimmen kannst und weil du mal beinah im Drachenteich ertrunken wärst und einmal beinah untergegangen wärst mit'm Schiff vor Hongkong im Taifun.«

Mama nickte. »Dass du diese alten Geschichten alle noch weißt!«

Alexander ging an seinen kleinen Reisekoffer, es war immer noch der Gleiche wie früher, der mit den Aufklebern, über die Mitreisende sich oft so aufregten, dass sie ihn einen Angeber schimpften. »Wenn ich eingezogen werde, weiß ich nicht wohin damit«, sagte er und zog zu Jojos Überraschung den Teddy Pong-Ju aus dem Koffer. »Hier, heb ihn auf! Den hast du mir damals heimlich in den Koffer gesteckt, als ihr beide nach China abgereist seid. Er ist nicht tauglich für die Marine.«

Jojo griff nach Pong-Ju und drückte ihn an sich. Sie konnte vor Rührung kaum sprechen, ihre Stimme war rau. »Dass du den immer noch hast ...«

»Er war die ganze Zeit mein Maskottchen. Pass auf ihn auf! Er kann Wassertropfen nicht ausstehen.« Sie mussten alle drei lachen.
Mama unternahm einen letzten Versuch: »Und wenn wir einfach gleich jetzt sofort losfahren in Richtung Schweiz und unser Glück versuchen?«
»Aber Mutter, dann wär' ich ja ein Deserteur und würde gleich erschossen! Komm, lass uns lieber ins Kino geh'n!«
In der Wochenschau sahen sie, dass in Russland die Sintflut herrschte. Die Straßen sahen aus wie umgepflügte Felder. Pferde versuchten, bis zum Bauch im Schlamm, Artilleriegeschütze aus dem Morast zu ziehen. Lastautos waren bis zu den Achsen eingesunken, die Gesichter der Soldaten schlammverkrustet. Der Wochenschausprecher rühmte die deutsche Durchhaltekraft. Auf einen Feldflugplatz des Afrika-Korps kehrten deutsche Jagdflieger flügelwackelnd vom Feindflug zurück. Jedes Flügelwackeln bedeutete den Abschuss eines Gegners, erklärte die begeisterte Stimme des Sprechers. Ein fröhlicher Soldat in Afrika-Shorts briet sich auf seinem glühend heißen Panzer mitten in der Wüste ein Spiegelei. Schlechtwetter war dagegen im Atlantik. Sie sahen das aufgepeitschte Meer, ein britischer Frachter wurde von Torpedos getroffen, explodierte und versank, ein deutsches U-Boot tauchte auf, von Siegesfanfaren begleitet. Dann kam der Schlachtgesang: »Denn wir fahren, denn wir fahren gegen Engeland ...« Zum Schluss erschien der Wochenschauadler und drehte sich, und dann fing der Hauptfilm an.
»Quax der Bruchpilot«, das war ja zum Totlachen, was der da anstellte mit seinem Flugzeug. Der wäre nie ein deutscher Jagdflieger geworden! Jedes Mal schrie das Publikum auf, wenn wieder eine Bruchlandung drohte, wenn der Pilot im letzten Moment mit einem waghalsigen Looping sein Leben rettete. Quax war kein Vorzeigeheld, ein Tollpatsch war er, aber so sympathisch, so menschlich, mit Schnodderstimme und dem verschmitzten Rühmann-Lächeln. Jojo sah, dass Mama aus vollem Halse lachte. Auch Alexander lachte hemmungslos. Bei Heinz Rühmann konnte man wirklich einmal alles vergessen.

Nachts unter ihrem prallen Plumeau im Messingbett lag Jojo und krümmte sich zusammen. Obwohl sie die Knie bis ans Kinn zog, wurde ihr nicht warm. Es war die Enttäuschung über den vermasselten Ausbruchversuch, die sie zum Eiszapfen machte. Schließlich fischte sie sich Teddy Pong-Ju. Er gab Jojo Trost, sie drückte ihn an sich und war endlich halb am Einschlafen, als Mama kam. Sie stand mit Wolf in der offenen Tür und flüsterte mit ihm.
»Wolf, ich denk', es ist einfach Kismet. Wir kommen hier partout nicht weg. Dieses Weimar ist mein Schicksal … Weimar und du!«
Wolf gab keine Antwort, er stützte sie. Sie hatte wohl wieder einmal zu viel Sekt erwischt. »Wolf«, sagte sie leise, aber eindringlich, »wenigstens hab' ich dich. Du bleibst ja hier. Als Arzt wirst du hier gebraucht. Gott sei Dank!«
Wolf sagte beruhigend: »Ja, ja …«
»Stimmt doch, du bist hier unabkömmlich, du kommst nicht an die Front.«
»Ja, ja, sei still! Du weckst Jojo auf.«
Jojo konnte nicht mehr unterscheiden, ob sie das hörte oder träumte, sie presste Pong-Ju fester an sich und schlief.

Am nächsten Tag, während Jojo Vokabeln büffelte, hörte sie von unten lebhafte Stimmen, auch die von Mama. Sie ließ ihr Vokabelheft im Stich und flitzte ins Parterre hinunter. Da standen sie alle um Wolf herum im Wintergarten, Tante Mali und Mama, Mariechen und Tante Frieda und Frau Pusch. Als Mama Jojo kommen sah, rief sie: »Stell dir vor, jetzt ist auch *er* dran! Wolf ist abkommandiert! Zum Lazarettzug. Er muss jetzt mit Verwundetentransporten hin und her fahren.« Jojo blickte Wolf an, der stand ganz ruhig da, in seiner Offiziersuniform mit den Äskulapschulterstücken. Tante Mali strich die Stirnlöckchen nach hinten, sie war plötzlich ganz hohlwangig und sagte mit Haltung: »Es ist gut so. Wo wird ein Arzt im Krieg nicht notwendiger gebraucht als bei den Verwundetentransporten.« Sie sah ihrem Sohn in die Augen: »Dein Vater hat als Arzt auch alles gegeben.« Aber Mama machte sich Sorgen: »Selbst Lazarettzüge werden von Tieffliegern angegriffen, wir haben es in China erlebt, trotz der aufgemalten roten Kreuze.« Wolf und Tante Mali bestritten das. Nein, nein, das Rote Kreuz wird im Krieg immer respektiert. Mama rief: »Da halten sich doch die Russen nicht dran!« Tante Frieda sagte: »Du großer Gott!«, und Wolf erklärte: »Macht euch keine Sorgen! Ab und zu komm' ich ja mal für zwei, drei Tage, wenn die Verwundeten in Dresden umgeladen werden und der Lazarettzug wieder einsatzbereit gemacht wird.«

Die Tage und Wochen reihten sich aneinander wie eine Kette gleichförmiger grauer Perlen: Grau war der Himmel, grau der Alltag, grau die Stimmung.

Dann brach mit der Urgewalt eines Gottesgerichts der Winter herein: Schneemassen und Eiswind und dreißig bis vierzig Grad unter Null in Russland, Graupelschauer und scharfes Schneetreiben in Weimar. Die Front im Osten kam ins Stocken – Radio und Zeitungen waren voll davon –, fest gefroren in tiefster Kälte vor Moskau und vor Leningrad. Was jetzt begann, das nannten sie »die große Winterschlacht«. Rundfunk und Wochenschau sangen das Heldenlied des deutschen Soldaten. In Wolfs Lazarettzug wurden massenweise Erfrierungsopfer angekarrt, die ihre Gliedmaßen an Russlands »Väterchen Frost« verloren hatten. Die Anzeigen vom »Heldentod für Führer, Volk und Vaterland« wurden mehr und mehr.

In einem Feldpostbrief hatte Lothar mit klammen Fingern und Bleistift gekritzelt: »Wir haben sibirische Kälte. Ich hab' mir die dicken Filzstiefel von einem toten Iwan ausgeborgt. Die Russen haben viel wärmere Klamotten als wir: wattierte Jacken und Hosen und Fellmützen …« Und er schrieb: »Jojo, ein Kuss von Dir würde mich aufwärmen von Kopf bis Zeh.«

Auch Jojo und ihre Mutter froren in den dünnen Übergangsmänteln, die sie sich auf Kleiderpunkte im Kaufhaus Kröger am Markt gekauft hatten. Ihre Schuhe wurden im Schneematsch nass und trockneten lange Zeit nicht. Mama hatte jetzt zwar haufenweise Geld, aber was konnte man mit Kriegsgeld schon groß anfangen?

Die Bank hatte sie unter Druck gesetzt, ganz ordnungsgemäß nach dem Devisengesetz, und war ihr dann behilflich gewesen, das Vermögen der Jordans via Bremen über die Handelsfirma telegrafisch von Shanghai nach Deutschland zu transferieren. Alle US-Dollars von Vati wurden zum Kriegskurs umgewechselt, das war für das Reich ein diebischer Reibach.
Sie waren vermögend, aber Wintermäntel konnten sie deswegen noch lange nicht kaufen, denn ihr Kleiderpunktekontingent war bereits erschöpft.
In der »Pension Weimar« saßen alle am liebsten in der warmen Küche. Jojo machte ihre Hausaufgaben am Küchentisch. In den Zimmern wurden nur sparsam die Kachelöfen befeuert. Tante Mali und Hannelore lachten mit Galgenhumor darüber, dass in ihrem ofenlosen Schlafzimmer unterm Dach der Atem am Plumeau zu Eis fror und man in der Waschschüssel Schlittschuh laufen konnte.
Sie tranken heißen englischen Tee, von dem hatte Wanda Jordan immer noch etwas. Sie las ihnen die Karte vor, die Matrose Alexander von der Waterkant geschrieben hatte: »Liebe Mutter, die Grundausbildung an Land ist stur, und man wird pausenlos schikaniert. Jeder will endlich hier raus und aufs Schiff. Sonst geht's mir prima. Bitte schicke Zigaretten und Kuchen, wenn du kannst. Ahoi! Dein Alexander.« Da amüsierten sich alle und Hannelore fragte: »Können Sie denn überhaupt Kuchen backen, Wanduschka?«
Mama lernte Kuchen zu backen und opferte dafür ihre Rationen an Eiern, Butter, Mehl und Zucker. In kleinen Feldpostpäckchen schickte sie den Kuchen an den hungrigen Matrosen Alexander. Sie lernte außer Kuchenbacken auch Stricken. In der »Pension Weimar« wurde jede freie Minute gestrickt, alles für die frierenden Soldaten an der Ostfront: Socken, Pulswärmer, Bauchbinden, Pullover wurden dazu aufgetrennt, die Wolle gewaschen, gespannt und neu verstrickt. Die Bauchbinden gerieten blau, rot und babyrosa. Was wohl die Soldaten dazu sagten? Die NS-Frauenschaft hielt die Heimatfront auf Trab und sammelte regelmäßig

die Strickwaren ein. Jojo brachte es nur mühsam zu einem Pulswärmer und wunderte sich über ihre Mutter, die inzwischen schneller strickte als alle anderen. Wanda musste dabei nicht mal hinschauen und las Zeitungen und Romane. Nur bei Ferse und Spitze der grauen, groben Männersocken schaute sie hin.
Ach, es war kalt, kalt, kalt. Jojo stand in der BDM-Kluft im eisig fegenden Schneetreiben mit Mechthild am Wielandplatz und klapperte mit der Büchse: Straßensammlung für das Kriegswinterhilfswerk. Sie hatte doppelte Strümpfe an und unterm Rock den knielangen Bleyle-Schlüpfer, Liebestöter genannt. Ein von Tante Frieda gehäkeltes dickes Unterhemd trug sie unter der Bluse und unter der Kletterweste die Berchtesgadener Strickjacke. Sie konnte sich kaum bewegen, so eingepackt war sie, trotzdem war ihr kalt. Die Menschen kauften pflichtschuldig die Majolika-Abzeichen zum Anstecken – Bilderbuchfiguren wie Struwwelpeter, Zappelphilipp, Hans-guck-in-die-Luft – und warfen mit klammen Fingern zwei Zehnpfennigstücke in die Sammelbüchse. Mechthild ermahnte Jojo: »Du musst mehr klappern.« Und Jojo klapperte und fror.
Drei Soldaten aus dem Lazarett, die Ausgang hatten, blieben stehen und versuchten mit den Mädchen Witze zu machen. Sie mussten bei Mechthild erst mal die Abzeichen erwerben. Einer ging an Krücken, ihm fehlte ein Bein, er fing an, mit Jojo zu scherzen, ein lustiger Kerl, für den der Krieg vorbei war. Aber Jojo wollte nicht mit ihm scherzen. Sie wollte überhaupt nicht mehr mit irgendwelchen Männern scherzen, sich verlieben oder verloben. Mit Männern, die dann ohne Bein und ohne Arm oder mit Kopfschuss und Schüttellähmung in den Armen der Frauen Trost suchten und ihnen ein Kind machten.
Jojo saß gerade am Radio, als am 7. Dezember die unglaubliche Meldung aus dem Lautsprecher kam: Die Japaner hatten Bomben auf die amerikanische Kriegsflotte in Pearl Harbor geworfen und die Vereinigten Staaten zum Krieg herausgefordert. Waren die wahnsinnig?
An der Nachricht von den anmaßenden Japanern hatte man noch

zu kauen, als vier Tage danach Adolf Hitler aus Bündnistreue zu Japan Amerika selbstherrlich den Krieg erklärte. »Der ist doch übergeschnappt«, sagte Jojo zu ihrer Mutter. Die fuhr ihr über den Mund: »Sei bloß still, so was darf man hier nicht sagen!«

In der »Pension Weimar« nahm man die Ausweitung des Krieges über den ganzen Erdball ebenso schicksalsergeben hin wie Tante Friedas ewiges »Du großer Gott!«.

Zur Weihnachtsfeier im Reservelazarett war Jojo mit der BDM-Singschar gekommen. Man hatte Tannenbäume aufgestellt, grüne Zweige über die weiß gedeckten Tische verteilt und Teller mit Gebäck und Äpfeln gefüllt. Kerzen brannten. Die Verwundeten, die das Bett verlassen durften, saßen herum, viele ganz jung, mit Babybacken und in sentimentaler Stimmung. Die Schwerverwundeten bekamen die Mädchen nicht zu Gesicht. Ein paar Soldaten der Genesungskompanie wurden frech, als die Mädchen Geschenkpäckchen mit Lebkuchen, Zigaretten, Taschenmessern und Kalendern verteilten. Sie fassten ihnen ans Bein oder zufällig an die Bluse.

Dann traten Jojo und ihre Kameradinnen im Halbkreis zum Singen an. Die Ärzte standen in einer Gruppe zusammen, die Krankenschwestern hielten sich bei den Verwundeten auf – Jojo fühlte, wie die Blicke sie trafen, Männerblicke, als sie in das besinnliche Lied »Hohe Nacht der klaren Sterne« einstimmte. Kerzensprüche, ergreifende Gedichte und einprägsame Führerworte leiteten über zur Ansprache des Goldfasans Dr. Brenner, der mit geschulter Stimme vom unerschütterlichen Glauben an die Stärke des deutschen Volkes sprach und daran erinnerte, dass »von unseren nordischen Ahnen« das uralte Brauchtum der Wintersonnenwende herüberleuchte in die lichtvollen Feierstunden dieser Tage. Er beschrieb poetisch die Sonne, die emporsteigt aus dunkler Winternacht. Jojo musste an seinen schönen Neffen denken, der einen Körper hatte wie ein griechischer Gott.

In den Weihnachtsferien fuhren Mama und Jojo nach Berlin zu Tante Emily. Als sie zurückkamen, hatten sie zwei Pelzmäntel erbeutet, die der Tante zu eng geworden waren: Mama einen Nerz und Jojo einen Rotfuchs. Und weil Mama reichlich Reichsmark hatte und Tante Emily einen Schuster kannte, trugen beide jetzt auch die so genannten Russenstiefel mit Schaft bis zum Knie.

Weimar lag unter einer Decke von Schnee in dieser Silvesternacht zwischen den Jahren 1941 und 1942. In der Kälte funkelten und blitzten die Sterne wie der Zaubermantel der Königin der Nacht über der unbeleuchteten Stadt. Die Abendrunde in der »Pension Weimar« saß zusammengedrängt um den Tisch in wild entschlossener Feierlaune nach dem Motto: Kinder, genießt den Krieg, der Frieden wird furchtbar!
Sie hatten zwei gelbe Lampions aufgehängt, eine Sonne und einen Mond, und ein paar bunte Girlanden. Liane Krauss hatte sie aus dem Theaterfundus mitgehen lassen. Die bunte Dekoration verlieh dem düster verdunkelten Raum hinter dem dicken, deckenhohen graubraunen Velourvorhang eine festlich-fröhliche Note. Heute war auch der Salon geheizt, die Flügeltüren standen offen, so dass man den Weihnachtsbaum sehen konnte.
Hannelores Tierarzt war aus Frankreich gekommen, er hatte zu trinken und zu essen mitgebracht. Die Stimmung war sehr schnell höchst angeregt, weil man nichts Gutes mehr vertrug. Von Wiedersehensfreude und Abschiedsschmerz zerrissen, vergoss Hannelore ihre Tränen ins nasse Taschentuch, denn so plötzlich wie Eberhard erschienen war, so schnell musste er wieder weg, denn seine Kompanie wurde von Frankreich nach Russland verlegt. Der Generalstab hatte entschieden, dass die bespannte Artillerie mit ihren Pferden im Schnee tauglicher sei als motorisierte Geschütze.
Tante Mali und Tante Frieda hatten eine Bowle gebraut und schenkten mit dem Schöpflöffel aus. Das Getränk bestand aus eingelegten Früchten, Süßstoff, französischem Wein und Cognac. Käse und Leberpasteten aus Frankreich verhinderten, dass alle gleich vom Stuhl kippten.
Im Volksempfänger erklang das große Wunschkonzert, Grüße gingen von der Front in die Heimat und von der Heimat an die

Front. »Wir rufen den Unteroffizier Horst Roland in Finnland …« Es knackte, krachte und pfiff, dann sagte eine Kinderstimme: »Hallo Papi, hier ist Bienchen.« Das Wunschlied war »Steh' ich in finstrer Mitternacht so einsam auf der fernen Wacht«. Hannelore musste sich ein neues Taschentuch und neue Zigaretten holen.

Jojo hatte schon zwei Gläser getrunken, zwischen ihren Zähnen klebte die französische Leberpastete. Wanda Jordans schönste Silvesterüberraschung saß neben ihr: Wolf. Er war mittags in Weimar eingetroffen und hatte achtundvierzig Stunden Zeit für sie. Jojo saß ihnen direkt gegenüber und beobachtete, wie sie in sinnlicher Spannung Stuhl an Stuhl saßen. Wolf verschlang Mama mit den Augen, denn sie war heute besonders schön. Sie war wegen Silvester im Friseursalon gewesen. Bei jeder Kopfbewegung fielen ihre dunklen, ondulierten Haare mit perfektem Wellenschlag in ihr helles Gesicht, in dem ein kirschrot geschminkter Mund Signale zum Küssen aussandte. Wenn sie Wolf anlachte, zeigte sie zwischen den kirschroten Lippen ihre perlweißen Zähne, und ihre winterhellen Augen strahlten ihn an, als wollten sie mit der Reihe dicker japanischer Zuchtperlen auf der nackten Haut in der tief dekolletierten Seidenbluse wetteifern.

Jojo musste fast lachen über Wolf, der von Mamas Reizen so aufgeputscht schien wie ein Dynamitpaket mit angekokelter Zündschnur. Auch er hatte von der Bowle schon mehr getrunken, als er gewöhnt war. Das gemischte Gesöff ging ihm ganz schnell ins Blut, zumal er ausgehöhlt war von den Strapazen, die hinter ihm lagen, die man ihm ansah, von denen er aber nicht sprach. Doch hatten sie ihn älter und kantiger gemacht.

Auch Jojo war im Friseursalon gewesen, ihre Haare sprengten jedoch wieder einmal die aufgezwängte Fasson und verrieten dem, der Augen im Kopf hatte, die versteckte Unbändigkeit ihres Wesens. Während sie selbstvergessen Wolf anstarrte, traf plötzlich sein Blick den ihren. Und da Wolf ein Mann mit Augen im Kopf war, drang sein Blick in sie ein wie in eine wehrlose Festung – eine persönliche Intimität, wenn auch nur für Sekunden. Das Grübchenlächeln erschien auf seinem hochroten Gesicht, seine Oberlippe mit dem Amorbogen presste sich in genüsslicher Befriedigung auf die Unterlippe. Er hatte in ihr Innerstes geblickt, er hatte ihre versteckte Unbändigkeit wahrgenommen.

Liane Krauss und Gottlieb Schüble kamen aus dem Theater. Die Silvesteraufführung, natürlich »Die Fledermaus«, war glanzvoll gewesen, viel Politprominenz hatte die Ehrenloge und die Ränge gefüllt. Fräulein Bambach hatte still und melancholisch am Tisch gesessen und ein Glas Bowle nach dem anderen getrunken. Sie dachte an ihren Celino, der wieder einmal nicht zur Kriegstrauung hatte kommen dürfen. Sie wollte in dem angeregten Kreis nicht zurückstehen und das Einzige, was sie von Demjensky hatte, zur Geltung bringen: einen telegrafisch übermittelten Artikel aus der »Allgemeinen Thüringer Landeszeitung«, den sie vorlas: »Der deutsche Soldat auf Du und Du mit der Einsamkeit in eisiger Schneenacht auf Wacht für seine schlafenden Kameraden.« Weil Fräulein Bambach aber nicht mehr ganz sicher in der Aussprache war und ein leichter Zungenschlag sich an unpassenden Stellen einschlich und weil der Text so schwülstig und bombastisch war, erntete sie nur mühsam unterdrücktes Lachen.

Mariechen kam herein und meldete: »Unser Außenthermometer zeigt einundzwanzig Grad unter Null!« Da sprang Mama auf und rief: »Nun zeigen wir euch mal, was wir als Kälteschutz in Berlin ergattert haben. Komm, Jojo, das führen wir jetzt mal vor!«, und zu Hannelore: »Aber zu Grammophonmusik bitte!« Sie gingen ins Turmzimmer, und als sie wieder zur Tür hereinkamen, rief Mama: »Bitte Musik!« Hannelore setzte die Nadel auf die Platte, und Marika Rökk sang: »Für eine Nacht voller Seligkeit, da geb' ich alles hin.« Im Revuetakt tänzelte Wanduschka herein wie ein Nummerngirl. Sie trug den Silbernerz und sah einfach göttlich aus, und wie sie sich präsentierte, wie sie die ondulierten Haare aus dem Gesicht warf, zwischen den lackierten Fingernägeln eine überlange silberne Zigarettenspitze, die sie zum kirschroten Mund führte, während die winterhellen Augen über die Runde blitzten.

Dann Jojo im Rotfuchs mit den Russenstiefeln und in einer Art Steppschritt. Ihre aufgeplusterte Mähne war eins mit dem Fell des Fuchses. Mit ihren Augen, die so hell waren wie die der Mutter, spähte sie wie ein wildes Tier, das im Gestrüpp nach einem Fluchtweg suchte. Die beide hakten sich unter und wiegten sich zum Rhythmus der Musik. Sie warfen Kusshändchen ins Publikum und alle klatschten.
Im Rundfunk fing der Sprecher an, die Sekunden bis Mitternacht zu zählen. Jojo und Mama zogen schnell die Pelze aus und warfen sie aufs Sofa im Salon. Der Sprecher zählte: »Vier … drei …« Hatte auch jeder ein Glas? »Zwei … noch eine Sekunde … und: Prosit Neujahr!« Alle stießen die Gläser aneinander. Hannelore und der Tierarzt küssten sich innig, Fräulein Krauss gab dem Schüble einen Schmatz auf die Wange, die Bambach weinte und küsste den Zeitungsartikel, die Tanten küssten und umarmten sich und weinten dazu, Wolf beugte sich über Mamas Hand und küsste die Innenfläche. Jojo stand da, sie küsste niemand. Da hörte sie Wolf Mama fragen: »Wanduschka, darf ich deiner Tochter einen Neujahrskuss geben?« Und schon hatte er seine heißen, vollen Lippen mit dem Amorbogen auf Jojos Mund gepresst, lange genug, um sie mit Erregung und Abscheu zu erfüllen. Alle lachten, auch Mama.
Im Radio erklangen jetzt die Glocken eines berühmten deutschen Doms: Die hellen Glocken schlugen mahnend wie Totengeläute, die großen dunklen Glocken dröhnten lange nach. Plötzlich waren alle ganz still. In diesem Moment aufgezwungener Besinnung wurde ihnen klar – sternenklar, frostklar –, in welcher Lebenslage sie sich befanden, sie und ihr Land, sie und die Welt. Ein Redner mit Führerworten und Propagandaparolen machte dem Innehalten ein rasches Ende.
Jojo drehte die Kurbel am Grammophon und legte eine Tanzplatte auf. Schallplatten hatten sie genug, die gab es für Reichsmark zu kaufen, und Wanda Jordan kaufte jede neue Schellackscheibe. »Man kann sein Herz nur einmal verschenken«, »Du hast Glück bei den Fraun, bel ami« und »Einmal wirst du wieder bei mir sein«.

Mama und Wolf tanzten, und Jojo musste kurbeln. Wenn Lothar hier wäre, müsste jetzt jemand anderes kurbeln, dann würde sie mit Lothar tanzen, so wie Mama mit Wolf tanzte: selbstvergessen, unberührt davon, was die anderen dachten, nur das Ich und das Du, Körper an Körper …
Fräulein Krauss tanzte mit Fräulein Bambach, und der Tierarzt forderte Jojo auf, auch der dicke Herr Schüble. Aber sie lehnte dankend ab, sie wollte Lothar nicht aus ihren Gefühlen verdrängen.

In der ersten Januarwoche klebten rote Plakate an den Litfaßsäulen. Jojo stand im Fuchspelz vor einem solchen Plakat und las: »Aufruf des Führers an das deutsche Volk. Die deutsche Heimat ist zum heiligen Opfersinn aufgerufen! Spendet Wintersachen! Spendet Pelze für das Ostheer! Helft unseren Soldaten in den kalten Einöden des Ostens!«, und die Schlagzeilen der Zeitungen in den Schaukästen verkündeten, dass jeder Volksgenosse an der Heimatfront diese Pflicht für seine Soldaten stolz erfülle. Jojo wurde klar, dass man ihnen an die Pelze wollte.
In der »Pension Weimar« war eifrig und freudig gespendet worden. Blockwart Huschke, in curryfarbener Uniform, beide Hände am Koppelschloss über dem Bauch verankert, stand in seiner Kontrollfunktion breitspurig vor dem Berg der Opfergaben im Salon und lobte den aufgetürmten Haufen grauer Soldatensocken und die aus aufgetrennter Wolle gestrickten Bauchbinden, Schals, Pulswärmer, Ohrenschützer und Knieschützer. Er begutachtete und lobte noch, als Mama und Jojo von draußen in Pelzen und Russenstiefeln hereintraten und die strenge Winterkälte mitbrachten. Blockwart Huschke warf ihnen einen erwartungsvollen Blick zu, er wies auf den Berg der Spenden und rühmte laut den Opfersinn der Anwesenden. Alle hatten sich angesprochen gefühlt. Liane Krauss hatte sich von ihrer Kaninchenjacke getrennt und von Gottlieb Schüble zwei wollene Unterjacken und zwei Unterhosen gespendet, die sie aus seinem Schrank geholt hatte. Fräulein Bambach hatte ihren Biberpelz und die dazugehörige

Bibermütze geopfert, Hannelore zwei Pferdedecken, die der Tierarzt einmal dagelassen hatte. Tante Mali war im Speicher gewesen, um die alten Weltkriegspelzstiefel ihres verstorbenen Ehemannes hervorzukramen.
Alle blickten jetzt in angespannter Erwartung auf Wanda Jordan und ihre Tochter, und alle lauerten, ob die beiden jetzt den Nerz und den Rotfuchs abgeben würden. Aber sie dachten gar nicht daran. Blockwart Huschke erinnerte Frau Jordan und Jojo an ihre nationale Pflicht, doch Mama ließ sich nicht beeindrucken. »Was soll denn ein Soldat mit einem Nerz oder einem Rotfuchs wie diesem hier, Herr Huschke? Ein auf Taille gearbeiteter Damenpelz ist dem doch viel zu eng!« Und Jojo sagte: »Da kann er ja überhaupt nicht schießen!« Huschkes Blick wurde unangenehm, aber Mama ließ sich nicht beirren: »Herr Huschke«, sage sie und lächelte ihn mit ihren Perlzähnen an, ohne dass in ihren hellen Augen ein Lächeln war, »ich spende Ihnen tausend Mark für die Aktion.«
»Das is 'n Wort!«, sagte Huschke verblüfft und zog eilfertig seinen Spendenblock hervor. »Dafür kriegen Sie auch eins von den Adolf-Hitler-Bildern mit Unterschrift, das garantier' ich Ihnen!« Mama trug sich in die Spendenliste ein und stellte dem Blockwart einen Scheck über tausend Mark aus. Huschke nahm ihn entgegen und schlug die Hacken zusammen. »Ich lass alles von der HJ abhol'n«, sagte er und entfernte sich mit einem strammen »Heil Hitler!«
Verblüffung zeigte sich auch auf den Gesichtern der anderen. Jojo musste lachen, sie und Mama kannten sich aus in der Welt. Fast alle hielten, wenn es ging, die Hand auf, das hatte ihnen schon manchmal geholfen, wenn es ums nackte Überleben ging. Mama sagte laut, als kümmere es sie nicht, wer es hörte: »So wie ich die Menschen kenne, schnappen sich sowieso erst mal die Gattinnen der Bonzen und Goldfasane die besten Stücke aus der Sammlung und hängen sie in den eigenen Kleiderschrank.« Auch wolle sie nicht, dass vielleicht eins von den Blitzmädeln hinter der Front in ihrem Nerz durch den Dreck stakste.

»Wanduschka«, sagte Hannelore, »man wird Sie auf der Straße schief anseh'n im Nerz.« Und zu Jojo: »Pass auf, du kriegst Ärger, man wird dich beschimpfen, wenn du im Fuchs herumläufst.«
»Das ist uns egal«, sagte Mama, »nicht wahr, Jojo? Wir haben den Krieg nicht angezettelt.«
Im Sophienstift hatte Jojo mehr als Ärger, als sie im Fuchspelz ankam. Ihre Klassenkameradinnen fanden es einfach eine Schande, dass Jojo bei der großen Opfersammlung für die Ostfront ihren Pelzmantel egoistisch für sich behalten hatte. »Seht doch mal hinaus!«, rief Jojo. »Was hätt' ich denn anziehen sollen bei dem eisigen Schneetreiben? Vielleicht 'n Badeanzug?« Sie fuhr ihre Stacheln aus, schüttelte erregt die Mähne und versprühte geschmolzene Schneeflocken aus dem Haar. »Ich hab' mir den Pelz gerade erst von meiner Tante in Berlin organisiert. Die Wintersachen von mir sind doch alle in Shanghai!« Sollten sie sich doch ereifern! Jojo war sowieso für sie so etwas wie eine halbe Mata Hari, eine mondäne, dubiose Vaterlandsverräterin. Aber sie ließ sich nicht unterbuttern. »Denkt ihr denn, die Rökk und die Zarah Leander geben ihren Blaufuchs und ihren Leopardenpelz ab und treten jetzt in den Ufa-Filmen im Lodenmantel auf!« Das hätte sie so besser nicht sagen sollen, man warf ihr außer mangelndem Gemeinschaftsgeist jetzt auch noch Starallüren vor.

In Weimar herrschten fünfundzwanzig Grad unter null. Die Leute froren Stein und Bein. Manche sagten, die Kälte komme vom vielen Schießen. Überall fehlten Kohlen. Im Turmzimmer waren die Plumeaus so kalt, als wären sie mit Schneeflocken gefüllt.
Am liebsten hielten sich die Bewohner der »Pension Weimar« in der Küche auf, denn im riesigen Herd war immer Glut. An diesem Nachmittag saß Jojo auf ihrem Stammplatz drei Stufen über dem Boden unter dem Fenster und machte Hausaufgaben. Sie hatte die »Berliner Illustrierte« für sich reserviert, indem sie sich auf sie gesetzt hatte. Sie wollte sie ansehen, wenn sie mit Algebra fertig war. Mama knetete Teig, buk mal wieder Kuchen für ihren Liebling, den Matrosen Alexander. Der bat auf jeder Feldpostkarte um

Kuchen und Zigaretten. Tante Mali in Schwarz wie immer, aber fein angezogen mit weißer Bluse, drehte sich Stirnlöckchen mit der Brennschere, denn heute war der erste Mittwoch im Monat, der Tag, an dem der Herr Kommerzienrat, ihr alter Freund und Verehrer, seine Aufwartung machte. Mariechen hatte extra ein paar Briketts in den Ofen des Salons gelegt.
Neben Jojo auf der Bank saß mit Schal und Strickjacke Liane Krauss und trank heißen Fliedertee für ihre Stimme. Zu ihren Füßen auf der Stufe hockte die dicke Renate, ebenfalls Tee trinkend. Jojo legte ihr Algebraheft weg und zog die Illustrierte hervor. Hinten in der Küche klapperte Frau Pusch mit Abwaschgeschirr. Mit ihrer großen Brille und dem gebauschten weißen Haar hatte Tante Frieda am Küchentisch Platz genommen und las nun mit lauter Stimme aus der »Thüringer Landeszeitung« das überwältigende Ergebnis der Sammlung für die Ostfront vor: »Dr. Goebbels dankt Gauleiter Sauckel. Aus Thüringen sind nicht weniger als sechsundneunzig Eisenbahnwagons gen Osten gerollt: zweiundzwanzigtausendeinhundertsiebzig Skier, zweitausenddreihundertundvier Überschuhe, zweihundertzwanzigtausendzweihundertzweiundsiebzig Socken ... Da sind unsere dabei«, sagte Tante Frieda mit Befriedigung und schlürfte ihren Muckefuck.
Jojo vertiefte sich in die »Berliner Illustrierte«. Ein Bildbericht zeigte im Großformat Männer vom SS-Panzerkorps, die vom Führer ausgezeichnet wurden. Irgendwie sahen sie alle gleich aus: ausgesucht groß, schlank, zackig, schwarze Uniform mit Totenkopf drauf, endlos lange Beine in glänzenden Stiefeln, markante Gesichter, kühner Blick. Unbestimmt wirkten sie auf Jojo, unwirklich, wie die Helden des Bildhauers Breker auf dem Kalender im Lehrerzimmer. Und sie hatten eine gefährliche Ausstrahlung. Jojo wusste nicht wieso, doch sie kamen ihr aggressiv vor und humorlos, anders als Lothar oder Alexander oder auch Wolf. Liane Krauss entdeckte, was Jojo da so intensiv betrachtete, und beugte sich zu ihr. Sie zog die Illustrierte näher zu sich, besah sich mit hintergründigem Interesse die SS-Männer und sagte flüsternd zu Jojo: »Bei denen pass auf! Mit den Kerls von der SS ist nicht zu

spaßen! Die wollen jedes Mädchen gleich … Na, du weißt schon.« Renate hatte die Ohren gespitzt und gab auch gleich ihren Senf dazu: »Die sind ja extra da drauf getrimmt. Die gehen nicht erst dreimal mit dir ins Café, Jojo, und dreimal spazieren, die wollen dir gleich an die Wäsche.« Die beiden Älteren lachten unterdrückt. »Die sind so eingebildet, die denken, jede Frau fällt ihnen willenlos zu Füßen – und wenn nicht, dann helfen sie nach, aber ohne Sperenzchen.«

Tante Frieda wurde ärgerlich. »Jetzt hört doch mal zu! Einhundertvierundfünfzigtausendfünfhundertneunundvierzig Schals, achtzehntausendachthundertachtundsechzig Fußlappen …«

Liane Krauss, die dicke Renate und Jojo prusteten los, sie konnten sich nicht zurückhalten und äfften Tante Frieda nach: »Du großer Gott!« Und sie fragten: »Tante Frieda, steht da auch, wer das alles gezählt hat?

Tante Frieda ließ sich nicht beirren: »Dreitausendvierhundertachtundvierzig Pelzmäntel.« Sie schoss durch die Brille einen vorwurfsvollen Blick auf Wanda Jordan und auf Jojo und wiederholte mit Betonung: »Über dreitausendvierhundert haben ihre Pelzmäntel gespendet! Sogar einige kostbare Hermelin- und Persianermäntel.«

Mama sagte: »Wie schön …« Da sah Jojo durchs Küchenfenster einen älteren, gut angezogenen Herrn auf das Haus zukommen. Schnell rief sie: »Tante Mali, der Kommerzienrat kommt!« Tante Mali legte schnell die Brennschere weg und entfernte sich durch die Küchentür. Tante Frieda las laut: »Sogar der Jagdmuff vom Hindenburg wurde abgegeben!«

Mama kam an den Tisch, mit hoch gehaltenen Händen, die Finger voller Kuchenteig. Tante Frieda sollte ihr den verrutschten Träger der Küchenschürze hochschieben, dabei fiel ihr Blick auf die Zeitung. »Na, stellt euch das vor!«, verkündete sie. »Hier steht, die Japaner sind auf Borneo gelandet. Haben die Manilabucht bombardiert und einen Teil der USA-Flotte zerstört. Na, die trauen sich was! Man nennt sie ja auch die Preußen des Fernen Ostens! Die wollen auch die ganze Welt erobern.«

Jojo blätterte in ihrer Illustrierten weiter und entdeckte in diesem Moment etwas, das sie traf wie ein Pfeil der Erleuchtung. Sie hörte nicht mehr, worüber in der Küche geredet wurde, sie sah nur, was ihr wie eine Offenbarung erschien – eine mittelgroße Anzeige unter der Rubrik »Erziehung und Unterricht«: »Landheim von Eulenburg, Pensionat für höhere Töchter, am Alpensee gelegen, moderne Gebäude, alle Unterrichtsfächer, staatlich anerkannt. Kochen, Hauswirtschaft, Schneidern, Italienisch, Musikerziehung, Ethik, Sport. Freiwillig: Tennis, Reiten, Segeln. Pflichtjahr wird angerechnet.«

Sie riss die Seite heraus und verschwand mit ihr ins kalte Treppenhaus, ins kalte Turmzimmer. Dort schob sie die Anzeige unter ihr kaltes Kopfkissen. In dieses Pensionat würde sie gehen, komme was wolle.

»Reg dich nicht auf, Mama!«, sagte Jojo zu ihrer Mutter, als sie ihr später die Anzeige vor die Augen hielt. »Aber da will ich unbedingt hin! Sicher kostet's ziemlich viel, aber Geld haben wir ja.«

Wanda Jordan studierte die Anzeige. Sie wurde blasser als sie ohnehin war. Ihre Tochter wollte sie verlassen, das schnitt ihr ins Herz. Jojo spürte es genau, aber sie wurde nicht wankelmütig. Sie machte der Mutter klar: Abitur im Sophienstift – und was dann? Pflichtjahr bei einer kinderreichen Familie auf dem Land, dann Arbeitsdienst, dann Kriegshilfsdienst. Und dann? »Dann ist der Krieg aus und vorbei und verloren. Und nichts ist gewesen mit den so genannten *sweet sixteen* und *sweet seventeen*, den schönsten Blütenjahren im Leben eines jungen Mädchens – wie du selber immer sagst, Mama.«

Wanda Jordan musste sich in den Korbstuhl setzen. Sie fasste sich an den Hals, als hätte sie Luftnot. Aber Jojo fuhr unbeirrt in ihrer Argumentation fort: »Da geh' ich doch lieber Tennis spielen und Segeln auf dem Alpensee! Und das Ganze gilt auch noch als Pflichtjahr! Was soll ich denn hier in Weimar? Frieren? Sammeln? Marschieren und in Ohnmacht fallen?

»Und ich?« Mama zerfloss in Selbstmitleid. »Alexander ist weg und du bist weg …«

»Du hast doch deinen Wolf! Und du hast deine ›Pension Weimar‹, die ist ja jetzt dein Zuhause, und du brauchst gar kein anderes. Aber mich kannst du hier nicht anketten in Weimar, mit Schule, BDM, Theater und Kultur, mich nicht!«
Mama seufzte tief, aber sie sah es ein und gab Jojo frei.

Jojo streifte ihre Fesseln ab, verließ Weimar und flüchtete ins Landheim von Eulenburg am Alpensee, in eine für »höhere Töchter« reservierte heile Welt.

Sie tauchte erst an einem ganz besonderen Tag wieder auf, der wie ein Gedicht die ausschweifende Pracht des Sommers spiegelte, mit Himmelsblau und weißen Wolken und sattem Blattgrün und rotem Mohn zwischen hellem Korn. Diese Sommerpracht konnte Jojo durch die Schwaden von Rauch und Ruß vor dem Wagonfenster nur erahnen, während Bäume, Felder und sanfte Hügel vorbeiflogen – sie stand eingequetscht zwischen den Mitreisenden auf der Plattform vor der Zugtoilette. Jetzt bremste der Zug, es wurde städtisch, schließlich kam das Bahnhofsgelände, und zwei kräftige Fronturlauber öffneten noch während des Einfahrens die Wagontür. Mit ohrenbetäubendem Quietschen kam der überfüllte Zug zum Stehen.
Das »Weimar! Weimar!« aus dem Bahnhofslautsprecher jagte ihr Schauer der Vorfreude über den Rücken. In ihrer Tasche befand sich ein Telegramm: »Bin in Urlaub, Lothar.« Sie hatte zurücktelegrafiert: »Ich komme, Ankunft Mittwoch, 13.12 Uhr. Jojo.«
Sie zwängte sich nach draußen, zerrte ihre Basttasche hinter sich her, bahnte sich den Weg durch die Traube von Menschen auf dem Bahnsteig, die gleichzeitig mit den Aussteigenden einsteigen wollten, und stand endlich ein paar Schritte abseits, immer noch im Gewimmel. Sie holte tief Luft, schüttelte die Haare und sah sich um. Ob er wohl da war? Sie hatte dreizehn Stunden Verspätung. Ob er gewartet hatte? Trotz der Strapaze fühlte sie sich federleicht wie ein herbeigeflogener Vogel, so beschwingt, irgend-

wie unwirklich, ganz in glückseliger Erwartung. Sie sah sich um. Sie sah keinen Lothar, nur Gepäck schleppende Menschen.
Dann trafen sich ihre Blicke.
Wie ein Stromschlag erwischte es Jojo, als sie es in seinen Augen aufblitzen sah. Er hatte rauchend an einem Pfeiler gelehnt und sich nun hochgereckt. So schaute er sie an, ein bisschen entgeistert, als traue er seinen Augen nicht. Je näher sie kam, desto genauer sah sie sein Aufflammen. Er warf die Zigarette weg und ging auf sie zu, langsam, um den Genuss des Näherkommens zu verlängern. Zwei Traumwandler zwischen betriebsamen Menschen: er – braun gebrannt, in schwarzer Panzerjägeruniform, das blonde Haar unter dem schwarzen Barett verborgen; sie – leichtfüßig in weißem Rock und weißer Bluse, ein weißes Band im dunklen Haar, die seidige Haut sonnengetönt. Sie blieben voreinander stehen, ohne sich zu berühren.
Lothar sagte ungläubig: »Du siehst aus, als kämst du eben vom Tennis.«
Sie lachte und zeigte ihre Zähne. Ihre hell glänzenden Augen unter der sonnengebräunten Stirn verrieten ihm unverhüllt ihr ganzes Hingerissensein. Sie ließ ihren Blick zu seinen Lippen wandern, ach, Lothars Lippen, von denen sie manchmal geträumt, wild geträumt hatte.
Auch Lothars Blick war von ihren Augen weitergewandert zu ihren runden, ärmelfreien Schultern, deren Haut so glatt und glänzend wie polierte Bronze war. Er wanderte ungeniert weiter zu den jungen Brüsten unter dem dünnen weißen Stoff und zurück zu Jojos weichem, vollem Mund, der knallrot angestrichen war. Ein Männerlächeln, das für sie neu war, erschien in seinen Mundwinkeln. Er ließ sich Zeit, das hatte er wohl in Russland gelernt.
Dann spürte sie seine Hand auf ihrem Rücken und den sanften, unbeirrten Druck, mit dem er sie an seinen Körper schob. Sie fühlte seine andere Hand, die ihr unter die wirre Haarpracht griff, dann drückte er seine Lippen vorsichtig auf ihren roten Mund.
Seine Lippen federten, ja, sie federten, genau so, wie sie es sich nicht selten vorgestellt hatte, prall und nachgiebig. Ihr Mund er-

gab sich weich und lustvoll seinem Kuss. Sie schob ihre Hände an seinem Nacken hoch, um seine Haare zu spüren, das schwarze Panzerbarett fiel ihm vom Kopf, und sie fuhr ihm durch das kurz geschnittene, ausgebleichte Stoppelhaar.
Eine Frau mit Korb und Kopftuch hob das Barett auf und wartete, bis der Kuss zu Ende war. »Muss Liebe schön sein ...«, sagte sie mitfühlend, ein paar Umstehende lachten gutmütig, dann gab sie dem Gefreiten seine Mütze zurück. Der bedankte sich mit einem lippenstiftverschmierten Lächeln. Die Frau gab ihnen aus dem Korb noch eine Papierserviette zum Mundabwischen.
Zwischen Schatten spendenden Bäumen und sonnenbeschienenen Häusern gingen Lothar und Jojo Arm in Arm die Straße hinab zur Stadt, und der Sommertag zeigte ihnen an den klassizistischen und Jugendstilfassaden der Bürgerhäuser sein Licht- und Schattenspiel in allen Facetten. Die Quaderbauten des Gauforums reflektierten die Augustsonne mit mächtiger Blendkraft. Lothar musste pausenlos militärisch grüßen, was Jojo beeindruckte und gefiel, aber doch gleichzeitig auf die Nerven ging.
»Weißt du was?«, sagten sie fast wie aus einem Mund. »Wir gehen ins ›Resi‹!« Und das machten sie auch.
Im »Residenzcafé« war die Terrasse voller Kuchentanten, Fronturlauber mit ihren Mädchen und junger Familien. Doch da wollten sie auch gar nicht hin. Sie suchten und fanden ihren Tisch drinnen, in der Ecke, in der sie schon damals zusammen gesessen hatten, als Lothar noch Arbeitsmann beim RAD und Jojo eine Sekundanerin im Sophienstift gewesen war. Über ein Jahr war das erst her, und doch schienen Ewigkeiten dazwischen zu liegen. Sie saßen zunächst stumm da, es fehlten ihnen die Worte, denn ihre Gedanken bewegten sich zurück zu dem Kuss auf dem Bahnsteig. Ganz andere Wünsche hatten sie jetzt als Kaffee und Kuchen. Aber die Bedienung kam, nahm die Bestellung auf, kassierte die Marken. Jojo sagte: »Weißt du noch? Wie wir damals hier gesessen haben? Da kam 'ne Sondermeldung, und unser Kaffee wurde kalt, weil die Bedienung bei der Radiomeldung nicht servieren durfte.«

»Weiß ich noch«, sagte Lothar, »der Kaffee hat dir nicht geschmeckt und der Kuchen auch nicht.«
Jojo sagte: »Ach Gott …« Sie war einen Moment still, dann zeigte sie auf Lothars Winkel am Ärmel. »Du bist Gefreiter, stimmt's?«
Lothar lächelte. »Stimmt.«
Sie zeigte auf die Ordensspange. »Und das da?«
»Ist das Panzerkampfabzeichen.«
»Und wofür kriegt man das?«
Lothar zögerte. »Na ja, für Panzerangriffe halt.«
Jojo zeigte auf das schwarzweißrote Band in seinem Knopfloch. »Das kenn' ich, das ist das EK II. Und das rote Band daneben? Mit dem Mittelstreifen?«
»Das ist der Gefrierfleischorden.«
»Der Gefrierfleischorden?«
»Kriegen alle, die sich letzten Winter was abgefroren haben … oder beinah.«
»Und du?«
Er grinste sein Landsergrinsen. »Alles noch dran!«
Jojo wurde puterrot, Lothar schaute schuldbewusst weg. Zum Glück kamen der Gerstenkaffee und der Kuchen, der gar nicht so schlecht aussah. Jojo schob ihm gleich ihr Stück hin, denn sie lebte von Luft und Liebe, und Lothar schaufelte beide Portionen in sich hinein.
»Du kannst mich unbesehen nehmen, Jojo, ich habe keine Wanzen und keine Flöhe mehr und bin auch entlaust.« Er hielt ihr zum Beweis den Kopf hin, und sie fuhr ihm durchs Haar. »Erzähl mal von dir!«, sagte er. »Siehst ja aus, als würdste jeden Tag Tennis spiel'n!«
Jojo musste lachen. »Doch nicht nur Tennis, was denkst denn du! Wir haben auch Segelkurse und Reitunterricht.« Sie erzählte, wie bissig und bockig die Pferde waren, und dass sie ausschlugen. Sie schob unterm Tisch den weißen Rock hoch und zeigte ihm am Oberschenkel den blauen Fleck von einem Pferdehuf.
Lothar legte wie mitfühlend seine Hand auf ihren nackten Schenkel. »Diese gemeinen Gäule!«, bedauerte er sie.

Jojo nickte: »Die nimmt nicht mal die Wehrmacht.«
Er lachte kopfschüttelnd. »Is' ja auch wahnsinnig kriegswichtig: Reiten und Segeln und Tennis.«
Er holte sich eine Zigarette aus der Brusttasche, und Jojo sagte: »Mir auch eine!« Er fand sie zu jung fürs Rauchen, aber sie brauste auf: »Ich bin schon siebzehn!« Auch das hatte sie im Mädchenpensionat gelernt, sie rauchte, ohne zu husten. Und sie erzählte ihm allen Ernstes, dass das Landheim von Eulenburg ein echtes Bildungsinstitut sei, mit Italienisch, Englisch, Französisch und mit Kunstgeschichte und dem Erlernen von Umgangsformen, und dass ihre Mitschülerinnen die Töchter Prominenter und Industrieller seien, wie zum Beispiel die Charlotte, die war von Henkel-Sekt, und die Gabriela, eine der Töchter des Grafen von Oynhausen, und ihre beste Freundin Angelika, die die Tochter eines Betonlieferanten für den West- und den Atlantikwall war, aus Andersheim am Rhein. »Die machen alle ihr Pflichtjahr da.«
Sie sah Lothar lachen, er verschluckte sich am Zigarettenrauch und sagte: »Jojo, das musst du mal meinem Alten erzähl'n!«
»Ganz ohne Quatsch«, sagte Jojo, »wir lernen Kochen, Backen, Putzen. Immer gleich für die ganze Schüler- und Lehrerschaft. Es gibt nämlich kein Personal. Wenn wir also Königsberger Klopse oder Krautwickel machen, dann immer gleich für achtzig Personen. Und in die Soße gießen wir acht Liter Wasser rein.« Sie sah Lothar grinsen. »Mach du mal 'ne Mehlschwitze für achtzig Leute, ohne dass alles anbrennt und voller Klumpen ist!«
Lothar amüsierte sich königlich, er wurde immer verliebter, sie sah, wie seine Augen verschwammen, wie er jede Bewegung von ihr verfolgte, wie sie da so mit Grandezza und rot lackierten Fingernägeln im Lokal ihre Zigarette rauchte, direkt unter dem Schild »Die deutsche Frau raucht nicht«.
Das »Residenzcafé« machte zu. Jojo und Lothar schlenderten durch die verdunkelten Straßen, und er brauchte jetzt nicht mehr alle nasenlang zu grüßen. Er stützte sie, hielt sie fest, wann immer das Kopfsteinpflaster buckelig oder eine grün phosphoreszierende Bordsteinkante im Wege war.

Vor dem »Zentralpalast« sagte Lothar spontan: »Da geh'n wir rein! Komm, wir geh'n ins Kino!«
»Jetzt? Der Film hat doch längst angefangen!«
»Is' doch egal! Da drin is's gemütlich ... und dunkel.«
Sie nahmen Sperrsitz, die Platzanweiserin leuchtete ihnen vor die Füße bis zu den Polsterklappstühlen ganz hinten, wo sie ziemlich allein waren. Sie nahmen Platz, zwischen sich nur eine Armlehne. Lothars Ellbogen drückte an Jojos Ellbogen, ihr nackter Oberarm drückte an seine Muskeln unter dem Uniformärmel. Beide starrten geradeaus auf die Leinwand. Spannung baute sich zwischen ihnen auf bis zur Unerträglichkeit. Als er nach ihrer Hand griff, explodierte für Jojo die Welt in alle Elementarteilchen, eine Welle der Erregung schoss durch ihren Körper, das Herz hämmerte, im Hals pochte es, und es hämmerte und pochte an unerwarteten Stellen. Sie wagte nicht, den Kopf zu Lothar zu drehen, schaute auf die Leinwand, sah nichts, hörte nichts von dem Film, der da ablief, wollte nichts hören, nichts sehen, wollte sich nur dem Dröhnen, Hämmern und Klopfen hingeben, das sie mitriss wie ein lustvoller Weltuntergang.
Sie bemerkte, wie Lothar unruhig wurde. Er ließ ihre Hand los, hob seinen Arm, legte ihn um ihre Schulter, zog sie näher zu sich heran, suchte mit seinen Lippen ihre Halsbeuge. Seine Hand knetete ihre nackte Schulter, sein Atem an ihrer Haut war heiß. Sie rührte sich nicht, um nur nichts kaputtzumachen, sie genoss die Gefühlssensationen, als nähme eine andere Person diese wahr. Jojo spürte – und ihr Atem stockte –, wie die Hand auf ihrer Schulter sich weiter bewegte, tiefer sank, nach ihrer Bluse tastete und den Ausschnitt fand. Wie sie hineinglitt und seine Männerhand federleicht über ihre samtweiche Haut strich, sich vortastete in die unberührte Hügellandschaft ihres Mädchendaseins, wie seine Finger suchten, spielerisch tiefer glitten, wie die Fingerkuppen – endlich, endlich – die sensible Knospe an der Spitze ihrer Brust berührten. Jojo machte die Augen zu, dass es so etwas gab, so ein Beben, so einen Aufruhr, so eine unerhörte Berührung ... so wie jetzt, so wie in diesem Moment, in einem Kino.

Da ging das Licht an. Der Film war zu Ende. Sie standen auf, mit hochroten Köpfen. Jojos Herz klopfte immer noch mit gewaltigem Dröhnen. Nie in ihrem Leben würde sie wissen, welcher Film gelaufen war.

Auf dem Nachhauseweg redeten sie nicht, waren beide wie benommen. Aber ehe Jojo in der Pension verschwand, zog er sie noch einmal ans Ende der Sackgasse und nahm sie noch einmal in die Arme. Er drückte sie, presste sie, feurig, drängend, bis es ihr plötzlich zu wild wurde. Sie schob ihn weg und fauchte: »Hör auf, Lothar! Los, hör auf!« Und dann energisch: »Ich muss morgen nach Berlin.«

Er ließ sofort von ihr ab. »Nach Berlin?« Das konnte er überhaupt nicht verstehen. »Ich dachte, du bist wegen mir nach Weimar gekommen.«

»Ja, klar! Bin ich ja! Aber mitten im Pflichtjahr – dafür brauchte ich eine Sondergenehmigung. Und die hab' ich nur bekommen, weil ich nach Berlin muss. Zur obersten Reichsjugendbehörde.«

»Und was willst du dort?«

»Die sollen mich vom Arbeitsdienst befreien.«

»Du willst nicht zum Arbeitsdienst?« Wenn sie nicht hätten leise sein müssen, hätte Lothar jetzt laut gelacht.

Sie erklärte: »Ich hab' ein Attest, dass ich immer in Ohnmacht falle.«

Das fand Lothar noch witziger. »Typisch Jojo!«, amüsierte er sich. »Alle geben ihren letzten Schweiß- und Blutstropfen her fürs großdeutsche Vaterland, aber meine chinesische Porzellanpuppe spielt Tennis und segelt und geht nicht zum Arbeitsdienst.«

»Ich muss jetzt ein paar Stunden schlafen. Um neun geht mein Zug.«

»Ich komm' mit nach Berlin«, sagte Lothar spontan.

»Au ja, prima!« Jojo gab ihm einen schnellen, leichten Kuss. »Morgen um acht hier vor der Tür!« Und weg war sie.

Als sie am Sonnabend aus Berlin zurückkehrten, brutzelte eine Gans für sie im Rohr – bei Rollmanns. Für die Anfertigung eines Wintermantels aus einer Pferdedecke hatte Frau Rollmann das Federvieh von einer Bäuerin als Bezahlung bekommen. Sie war stolzerfüllt, ihren Sohn in seinem Fronturlaub mit einem fetten Bratvogel und mit Thüringer Klößen und Rotkohl verwöhnen zu können und hatte auch Jojo und Frau Jordan dazu eingeladen.
Vorher wollte Jojo sich frisch machen. Im Turmzimmer riss sie sich alles vom Leibe. Mama hatte ihr einen Teekessel mit heißem Wasser aus der Küche geholt, und Jojo wusch sich in der Waschschüssel. Wasser und Waschlappen wurden rußig schwarz. Mama holte noch einen zweiten Kessel heißes Wasser. Dann warf Jojo sich aufs Bett, zwei Stunden Zeit blieben noch bis zum Gänsebraten bei Rollmanns.
Mama wollte alles wissen. Jaa, sie hatten die Zurückstellung vom Arbeitsdienst schriftlich bekommen. Jaa, sie hatte eine schriftliche Empfehlung zur Ausbildung als Militärdolmetscherin. Jaa, sie hatte dort erzählt, sogar vorgemacht, wie sie in Ohnmacht fiel. Jaa, die waren sehr verständnisvoll gewesen, einer hatte sogar mit ihr abends ins Kino gewollt. Nein, Tante Emily war nicht da gewesen, die war irgendwo in Kur.
Dann die Frage aller Fragen aller Mütter: »Und du und Lothar? Wo habt ihr geschlafen?«
Jojo fielen die Augen zu. »Geschlafen?«, murmelte sie. »Überhaupt nicht …«
Sie sah nicht mehr Mamas Gesicht mit dem großen Fragezeichen: War *es* passiert?
Nein, *es* war nicht passiert. Aber auch ohne das war Berlin ein Traum gewesen, der Jojo den Schlaf versüßte, ein Berlin, das sie und Lothar in den Schatz ihrer gemeinsamen Erinnerungen einreihen konnten als unvergessliche, abenteuerliche, verliebt genossene, schlaflose, unterkunftslose Dreiundfünfzigstundenstrapaze. Ihr Programm hatte aus Jojos eigenwilligen, wagemutigen Behördengängen bestanden, einem erotisch heißen Kinobesuch im »Ufapalast am Zoo« und zwei durchwachten, musikerfüllten

Nächten im »Haus Vaterland«, wo Fronturlaubern rund um die Uhr mit flotten Kapellen das Warten verkürzt wurde. Zwischendurch hatte es Fliegeralarm gegeben und alles musste in den Keller, den Zug hatten sie erst in der letzten Minute erreicht und gerade noch Platz im überfüllten Wagon gefunden, wo Jojo und Lothar zu guter Letzt aneinander gelehnt stehend in den Tiefschlaf gefallen waren.
Frisch umgezogen erschienen Jojo und ihre Mutter bei Rollmanns. Auch Lothar hatte sich umgezogen, trug Zivil, ein offenes Hemd, hochgekrempelte Ärmel, eine leichte Sommerhose. Das enttäuschte Jojo, die schwarze Panzerjägeruniform mit den Auszeichnungen machte so viel her. Aber Frau Rollmann hatte alles ausgebürstet und ins Freie gehängt.
In Rollmanns Küche roch es wie immer nach Kohl und Kohlrabi, diesmal jedoch auch nach Gebratenem, und zwar sehr köstlich nach Gans. Herr Rollmann saß wie immer auf dem Kanapee, noch ausgemergelter, noch schütterer das Haar, aber mit Augen so wach und blau und wissend wie früher.
Mama rief gleich von der Tür her: »Bleiben Sie sitzen, Herr Rollmann!« Sie ging zu ihm und gab ihm die Hand, Jojo auch. Seine Augen blitzten auf wie bei seinem Sohn, als er Jojo in Augenschein nahm. Er hielt ihre Hand ein bisschen länger. »Josefa«, sagte er verschmitzt, »ausseh'n tuste – wie 'n Appel zum Reinbeißen.« Und als Jojo antwortete: »Ich denk', Sie beißen nur in Mussoliniköppe, Herr Rollmann«, da lachte er so heftig, dass er husten musste.
Mama stellte eine Flasche Rotwein auf den gedeckten Küchentisch, die sie Herrn Schüble abgebettelt hatte. Frau Rollmann verteilte die Portionen, die Gans war perfekt gelungen, genau wie die Thüringer Klöße. Die Hausfrau wurde von allen gelobt außer von Lothar, der war nur am Kauen, warf aber seiner Mutter anerkennende Blicke zu.
Frau Rollmann bewunderte Jojos schickes eisblaues Sommerkleid, das so gut zu ihren Augen passte. Jojo erzählte, sie habe es gegen einen Hausaufsatz und eine Englischübersetzung von einer

Pensionatsfreundin eingetauscht. Die »höheren Töchter«, erzählte sie weiter, die das Pflichtjahr im Landheim von Eulenburg machten, seien oft zu faul zum Lernen und nur verrückt aufs Reiten. Sie habe sich auf diese Weise schon Kleider und Blusen, italienische Tennisshorts und eine Reithose eingehandelt. »Auch Seidenstrümpfe und hübsche Unterwäsche.« Sie fing Lothars Blick auf und wurde rot.

Mama begann mit Herrn Rollmann zu diskutieren. »Ihr Sohn ist ja nun auch schon ein erfahrener Krieger. Was denken denn *Sie* über die Lage?« Max Rollmann öffnete den Mund, aber seine Frau fuhr ihm dazwischen: »Sag bloß nischt, Maxe! Du weeßt, da kennste wieder keene Grenze.« Mama war schlau genug, auf ein entlegeneres Thema auszuweichen, auf den Krieg der Japaner im Pazifik. »Die haben bald ganz Südostasien erobert. Unglaublich! Sogar Singapur haben sie den hochmütigen Engländern weggenommen und siebzigtausend Briten, Inder und Australier gefangen genommen!«

»Die Japaner sind von ihrem Kaiser jenauso fanatisiert wie hier die Deutschen vom ihrem Hitler.«

»Ich glaub', da ist ein Unterschied, Herr Rollmann. Der japanische Kaiser ist ein Gott. Er stammt direkt von der Sonne ab.«

»Is' doch hier ooch so: Der Hitler is' von de' Vorsehung ausjewählt, sacht er.«

Mama rief aus: »Aber vom japanischen Kaiser darf man nur die Füße sehen! Und von seiner Frau auch! Wenn er offiziell empfängt, steht er hinter einem Vorhang, und der wird dann gerade mal zwanzig Zentimeter hochgezogen.«

»Na, det wär' hier ooch nich' schlecht«, meinte Rollmann.

Lothar und Jojo verdrückten sich, die steile Stiege nach oben, in Lothars Zimmer und Frau Rollmann tat, als merke sie es nicht.

Seine Bude war klein, eng, schräg, aber sauber. Ein Foto als Pimpfenführer, Fußball in der Ecke, militärisches Ausrüstungszeug. Jojo hätte es, wäre sie nicht so verliebt gewesen, sicher »popelig« gefunden, so wie damals Goethes Sterbezimmer, aber sie sah und fühlte nichts außer Lothar.

Sie setzte sich auf die Bettkante, er hob ihre Haare hoch, küsste sie in den Nacken, dann in die Halsbeuge. Sie roch seinen Kernseifengeruch aus dem offenen Hemdkragen. Sanft drückte er sie rücklings aufs Bett, so dass sie halb saß, halb lag. Er schob sich über sie, bedeckte ihre Augen, ihre Nase, die Lippen und das Kinn mit Küssen, rutschte ein Stück nach unten und fummelte an ihren Perlmuttknöpfen. Er öffnete das eisblaue Sommerkleid bis zum Gürtel und legte ihre nackten Brüste frei. Ganz vorsichtig begann er, die Spitzen zu küssen.
Da hörten sie von unten rufen: »Jojo! Komm bitte!« Sie sprangen beide auf, Jojo knöpfte ihr Kleid zu, sie stiegen mit Unschuldsmiene die Stiege hinunter. Jojos Mutter stand unten: »Wir gehen jetzt, Jojo. Du musst dich noch umziehen, du weißt, ich hab' doch für heute Abend Theaterkarten für euch beide!«

Im Turmzimmer, während Jojo sich fürs Theater umzog, bemühte sich Wanda Jordan um ein ernsthaftes Gespräch von Mutter zu Tochter. Sie sagte die üblichen Phrasen: »Mach bloß keine Dummheiten!« und: »Lass dich nicht rumkriegen!« und: »Fall nicht auf die Mitleidstour rein, ›ich muss an die Front‹ und so!« und: »Es ist schnell was passiert.«
»Hör auf, Mama! Ich bin doch keine Konfirmandin!«
Aber Mama hörte nicht auf. »Alle Soldaten, die auf Fronturlaub sind, wollen nur das eine.«
»Das eine?«
»Wenn du Dummheiten machst, stehst du nachher mit 'nem Kind da.«
»Mit 'nem Kind? Vom Küssen?«
»Natürlich nicht vom Küssen!« Sie machte ihre Mutter ganz nervös und verlegen. Natürlich hatte Jojo im Pensionat von denen, die »sich schon mal hingelegt hatten«, eine Art Aufklärung aufgeschnappt. Aber so ganz genau war ihr immer noch nicht klar, wie die körperliche Liebe funktionierte. Sie hätte es gern gewusst. Aber weil die Mutter so herumdruckste und es zudem klingelte – das war bestimmt Lothar –, sagte sie einfach: »Mama, ich weiß Be-

scheid. Im Pensionat reden sie pausenlos von nichts anderem … Ich nehm' was von deinem Parfüm, darf ich?«
»So viel du willst.« Mama war sichtlich erleichtert. »Ich geh' schon mal nach unten.«
Jojo benützte das teure Parfüm reichlich. Sie bauschte mit den Händen vor dem Spiegel ihre Haare, machte beiderseits Daumen und Zeigefinger mit Spucke nass und formte damit ihre Augenbrauen, sie malte die Lippen knallrot nach, kontrollierte den roten Lack auf den Fingernägeln und kontrollierte die Nähte an den Seidenstrümpfen, die sie gegen Italienisch-Übersetzungen eingetauscht hatte. Dann griff sie nach einer von Mamas Lacktaschen und sprang, jeweils zwei Stufen nehmend, nach unten.
Lothar stand in ausgebürsteter Uniform im Salon, das Barett unter den Arm geklemmt. Mama gab ihm die zwei Theaterkarten für die Oper »Tannhäuser«, und er bedankte sich. Tante Mali brachte ihm ein Bier. Sie nötigte ihn, sich zu setzen, Frau Pusch goss ihm ein, Tante Frieda zerriss es förmlich vor Neugier, denn das war doch der Sohn von den Rollmanns nebenan. Man fragte Lothar nach dem Soldatenleben an der russischen Front. »Alles halb so wild …« Und die Kampfhandlungen? »Hauptsache, man erbeutet mal 'n Huhn oder 'n Schwein.« Sie mussten lachen. Sie zeigten auf sein silbernes Panzersturmabzeichen. »Aber in so 'ner Panzerschlacht …?« – »Na ja, da knallt's dann schon ziemlich. In Weimar is' es schöner.« Und der Winter? Lothar klopfte auf sein rotes Bändchen mit dem Mittelstreifen, das er neben dem EK-II-Band trug: »Dafür hab'n wir ja den Gefrierfleischorden bekommen.«
Die Frauen schauten sich an, machten bedeutsame Gesichter, man sah ihnen an, was sie dachten: Tja unsere Landser! So ein Gefreiter lässt sich nicht so leicht kleinkriegen.
Wanda Jordan hatte die besten Plätze gewählt. Sie saßen im Nationaltheater im ersten Rang in der ersten Reihe. Als vor Beginn eine Gruppe Verwundeter aus dem Reservelazarett in der Ehrenloge erschien – zwei von ihnen mit Ritterkreuz, einer mit amputiertem Arm –, erhoben sich alle Besucher spontan und grüßten mit erhobenem Arm. Es wurde dunkel und die Ouvertüre begann. Jojo

kämpfte gegen den Schlaf. Sie sah vorsichtig zu Lothar hinüber, der schlief bereits in aufrechter soldatischer Haltung, so wie er das als Kräfte-Spar-Übung bei der Wehrmacht gelernt hatte. Als die Ouvertüre zu Ende war, weckte sie ihn, als der Gesang anhob, schlief er sogleich wieder ein. Schließlich schlief auch Jojo. Geweckt wurden beide erst beim Heulton der Sirenen: Luftalarm. Es gab ein streng geordnetes Gedränge und Geschiebe, denn genau nach Platzkarten war vorgeschrieben, wer auf welchem Weg in welchen Keller musste. Lothar und Jojo waren dem Keller des Sophienstifts zugeteilt.
»Komm, Jojo«, sagte Lothar, »lass uns spazieren gehen! Ich setz' mich doch hier nicht in den Bunker und spiel' Krieg, nur um nachher wieder rein zu müssen und dies Gesinge anzuhören!«
»Du hast ja überhaupt nichts mitbekommen, hast ja die ganze Zeit gepennt!« Er lachte. »Ich geh' lieber mit dir ins Kino.« Sie landeten auf einer Bank im Park. Die schlaflosen Nächte, die sie hinter sich hatten, forderten ihren Tribut. Sie scherten sich nicht um das unheilvolle Dröhnen der Bomberverbände, die in großer Höhe über sie hinwegzogen. Wohin? Nach Leipzig? Nach Nürnberg? Sie fragten nicht danach. Nach ein paar Küssen schlummerten sie ein, Arm in Arm, Schläfe an Schläfe, und Gott Amor umschwirrte sie und bereicherte ihre Träume, öffnete ihre schlaftrunkenen Sinne für den Zauber der sommerlich heißen Nacht.

Der nächste Tag war ihr Abschiedstag. Und ein besonderer Tag, denn Lothar kam auf einem Motorrad angeknattert. Er lud Jojo ein zu einem Ausflug in die Welt des Leistungsmotors und des Geschwindigkeitsrausches. Und sie verfiel sofort dem Reiz dieses Abenteuers. Mit Ausweis und Badehandtuch schwang sie sich hinter Lothar auf den Sattel und klammerte sich aufquietschend an ihm fest, als er übers Kopfsteinpflaster losdonnerte.
Ehe sie zur Stadt hinausfuhren, stoppte er in der Humboldtstraße vor einem Jugendstilhaus. Dort hatte ein Fotograf sein Atelier. Sie ließen sich als Paar fotografieren. »Das Bild schickst du mir nach ins Feld.«

Das Thüringer Land rund um Weimar erschloss sich ihnen in seiner ganzen Schönheit, während sie unbekümmert knatternd und mit Auspuffgestank durch die Gegend brausten und dabei alles genossen, was sich ihnen bot: die lieblichen Wiesen und kornwogenden, mohnblumengeschmückten Felder, die Wasserläufe mit den Reihen alter, knorriger Weiden, der weite Rundblick von Anhöhen auf entlegene Wälder und einzelne Schlösser, die Schlängelstraßen, deren Schlaglöcher die ganze Geschicklichkeit des Fahrers erforderten, die altmodischen Dörfer mit gackernden Hühnern auf Misthaufen und schweren Gäulen und wütend geifernden Hofhunden.

Lothar brachte eine Transportmeldung seiner ehemaligen Spedition in ein entlegenes Dorf und hatte sich dafür das Motorrad mit dem roten Winkel von seinen früheren Kumpels besorgt. Zweimal wurden sie von der Landpolizei kontrolliert, und die Beamten blickten misstrauisch auf Jojos exotischen Reisepass mit dem Geburtsort in China und mit japanischen und russischen Visastempeln. Lothar, der Panzerjägergefreite, sagte: »Is' alles amtlich.« Und angesichts Jojos zuckersüßem Lächeln wünschten die Herren: »Eene gude Fahrt ooch noch!«

Lothar wusste ein Plätzchen. Ein Stück Paradies, unberührtes Thüringen, eine romantisch verborgene Ilmschlaufe mit dichtem Gehölz und glucksendem Wasser und jenseits des lieblichen Gewässers ein steil ansteigender Wald.

»Hier können wir baden.« Er hatte sogar eine karierte Decke dabei, die er im Gras ausbreitete. Er warf Stück für Stück seine Uniform ab, entstieg ihr in Schwimmshorts. Auch Jojo trug den Badeanzug unter dem Kleid. Sie zog sich aus und stand dann lässig wartend mit ihren unübersehbaren Kurven unter dem wollenen Schwimmtrikot da.

Hand in Hand gingen sie ins Wasser. Das Ufer war nachgiebig und glitschig, Jojos Fuß versank im Schlick, sie rutschte aus, schrie auf, glitt ins Wasser und riss Lothar mit. Das Wasser war kalt. Sie japsten und keuchten, sie hielten sich aneinander fest. Das Wasser war seicht, aber der Grund sumpfig und unheimlich. Sie lachten

und ekelten sich, Jojo, die Wasserratte, schwamm los, Lothar folgte ihr.
»Die Südsee ist besser zum Baden«, rief Jojo. Sie krochen ans Ufer zurück, waren voll Modder und Schlamm. So konnten sie nicht auf ihre Decke. Die Sonne musste sie erst trocknen: »Is' ja niemand da, zieh dich aus, Jojo!«
Sie überspielte ihre jähe Befangenheit: »Zieh du dich doch aus!« Und das machte Lothar auch. Stieg aus seinen Shorts, warf sie ins Gras, tat gelassen, stand da, splitterfasernackt. Jojo schoss die Röte ins Gesicht, die nackten Kalenderhelden von Breker und Thorak fielen ihr ein, mit ihrer in Stein gehauenen und in Bronze gegossenen Männlichkeit. Jetzt stand so einer vor ihr, lebendig aus Fleisch und Blut, mit blondem Wuschelhaar. Obwohl sie vor Wissbegier fast platzte, traute sie sich kaum »da« hinzusehen. Lothar zeigte ein Männerlächeln, das bewies, wie er ihre sichtbare sinnliche Verwirrung genoss. Er sagte noch mal: »Zieh dich aus, Jojo!«, und mit einem Zusatzlächeln: »Du erkältest dich.«
Dann legte er sich in seiner ganzen Länge auf die karierte Decke im Gras, auf den Rücken, verschränkte die Arme hinter seinem Kopf, blickte Jojo an, und Jojo zog entschlossen mit einem Ruck den Badeanzug aus, warf ihn ins Gras und stand einen Moment nackt in der hellen Sonne. Dann legte sie sich schnell neben Lothar auf die Decke, immer noch etwas geniert und deshalb auf den Bauch.
Die Sommersonne beschien und wärmte zwei junge, nackte, verliebte Menschen, in aller Unschuld auf einer Decke. Lothar blinzelte zu Jojo rüber und sagte: »Dreh dich auf den Rücken, Jojo! Ich möchte dich ansehen.« Und weil Jojo wagemutig war, tat sie es, streckte sich aus in der Sonne, blinzelte zurück und sah in seinen Augen, dass er gleich vor Sinnlichkeit den Verstand verlieren würde. Sie sah auch gerade noch, wie Eigenbewegung in sein männliches Organ einschoss, ehe er sich blitzschnell herumwarf und auf den Bauch drehte. Sie war augenblicklich entflammt, wusste, fühlte, jetzt wurde es riskant. Aber sie wollte es auskosten, bis zum Äußersten ausreizen.

Etwas ließ ihren Atem stocken – Lothars Arm griff zu ihr herüber und Lothars Hand legte sich schwer und besitzergreifend auf die sensibelste Stelle ihres Körpers, auf ihr dicht und dunkel bewaldetes, in praller Zartheit üppig gepolstertes Dreieck, das man den Venushügel nennt und das noch nie einer Männerhand preisgegeben war. Sie spürte voller Hektik seine Finger, die nach der Süße des Lebens fassten.
Aber sie wollte nicht alles riskieren, sie wollte nicht das Letzte geben, und da rettete sie, ohne dass sie sich erklären musste, eine Pimpfenschar, die sich mit Geschrei und Zurufen in vormilitärischem Geländespiel näherte und das Liebespaar dazu zwang, sich blitzschnell anzuziehen und aufzubrechen. Schon nach wenigen Minuten umstanden die Jungen das Motorrad und löcherten den Panzerjägergefreiten mit technischen Fragen.
Immer noch mit rotem Kopf, setzten Jojo und Lothar sich auf die Maschine und knatterten zurück nach Weimar. Dort gaben sie das Motorrad bei Lothars ehemaligen Kumpeln in der Spedition ab, die Jojo mit anerkennenden Blicken bedachten. Dann machten die beiden sich auf den Weg, denn der Tag ging schon zur Neige und die untergehende Sonne fing an, den Himmel zu färben. Lothar musste noch in der Nacht fort. Wohin sollten sie gehen, um Abschied zu nehmen? Das brauchten sie nicht abzusprechen: Es gab nur einen Platz dafür, der schon längst *ihr* Platz war, verwunschen, verwildert, zugewachsen: der Garten hinter Goethes Gartenhaus. Sie kletterten heimlich über den Zaun, ließen sich gefangen nehmen vom schweren, abendlichen Duft der Blumen, zwängten sich durch die mit Sommerlaub dicht bewachsenen, alten und schorfigen Büsche bis in den hintersten Winkel. Hier war *ihr* Kugelstein, nur von einem flammenden Himmel rot angestrahlt. Hier standen sie und legten ihre ineinander verschlungenen Hände auf den alten, runden Stein des guten Glücks.
»Weißt du noch, wo unsere Blechschachtel vergraben liegt?«, fragte Jojo.
Lothar nickte. »Ja, weiß ich noch genau.« Er zog sie an sich, fing

an sie zu küssen. »Aber heute haben wir keine Zeit, sie auszugraben.« Er küsste sie wieder.
»Wann musst du los?«
»In zwei Stunden.«
»Oh Gott!« Sie presste die Arme um seinen Hals, ihr Gesicht war von einer Sekunde zur anderen tränennass. Sie sagte, während seine Lippen ihren Mund küssten: »Ich komme nicht zum Zug. Ich hasse das Abschiednehmen auf dem Bahnhof.«
»Weiß ich.« Auch er löste beim Sprechen seine Lippen nicht von ihrem Mund. »Meine Eltern kommen mit.«
Dann nahmen sie heftig Abschied, Jojo schräg gegen den Kugelstein gelehnt und halb entblößt, von Küssen und Angefasstwerden halb von Sinnen. Aber im letzten Moment – wild entschlossen und mit schlechtem Gewissen – wehrte sie seinen Ansturm auf ihr unberührtes Innenreich ab. Sie erlebte aufgewühlt, wie er, an sie geklammert, seine Ekstase zu Ende brachte, wie er sein schweiß- und tränennasses Gesicht schwer atmend zwischen ihre Brüste legte. Er stöhnte, musste auch lachen und schüttelte den Kopf.
»Jojo, die chinesische Porzellanpuppe.«

Der Sommer verging und der Herbst verging und der Winter kam und mit ihm Weihnachten. Und es war immer dasselbe: Krieg! Krieg! Krieg! Sieg! Sieg! Sieg!
Sieg? Sieg? Sieg? Nicht mehr immer. Der Name einer russischen Stadt war in aller Munde: Stalingrad.
Jojo lief in ihren Russenstiefeln und dem Fuchspelz und mit aufgeschlagenem Knie die Straße vom Weimarer Bahnhof hinunter in Richtung Stadt. Es schneite. Es war zwei Tage vor Weihnachten. Sie hatte wieder einmal eine dramatische Bahnfahrt in überfüllten Zügen und mit fünf Stunden Verspätung hinter sich. Am Gauforum vorbei schlidderte sie über glatt getretenes Kopfsteinpflaster, fast wäre sie eingeknickt mit ihrem verletzten Knie, das ihr einen stechenden Schmerz bereitete.
Sie kochte innerlich noch immer vor Erregung. Was war passiert? Ein mit voller Wucht durchs Wagonfenster ins Abteil geschleu-

derter Kartoffelsack war ihr gegen das Bein geprallt. Jojo hatte aufgeschrien vor Schmerz und Schreck. Hinter dem Kartoffelsack her war ein Kerl mit prallem Rucksack durchs Fenster geklettert und hatte sich mitten in die dicht gedrängt Stehenden im Mittelteil des Coupés halb geworfen, halb fallen gelassen. Fast wäre Jojo – leerer Magen, fehlender Sauerstoff – ohnmächtig umgekippt zwischen die jammernden Frauen und ihre heulenden Kinder auf den doppelt besetzten Holzbänken. Aber es war praktisch kein Platz vorhanden, um umzufallen. Zwei Soldaten, zwei hartgesottene Landser, waren in Wut geraten und hatten den Kartoffelsackschmeißer am Rucksack gepackt: »Lass mal sehn, du Hamsterer! Da haste garantiert Schweinearschbacken drin!« Der hatte sich gewehrt, aber die beiden waren ihm an die Gurgel gegangen: »Du mieser Schieber! Du Drückeberger du!« Sie waren außer sich geraten. »Wir Frontschweine verrecken vorne vor Stalingrad und du …!« Einer hatte es dem Schieber direkt ins Gesicht geschrien: »Stalingrad! Wisst ihr überhaupt, was da los ist im Kessel? Pausenlos donnern die Stalinorgeln rein. Granaten und Bomben. Nix mehr zum Fressen und auch kein Morphium mehr zum Sterben.« Sie hatten angefangen, gotterbärmlich über die Führung zu lästern. Im Abteil waren alle wie versteinert gewesen.

Der Zug war langsamer geworden, hatte gehalten. »Weimar … Weimar …« Eingekeilt und bewegungsunfähig hatte Jojo losgeschrien: »Ich muss hier raus! Ich muss hier raus!« Die beiden Soldaten hatten sie hilfreich gepackt, hoch gehoben und durchs Fenster geschoben, nicht ohne ihr »hilfreich« unter den Pelz und zwischen die Beine zu greifen. Draußen hatte ein Landser sie ebenso hilfreich und mit den gleichen bewährten Handgriffen in Empfang genommen und auf den Bahnsteig gestellt.

Jojo humpelte über den Platz vor der Post, wo Frauen mit letzten Feldpostpäckchen für Weihnachten Schlange standen. Ein grotesker Lachreiz, fast wie ein Brechreiz, kam in ihr hoch, als sie an die beiden wutentbrannten Stalingradkämpfer dachte, die schwer gelästert hatten über »den Fettwanst Hermann mit der fetten Ordensbrust«, über »Goebbels, das Humpelstilzchen« und über

»Hitler, den Gröfaz«, was größter Feldherr aller Zeiten hieß. Ein alter Mann hatte den Frontkameraden eine offene Schnapsbuddel hingehalten: »Hier, sauft!« Und alle wussten: Das war, damit sie das Maul hielten, damit nicht einer sie hinhängte wegen dem Heimtückegesetz.
Jojo humpelte jetzt über den Theaterplatz. Stalingrad. Wo lag das überhaupt? Dort war eine Kesselschlacht. Das erste Mal, dass deutsche Soldaten nicht blitzartig siegten.

In der »Pension Weimar« wurde Jojo von ihrer Mutter mit einem vollen Tablett auf der Treppe empfangen. Mama hatte es aus der Küche heraufgeschleppt, um beim Mittagstisch zu bedienen. Sie hatte eine Schürze um und rief: »Jojo! Da bist du ja endlich! Waren die Züge wieder so voll?«
»Mama, was machst du da?« Jojo gefiel das gar nicht. »Bist du jetzt hier die Bedienung?«
»Ich helfe aus. Mariechen hat Fieber und Husten.« Und über ihre Lippen kam ungewollt eine waschechte Propagandaparole: »Einer muss für den andern da sein!« Jojo verzog das Gesicht. »Du kannst gleich mitessen, es gibt Kohlrouladen mit Kartoffelfleischfüllung und dazu viel Soße.« Jojo verzog das Gesicht noch mehr. Der Hunger, den sie hatte, war ihr schlagartig vergangen. Der Geruch von Kohl mit Süße würgte sie bei ihrem leeren Magen fast. So etwas hatte sie im Landheim von Eulenburg auch gekocht, für achtzig Personen. Aber Mama war in Hochstimmung: »Jojo, stell dir vor, der Alexander kommt! Hat Weihnachtsurlaub!«
»Ich werd' verrückt! Das is' ja eins a, da is' wenigstens was los zu Weihnachten!« Und sie hatte einen Mann in Uniform, mit dem sie ausgehen konnte.
Mama strahlte, sorgte sich jedoch auch. »Er kommt von Nordnorwegen. Man hat keine Ahnung, wann er hier ankommt.« Sie schleppte ihr schweres Tablett die Treppe hoch, und Jojo humpelte hinterher. »Was ist mit deinem Bein?«
»Mir hat einer 'nen Kartoffelsack draufgeschmissen! Durchs Zugfenster!« Sie gab ihrer Mutter einen flüchtigen Kuss auf die Wan-

ge, um das volle Tablett nicht ins Wanken zu bringen. »Ich geh' schon mal rauf ins Turmzimmer.«

Die Mutter rief hinter ihr her: »Leg noch zwei Briketts nach! Ich hab' grad vor 'ner Stunde eingeheizt.«

Jojo ging die Treppe hoch, einheizen tat Mama jetzt auch noch! Fast stolperte sie über die Zinkeimer mit Wasser und Löschsand, die nach der Luftschutzvorschrift jetzt auf jedem Treppenabsatz standen.

Im Turmzimmer war es schön warm. Jojo legte zwei weitere Briketts in den weißen Kachelofen, der seine Vornehmheit aus dem gutbürgerlichen Anno-dazumal herübergerettet hatte. Sie zog den Pelz aus, warf ihn auf den Korbstuhl und legte sich mitsamt den Russenstiefeln aufs Bett. Sie holte das Foto von sich und Lothar hervor, ihr Blick tauchte traumverloren ein in seine lachenden Augen, verweilten auf seinen Lippen, dann legte sie sich das Foto auf die Brust und zog seinen Feldpostbrief heraus:

»Meine geliebte Jojo, meine chinesische Porzellanpuppe,

weißt Du, wie mein Leben hier an der Ostfront aussieht? Wenn ich aufwache, denke ich an Dich. Wenn ich einschlafe, denke ich an Dich. Wenn's knallt und kracht, habe ich leider keine Zeit dazu, aber wenn Pause ist, nehme ich unser Foto heraus und sehe Dich an. Wenn ich träume, träume ich von Dir. Von Dir im Wasser in der Ilm. Von Dir auf der karierten Decke. Von Dir am Kugelstein. Von Dir, von Dir, von Dir …

Es grüßt Dich von der Ostfront mit tausend Küssen, Dein Lothar.«

Sie nahm noch einmal das Foto: Lothar, mit diesem umwerfenden Siegerlächeln, mit glücklich glänzenden Augen, mit den federnden Lippen. Und neben ihm: sie, Jojo, seine Liebste, mit Wuschelhaar, Glitzern in den Augen, kirschrot angemaltem Mund. Der Fotograf hatte alles eingefangen von diesem gewissen Lebensaugenblick vor der Motorradfahrt zur Ilmschlaufe. Der ganze Schmelz einer erwartungsvollen Liebe hatte das Foto wie mit Perlmutt überzogen.

Als Jojo nachmittags nach zwei Stunden Tiefschlaf in der Küche auf ihrem Stammplatz saß, überfiel sie, ob sie wollte oder nicht, ein überraschendes, unverwechselbares Heimatgefühl, ein Heimatgefühl, welches nur hier in dieser Küche in Weimar, nur hier auf dieser Bank und nur in Verbindung mit Tante Malis Kakao möglich war.
Weil es beinahe schon Weihnachten war, bereitete Tante Mali für Jojo einen Kakao aus ihrer geheimen Vorratsdose zu, bereitete ihn auf diese unvergleichliche Art zu, die Jojo schon als Zehnjährige geliebt hatte. »Wie bringst du es nur fertig, Tante Mali«, fragte Jojo bewundernd, »dass der Kakao jedes Mal gelingt und immer so einmalig schmeckt?«
Tante Mali verriet ihr in einer philosophischen Anwandlung das Rezept: »Es ist so wie im Leben. Man muss es nur wollen, und das, was man will, im richtigen Moment wollen. Und nicht nur wollen, sondern auch machen, und zwar im richtigen Moment – so wie jetzt.« Sie ließ den Kakao hochschäumen und nahm ihn genau im richtigen Moment von der Feuerstelle. Ja, dachte Jojo, etwas wollen. Und das, was man will, auch machen. Und zwar genau im richtigen Moment. Aber tat sie das nicht sowieso schon immer?
In der Küche wurde für Weihnachten gebacken. Auch Mama, wieder mit Schürze, siebte Mehl und Backpulver aufs Teigbrett, machte eine Kuhle, füllte sie mit kostbarem Zucker auf, schlug ein kostbares Ei hinein und verteilte kostbare Margarineflöckchen auf dem Mehlkranz. Schnell knetete sie alles routiniert zusammen. Sie hatte schon so viele Kuchen gebacken mit Zutaten, die sie von ihren Lebensmittelrationen absparte, und sie stückchenweise in Feldpostpäckchen an Alexander geschickt, zusammen mit Tabak oder Zigaretten. »Diesmal kommt er selber«, sagte sie glücklich, »aus Nordnorwegen, um seinen Kuchen hier zu essen.«
»Ich kann auch Kuchen backen«, sagte Jojo. »Ich back' sogar Kuchen für achtzig Personen!« Sie lachte über die ungläubigen Gesichter. »Fürs ganze Landheim von Eulenburg.«
Tante Frieda war mit dem Polieren der Messingstangen am Herd fertig und kam jetzt wedelnd mit der Zeitung an. »Hier steht's

drin, warum die Weihnachtssonderzuteilung diesmal mehr war als im Vorjahr. Weil unsere Soldaten die Ukraine erobert haben und andere fruchtbare Ostgebiete. Und weil unsere Eisenbahner eine Transportschlacht ohnegleichen vollbracht haben.« Sie setzte sich an den Küchentisch, breitete die »Thüringer Landeszeitung« auf dem karierten Wachstuch aus, nahm ihre dicke Brille und las, wie es ihre Gewohnheit war, Wissenswertes laut vor.
Und da war es wieder: Stalingrad! »Gegen den besonders harten, von starkem Artilleriefeuer unterstützten sowjetischen Widerstand in der Festung Stalingrad erstürmten die Truppen des Heeres beherrschende Höhen des Stadtgebiets. Unsere Luftwaffe griff in die Kämpfe gegen neu herangeführte, starke sowjetische Verbände ein, die über die zugefrorene Wolga heranrückten.« Und da war es wieder: Tante Friedas »Du großer Gott!«.
Sie machte eine Pause. Keiner sagte etwas. Dann las sie weiter: »Die Bolschewisten kämpfen verbissen aus angeborener Sturheit, teils unter dem Zwang der Pistolen ihrer Kommissare, wie zur Genüge bekannt ist.« An den ratlosen Gesichtern sah man, dass keiner sich vorstellen konnte, was sich in Stalingrad wirklich abspielte. Nur Jojo hatte eine Ahnung. Die zwei Frontkämpfer im Zug hatten es die »Hölle von Stalingrad« genannt.
Sie saß auf ihrer Küchenbank und blickte gedankenverloren durchs Fenster. Da sah sie jemanden auf die »Pension Weimar« zukommen. Sie rief: »Der schöne Neffe kommt!«
Ach herrje! Tante Mali steckte sich irritiert die Haarnadeln im Knoten fester. Das bedeutete, dass der Neffe bestimmt über Weihnachten und Neujahr bei seinem geliebten Onkel, dem Goldfasan, bleiben würde. Sie sagte zu Frau Pusch: »Wir müssen Bettzeug aufs Sofa tun.«

Am nächsten Tag zwängte Jojo ihr geschwollenes Bein in den engen Russenstiefel, zog ihren Fuchspelz über ihren weißen Angorapullover, den sie von ihrer Freundin aus der Stahlbetondynastie eingetauscht hatte, und machte sich leicht humpelnd auf den Weg zu Mechthild.

Bei Vogelfunds öffnete noch das gleiche Dienstmädchen. Frau Vogelfund war trotz der harten Zeiten noch dicker geworden. Unter dem gerahmten Führerbild an der Wand stand auf der Vitrine ein Weihnachtsgesteck mit Kerze. Neben Adolf Hitler hing mit Trauerflor das Foto von Mechthilds Bruder Rüdiger. Das Bild des älteren Bruders, inzwischen Oberleutnant, war im Standrahmen neben der Adventskerze aufgestellt. Jojo erkundigte sich nach ihm und erfuhr, dass seit acht Wochen keine Feldpost mehr gekommen war und dass seine Einheit zuletzt vor Stalingrad gestanden hatte.

Da war er wieder, der Name dieser sowjetischen Stadt – Stalingrad. Ein Name so schwer wie Blei.

Die Freundinnen gingen in Mechthilds Zimmer. Sie standen sich gegenüber, bemühten sich, Erinnerungen aufzufrischen. »Weißt du noch, Mechthild, wie wir fürs WHW gesammelt haben?« Beide hatten sich verändert. Mechthild, die dicken braunen Zöpfe zum Kranz um den Kopf gelegt, wirkte größer und erwachsener. Ihr Zimmer war voller Bücher und Hefte, sie ochste für die Schule. Als BDM-Führerin war sie bis zur äußersten Grenze ausgelastet und in jeder freien Minute, die sie erübrigen konnte, für den Kriegshilfseinsatz aktiv. Sie machte Bahnhofsdienst, verteilte an Reisende und Wartende mit Kleinkindern Suppen und Heißgetränke. »Ja, dieses Heißgetränk kenn' ich«, sagte Jojo lachend. »Ein heißes giftgelbes Gebräu, genannt der IG-Farben-Trunk – und es schmeckt auch so!«

Fast war Mechthild beleidigt. Sie sagte mit Blick auf Jojos rot lackierte Fingernägel, ihren angemalten Mund, die ungebändigten Haare und den engen Pullover aus weißem Angora: »Und du willst wahrscheinlich Filmstar werden?«

»Ach Quatsch!« Jojo spürte genau Mechthilds Unmut darüber, dass sie sich nicht in die Dauerhektik der Heimatfront pressen ließ, dass sie leichtlebig aus der Reihe tanzte. »Mechthild, wenn du wüsstest, wie's bei uns zugeht im Pensionat! Da lackieren sich alle die Fuß- und Fingernägel, die bleichen sich sogar die Haare weißblond mit Wasserstoffsuperoxid. Sie reiten und segeln und spielen

Tennis und stinken aus jedem Knopfloch nach Vermögen und reicher Heirat.« Jojo ärgerte sich über den leicht verächtlichen Flunsch, den Mechthild zog, und sie sagte, was sie sonst nicht gesagt hätte: »Du glaubst doch nicht, dass nur Leute wie Gauleiter Sauckel das Sagen haben.« Mechthild zog die Kletterweste an, sie hatte offenbar genug von Jojo. »Ich muss zum Bahnhof, ich hab' Einsatz.«
»Mechthild?«, forschte Jojo. »Fragst du dich nie, wohin das alles führt?«
»Wer fragt, der zweifelt«, sagte Mechthild. Ihre warmen braunen Augen überzog ein harter Glanz. Jojo erkundigte sich nach Mechthilds Freund, dem HJ-Führer, mit dem sie mal übers Johannisfeuer gesprungen war.
»Er ist gefallen ... wie mein Bruder.«
Wie ein Kältehauch berührten Mechthilds Worte Jojo. »Und wie ist das passiert?«
»Er war gerade drei Tage an der Front, am Ladogasee in Finnland, da traf ihn ein Granatsplitter in die Schlagader. Er ist ganz schnell verblutet, hat ein Kamerad geschrieben.« Mechthilds Stimme verlor ihre Festigkeit. »Der Peter war noch nicht mal zwanzig ...«
»Ach«, sagte Jojo und umarmte ihre Freundin Mechthild, »das tut mir Leid.« Sie musste an Lothar denken. Sollte auch sein junges Männerleben – die blitzenden Augen, das kornhelle Haar, der muskulöse Körper – in irgendeinem Granattrichter enden?
»Mechthild?«, fragte Jojo. »Was denkt denn der Führer, wenn alle nur noch sterben?«
Mechthild zeigte sich unbeeindruckt: »Der Führer weiß, dass Helden dafür da sind, ihr Leben dem Vaterland zu opfern.«
»Aber die Frauen und die kleinen Kinder, die in Köln und Lübeck und Berlin bei den Bombenangriffen ums Leben kommen?«
Mechthild blieb unbeirrt. »Wir müssen durchhalten. Der Endsieg gehört uns!«
Jojo sagte demonstrativ »Frohe Weihnachten!« und verzog sich. Sie bekam Atemnot bei den Vogelfunds.

Der Weg zurück machte ihr zu schaffen, ihr angeschwollenes Knie schmerzte im Stiefel und der nasskalte Wind blies ihr grob ins Gesicht. Doch er füllte auch die Lungen frisch auf, befreite Jojo von der Enge, die ihre Brust bei Mechthild eingeschnürt hatte. Mit geröteten Wangen und feucht gekräuseltem Haar kam sie in die »Pension Weimar« zurück, ging geradewegs in den Salon, wo sie ihre Mutter und Tante Mali beim Weihnachtsbaumschmücken vermutete.

Aber im Salon stand allein ein eleganter Herr mit Schmissen im Gesicht, den Hut in der Hand, den stäubchenfreien schwarzen Ulster noch an. Sein weißes Haar ließ ihn aussehen wie Goethe. Sie kannte ihn schon, denn er hatte sie immer mal wieder bei zufälligem Zusammentreffen mit anzüglichen Versen des Klassikers in Verlegenheit zu bringen versucht: der Kommerzienrat, Amalie Weimars langjähriger Verehrer.

»Beim Himmel, dieses Kind ist schön! / So etwas hab' ich nie gesehn ...«, tönten sogleich Goethe-Verse aus seinem Mund, um die im Fuchspelz hereingeschneite Jojo zu verwirren.

Jojo schoss aus Ärger das Blut zu Kopf, weil er sich wieder einmal als Kavalier der alten Schule, als Charmeur der gewissen Lebensart vor ihr aufspielte.

»Der Lippe Rot, der Wange Licht, / Die Tage der Welt vergess' ich's nicht.«

Jojo sagte höflich und mit unterdrückter Verärgerung: »Sie verschwenden leider Ihre Zeit, Herr Kommerzienrat. Ich muss jetzt Plätzchen backen.« Sie griff nach der Türklinke.

Er aber trat näher und hielt sie weiter mit Dichterworten fest: »Sie ist so sitt- und tugendreich, / Und etwas schnippisch doch zugleich. / Wie sie kurz angebunden war, / Das ist nun zum Entzücken gar!«

Jojo verzog das Gesicht, ihn amüsierte ihre offensichtliche Ablehnung. Patzig sagte sie: »Kenn' ich alles. ›Faust erster Teil‹.« Sie blitzte ihn an: »Die Szene, wo Faust das Gretchen belästigt!« Sein arrogantes Schmunzeln über ihre Bemerkung ärgerte sie noch mehr.

»Mein gnädiges Fräulein«, er angelte nach ihrer Hand, um sie an seine Lippen zu ziehen. »O junges Fleisch, noch nicht geprägt, / O wie mir das den Busen regt …«
Gott sei Dank kam Tante Mali herein, und der Kommerzienrat ließ Jojos Hand fahren. Beim Hinausgehen sah Jojo voll Verwunderung: Amalie Weimar war plötzlich eine andere Frau, ihre Augen hatten einen besonderen Glanz, ihre Stirnlöckchen kräuselten sich kokett und verspielt. Sie hatte ein Grübchenlächeln, genau wie Wolf, und als sie dem Kommerzienrat die Hand reichte, küsste er sie.
Jojo humpelte langsam die Treppe hoch und hing ihren Gedanken nach. Sie hatte schon dieses und jenes gehört über den Kommerzienrat und Amalie Weimar. Etwa dass Tante Mali sich als junge Witwe heimlich durch das Lokusfenster davongemacht hatte, um sich im Ilmpark mit dem Kommerzienrat zum Rendezvous zu treffen. Oder dass Tante Frieda einmal erwischt worden war, wie sie der Länge nach auf dem Boden lag und durch den Türschlitz in den Salon spähte, ob Tante Mali und der Kommerzienrat Fuß an Fuß beieinander standen. Jojo wusste auch, dass der Kommerzienrat eine Ehefrau hatte und zwei Söhne, hoch dekorierte Offiziere alle beide.
Im Turmzimmer quälte sich Jojo aus ihren Stiefeln, dann ging sie auf den Lokus. Vieles war ihr auf Magen und Darm geschlagen, so musste sie ziemlich lange erfolglos sitzen, weshalb sie anfing, die zum letzten Gebrauch zerschnittene »Thüringische Landeszeitung« zu studieren. Weimar zeigte sich als Stadt der Kultur – Dante-Gesellschaft, Schiller-Gesellschaft, Nietzsche-Archiv, Theater-Sondervorstellungen für Hitlerjugend und Kraft-durch-Freude, kunsthistorische Vorträge, Bach-Konzert, Beethoven-Konzert sowie eine Dichterlesung aus »Die Orgel der Wälder«: »Eine Prosa«, wie die Zeitung schrieb, »in der Herzenswärme und Lebensnähe pulsierten und der ursprüngliches Empfinden und mitfühlende Gläubigkeit des Gegenwartsmenschen entströmten.« Was für eine Prosa sollte denn das sein? Und immer fett gedruckt dazwischen: »Volksgenossen! Überprüft eure Verdunkelungsanlagen!« …

»Achtung! Feind hört mit!« … »Vorsicht! Der Kohlenklau geht um!«
Ein kalter Hauch unerbittlicher Strenge wehte Jojo aus den Berichten der Justiz an: Dreißig Pfund zugeteilten Hafers gegen vierundvierzig Zigaretten getauscht: ein Jahr und sechs Monate Gefängnis … Aus einer im Bus vergessenen Handtasche zwanzig Punkte einer Kleiderkarte entwendet: Hausdurchsuchung der Kripo bei der Schaffnerin. Sechs Monate Gefängnis … Seit Kriegsbeginn drei Schafe und elf Schweine schwarz geschlachtet und durch gefälschte Bezugsscheine fünf Zentner Mehl sowie zwei Fahrradschläuche ergaunert: als Volksschädling zum Tode verurteilt … Abhören von Feindsendern: Todesurteil … Verächtlichmachung von Sondermeldungen: Zuchthaus wegen Vergehens gegen das Heimtückegesetz … Wegen Liebschaft mit einer Zigeunerin: Sondergericht wegen Rassenschande …
Jojo verließ den Lokus hoffnungslos verstopft.

Mitten in der Nacht läutete es Sturm, und jemand klopfte an die Scheiben von Haustür und Parterrefenster. Stimmen waren zu hören. Wanda Jordan und Jojo kamen aus dem Turmzimmer, lehnten sich übers Treppengeländer und schauten nach unten. »Alexander«, schrien beide gleichzeitig los.
Ein mit Kartons und Seesack bepackter Matrose stand da unten, in Dunkelblau mit Gold. Er stellte Kartons und Seesack ab, legte die Hände zum Trichter um den Mund und rief nach oben: »Ahoi!« Dann stürmte er die Treppe hoch und umarmte Mutter und Schwester.
Mama war ganz blass vor Aufregung, zog ihren bunten Seidenkimono enger um sich und zitterte vor Aufregung, aber ihre Augen strahlten heller als das Funzellicht im Treppenhaus. Wie bildschön er aussah! In der Marineuniform, mit Tressenwinkel in Gold am Ärmel, mit Matrosenkragen und Goldschrift auf dem Mützenband: »4 Zerstörer 4«, mit EK II und mit Kampfspange an der Brust: ein Kriegsschiff mit Bugwelle im Eichenlaubkranz. Wie männlich Alexander geworden war! Wettergegerbt von Meeres-

wind und Winterstürmen, mit dunklem Bartansatz und verwegenem Blick. Sie herzte und küsste ihren Sohn, dann kam Jojo dran, und für sie war die Berührung mit einer unrasierten Männerbacke eine kratzende Überraschung.
Alexander beugte sich übers Geländer und rief den beiden Männern im Parterre, die ihn mitten in der Nacht eingelassen hatten, ein »Die deutsche Seefahrt dankt!« zu.
Der beim Schlafgenuss gestörte Dr. Brenner im gestreiften Morgenmantel antwortete mit einem scherzhaften »Die Heimatfront ist immer im Einsatz!«. Neben ihm stand mit nacktem Oberkörper in schwarzen Pyjamahosen sein schöner Neffe und grinste.
Inzwischen waren auch die anderen Türen aufgegangen. Ulla Bambach und Liane Krauss traten aus ihren Zimmern, Herr Schüble erschien in karierter Wolle und Frau Pusch mit einer gehäkelten Riesenstola. Tante Mali und Hannelore kamen von oben herunter. Hannelore war vor Rührung den Tränen nahe. Alle begrüßten Alexander und fragten, wo er denn jetzt mitten in der Nacht herkomme?
»Geradewegs aus Narvik, liegt ganz oben in Nordnorwegen!«

Zwei Kerzen, die in Gestecken aus Tannengrün auf dem großen Esstisch standen, erinnerten mit ihren zitternden Flämmchen daran, dass es Weihnachten war – das Fest des Friedens und der Freude. Aber es war Weihnachten 1942 – ein Fest des Krieges und des Todes.
Die Flämmchen zitterten, denn jedes Mal, wenn einer die Tür öffnete, bewegte ein kühler Luftzug unmerklich den schweren Velourvorhang und bescherte der Abendrunde in der »Pension Weimar« kalte Füße.
Jojo humpelte im weißen Angorapullover um den Tisch und zeigte reihum ihre im Norwegermuster gestrickten Hüttenschuhe mit Sohlen aus Rentierleder vor, die Alexander ihr mitgebracht hatte. Mariechen hielt sich mit Fieberglanz in den Augen und unterdrücktem Husten aufrecht am Tisch. Tante Mali, Fräulein Bambach und auch Mama waren noch nicht da.

Matrose Alexander kam herein, er hatte eine Bierflasche in der einen, eine Schnapsflasche in der anderen Hand und eine weitere Schnapsflasche unter den Arm geklemmt. Er stellte die Flaschen mit hochprozentigem skandinavischem Aquavit auf den Tisch und ließ sich mit der Bierflasche in der Nähe von Hannelore nieder. Sie saß wie immer mit einer Zigarette in ihrem Sessel vor dem Volksempfänger und bot Alexander gleich zu rauchen an. Frau Pusch brachte ihm ein Bierglas: »Gleich gibt's Glühwein. Erst Bier, dann Wein – das lass sein! Wer weiß, ob dein Magen das aushält.« Alexander lachte. »Ein Seemannsmagen hält alles aus: Salzfisch, Labskaus, Pumpernickel, Bier, Rum und jeden anderen Schnaps bei hohem Wellengang und Windstärke zehn.«

Jetzt erschien Wanda Jordan in der Tür. Sie trug einen schwarzen engen Rock, eine silberfarbene Bluse und die Kette mit den dicken japanischen Zuchtperlen auf ihrer durchsichtigen Haut. So blass war sie unter dem frisch ondulierten dunklen Haar, so winterhell waren ihre Augen, deren Blick über die Abendrunde und die Kerzen glitt, bis er bei ihrem Sohn hängen blieb. Alle verhielten einen Moment lang den Atem: Sie war so unglaublich schön. In der Hast und Aufregung wegen Alexander hatte sie den Lippenstift aufzutragen vergessen. Der kühn geschwungene Mund ganz ohne Farbe machte sie besonders interessant.

Tante Mali, in Schwarz mit weißer Bluse, kam nun auch und teilte mit, dass Fräulein Bambach nicht an der Feier teilnehmen wolle, um den anderen die Stimmung nicht zu verderben. »Das lassen wir nicht zu!« Mama machte auf dem Absatz kehrt. »Ich werde sofort zu ihr gehen und sie holen. Wir werden sie doch nicht am Heiligen Abend allein in ihrem Zimmer sitzen lassen!«

Mariechen ging mit Tante Mali in die Küche, um den Glühwein zu holen. Frau Pusch verteilte Teegläser aus hitzefestem Jenaer Glas. Unter jedes Glas schob sie einen von Tante Frieda rundgehäkelten und mit Mäusezähnchen umrandeten Untersetzer. Mit einem Blick auf Alexanders Aquavitflaschen stellte sie noch ein paar Schnapsgläser dazu.

Herr Schüble rückte mit seinen »Leckerli« heraus: unter Strapazen aus Geißlingen herbeigeschaffte Tauschwaren wie Stollen, Lebkuchen, Marzipankartoffeln und Früchtebrot. Er hatte auch den Wein für den Glühwein gestiftet, alles auf Tauschwegen besorgt. Gottlieb Schüble im Theateranzug und seine Chorsängerin in dunkelblauem Samt waren ein ansehnliches Paar und beide waren nach einer hervorragend inszenierten vorweihnachtlichen Opernaufführung in festlicher Stimmung.

In Begleitung von Wanda Jordan kam nun auch Ulla Bambach an den Tisch. Sie hatte einen zerknitterten Brief in der Hand, ein Taschentuch in der anderen. Ihre geröteten Augenlider und die nach unten gezogenen Mundwinkel verrieten ein innerliches Chaos, äußerlich war sie jedoch penibel wie immer, adrett gekämmt mit zwei Wellen an der Schläfe und Nackenrolle und im fusselfreien blauen Bleyle-Strickkostüm.

Als in dem großen Bowleglas der Glühwein hereingebracht wurde, ging die Feier los. Das dampfende Gebräu wurde auf den Tisch gestellt und – »Vorsicht heiß! Am Henkel anfassen!« – in die Gläser eingeschenkt.

Ach ja, der Glühwein verströmte diesen typisch weihnachtlichen Geruch nach Nelken und Zimt, nach Wärme und Geborgenheit, der traurig machte und die Seele angriff. Viele Hunderttausende waren heute Nacht von Wärme und Geborgenheit so weit entfernt wie der Stern von Bethlehem. Die Abendrunde hob die Gläser und trank auf diese Kriegsweihnachten. Eine Minute besinnlicher Stille trat ein, ehe die Kerzen am Weihnachtsbaum angezündet wurden. Jojo sah zu Alexander hin, auch er war einen Moment in Nachdenken versunken. Woran er wohl dachte? Was hatte er erlebt auf hoher See? Was bedeutete die Zerstörerkampfspange an seiner Brust? Er musste einiges hinter sich haben. Plötzlich hob er den Kopf, sah sie an, und sein Blick war älter, als er an Jahren zählte. Jojo blickte ihre Mutter an. Die starrte mit weit geöffneten Augen gedankenfern ins Leere. Sie denkt an Wolf, sagte sich Jojo, oder an den toten Vati.

Tante Mali war verschwunden, alle blickten erwartungsvoll, gleich würde es soweit sein. Da öffnete sich vom Salon her die Flü-

geltür: und da stand der geschmückte Weihnachtsbaum im Lichterglanz. Halbe Kerzen, vom vorigen Weihnachten herübergerettet, brannten auf seinen Zweigen, an denen dicht die bunten Sammelfigürchen des letzten Winterhilfswerks hingen, gestiftet von den Pensions- und Mittagstischgästen: kleine Holzengel, geschnitzt und gedrechselt und bunt angemalt, mit Trompeten und Flöten, mit Harfen und Sternen. Deutsche Wertarbeit von des Volkes ärmsten Heimarbeiterfamilien im Erzgebirge, wie in der Zeitung gestanden hatte.
Hannelore drehte auf der Suche nach weihnachtlicher Musik am Knopf des Volksempfängers. Aber denkste! Es war die Stunde der Festredner, der hämmernden, markigen Worte, der verschleierten Machtparolen, die jetzt keiner in der Runde vertrug.
Alexander stand auf und bot sich an, auf dem Klavier ein paar Weihnachtslieder zu spielen. Liane Krauss sprang sofort auf, ja, sie würde dazu singen. Auch Jojo und alle anderen erhoben sich, gingen hinüber in den Salon, scharten sich um Klavier nebst Klavierspieler und den schönen, großen Weihnachtsbaum mit den brennenden Kerzen.
Und dann – man musste schon gute Nerven haben, um die Haltung zu bewahren – erklang: »Stille Nacht, heilige Nacht, alles schläft, einsam wacht ...« Alle sangen mit, hoch übertönt von Lianes Sopran. Auch Tante Mali hatte eine überraschend schöne, helle Stimme. Die von Mariechen kratzte wie eine alte Grammofonnadel. Hannelore sang im Raucherbass, Fräulein Bambach war zu erschüttert, als dass man etwas von ihr gehört hätte. Mama jubelte freiweg, als singe sie polnische Kirchenlieder, Herr Schüble dagegen bewegte nur die Lippen. Während Alexander mit einer sicheren Männerstimme sang, kriegte Jojo keinen Ton heraus.
»O du fröhliche, o du selige, Gnaden bringende Weihnachtszeit ...« Für Jojo war das gefühlsbetonte deutsche Weihnachtsfest nicht so leicht zu verdauen. Ja, es waren schwere und traurige Zeiten. Doch sich in die Sentimentalität hineinzusteigern bis über den Kopf, das vertrug sie schlecht, dazu war sie vielleicht zu »chinesisch«. Angesichts der hoch und höher steigenden Stimme der

kupfergelockten Chorsängerin hatte Jojo größte Mühe, ernst zu bleiben. Und doch wurde auch sie von schmerzlichen Attacken gequält, wenn sie beim Singen der Weihnachtslieder an Lothar in irgendeiner Panjehütte unter dem Schnee dachte, wie er jetzt vielleicht ihr Bild ansah und sich nach ihr sehnte. Die Tränen ließen sich da nicht mehr zurückhalten. Danach kam »Ihr Kinderlein kommet« mit »… da liegt es, das Kindlein, auf Heu und auf Stroh. Maria und Joseph betrachten es froh …« Mein Gott, dachte Jojo unwillkürlich, wir feiern die Geburt von Jesus von Nazareth – dem König der Juden!

Dann sangen sie »Leise rieselt der Schnee«. Da wurde geschluchzt, denn man musste unwillkürlich an Russland denken. Als die Lieder zu Ende waren, gewannen alle ihre Haltung zurück. Sie wussten nicht, was sie sich gegenseitig wünschen sollten. Frohe Weihnachten? Friedliche Weihnachten? All das gab es nicht. Während sich alle unter Tränen und in alter Verbundenheit umarmten, sah Jojo aus den Augenwinkeln, wie Hannelore den hübschen Alexander auf den Mund küsste. Der ließ es sich gefallen, hinterher lächelte er auf besondere Art. Jojos Knie fing wieder an zu schmerzen, vom langen Stehen.

Man ging zurück zum Tisch und setzte sich. Frau Pusch schenkte noch mal Glühwein ein. Reihum wurden jetzt die Gläser gehoben, um mit Grußworten der Abwesenden zu gedenken und auf ihr Wohl zu trinken. Hannelore sprangen die Tränen wie aus geöffneten Schleusen über die markanten Backenknochen. Sie musste an ihren Tierarzt denken, von dem aus dem Kaukasus seit Monaten keine Nachricht mehr eingetroffen war. Fräulein Bambach trank auf Celino Demjensky, von dem der zerknitterte Brief in ihrer Hand war. Tante Mali hob ihr Glas und ließ ihren Sohn Wolf hochleben, wo immer er mit seinem Lazarettzug unterwegs war. Darauf sahen alle Wanda Jordan an. Auch sie hob ihr Glas und grüßte, wo immer er war, den Sohn des Hauses. Jojo trank auf das Wohl Lothars. Liane Krauss und Herr Schüble hatten keine Nahestehenden im Feld und tranken einander zu. Auch Mariechen trank nicht auf das Wohl ihres Dauerverlobten in fremdem

Land, denn eine Tragödie der besonderen Art trennte ihn von ihr. Die anderen wechselten viel sagende Blicke, sie kannten das Drama. Mariechens Verlobter hatte als Unteroffizier im Schreibstubendienst in Catania beim Auszahlen von Waschgeld eine junge, hübsche sizilianische Wäscherin in der Wäschekammer geschwängert und um von der sizilianischen Familie nicht totgeschlagen zu werden, das Mädchen mit Sondergenehmigung der Wehrmacht geheiratet.
Tante Frieda hob ihr Glas und trank auf die arme Frau Fischbein. Rebekka Fischbein war im Treppenhaus aus dem dritten Stock gestürzt, merkwürdigerweise über das Geländer. Sie war unten gottlob auf alte Säcke geprallt und hatte sich »nur« beide Beine gebrochen. Jetzt lag sie im Krankenhaus und wurde gesund gepflegt.
Ehe sie alle anfingen, über Frau Fischbeins Treppensturz zu spekulieren, riss Fräulein Bambach das Wort an sich, denn sie wollte jetzt Demjenskys Feldpostbrief vorlesen. Sie war an diesem Heiligabend diejenige, die über Stalingrad genau Bescheid wusste. Laut und dringlich sagte sie:»Ich lese jetzt Celinos Brief vor.« Sie schluckte, rang nach Fassung, dann las sie:
»Meine liebe Ulla, mein Engel,
hier ist die Hölle los. Großoffensive. Wir liegen Tag und Nacht unter Beschuss. Wir liegen in einer Steppenschlucht im Erdloch aus Dreck und Lehm. Draußen herrschen Kälte und Sturm und das Brüllen des Schlachtenlärms. Die Steppe ist monoton und trist, man könnte melancholisch werden, hätte man Zeit dazu. Aber der Iwan kommt mit Panzern und auf Skiern ...«
Mitten im Vortrag von Demjenskys Stalingrad-Brief klingelte es. Mama sprang auf: »Das ist Wolf!« – »Aber nein, das ist nicht Wolf, der hat doch einen Schlüssel!« Mama ließ sich enttäuscht zurückfallen auf ihren Stuhl. »Ich geh' aufmachen«, sagte Jojo, stand auf und eilte zur Tür, ehe ihr jemand zuvorkam; sie wollte weg von dem Brief und von Ulla Bambachs bebender Stimme. Vielleicht war es Lothar?
Sie machte die Haustür auf, da stand einer, den sie nicht kannte und doch kannte: ein junger Soldat, schon Unteroffizier, Schiff-

chenmütze in die Stirn geschoben, gut gelaunt, braune Haare, braune Augen. Wer war das? Er kam herein, schnallte den Tornister ab, ließ ihn fallen, legte zeremoniell die Hände auf seine Oberschenkel, verbeugte sich ebenso zeremoniell vor Jojo und rief: *»Kon-ni-chi-wa, Jo-se-fa-san. O-gen-ki de-su-ka?«*
Jojo war einen Moment schwer von Begriff. Hier klingelte einer mitten in der heiligen Nacht, ein Soldat in deutscher Uniform, mit braunen asiatischen Mandelaugen, und sagte zu ihr auf Japanisch: »Guten Tag, geehrte Josefa, wie geht es?« Wer sollte denn das kapieren? Aber dann schrie sie auf: »Heiko!« Sie war ganz platt. »Heiko Hoffmann! Ich denke, du bist in Japan.«
Der Ankömmling strahlte Jojo an, griff nach einer Strähne ihres Haars und sein Blick wanderte über ihre Formen im schmeichelnden weißen Angora. »Josefa«, sagte er, »du bist schön wie ein soeben ausgeschlüpfter Schmetterling! Darf ich dir einen Begrüßungskuss geben?«
In Japan war der draufgängerische Heiko zwei Klassen über Jojo gewesen, Abiturklasse, und hatte sie kaum beachtet. Oder doch? Sie ließ sich küssen. Mal sehen, wie das ist, wenn ein anderer als Lothar mich küsst. Er fasste ihr Kinn, hob es, berührte ihre Lippen mit seinem Mund. Kein Schauer stellte sich bei Jojo ein, aber anscheinend bei Heiko, dessen Mandelaugen sich sichtbar verschleierten.
Er sagte: »Ich habe seit Ewigkeiten kein Mädchen geküsst.«
Am Treppenabsatz standen bereits Tante Mali und Mama, Tante Frieda, Mariechen und Frau Pusch. Die wollten unbedingt wissen, wer da in der Weihnachtsnacht Einlass begehrte. Als Jojo den jungen Mann die paar Stufen nach oben führte, rief Mama schon: »Das ist ja Heiko aus Japan!« Und sie stellte ihn der Weihnachtsabendrunde vor: »Das ist Heiko Hoffmann aus Japan. Ein Schulfreund von Jojo. Als wir wegfuhren, war er noch in der Oberprima.« Sie sagte: »Gleich danach brach der Krieg mit Russland aus«, und fragte verwundert: »Wie bist du überhaupt nach Deutschland gekommen? Das ging doch gar nicht mehr!«
»Mit einem Blockadebrecher.« Er lachte. »Ich wollte auf kei-

nen Fall den Krieg verpassen. Josefa, du weißt doch, wie viele von unseren deutschen Schiffen im Hafen festlagen; wir waren ja ziemlich oft zu Sportfesten an Bord eingeladen.« Er schob die Mütze, die er in der Hand hatte, unter die Schulterklappe. »Als herumgeflüstert wurde, es würden welche heimlich auslaufen nach Deutschland, trotz der englischen Blockade, da gab's für mich kein Halten mehr. Drei Schiffe fuhren los, zwei wurden versenkt.«

Tante Frieda sagte: »Du großer Gott!«

Heiko berichtete, dass dabei zwei ihrer Lehrer umgekommen und von den Schülern drei ertrunken seien.

»Wie schrecklich!«, sagte Mama.

Er fragte, ob er überhaupt bleiben könne, nur über Weihnachten. Er habe sonst niemanden, seine Familie sei doch in Japan.

»Woher hast du überhaupt unsere Adresse?« Die hatte er von Josefas Schulfreundinnen, und von wo kam er jetzt her? Aus Jugoslawien. »Meine Einheit wird nächste Woche verlegt, nach Sizilien und dann nach Afrika.«

Er sagte, er brauche kein Bett, er würde auch auf dem Boden schlafen. Tante Mali zeigte auf Alexander, den Matrosen, der inzwischen gekommen war. »Hier, mit Jojos Bruder Alexander können Sie sich das Zimmer teilen.«

Alexander und Heiko schüttelten sich die Hände, zwei Männer mit Seekriegserfahrung.

»Und wie haben Sie im Dunkeln die ›Pension Weimar‹ gefunden?«, wollte Tante Frieda wissen.

»Mit Hilfe meiner japanischen Götter.« Er sah die verblüfften Gesichter und fügte lächelnd hinzu: »Meine Mutter ist nämlich Japanerin.« Da waren alle erst recht verblüfft. Heiko gab der Reihe nach jedem die Hand. Dass einer von so weit her freiwillig und unter Lebensgefahr durch die englische Seeblockade andampfte, um hier für den Sieg zu kämpfen, fanden alle sehr beeindruckend. Heiko lächelte. »Ich wollte nicht im japanischen Kimono abseits herumsitzen und mir von einer Geisha den Tee servieren lassen.« Das fand nun wieder Hannelore »himmlisch formuliert«.

Auch Ulla Bambach gab Heiko die Hand. Ihre geröteten Augen waren geschwollen, sie kämpfte um Fassung, war sie doch mitten im Vorlesen des Stalingrad-Briefs von Celino Demjensky unterbrochen worden.
Mariechen fragte Heiko: »Woll'n Sie vielleicht 'ne heiße Kartoffelsuppe?«
»Oh ja, gern. Kann ich mir wo die Hände waschen?«
Da sagte die Bambach mit einem ungewohnten Energieausbruch: »Jetzt lese ich den Brief weiter vor.« Sie strich das Papier glatt, und die Abendrunde versank erneut in Stille. Stalingrad breitete sich wieder aus im Weihnachtszimmer:
»… Wir fressen Schnee gegen den Durst. Das pausenlose Jaulen der Stalinorgel ist nervenzerreißend, dazu das Knattern der Maschinengewehrsalven, das Krachen der Explosionen. Das ist – auch modern – Dantes ›Inferno‹! Ohne Unterlass dröhnt das dumpfe Brummen der Transportflugzeuge, die den Kessel versorgen und die Verwundeten ausfliegen …«
Auf einmal sah Jojo Wolf in der Tür stehen. Er hörte zu und wartete, während Ulla Bambach vorlas. Er hatte die Mütze abgenommen und eine steile Falte stand auf seiner Stirn. Seine Lippen waren ein strenger Querstrich im Gesicht. Jojo schaute zu ihrer Mutter, die hatte ihn auch schon entdeckt, und die beiden wechselten einen langen Blick. Auch Tante Mali hatte ihren Sohn erspäht, hörte aber aus Höflichkeit und Mitgefühl dem Fräulein Bambach weiter beim Briefvorlesen zu. Deren Stimme bebte nach wie vor:
»… Man möchte nur eines: am Leben bleiben. Das nackte Leben retten. Sand rieselt ohne Ende auf deinen Kopf und in den Kragen und auf diesen Brief. Sand juckt und kratzt in den Kleidern, die man seit Wochen nicht gewechselt hat und in denen die Läuse nisten. Nachts, wenn du wirklich mal einschläfst, rennen dir die Feldmäuse übers Gesicht. So ist das, meine Liebe, vor Stalingrad. Ich grüße Dich und denke an Dich, meine geliebte …« Fräulein Bambach machte Schluss mit einem »und so weiter«.
Nun erst bemerkten die anderen Wolf, der an den Tisch trat. Er sagte ziemlich sarkastisch: »Fröhliche Weihnachten!« Und zur

Bambach: »Wenn den Landsern nur die Feldmäuse übers Gesicht liefen, würden die sich glücklich schätzen.«
Er begrüßte seine Mutter mit einem Kuss auf die Wange und gab auch seiner Wanduschka einen Wangenkuss. Dann ließ er sich neben ihr auf den Stuhl fallen, griff sich eine von den Aquavitflaschen, und ehe Frau Pusch ihm ein Schnapsglas hinschieben konnte, hatte er schon eine ordentliche Portion in die Gurgel geschüttet. Als er die Flasche krachend auf den Tisch setzte, fühlte er sich sichtlich besser. Mariechen kam herein mit der Terrine voll Kartoffelsuppe, hinter ihr Blockadebrecher Heiko. »Ach, Wolf!«, rief sie. »Willst du auch eine heiße Kartoffelsuppe?«
»Her damit«, sagte Wolf, und die Suppe reichte für beide.
Fräulein Bambach freilich wollte nicht schon wieder um die Wirkung ihres Briefes betrogen werden. Sie fragte Wolf nach Stalingrad, ob er in seinem Lazarettzug Kontakt zu Stalingradkämpfern habe. Sie wollte wissen, ob es wirklich so schlimm war, wie Celino es beschrieb.
Wolf, vom harten Einsatz mit neuen gekerbten Linien an den Nasenflügeln gezeichnet, hatte noch nie den Mund aufgemacht über das, was sich auf Verwundetentransporten abspielte. Er löffelte verbissen seine Suppe, trank reichlich Schnaps und blaffte dann die Bambach an, die ihn mit ihrer bebenden Stimme und mit Demjenskys Feldpostbrief in einem schwachen Moment erwischt hatte. So ließ er raus, was er sonst unter Verschluss hielt: »Schlimm ist, wenn man einen Schwerverwundeten nicht aus dem Flugzeug umladen kann, weil der in seinem Blut am Boden festgefroren ist. Und du kannst ihn nicht mehr retten. Und was ist schlimmer? Das Heulen der Stalinorgel oder das Schreien der schwer Verletzten?«
Jojo wartete auf das »Du großer Gott!« von Tante Frieda, aber die blieb stumm.
»Schlimm?« Wolf wurde wieder sarkastisch. »Du gewöhnst dich an alles, auch an die Berge von amputierten, zerfetzten und erfrorenen Armen und Beinen.«
»Hör auf, Wolf, hör auf!« Hannelore drehte am Radioknopf auf

der Suche nach Musik, aber aus dem Lautsprecher hämmerte ein Propagandasprecher den Hörern das Heldenlied von Stalingrad ein: »… vom heldenmütigen Opferwillen des deutschen Soldaten, vom heldenhaften Abwehrkampf der sechsten Armee, von einem weltgeschichtlichen Kampf in der Stunde des Schicksals.« Hannelore konnte nicht schnell genug den Radioknopf weiterdrehen.
Wolf sagte: »Zu Zehntausenden haben sie die Schwerverwundeten ausgeflogen. Aber der Iwan hat die Flugzeugbasis Tazinskaja überrollt. Jetzt kann keiner mehr raus.«
Totenstille. Im wahrsten Sinne: Totenstille.
Fräulein Bambach fragte Alexander und Heiko, was die Soldaten an anderen Fronten denn über Stalingrad dächten.
»Keiner hat da den Überblick, keiner hat dazu eine Meinung zu haben«, klärte Alexander sie auf. »Wir an Bord kennen nur unsern Tagesbefehl … wegen der Gefahr des Hochverrats.«
»Bei unsrer Einheit wird über so was nicht groß geredet«, sagte Heiko, und Wolf ergänzte mit verächtlichem Unterton: »Jeder im Deutschen Reich, der zu irgendwas verpflichtet ist, unterliegt dem absoluten Schweigegebot.«
Wieder Totenstille.
In die Stille hinein sagte Alexander leichthin: »Das wichtigste Wort ist ›Jawohl‹!« Heiko lachte.
Frau Pusch räumte die leeren Suppenteller und die Terrine weg, und der Glühwein im großen Bowleglas wurde aus dem Wärmefach des Kachelofens geholt und nochmals ausgeschenkt. Tante Frieda überfiel Wolf mit der nächsten Schreckensnachricht: »Stell dir vor, die Frau Fischbein! Is' im Treppenhaus runtergestürzt! Is' ganz komisch. Einfach über das Geländer gefallen.«
»Ist sie tot?«, fragte Wolf.
»Nein, hat sich nur beide Beine gebrochen. Is' unten auf lauter Säcken mit Hüten vom Hutgeschäft gelandet. Jetzt liegt sie im Krankenhaus. Sie hat unglaublich Glück gehabt.«
Wolf, dem der Aquavit zu Kopf gestiegen war, sagte brutal: »Und das glaubst du, Tante Frieda, dass Frau Fischbein unglaublich Glück gehabt hat? Dass sie aus Versehen übers Geländer gefallen

ist? Ich sag' dir mal ins Gesicht: Das war ein Suizidversuch. Der ist der armen Frau bloß nicht gelungen.«

Tante Frieda empörte sich: »Wie kannst du nur so etwas sagen, Wolf!«

Tante Mali nahm ihren Sohn in Schutz: »Du weißt, Frieda, Mediziner sind Zyniker. Müssen es wohl sein.«

»Jetzt wird sie gesund gepflegt«, sagte Wolf, »und dann?«

»Ich geh' sie morgen besuchen«, sagte Wanda Jordan. »Ich werde ihr Süßigkeiten bringen.« Den abschätzigen Blick Wolfs auf die naive Wanduschka nahm sie nicht wahr.

Alexander erhob sich, verdrückte sich von den schwerlastigen Gesprächen und ging in den Salon zum Klavier. Wie erleichtert folgten ihm Jojo, Heiko, Hannelore und Liane. Er setzte sich, Zigarette im Mundwinkel, an die Tasten, und nach ein paar Fingerübungen überraschte er die Zuhörer mit einer Melodie aus dem feindlichen Lager: *»It's a long way to Tipperary, it's a long way to go ...«* Das Leib- und Magenlied der Briten. Alexander gab Jojo seine Zigarette und sang mit vollem Bass, Heiko stimmte ein, und beide sangen auf Englisch mit Inbrunst und Temperament den »Tipperary-Song«, den alle deutschen Seefahrer und Blockadebrecher kannten. Jojo hörte hingerissen zu und rauchte dabei Alexanders Zigarette zu Ende.

Jetzt kam das berühmte Lied vom Soldatensender Belgrad: »Lili Marleen.«

Auch Jojo sang mit: »... wenn sich die späten Nebel drehn, werd' ich bei der Laterne stehn, mit dir, Lili Marleen, mit dir, Lili Marleen.«

Auch Wolf hatte sich im Salon eingefunden, hatte sich in einen der roten Plüschsessel geworfen, um zu rauchen und zu trinken. Mama leistete ihm Gesellschaft.

Jetzt spielten und sangen sie *»J'attendrais«*, das Lied, das die Herzen für Frankreich höher schlagen ließ. Auf besonderen Wunsch von Jojo gab es: »Wovon kann der Landser denn schon träumen.« Sie dachte dabei an Lothar.

Mariechen trug Platten mit Häppchen auf. Da waren so feine

Sachen dabei wie Räucherlachs und Sill und Matjeshering. Wanda Jordan erklärte stolz: »Hat alles Alexander aus Norwegen angeschleppt. Mir hat er sogar eine Pelzjacke mitgebracht, aus Seehundfell.«

Alexander und Hannelore blieben am Klavier und sangen weiter. Jojo sah, wie tief Hannelore ihrem Bruder in seine schiefergrauen Augen blickte. Sie hörte, wie sie – so tief wie Zarah Leander – mit Raucherstimme »… einen wie dich könnt' ich lieben« sang. Alexander erwiderte ihren langen Blick ohne Wimpernzucken und sang: »… eine wie dich könnt' ich lieben.« Nach dem Lied sagte Hannelore: »Ich schwör' es, Alexander, deine grauen Augen haben die Farbe der Nordsee angenommen – und auch die Tiefe der Nordsee.« Alexander nahm den Flirt auf: »Hannelore, Sie wissen doch, dass die See nicht nur tief ist, sondern auch gefährlich. Aber sie kann auch sanft und verspielt sein.« Hannelore ließ ihr »männermordendes« Lachen hören.

Wolf, der ziemlich betrunken war, winkte Jojo heran und fragte, warum sie denn humpele? Jojo zeigte ihm ihr Knie. »Hat einer einen Kartoffelsack draufgeschmissen.« Wolf untersuchte Jojos Bein in ungebührlicher Weise, was Mama furchtbar ärgerte. Alexander und Heiko, die auch schon angetrunken waren und Fischhäppchen verschlangen, amüsierten sich: »Wohl schon lange kein Damenbein mehr gesehen, Wolf?«

Die Feier ging weiter und die Uhr rückte vor. Die halben Kerzen am Weihnachtsbaum waren längst erloschen, dafür hatte die Chorsängerin aus ihrem Zimmer eine kleine Lampe gebracht. Mariechen und Tante Frieda waren nach Hause gegangen, Frau Pusch nach oben in ihr Bett im Wäschezimmer. Ulla Bambach hatten ihren Kummer in ihr möbliertes Zimmer getragen, und die anderen feierten weiter. Alexander spielte, sang und flirtete mit Hannelore »auf Deubel komm raus«. Heiko, verknallt in Jojo, sang ihr mit seiner hellen Männerstimme die Liebeslieder ins Ohr. Wolf schlief fest im Sessel. Mama und Liane Krauss hatten sich untergehakt und bewegten sich im Rhythmus der sentimentalen Schlager, die sie sangen. Herr Schüble schnarchte in der Sofaecke.

Nebenan im Esszimmer saß Tante Mali aufrecht auf ihrem Stuhl und schlief.
Drei Uhr morgens. Alexander war zu Swing und Jazz übergewechselt, hatte wie ein Barpianist die Zigarette im Mundwinkel hängen.
Dann der große Schreck in der Nachtstunde: Dr. Brenner, der Goldfasan, reißt die Tür auf, steht in seiner curryfarbenen Uniform da, hochrot im Gesicht, leicht schwankend, hinter ihm in Zivil sein schöner Neffe. Hatten sie die Musik gehört? Den Swing? Den »Niggerjäss«? Gott sei Dank, man sah es ihm an, war auch er betrunken. Andererseits konnte das auch gefährlich sein, es machte ihn unberechenbar. Wahrscheinlich kamen beide von einer Weihnachtsfeier der Partei.
Als der Goldfasan die zwei Prachtexemplare junger deutscher Helden entdeckte, den Matrosen der Kriegsmarine und den Unteroffizier der Wehrmacht, beide EK-II- und Kampfabzeichenträger, schlug seine Stimmung in Begeisterung um. Er trat näher, klopfte ihnen auf die Schulter und sagte: »Klimpern Sie doch noch was!« Alexander war so frei und frech und stimmte für Brenner im Duett mit Heiko nochmals das schöne Soldatenlied *»It's a long way to Tipperary«* an.
Tante Mali war aus ihrem Sitzschlaf hochgeschreckt: »Das geht doch nicht! Hier so ein Lied!«
Alexander rief provozierend: »Wir bei der Kriegsmarine singen andauernd den ›Tipperary-Song‹, und die Tommys singen das Lied vom deutschen Soldatensender Belgrad, die ›Lili Marleen‹.«
Brenner, in großzügiger Laune, jovial und zudem betrunken, sagte gnädig: »Also vergessen wir's! Man ist ja kein Unmensch.«
Tante Mali stellte ihm schnell Unteroffizier Heiko Hoffmann vor, den Blockadebrecher.
Heiko musste im Telegrammstil die Umstände seiner Reise vortragen.
»Donnerwetter!« Der Goldfasan war begeistert. »Lauter Helden!« Er legte dem Schönling die Hand auf die Schulter: »Mein Neffe hier hat leider ein zu großes Herz, um aktiv für Groß-

deutschland zu kämpfen – ein Sportlerherz, hat er sich bei der HJ geholt.«
Heiko sagte höflich: »Aha.«
Tante Mali wies mit dem Kinn auf den im Sessel schlafenden Sanitätsoffizier. »Mein Sohn. Kommt gerade von der Ostfront. Ist Stabsarzt im Lazarettzug. Ein glücklicher Zufall, dass er zu Weihnachten hier ist.« Sie machte Anstalten, Wolf zu wecken, aber Brenner sagte: »Lassen Sie ihn nur schlafen!« Er ging, auf seinen Neffen gestützt, leicht schwankend zur Tür, drehte sich auf der Schwelle um: »Ich wünsche noch ein gesegnetes Lichtfest! Es lebe der Führer!« Er wartete einen Moment, ob ein »Heil Hitler« komme, aber es kam keins. Da verschwand er mit seinem schönen Neffen in sein Zimmer.
Alexander und Heiko grinsten sich an. »Der warme Bruder! Der hat den großherzigen Neffen wohl am siebzehnten Mai aufgegabelt!«
Tante Mali machte: »Pscht!« Und Jojo fragte: »Am siebzehnten Mai? Wieso?« Aber keiner erklärte ihr die Sache mit dem Paragraf einhundertfünfundsiebzig.
Im Turmzimmer verbrachten Jojo und ihre Mutter dann noch eine halbe Stunde in Zweisamkeit, denn nachher wollte Mama noch etwas spazieren gehen, um den Kopf auszulüften, wie sie sagte. Mit Wolf?
Sie hatte ein Geschenk für Jojo und holte es aus dem Schrank: ein eigenes Radiogerät. Jojo freute sich riesig. Sie stellten den Volksempfänger auf den Tisch und schlossen ihn an, Mama hatte auch für eine Antenne gesorgt. Ein stimmungsvoller Walzer erklang, ließ das Turmzimmer gleich doppelt so freundlich erscheinen. Jetzt konnten sie ihre eigenen Programme hören, die Filmschlager, das Wunschkonzert und die Dichterlesungen.
»Und Radio London«, sagte Jojo.
»Mach das ja nicht! Du bist doch nicht wahnsinnig!« Die Mutter erregte sich: »Man kriegt den ›Kopp ab‹, wenn man denunziert wird. Du brauchst bloß mal vergessen, den Sender auf der Skala wegzudrehen, und irgendeiner entdeckt das. Oder die Bambach

nebenan hört das ›Bum-bum-bum-bum‹.« Ärgerlich fuhr sie fort: »Da schließ' ich das Radio lieber gleich weg.«
Aber Jojo beruhigte ihre Mutter. »Ich bin nicht so blöde, wie du denkst.«
Auch Jojo hatte für Mama eine Überraschung: zwei Paar Seidenstrümpfe und französische Unterwäsche. Mama war hoch erfreut und fragte: »Wo hast du das denn her?«
»Von Charlotte, das ist die aus der Sektdynastie. Sie ist fast verzweifelt am Hausaufsatz mit dem Thema: ›Der Tod ist romantisch.‹«
»Was soll man denn dazu auch schreiben!«, fand Mama, die die seidige Wäsche gegen die Wange drückte. Jojo fand das nicht so schwierig, sie hatte schon manchmal empfunden, dass der Tod etwas Romantisches haben konnte. »Was hast du da geschrieben?«
»Ach, über die Verklärung des Todes in der deutschen Dichtung, mit Beispielen von Adalbert von Chamisso, Friedrich Schiller und Walter Flex.«
»Aha«, sagte Mama. Sie zog ihren Pelzmantel an. »Ich mach' noch einen Winterspaziergang, um Luft zu schnappen.«
»Mit Wolf?«
»Ja.«
Wahrscheinlich mit diesem Schlüssel in der Handtasche, dachte Jojo. Als die Mutter weg war, drehte sie als Erstes am Radioknopf. Zwischen den Frequenzen der Reichssender hörte sie Pfeifen, Zischen und Morsezeichen. Dann: »bum-bum-bum-bum – hier ist England.« Vor Schreck stürzte sie zum Bett, riss das Plumeau an sich, rannte zum Tisch zurück und vergrub sich mitsamt dem Volksempfänger unter dem dicken Federpolster. »Hier ist England … hier ist England …« Aus dem Radio hörte sie nun die ganze Wahrheit über Stalingrad: Für den zweiundzwanzigsten und dreiundzwanzigsten Dezember war das Unternehmen »Donnerschlag« der sechsten Deutschen Armee als letzte Möglichkeit für den Gesamtausbruch aus dem Kessel Stalingrad angesetzt gewesen. Man wartete im Kessel auf den Führerbefehl. »Deutsche! Das Unternehmen ›Donnerschlag‹ wurde nicht befohlen. Wa-

rum nicht?« Der Sprecher von BBC London sprach akzentfrei deutsch. »Euer Führer persönlich verweigert die Genehmigung! Es ist Adolf Hitlers Wille, dass in Stalingrad gekämpft wird bis zum letzten Mann, bis zur letzten Patrone … Hier ist England, hier ist England … bum-bum-bum bum.«

Jojo schaltete das Radio ab. Sie konnte lange nicht einschlafen.

Dritter Teil

Zartblauer Himmel, Lämmerwölkchen, strahlende Sonne – das Wetter in Weimar präsentierte sich in unbekümmerter Sommerschönheit. Mit der Reisetasche aus Bast ging Jojo die Straße vom Bahnhof entlang, den weißen Rock voller Rußflecke, ihre rot lackierten Zehennägel schwarz verstaubt in den ramponierten Lacksandalen. Bei der Fahrt vom Rheinland hierher war alles geboten worden: kaputte Schienen, Tiefflieger, neun Stunden Verspätung. Jojo kam nicht mehr so oft nach Weimar. Sie war mal hier, mal dort, besuchte Freundinnen aus dem Pensionat, knüpfte Beziehungen und absolvierte Kurse. Sie war nirgendwo und überall. Je mörderischer das Untergangsszenario um sie herum wurde, umso eifriger versuchte sie duchzuschlüpfen im Labyrinth der Verordnungen, Verpflichtungen und Erfassungen. Nun war sie also wieder mal in Weimar. Sie schüttelte irritiert ihre Mähne, wenn sie an den Grund ihres Kommens dachte: die Einladung zu einer Hochzeit der besonderen Art.

Als Jojo an der Apotheke um die Ecke bog, verhielt sie den Schritt: Am Ende der Sackgasse begrüßte sie wie eh und je die Villa-mit-Turm. Alt, pompös, schwarz geworden stand sie da und äugte Jojo an, wie sie es schon immer getan hatte, als Jojo das erste Mal in Weimar gewesen war. Wie jedes Mal überfiel Jojo dieses Liebe-und-Hass-Gefühl, das sie seit ihrer Kindheit mit der »Pension Weimar« verband. Und wie ein Kind, das müde und hungrig ist, ging sie ans Küchenfenster, klopfte und rief: »Tante Mali, ich bin da!«

Sie waren alle in der Küche: Besteck putzen, Pudding kochen, Kuchen backen für das morgige Fest. Mama küsste die Tochter mit abgestreckten Teighänden. »Wie siehst *du* denn aus!« Jojo schilderte die Bahnfahrt: Bomben auf die Schienen, fünfmal umsteigen, und bei Tieffliegeralarm raus durch die Fenster, ab ins Kornfeld und platt auf den Boden.

»Du großer Gott!«

»Und? Was sagst du zu unserer Ulla Bambach?«
»Oh Gott«, sagte Jojo, »sie heiratet einen Toten!«
Nun redeten alle über Fräulein Bambach und ihre bevorstehende Kriegstrauung mit dem gefallenen Celino Demjensky. Dass sie x-mal die Trauung geplant und das Aufgebot bestellt hatten, es aber immer wieder Essig damit war. Dass sie im Schrank ein langes weißes Brautkleid hängen hatte, das ihr jetzt auch nichts mehr nützte. Dass sie Weihnachten seinen Brief vorlas, Demjensky damals aber schon längst gefallen war. Jojo musste daran denken, wie Ulla Bambachs Stimme gebebt, wie sie um sein Leben gebangt hatte. Dabei hatte ihn das Erdloch mit den Mäusen, die ihm übers Gesicht liefen, schon längst begraben.
»Jetzt heiratet sie ihn – posthum. Sie will wenigstens seine Witwe sein.«
»Ist dir nicht gut?«, fragte Mama. »Du siehst ja aus wie Spucke und Leitungswasser!« Jojo schüttelte nervös ihr Haar. Ihre Fantasie ging mit ihr durch, grässliche Bilder schossen ihr durch den Kopf: Fräulein Bambach vor dem Traualtar Hand in Hand mit einem Gerippe, und Fräulein Bambach in der Hochzeitsnacht im Bett mit dem toten Demjensky.
»Ich glaub', ich geh' erst rauf. Ich muss mir den Dreck abwaschen.«
Mama säuberte ihre Teighände. »Ich komm' mit.« Sie nahm eine Kanne und füllte sie mit heißem Wasser. Tante Mali wollte wissen, wie es am Rhein gewesen war bei Jojos Freundin Angelika.
»Eins kann ich euch gleich sagen«, platzte Jojo heraus, »die leben wie die Könige! Einfach toll! Ihr wisst ja, Angelikas Vater hat 'ne Betonfabrik, liefert seinen Beton für den Atlantikwall. Essen und Trinken? Kein Problem. Alles da. Fliegeralarm? Keine Angst. Ab in den bombensicheren Bunker. Auto fahren? Dafür gibt's 'nen Sonderausweis. Aber eins haben sie nicht: einen großen Strom. Der Rhein ist ja ein kümmerliches Rinnsal, wenn man da an den Jang-tse-kiang denkt.«
»Komm jetzt«, sagte Mama, »oben wartet Post auf dich.«
»Von Lothar?«

»Nein, ein Paket aus Italien.«

Ein Paket aus Italien? Im Turmzimmer drehte sie das Paket, schaute nach dem Absender. »Es ist aus Florenz. Es ist von Heiko.« War der denn nicht in Afrika? Nein, dort hatte ja Rommel kapituliert. Und auf Sizilien waren die Alliierten gelandet. Heiko war jetzt in Italien und schickte ihr ein Paket aus Florenz. Mama stellte die Heißwasserkanne auf die Waschkommode. »Mach doch auf!«

Aber Jojo hatte auf dem Tisch den Brief mit Amtsstempel entdeckt. Sie riss das Kuvert auf, überflog die Schreibmaschinenzeilen und schrie: »Juhu, juhu! Ich hab' sie!« Sie wedelte das Schreiben ihrer Mutter um die Nase. »Ich hab' die Sondergenehmigung! Ich darf studieren! Ich werde Militärdolmetscherin!«

Wanda Jordan ließ sich in den Korbstuhl fallen. Begriffsstutzig starrte sie Jojo an. Die führte einen Freudentanz auf. Nach der Ableistung des Pflichtjahrs (im exklusiven Mädchenpensionat) und nach der Befreiung vom Arbeitsdienst (wegen der Gefahr von Ohnmachtsanfällen bei Anstrengungen) und nach der Ablegung einer Intelligenzprüfung hatte sie jetzt die Sondergenehmigung zum »außerordentlichen Studium« in der Tasche. Mit dem fragwürdigen Berufsziel: Militärdolmetscherin.

»Wie kommst du denn darauf?«

»Is' doch ganz einfach«, erklärte Jojo der Mutter. »Das Heilige Großgermanische Reich Deutscher Nation erfordert die schnelle Heranbildung sprachkundiger Verwaltungshelfer für die zukünftig besetzten Gebiete. Das ist die offizielle Version.« Und in diese Sparte ließ Jojo sich einreihen, obwohl sie die großgermanische Vision für einen Blödsinn hielt. »Ich geh' nach Wien. Da is' noch was los. Da kommt bestimmt auch Angelika hin, die ist ja auch vom Arbeitsdienst befreit.«

Und jetzt das Paket. Jojo ging mit Schere und Messer an Verschnürung und Verpackung, und was zum Vorschein kam, war wie Weihnachten: Kleiderstoffe, ein geblümter, ein gestreifter, Seidenstrümpfe, feine Lederhandschuhe und ein Hutstumpen aus feuerrotem Filz.

»Ich glaube, Jojo, der Heiko ist rettungslos verliebt in dich.«

Jojo zog sich aus und tauchte den Waschlappen in die Wasserkanne. Sie rubbelte wie verrückt den ganzen Körper ab, als wolle sie allen Ruß und Dreck der Deutschen Reichsbahn loswerden. Dann stellte sie die Füße in die Schüssel am Boden, worauf das Wasser pechschwarz wurde. Mama nahm die leere Kanne. »Ich hol' noch eine.«
Jojo trat auf den Balkon, genoss nackt die sommerliche Spätnachmittagswärme hinter den Blättern der alten Kletterpflanze. Die laue Luft strich, als hätte sie Zartgefühl, sanft über ihre Haut. Jojo schob die Ranken auseinander und sah hinüber zum überwucherten Nachbarsgarten. Lothar ... dort hatte er Handstand geübt, dort hatte sie als Erstes seine Beine in der Luft gesehen. Und dort war der Hinterhof, wo er sein Fahrrad geputzt hatte. Ihr Blick wanderte zum Dachfenster seiner Bude. Mit der Hand fuhr sie unwillkürlich über ihre Brustspitzen. Sie spürte seinen Küssen nach. Eine plötzliche wilde Sehnsucht sprengte ihr fast die Adern. Die Hand presste sich auf ihr Herz, und sie fühlte den scharfen Schmerz. Lothar ... warum bist du nicht hier? Der Sommer ist so schön! Die letzte Begegnung ist schon ein Jahr her. Wo bist du? Ich möchte, dass du mich küsst.
Aber Lothar war weit weg, fuhr irgendwo in Russland mit dem Panzer in irgendwelche Schlachten.

Man hörte die Turmuhr schlagen. Elf Uhr. Gleich musste der Aufruf des Standesbeamten erfolgen. Jojo hatte das dunkle Georgettekleid der Mutter an. Wanda Jordan, im Leinenkostüm, hatte den schwarzen Strohhut auf. Ulla Bambach, ganz in Dunkelblau mit Hut, stand neben ihren Eltern, die aus Gera angereist waren. Bei ihnen stand eine grauhaarige Frau in Schwarz und hielt ein nasses Taschentuch in der Hand. Das war Frau Demjensky aus Posen. Aus der »Pension Weimar« waren alle da: Tante Mali, Hannelore, Tante Frieda, Mariechen; alle in feierlichem Schwarz. Nur Frau Pusch fehlte, sie hielt die Stellung in der Pension. Auch Liane Krauss und zwei Personen, die Jojo nicht kannte, standen herum: ein Herr und ein junges Mädchen. Als die Doppeltür auf-

ging, erklang das Harmonium. Die Hochzeitsgesellschaft mit der Braut ohne Bräutigam schritt in den Trauungsraum.
Jojos Blick fiel als Erstes auf Celino Demjenskys Foto in einem Silberrahmen mit Trauerflor. Es stand auf dem Tisch mit den zwei Stühlen davor. Neben dem Bild lag auf einem Samtkissen Demjenskys EK II. Ulla Bambach nahm auf dem einen Stuhl Platz, hinter ihr, in der ersten Stuhlreihe setzten sich Mama und Tante Mali. Auch die anderen setzten sich.
Die Stimme des Standesbeamten klang feierlich und thüringisch. Nach diversen Rechtsbelehrungen kam er zum Kernpunkt der Zeremonie: »Hiermit erkläre ich die Anwaltskanzleisekretärin Fräulein Ulla Bambach, geboren am 8. März 1913 in Gera, und den Kriegsberichterstatter Leutnant Celino Demjensky, geboren am 10. Oktober 1907 in Posen, gefallen am 24. November 1942 bei Tazinskaja, heute, am 28. Juli 1943, zu Mann und Frau ...« Er räusperte sich: »Ich meine zu Mann und Witwe.«
Es gab Bewegung, Stühlerücken, Schnäuzen ins Taschentuch. »Bitte unterschreiben Sie hier, Frau Demjensky!« Ulla Demjensky unterschrieb ohne Stocken, als habe sie es vorher geübt. Auch die beiden Trauzeuginnen unterschrieben. Der Standesbeamte war noch nicht fertig: »Im Namen des Führers überreiche ich Ihnen, wie jedem deutschen Brautpaar, das Werk Adolf Hitlers ›Mein Kampf‹.« Ulla nahm das Buch wie eine Schlafwandlerin entgegen. Ein Fotograf war erschienen, und Ulla musste sich noch einmal auf den Stuhl neben den gerahmten toten Celino Demjensky setzen. Mit ›Mein Kampf‹ in der Hand wurde für die morgige »Thüringische Landeszeitung« ein Foto geschossen.
Im Salon der »Pension Weimar« wartete man nach der Trauung auf Ulla, die sich kurz zurückgezogen hatte. Auch Dr. Brenner war anwesend. Die Flügeltür zu Esszimmer und Wintergarten stand offen, man sah die festlich gedeckte Tafel und hinten unter der Zimmerlinde den Tisch mit den Geschenken. Tante Malis Geschenk war das Hochzeitsmenü.
Als vom Treppenflur her die Salontür aufging, setzte Hannelore die Grammofonnadel auf. Es erklang der Hochzeitsmarsch, und herein

schritt Ulla Demjensky feierlich im weißen, bodenlangen Brautkleid mit Myrtenkranz im Haar. Alle sagten »ah« und »oh«, viele weinten, weil die Braut so unsäglich schön war und ihr Schicksal so herzergreifend. Jojo dachte: Es ist wie in einem Ufa-Film.

An der Festtafel saß die frisch getraute Ulla Demjensky dann wieder neben einem leeren Stuhl und neben einem umkränzten Gedeck für den nicht vorhandenen Bräutigam, flankiert von den Eltern aus Gera und der Schwiegermutter aus Posen. Nach der Kräutercremesuppe trugen Mariechen und Frau Pusch den Sauerbraten auf, die Thüringer Klöße und den Rotkohl; dazu wurde Wein eingeschenkt, gestiftet von Herrn Schüble. Man griff schon nach Messer und Gabel, da klopfte Dr. Brenner ans Glas, stand auf und erhob seine geschulte Stimme, um den vor Stalingrad gefallenen, von Idealismus geprägten Kriegsberichterstatter Celino Demjensky und seine tapfere Braut zu ehren. Er hielt eine flammende Rede vom Geiste des Heldentums, von der Treue und Liebe deutscher Frauen über das Grab hinaus, vom opfermütigen Sterben des Soldaten für die Fahne, für die Idee, für den Führer. Jojo spürte, wie sich ihr die Haare sträubten, und sie schüttelte nervös ihre Mähne. Der Goldfasan überreichte der jungen Frau Demjensky als Hochzeitsgeschenk ein Führerbild mit Unterschrift im Rahmen.

Der Sauerbraten war inzwischen kalt.

Nach Aufhebung der Tafel gab es Schnaps, man rauchte und bewunderte die Geschenke. Da stand das Foto vom Bräutigam mit Trauerflor neben dem signierten Hitlerbild, da lag, überreicht von einem Redakteur der »Thüringischen Landeszeitung«, der Bildband »Adolf Hitler in Weimar« mit Bildern und Texten des Bildberichterstatters Demjensky. Einen Elfenbeinarmreif aus China hatte Wanda Jordan übergeben und Jojo ein schwarzweißes Seidentuch mit dem Kölner Dom drauf. Liane Krauss hatte Opernkarten geschenkt und die junge Arbeitskollegin im Namen der Anwaltskanzlei ein Konzertabonnement. Jetzt erschien auch noch Blockwart Huschke, um im Namen der Ortsgruppenleitung die tapfere Braut zu ehren. Als Geschenk überreichte er ein Führerbild mit Unterschrift im Rahmen. Jetzt hatte sie zwei, ein großes und ein kleines. Ein unpassender Lachreiz kitzelte Jojos Magen. Dr. Brenner verabschiedete sich und zum Glück auch Huschke und der Redakteur: »Nicht vergessen, Frau Demjensky, morgen sind Sie in der Zeitung!«

Auch Jojo und die Mutter verdrückten sich, ehe sie zu Muckefuck und Kuchen gebeten wurden. Beide hatten das dringende Bedürfnis sich zu bewegen nach all dem schwer verdaulichen Zeug.

Wie schön die Belvedere-Allee doch immer wieder war! Jojo und ihre Mutter schritten kräftig aus, hügelaufwärts. Die alten Bäume spendeten Schatten. Sie sprachen von dem, was die alte Allee schon alles gesehen hatte, wer her schon alles gewandert, geritten oder mit der Kutsche gefahren war: Herzog Ernst August und Goethe, Großfürstin Maria Paulowna, die Zarentochter, auch Liszt war hier gewandelt und hatte im Geiste komponiert, die Sportler der HJ waren hier angetreten. »Und weißt du noch? Der endlose Fackelzug.«

Wie zur Untermalung ihres Gesprächs ertönte herannahender Gesang aus Männerkehlen. Soldaten marschierten im Gleichschritt die Belvedere-Allee herauf, ihre Knobelbecher knallten auf das Pflaster. Sie sangen zackig und warfen Blicke auf Jojo mit ihrer dunklen Mähne am Straßenrand. »Schwarzbraun muss mein Mädel sein, gerade so wie ich …«

Jojo schaute zu ihrer Mutter. »Weißt du, was Mechthild zu mir gesagt hat? Helden sind dazu da, dass sie ihr Leben dem Vaterland opfern.« Die Mutter sagte traurig: »Frag mal die da, ob sie das wollen!«

Sie gingen weiter. »Ich hab' übrigens Mechthild getroffen. Sie fährt Omnibus.«

»Was? Omnibus?«

»Ja, im Kriegshilfseinsatz.«

»Und du? Du schwirrst überall herum, Jojo. Machst du auch keine Dummheiten?«

Jojo konnte solche Gespräche nicht leiden. »Ach Dummheiten! Diese blöde Floskel!« Sie regte sich auf: »Ich bin doch nicht plem-

plem. Ich lass' mich doch nicht auf die Mitleidstour weichkloppen mit ›Morgen bin ich vielleicht schon tot‹ und so. Denkst du, ich lass' mich festnageln, vielleicht mit einem Kind, gar von einem, der dann ohne Arme oder Beine nach Hause kommt – oder gar als Toter, den man dann posthum heiraten darf?«
Sie blieben eine Weile stumm. »Und du, Mama? Was machst du mit deinem Leben? Backst Kuchen, schickst Feldpostpäckchen, bedienst am Mittagstisch und wartest auf Wolf. Das ist doch kein Leben!«
»Ich warte einfach ab, bis alles vorbei ist.«
»Und dann?«
»Wer kann denn heute noch fragen: und dann? Man muss erst mal überleben.«
»Hast du schon Sauckels ›Arbeitsaufruf für alle‹ gelesen?«
Mama sagte wegwerfend: »Ich strick' doch schon wie 'ne Verrückte Soldatensocken für die Frauenschaft.«
»Pass auf, die stecken dich noch in die Munitionsfabrik.«
»Oh Gott, mal den Teufel nicht an die Wand!« Mama wechselte lieber das Thema. »Weißt du was, Jojo? Wir gehen heut' ins Kino. In den neuen Hans-Albers-Film. ›Münchhausen‹, alles in Farbe und mit tollen Tricks. Er reitet auf einer Kanonenkugel durch die Lüfte und rettet Ilse Werner aus dem Harem.«
»Au prima, da geh'n wir hin!«

In der Nacht wurde Jojo aus dem Schlaf gerüttelt. In ihr Ohr drang das Auf- und Abgeheule der Sirenen. Mama rief: »Wach auf, Jojo! Wir müssen in den Keller!«
Auf der Treppe war Betrieb, alles begab sich ins Souterrain, in Strickjacken und Trainingshosen, mit Notkoffer und Wertsachenbeutel. Man versammelte sich in der Küche, Tante Malis Nachtzopf hing über ihren Rücken, auch Frau Pusch kam mit hängendem Zopf. Die junge Frau Demjensky stützte ihre verängstigt zitternde Schwiegermutter. Mama stand fröstelnd im Herbstmantel herum. Hannelore rauchte wie üblich. Jojo war mit einem Schlag so wach, als hätte sie Mokka getrunken.

Hannelore drückte die Zigarette aus. »Ich geh' mal vor die Tür.« Jojo ging mit. Eine warme Sommernacht. Suchscheinwerfer wanderten in Bündeln über den Himmel. Zu hören war nichts. Liane Krauss kam ebenfalls heraus. »Ich hab' im Radio den Kuckuck gehört, sie fliegen ein, über Hannover–Braunschweig.« Hannelore entdeckte den Luftschutzwart Huschke. »Los, nichts wie weg hier!« Wie die Wiesel flitzten sie ins Haus, riefen in die Küche: »Der Huschke kommt kontrollieren!« Und Tante Mali rief: »Bitte alle in die ausgewiesenen Schutzräume!« Es gab Gedränge, sie quetschten sich in die länglich schmalen Gewölbe im Keller, die als Kartoffel- und als Kohlenkeller dienten. Jojo lehnte sich an die Mauer, wo Platz war zwischen Kartoffeln und Kohlköpfen, blickte durch den engen Raum zum einzigen Fenster mit einem Pappdeckel davor. Sie wusste: Da waren zentimeterdicke Gitterstäbe vor dem Fenster. Nie würde da einer rauskommen. »Seid mal still!« Über dem Haus hörte man das Dröhnen von Bomberverbänden. Die Flak ballerte los. Tante Mali rief entsetzt: »Dr. Brenner ist noch oben! Und sein Neffe auch! Wenn jetzt der Huschke kommt, sind wir dran.« Hannelore lief zur Treppe: »Ich geh' sie holen.« Jojo stellte sich an den Kelleraufgang, in dem vergitterten Verlies kriegte sie Platzangst. Sie horchte nach oben. Das bedrohliche Dröhnen hielt an. Wie mit wütendem Gebell schoss die Flak. Meistens flogen die Verbände über Weimar hinweg und warfen ihre Bomben woanders ab. Heute hörte man aber Einschläge. Von oben kamen laute, erregte Stimmen: die von Hannelore und die des Goldfasans, dann wieder die von Hannelore. Schließlich kamen sie zu dritt die Treppe hinunter, mit hochroten Köpfen, Brenner halbwegs in Uniform, der Neffe im Trainingsanzug. Alle drei wirkten höchst erregt und aufgebracht, sagten aber nichts mehr. Wieder hörte man Einschläge. Huschke kam, um zu kontrollieren. Mit seiner Stablampe blendete er jedem ins Gesicht, war voll des Lobes, dass alle im sicheren Gewölbe standen. Dann wollte er noch die Sand- und Wassereimer, die Brandklatschen und die Handfeuerspritze sehen. Hannelore ging mit ihm. Jojo starrte beim Licht der trüben Kellerlampe auf den schönen

Neffen, dessen Gesicht jetzt käseweiß war. Ob er Angst hatte? Bis zur Entwarnung stand Jojo sich stumm die Beine in den Bauch, grübelte, warum es zwischen Hannelore und dem Goldfasan so ein Geschrei gegeben hatte? Was war los gewesen?
Am anderen Morgen, als Jojo mit ihrer Mutter zum Frühstück in die Küche kam, wurde über die letzte Nacht in Andeutungen getuschelt. Wieder hörte Jojo: »Siebzehnter Mai« und »Hundertfünfundsiebziger« und »andersrum«. Tante Mali war empört: »Ich kann mir mit meiner Pension keinen Skandal leisten!« Jojo setzte sich auf die Küchenbank: »Und was ist das nun – ein Hundertfünfundsiebziger?« Sie lachten geniert, keiner wollte mit der Sprache heraus. Jedenfalls war es etwas, für das man ins KZ kommen konnte, ins »Konzertlager«, wie sie sagten. Jojo blickte Mama an, und die sagte: »Ich erklär's dir dann oben.«
»Tante Frieda kommt«, rief Jojo. Sie sah, wie Tante Frieda sich mühsam und ziemlich erschöpft mit ihrem lahmen Bein heranschleppte. Als sie endlich in der Küche war, auf ihren Hocker sank und den Mund aufmachte, um zu klagen, da waren die anderen schneller und erzählten ihr aufgeregt von dem Vorfall in der vergangenen Nacht, als Hannelore den Goldfasan und seinen schönen Neffen zusammen nackt im Bett erwischt hatte. Jetzt wusste auch Jojo Bescheid.
»Du großer Gott!«, sagte Tante Frieda, dann stöhnte sie über ihr Bein, das höllisch wehtat vom vielen Treppensteigen in der Nacht. »Die Fischbein kann froh sein, dass sie umgesiedelt worden ist. Mit ihren schlecht verheilten Knochen und an Krücken hätte sie die drei Stock nicht mehr geschafft. Sie war ja auch ganz froh wegzuziehen. Man hat ihr gesagt: ›Da, wo Sie hinkommen, brauchen Sie keine Treppen mehr zu steigen.‹«
Mama fragte nach Frau Fischbeins Adresse. »Ich möchte ihr mal schreiben.«
Aber Tante Frieda wusste sie nicht. Sie sagte: »Frau Jordan, Sie und Jojo müssen mich jetzt mal besuchen. Ich hab' ja jetzt die ganze Wohnung.«
»Mit allen Möbeln?«

»Sie hat nur einen Koffer mitgenommen.«
Tante Mali setzte sich ihren Hut mit Schleier auf. »Ich geh' jetzt zum Wohnungsamt und melde das Zimmer wegen Wegzugs als frei. Punktum.« Sie knöpfte energisch ihre Kostümjacke zu. »Dr. Brenner wird sofort ausziehen. Und sein Neffe auch. Ich habe es ihnen schon gesagt.« In der Tür drehte sie sich um. »Wenn irgendeiner von den Parteifritzen uns deswegen löchern will, denkt daran, wir wissen von nichts.«

Auch Jojo zog aus dem Erlebten der vergangenen Nacht eine Schlussfolgerung: Sie besorgte sich eine Eisensäge und sägte einen ganzen langen, heißen Sommertag lang alle zentimeterdicken Eisenstangen vor den ausgewiesenen Luftschutzkellern durch und warf sie auf einen Haufen in den Garten. So schwer hatte sie noch nie in ihrem Leben gearbeitet. Aber die Vorstellung, im Ernstfall da unten zwischen Kohlen und Kartoffeln mit ihrer Mutter hinter Gitterstangen umzukommen, gab ihr jedes Mal neue Kraft. Die anderen waren zu schwach zum Sägen, Männer waren keine da. Man schaute ihr zu, gab Ratschläge und brachte ihr Himbeersaft und Kuchen.
Als zweite Konsequenz steckte sich Jojo ins Portemonnaie eine in Papier gewickelte Rasierklinge. Da konnte sie sich, sollte sie hoffnungslos verschüttet werden, jederzeit die Pulsadern aufschneiden.
Sie war verschwitzt und verausgabt und erregt von diesem anstrengenden Tag, ausgerechnet da tauchte ein schneidiger Hauptmann vor der »Pension Weimar« auf, groß gewachsen, mit EK I und diversen Kampfabzeichen an der Brust. »Fräulein Josefa, ich hab' extra meine Fahrt zur Front unterbrochen, nur um Sie hier in Weimar zu treffen.«
Jojo warf ihre von der Hitze des langen Tages aufgekringelte Mähne zurück. »Ich muss ganz schön wild aussehen«, sagte sie und zeigte über den Gartenzaun auf den Haufen Eisenstangen. »Ich hab' hier von morgens bis abends die Eisenstangen von den Kellerfenstern durchgesägt.«

Er lächelte sie an. »Ich hab' Sie ja schon so wild kennen gelernt. Wissen Sie noch, wie wir beim Tieffliegerangriff im Kornfeld gelegen haben?« Er hatte so ein gewisses Etwas in seinem Blick, und Jojo fand ihn wahnsinnig interessant mit dem dunklen Bartschatten im Gesicht. Er war mindestens dreißig. Ja, sie hatten sich auf der Bahn beim Tieffliegerangriff kennen gelernt. Er hatte sie im Kornfeld beschützt, und sie hatten die Adressen ausgetauscht, weil er ihr schreiben wollte. Nun war er gleich selber gekommen.
Nach einem Blick auf die Armbanduhr sagte der forsche Hauptmann: »Darf ich Sie zum Abendessen einladen? Ich habe nur drei Stunden Zeit.«
Jojo war höchst erfreut über die Abwechslung. »Ja, gerne.« Er solle im Salon warten, bis sie sich schick gemacht hatte.
»Und wohin geht man hier am besten?«
»Na, ins Hotel ›Elephant‹ natürlich.«
Im Hotel »Elephant« ging es nobel zu, nur an den Felduniformen erkannte man, dass Krieg war. Im Speisesaal hatte man mit vielfach gefalteten Servietten gedeckt und reichlich Gläser, Messer, Löffel und Gabeln aufgelegt. Das gut aussehende Paar – der dekorierte Hauptmann und Jojo, elegant in Mamas Silberbluse, mit Mamas Perlenkette, in hochhackigen Pumps – erhielt zuvorkommend einen Tisch zugewiesen. Der Hauptmann blätterte alle seine Urlaubermarken hin, und sie wurden mit einem hervorragenden Essen bewirtet.
Jojo genoss den Abend, sie plauderten, tauschten sich aus, man kannte sich ja noch gar nicht, nur von der »wilden« Bahnfahrt. »Ich bin aus Westfalen«, sagte er, »bin im berühmten Teutoburger Wald aufgewachsen.« Jojo verriet: »Und ich komme aus China.« Sie wusste, wie unglaublich exotisch sich das immer anhörte. »Ich bin am Jang-tse-kiang geboren.« Auch er wollte sie beeindrucken und bedachte sie mit einem langen, tiefen Blick. Jojo spielte das Spiel mit, hielt dem Blick ohne Wimpernzittern stand. Das helle Feuer in ihren Augen zündete bei ihm, er schob seine Hand bedeutsam auf ihre Hand. Diese Körperberührung fand Jojo widerlich. So mitten zwischen Fleischgang und Nachspeise lag irgend-

wie feuchtwarm anstößig diese Hand mit dem Wappenring auf der ihren. Dazu sein betont viel sagendes Lächeln und das auf einmal gar nicht mehr interessante gewisse Etwas in seinem Gesichtsausdruck. Sie fühlte sich plötzlich, als säße sie ausgezogen und nackt am Tisch im Speisesaal des Hotels. Schauderhaft. Sie entzog ihm abrupt die Hand. Ihre Widerspenstigkeit stachelte ihn an. Er nötigte sie zum Weintrinken, und sie trank aus Verlegenheit mehr, als sie vertrug, so dass sie schließlich hemmungslos über alle seine zweideutigen Witze lachte. Dann tranken sie Brüderschaft, dazu musste man die Arme ineinander verhaken und dabei einen Schluck Wein trinken, worauf ein leichter Kuss folgte. So war das Ritual. Am Nachbartisch lächelte man verständnisvoll: Seht her, ein verdienter Frontoffizier mit seinem entzückenden Mädchen! Nach dem Essen begleitete sie ihn zur Bahn. Noch eine Stunde Zeit bis zur Abfahrt. So wandelte man auf Umwegen durch die Dunkelheit. Jojo war zwar in Lothar verliebt, momentan aber in leichtsinniger Stimmung. Sie ließ sich umarmen und drücken – mal probieren, wie das mit anderen Männern war. Das hatte sie ja auch schon im Rheinland gemacht, da hatte sie im Bunker mit einem umwerfend charmanten Verehrer Schampus gebechert und eng umschlungen zu Grammofonklängen getanzt. Nun blieben sie unter Bäumen stehen, der Hauptmann zog Jojo an sich, näherte sich ihrem Gesicht. Achtung jetzt, jetzt kommt der Kuss! Sie spürte schon seinen Atem. Seine Lippen berührten ihre Lippen, und dann – oh Gott, so unerwartet und entsetzlich intim! – hatte er ihr die Zunge in den Mund gesteckt, eine spitze, suchende Zunge zwischen ihren Zähnen. Sie prallte zurück. Er sagte: »Na na, was ist denn?« Jojo wollte sich ihm entwinden, aber er hielt sie mit Muskelkraft fest und stieß leidenschaftlich hervor: »Lass mich doch nicht so ohne Liebe an die Front zieh'n!« Er drückte jetzt vehement seine Hand auf ihr Hinterteil, presste Jojo gegen seinen Unterleib und schob wieder seine Zunge in ihren Mund. Jojo biss zu. In der Sekunde seines Aufschreis und Zurückzuckens entkam sie seinem Griff und verschwand in der Finsternis. Mochte er sehen, wie er zum Bahnhof kam!

Sie lief durch die verdunkelten Straßen. Alles in ihr revoltierte mit heftigem Gefühlsausbruch gegen den Schock, gegen dieses lüsterne, feuchte, schleimige Eindringen in sie, diese spitze, eklige Zunge in ihrer privaten Körperhöhle.
Das hatte Lothar anders gemacht. Lothars Lippen federten beim Küssen.

Der nächste Tag brachte einen Feldpostbrief von Lothar. Jojo machte ihn nicht auf, sie wollte ihn später lesen, an einem Plätzchen, wo sie für sich alleine war.
Es waren zwei weitere Briefe gekommen, mit Amtsstempeln versehen und wenig Gutes verheißend. Wanda Jordan wurde aufgefordert, sich zu melden. Sie war laut Verordnung des Gauleiters und Reichsstatthalters Fritz Sauckel, des Generalbevollmächtigten für den Arbeitseinsatz, erfasst für den »Einsatz in der Waffenschmiede«.
»Mama«, sagte Jojo, »pass bloß auf, dass sie dich nicht in die Sauckel-Werke stecken, an diese Stanz- und Drehmaschinen!«
Wanda Jordan musste sich hinsetzen, sie fühlte sich elend. »Herrgott, wie grässlich wird dieser Krieg denn noch?«
Auch Jojo hatte Ärger mit dem amtlichen Schreiben. »Da kriegst du ja die Motten!«, rief sie. »Da ist was schief gelaufen.«
»Was denn?«
»Ich muss mich zum Arbeitsdienst melden. Sie haben die Befreiung rückgängig gemacht. Ich soll bei der Weimarer Erfassungsbehörde vorstellig werden.«
»Und? Was wirst du jetzt machen?«
»Ich fahr' sofort! Ich geh' nach Wien und melde mich mit meiner Sondergenehmigung an der Uni. Die in Wien wissen nichts von denen in Weimar, und die in Weimar nichts von denen in Wien. Ich warte einfach, bis hier 'ne Bombe in die Erfassungskartei fällt.«
In Goethes Garten hinter dem Gartenhaus, wo die Büsche alt und borkig waren und die Wurzeln dick und knorrig, dort wo der Kugelstein stand, der Stein des Glücks, lehnte Jojo sich an den kühlen, alten, vertrauten Stein, der ihre Liebe gesehen hatte im

vorigen Sommer. Hier machte sie Lothars Brief auf. Als Erstes ein Foto: Lothar blitzte sie an mit seinen Augen. Im heißen russischen Sommer stand er lachend da, mit nacktem Oberkörper, die Haare inzwischen weißblond. Er hatte beide Arme gehoben und grüßte sie aus der Steppe. Ihr traten die Tränen in die Augen, und sie konnte ihn nicht mehr sehen. Die wilde Sehnsucht schoss in ihre Blutgefäße, ihr wurde glutheiß, sie suchte die Berührung mit dem kühlen Kugelstein, damit er sie besänftige. Ein Jahr war vergangen seit letztem Sommer – ohne Lothar. Noch ein ganzes Jahr würde sie warten müssen, bis sie ihn wieder sah. Aber da war alles ganz anders.

Die Lok stieß schwarzen Qualm in den blauen Himmel dieses letzten Julitages des Jahres 1944. Jojo starrte durchs geborstene Wagonfenster auf den Horizont, der sich glutrot färbte. Ihre Augen tränten wegen der Zugluft und wegen dem Zigarettenrauch. Und wegen Lothar, dessen zerlesenen Brief sie in der Hand hielt. Sie stand eingepfercht im überfüllten Zugkorridor zwischen übermüdeten, abgekämpften Soldaten und Zivilpersonen, Koffern, Tornistern und Rucksäcken. Sie konnte Lothars Brief längst auswendig, doch sie las ihn immer wieder.
»Meine geliebte Jojo,
ich bin in Weimar! Und du bist nicht da! Ich habe Sehnsucht nach Dir! Wann kommst Du endlich? Ich warte auf Dich …«
Ehe Jojo sich versah, entwischte ihr erneut eine Träne und machte einen Wasserfleck auf das Geschriebene. Sie faltete den Brief zusammen, steckte ihn in die Basttasche zwischen ihren Füßen am Boden. Mitten im Trubel der Semesterprüfungen hatte sie bei der Postausgabestelle der Uni Wien den Brief in die Hand gedrückt bekommen.
»… Ich kann jetzt mit einer Krücke gehen, nicht schnell, aber es geht. Bin auf Genesungsurlaub zu Hause, aber nicht mehr lange …«
Wären die verfluchten Kolloquien nicht gewesen, hätte Jojo längst in Lothars Armen gelegen. Die Lok pfiff, die vorbeifliegenden

Häuser vor dem Wagonfenster verdichteten sich zu Vororten. Das musste Weimar sein. Aufregung, Erwartung und Panik sprangen Jojo an. Sie nahm ihre Basttasche hoch. Wie sollte sie hier um Himmels willen je durch den Zugkorridor bis zum Ausstieg gelangen! Gleich würden sie in Weimar sein. Sie fing an, sich durchzudrängen. Lothar! Sie würde Lothar wieder sehen! Ob er am Bahnhof war? Quatsch! Konnte er ja gar nicht, er war doch verwundet, hatte eine Krücke, und außerdem hatte der Zug viele Stunden Verspätung. Sie quetschte sich mit Gewalt zwischen den eng stehenden Menschen durch, nicht ohne da und dort von Männern absichtlich gedrückt zu werden. Sie stieg über Gepäckstücke und schlafende Soldaten, der Zug wurde langsamer, und sie sah das Bahnhofsschild »Weimar«. Ihr Herzklopfen war lauter als das Gequietsche der Zugbremsen. Der Bahnhofslautsprecher verkündete: »Weimar! Weimar!«

Jojo kam mit Not aus dem überfüllten Zug, landete mitsamt ihrer Basttasche in einem Menschenschwarm, der einsteigen wollte, und rettete sich an eine Eisensäule. Hier japste sie nach frischer Luft, zog das verrutschte, groß geblümte Sommerkleid zurecht, schüttelte ihre Mähne und schaute sich um, ob Lothar möglicherweise doch ...? Die Lok pfiff. »Vorsicht am Zuge! Zurückbleiben!« Mit Menschentrauben auf den Trittbrettern vor den offen stehenden Wagontüren rollte der Zug davon. Neue Reihen Wartender drängten zur Bahnsteigkante, lauerten auf den nächsten Zug. Jojo schob sich suchend den Bahnsteig Richtung Ausgang entlang. Dann sah sie ihn.

Ein Panzerjäger in schwarzer Uniform mit schwarzem Barett erhob sich mühsam an seiner Krücke von einem abgestellten Gepäckkarren. Lothar! Jojo gebrauchte hemmungslos ihre Ellbogen, drängelte zu ihm hin, sah das Aufblitzen in seinen Augen und hielt dicht vor ihm. Sie konnte ihn nicht stürmisch umarmen – die Krücke! Sekundenschnell sah sie die Verletzungen in seinem Gesicht, die roten Narben, die Eiterstellen, dann in Lothars Blick das intensive, wache Blau, den aufscheinenden Glanz aus tiefster Tiefe. Es war Lothar! Es war Lothar!

In seinen Augen stand nass das Wiedersehensglück, und er stammelte überwältigt: »Jojo … meine chinesische Porzellanpuppe …« Die Tasche glitt zu Boden, Jojo machte einen Schritt voran, lehnte sich vorsichtig an ihn. Er hatte an dem Karren Halt gefunden, sein freier Arm umfasste ihre schmale Taille, zog Jojo an sich, drückte sie unkontrolliert heftig gegen seinen Körper, presste sie an sich, bis die eckige Kante des EK I ihr durch das dünne Sommerkleid tief ins Fleisch schnitt. Sein Gesicht war jetzt nah, ganz nah, seine Lippen waren voll und unverletzt. Sie kamen näher, berührten ihren rot bemalten Kirschmund. Ja … ja … sie federten. Lothars Lippen federten wie immer. Das Blut schoss Jojo durch die Adern, ließ ihr Herz jagen. Dieses unerforschte Gefühl körperlicher Besessenheit brachte sie einer Ohnmacht nahe. Sie küssten sich heftig, bis er zurückwich mit einem schmerzhaften Aufstöhnen und einem leisen Fluch. Mit verwischtem Lippenstift starrte Jojo verwirrt in das Gesicht mit den schmerzverkniffenen Augen. War das ihr Lothar? Nicht mehr ganz. So verändert: ein Männergesicht, gezeichnet, nicht mehr blutjung, frische Narben an Kinn und Wangenknochen. »Lothar …«, stammelte sie.

Er öffnete die Augen, sah sie an und lächelte entschuldigend: »Mich hat's ein bisschen erwischt.«

Sie hatte Mühe, ihre Panik zu verbergen. »Und was ist mit deinem Bein?«

»'ne Fleischwunde, halb so schlimm«, sagte er wegwerfend. »Mir hat's bloß überall die kleinen Granatsplitter reingehaun.«

»Ich denk', du sitzt im Panzer?«

»Wollte nur mal raus zum Pinkeln …« Er grinste sie an auf Landserart, lehnte die Krücke an den Karren, fasste ihr Kinn und fuhr mit dem Daumen über ihre rot verschmierten Lippen. Sein Lächeln war versonnen, er schaute auf die Daumenkuppe voll Lippenstift und sagte glücklich: »Es ist wahr, du stehst vor mir, lebendig, es ist kein Traum. Nein, es ist kein Traum.«

Sie küssten sich noch einmal, und die Abendsonne beleuchtete sie mit roter Glut – bis der nächste Zug einfuhr. Es gab Qualm, Ruß, noch mehr Gedränge, Rufen und Unruhe. »Los, wir hau'n ab!«

Lothar nahm seine Krücke, Jojo ihre Tasche. Sie mussten die Treppe runter, die andere Treppe rauf, das ging nicht so schnell. »Wieso bist du überhaupt am Bahnhof? Wieso heute und jetzt? Mein Zug hatte über sechs Stunden Verspätung!«
»Ich wusste, dass du heute kommst, von deiner Mutter.« Er blieb an der Treppe stehen. »Da hab' ich eben sechs Stunden auf dich gewartet.«
Jojo traten vor Rührung die Tränen in die Augen. »Ach, Lothar!«
Er genoss ihre Rührung, sagte aber hartgesotten und lakonisch: »Warten – das lernste als Landser in Russland.«
Sie gingen langsam weiter. Er musste Uniformierte nicht grüßen, weil er rechts die Krücke hatte. Was ihr Wiedersehensglück trübte, war das Dilemma der knappen Zeit. Lothar, der bereits zehn Tage in Weimar war, hatte jetzt nur noch drei Tage frei bis zur Rückkehr in die Genesungskompanie. Jojo, die in Wien ihre Examen hatte machen müssen, hatte nicht früher kommen können. Jetzt, da Semesterferien waren, hatte man sie zum Studenteneinsatz kriegsdienstverpflichtet. »Ich muss übermorgen in Bad Sulza antreten. Als Dolmetscherin und Briefprüferin im Kriegsgefangenenlager. Dort sind Engländer und Australier.«
Sie blieben wieder stehen, sahen sich an. »Jojo, wir haben uns zwei Jahre nicht gesehen!«
Da konnten sie sich nur gegenseitig mit dem trösten, was an Glück für sie übrig war. »Morgen haben wir den ganzen Tag für uns Zeit«, sagte Jojo. Sie waren an der Omnibushaltestelle angelangt. Lothar platzte heraus: »Und heute Abend!« Mit Blick auf die Armbanduhr drängte er: »Komm, wir gehen ins Kino! Deine Mutter weiß sowieso nicht, wann dein Zug ankommt. Oder bist du zu müde?«
»Ich? Zu müde? Heute Abend? Für's Kino? Mit dir?« Sie lachte. »Da gackern ja die Hühner!« Sie kletterten in den Bus, Jojo half Lothar.

Im »Zentralpalast« hatte der Film längst angefangen. Das interessierte beide nicht. Die Platzanweiserin leuchtete für den an der

Krücke gehenden Unteroffizier mit EK I und silbernem Verwundetenabzeichen besonders sorgfältig den Gang aus, sandte den Lichtkegel ihrer Taschenlampe zu den gepolsterten Sitzen hinten in der Loge. Jojo hörte Lothar ächzen, als sie sich setzten, das Bein machte ihm Schwierigkeiten. Er nahm sein Barett ab, und sie sah im Flimmerlicht sein von der russischen Steppensonne ausgebleichtes Haar. Sie stellte die Basttasche ab, glitt tief in den Polsterstuhl neben ihm, atmete hörbar durch und schüttelte nervös das Haar.

Sie saß neben Lothar im dunklen Kino. Würde es wieder so sein wie damals, vor zwei Jahren? Sie starrte geradeaus auf die Leinwand, ohne irgendetwas zu sehen. Nichts existierte für sie außer Lothar: sein Ellenbogen gegen ihren Ellenbogen, sein Oberarm an ihrem Oberarm. Jetzt rückte er näher, legte seinen Arm um ihre Schulter. Spannung baute sich zwischen ihnen auf, beide blickten geradeaus nach vorn. Das enge Nebeneinander machte Jojo glücklich und unglücklich zugleich. Das Kino war tröstlich, war dunkel, und sie musste seine roten Narben nicht sehen und die Eiterstellen. Sie drehte den Kopf zu ihm, beäugte im reflektierenden Licht der Leinwand sein Profil, sein helles Haar. Jetzt sah er so aus, wie sie ihn immer geliebt hatte. Auf der Leinwand sagte ein Mann: »Ich liebe dich.« Da schaute sie hin, ein Liebespaar küsste sich. Sie, eine blonde Schönheit, er, ein eleganter Dandy, verführerisches Lächeln, geschniegelte Haare, aalglattes Gesicht – keine roten Narben, keine Eiterstellen.

In Jojos Nacken wühlte Lothars Hand unter ihrer Haarfülle, knetete ihren Hals, streichelte ihre Schulter, wanderte weiter, suchte den Ausschnitt. Jojo vibrierte in lustvollen Schauern, seine Hand glitt unter das Kleid, glitt tiefer. Jojo hielt in höchster Erwartung den Atem an. Ob die Explosion der Gefühle sie so wie damals mitreißen würde? Ja, es geschah, als seine Fingerkuppen endlich die Brustspitze ertastet hatten, als sie die zarte Knospe wie ein Zupfinstrument bespielten, auch mal schmerzhaft zudrückten. Der Schock ließ die Welt explodieren. Jojos Herz raste, im Hals pochte es, es hämmerte hinter den Schläfen. Sie hörte die Krücke zu Boden fallen, spürte Lothars zweite Hand, die sich auf ihrem nackten Schenkel nach oben schob. Der Aufruhr ließ keine Pore ihrer Haut aus, sie schloss die Augen. Da war sie wieder, die unerhörte Berührung … in einem Kino …

Schließlich schwoll die Schlussmusik mit einem Furisoso an, jubilierend sang der Ufa-Chor und in Schnörkelschrift erschien »Ende« auf der Leinwand. Das Licht ging an. Jojo war nass bis in den Schlüpfer, ihr Kopf hochrot. Auch Lothar hatte einen roten Kopf, er sah Jojo mit schwimmenden Augen an, seine Narben glühten wie Feuermale, die Eiterstellen drohten zu platzen und Granatsplitter auszuscheiden. Seine Mundwinkel aber prahlten mit dem Männerlächeln ausgekosteter Sinneslust.

Wie in Trance gingen sie durch die verdunkelten Straßen übers Kopfsteinpflaster, er mit Krücke, sie mit Knien wie aus Schwamm. An ihrer Reisetasche schleppte sie wie an einem Zentnersack. Vor der »Pension Weimar« lehnte sich Lothar gegen die Hauswand, zog Jojo an ihrem Gürtel zu sich heran, fing wieder an, sie zu küssen. Aber Jojo, übermüdet und überdreht, wehrte ihn ab. »Lothar, hör auf! Ich kann nicht mehr, ich fall' sonst in Ohnmacht.« Sie wand sich aus seinem Griff, stieß aus Versehen an sein verletztes Bein, worauf er einen Schmerzenslaut von sich gab. Sie begleitete ihn im Dunkeln bis vor die Tür des Zwergenhauses. Nach einem letzten Kuss sagte sie: »Morgen, gleich nach dem Frühstück!«

Und Lothar beschloss: Morgen nehm' ich vorher gleich drei Aspirin.

In der Pension schlich Jojo sich im Treppenflur an der Tür vorbei, hinter der das Stimmengewirr der Abendrunde zu hören war. Nur jetzt ungesehen nach oben ins Turmzimmer, ab unters Plumeau im Messingbett, nichts mehr sehen, nichts mehr hören, Augen zu und an Lothar denken. Jemand machte die Tür auf. »Jojo!« Sie war entdeckt. Unterm Funzellicht hinter dem Velourvorhang saß die Abendrunde beisammen und strikte graue Soldatensocken. Mama warf ihr Strickzeug auf den Tisch: »Jojo! Endlich! Da bist du ja!« Umarmung, Küsse und Vorwürfe. »So spät! Mein Gott, es

macht mich noch wahnsinnig, deine ewige riskante Hin-und-her-Reiserei bei Bombenalarm und Tieffliegern!« Jojo lief rot an und verschwieg mit schlechtem Gewissen ihren Kinobesuch mit Lothar. »Die Bahnfahrt war chaotisch!«, jammerte Jojo und log: »Wir hatten mindestens neun Stunden Verspätung.«
»Möchtest du einen Tee?«, fragte Tante Mali, und Frau Pusch stand schon auf, um eine Tasse zu holen. Eigentlich wollte Jojo gar nichts, nur allein sein. »Und ein Leberwurstbrot?« Beim Wort »Leberwurstbrot« meldete sich Jojos Magen aufs Heftigste. »Au ja, bitte! Zwei, wenn's geht.« Ausgelaugt und überdreht, wie sie war, ließ sie sich willenlos in einen Stuhl fallen. Frau Pusch goss ihr aus der Thermoskanne Tee ein und begab sich wegen der Brote in die Küche. Man stellte Jojo Fragen, aber sie stierte erst mal blicklos ins Leere. Dann sah sie auf dem Tisch die halb geleerte Flasche Eierlikör. Sie nahm Mamas Likörglas und griff nach der Flasche. »Darf ich?« Sie goss sich das Glas voll und begann, die Augen verdrehend, das köstliche Gesöff zu schlecken; es schmeckte selbst gemacht nach Zucker, Ei und Laboralkohol. Hinter ihr qualmte Hannelore im Sessel am Radio. Sie war die Einzige, die nicht strickte. Jojo drehte sich zu ihr um. »Pumpst du mir 'n Glimmstängel?« Hannelore hielt ihr das geöffnete Zigarettenetui hin, es war immer noch das mit der Gravur »Für Hannelore von Vati«. Sie gab ihr Feuer. »Danke.« Sie blickten sich einen Moment an. Hannelore sah völlig verändert aus, sie hatte pechschwarze Ringe um ihre Hunnenaugen.
Jojo drehte sich zum Tisch zurück, machte einen tiefen Lungenzug, schleckte nochmals genüsslich Eierlikör und räkelte sich ein bisschen im Stuhl. Sie gähnte ausgiebig, der Pfefferminzgeruch aus der Tasse stieg ihr in die Nase, am Radio sang Rosita Serrano »Roter Mohn«. Ein Glücksmoment überraschte sie: So schön konnte eine Heimkehr in die »Pension Weimar« sein.
Sie schwebte noch immer im erotischen Nirwana des Kinobesuchs, während hier alle gespannt den Bericht von den Examen in Wien und dem Ernst des Lebens erwarteten. Ja, sie hatte alle Prüfungen geschafft. Semesterferien? Pustekuchen! Schon über-

morgen musste sie zum Kriegshilfseinsatz nach Bad Sulza ins Kriegsgefangenenlager. Was? Kriegsgefangene gab's in Bad Sulza? »Engländer und Australier. Da bin ich als Dolmetscherin eingeteilt.«

Sie erzählten ihr vom Apothekersohn, der gefallen war wie der Sohn der Hutmacherin von gegenüber auch. Und dass der Nachbarssohn auf Genesungsurlaub da sei, Lothar Rollmann, verwundet und an einer Krücke. Unteroffizier sei er jetzt. »Ja, ich weiß«, sagte Jojo und lief wieder rot an. Schnell fügte sie hinzu: »Er hat es mir geschrieben.«

Im Radio kam Hannelores Lieblingslied. »Alle Tage ist kein Sonntag, alle Tage gibt's kein' Wein«, sang eine sonore Männerstimme, »aber du sollst alle Tage recht lieb zu mir sein.« Hannelore brach schluchzend zusammen. Sie verschluckte sich am Zigarettenrauch, musste husten, würgen und weinen. Jojo fuhr herum, klopfte ihr auf den Rücken, war ratlos. Da kam ihr Mama zu Hilfe, und Jojo erfuhr, dass der Tierarzt Eberhard ein Bein verloren hatte. Wie schrecklich! Sie versuchte, Hannelore ihr Mitgefühl zu zeigen, sie zu umarmen, aber Hannelore war außer sich. Die Kriegerwitwe Ulla Demjensky knallte plötzlich mit versteinertem Gesicht ihr Strickzeug auf den Tisch und sagte hart: »Was ist schon ein verlorenes Bein gegen einen toten Ehemann!« Alle verstummten erschrocken, nur Hannelores Schluchzen war zu hören.

Dann kam Frau Pusch mit den Leberwurstbroten herein. Jojo roch die thüringische Leberwurst und schoss herum, griff nach der ersten Schnitte und biss mit Heißhunger in das Krustenbrot mit Schmierwurst. Liane Krauss öffnete die Tür und sah Jojo: »Auch mal wieder im Lande?« Jojo mampfte zwischen Kauen und Sprechen ein »Hallo, Liane!«. Liane trällerte los: »Wien, Wien, nur du allein, sollst stets die Stadt meiner Träume sein ...« Sie ließ sich am Tisch nieder: »Ist es wirklich so schön in Wien?« Ehe Jojo das zweite Leberwurstbrot anbiss, sagte sie: »Bis jetzt war's toll in Wien.« Dann kaute sie wieder und sagte mit vollem Mund: »Seit dem Attentat auf den Führer sind sie nicht mehr so locker und frivol in Wien. Jetzt muss man vorsichtiger sein, muss seh'n, dass

man 'n paar ausländische Studenten gut kennt, um noch in die Kellerlokale mit den ungarischen Geigern zu kommen.«
»Ach! Ungarische Geigen! Zigeunermusik! Komm Zigan, spiel mir was vor!«, schwärmte die Chorsängerin und tupfte sich mit dem Ärmel über die Augen. »Ich kann's immer noch nicht fassen, dass Goebbels die Theater einfach zugemacht hat. Was haben die Theater mit dem Hitler-Attentat zu tun? Die Menschen brauchen doch was zum Entspannen!« Sie fragte: »Kann ich einen Tee haben? Ich wollte einschlafen, konnte aber nicht, bin ganz aus dem Tritt gekommen.«
Für jeden gab's noch ein Schlückchen Eierlikör, dann war die Flasche leer. Auch Hannelore wurde ein Gläschen aufgenötigt. »Komm, trink, das Leben is 'ne Hühnerleiter – man macht viel durch«, sagte Mama.
In der Tür erschien eine füllige Blondine mit einem schreienden Baby. Ob sie Warmwasser aus der Küche haben könne? Ihr Junge habe in die Windeln gedonnert. Frau Pusch stand auf und ging mit ihr in die Küche. »Unsre neuen Pensionsgäste«, sagte Tante Mali zu Jojo. »Sind Ausgebombte aus Koblenz, zwei Schwestern mit ihren Säuglingen, sie haben auch noch größere Kinder, die sind irgendwo im Warthegau mit der Kinderlandverschickung.« Jojo hatte inzwischen beide Brote weggeputzt, trank jetzt den Tee und hörte, dass die zwangseinquartierten Neuen im Zimmer des Goldfasans wohnten. Sie dachte einen Moment an den schönen Neffen und seinen Onkel, den »Hundertfünfundsiebziger«. Was machten solche Männer eigentlich im Bett? Das hatte ihr bisher noch niemand genauer erklärt, alle hatten nur anzüglich gegrinst. Sie stand auf, erledigt, übermüdet, beschwipst. Sie hielt sich an der Stuhllehne fest. »Ich geh' rauf, sonst fall' ich um.«
Mama ließ ihr Strickzeug liegen. »Ich komme mit.«
»Ich mach' nur Katzenwäsche«, sagte Jojo im Turmzimmer, streifte die Schuhe ab, zog das Kleid aus und warf es auf den Korbstuhl. Sie stand im Schlüpfer da und tauchte den Waschlappen ins kalte Wasser in der Schüssel auf der Kommode, ehe sie ihn ihrer Mutter gab. »Reibst du mir den Rücken ab?«

Beim Rubbeln sagte Mama: »Du müsstest wirklich mal anfangen Büstenhalter zu tragen! So ohne unterm Kleid, das wirkt ja aufreizend.«
Jojo lachte und stellte sich vor die Mutter hin. »So wie ich hier stehe, nur im Schlüpfer, aber mit Schuhen, so mussten wir im Wandelgang der Universität anstehen für die Reichstauglichkeitsmusterung. In Dreierreihen, alle Studentinnen, mindestens zweihundert, nackt in Schlüpfern zur Fleischbeschau.«
»Mein Gott!«, sagte Mama. »Ihr seid doch kein Massenvieh!«
Jojo kicherte überdreht. »Es war bestimmt aufregender als beim Massenvieh.« Sie erzählte von den zwei Jungmedizinern, die zur so genannten Frischfleischmusterung abkommandiert waren. »Alle mussten wir uns vor denen auf die Pritsche legen, dann drücken die uns ihr Ohr an den Busen, horchten nach dem Herzschlag und sagten ›tauglich‹ oder ›nicht tauglich‹.«
Wanda Jordan fand das unglaublich. »Das ist ja sittenwidrig! Dass so etwas in einem Land wie Deutschland gemacht wird!«
Jojo amüsierte sich. »Beide Ärzte waren hochrot im Gesicht, wir dachten, denen platzt gleich 'ne Ader. Es war ungefähr wie im Theater – aber auf modern: Tannhäuser vor dem Venusberg.«
»Du bist ganz schön überkandidelt«, fand Mama. »Und? Bist du tauglich?«
»Na klar!«, sagte Jojo.»Fragt sich nur, tauglich für was? Ob ich weiterstudieren kann, wissen nur der Führer und seine Vorsehung.« Sie bürstete sich die Haare und wurde beim Bürsten immer wütender: »Bei denen ist doch die totale Hysterie ausgebrochen, wo jetzt die Fronten alle zusammenbrechen! Und zur Strafe für das Attentat pressen sie uns alle in den totalen Kriegseinsatz.«
»Mich auch. Ich bin genauso erfasst wie du.« Mama ging unruhig im Turmzimmer hin und her wie eine gefangene Wildkatze. »Ich darf nicht mal zu Tante Emily nach Berlin, muss mich hier zur Verfügung halten. Denen ist es ganz schnuppe, dass Emily mich dringend braucht.« Ihre Stimme sank auf Flüsterlautstärke. »Sie will mir nämlich wegen der Bombardierungen ihren Schmuck und die Wertpapiere zur Aufbewahrung geben. Weil Weimar sicherer

ist. In ihrer Wohnung am Tiergarten hatte sie schon Brandschäden und ganz dubiose Leute als Einquartierung.«
Jojo balancierte auf einem Bein und rieb mit dem nassen Waschlappen ihren Fuß sauber. Ihre Mutter kam mit einem Foto an und hielt es Jojo hin. »Guck mal! Alexander!« Jojo setzte den Fuß wieder auf. »Siehst du die Schulterklappen? Die Tressen sind in Gold! Er ist jetzt Fähnrich. Wer hätte das gedacht! Sieht er nicht toll aus?« Jojo betrachtete Fähnrich Alexander, die schiefergrauen Augen, von denen Hannelore gesagt hatte, sie seien wie die Nordsee, und sein weltmännisches Lächeln, das Jojo an ihren Vater erinnerte. »Er sieht toll aus, wie auf einer der Heldenpostkarten.« Sie gähnte, dann meinte sie: »Wenn er nicht mein Bruder wär', könnt' ich mich in ihn verlieben.« Und sie dachte: Könnt' ich nicht, weil ich in Lothar verliebt bin. Das schlechte Gewissen meldete sich wieder: Ich muss es Mama sagen, dass ich mit Lothar im Kino war. Aber dann sah sie das Paket. »Mensch, Mama, von Heiko? Aus Italien?« Sie riss die Verpackung auf: drei Paar italienische Pumps! Wahnsinn! Sie probierte gleich ein rotes Paar mit Silberschnallen an. Und es passte! Irrsinnig schick. Nackt im Schlüpfer und in roten Schuhen, Wahnsinn! Mama holte den Hut, den die Hutmacherin aus Heikos Stumpen gemacht hatte. Jojo stellte sich vor den Spiegel, setzte den feuerroten Hut auf, und man sah es Wanda Jordan an, sie geriet fast in Schock über ihre ausgewachsene Tochter in diesem hocherotischen Aufputz. »Wenn Heiko dich jetzt so sähe!«, entfuhr es ihr und Jojo kreischte: »Der würde glatt durchdrehen.« Sie schüttelten sich beide vor Lachen. Dann verstummte Jojo und sagte: »Oder Lothar!« Die Mutter erwiderte: »Du hast ja gehört, er ist auf Genesungsurlaub hier.«
Jojo sagte geradeheraus: »Ich muss es dir beichten – ich war heute mit ihm im Kino.«
»Du? Mit Lothar? Heute?«
»Ja. Ich wollte es unten vor den anderen nicht sagen. Er hat mich vom Bahnhof abgeholt.« Mama schaute ein bisschen beleidigt, Jojo redete schnell weiter. »Stell dir vor: Er hat sechs Stunden auf mich gewartet! Trotz seiner Verwundung!«

»Und dann geht er mit dir ins Kino, und ich komme um vor Sorge.«
»Ach, na ja, es tut mir Leid. Es hat sich so ergeben.«
»Was lief denn für ein Film?«
Jojo konnte es nicht sagen und lenkte ab. »Du kannst die Pumps gern mal anziehen, wenn sie dir passen«, sagte sie großzügig. »Wenn Wolf kommt …«
»Ach, Wolf …« Mama seufzte, wurde noch eine Spur blasser.
»Was ist mit ihm?«
»Ich weiß nicht …« Ihr Gesicht spiegelte geheimen Kummer. Jojo bemerkte zum ersten Mal die zwei Falten an ihren Nasenflügeln. »Er ist viel zu selten da. Und wenn … Er ist irgendwie anders als früher. Der Krieg … Ich glaube, es ist der Krieg, der macht ihn fertig.«
Jojo zog einen alten Seidenpyjama aus dem Schrank und schlüpfte hinein, dann sah sie auf dem Tisch den Brief mit dem amtlichen Stempel. »Herrje«, rief sie und griff danach, »garantiert schon wieder 'ne Erfassung!« Sie riss ihn auf und las vor: »Zweite Aufforderung zur Meldung zum Reichsarbeitsdienst in der Reichsarbeitsdiensterfassungsstelle Weimar.« Sie zerriss das Schriftstück in kleine Fetzen und wütete: »Ist da denn noch immer keine Bombe reingeflogen?« Sie schmiss die Schnipsel in den Papierkorb.
»Weißt du, wer jetzt beim Arbeitsdienst ist?«, fragte Mama. »Die Mechthild.«
Jojo kroch unters Plumeau im Messingbett. »Na, die wird aufgeh'n wie 'n Hefekloss, so wie die dicke Renate.«
Mama hatte Frau Vogelfund besucht, ein Kondolenzbesuch: Auch der zweite Sohn, der Oberleutnant, war jetzt gefallen.
Jojo fand das schrecklich. »Zum Schluss bleibt keiner mehr übrig.« Trotzdem musste sie gähnen und noch einmal gähnen, sie konnte nicht mehr aufhören und die Augen kaum noch offen halten. »Was gibt's sonst noch?« Und leise: »Du hast doch bestimmt BBC London gehört.«
»Stell dir vor«, flüsterte Wanda Jordan, und unerklärlicher Stolz ließ ihre Stimme vibrieren, »die Polen haben in Warschau einen

Aufstand begonnen, die polnischen Offiziere, diese unverbesserlichen Freiheitskämpfer!«
»Und?«, fragte Jojo schläfrig. »Wie weit sind die Amis und Engländer gekommen mit der Invasion?«
Im Flüsterton berichtete die Mutter von den Kämpfen und dem Vormarsch der Alliierten. »Du wirst sehen, bald sind sie in Paris.«
Aber da schlief Jojo schon.

Am Morgen blinzelte das Sonnenlicht durch die alte Kletterpflanze. Jojo rutschte unterm Federbett hervor, flitzte zum Balkon, schob die Blätter auseinander und spähte nach drüben. Da stand er in der Nähe des Zauns, sein Haar leuchtete hell in der Sonne, sein Oberkörper war nackt, er hatte eine Turnhose an. Mit seiner Krücke stand er da und wartete. Lothar! Wartete auf sie, an diesem sonnendurchfluteten, einzigen freien Tag, den sie füreinander hatten. Jojo war schnell und leise im Handumdrehen in Schlüpfer, Kleid und Pumps gestiegen, schüttelte ihre Mähne, kämmte sie mit den Fingern und nahm einen Schwapp von Heikos italienischem Parfüm. Sie warf einen Blick auf die Mutter, die mit der Taschenlampe in der Hand beim Lesen der »Chinesischen Lebensweisheiten« eingeschlafen war. Jojo flitzte aus dem Zimmer, die Treppe hinunter, durch den Wintergarten nach draußen, um das Haus herum zum Zaun.
Dann stand sie ihm gegenüber, diesseits des Zauns. Ihr Herz schlug wild. Lothar! Das unversteckte Funkeln in seinen Augen, alte Bräune auf dem Oberkörper, die Krücke als Stütze unter dem Ellbogen, ein vorkostendes Lächeln um die Lippen. Lothar! Sein Körper ein Schlachtfeld: frisch vernarbte Risse und Einschläge, da und dort Pflaster, da und dort Eiterstellen. Sie sah sein nacktes Bein neben der Krücke, am Oberschenkel ein langes, breites Pflaster. Ehe sie vielleicht zurückscheute, ging er zum Sturmangriff über. »Jojo«, sagte er beschwörend, »komm gleich rüber zu mir! Die Mutter ist nicht da, die näht Fallschirme im Kriegseinsatz. Komm! Wir geh'n rauf in meine Bude.«
»Und dein Vater?«

»Ach, der is' doch kein Spießer!«
Jojo entwischte ungesehen zum Nachbarhaus. Als sie ankam, lehnte Lothar schon unter der Haustür. »Komm rein!« Auch die Tür zur Küche war offen, auf dem Kanapee lag Max Rollmann und schnarchte. Lothar grinste. »Gut, was?« Jojo huschte die steile Treppe nach oben. Lothar mit seiner Krücke brauchte ziemlich lange. Dann standen sich beide in seiner Bude gegenüber. Lothar drückte die Tür ins Schloss. Endlich allein!
Jojo strich mit einem Finger zögernd über Lothars Oberkörper, betastete die frisch vernarbten, roten Stellen, manche ausgezackt, manche wie Trichter. »Tut das weh?«
Er genoss ihr Mitgefühl, genoss diesen Finger auf seinen Wunden. »Es stecken noch Eisensplitter drin, die eitern aber von alleine raus, hat der Arzt gesagt.«
»Und die Wunde am Bein?« Er riss an einer Seite das Pflaster ab.
»Nicht!«, rief Jojo erschrocken, aus Angst, den blanken Knochen zu sehen.
»Ist doch schon zu, muss aber noch geschützt werden.«
Jojo sah die vom Splitter lang und tief ins Fleisch gerissene Verwundung. »Oh Gott, Lothar! Wirst du wieder normal gehen können?« Sie wollte verheimlichen, dass es sie vor der Fleischwunde ekelte, aber er durchschaute sie mit geschärftem Blick und mit einem neuen, sarkastischen Zug um die Mundwinkel, genau wie beim alten Rollmann. »Normal gehen? Und ob! Was ein gedienter Pimpfenführer ist, der marschiert, komme was da wolle. Der springt in den Panzer rein und raus und raus aus dem Panzer und rein, und dabei geht's mehr zurück als vorwärts ...«
»Du redest genau wie dein Vater!«
Er klebte das Leukoplast wieder fest, richtete sich auf und genoss die Mischung aus Grausen und Verliebtheit in ihren geweiteten Augen. »Weißt du, was das Gemeinste ist?« Er zog ungeniert die Turnhose herunter und zeigte ihr die Verpflasterung oberhalb der Leiste. »Der Splitter da macht mir am meisten zu schaffen.«
Jojo starrte erschreckt und gebannt auf sein pralles Glied, ihr schoss das Blut in den Kopf, sie drehte ihn weg, fing bei der Dre-

hung aus seinen Augenwinkeln diesen schnellen Blinzelblick auf, der sein Männerwissen offenbarte, ein Wissen, von dem sie nichts wusste. Er sah ihre bestürzte Verlegenheit und zog mit diesem in die Mundwinkel verbannten Lächeln die Turnhose wieder hoch.
»Wir haben heute den ganzen Tag Zeit«, sagte er glücklich. »Komm, wir rauchen erst eine!« Sie lehnten sich ans Fenster, rauchten gemeinsam eine Zigarette, waren vor Spannung sprachlos, bis er die Kippe ausdrückte, Jojo umdrehte und an sich zog. »Du riechst nach Zigarette und nach teurem Parfüm und nach Jojo.«
»Und du riechst nach Zigarette und nach Jod.« Er lachte und fing an, die Knöpfe an ihrem apfelgrünen Kleid aufzuknöpfen. Seine Finger, eher schwere Waffen gewohnt, taten sich schwer, waren ungeduldig, aber sie half ihm nicht, stand nur da, ließ Stück um Stück ihr zartes Fleisch entblößen. An der Taille ging's nicht weiter, da musste doch irgendwo noch ein Seitenverschluss sein. Er fand die Häkchen und Ösen und flüsterte an ihrem Hals: »Ich will dich im hellen Licht sehen.« Er zog ihr das Kleid über den Kopf. Jetzt stand sie da in Pumps und Schlüpfer und sonst nichts, wie gestern Nacht im Turmzimmer.
»Leg dich aufs Bett!« Das tat sie. Hatte heimliche Angst vor dem, was passieren würde. »Ich hab' extra drei Aspirin gegen die Schmerzen genommen«, sagte er, und es klang wie ein Versprechen für einen reibungslosen Ablauf. Hatte Jojo sich nicht geschworen, dass dies nie passieren sollte? Niemals, solange der Krieg dauerte? Die Krücke fiel neben das Bett, er zog ihr den Seidenschlüpfer herunter. Nicht im Dunkeln, wie im Kino, nein, im hellen Tageslicht fassten seine Hände nach ihrem Körper. Sie sah, wie er seine Turnhose herunterzog. Oh Gott. Vorsichtig, langsam und Schmerzenslaute unterdrückend legte er sich der Länge nach auf sie, drängte sich zwischen ihre Beine. Lieber Gott, dachte Jojo, was mache ich, was wird daraus werden? Bin ich verrückt? Verrückt vor Liebe? Lothar wollte alles von ihr, alles, was Männer wollten, was immer das war, wovon sie die genauen Einzelheiten immer noch nicht kannte, wovon man jedenfalls schwanger wer-

den konnte, wie sie wusste. Dann tauchte sie ein in einen roten Nebel, in die hemmungslose Welt der Sinne, sie war reif, reif für die Liebe, reif, um wie ein Paradiesapfel im Garten Eden gepflückt zu werden.

Lothar schob ihr das eine Bein hoch, dann das andere, war am geheimsten Bereich weiblicher Verheißung schon angelangt, doch in der Sekunde vor dem Eingelassenwerden fiel ihn ein wütender Schmerz an, zerfetzte sein Lustgefühl, lähmte seine Beweglichkeit, schwächte seine Kraft. Der Granatsplitter an der Leiste machte den Liebesakt unmöglich. Es war aus. Aus und vorbei. Lothar war um die Erfüllung seiner Liebe gebracht und Jojo um ihre Defloration. Er lag nackt der Länge nach auf der nackten Jojo und seine Tränen liefen über ihr Gesicht. Jojo fühlte sich völlig ratlos, wusste nicht, was sie tun, was sie sagen sollte. Sie wagte nicht, sich zu bewegen, wollte ihm nicht noch mehr Schmerzen bereiten. Der Schock war groß. Sie waren verliebt, mehr: sie liebten sich – und konnten sich doch nicht lieben wie Mann und Frau. Jojo, zu leidenschaftlicher Hingabe bereit, war insgeheim froh, dass nichts »passiert« war. Lothar, zwei Jahre Sehnsucht nach seiner Porzellanpuppe lagen hinter ihm, war tief enttäuscht. Er fing an, den Scheißkrieg zu verfluchen, war mit einem Mal neidisch auf die anderen, die Jojo haben konnten.

»Welche anderen?«

Lothar ließ sich zur Seite gleiten, fing eine heftige Eifersuchtsszene an: »Welche anderen! Das fragst du? So wie du aussiehst! Du mit deinem Haar! Mit deinen Brüsten und diesen Beinen? Und wie du immer angezogen bist! Kannst mir doch nicht aufbinden, dass du keinen anderen ranlässt! Die Kerls sind doch alle hinter dir her! Und wo du überall rumschwirrst! Da wimmelt's doch nur so von Heldentypen. Und erst diese Wiener Schlawiner!«

Jojo schwor, sie habe mit keinem etwas gehabt. Er glaubte ihr nicht. Glaubte nicht, dass sie zwei Jahre gewartet hatte – auf ihn.

»Wo sind denn die französischen Seidenschlüpfer her? Und die italienischen Schuhe?«

Jojo war empört und beleidigt und zutiefst gekränkt. Sie wurde

obstinat: »Ich bin dir doch keine Rechenschaft schuldig!« Er blieb hartnäckig eifersüchtig: »So wie du gebaut bist, da kann doch kein Mann dran vorbei! Bist doch die reinste Modepuppe!«
»Ja! Ja!«, giftete sie empört. »Ich biet' mich jedem an. Ich geh' auf 'n Strich. Wenn du's genau wissen willst: Ich geh' mit jedem ins Bett für 'n paar Schlüpfer oder Seidenstrümpfe oder schicke Schuhe.« Sie rollte sich aus dem Bett, stieg in ihren suspekten Seidenschlüpfer, und Lothar stemmte sich hoch, um sich aufzusetzen. Sie streifte ihr Kleid über, er zog seine Turnhose an. Während sie anfing, die Knöpfe zuzuknöpfen, angelte er nach seiner Krücke. Kohlrabigeruch drang von der Küche herauf. Plötzlicher Heißhunger überfiel sie. »Jetzt weiß ich, was unglückliche Liebe ist.« Sie machte die letzten Knöpfe zu, und alles zarte Fleisch verschwand endgültig vor Lothars Augen. »Statt Küsse und Umarmungen Streit und bekloppte Eifersucht. Und das an unserem einzigen gemeinsamen Tag!« Lothar hatte sich an seiner Krücke erhoben. Er wollte sie festhalten, aber wie von einem Windstoß weggefegt, war sie aus dem Zimmer.
Jojo stürmte die Stufen der steilen Treppe hinunter, trat in die Küche und sah Max Rollmann am Herd stehen. »Guten Tag, Herr Rollmann«, sagte sie mit hitzigem Unterton und rang sich ein Lächeln ab. »Bei Ihnen riecht's nach Mussoliniköppen. Laden Sie mich zu einer Portion ein?« Max Rollmann hatte sich zu ihr umgedreht. Er hielt den Topfdeckel in einer, eine Kohlrabiknolle auf der Gabel in der anderen Hand. Der amüsierte Schalk in seinen wachen Augen zeigte ihr, dass er den aggressiven Unterton in ihrer Stimme sehr wohl wahrgenommen hatte. Dass diese Josefa hier ohne seinen Sohn seine Küche stürmte, machte ihm offensichtlich Spaß. »Setz dich uffs Kanapee, Josefa, die Mussoliniköppe sin' jerade fertig.« Sie ließ sich aufs Kanapee fallen und rutschte in die Vertiefung im Mittelteil des abgenutzten Möbels. Er häufte für sie Knollen auf den Teller und sagte: »Köppe müssen rollen für den Krieg!« Er grinste. »Der Kopp vom Mussolini war ja schon mal fast ab, hat sein Kumpel, der Adolf, ihm wieder aufjepappt.« Er stellte den vollen Teller vor sie hin, zeigte auf die Kohlrabi-

knollen und senkte die Stimme: »Is' man bloß jammerschade, dat nich' der Kopp von dem Hitler dabei is'!« Jojo, die erste Knolle auf der Gabel, starrte ihn erschrocken an. Er setzte sich zu ihr an den Tisch und brüstete sich im Flüsterton: »Die vom zwanzigsten Juli, die war'n ja naive Stümper, sag' ich dir, diese adeligen Herren Attentäter von und zu mit ihrem Zeitzünder in 'ner Baracke. Dat hätten wir Roten fachmännischer jekonnt.«
Sie hörten Lothar vor der Tür mit seiner Krücke humpeln, da sagte er schnell: »Ick hab' aber nischt jesacht, Josefa.«
Lothar stelzte mit finsterem Blick in die Küche und sah Jojo vor dem Kohlrabiteller auf dem Kanapee sitzen. »Haste auch welche für mich, Vater?«
»Na klar«, sagte Rollmann, stand auf, widmete sich schnell dem Kochtopf, um seine Belustigung über das aufgebrachte Liebespaar nicht zu zeigen. Lothar setzte sich wortlos und mit Ächzen ebenfalls aufs Kanapee und rutschte automatisch in die Mittelkuhle dicht an Jojo heran.
Die tat, als wäre er Luft. »Haben Sie etwas Salz, Herr Rollmann?«
Also aßen sie und Lothar nebeneinander eine Menge Kohlrabi mit Salz. Beide sprachen kein Wort miteinander. Beide brauchten inneren Abstand zu ihrem Desaster – und doch hockten sie eng zusammen auf dem alten Kanapee.
Rollmann knallte eine heimliche Flasche Kartoffelschnaps auf den Tisch. Er durfte ihn nicht trinken, trank ihn aber doch, stellte drei Gläser neben die Flasche. »Josefa«, sagte er, »siehst mal wieder aus wie 'n Appel zum Reinbeißen.« Lothar kippte den Schnaps, ohne aufs Anstoßen zu warten, hinunter und wetterte in seiner Liebesenttäuschung gegen das Soldatenschicksal: »Erst wirst du ausgeheilt und dann wirst du sofort wieder als Kanonenfutter dem Iwan vor die Stalinorgel getrieben.« Er tobte gegen die Idiotie der Nahkampfspange, die einer verliehen bekam, der das Weiße im Auge des Gegners gesehen habe, ehe er dessen Seitengewehr zwischen den Rippen verspürte. Jojo hörte Lothar das erste Mal auf Hitler schimpfen, der zu feige sei, seine Soldaten vorne an der Ostfront zu inspizieren. Genauso wie Rommel in Afrika.

Plötzlich hielt Lothar inne – was hatte er da vor seinem Vater gesagt, er, der ehemals begeisterte Pimpfenführer, der Unteroffizier mit EK I und EK II? Totenstill war es in der Küche. Und in die Stille hinein platzte Jojo mit der Bemerkung: »Der Hitler ist ein Teppichbeißer.« Beide Männer glotzten sie an. Jojo wusste das von ihren einflussreichen Freunden im Rheinland, und man sprach davon auch in Wien offen unter den Studenten. Ein Teppichbeißer sei Hitler, jawohl, nervenkrank sei er, er habe Anfälle, so wurde berichtet, mit Schaum vor dem Mund. Und sein Leibarzt sei ein Sterndeuter, den befrage er vor jedem Feldzug wie der berühmte Wallenstein im Dreißigjährigen Krieg. Jojo musste trotz oder wegen des Horrors, den sie da verkündete, bei der Schilderung der grotesken Vorstellung zwanghaft lachen, wie in der pompösen Reichskanzlei unter den Augen der Leibstandarte Hitler sich im Tobsuchtsanfall am Boden wälzte und in den Teppich biss.
Auch die beiden Männer konnten schließlich nicht an sich halten und brachen in Gelächter aus. Die unerträgliche Spannung zwischen Jojo und Lothar entlud sich.
»Noch 'ne Runde Schnaps gefällig?« Rollmann füllte die Gläser nach. Lothar legte den Arm um Jojo, blitzte sie an: »So kenn' ich dich ja gar nicht, meine Porzellanpuppe.«
»Du kennst noch manches nicht an mir!«, blitzte sie zurück.
Max Rollmann aber sah jetzt Jojo mit durchdringendem Blick an. »Mädchen, sag das bloß zu keenem!« Er machte eine Handbewegung quer vor dem Hals, die eindeutig war. »Wenn de so was 'nem Falschen erzählst, kommste garantiert gleich an 'n Fleischerhaken.« Er nickte nachdrücklich: »Ick verrat' dir was, Josefa. Ick hab' det ooch schon in die Ohren jekriegt. Mit dem Teppichbeißen. Komische Jeschichte dat. Wundern würd' mich ja nischt mehr bei den Befehlen, die der dauernd rausjibt.«
Doch Lothar wollte nicht an den Untergang glauben: »Wir schaffen bestimmt noch den Endsieg, wenn jetzt die neuen Wunderwaffen kommen.«
Wie zum Hohn heulten draußen die Sirenen los: Voralarm. Und es war noch heller Tag. »Die überfliegen Weimar mal wieder, wie

jehabt, nach Leuna, Halle, Leipzig – det lohnt sich«, sagte Rollmann. »Ne übrich jebliebne Bombe laden die hier vielleicht mal ab oder 'n paar druff uff de Sauckel-Werke …« Es gab noch eine Runde Kartoffelschnaps, und jeder rauchte eine Zigarette. »Kinder, jenießt det Leben – die Hölle soll warten!« Sie erzählten sich politische Witze. Jojo und Lothar kamen in alberne Stimmung und lachten sich halb tot. Max Rollmann machte: »Pscht, pscht! Wenn eener reinkommt, bin ick dran. Bei Alarm dürf'n die Haustüren nich' verschlossen sein.« Lothar rutschte in der Kanapeevertiefung immer enger an Jojo heran, und sie konnte und wollte nicht wegrücken.

Da wurde an die Tür geklopft. Erschreckt fuhren sie hoch. Der Blockwart? Jemand trat ein. Im Kohlrabi-, Schnaps- und Zigarettendunst erschien Wanda Jordan, hinter ihr jaulten die Sirenen. Hauptalarm. Konsterniert verharrte sie auf der Türschwelle angesichts der Tischrunde, die sich ihr in der Küchenhitze bot: der dürre Max Rollmann, hochrot im Gesicht, auf dem Kanapee ihre Tochter, qualmend und Schnaps trinkend im Arm des halb nackten, mit krassen Verwundungen übersäten Lothar. Jojo blickte ihrer Mutter ins Gesicht, sah ihre Fassungslosigkeit, las aus ihrem Blick die rasante Gedankenkette, die sich da abspulte, das Entsetzen über ihrer beider Absturz vom kolonialen Herrendasein mit siebenfacher Dienerschaft hinab in die kohlrabigeruchgeschwängerte Küche der Rollmanns im Zwergenhaus in Weimar.

Jojo, überreizt von den Irritationen des Liebesabenteuers oben in Lothars Bude, erfasste das Groteske dieser Szene: sie hier auf dem Kanapee, begafft von ihrer sprachlos versteinerten Mutter. Sie konnte sich kaum beherrschen und hätte am liebsten losgelacht, weil ihr alles absurd erschien, so irrsinnig absurd wie dieses ganze Kriegstheater.

»Kommen Se, Frau Jordan, setzen Se sich un' nehmen Se 'n Schnaps!«, sagte Rollmann.

Und Mama setzte sich, kippte den Kartoffelschnaps hinunter und blickte auf Lothars Körper. »Lothar, ich hab' gar nicht gewusst, dass Sie so schwer verwundet sind.«

Lothar spielte das herunter: »Sind bloß noch 'n paar Granatsplitter drin.« Er grinste. »Einer macht mir noch besonders zu schaffen.« Dabei sah er Jojo an, die flammend rot wurde und wegguckte.
Wanda Jordan bemerkte die geheime Zwiesprache des Liebespaars. Sie verwischte nervös mit der Hand verschütteten Schnaps auf dem Wachstuch und fragte, ob man nicht lieber in den Keller solle.
»Wir ham keen«, sagte Rollmann, »wenn's brenzlig wird, jehn wir zu de Nachbarn.«
Die Tür wurde heftig aufgerissen, und Frau Rollmann kam atemlos herein. »Sie fliegen zu Hunderten rüber«, rief sie, »janz schwarz is' der Himmel. Hab' mich schnell fortjemacht, wie sie uns in'n Keller vom Werk jetrieb'n ham. Wollt lieber heem.« Dann sagte sie: »Tach, Frau Jordan, Tach Josefa!« Sie ging eilig zum Schlafzimmer und kam mit der Panzerjägeruniform zurück. »Lothar, zieh das an, unbedingt! Wenn der Huschke kontrolliern kommt, is' det besser, dann sieht er gleich dein Verwundetenabzeichen und 's EK I.« Lothar erhob sich ungern und mit Mühe von seinem weichen, warmen Platz an der Seite Jojos. Er stieg umständlich in die Uniform, wobei ihm seine Mutter half. »Der Huschke is 'n Aas«, sagte Frau Rollmann zu Wanda Jordan. »Bei dem müss'n wir höllisch aufpass'n weg'n Vatern.«
Sie hörten Stiefelpoltern vor der Haustür, dann im Vorraum, und schon stand Blockwart Huschke leibhaftig in der Küche, breitbeinig, bedeutungsschwer, der verantwortungsbereite, uniformierte Luftschutzwart mit seinem Luftschutzstahlhelm. Sein erster missbilligender Blick galt den Schnapsgläsern auf dem Tisch. Sein zweiter Blick fiel auf Frau Jordan und ihre Tochter. Es folgte der strenge Hinweis: »Sie beide gehören in den Keller der ›Pension Weimar‹ nebenan!« Und zu seinem Erzfeind Max Rollmann sagte er: »Wer nicht bei Alarm in den Keller geht, muss mit 'ner Anzeige rechnen. Rollmann, das wissen Sie doch nur zu gut!«
Jetzt baute sich in seiner Panzerjägeruniform Lothar an der Krücke vor Huschke auf. Das EK I, das EK II und das silberne Verwunde-

tenabzeichen stopften dem sichtlich das Maul. Die offen gelassene Jacke und das offene Hemd ließen Lothars geschundene Soldatenbrust sehen. »Machen Se mal halblang, Herr Parteigenosse!«, sagte er mit gefährlichem Unterton. »Die Front rückt immer näher. Da können Se dann noch jenug für Ordnung sorgen.«
Da war Gustav Huschke plötzlich nur noch »eins-fuffzich-mit-Hut.«
»Und vermasseln Sie mir ja nich' meine letzten drei Tage Heimaturlaub!«
Der Luftschutzwart beschwichtigte: »Is' ja gut, Lothar – man is' ja kein Unmensch!«
Als Huschke den Rückzug angetreten hatte, prostete sich die Runde erneut zu. »Für diesmal ham wir den Schweinetreiber los«, sagte Frau Rollmann mit Genugtuung und setzte Wasser auf für einen Muckefuck. Sie holte Kuchen aus der Blechdose. »Den hab' ich jestern noch geback'n mit der letzten Ration Margarine und Mehl aus Lothars Führerpaket.« Auf Mamas fragenden Blick hin erklärte Frau Rollmann, dass jeder Soldat der Ostfront als Zubrot für den Heimaturlaub das Führerpaket bekomme, mit Wurst, Konserven, Kakao, Kuchenzutaten und so. »Bekommt Ihr Sohn auch – ach nee, der is' ja bei der Marine, nich?«
»Ja, er ist jetzt Fähnrich zur See, auf einem Zerstörer. War schon anderthalb Jahre nicht mehr zu Hause. Hab' seit Wochen keine Post mehr von ihm.« Sie wies zu Lothar hin. »Ihr Sohn ist ja so verwundet, für den ist der Krieg wenigstens aus.«
Aber Lothar Rollmann winkte ab: »Nee, nee, Frau Jordan, ich bin voll frontverwendungsfähig, sobald die größeren Granatsplitter draußen sind.«
Ehe sein Vater auf den idiotischen Führer und die idiotische Führung loslegen konnte, lenkte Frau Rollmann resolut ab. Sie goss Muckefuck ein, stellte Rührkuchen hin, setzte sich und erzählte von der Fertigung der Fallschirme, zu der sie kriegsdienstverpflichtet war. »Ich hab 'n Rest abgestaubt.« Sie packte aus doppeltem Zeitungspapier ein Stück Fallschirmseide aus: weiß, leicht, dünn und unzerreißbar. »Was die alles erfinden!«

Wanda Jordan war beeindruckt. Sie reichte den Stoff Jojo weiter und strich das zerknüllte Einwickelpapier glatt, um es zusammenzufalten. Dann starrte sie auf das Gedruckte und sagte: »Mein Gott! Eine ganze Seite – nur Gefallenenanzeigen!« Alle mit dem Kriegskreuz, alle mit der gleichen Formel: »Für Führer, Volk und Reich«. Sie drehte das Blatt um, auch hier die ganze Seite Gefallenenanzeigen. »Ich brauch' noch 'n Schnaps.«
Max Rollmann klärte sie auf: »Det is' jetzt Vorschrift: ›Für Führer, Volk und Reich‹, da darf keener wat andres reindruck'n.«
Mama kippte den Kartoffelschnaps hinunter.
»Wenn ich Ihnen mal 'ne Bluse nähen soll? Oder 'n Kleid für Josefa?« Frau Rollmann lenkte ab und nahm das Zeitungspapier weg. »Die Fallschirmseide is' anjenehm uff der Haut.«
Ihr Manöver nützte nichts, Max Rollmann und Frau Jordan machten sich im Flüsterton ans Politisieren. Jojo hörte etwas von Radio London.
Lothar und Jojo verzogen sich aus der stickigen Küche nach draußen. Im sommerlich zugewucherten Garten fanden sie ganz hinten ein Plätzchen, wo sie endlich wieder allein waren. Sie setzten sich auf einen Bretterstapel und küssten sich den Kummer weg.
»Tomorrow is my first day in the camp of the British and Australian prisoners of war.«
Lothar blickte Jojo mit misstrauischem Lächeln an. »Ich nehm' an, du erzählst mir, dass du morgen deine POWs, die kriegsgefangenen Briten und Australier, beglücken willst.«
»Fängst du schon wieder an?«
»Es is' bloß, weil ich dich liebe.« Sie küssten sich und sie waren traurig.
»Ich steh' morgen um sechs auf, weil ich mit dem Bummelzug nach Bad Sulza fahren muss. Halb acht abends komm' ich zurück.«
»Wo treffen wir uns dann? Is' unser vorletzter Tag!«
»Weißt du, was ich mir wünsche? Ein Abendessen im ›Weißen Schwan‹. Hast du noch Marken? Geld hab' ich.«
»Ich hab' auch Geld, mehr als genug.« Lothar feixte ein bisschen

über Jojos Ideen. »Also gut, dann im ›Schwan‹. Ich geh' schon früher hin und besetze 'nen Tisch.«

Jojo war außer Atem vom schnellen Gehen. Nach dem mit Erfolg abgeleisteten ersten Arbeitstag im Kriegsgefangenenlager war sie in Hochform. Sie hatte sich schnell noch in der »Pension Weimar« frisch gemacht – Mama war nicht da gewesen, war wohl im Kino. Jetzt trat sie durch den Eingang in die Gaststube des »Weißen Schwan«. Sie hielt Ausschau nach Lothar. Die Tische waren meist besetzt, Goldfasane in curryfarbener Uniform, Wehrmachts- und SS-Offiziere mit ihren Frauen oder ihren Kriegsbräuten. Jojo zog die Blicke auf sich, während sie suchend durchs Lokal schritt: in einer Wolke von Parfüm und so wahnsinnig schick im dunkelblauen Leinenkleid, in italienischen Pumps, mit dem feuerroten Hut und der quellenden Flut der dunklen Haare darunter. Ihr Gesicht war von Erwartung gerötet, die auffallend hellen Augen unter den dichten dunklen Wimpern leuchteten mit besonderem Glanz, und – sozusagen als Knalleffekt – der angemalte Mund war so feuerrot wie der Hut.
Zuerst entdeckte sie das strohblonde Haar: Lothar saß an einem perfekt gedeckten Tisch mit kunstvoll gefalteten Servietten. Er erhob sich, als sie herankam, trotz Verwundung und Krücke. Er hielt sie mit Blicken fest, als entdecke er sie ganz neu: sein Mädchen von gestern, auf seiner Bude, in der Küche auf dem Kanapee. Und jetzt hier die selbstbewusste junge Frau mit dem extravaganten Hut. War das noch seine chinesische Porzellanpuppe?
Jojo blieb dicht vor ihm stehen, bot ihm ihren Mund und ließ sich küssen. Und wie seine Lippen federten! Als sie sich setzten, schüttelte Jojo die kunstvoll gefaltete Serviette auseinander und wischte die rote Farbe von Lothars Lippen. Mit einem Seitenblick erfasste sie die Nachbartische, erntete verständnisvolles Lächeln: ja, ja, die Liebe …
Jojo legte ihre Hand auf Lothars Hand. Ihre Fingernägel waren so feuerrot wie ihr Hut und ihr Mund. Lothars wache Augen verschwammen in einem diffusen Tintenblau. Wie eine Welle schlug

ihr sein Gefühlswirrwarr entgegen: begehrliches Habenwollen, der Stachel des Nichthabenkönnens, der Giftpfeil von Neid und Eifersucht in seinem Fleisch. Nein, sie wollte das nicht, nicht an diesem Abend, der so kostbar war und so einzigartig zwischen den Jahren des Wartens. Sie wollte bedenkenlos glücklich und verliebt sein. Keine Missstimmung, keine Missgunst, nichts dergleichen sollte ihr Rendezvous im »Weißen Schwan« verderben. In übermütiger Stimmung beugte sie sich zu Lothar, ihre Verliebtheit strahlte wie Honig aus ihren Augen, den Poren ihrer Haut, den vollen Lippen unter der Bemalung. Sie flüsterte: »Lothar, deine Augen sind so dunkel wie die Tinte des Tintenfisches.«
Er setzte ein schiefes Lächeln auf. »Du hast vielleicht Ideen! Hab' noch nie 'n Tintenfisch gesehn.«
Jojo fand sein verquältes Lächeln einfach unwiderstehlich. »Lothar?«, flüsterte sie.
»Ja?« In Erwartung einer Liebeserklärung sah er sie an.
»Hast du die Urlaubermarken mit?«
Er lachte laut auf und befreite sich aus seiner Gefühlsverengung. Während er seine Marken auf den Tisch legte, raffte er sich zu einem netten »na, wie war's denn bei deinen Briten und Australiern?« auf.
Jojo legte los, erzählte von ihrer Aufgeregtheit an diesem ersten Tag, von der Angst, sie könne beim Dolmetschen versagen. Dabei habe es nicht viel zu dolmetschen gegeben, nur ein paar Tagesbefehle des Lagerkommandanten und ein paar Krankmeldungen. Als sie mit einem Engländer sprechen wollte, wurde ihr das glatt verboten.
Dazwischen bestellten sie das Menü und Wein nach der historisch aufgemachten Speise- und Weinkarte. Die Bedienung kassierte die Nährmittelmarken, und Jojo sagte leise und mit einem gewissen Unterton zu ihr: »Und vorher bitte einen Cognac zum Magenanwärmen.«
»Gibt's nich' mehr.«
Jojo schob ihr – »hier sind die Zusatzmarken« – in der geknickten Speisekarte einen größeren Geldschein hin und sagte leise: »In

Suppentassen servieren!« Die Bedienung nahm den Schein und ging wortlos. Lothar starrte einen Moment entgeistert auf Jojo, motzte sie im Flüsterton an: »Mensch, Jojo, das kannste hier doch nich' machen! Wir sind nich' in Wien, wo man's nich' so genau nimmt!«
Jojo musste kichern. »Man ist auch in Weimar bestechlich und sogar im ›Schwan‹. Die Theaterleute machen das hier immer, ich weiß es von unserer Chorsängerin.« Sie war plötzlich in ganz alberner Stimmung. »Die germanischen Schlitzohren sind nicht anders als die asiatischen Schlitzohren, die ich von China her kenne.«
Als sie dann den Cognac aus vornehmen Ochsenschwanzsuppentassen löffelten und sie Lothars gefrorene Miene sah, da war es mit Jojos Fassung fast vorbei: Sie prustete unterdrückt, dabei stieg ihr der Cognac in die Nase und trieb ihr die Tränen in die Augen. Jetzt musste auch Lothar lachen. Er verliebte sich auf der Stelle neu und noch heftiger in seine extravagante, rot gelackte, parfümduftende Jojo.
Der Hauptgang, eine Schmorbratenscheibe mit Dosenerbsen, glasigen Kartoffeln und viel dunkler Mehlschwitze, war nicht schlecht, aber auch nicht so richtig gut. Lothar aß schneller als Jojo, und sie tauschten die Teller, als seiner leer und ihrer noch halb voll war. Nachdem Lothar alles vertilgt hatte, nahm er die kunstvoll gefaltete Serviette und wischte sich mit dem gefalteten Schwan die Soße von den Lippen. »Rauchen wir eine?«
Als Pensionatszögling rutschte ihr ein »Rauchen – erst nach dem Pudding!« heraus, aber Lothar hatte schon die Zigarette im Mund. »Wir machen's wie der Iwan, die rauchen auch immer zwischendurch.«
Jojo lachte, nahm sich auch eine und sagte lasziv mit Augenaufschlag: *»Would you please give me fire, my darling.«* Lothar gab ihr Feuer, war von ihrem kapriziösen Flirten überwältigt, fing an, ihr Komplimente zu machen, Komplimente der besonderen Art. Rauchend blinzelte er sie mit halb geschlossenen Augen an, sprach mit halber Stimme, schwärmte von ihrem Fleisch, den

zarten Rundungen und Knospen, den herrlichen Nischen ihres Körpers.

Jojo wurde blutrot. »Lothar! Wenn man dich hört!« Da stand die Bedienung mit dem Pudding am Tisch, und beide schwiegen. Als sie weg war, lächelte Lothar sein sinnliches Lächeln, blitzte Jojo aus gesenkten Augenwinkeln an, und sie wurde schwach. Trotzdem: »So was so direkt zu sagen, so unverblümt! Zwischen Hauptgericht und Pudding! Das wäre bei Asiaten unmöglich, das ist irgendwie ... na ja irgendwie ...«

Er weidete sich an ihrer Schamhaftigkeit, beugte sich zu ihr hinüber: »Aber es stimmt doch, das mit den versteckten Nischen ... Wenn man da hinlangt ...«

Jojo nahm irritiert einen Löffel voll Pudding. »Igitt!« Beinahe hätte sie ihn ausgespuckt.

Auch Lothar probierte. »Es ist Vanillepudding«, sagte er kritiklos.

»Nein, es ist Kartoffelmehlpampe mit synthetischer Vanilleessenz.«

»Gib ihn mir!« Er hatte seinen schon aufgegessen.

Sie stand auf. »Ich geh' mal einen Moment ›für kleine Mädchen‹.«

Ihre Wiederkehr von der Toilette löste das Drama zwischen ihnen aus: Mit frisch bemalten Lippen, die Haare unter ihrem feuerroten Hut neu aufgeplustert, die Parfümwolke verstärkt und erregt von Lothars krasser Beschreibung ihrer erotischen Reize, schritt sie durchs Lokal: Feuer in den Wangen, Blitzlichter in den Augen, weich schwingende Bewegungen auf den hochhackigen Pumps. Blicke folgten ihr, lüsterne Männerblicke, Frauenblicke, teils neidvoll, teils feindlich, Köpfe drehten sich, um ihr nachzustarren. Als sie an den Tisch kam, merkte Jojo, dass Lothar alles mitgekriegt hatte und sie konnte zusehen, wie in ihm die Eifersucht hochkochte. »Und dir soll ich abnehmen, dass bei dir keiner ran darf!«, empfing er sie mit heftigem Halbgeflüster am Tisch. »Du verdrehst doch jedem den Kopf! Das ganze Lokal glotzt dich an und starrt dir nach. Und du? Du forderst das heraus! Und genießt das! Seh' ich dir doch an!« Er holte Luft. »Du, mit deinem roten Hut! Bestimmt auch 'n Geschenk von 'nem Liebhaber.«

Zorn und Enttäuschung ließen Jojo ausfallend werden: »Und wenn! Ich bin nicht dein Besitz! Niemand kann mich besitzen. Selbst wenn ich ihn liebe. Selbst wenn ich mich lieben lasse. Besitz sein, dem anderen gehören als Eigentum? Nein! Nie!« Sie war laut geworden, war selbst darüber erschrocken und senkte die Stimme, um ihm den härtesten Schlag zu verpassen: »Soll ich vielleicht die Kriegsjahre hier in Deutschland vertrauern, als treudeutsche Soldatenbraut? Bloß weil der Krieg uns andauernd trennt?«
Er war mit einem Mal ganz ruhig. »Du gibst also zu, dass du dich von anderen lieben lässt.«
»So ein Quatsch! Ich kann nicht zugeben, was nicht gewesen ist.«
Und beiläufig seine Frage: »Und von wem hast du nun diesen feuerroten Hut?«
»Den hab' ich von Heiko.«
»Und wer ist Heiko? Hab' noch nie von dem gehört.«
»Der ist als Blockadebrecher hergekommen, aus Japan, mit dem Schiff durch die englische Seeblockade.«
»Also ein echter Kriegsheld, wie schön!«
»Er ist Halbjapaner.«
»Wie romantisch!«
»Du bist richtig blöde mit deinen zynischen Anmerkungen. Ich kenne Heiko von der Schule her in Japan. Er war zwei Klassen über mir. Er kämpft in Italien gegen die Alliierten. Wenn er mal dazu kommt, kauft er mir Sachen und schickt mir Pakete.«
Die Geschichte wurde für Lothar immer unglaubwürdiger. Er funkelte sie an. »Und der schickt dir alles wegen deiner schönen Augen?«
»Versteh doch! Er hat in Europa keine Familie, die ist in Japan. Er kennt nur Mama und mich.«
»Wie rührend!« Lothar konnte sich nicht beherrschen. »So ein roter Hut! Rot ist die Farbe der Liebe. Wenn der kommt, geht er doch sofort mit dir ins Bett.«
»Ach Lothar!« Er ging ihr auf die Nerven. »Vielleicht ist er schon tot. Die Kämpfe in Italien sind auch kein Pappenstiel.«
»Wieso hast du Mitleid mit ihm und nicht mit mir?«

Sie sah ihn an. »Ich will einen Mann, den ich liebe, nicht aus Mitleid lieben. Ich bin keine Betschwester. Ich liebe dich, weil ich dich schon immer geliebt habe, schon damals beim Schlittenfahren und auf dem Zehnmeterturm im Schwanseebad, und ich werde dich immer lieben, was immer auch mit uns passiert.«
Lothar war stumm. Er zerdrückte mit dem Löffel die Reste des Vanillepuddings. Eine größere Liebeserklärung konnte er nicht kriegen. Er hob den Blick zu ihr und sagte: »Ich liebe dich auch ... mehr als ich sagen kann. Ich werde dich immer lieben, Jojo, so lang oder so kurz mein Leben auch sein wird.«
Die Bedienung kam und fragte: »Woll'n Se noch 'ne Tasse Suppe?« Jojo unterdrückte ein Lachen, Lothar bestellte souverän noch zweimal Suppe mit Extraschein. Dann schlürften sie ihren Cognac mit Suppenlöffeln und dachten, es sei alles gut.
Aber der Zirkus ging wieder los. Als sie von den Australiern erzählte, die mit starkem Slang redeten, was schwer zu verstehen sei, unterbrach er sie: »Ich denk', du darfst zu denen keinen Kontakt haben!« Er war schon wieder misstrauisch! Jojo blockte ab, es sei nur um ein Fußballspiel gegangen. »Na klar! Fußball! Is' ja sonst zu langweilig im Lager. Dürfen nich' arbeiten, die Herren Offiziere, irgendwie muss man ja die Zeit totschlagen. Und alle schön sportlich und groß, kräftig und muskulös. Haben für die schöne Englisch sprechende Jojo nicht bloß ein Lächeln übrig, und das gefällt meiner Jojo.«
Sie zischte: »Sprich gefälligst leiser!«
Er giftete immer mehr. »Für die is' der Krieg aus und vorbei. Und ich? Ich bin der treudeutsche Kampfstier und geh' wieder nach vorn.«
Jojo lenkte ab: »Rate mal, wo ich wohne, in Wien!«
»Wie ich dich kenne« – es klang ironisch – »wahrscheinlich im Schloss.«
Jojo lachte: »Beinah Volltreffer! Ich wohn' gleich daneben, neben Schloss Hetzendorf. Stell dir vor: in einem Kavaliershaus! Mit meiner Freundin Angelika aus dem Rheinland.«
»Mal ehrlich«, fing er an, und sein Ton gefiel ihr gar nicht, »was

machst du so in Wien? Wen triffst du dort? Mit wem gehst du aus? Wen lässt du an dich ran?«
Sie sah ihn wütend an. Was bildete er sich ein! Sie auszufragen und zu kontrollieren! »Wen ich an mich ranlasse?« Sie schob ihre Haare im Nacken hoch und zeigte ihm die roten Stellen: »Da – die Wanzen! Die hab' ich an mich rangelassen in dem alten Gemäuer.«
Er grinste schief. »Wanzen gibt's scheint es überall.«
Dass es an der Uni sowieso fast nur Mädchen gebe, klärte sie ihn auf, oder Männer mit amputiertem Bein oder Arm. »Bloß 'n paar ausländische Studenten, Bulgaren, Rumänen. Die sind ganz nett.«
Sofort verfinsterte sich sein Blick, er steckte sich eine Zigarette an, ohne ihr eine anzubieten. »Du bist ein richtiger thüringischer Stoffel«, ärgerte sie sich. »Würd' in Wien nie einer machen: einfach rauchen, ohne die Dame um Erlaubnis zu fragen.«
»Ach ja?«
»Die haben allerdings mehr Lebensart«, heizte sie ihm ein, schürte mit Absicht seine Misslaunigkeit. »Das sind geborene Kavaliere, durch und durch, egal, ob wir zum Heurigen nach Grinzing geh'n oder in die Oper oder in eine Kellerbar mit Zigeunermusik.«
Lothar erwiderte in forciert gleichmütigem Plauderton: »Soso, alles perfekte Gentlemen also – ohne jeden Hintergedanken. Und immer nur mit Handkuss und nichts weiter. Das kann doch bloß ein blöder, thüringischer Stoffel glauben!«
Jojo verlor die Fassung: »Du spinnst ja mit deiner Eifersucht!«, zischelte sie. »Und was ist mit dir, Herr Unteroffizier? Nie was mit Frauen gehabt? Nie mit Russenmädchen zusammen im Bett Sonnenblumenkerne gekaut? Is' doch bekannt, dass die vom Kernekauen so knallige Brüste haben. Nie mal hingefasst?«
»Hast du 'ne Ahnung!«, sagte Lothar sarkastisch. »Die lassen keinen Deutschen ran.« Sie sprachen mit nervöser Anspannung im Normalton, damit an den Nachbartischen keiner merkte, wie gespannt ihre Tischunterhaltung war.
»Und die Polinnen?«
»Streng verboten.«

»Aber im Soldatenpuff warst du doch!« Sie fixierte ihn. Seine Narben glühten. Auch sie glühte bis zur Stirn in aufgeregter Röte. »In Russland gibt's nur Wanzen und Läuse, keine Soldatenpuffs. Wenn du mal Dusel hast und abkommandiert wirst zum Nachschubholen, kannste vielleicht mal so 'n Puff von außen seh'n.« »Aber die deutschen Blitzmädel! Die deutschen Rotkreuzschwestern!« Jetzt wurde Jojo von Eifersucht gepeinigt. »Die sollen ganz schön locker sein und voller Angst, sich im Krieg nicht genügend zu amüsieren.« Lothar stritt alles ab. Da sagte Jojo etwas, das ihn verstummen ließ. »Du kannst mir keine Ammenmärchen auftischen, dass da nie etwas war! Ich hab' genau den Unterschied gefühlt – zwischen damals vor zwei Jahren, beim Baden an der Ilm, und heute, jetzt. Du kannst mir nichts erzählen: Du hast Erfahrung mit Frauen. Du bist anders geworden, viel direkter, so im Zugriff ... als Mann.«

Er blickte sie an, und seine Augen verschwammen in sinnlicher Lust. Und sie wäre bestimmt rot geworden unter seinem Blick, aber sie glühte bereits wie eine Herdplatte.

Sie schwiegen sich an, konnten ihre Blicke nicht voneinander lösen, waren gefangen in erotischen Schwingungen. Es war, als geschähe im frei schwebenden Nichts das, was real nicht gelungen war.

Der Schock kam danach. Als Lothar der verfluchte Granatsplitter wieder einfiel, der ihm seine Liebste unerreichbar machte, griff die Eifersucht erneut nach ihm, und er machte mit neuer Ruppigkeit alles kaputt: »Die Blitzmädel tun wenigstens ihren Dienst an der Front. Aber du lässt dir rote Hüte schenken und wer weiß was aus Italien, schwirrst durch Wien, spielst Tennis, hörst Zigeunermusik in den Kellerbars und wohnst im Kavaliershaus vom Schloss!«

Es war die alte Leier. Jojo fühlte die Enttäuschung wie eine kalte Dusche. Spöttisch provozierte sie ihn: »Jawohl, jawohl. Und zu deiner Beruhigung: Im Schloss ist eine SS-Kaserne, und nachts treff' ich mich mit denen im Splittergraben. Wenn keine Bomben fallen, ist das sehr, sehr romantisch ...«

Das hätte sie lieber nicht sagen sollen. Lothar verlor die Kontrolle, fing an, den Krieg zu verfluchen, der ihm verwehrte, sein Mädchen zu lieben, fluchte weiter, wurde lauter. Sie packte seinen Arm: »Lothar! Beherrsch dich um Gottes willen!« Aber er konnte sich nicht beherrschen. »Ich halte meine Knochen hin und wenn ich in Urlaub bin, dann geht nichts mehr.« Er rastete aus. Wie sein Vater schimpfte er auf die oberste Führung.

Jojo rief nach der Bedienung. »Zahlen!« Sie steckte ihm eine Zigarette zwischen die Lippen, die Bedienung legte die Rechnung hin, eilte zu den nächsten Gästen zum Abkassieren, gleich war Sperrstunde.

Als Jojo ihr Portemonnaie aus der Handtasche zog, wollte Lothar zahlen. Jojo aber war so verärgert, dass sie für sich selbst zahlen wollte. Sie schüttete ihre Münzen aus dem Portemonnaie, dabei fiel auch die eingewickelte Rasierklinge aufs Tischtuch.

Lothar griff danach. »Was ist denn das?«

Jojo funkelte ihn an. »'ne Rasierklinge.«

»Wofür? Du brauchst dich doch nicht zu rasieren!«

»Die hab' ich immer bei mir. Mit der schneid' ich mir die Pulsadern auf.«

»Was?«

»Ja. Richtig gehört. Ich leb' auch lebensgefährlich, nicht nur du. Wenn ich mal wo verschüttet werde, oder der Zug brennt nach 'nem Tieffliegerangriff und ich komm nicht raus, bin eingeklemmt und mir werden die Beine zerquetscht ... da mach' ich lieber selber Schluss. Ritsch-ratsch, das geht ganz schnell.«

Lothar war entsetzt. »Hört sich ja schlimmer an wie 'n Frontbericht.«

»Denkst du, ich häng' so am Leben, dass ich auch ohne Beine oder mit verbranntem Gesicht weiterleben will?« Nach einer Pause der Selbstbesinnung legte sie ihre Hand auf seine. »Nur die Lotosblüte im Teich, sagt Laotse, lohnt betrachtet zu werden.«

Lothar sah sie an: Ja, das war sie, seine chinesische Porzellanpuppe. Jojo zahlte für beide. Die Bedienung bekam reichlich Trinkgeld und sagte: »Komm Se gut heeme – ohne Fliegeralarm.«

Lothar stand auf, stieß sich an der Tischkante, und der Schmerz

im Oberschenkel ließ ihn zusammenfahren. Er machte eine ungelenke Bewegung und sagte lauter als gewollt: »Das fehlte mir noch – jetzt 'ne Bombe auf'n Kopp un' anschließend verschüttet im Keller. Dann aber her mit der Rasierklinge!«
Jojo stützte ihn, half ihm über die Stufen, wollte ihn endlich aus dem Lokal haben. Aber bockig blieb er zum vorschriftsmäßigen Gruß an der Tür stehen. Das Gesicht zur Gaststube, rechts auf die Krücke gestützt, fragte er einen SS-Offizier, der leicht angetrunken zur Toilette wollte: »Herr Sturmbannführer, soll ich nu' den linken Arm hochheben – für den deutschen Militärgruß?«
Der Offizier sah ihm ins Gesicht, sah die Narben, die entzündeten Stellen, die Krücke und sagte: »Lassen Se's bleiben, Unteroffizier.« Er wankte und grinste. »Das Reich wird's überleben.«
Jojo zog Lothar am Ärmel. »Komm endlich raus hier!«
Bloß raus aus dem »Weißen Schwan«, raus auf die Straße! Draußen zankten sie weiter.
»Du hast uns den ganzen Abend verdorben! Mit deiner blöden Eifersucht! Dafür ist unsere kostbare Zeit wirklich zu schade!«
Lothar fuhr sie an: »Wem hab' ich denn meine totale Bruchlandung bei dir zu verdanken?« Er konnte sich nicht bremsen, wurde laut: »Führer befiehl, wir folgen!« Und noch lauter: »Nein, Kommando zurück! Führer befiehl, wir tragen die Folgen!«
Jojo drückte ihm die Hand auf den Mund. »Du schreist dich um Kopf und Kragen, bist genau wie dein Vater, kannst das Maul nicht halten. Wenn dich einer hört! Die Huschkes sind überall.«
Leute kamen aus dem »Schwan«. Sie nahm seinen freien Arm, hakte sich ein, zog ihn weg, am Goethe-Haus entlang, achtete im Dunkeln auf Bordsteine und das Kopfsteinpflaster. Der Mond schaute hinter den Wolken hervor. Eigentlich eine romantische Sommernacht. »Den Abend hatt' ich mir anders vorgestellt: einfach mal schön ausgehen mit dir.«
Er blieb stehen, sagte heftig: »Du kapierst einfach nicht, dass ich vor Wut umkomme – weil ich dich nicht lieben kann, wie ich dich lieben will, und nicht nehmen kann, wie andere das können.«
»Ach.« Jojos Seufzer klang resigniert, sie fühlte sich müde und

enttäuscht. »Du bist ein blöder Dummkopf, unlogisch und eifersüchtig. Du weißt gar nicht, wie viel du mir bedeutest, und magst nicht glauben, dass ich von anderen nichts will.«

In verstocktem Schweigen gingen sie weiter bis zur Straße der SA. »Wir woll'n uns doch nichts vormachen«, sagte er verzweifelt, »du fühlst doch genau wie ich, dass dieses Letzte einfach dazugehört, dieses Eins-Sein, so nah wie's näher nicht geht.« Eine Gedankenspule schoss ihr in Sekundenschnelle durchs Gehirn: Dieses Eins-Sein. Dieses Letzte. War das das Wichtigste für den Mann? Auch für die Frau? Hatte sie sich nicht hingelegt für ihn? Entgegen aller wohl bekannten Warnungen?

Es war nicht »passiert«. Jojo blieb stehen. »Der Granatsplitter war schuld. Und jetzt lässt du das an mir aus. Mein Gott, Lothar! Wenn ein Granatsplitter alles unmöglich macht, das ist so was wie höhere Gewalt, wie Kismet, wie Schicksal. Damit muss man sich abfinden. Denk doch mal chinesisch! Was sind wir schon? Was können wir schon selbst bestimmen? Was gilt ein Menschenleben im All? Wir sind nichts als ein Sandkorn der Wüste Gobi im Wind. Und so lieben wir uns auch – wie zwei Sandkörner, die zusammengeweht werden und wieder auseinander …«

Lothar schnaubte verächtlich über ihre philosophischen Ergüsse. »Ich bin kein Sandkorn. Ich bin ein Mann. Das nächste Mal, das schwöre ich dir, komme ich ohne Krücke, und dann gehörst du mir.« Er wurde wieder laut: »Wenn dieser Scheißkrieg mich nicht vorher zum Krüppel oder zur Leiche macht.«

»Lothar!« Seine Worte machten ihr Angst, und sie flüsterte mit Nachdruck: »Du kommst noch mal nach Buchenwald – wie dein Alter!«

Sie bogen in den Pflasterweg ein. Auch Lothar senkte die Stimme: »Mein Alter is' ein konsequenter Roter. Ich aber hab' den Fahneneid auf den Führer geschworen. Ich muss zugeben, mein Alter hat in vielem Recht.« Sie blieben unter den Büschen am Zaun des Apothekergartens stehen. Lothar sagte mit gepresster Stimme: »Wenn ich jetzt tun würd', was ich richtig fände und mein Alter auch, dann ging ich jetzt nich' an die Front zurück, sondern in 'n

Untergrund und zum Widerstand.« Voll Schrecken starrte sie ihn an. Und ganz nah an ihrem Gesicht sagte er: »Wenn sie mich dann fassen, erschießen sie mich auf der Stelle.« Und mit erpresserischem Unterton fügte er hinzu: »Willst du, dass sie mich erschießen?«

»Lothar!«, sagte Jojo unglücklich. »Warum sagst du solche Sachen? Es ist alles schon schlimm genug.«

Sie wendete sich ab, wollte zur »Pension Weimar«, doch er packte sie noch einmal am Arm. »Morgen ist mein letzter Tag.«

»Ich weiß.«

»Wo treffen wir uns?«

Sie sagte nichts. Konnte nichts sagen. Der Abend war so schief gelaufen. Morgen alles noch mal?

»Jojo!«, beschwor er sie, »lass uns zum Kugelstein geh'n, wenigstens zum Abschied!«

Sie machte sich los. »Also gut.« Ihre Stimme war belegt. »Treffen wir uns im Ilmpark, auf der Pfauenbank, vielleicht gegen vier. Ich versuch', früher aus dem Dienst abzuhau'n.« Sie ließ ihn stehen.

»Gute Nacht!«, rief er hinter ihr her, aber sie schlug wortlos die Tür zu.

Die Nachtluft strömte warm durch die offen stehende Balkontür ins Turmzimmer. Jojo warf sich im Messingbett schlaflos herum, todmüde und aufgeputscht, nervös, ausgelaugt, mondsüchtig ...

Schließlich hielt sie es nicht mehr aus, stand auf, zog das Rollo herunter und knipste das Licht auf Mamas Nachttisch an. Mama war immer noch nicht da. Sie sah auf den Wecker: zwei Uhr. Wo war Mama? Auf dem Nachttisch lag ihr Notizkalender, da stand: »Friseur.« Unter »Friseur« stand: »W.« Also Wolf!

Jojo stellte fest, dass die Schlangenlederpumps von Heiko fehlten und die weißen Glacéhandschuhe aus Florenz. Und auch die Lacktasche mit dem geheim gehaltenen Schlüssel.

Sie schaltete das Licht aus, zog das Rollo hoch, trat auf den Balkon hinaus, barfuß im Pyjama und schob die alte Kletterpflanze auseinander: eine Mondnacht öffnete sich ihr wie ein altmodisches,

elegisches Poem, voller Düfte, sommerlich schwül, wie für Liebespaare geschaffen, so romantisch, so verschwörerisch … und doch so unnütz, so vergeudet. Sie schaute zum Zwergenhaus. Sah sie ihn nicht dort? Seinen hellen Schopf im Mondlicht? Aus dem Dachfenster gelehnt, mit Blick zu ihr? Ja! Sie konnte ihn spüren, sie konnte ihn fast riechen, seinen Kernseifengeruch, gemischt mit Nikotin und Jod. Wie diese Leute in Indien, die Sinne lenken und Sinne empfangen konnten, fing sie seine Gedanken, seine Gefühle auf. Die spirituelle Botschaft drang ein in ihr Zentrum, sie erlitt seine Eifersucht, seine Sehnsucht, seine Wut, seine Liebe. Ihr Herz begann einen Trommeltanz. Wunschorgien, die ihrem Körper neu waren, übermannten sie. Ich glaub' ich fall' in Ohnmacht. Ihre Hände ließen die Kletterpflanze los, die Blätter schoben sich übereinander wie ein Bühnenvorhang. Ohne die Beine zu spüren, schlich sie zurück zu ihrem Bett, suchte tastend nach Halt.
Ehe sie am Bett war, ging die Tür auf. Die Mutter kam herein. Blieb mitten im Zimmer stehen wie eine Statue.
»Mama?« Jojo machte Licht an, zog das Rollo wieder herunter. Mama sah ganz verändert aus. Aber wieso? Sie war doch modisch schick wie immer, die Lacktasche unter den Arm geklemmt, in Heikos Schlangenlederpumps und mit Jojos weißen Glacéhandschuhen in der Hand. Aber ihr Gesicht! Es war gezeichnet von tiefem Schock. »Mama!«
Wanda Jordan nahm erst jetzt ihre Tochter wahr, die da vor ihr stand, im Pyjama, mit nackten Füßen. »Ach Jojo!« Es war ein Aufschrei. Sie warf sich ihrer Tochter in die Arme, umklammerte sie, weinte ohne Hemmung, ohne Beherrschung, heulte ihren Schmerz heraus.
»Was ist passiert?« Jojo schob die Mutter ein Stück von sich weg, sah ihr ins Gesicht.
Aus den winterhellen Augen floss ein Strom von Tränen über ihre blassen Wangen, die Mundwinkel zuckten. »Der Wolf …« Sie schluchzte: »Der Wolf …«
»Ist er tot?«
Die Mutter konnte vor Schluchzen nicht sprechen.

Jojo fragte noch einmal: »Ist er tot?«
Die Mutter schüttelte den Kopf. Stück für Stück erfuhr Jojo die schreckliche Wahrheit: Wolf hatte eine andere. Wolf hatte eine Krankenschwester geschwängert. In seinem Lazarettzug. »Er wollte es mir persönlich sagen. Aus Anstand. Damit ich's nicht hintenrum erfuhr.« Sie brach wieder in Weinen aus. »Und er wird sie heiraten.«
Jojo war völlig überfordert, sie erstickte selber fast an ihrem Liebeskummer. Ihre Mutter stand vor ihr, mit hängenden Mundwinkeln wie ein zurückgestoßenes Kind und mit verwischter Wimperntusche: die Lebefrau, der man ihre Leichtigkeit zertrümmert hatte.
Sie würgte an der Zweckmäßigkeit der Geschehnisse. »Er heiratet sie, weil er ein Ehrenmann ist. Und weil man ein Kind nicht vaterlos aufwachsen lässt. Weil sie Krankenschwester ist und später mal in seiner Praxis mitarbeiten kann.«
Jojo fühlte sich ernüchtert. So also handelten Männer: berechnend, mit kühlem Kopf. »Ich habe ihn nie leiden können!«, sagte sie, die schon als Zehnjährige den heimlichen Liebhaber der Mutter mit ihrem Baldrianterror bekämpft hatte.
Mama fing an zu klagen: »Ich leide, Jojo, ich leide. Ich, ›seine Wanduschka‹, werde verlassen wegen einer anderen! Und er sagt mir das mitten ins Gesicht. Und findet das noch anständig! Mitten im Glück des Wiedersehens im Inferno dieses Krieges. Heilige Mutter Maria, warum tut er mir das an!« Sie schlug das Kreuz. »Was muss ich erleiden, oh Madonna, wofür ich gar nicht geschaffen bin! Ich stehe allein da.« Sie wechselte plötzlich ins Polnische, Jojo verstand nur einen Bruchteil, dass sie allein dastehe, mit zwei Kindern, die nichts haben als eine unsichere Zukunft. Dann redete sie weiter auf Deutsch: »Und der Mann, für den ich das alles auf mich genommen habe, der gibt mir den Laufpass.«
Jojo sagte: »Sprich leiser! Nebenan – die Demjensky, wenn die dich so reden hört!«
Wanda Jordan dämpfte ihre Stimme, aber nicht ihre Erregung. »Ach, die Demjensky, die weiß doch gar nicht, was Leidenschaft

ist! Heiratet einen Toten und spielt sich als Kriegerwitwe auf!« Ihre Demütigung war in Wut umgeschlagen. »Ich hab' ihm den Schlüssel vor die Füße gepfeffert, ich hab' ihm eine Szene gemacht, Jojo, eine Szene ... bis er mich mit Gewalt zur Ruhe gebracht hat, mich festgehalten hat, eisern festgehalten. Und dann ... und dann hat er mir seine Liebe gestanden.« Sie warf sich aufs Bett, vergrub den Kopf in ihren Armen, weinte, hob dann wieder ihr Gesicht: »Er hat mir seine Liebe gestanden und auch seine Verzweiflung über das Geschehene. Und dann, Jojo ... ich dürfte dir das gar nicht erzählen, du bist viel zu jung und unerfahren ... dann hat er mich noch einmal genommen – oh Gott, Jojo, ich war aufgebrochen wie ein Vulkan.«

Jojo stand da in völliger Verwirrung.

»Er wird mich nie mehr anrühren. Das hat er geschworen. Weil er ein Mann von Ehre ist, ein Arzt mit Verantwortung.« Mama setzte sich auf und sagte voller Verachtung: »Und ich, Wanda Jordan, sitze hier wie eine Blöde in der ›Pension Weimar‹ und habe ihm alles geopfert, aber auch alles. Weißt du, wie ich mich fühle? Wie ein weggeschmissener alter Putzlappen.«

Jojo versuchte, die Mutter zu trösten, aber das war nicht möglich. Es fiel ihr auch nichts Passendes ein. So überließ sie ihre Mutter ihrem Kummer und kroch in totaler Erschöpfung unters Plumeau.

Mama und Wolf, dachte sie, das hatte nie eine Zukunft gehabt. Und Jojo und Lothar?

Es war drei Uhr. Um sechs ging der Wecker.

Der nächste Tag brachte Jojo und Lothar den Abschied. Es wurde ein besonderer Tag. Besonders schön. Und besonders schrecklich. Mit rauen Widrigkeiten, mit unvergesslichen Glücksmomenten. Er begann erst am späten Nachmittag, als Jojo – apfelgrünes Kleid, wehendes Haar – über die Sandwege im Park angejagt kam und keuchend vor Lothar stehen blieb, der auf der Pfauenbank saß, wie sie es verabredet hatten, Panzermütze und Krücke neben sich.

Sie glitt neben Lothar auf die steinerne Bank, beugte sich zu ihm hinüber und hielt ihm ihren Mund zum Kuss hin.
»Dein Chef hat dich also früher gehen lassen?«
»Ich hab' gesagt, ich hätt' schreckliche Unterleibskrämpfe. Das war ihm peinlich, da hat er mir gleich freigegeben.«
»Und?«, fragte Lothar entsetzt. »Stimmt das? Hast du ... ich meine, bist du ... Na, du weißt schon.«
Sie amüsierte sich über sein Gestotter, schüttelte den Kopf. »Keine Spur!«
Er fasste ihr ins Wuschelhaar, zog sie zu sich heran, küsste sie mit Lippen, die federten, die einfach unwiderstehlich waren. Und in aufsteigender Wonne spürte sie, dass sein Mund immer heißer wurde.
Die hochsommerlichen Sonnenstrahlen, die jetzt schon schräge Muster zwischen Baumstämme und Blättergewirr auf das Liebespaar warfen, das Vogelgezwitscher und Wassermurmeln, ihr romantisches Tête-à-Tête auf der Pfauenbank war beinahe *zu* vollkommen – und wurde auch gleich brutal entzaubert durch das Aufjaulen der Sirenen. Kein Voralarm, das Auf-und-Ab und Auf-und-Ab des Heultons zeigte an, dass Bomber im Anflug waren. Sie standen auf.
»Komm!«, sagte Lothar. »Wir geh'n rüber zu Goethes Gartenhaus.« Er grinste. »Da geh'n wir in Deckung hinter'm Kugelstein.«
Mit einem Mal befanden sie sich in einem völlig veränderten Park: keine gemächlichen Spaziergänger mehr, keine schwatzenden Frauen auf Parkbänken mit Kinderwagen. Alles rannte, drängte sich mit Beuteln und Taschen den Hang hinab durchs einst kunstvoll eng gebaute Nadelöhr, hinein in das Mundloch im Felsen. Jojo und Lothar standen wie angewurzelt.
»Sie sind ein Ameisenvolk«, sagte Jojo.
»Und sie kriechen in unsere Höhle«, sagte Lothar.
»In unsere Höhle!« Jojo sah Lothar an. »Weißt du noch? Wir beide da drin? Als Kinder? Wie du mir eingeheizt hast mit deinen Gruselgeschichten! Ich hab' um mich herum nur noch Totenschädel und Gerippe geseh'n.«

»Und ich hab' extra die Taschenlampe ausgeknipst.« Lothar weidete sich an der Erinnerung. »Du hast losgeschrien, und ich hab' mich als dein Beschützer aufgespielt.« Sie lachten beide.

»Lothar …« Jojo machte ihm ein spätes Geständnis: »Ich konnte mich damals nicht entscheiden: ob ich dich so blöde, wie's blöder nicht geht, finden sollte, oder ob ich bis zum Geht-nicht-mehr verknallt war in dich.«

Lothar sagte: »Und ich hab' dich damals schon geliebt.«

Bombengedröhn war jetzt zu hören, kam näher. An der Parkhöhle stauten sich die Menschen, Rufe und Gehetze. Lothar wollte an der Menge vorbei, fluchte plötzlich: »Mensch da! Kettenhunde! Die verdammten Mistkerle!« Ein Zweierkommando unter Stahlhelmen, mit umgeketteten Schildern »Feldpolizei« auf der Brust, hielt sie an, kontrollierte Lothars Papiere, sein Soldbuch, seinen Urlaubsschein. Der eine zog die Brauen hoch, musterte Jojo und konnte sich ein »Und Sie?« nicht verkneifen.

»Ich bin kriegsdienstverpflichtet!« Das klang schnippisch.

»Und da loofen Se hier so frei im Park herum?«

Ein Luftschutzwart drängte sich pflichteifrig dazwischen. »Los, los, rein in die Höhle!« Hochrot im Gesicht dirigierte er das Menschenknäuel. Am Himmel hörte man die Bomber kommen.

Lothar kämpfte um seine letzte Chance, zeigte in den Park: »Wir woll'n doch bloß 'n bisschen allein sein.« Und lauter: »Is' doch mein letzter Urlaubstag!«

Der Luftschutzwart war unerbittlich. »Keiner darf sich draußen aufhalten bei Fliegeralarm. Rein mit euch in den Felsenbunker, euer Leben wird noch gebraucht!«

Sie mussten in die Parkhöhle, ins Gedränge. Funzelbeleuchtung, überanstrengte Frauen, heulende Kinder, feuchte Steinwände, eckige Felsbrocken, vollbesetzte Bänke rechts und links. »Weitergehen!«, riefen die Ordnungsmänner, »weitergehen! Hinten ist noch Platz.« In dem Gewusel nahm niemand auf Lothar mit der Krücke Rücksicht. Alte Leute und Mütter mit Kindern drückten weiter nach. Ein Luftschutzwart leuchtete mit der Stablampe nach hinten in den Stollen, gleichzeitig schrie eine Frauenstimme

hysterisch auf. Im Lichtkegel der Stablampe sah man Männer wie eine Zebraherde: gestreifte Jacken, gestreifte Hosen, gestreifte Mützen. Bleiche Gesichter. Große Augen. KZ-Häftlinge!
Einer rief: »Da hinten sitzt alles voll mit KZlern!« Das wurde weiterverbreitet. Unruhe. Bestürzung. Beinahe Panik. Die Stablampe erlosch. Jetzt war es noch unheimlicher. Das Gedränge verstärkte sich. Wieder wurde in die Tiefe des Stollens geleuchtet. Jojo und Lothar wurden in den Stollen geschoben bis dicht vor die Häftlinge in der Sträflingskleidung. Sie standen apathisch da oder hockten erschöpft auf Bänken, zusammengepfercht von bulligen, bewaffneten SS-Bewachern. In einem Durchbruch, aus dem es nach frischem Mörtel roch, sah Jojo aufgemauerte Ziegelwände im ausgebauten Seitenstollen. Dort saßen noch mehr KZler. Eine Frau rief empört: »Das sind doch alles Schwerverbrecher und Volksschädlinge! Da setz' ich mich doch nicht mit meinem Kind daneben!« Jojo war jetzt hautnah zwischen drei Häftlingen eingequetscht, deren breit gestreifter Drillich an ihren nackten Armen rieb. Die Männer waren dünn, hatten aber deutlich Muskeln und waren nicht alt. Was waren das für welche? Solche wie Max Rollmann, die das Maul nicht halten konnten? Oder »warme Brüder« wie der schöne Neffe und der Goldfasan? Jojo sah im Funzellicht, dass sie aufgenähte Nummern und farbige Dreiecke hatten. Im Geschiebe wurde sie unversehens gegen einen SS-Bewacher gedrückt, eine gut genährte Bulldogge in Uniform. Seine Pistole im Halfter presste sich mörderisch in ihr Fleisch. Ihr Herz begann einen rasenden Trommelschlag. Alles, was sich an Schwingungen auflud und sich in dem finsteren, feuchten Stollen an den Felswänden brach, schlug auf sie zurück, und ihre offen liegenden Nerven fingen es auf: Menschliches, Unmenschliches, Hass, Lebenshunger, Aufbegehren, Demütigung. Ihr wurde übel, sie hatte plötzlich Krämpfe im Bauch. Um Gottes willen, doch nicht jetzt etwa die Periode!
Wo war Lothar? Für Lothar mit seiner Krücke wurde gerade etwas Platz gemacht, auch für Jojo. Zwei Häftlinge mussten aufstehen, und sie setzten sich zwischen die anderen KZler. Jojo hörte

Lothar fragen: »Aus Buchenwald?« Sein Nebenmann hielt den Kopf gesenkt, Jojo hörte ihn flüstern: »Ja ... bin Maurer ... Wir ham hier Einsatz beim Außenkommando ... Haste was zum Fressen, Kamerad?« Ein SS-Bewacher fuhr grobschlächtig dazwischen: »Die haben absolutes Schweigegebot!« Lothar wollte von dem Bewacher wissen: »Was machen die überhaupt hier?« Der wandte ihm wortlos den Rücken zu. Auch er hatte wohl Schweigegebot. Aber ein paar Weimarer wussten Bescheid: »Die KZler bauen hier die Stollen aus.« Und im Flüsterton: »Zu 'ner komfortablen Absteige für unsere Bonzen. Alles bombensicher, doppelt und dreifach verstärkt.« Eine aufsässige Stimme mischte sich ein: »Und die Cognac- und Champagnerbar darf nich' fehlen.« Leises Lachen. »Da feiern sie dann mit ihren Sekretärinnen.« Einer machte sich wichtig: »Die bau'n da die Gaubefehlsstelle unterirdisch aus.« Unterdrücktes Kichern. »Na, das is' doch dasselbe!« Und höhnisch: »Für die letzten Tage von Pompeji!« Noch ein Lacher. Und eine angstvolle Stimme: »Pscht! Maul halten! Feind hört mit!«
Jojo, eingeklemmt zwischen den Buchenwäldlern, die mit ihren Zebrastreifen aussahen wie in Pyjamas, fragte sich, ob Max Rollmann auch so herumlaufen musste, wenn er in Buchenwald war? Der Häftling neben ihr saß geduckt, knackste mit den Fingern und wisperte noch einmal: *»Mademoiselle ... une cigarette ... pour moi ...?«* Jojo wurde es ganz eng im Hals. Der Mann war jung, in seinem von der Mütze und den Bartschatten abgedunkelten Gesicht funkelten zwei aufsässige und zugleich bettelnde Augen. Sie steckte gleich die ganze Packung dem Franzosen zu.
Eine schrille Frauenstimme beschwerte sich, »dass Volksfeinde und Kriminelle den anständigen Deutschen die Bunkerplätze wegnehmen«. Die SS-Bewacher blieben stur. Einer mit zwei Sternen am Kragenspiegel tönte zurück: »Die Häftlinge arbeiten hier an einem kriegswichtigen Projekt. Deswegen müssen sie in Schutzräume gebracht werden.« Das Licht ging aus und wieder an. Frauen und Kinder schrien auf.
»Brot?«, wurde hinter Jojo geflüstert. Sie hörte Lothar leise sagen: »Nee, Brot hab' ich nich', aber nimm das ...«

Endlich Entwarnung. Wieder Gedränge, diesmal nach draußen, während SS-Bewacher die Häftlinge zur Bunkerbaustelle zurücktrieben.
Jojo und Lothar blieben im Funzellicht sitzen, stumm, benommen, aufgewühlt, ganz aus ihrer Liebesstimmung gerissen. Sie blieben, bis fast alle draußen waren. Der Luftschutzwart kam kontrollieren. »Na, wollt ihr hier Wurzeln schlagen?« Da verließen auch sie den Felsenbunker, die tropfende, grob ausgehauene, mit Pfeilern gestützte Parkhöhle mit dem Gruftgeruch.
Draußen war es dunkel geworden. Pechschwarze Nacht.
»Hast du 'ne Zigarette?«, fragte Lothar. »Mir ist zum Kotzen.«
»Ich hab' meine Zigaretten dem KZler neben mir gegeben.«
»Meine bin ich bei denen auch losgeworden. Jetzt ham wir nich' mal was zu rauchen.«
»Ob das Politische waren? Oder echte Kriminelle? Oder?«
»Oder was?« Lothar hatte keine Ahnung. »Frag meinen Alten! Aber der erzählt ja nix. Ich weiß, dass er was unterschreiben muss, wenn sie ihn wieder rauslassen: Wie anständig und korrekt alles war. Manche müssen sich sogar schriftlich für 'n schönen Erholungsurlaub bedanken.«
»Lothar, hat dein Vater auch so'n Anzug an, wenn er dort ist?«
»Ach hör auf, Jojo! Wir hab'n selbst genug Probleme, mal seh'n, ob ich's überhaupt bis zum Kugelstein schaffe, alle Muskeln sind wie verkrampft von der kalten, feuchten Höhle.«
Die Nacht roch nach tausend Gräsern und war zum Ersticken geschwängert mit Schwaden aufplatzender nachtaktiver Blüten. Es war schwül und warm wie ein kupplerisches Liebeslager. Jojo und Lothar erreichten Goethes Gartenhaus. Sie standen vor dem verriegelten Gartentürchen. Jojo rüttelte dran. Lothar stand neben ihr, er zerkaute drei Schmerztabletten auf einmal.
»Scheißalarm! Scheißhöhle! Scheißgartentür!« Mit der Faust schlug er gegen die Holzlatte. Die Tür sprang auf. Sie umrundeten das Gartenhaus, tasteten sich vor in den stockfinsteren Garten, seine Krücke diente Lothar als Blindenstock im Finstern zwischen dem Gebüsch und den Steinen. Aber Lothar gab nicht auf.

Sie arbeiteten sich vorwärts, knorrige Äste zerkratzten Jojos Arm, Lothar verlor sein Barett, und sie mussten nach ihm tasten, dann ging es weiter, Jojo stützte ihn, er klammerte sich an ihr fest, mehr als nötig war.
Der Kugelstein stand da wie eh und je, nicht viel mehr als ein Schatten in der Schwärze der Nacht. Hier, beim Symbol des wankelmütigen Glücks, wollten sie, mussten sie Abschied nehmen. Für wie lange? Bis zum nächsten Urlaub? Bis zum Kriegsende? Für immer vielleicht?
Sie lehnten sich an die Kugel, fuhren mit der Hand über die kalte, raue Rundung. Als ihre Fingerspitzen sich berührten, sprangen Funken auf, stiegen als kleine Flammen himmelwärts. Oder waren es Glühwürmchen? Jojo lehnte ihre heiße Stirn an den kühlen Stein: Ja, er war ihr Stein des guten Glücks. Hier hatten sie und Lothar ihre ersten Liebeserfahrungen gemacht. Hier hatten sie unter Wurzeln und Tuffsteinen im Blechkästchen ihre Liebespfänder vergraben: die Flussmuschelperlenkette, die in Hälften zerschnittenen Passfotos.
»Sollten wir uns jemals verlieren«, sagte Jojo, »ich hinterlass' dir eine Botschaft in dem Blechkästchen unter den Wurzeln.«
Er packte sie bei ihren nackten Unterarmen. »Ich will dich nicht verlieren! Ich will dich besitzen! Auch wenn du sagst, dass man dich nicht besitzen kann.« Der verführerische Duft der hochsommerlichen nächtlichen Wiese und des blühenden Gebüsches wehte sie an. »Komm«, sagte Lothar, »keiner kann uns da sehen, auf der Wiese. Ich will dich ganz. Jetzt und sofort.«
Sie lagen im Gras. Eine atemlose Weile waren sie ganz still. Jojo, auf ihre Ellbogen gestützt, spähte nach allen Seiten, aber ringsum war nur Stille und Schwärze.
Ohne Rücksicht drückte er sie ins Gras, richtete sich auf, ignorierte seine Verwundungen, fing an, ihr Kleid aufzuknöpfen, die Haken und Ösen aufzumachen, manche abzureißen. Er schob ihr Kleid hoch. »Streck die Arme nach oben!« Er schob es ihr über den Kopf, zog ihr den Schlüpfer runter, bis sie wie eine nackte Elfe dalag. Die stockfinstere Nacht machte alles unsichtbar, trotzdem

hielt Jojo die Augen fest verschlossen. Was passierte hier mit ihr? Was ließ sie mit sich geschehen?
Tastend fassten ihre Hände nach Lothar, fuhren über bloße Haut, über eins der Pflaster. War er nackt? Er war es, auf den Armen abgestützt über ihr. Ehe sie etwas denken konnte, senkte sein Mund sich auf ihren, heiß und drängend zwang er ihre Lippen auseinander. Das hatte sie nicht erwartet. Sie wollte keinen Zungenkuss. Aber er hatte sich schon Eingang verschafft, erkundete genüsslich ihre Zähne, ihren Gaumen und die speichelnassen Regionen unter ihrer Zunge. Dazwischen schmeckte sie die Bitternis restlicher Aspirinkrümel.
Seine Küsse wanderten weiter, erforschten ihr Ohr, ihre Halsbeuge, die flaumige Kuhle in der Achsel, wanderten weiter, nahmen ihre aufgerichteten Brustspitzen in Besitz, spielten ein nicht enden wollendes Spiel zwischen weichem Liebkosen und wildem Halbverschlingen.
Jojo glaubte, gleich schwänden ihr die Sinne. Ein scharfer Stein schnitt ihr wie ein Messer ins Schulterblatt, selbst diesen Schmerz genoss sie. Alle Bedenken waren abhanden gekommen, sie gab sich Lothar preis, ließ seine Küsse überall zu, ließ sich küssen ohne Scham, in geheimen Bereichen, da, wo nie zuvor einer sie hätte berühren dürfen. Was tat Lothar? Er wühlte sich rein, und sie fing an zu zittern, konnte nicht aufhören zu zittern, sie vibrierte, es zuckte durch alle Nervenbahnen. Sie warf sich hoch, er hielt sie nieder, machte weiter, bis sie explodierte in einem Strom von Tränen und ausquellenden Glückseligkeiten.
»Ich kann nicht mehr!« Er ließ sie nicht aus dem Zangengriff, sie gehörte ihm, er erweckte sie.
»Aufhören!«, schrie sie und drückte seinen Kopf weg von ihrem Venushügel. »Aufhören! Ich kann nicht mehr!«
»Jetzt nehm' ich dich«, stöhnte er. »Das schwör' ich dir, und wenn ich dabei sterbe.« Er lag in höchster Erregung auf ihr, Jojo wollte jetzt auch das Eine – das Einssein von Mann und Frau. Sie umklammerte seinen nackten Rücken, spürte Schweiß und Muskelkraft, spürte die ansetzende Bewegung, die in aller Härte gegen sie

drängte, um zu spalten, was die Chinesen den »himmlischen Granatapfel« nannten. Dann sein Aufschrei. Sein Schmerz warf ihn zur Seite. Neben ihr lag er, japsend in purer Verzweiflung.

Jojo beugte sich über ihn. »Lothar …«

Er stöhnte. »Der Splitter, gottverflucht!« Und trotzdem zog er sie heftig an sich heran, zog sie halbwegs über seinen Körper, fing ihre Hand ein, führte sie an seinem Körper hinunter, dorthin, wo sein pralles Glied war, ungeahnt pulsierend und hart. Sie wollte zurückweichen, aber er ließ sie nicht los. Wie in Trance waren beide. Er presste ihre Finger in den Klammergriff, führte ihre Hand im sexuellen Rhythmus. Er stöhnte in Wonne und Schmerz, sie weinte vor Aufregung, ihre Tränen tropften auf sein Gesicht, was seiner Lust neuen Schub gab. Sein Griff wurde härter, er hielt ihre Hand unausweichlich fest über der pulsierenden Hitze, er atmete scharf, das Tempo wurde wilder, er schrie und stöhnte auf. So hatte sie noch nie einen Mann gehört. Etwas Warmes lief ihr klebrig über die Finger. Dann sackte er zurück, ließ sich neben sie fallen.

Stumm und außer Atem lag Lothar da, wie gefällt, und Jojo beugte sich über ihn. Schließlich flüsterte er in glücklicher Ermattung: »Jojo … meine chinesische Porzellanpuppe …«

Jojo warf sich neben ihn ins Gras, erschöpft, mit vibrierenden Nerven, an den Halmen wischte sie verstohlen ihre Finger ab.

»Wenn ich das nächste Mal hier bin, ohne Splitter, ohne Krücke und ohne Aspirin, dann nehm' ich dich ganz, Jojo. Dann fress' ich dich mit Haut und Haar.«

»Ich werde auf dich warten – wenn ich kann.«

»Du meinst, wenn kein anderer, kein Besserer kommt?« Misstrauen, Eifersucht flackerten auf.

»Ich meine, wenn ich nicht vorher tot bin.«

»Nein, Jojo, sag das nicht! Du darfst dir nicht die Pulsadern durchschneiden. Du musst leben … für mich.«

Es gab nichts Trübseligeres als diesen Weihnachtsabend im Jahr 1944.

Kein Weihnachtsbaum in der »Pension Weimar«, wie all die Jahre.

Tante Mali und Hannelore waren verreist. Nach Breslau, zur Kriegstrauung von Wolf mit seiner hochschwangeren Krankenschwester.
Jojo und ihre Mutter saßen allein im Turmzimmer am Tisch mit einer halben Kerze, einem Tannenzweig und einem aufgestellten Foto des Fähnrichs zur See Alexander. Heilige Nacht. Eine eisige Nacht. Achtzehn Grad unter null. Trotz Feuer im Kachelofen mit gemopsten Briketts aus dem Kohlenkeller strich ein kalter Luftzug durch den Raum. Der Flackerschein der Kerzenflamme tanzte auf Wanda Jordans Silberbluse, auf den schimmernden japanischen Perlen an ihrem Hals, spiegelte sich wider in ihren leeren winterhellen Augen. Auch in Jojos hellen Augen tanzte die Flamme und glänzte auf der weißen Fallschirmseide ihres von Frau Rollmann geschneiderten Kleides. Der unruhige Kerzenschein brachte magisches Leben in das fotografierte Gesicht von Alexander. Der lächelte sein weltmännisches Lächeln und sah die beiden mit spottlustigen, schiefergrauen Augen an. »So schiefergrau wie die Nordsee«, hatte Hannelore einmal zu ihm gesagt. Wann? Vor Ewigkeiten! Als er das letzte Mal auf Urlaub hier war, er und Heiko, da war auch Weihnachten gewesen, vor zwei Jahren.
Im Volksempfänger sangen die hohen Stimmen eines Jungmädelchors »Kling Glöckchen, klinge-linge-ling, kling Glöckchen, kling«. Jojo stand auf und holte aus der Wäschekommode eine versteckte Flasche Rotwein. »Mama, jetzt feiern wir!« Sie stellte die Flasche auf den Tisch. »Die hat mir mein Chef nicht zu Weihnachten, sondern zum ›Lichtfest‹ geschenkt. Stammt noch aus alten OT-Beständen von der Westfront.« Mama nahm die Flasche in die Hand, besah das Etikett. »Der ist aber nobel, dein Chef!« Der und nobel!, dachte Jojo für sich und verschwieg, dass der Chef sich beim Diktieren mit Vorliebe hinter sie stellte und über sie gebeugt in ihren Ausschnitt gierte.
»Ein alter französischer Burgunder.« Wanda Jordan tippte mit dem Finger auf die Jahreszahl. »Sieh mal den Jahrgang!« Dann fiel ihr Blick missmutig auf ihren schwärzlichen Finger mit schwarz gerändertem Nagel und sie streckte Jojo die gespreizte Hand hin:

Alle Fingernägel waren schwarz gerändert, und in jeder Rille der Haut haftete schwarzes Öl. »Sieh dir meine Hände an! Man kann schrubben, so viel man will, die werden nicht mehr sauber. So weit ist es mit mir gekommen! Rüstungsarbeiterin im Sauckel-Werk! Ich steh' von morgens bis abends an der Stanze, während du schick als Vorzimmerdame in einem modernen Büro bei der Organisation Todt sitzt. Hast *du* ein Glück mit deiner Kriegsdienstverpflichtung!«

»So toll ist das auch nicht. Ich hocke da und tippe den ganzen Bürotag lang total schwachsinniges Zeug.« Jojo ging zur Tür. »Ich hol' schnell zwei Weingläser. Ich spionier' auch mal gleich unten in der Speisekammer, ob noch 'n Käse da ist von unsrer Ration.« Und schon war sie zur Tür hinaus.

Sie fegte die Treppe hinab und unten durch die Küche in die Speisekammer. Hier erwischte sie Tante Frieda beim Butterklauen. Jojo blieb stehen, hielt den Atem an. Tante Frieda säbelte von jedem Butterstück der Pensionsgäste eine hauchdünne Scheibe ab, häufte die Beute auf ein Brot in ihrer Hand und biss dann wollüstig in den Butterberg. Jojo sagte: »Guten Appetit!« Tante Frieda schnellte trotz der Gicht im Bein herum. Sie sah ziemlich entsetzt aus. Jojo musste über den »Volksschädling Tante Frieda« lachen und erpresste die Ertappte gleich: »Ich sag's keinem, wenn du mir ein Stück Käse gibst. Hast du bestimmt irgendwo versteckt.« Den Käse erhielt sie und auch noch ein Stück frisches Brot, ein hart gekochtes Ei und ein Glas eingemachte Erdbeeren. Tante Mali war ja nicht da. »Hier, tu 'n Küchentuch drüber, braucht ja nicht jeder sehen!« Jojo sagte: »Fröhliche Weihnachten!«, und verschwand mit den Schätzen aus der Speisekammer. In der Küche saß Frau Pusch schnarchend am Tisch vor ihrem kalt gewordenen Tee.

Jojo huschte die Treppe hoch. Im Parterre stand der Tierarzt, einbeinig und verloren in der offenen Tür des kleinen Zimmers, auf eine Achselkrücke gestützt, das leere Hosenbein mit Sicherheitsnadeln hoch gesteckt. »Fröhliche Weihnachten!«, rief Jojo automatisch, dann wurde sie rot und blieb stehen. »Entschuldigung, ich meine ... äh ...« Eberhard grinste über ihr Gestotter, doch kämpfte er sichtlich gegen weihnachtliche Rührseligkeit. »Sag's nur: Gesegnete Scheißweihnachten! Meine Hannelore ist ab nach Breslau.« Er hob den Beinstumpf. »Überlässt mich hier dem Stumpfsinn! Wolf heiratet ein junges, hochschwangeres Weib und ich kann bei keiner kalbenden Kuh und keiner Stute beim Fohlen mehr den Geburtshelfer machen.« Jojo fehlten die Worte. »Weißt du, wo noch 'ne Flasche Bier sein könnte?« Jojo wusste es. Tante Mali hatte immer in der Waschküche eine eiserne Ration Ehringsdorfer versteckt, für Wolf, wenn der plötzlich auftauchte. »Ich hol' Ihnen eins.« Jojo stellte ihre Schätze auf der Treppenstufe ab und brachte ihm aus der Waschküche schnell und außer Atem das Bier. Er griff nach der Flasche, öffnete sie mit den Zähnen, ließ das Bier in sich hineinlaufen. Das tat gut! Er betrachtete Jojo anerkennend, wie eine prämierte Edelkatze. »Weißt du, wie toll du aussiehst in der weißen Fallschirmseide und mit der Lockenpracht?« Das war bestimmt nicht sein erstes Bier heute Abend. »Du bist mein Weihnachtsengel!« Jojo wehrte lachend ab: »Nein, nein, Weihnachtsengel sind blond!«

Gegenüber kam die eine der üppigen rheinländischen Blondinnen mit ihrem schreienden Säugling aus dem Zimmer. »Der schreit un' schreit un' schreit«, rief sie. »Der hat bestimmt was im Gedärm, gibt's nich wo 'n Arzt?«

»Hier! Bin aber Tierarzt.«

»Is' ja egal. Schaun Se den Bubi doch mal an!« Jojo verschwand ins Esszimmer, um die Gläser zu holen, und hörte noch den Tierarzt sagen: »Komm' Se, ich mach' ne Praxis für Kleinlebewesen auf.« Im Esszimmer kam Jojo sich vor wie in einer Kneipe. Am Tisch vor dem Velourvorhang wurde gequalmt wie aus Schloten, wurden Karten gekloppt, Schnaps gesoffen und laut gelacht. Eine dicke Frau mit Zöpfen, zwei zerfurchte, bärtige alte Männer und noch eine Frau, die Jojo anlachte; ihr fehlte vorne ein Zahn. Das waren die Russlanddeutschen von der Wolga. Man hatte sie »heim ins Reich« geholt, und jetzt warteten sie, zwangseinquartiert in der »Pension Weimar«, auf Landzuweisung im Warthegau, wo schon die Rote Armee einbrach. Jojo holte die Weingläser aus

dem Büfett. Die dicke Frau sprach Jojo an, lud sie zum Mitspielen ein. Sie bot ihr Schnaps an, drängte ihr eine Zigarre auf und redete mit dramatisch rollendem »R«. Jeder Satz endete mit »Kindchen«, »Herzchen« oder »Liebchen«. Jojo nahm dankend die Zigarre, verschwand mit »Frohe Weihnachten!« und den Gläsern aus dem Esszimmer, sammelte ihre Schätze von der Treppenstufe auf und eilte nach oben zu ihrer trübsinnigen, einsamen Mutter.
Sie stellte die Gläser auf den Tisch, den Käse, das Brot, das hart gekochte Ei und die eingeweckten Erdbeeren. Mit dem Korkenzieher öffnete sie die Flasche, goss den tiefroten Wein in die Gläser. Sie warteten nicht, bis der alte französische Burgunder seine Blume entwickelt hatte, sondern stießen gleich an und tranken.
»Und jetzt die Geschenke!«
»Erst du!«
»Nein, Jojo, erst du!«
Jojo überreichte ihrer Mutter eine Mappe mit selbst gezeichneten Bleistiftskizzen: Motive aus China und Japan, sehr persönlich empfunden, sehr persönlich im Stil. Sie hatte schon immer das Talent, mit dem Bleistift umzusetzen, was sie mit dem inneren Auge sah. Wanda Jordan liefen die Augen über, denn sie entdeckte in den Skizzen die paradiesischen Plätze, die Glücksmomente eines verlorenen, reichen Lebens: das Haus mit den zwei Kokospalmen am Jang-tse-kiang, Vati im Kontor mit dem chinesischen Angestellten, die schöne Wanduschka in Ballrobe mit erhobenem Sektglas, Alexander und Jojo gemeinsam auf einem Strandesel am Gelben Meer, der dicke Number-one-Boy mit seinem winzigen Sohn, der auf der Mütze Dämonen zur Abwehr böser Geister aufgenäht hatte, Hund Strupps mit angelegten Ohren vor einer Katze ... Ganz versunken in die Erinnerungen, wandte Wanda Jordan sich ihrer Tochter zu. »Danke, Jojo, du hast mir mit deinen Bildern gezeigt, dass man für das Glück, das man erlebt hat, dankbar sein muss, auch wenn es verloren ist.«
Jojo gestand: »Ich hab' die Zeichnungen alle heimlich bei der OT gemacht, immer wenn der Chef auf Außendienst und im Büro nichts los war. Ich bin dabei oft in wahre Tagträume verfallen,

hab' mir vieles wieder vor Augen gerufen, von dem die hier keine trübe Ahnung haben. Die riesigen Schmetterlinge in Pei-tei-ho, weißt du noch? Und die Berge von rotseidenen Sofakissen mit den prunkvoll gestickten Drachen als Geschenke zu Chinesisch Neujahr. Und der chinesische Fiedler am Straßenrand, der uns mit seinen lang gezogenen Tönen in den Schlaf gegeigt hat?« Und nach einem kleinen Schweigen: »Mama, das kann uns keiner nehmen.«
Mama nickte in nachdenklicher Rückbesinnung. Dann sagte sie: »Und jetzt mein Geschenk!« Jojo blickte gespannt auf die Mutter, die griff sich in den Nacken und, Jojo traute ihren Augen nicht, machte mit ihren verölten Fingern den Sicherheitsverschluss der kostbaren japanischen Zuchtperlenkette auf, nahm sie ab und hängte sie Jojo um den Hals. Sie küsste ihre Tochter zärtlich. »Du sollst sie haben, Jojo, zu dir passt sie jetzt«, und nach einem Seufzer, »meine Zeit ist vorbei.«
Jojo fasste an die Perlen um ihren Hals. Sie blieb stumm, begriff die ganze Tragweite des Geschenks. »Mama ...«, sagte sie, aber Wanda Jordan saß da, in Nachdenken versunken, und Jojo wusste: Sie dachte an Wolf, den Sohn des Hauses, der zu dieser Stunde Hochzeit feierte mit seiner hochschwangeren Krankenschwester aus dem Lazarettzug.
Endlich hob die Mutter den Blick. »Es gibt Zeiten, da fühlt man sich, als lebe man nicht mehr«, seufzte sie. »Man ist ein Blatt auf einem großen Strom, das dahintreibt.«
»Wieder so 'n Spruch vom weisen Laotse!«, begehrte Jojo auf. »Der hatte auch nichts Besseres zu tun, als weise Sprüche zu erfinden! Der brauchte nicht in einen Rüstungsbetrieb und nicht zur Organisation Todt. Ich glaub' zwar auch an Kismet und Dämonen und so, aber vieles muss man doch selber deichseln.«
Sie goss nochmals Wein in die Gläser, und die beiden teilten sich den Käse. Dann stießen sie wieder an. »Auf Alexander!«, sagte Wanda Jordan. »Wo immer er auch sein mag.« Sie blickte auf sein Foto, und schon liefen die Tränen in Bächen über ihr blasses Gesicht. »Ob er noch lebt? Wir warten schon seit Wochen auf Feldpost von ihm.«

Aus dem Volksempfänger erklangen jetzt von Soldatenchören gesungene Lieder: vom »Gott, der Eisen wachsen ließ« und »Sind der Feind' auch noch so viel, verzage nicht im Schmerze«. Jojo verschlang das hart gekochte Ei, denn Mama meinte, es würde ihr schwer im Magen liegen. Jojo sagte: »Der Mensch hält mehr aus, als er denkt – das ist doch auch der Wahlspruch von Tante Mali!«

»Die ist jetzt in Breslau …«

Sie tranken stumm, und Jojo wusste, dass ihre Mutter wieder an Wolf dachte. Wolf, für den sie fast alles in ihrem Leben verspielt hatte. Wolf, den sie heute endgültig an eine andere Frau verlor. Sie gab sich der Trauer hin über das entschwundene Glück, über die verschwendeten süßen Jahre der Jugend. Sie dachte an das lang vergangene Herrenleben im fernen China, an die unheilschwangere Zukunft, an die Ungewissheit von Leben und Tod.

Auch Jojo tropften Tränen vom Lidrand. Lothar … Lothar … Lothar … Nur im Traum kam er zu ihr mit heftiger Liebessehnsucht und machte sie schwach. Wo war er wohl? An der Ostfront fanden Panzerschlachten statt, Großoffensiven der Roten Armee. Jede Woche schrieb sie ihm zwei Briefe, jetzt war schon lange keine Feldpost mehr gekommen. Sie hob das Glas: »Ich trinke auf Lothar.« Die Mutter stieß mit ihr an, sie kaute Käse. »Auf Lothar!«

Glocken erklangen im Radio, der Sprecher des Deutschlandfunks kündigte die große Weihnachtsringsendung an. Eine Orgel setzte bombastisch ein.

Sie tranken weiter und stießen an im Gedenken an die, die tot waren: Heiko, der liebenswürdige Halbjapaner mit seinen Paketen und Luxusgeschenken, war in Italien gefallen, nördlich von Florenz, von einem Tiefflieger abgeknallt. Tante Emily war beim Angriff auf Berlin ums Leben gekommen. Und sie tranken auf den posthum verehelichten Celino Demjensky und auf die beiden gefallenen Brüder von Mechthild sowie den abgeschossenen Sohn des Kommerzienrats.

In der Ringsendung des Deutschlandsenders erhob Reichspropagandaminister Dr. Joseph Goebbels seine fanatische Stimme.

»Über die Gräber vorwärts!«, forderte er. »Die Toten sind stärkere Heere, sie schreiten uns voran ...« Jojo und ihrer Mutter verging die Lust an Rotwein, Käse und Brot. »Im Lärm der Schlachten des Krieges gingen sie von uns ... beim Dröhnen der Glocken eines siegreichen Friedens werden die Toten zu uns zurückkehren.«
Die Toten werden zu uns zurückkehren?, sinnierte Jojo. Wie denn? Als Geisterreiter der Apokalypse vielleicht? Heiko, Demjensky, Mechthilds Brüder? An so was glaubt dieser Goebbels doch selber nicht! Zum Schluss rauchte Jojo die geschenkte Zigarre und musste husten.
Endlich war Goebbels still. Wieder dröhnte eine Orgel. Von dem schweren Wein hatten beide einen schweren Kopf. »Hast du morgen Schicht?«, fragte Jojo.
»Gott sei Dank nicht. Nur die Zwangsarbeiter müssen auch an Weihnachten arbeiten. Ich hab' einen Polen getroffen, netter Kerl, hab' Polnisch mit ihm gesprochen, der war ganz begeistert. Der Vorarbeiter hat mir aber gleich 'ne Verwarnung angedroht.« Sie gähnte. »Morgen kann ich mal ausschlafen. Nachmittags geh' ich zum Feiertagsvortrag der Dante-Gesellschaft über Lorenzo de Medici Il Magnifico. Man muss sich geistig einfach mal mit anspruchsvolleren Dingen beschäftigen, sonst dreht man ja durch. Der Vortrag ist übrigens im Sophienstift.«
»Oh Gott, im Sophienstift!«, sagte Jojo und sah sich im Geiste einen Moment vor der riesigen, fremden deutschen Klasse stehen, das Kind, das aus China kam, im pflaumenblauen Häkelkleid und der Schleife im Haar. Jetzt gähnte auch Jojo, das Turmzimmer fing an, sich ein bisschen zu drehen.
»Ich muss morgen um sechs aufstehen, hab' ab sieben Uhr Telefondienst. Bin auch eine Zwangsarbeiterin.«
»Jojo, wo sind wir bloß hineingeraten!« Sie gingen schlafen. Heute hörten sie nicht einmal mehr Radio London.

Durch dichtes Schneegestöber – es war noch stockfinster wie in tiefster Nacht – stapfte Jojo in Fuchspelz und Russenstiefeln, die

Strickmütze tief ins Gesicht gezogen, durch den Schnee. Es war früh um sieben am ersten Weihnachtsfeiertag. Die wuchtigen Blöcke des Gauforums standen wie drohende, schwarze Schatten in der Dunkelheit. Ausgerechnet hierher, hinter die bombastischen Quadersteine im Führerstil, hatte man Jojo kriegsdienstverpflichtet.

Herausgerissen aus dem unbeschwerten Leben in Wien, bei der kuriosen Massenmusterung halb nackter Studentinnen als kriegsdiensttauglich eingestuft, war sie ins Räderwerk des von Goebbels inszenierten totalen Kriegs geraten. Sie war hierher geordert worden, als sprach- und stenokundige Einsatzkraft bei der Organisation Todt. Es hatte kein Ausweichen mehr gegeben, kein Abrakadabra und kein Vitamin B, wobei B für Beziehung/Bestechung stand. Vor zweieinhalb Monaten hatte sie hier ihren Dienst antreten müssen: Sechzigstundenwoche, jeden Tag von sieben bis halb sieben, eine Stunde Mittagspause, sonnabends von sieben bis halb drei. Von der Organisation Todt wusste Jojo zuvor aus Wochenschauen gerade mal: die bauten Bunker und Rollbahnen und so. Aber sonst hatte sie keinen Schimmer, was das für eine Behörde war. Jetzt wusste sie es.

Sie zeigte dem Posten am Eingang ihr OT-Dienstbuch, ging mit klickenden Stiefelabsätzen die breite Treppe hoch und den weitläufigen, spärlich erleuchteten Gang entlang, vorbei an zahllosen hohen Fenstern mit herabgezogenen Rollos bis zu ihrem Büro. Mit einem Spezialschlüssel schloss sie auf, ohne Blick auf das Schild, das kannte sie auswendig: »Einsatzgruppe Kyffhäuser/ Organisation Todt. Bau-OT Einsatzgruppenleiter II. Dipl.-Ing. Alfred Kiesel. Anmeldung: Frl. Josefa Jordan.«

Durch die Tür hörte sie schon das dringliche Schrillen. Auf ihrem Schreibtisch läutete das Diensttelefon. Das Verdunkelungsrollo war noch unten. Sie knipste die Tischlampe an, zog den Pelz aus, schüttelte die Schneeflocken ab, hängte den Mantel in den Spind, zog die Mütze ab und schüttelte die Reste vom Schneegestöber auch aus den Haaren, die sich aufkringelten und hochstellten. Das Klingeln brachte Jojo nicht die Spur aus der Ruhe, sie wusste schon, da würde sich wieder irgendeine Dienststelle beschweren. Sie hob den Hörer ab und sagte: »Hier Kyffhäuser ...« Ehe sie sich vollständig melden konnte, schrie eine Männerstimme unter Nebengeräuschen in die Leitung: »Hier Projekt Nashorn/römisch drei. Auf der Baustelle is' eine Bombe hochgegangen! Zwölf Tote, achtzehn Verletzte! Vermutlich Sabotage! Bei der OBL is' niemand zu erreichen. Wegen Feiertag. Zwei Hauptbagger kaputt, Sprit ausgelaufen, die Schienen für die Loren verbogen.« Der OT-Bauführer forderte umgehenden Ersatz, umgehend!

Jojo stenografierte alles mit, der Bericht war gespickt mit Codewörtern und sie schloss unschwer daraus: Das war das Geilenbergprogramm, Verlegung eines Rüstungswerks unter die Erde.

»Und Schaufeln!«, schrie der OT-Mann in die Leitung, »wir brauchen Schaufeln und Pickel. Und mindestens dreißig Mann Ersatz. Können auch Häftlinge sein.«

Jojo notierte den codierten Standort, den Namen des OT-Bauführers, die Telefonverbindung. »Ich leite Ihre Meldung sofort weiter.« Jojo hatte keine Ahnung, an wen. Alle feierten Weihnachten.

Kaum hatte sie aufgelegt, schrillte der Apparat erneut. Jojo meldet sich korrekt mit: »Hier Kyffhäuser, Bau-OT-Einsatzgruppenleiter zwo, Ingenieur Kiesel.«

Eine heiße Meldung: Im Privatbunker von Gauleiter Sauckel tröpfelte es. Die Drainageleitung war offensichtlich nicht genügend verfüllt. Das musste sofort bereinigt werden. »Sofort! Aber sofort!« Jojo hörte die Panik in der Stimme des Schadensmelders, dem Versetzung an die Front drohte, wenn das Tröpfeln nicht sofort, aber sofort behoben wurde. Jojo wusste auch nicht, an wen sie das weiterleiten sollte. Sie rief diverse Dienststellen an. Dort meldeten sich Aushilfstelefonistinnen oder überhaupt niemand.

Sie beschloss einfach abzuwarten. Jetzt war es kurz nach acht. Sie ließ das Rollo hochschnappen, auch die Rollos im Chefbüro, mit dem schräg gestellten, hellen Massivholzschreibtisch und dem OT-Emblem als kleiner Standarte darauf. An der Wand das obligatorische Führerbild. Sie stellte sich ans Fenster, sah hinaus auf den Adolf-Hitler-Platz im Schneegestöber des aufgrauenden Tageslichts. In dem lang gestreckten Bau gegenüber befand sich das Arbeitsdiensterfassungsamt. Die schickten Jojo in Abständen Mahnungen, sich zum Arbeitsdienst zu melden. Jojo tat das nicht, bei Behörden wusste man nie, welche stärker war. Sie wartete immer noch stur darauf, dass eine Bombe in deren Kartei fiel. Sie ging zu ihrem Schreibtisch und setzte sich. Es waren zwei Schreibtische, gegenübergestellt, am anderen saß sonst das Fräulein Meißner, zweite Arbeitskraft und drei Soldstufen unter Jojo.

Jojo notierte am Telefon weitere Chaosmeldungen. Dann mopste sie sich wieder, blätterte aus Langeweile in ihrem OT-Dienstbuch. Ihr Foto fand sie richtig doof. Ein paar Seiten weiter war der OT-Zehnpunkte-Pflichtenkatalog abgedruckt, den hatte sie noch nie gelesen.

Punkt eins des Pflichtenkatalogs sagte, die Kraft der Werkschar-OT liege im nationalsozialistischen Arbeitsethos. Zucht, Gehorsam, Disziplin wurden unter Punkt vier verlangt, und wie der OT-Angehörige zu sein habe, stand unter dem nächsten Punkt: aufrecht und treu, selbstbewusst, aber doch bescheiden, ehrlich, aber verschwiegen – ein Vorbild deutschen Arbeitertums. Dem Feigen wurde unter dem nächsten Punkt die Verachtung und die Vernichtung angedroht. Punkt zehn war simpel: Der Wahlspruch der OT lautet: Der Führer hat immer Recht!

Was für ein Schwachsinn! Die Organisation Todt – ein Vorbild für deutsches Arbeitsethos? Da hatte Jojo einen völlig anderen Einblick bekommen. Im Arbeitseinsatz standen ganz andere Leute. Die deutschen OT-Bauspezialisten und OT-Techniker hatten gigantische Aufgaben zu bewältigen, was nur mit einem Heer von Hilfskräften ging. Jojo hatte ihren Augen nicht getraut, als sie die Einsatzlisten und Statistiken zum Abheften in die Hand gedrückt bekam: Hunderttausende Fremdarbeiter arbeiteten für die OT und Zwangsarbeiter: russische Kriegsgefangene, KZ-Häftlinge, Juden, Halbjuden, Zeugen Jehovas, Homosexuelle, Zuchthäusler, Wehrunwürdige und Asoziale – zur Arbeit angetrieben von bewaffneten SK-Leuten, die im dauernden Kompetenzenstreit mit der SS lagen. Jojo hatte die Nase voll. Die Deutschen waren nicht anders als die Chinesen, ließen Zwangsarbeiter und Häftlinge für sich schuften, bis diese umfielen. Was galt schon ein Menschenleben? Was scherte das den Führer? Es starben ja auch an der Front täglich Zehntausende, und täglich zu Tausenden Frauen und Kinder unter den Bomben. Und genau wie in China: Wer ein Wort dagegen wagte – Kopp ab! Oder wie in Russland: einfach alle erschießen! Jeden Tag klebten an den Litfaßsäulen die roten Plakate mit der Verkündigung der Hinrichtung von Volksgenossen wegen Verstoß gegen das Heimtückegesetz. Wer ist hier heimtückischer als wer?, dachte Jojo. Und Mama hielt noch immer die deutsche Geisteskultur hoch. Sie war der Meinung, es gebe zwei Deutschland. »Was wir hier miterleben, Jojo, ist nicht deutsch! Das ist großgermanischer Blutrausch!« Sie ging weiter zu Vorträgen über Schiller und Goethe wie andere geistig Interessierte auch, oder so wie heute zu Lorenzo de Medici Il Magnifico in der Dante-Gesellschaft.

Das Telefon schrillte wieder und riss Jojo aus ihren Gedanken. Wieder stenografierte sie alles mit. Ihr Magen rumorte, sie hatte heute nichts gefrühstückt. Beim Stenografieren sah sie den abgesplitterten Lack an ihren Nägeln. Zum Glück hatte sie immer ein Fläschchen im Schubfach, sorgfältig lackierte sie die hochroten Fingernägel nach. Da läutete von neuem das Telefon. Sie wedelte die Hände abgespreizt durch die Luft, konnte nicht abheben, da der Lack noch nicht trocken war.

Überraschend tauchte etwas später der Chef auf, OT-Einsatzgruppenleiter Diplomingenieur Alfred Kiesel. Es war zehn Uhr, Gott sei Dank war der Nagellack trocken! Sein Aussehen traf Jojo jedes Mal in die Magengrube: diese Uniform mit den goldbestickten Abzeichen, am Oberarm die Hakenkreuzbinde, auf der Brust Parteiabzeichen und Kriegsverdienstmedaille, auch an der Mütze viel Gold, Schusswaffe am Koppel um die massige Taille. Jojo wusste genau, warum er hier war, warum er solchen Diensteifer demonstrierte am ersten Feiertag des »Lichtfestes«. Dabei hatte er zu Hause im schönen Einfamilienhaus eine treudeutsche Frau und

drei kleine Kinder zum Feiern. Der Grund war Jojo! Heute hatte er die seltene Gelegenheit, den ganzen Tag allein mit ihr im Büro zu verbringen, mit diesem Fräulein Jordan, der »exotischen Blume aus dem fernen China«, wie er mehr als einmal gesagt hatte.
Beim Eintreten nahm er die Mütze ab, hängte sie auf den Garderobenständer, griff Jojo unters Kinn und sagte: »Frohes Lichtfest, Fräulein Jordan!«
Jojo drehte ihr Kinn weg, blitzte ihn frostig an: »Fröhliche Weihnachten!« Eigentlich war er ein gut aussehender Mann, groß, dunkelblond, vollblütig, etwas verfettet, Mitte vierzig. Aber er war ein echter Drückeberger, Held der Heimatfront, u.k., also unabkömmlich.
Diplomingenieur Kiesel nahm Jojos Hand und – das war das Beste vom ganzen Tag – drückte ihr eine Schachtel Salem-Zigaretten hinein.
»Danke, Chef«, sagte Jojo höflich. »Der Rotwein hat auch gut geschmeckt, ich hab' ihn mit meiner Mutter getrunken.«
Er stützte sich auf ihren Schreibtisch, beugte sich herab. »Wir beide könnten ja auch mal eine Flasche zusammen trinken, Fräulein Josefa.« Dazu ein plumper Schlafzimmerblick.
Jojo stand auf und fuchtelte mit ihrem Stenoblock. »Ich hab' Massen von Schadensmeldungen und Anforderungen.«
Er fasste sich an den Scheitel. »Also, dann mal los! Lesen Sie vor!«
Jojo las von ihrem Stenogramm ab, er dicht hinter ihr, beugte sich über ihre Schulter, mit Blick auf den Block, als ob er das lesen könne. Jojo referierte die Meldung vom Projekt Nashorn, wo die Bombe hochgegangen war.
»Na ja«, sagte er, seinen Atem dicht an ihrem Hals, so dass die Angorafäserchen ihres Pullovers sie kitzelten, »ich werde da was in die Wege leiten.«
Sie las weiter vor und geriet manchmal ins Stottern, wenn er ihr zu nahe kam. Sie spürte, wie ihn das amüsierte. Von allen Chaosmeldungen hob sie die schlimmste bis zuletzt auf.
Er hatte bisher gute Nerven gezeigt, aber jetzt versetzte sie ihm mit der Meldung, dass im Privatbunker von Gauleiter Sauckel

Wasser tröpfelte, einen Schock. Sie machte eine berechnete Pause, und Diplomingenieur Kiesel reagierte entsetzt: »Das darf doch nicht wahr sein!«
Jojo blieb ganz kühl: »Der Beschwerdeführer hat gesagt, die Drainageleitung sei nicht gut genug verfüllt. Es tröpfelt …«
Kiesel blaffte sie an: »Suchen Sie sofort die Unterlagen raus!« Er stürzte zu seinem Schreibtisch, riss den Telefonhörer hoch. Jojo legte ihm die Unterlagen hin, die sie mit einem Griff aus ihrer Kartei gezogen hatte. Der Chef ließ die Drähte glühen, Jojo aber ging in ihr Vorzimmer und rauchte mit Hochgenuss eine Salem. Frühstücksersatz.
Nach hektischem Hin und Her hatte Kiesel einen Soforttrupp organisiert, selbstverständlich musste er diese Maßnahme persönlich überwachen. Er war hochrot im Gesicht und wütend über den verpatzten Tag mit Fräulein Jordan allein im Büro. Er schnallte Koppel und Pistole um, setzte die Mütze auf, hielt die Handkante senkrecht vors Gesicht, ob die Mütze auch vorschriftsmäßig saß und mokierte sich dabei über die Empfindlichkeiten des Herrn Generalbevollmächtigten Sauckel, der wohl nicht wisse, was Härte im Bunker sei. Er wohne ja verweichlicht zwischen Seidentapeten. Der habe ja sogar seine Villa mit einer alten Windmühle zusammengebaut, weil er residieren wolle wie der Alte Fritz in Schloss Sanssouci.
Die Bürotür fiel hinter ihm zu, und Jojo war ihn los. Sie zündete sich die nächste Zigarette an und holte ihr Feldpostpapier heraus. »Lothar, mein geliebter Lothar, wo bist du? Ich vermisse dich. Es ist Weihnachten und ich habe Dienst. Letzte Nacht habe ich von Dir geträumt. Ich habe in Deinen Armen gelegen und Du hast mich geküsst …«
Das Telefon schrillte. Sie musste eine neue Katastrophenmeldung mitstenografieren.

Bei Vogelfunds machte dasselbe Dienstmädchen auf wie immer. Jojo und Frau Jordan klopften sich auf der Fußmatte vor der Wohnungstür den Schnee von den Russenstiefeln, da kamen auch

schon Herr und Frau Vogelfund zur Begrüßung in den Flur. Sie warfen eine schlecht verhehlten, missbilligenden Blick auf die Luxuspelze von Jojo und Frau Jordan, die das Dienstmädchen an den Haken hängte. Das Ehepaar Vogelfund führte die beiden ins Weihnachtszimmer, wo Jojo und Mutter pflichtschuldig bewundernd vor dem prachtvollen, großen Weihnachtsbaum verharrten, der über und über behängt war mit den Ansteckfiguren des Winterhilfswerks aller vergangenen Jahre. Der Tisch war, als hätten die Zeiten sich nie geändert, mit Meißner Porzellan im Streublümchenmuster auf einer handgestickten Kaffeedecke mit ebensolchen Blümchen gedeckt. Herr und Frau Vogelfund waren wie immer und doch anders. Regierungsdirektor Vogelfund hatte neue Furchen von den Mundwinkeln abwärts, und seine wie festgezurrten, hochgezogenen Augenbrauen verliehen ihm ein dauerbesorgtes Aussehen. Der schwergewichtigen Frau Vogelfund standen kleine Schweißtropfen auf der Stirn, ihr aufgestecktes Haar war stark mit Grau durchzogen, ihre braunen Augen zeigten in verwirrendem Wechsel Schwermut und fanatischen Willen.
Mama überreichte als Mitbringsel ein hübsch aufgemachtes Büchlein mit Fotos aller Weimarer Brunnen.
»Wo ist Mechthild?«, fragte Jojo.
»Sie kommt sicher gleich«, sagte Frau Vogelfund.
Man bedankte sich für das Buch. Jojo schlug die Seite mit dem Neptunbrunnen auf. Sie wüssten sicher, was die Inschrift bedeute: »Quos ego«. Aber die Vogelfunds wussten das auch nicht. Mama trat zu der Vitrine an der Seitenwand, auf der neben dem Weihnachtsgesteck in Standrahmen und mit Trauerschleife die zwei Fotos der gefallenen Söhne aufgestellt waren. Auf Samtkissen lagen die ihnen verliehenen Kriegsauszeichnungen. An der Wand darüber hing wie eh und je das Porträt des Führers: Sein Blick sah herrisch über alles hinweg in eine großartige Zukunft, verklärt und visionär.
Die Vogelfunds berichteten »in stolzer Trauer«, wie es auch in den Anzeigen immer hieß, vom Heldentod ihrer beiden Söhne. Deren Opfermut war ihr ganzer Trost.

»Und wo ist Mechthild?«, fragte Jojo erneut. »Ich hab' sie Ewigkeiten nicht mehr gesehen.«
»Vielleicht hat sie sich ein bisschen hingelegt.«
Mechthild hatte sich hingelegt, jetzt, da sie mal zu Besuch kam? Das fand Jojo merkwürdig. Sie setzten sich zu Tisch, Frau Vogelfund nahm die wattierte Warmhaltepuppe mit dem blonden Köpfchen von der Kanne und goss heißen Ersatzkaffee in die Meißner Tassen. Sie reichte dazu Milch, Zucker gab es nicht. »Den hab' ich für die Weihnachtsplätzchen verbraucht«, entschuldigte sie sich. Schon nach einer Tasse Muckefuck war Frau Vogelfunds Gesicht schweißnass. Sie nahm die Serviette zu Hilfe. »Ach, die Wechseljahre«, jammerte sie, »diese Gefühlsschwankungen, die depressiven Verstimmungen …«
Mamas Löffel klapperte in der Tasse. Sie rührte den Kaffee eifrig um, obwohl kein Zucker in der Tasse war, dabei sagte sie: »Gefühlsschwankungen und depressive Verstimmungen – die können gerade in Ihrem Fall auch ganz andere Ursachen haben.«
Herr Vogelfund blockte sofort ab: »Meine Frau ist jetzt in einem schwierigen Alter. Aber das geht von allein vorbei.« Als Frau Vogelfund seufzte, sagte ihr Gatte zurechtweisend: »Mach dich doch nicht selbst verrückt!«
Mama war erschreckt von seiner rüden Art, Jojo sah ihr das an. Echte menschliche Trauer ließ er nicht zu. »Was sagen Sie denn zu der katastrophalen Lage, Herr Vogelfund?«, fragte Frau Jordan jetzt provozierend. »Sie haben doch als Regierungsdirektor genauen Einblick.«
»Die Wunderwaffen, sehr verehrte Frau Jordan, Hitlers Wunderwaffen werden unsere Feinde ringsum das Fürchten lehren.« Wieder klapperte Mamas Löffel in der Tasse. In Jojos Kopf sang Zarah Leander den Kinoschlager: »Ich weiß, es wird einmal ein Wunder geschehn, und es werden tausend Märchen wahr.« Mit unterschwelligem Pathos fuhr Vogelfund fort: »Der Führer ruft uns zu: ›Haltet aus! Es wird doppelt und dreifach zurückgezahlt!‹ Der Führer wird durch den Einsatz furchtbarer, kaum vorstellbarer Vergeltungswaffen in Kürze das Kriegsende herbeiführen.«

»Und was sind das für Waffen?«
»Alles geheim, Frau Jordan, strengstens geheim!«
Da stand sie mit einem Mal in der Tür: Mechthild. Sie war blass und sie kam Jojo ungeheuer fett vor.
»Mechthild! Ich freue mich dich wieder zu sehen!« Jojo umarmte die Freundin und schob sie dann etwas von sich. »Du bist ganz schön dick geworden beim Arbeitsdienst. Deswegen wollt' ich da auch nie hin.«
Mechthild lächelte, wechselte einen Blick mit ihrer Mutter, ihrem Vater, fasste sich an den gewölbten Bauch und sagte stolz: »Ich bin schwanger!«
Jojo konnte es nicht fassen. »Schwanger? In diesen Zeiten?«
»Wir Arbeitsmaiden vom Lager Ilmerode haben uns gemeinschaftlich entschlossen, dem Führer ein Kind zu schenken.«
Jojo und ihre Mutter waren sprachlos. Schließlich fragte Jojo dümmlich: »Und wer ist der Mann ... äh ... ich meine, dein Verlobter ... äh ... vielmehr der Vater des Kindes?«
»Das ist doch egal! Das Kind gehört dem Führer!« Mechthild war in ihrer stolzen Haltung unbeirrt.
»Sind alle Mädels im Lager schwanger geworden?«
Mechthild wurde rot. »Nicht alle.«
»Da muss ganz schön was los gewesen sein! Man weiß ja, dass die Männer- und Maidenlager vom RAD meist dicht beieinander liegen.« Jojo fiel es mit einem Mal schwer, nicht zu lachen.
Mechthild aber meinte es ernst und ehrlich: »Dies ist eine besondere Zeit, spürst du das nicht?« Und ob Jojo das spürte, aber sicher ganz anders als Mechthild. »Wir sind die Elite!« Für Jojo klang das ziemlich pathetisch. »Wir haben Elitebewusstsein. Das ist nicht Überheblichkeit, sondern Aufgehen in Opfer und Pflicht.«
Jojo schaute zum Tisch. Mamas Löffel klapperte, Mutter Vogelfunds Gesicht war hochrot von Wallung und nass von Schweiß, Vater Vogelfund entschuldigte sich, er müsse zur Ortsgruppenversammlung. »Wir haben Führerbefehl, den Volkssturm zu organisieren, da müssen erst mal die Listen aller sechzehn- bis sechzigjährigen Männer aufgestellt werden.«

»Und wann kommt das Kind?«, fragte Jojo. Schon wollte sie sagen: Etwa zum zwanzigsten April, zu Hitlers Geburtstag?
»Im März«, sagte Mechthild und fasste sich wieder an den Bauch mit dem Führerkind, das ihr Triumph war. Sie war besessen von ihrem Glück. Ihr mythischer Glaube an Hitler erfüllte ihr Leben. Sollte man sie bedauern?

Einen Tag vor Silvester, es war Sonnabend, hatte Tante Frieda Frau Jordan und Jojo in ihre von Rebekka Fischbein übernommene Wohnung eingeladen. Sie wollte ihnen zeigen, wie unbeengt sie jetzt mit den schönen Möbeln wohnte. Stolz führte sie ihre Gäste durch die Räume. In das winzige Dachzimmer mit Klo und Kochgelegenheit, eine Treppe höher, wo sie selbst jahrzehntelang gewohnt hatte, waren jetzt drei Flüchtlinge zwangseinquartiert worden: Mutter, Kind und Oma. Tante Frieda führte die schönen Teppiche und die Spitzengardinen vor. Auf die echten Stilmöbel, auf Sofa und Sessel hatte sie haufenweise ihre bunten Häkelkissen verteilt. Nun sah es nicht mehr aus wie bei Frau Fischbein, jetzt sah es aus wie bei Tante Frieda. Aber der siebenarmige Messingleuchter stand immer noch auf Frau Fischbeins Klavier.
»Was die alles dagelassen hat! Na ja, is' ja nur mit einem Koffer weg«, erklärte Tante Frieda. »Sie hat gesagt, in den neuen Siedlungen im Osten soll alles da sein, was nötig ist.«
Jojo und Mama saßen da, nippten am Muckefuck und zerkrümelten den Kuchen mit mehr als ungutem Gefühl. Tante Frieda sagte mit Vorwurf: »Nicht mal 'ne Karte hat sie geschrieben, wie sie es mir versprochen hatte!«
Mama stellte mit einem Mal abrupt die Tasse hin und erklärte kategorisch: »Jojo, mir ist schlecht … Wir gehen. Ich muss mich hinlegen.«
Tante Frieda konnte den plötzlichen Aufbruch gar nicht verstehen, hatte sie doch extra Marmorkuchen gebacken, mit Zutaten wie im Frieden. Aber Frau Jordan wollte nur raus. Und Jojo auch. Sie mussten auf andere Gedanken kommen und flüchteten ins Kino. Aber sie kamen vom Regen in die Traufe. In der Wochen-

schau wurde weiter gesiegt. Der Sprecher begeisterte sich, denn die deutsche Ardennen-Offensive im Westen gab, wie er tönte, allen Volksgenossen neuen Mut. »Welch ein schönes Weihnachtsgeschenk! Unsere Armeen im Vormarsch!«
Jojo und Mama sanken ein Stück tiefer in ihre Kinosessel. Sie wussten von BBC London, dass schwerste amerikanische Luftbombardements den letzten verzweifelten Ausbruch der Deutschen im Westen bereits nach sechzig Kilometern zum Stillstand gebracht hatten.
Der Hauptfilm schließlich brachte Erholung: »Die Frau meiner Träume«, ein Ufa-Farbfilm mit der wirbelnden, tanzenden, temperamentstrotzenden Marika Rökk. Sie schmetterte: »In der Nacht ist der Mensch nicht gern alleine, denn die Liebe im hellen Mondenscheine …«
Ja, das war schön, da konnte Jojo sich wegträumen, in die Liebe, in den Mondschein – bis die Sirenen losheulten und das Leinwandmärchen wie mit einem Filmriss endete, weil alle in den Luftschutzbunker mussten. »Die fliegen wieder über uns weg nach Leuna oder Leipzig«, sagte Mama.
Im Gedränge zu den Kellergewölben hatte Jojo ihre Mutter untergehakt. Sie dachte bedrückt an die Todesengel da oben mit ihrer mörderischen Fracht.

In der »Pension Weimar« atmeten alle auf, denn die Villa-mit-Turm hatte ihre Seele zurück: Tante Mali war wieder da! Mit Tochter Hannelore nach einer chaotischen dreiundvierzigstündigen Bahnreise aus Breslau zurückgekehrt.
Jojo, auf der Küchenbank, sah auf die Uhr: halb elf am Sonntagvormittag, der letzte Tag des sechsten Kriegsjahres. Fast alle hatten sich in der Küche eingefunden, um das Neueste von Wolfs Hochzeit umgehend zu hören. Tante Frieda goss kochend heißen Muckefuck in die Stammtassen auf dem karierten Wachstuch, und Tante Mali verteilte dicke Schnitten von einem aufgetürmten, schlesischen Mohnkuchen, den sie und Hannelore »mit Klauen und Zähnen im Chaos der Reise gegen Raub und Vernichtung

verteidigt« hatten. Wolfs Schwiegermutter hatte ihn nach original oberschlesischem Rezept gebacken: acht Eier, zwei Pfund Butter, Sahne und Zucker und so weiter. Dazu Mohn aus eigener Ernte! Frau Pusch, Mariechen, Tante Frieda, Hannelores Tierarzt, auch Kriegerwitwe Ulla Demjensky und Jojo auf ihrer erhöhten Bank bissen mit Wollust in die saftige, fette Mohnklitsche – es schmeckte wie in Friedenszeiten.

Jojos Mutter stand abseits, innerlich distanziert an die Wand gelehnt, trank ihren Ersatzkaffee im Stehen und aß nichts von dem schlesischen Hochzeitskuchen. Chorsängerin Liane Krauss gesellte sich zu Frau Jordan, auch sie bekam Muckefuck und Mohnkuchen. Sie sah auf Mamas verölte Finger, verzog den Mund und zeigte ihre eigenen Hände, die waren genauso schwärzlich verölt. »Wir opfern alles für den Führer, was?« Seit Schließung aller Bühnen arbeiteten die Chorsängerin und ihre Künstlerkollegen als Kriegsdienstverpflichtete im zur Rüstungsfabrik umfunktionierten Deutschen Nationaltheater.

Also Wolfs Hochzeit! Tante Mali und Hannelore hatten gediegene Verhältnisse vorgefunden: große Altbauwohnung, gutes Bürgerviertel, ein Obst- und Gemüsegarten vom Ausmaß eines Morgens außerhalb der Stadt. Breslau selbst: eine eindrucksvolle, trutzige, alte deutsche Stadt. Die Trauung in der mächtigen evangelischen Kirche: sehr, sehr eindrucksvoll. Ein hervorragender Orgelspieler. Alle hatten geweint. Auch die Braut.

Jojo schaute zu ihrer Mutter hin, wie sie die Schilderung von Wolfs Hochzeit aufnimmt, aber die war nicht mehr da, hatte sich davongemacht.

»Aber einen Dialekt sprechen die da!«, rief Hannelore. »Sonst waren alle sehr, sehr nett.« Hatten ihnen noch eingeweckte Leberwurst und gebratene Ente eingepackt. Der Vater der Braut war irgendwo im Feld, ein Bruder in Stalingrad geblieben. Das Hochzeitsfoto wurde herumgereicht. Das Brautpaar vor dem Kirchenportal. Stabsarzt Wolf zeigte dem Fotografen ein verbissen höfliches Pflichtlächeln, an seinem Arm die schlesische Braut. In Weiß und mit Schleier hielt sie den Blumenstrauß vor den Bauch, starrte

mit verschwollenen Augen in die Fotolinse, als sei ihr das Leben nicht geheuer.
Die zwei Rheinländerinnen kamen mit ihren Wickelkindern in die Küche. Zeit für den Haferschleim. Auch sie wussten von der Heirat des Sohnes ihrer Pensionswirtin, auch sie wollten alles wissen und ließen sich das Hochzeitsfoto zeigen. Die eine machte ein rheinisches Witzchen über den bräutlichen Taillenumfang. »Nu was denn«, lachte sie, »auf meinem Hochzeitsbild seh' ich ganz genauso aus!«
Mitten in dem Kaffeeklatsch verschaffte sich die dicke wolgadeutsche Umsiedlerin Gehör. In Morgenrock und Pantoffeln, mit nachlässig hochgesteckten Zöpfen und Zigarre hatte sie sich in die Küche geschoben. Sie fragte ungeniert, ob »Madamchen Weimar« oder – sie zeigte auf den Tierarzt – das »Herrchen« von »ihr möchten vielleicht Schnaps einkaufen«. Na klar. Hannelore und der Tierarzt wollten Silvester begießen, und auch Jojo stellvertretend für Mama. Wo die Frau den Schnaps herhatte? Danach fragte keiner.
»Wenn jeder sein zugeteiltes Ei und seine Ration Zucker stiftet, dann gibt's heut' zur Silvesterfeier Eierlikör!«, verkündete Hannelore aufgekratzt.

Jojo saß in der Silvesterrunde mit den anderen am großen Tisch und war doch weit weg mit ihren Gedanken. Sie dachte an Lothar und fühlte sich sinnlich, beschwipst und zerrissen zwischen Weinen und Lachen. Sie holte den Eierlikör mit dem Finger aus dem Glas und lutschte ihren Finger ab, das schmeckte schaumig und süß und scharf nach Alkohol.
Oben im Turmzimmer hatte sie mit Mama schon eine Flasche Champagner geleert, vom OT-Chef überreicht mit Schlafzimmerblick. »Mit Ihnen anstoßen, Fräulein Jordan, um Mitternacht, wenn das möglich wär'!« Sie hatte sich kühl bedankt und die Flasche genommen. Dass sie ihm immer die kalte Schulter zeigte, machte ihn heiß. Jojo zündete sich jetzt eine Zigarette an, rutschte auf dem Stuhl hin und her, war in Champagner- und Eierlikörlau-

ne. Immer wieder dachte sie an Lothar ... im Kino mit Lothar ... seine Hände unter ihrer Bluse ... auf der Wiese mit Lothar ... Ihr Körper gab ihr heiße Signale, Röte stieg ihr ins Gesicht, unverhofft fing sie den Männerblick des Tierarztes auf, der direkt ihr gegenüber im Sessel saß. Auch ihm stieg die Röte ins Gesicht. Wie unpassend! Er – mit dem einen Bein! Jojo hatte plötzlich das Gefühl, nackt vor ihm am Tisch zu sitzen. Sie schaute zu ihrer Mutter, ob die etwas gemerkt hatte. Aber Wanda Jordan saß stumm da, blass und ziemlich teilnahmslos, nicht einmal der OT-Champagner hatte sie aus ihrem Tief gerissen.
Die Silvesternacht in diesem Jahr war eine Nacht, in der alle, die noch Boden unter den Füßen hatten, zusammenrückten, und an der die, die neu und heimatlos waren, teilhaben wollten. Kriegerwitwe Ulla Demjensky saß in der Runde, weil sie Angst hatte, oben alleine das heulende Elend zu kriegen. Liane Krauss war mit Gottlieb Schüble wohl das letzte Mal im vertrauten Kreis. Seine Geißlinger Blechbesteckfabrik, die inzwischen die Wehrmacht versorgte, hatte ein Bombenangriff dem Erdboden gleichgemacht. Er war seine Existenz und seine u.k.-Stellung los und hatte schon den Einberufungsbefehl. Ihr Gottlieb! Jetzt noch an die Front! Liane Krauss gab sich theatralisch und klammerte dabei aus, dass es sehr wohl Frau, Kinder und Hund in Geißlingen gab. Aber sie, die Geliebte, würde ihm heute Abend ein besonderes Abschiedsgeschenk machen.
Mariechen hatte gut eingeheizt, denn die wolgadeutschen Umsiedler hatten irgendwo Holz geschlagen. Wo? Das konnten sie nicht beschreiben. Wahrscheinlich im Park, dachte Jojo. Tante Mali und Hannelore sahen dem Jahreswechsel gestärkt entgegen, sie hatten sich nachmittags aufs Ohr gelegt. Die blonden Rheinländerinnen, deren Wickelkinder schliefen, tranken vom Eierlikör, gerieten in Lachlaune und erzählten rheinische Witzchen und Anekdoten.
Die dicke Wolgadeutsche, die magere Frau mit der Zahnlücke und die beiden zerfurchten, bärtigen alten Männer tranken nicht Eierlikör, nur puren Schnaps. Sie qualmten dicke Selbstgedrehte und

spendierten Alkohol für jeden in der Runde. Sie lobten »Madamchen Weimar« für das gute Essen, und sie erzählten von ihrer Heimat weit im Osten, von der großen Wolga und von den endlosen Feldern mit Sonnenblumen. Die Silvesterrunde verstand nur die Hälfte.
Und dann kam die Überraschung des Abends für Gottlieb Schüble. Jojo betätigte die Kurbel am Grammofon, worauf Liane Krauss zur Schallplatte Arien schmetterte: »Mein Herr Marquis, so ein Mann wie Sie« und »Ich bin die Christl von der Post«. Der Chorsängerin mit den Qualitäten einer Solistin klatschten alle begeistert Beifall. Herr Schüble war gerührt, kaum dass er die Tränen zurückhalten konnte im Abschiedsschmerz. Er musste an die Front, sein angestammtes Zimmer bewohnten jetzt bereits die Umsiedler und er nächtigte offiziell in Wolfs Dachkammer, inoffiziell in Lianes Bett, wie sie selbst angedeutet hatte. Muss ziemlich eng sein, dachte Jojo, bei seiner Leibesfülle. Sie legte weitere Schallplatten auf und bediente die Kurbel. Bei den herzerweichenden Schlagern gerieten alle in eine sentimentale Stimmung.
»Wovon kann der Landser denn schon träumen, er hat ja keine Zeit dazu.« Das trieb auch Jojo die Tränen in die Augen. Lothar, was er wohl jetzt macht? Bei »Tapfere kleine Soldatenfrau« schluchzte Kriegerwitwe Ulla Demjensky, und bei »Heimat, deine Sterne« waren schließlich alle in Tränen aufgelöst.
Als »Alle Tage ist kein Sonntag« ertönte, machte Hannelore unter Bächen von Tränen dem Tierarzt Eberhard einen Heiratsantrag, den dieser, bis zum Kragen voll mit Schnaps, auch annahm. Schließlich sang Zarah Leander: »Es wird einmal ein Wunder geschehn.« Sie stießen mit Schnaps an. »Mit den Wunderwaffen werden wir den Krieg gewinnen. Wie durch ein Wunder!«
Kurz vor Mitternacht schaltete Hannelore den Volksempfänger an, denn man wollte Punkt zwölf den Jahreswechsel nicht verpassen. Im Deutschlandsender wurde unter Orgelklängen ein besonderes künstlerisches und ideelles Ereignis angekündigt: das »Preußische Bekenntnis« von Carl von Clausewitz, geschrieben im Februar 1812. Der große Schauspieler Heinrich George war es,

der mit Sprachgewalt das Bekenntnis vortrug. Ergriffenheit. Beklemmung. Keiner konnte sich dem entziehen. Sie lauschten dem gefühlsträchtigen Vortrag, der in makabrer Euphorie gipfelte: »... dass ich mich nur glücklich fühlen würde, einst in dem herrlichen Kampf um Freiheit und Würde des Vaterlandes einen glorreichen Untergang zu finden.«

Jojo schauderte es. In die letzten Worte mischten sich verzehrende Geigenklänge – das Deutschlandlied. Dann ertönten die zwölf Schläge zur Mitternacht. Nach dem zwölften Schlag brandete ein gewaltiges Dröhnen auf: die Glocken des Kölner Doms. Das Glockengeläut mündete in den gewaltigen Chorgesang: »Oh Deutschland hoch in Ehren«.

»Neunzehnhundertfünfundvierzig«, sagte Jojo.

»Du großer Gott!«, sagte Tante Frieda.

Sie war nicht die Einzige, die sich mit dem Taschentuch über die Augen wischte. Was würde das neue Jahr bringen? Weiter Krieg? Vielleicht Frieden? Oder die völlige Vernichtung? Jojo küsste und umarmte Mama und sagte trotz allem: »Prosit Neujahr!«

Fünf Minuten nach Mitternacht ertönte aus dem Radio die magische Stimme von Adolf Hitler. Jojo hörte sein rollendes »R«, sein heiseres Röhren, das tief im Hals steckte, ganz Leidenschaft, ganz der Größe seiner wahnwitzigen Idee verfallen. Nein, sie mochte ihn nicht leiden, auch wenn man sich seiner Magie nie ganz entziehen konnte. Diese Stimme übte fanatischen Druck aus, selbst jetzt noch, im Untergang. Er sprach erst leise mit zögerlichen Pausen, dann kam alles unvermittelt herausgeschrien in der Ekstase der Vision: der Führer, das Werkzeug der göttlichen Vorsehung. Er sprach zu seinem Volk, aber man glaubte ihm nicht mehr: » ... ein Volk, das an der Front und in der Heimat so Unermessliches leistet, so Furchtbares erduldet und erträgt, kann niemals untergehen!«

Tante Frieda sagte es noch einmal: »Du großer Gott!«

Im Januar kam für Mama und Jojo die bittere Stunde, in der sie ohne Trost im eiskalten Turmzimmer saßen und verstummt waren. Mama, am runden Tisch, fuhr mit dem Finger die Rauten des Kreuzstichmusters auf der Tischdecke entlang, Jojo, verloren auf der Bettkante ans Messinggestell gelehnt, zupfte geistesabwesend an den Ohren des alten Kinderteddys Pong-Ju, den sie aus dem Schrank herausgekramt hatte.

Als das Schweigen unerträglich wurde, sagte Jojo: »Ich weiß, dass Alexander noch lebt.«

Mama sah sie mit leeren Augen an.

»›Einige von den Unseren sind schwimmend gesichtet worden!‹, schreibt doch der Kapitänleutnant! Bestimmt haben ihn die Tommys aufgefischt.«

»Aus dem eisigen Meer?« Mamas Stimme war tränenerstickt. »Wie lange hält ein Mensch das aus?«

»Man muss daran glauben! Man muss einfach daran glauben!«, sagte Jojo heftig.

Später in der Nacht vergruben sie sich unterm Plumeau, stellten BBC London ein, hatten die vage Hoffnung, etwas über das Seegefecht und die eventuelle Rettung deutscher Marinesoldaten zu erfahren. Stattdessen hörten sie die ganze Wahrheit über die gigantische Großoffensive der Roten Armee. Die Weichselfront war zusammengebrochen, das deutsche Ostheer flutete panikartig zurück.

Lothar!, dachte Jojo. Lothar …

»Sowjetische Panzerkampfverbände haben heute im Raum Oppeln die Grenze Schlesiens überschritten.« Jojo griff im Dunkeln unterm Federbett nach Mamas Arm. »Die Rote Armee stößt in Richtung Breslau vor.« Beide mussten an Wolfs schwangere Frau denken.

An einem Sonntagvormittag, Anfang Februar, saßen Jojo und ihre Mutter im Turmzimmer am runden Tisch und legten ohne großes Interesse eine Doppelpatience. Sie hatten Schals um und Mützen auf, bleich schien die Wintersonne durch das kahle Geäst der alten Kletterpflanze in die nur schwach geheizte Stube. Jojo hatte Herzass, Herzkönig und Herzdame aufgelegt und fahndete nach dem

Herzbuben. Wenn ich den Herzbuben habe und die Patience aufgeht, so wettete sie kindisch mit sich selber, dann werde ich Lothar bald wieder sehen.
Es klopfte an der Tür, und Tante Mali kam herein. Ihr Gesicht war angespannt, nervös strich sie sich eine Haarsträhne zurück, blieb in der Zimmermitte stehen und machte ihnen eine Eröffnung: Wolf war plötzlich eingetroffen, mit seiner hochschwangeren Ehefrau, und auch die Schwiegermutter hatte er mitgebracht. Die beiden Frauen seien zu Tode erschöpft von einer zehntägigen Höllenfahrt in überfüllten Lazarettzügen und tagelangem Stehen auf Verschiebebahnhöfen unter Beschuss und in Angst vor der Roten Armee.
Mama sagte: »Das muss ja furchtbar gewesen sein. Die arme Frau … in ihrem Zustand!«
Tante Mali zeigte sich erleichtert über das Mitgefühl. »Wanduschka, dann werden Sie auch Verständnis dafür haben, dass ich für die beiden das Turmzimmer benötige.«
»Unser Turmzimmer …?«
Jojo und die Mutter sahen sich schockiert an. Sie dachten, sie hätten nicht richtig gehört. Seit wie viel Jahren wohnten sie jetzt schon hier!
»Tante Mali, du meinst«, platzte Jojo heraus, »dass wir hier das Feld räumen müssen – wegen der neuen Rangordnung?«
Tante Mali blickte Jojo gerade in die Augen, sie war von Natur aus gerecht und fair, aber in schwierigen Situationen konnte sie eisenhart sein: »Wenn du das so unverblümt ausdrücken willst, Jojo, kann ich nur sagen: ja!«
Jojo wurde rot. Mama war blass geworden.
Also raus aus dem Turmzimmer, raus mit allen Klamotten! Jojo nahm Abschied von ihrem Balkon. Sie stand in der Kälte und betastete die kahle, alte Kletterpflanze, ihre Dornröschenhecke aus Kindertagen. Dann warf sie einen langen letzten Blick hinüber zum Dachfenster von Lothars Bude im Nachbarhaus.
Sie zogen um ins kleine Zimmer im Parterre. Hier hatten sie schon einmal vor Jahren behelfsmäßig gewohnt, es auch schon für ihr

Überseegepäck, die Schrank- und Kabinenkoffer, gemietet. Jetzt musste der Tierarzt aus diesem Raum ausziehen; er sollte künftig im Salon auf dem Sofa schlafen.

Noch während Jojo und ihre Mutter ihre Sachen hinunterschleppten, begegneten sie auf der Treppe dem Stabsarzt Wolf und seiner hochschwangeren Frau. Eine Sekunde lang blieben alle vier stehen. Eine Sekunde lang wechselte ein Blick von Wolf zu Wanduschka, von Wanduschka zu Wolf. Dann war die Sekunde vorbei.

Wolfs Frau wirkte aufgedunsen, von den Strapazen erschöpft, verschwollen und voll roter Flecke im Gesicht, ihr aufgestecktes, aschblondes Haar war verschwitzt. Hinter ihr schleppte sich ein zerzaustes, grauhaariges Nervenbündel die Stufen hoch: die Breslauer Schwiegermutter. Die einen gingen nach oben, Jojo und ihre Mutter nach unten. Tante Mali brachte heißes Wasser herauf. »Wolfs Frau muss sich hinlegen«, hörte Jojo Frau Pusch rufen. »Im Bett rechts liegt schon frisch bezogenes Bettzeug bereit.« Also in ihrem Messingbett! Die fremde Frau Weimar junior legte sich in Jojos Bett!

Wanduschka ließ sich nicht mehr blicken. Sie verkroch sich in dem kleinen Zimmer, wo sie sich mit blindwütigem Einräumen vor einem Nervenzusammenbruch rettete.

Einen Teil ihrer Sachen mussten sie in der Waschküche abstellen. Mariechen versorgte sie mit leeren Gemüsekisten, die Jojo mit der »Thüringischen Landeszeitung« auslegte, mit Kram und Krempel füllte, hochwuchtete und übereinander stellte.

Plötzlich stand Wolf hinter ihr in der Waschküche. Wie lange schon? Jojo war erhitzt von der Arbeit und vor Empörung, ihre Haare hatten sich widerspenstig hochgekringelt. Sie hatte den Pullover ausgezogen und nur eine dünne Bluse an. Wolf stand da. Jojo sah ihm ins Gesicht. Wo waren seine Grübchen? Wo das besitzergreifende, herrische Blau seiner Augen? Die Wangen waren hohl, irgendwie sah er gelb aus, und ein gelber Schimmer nistete im Weiß der Augäpfel. Sie erwartete, eine Entschuldigung von ihm zu hören für die Demütigung, die ihnen widerfahren war.

Doch er sagte gar nichts, betrachtete sie ungeniert, und Jojo spürte mit unangenehmer Intensität, wie er sie vereinnahmte, wie sein Blick ihre Körperlichkeit registrierte. Was starrte er sie so lange an?

»Mein Gott!«, sagte er auf einmal. »Du bist das Ebenbild von Wanduschka, so wie sie das erste Mal vor der Haustür stand und, ohne das Turmzimmer gesehen zu haben, sagte: ›Ich nehme es‹.«

Jojo blitzte ihn mit kaltem Feuer in den Augen an: »Wolf! Ich hab' dich nie leiden können!«

»Ich weiß.« Sein Zynikergrinsen stellte sich wieder ein. »Ich wusste es immer. Schließlich warst du das Kind mit dem Baldrianterror.«

Mit einem feindseligen Blick ließ sie ihn stehen, ging mit einer leeren Gemüsekiste nach oben.

Der 9. Februar – ein Tag wie jeder andere. Oder nicht?

Beim »bürgerlichen Mittagstisch« saß man wie gewohnt zusammen und löffelte die Mehlsuppe mit Einlage. Jojo, die in der Mittagspause schnell von der OT gekommen war, aß neben Mama, deren Schicht im Sauckel-Werk erst um zwei Uhr begann. Ihnen gegenüber hatte die junge, hochschwangere Frau Weimar mit ihrer übernervösen Mutter Platz genommen. Wolf war längst wieder bei seinem Lazarettzug. Der beinamputierte Tierarzt war da, auch die Umsiedler von der Wolga und die Rheinländerinnen fehlten nicht, deren Kinder gerade ein Ründchen schliefen, dazu die Mittagsgäste von der Bank nebenan, die seit Jahren kamen, allerdings waren es jetzt bei weitem mehr Frauen als Männer. Frau Pusch sammelte die Suppenteller ein, Mariechen verteilte vom großen Tablett, das sie links balancierte, an jeden einen mit Zwiebelkartoffeln und Roter Bete voll gehäuften Teller. Jojo beäugte den Matsch angewidert, doch da gingen die Sirenen los. Fliegeralarm! Wieder mal! Und mitten bei der Mahlzeit! Und das ohne Voralarm! Sollte man nicht lieber erst aufessen und dann in den Keller gehen? Die flogen doch sowieso nur drüber weg.

Tante Mali kam von der Küche hoch und forderte alle unerbittlich

auf, vorschriftsmäßig die Kellerräume aufzusuchen und sich in den Gewölbekellern auf die Bänke zu setzen. Jojo hasste diese dunklen Verliese, die sonst als Kartoffel- und Kohlenkeller dienten, obwohl sie eigenhändig die Eisenstäbe weggesägt hatte.
Auf der Treppe gerieten alle ins Gedränge, und Jojo ging mit Mama erst einmal durch den Wintergarten raus ins Freie. Es war kalt, der Himmel blassblau, man hörte das dumpf herangrollende Dröhnen. Sie legten den Kopf in den Nacken und starrten nach oben. »Da!« Jojo zeigte in den Himmel. Da waren sie. Wohin würden sie heute fliegen, um ihre tödliche Last abzuwerfen? Leipzig? Leuna? Berlin? In großer Höhe kamen sie an, in Geschwadern, klein wie Spielzeugflieger, viele, sehr viele, immer mehr. Jojo stellte sich die Bomberpiloten vor, Briten, Amerikaner, Australier, junge, schöne Todesengel sie alle, Akteure in einem mörderischen Untergangsspektakel. Sie stellte sich ihre Sprechfunkbefehle vor: » *... okay ... let's go ... drop the bombs ...*«
Mama rief: »Was ist das da oben? Sieht aus wie Erbsen.«
Jojo wusste im gleichen Moment, dass es Bomben waren! »Weg hier!«, schrie sie und riss die Mutter am Ärmel mit sich ins Haus. »In den Keller! Schnell!« Sie rannten nach unten, ein ohrenbetäubendes Krachen holte sie ein, die Wände bebten, spuckten Kalk, die beiden wurden durch die Luft geschleudert mitten hinein in eine schwarze Kohlenstaubwolke voll schreiender Menschenstimmen. Die Druckwelle katapultierte Jojo in ein Körperknäuel mit rudernden Armen und Beinen, presste sie gegen Fleisch, das nach Angstschweiß roch. Wieder krachte es ohrenbetäubend. Glasscherben und Schutt schepperten von oben auf die Kellertreppe. Aus den Gewölben kamen Schreie, Kartoffeln und Kohlen flogen wie Geschosse durch die Luft. Wieder ein Aufschrei, die Funzelbirnen waren erloschen, der Strom ausgefallen. Die Säuglinge der Rheinländerinnen brüllten. Wo war Mama? Jojo rappelte sich hoch, fiel über einen Körper, das war der Tierarzt, der lag ohne seine Krücke hilflos am Boden.
Es krachte abermals, der Luftdruck warf alle durcheinander. Und noch einmal, ganz nah, eine unvorstellbar laute Detonation. Der

Boden hob sich, eine Tür sprang aus den Angeln, knallte auf den Boden.
Jemand sagte: »Das war 'ne Luftmine.«
Jojo versuchte auf die Beine zu kommen. Man drängte sich in die Küche, im Souterrain, japste nach Licht und Luft, die einen weiß von Mauerkalk, die anderen schwarz von Kohlenstaub. Es roch beißend nach Rauch. Jemand schrie: »Es brennt!« Tante Mali rief: »Ruhe bewahren!« Sie entdeckte die Glut zwischen zahllosen Scherben auf dem Küchenboden, die Eisentür von dem Ofenloch war aufgesprengt, die Druckwelle hatte die Glut herausgeschleudert. Mariechen goss Wasser auf die glühenden Teile, gleich war der ganze Raum mit erstickendem Wasserdampf gefüllt. Die zwei bärtigen wolgadeutschen Männer hatten den Tierarzt aufgelesen und schleppten ihn in die Küche.
Wo war Mama? Im Vorkeller, wo es stockfinster war, stieß Jojo mit einer Frau zusammen, die vor Schmerz aufschrie. Sie erkannte die Stimme. »Mama! Was ist mit dir?« Ihre Mutter konnte keine Antwort geben. Jojo zerrte sie in die Küche. »Pass auf, da liegt 'ne Tür am Boden!« Sie schaffte es mit ihr bis zum Schemel beim Abwasch, fegte die Splitter von der Sitzfläche, und Mama sank auf dem Stuhl zusammen, stöhnte, hielt sich den Unterarm, der merkwürdig verbogen war. In ihrem pechschwarzen Gesicht bewegten sich ihre hellen Augen wie ein fluchtbereites Tier.
»Was ist mit deinem Arm ...« Jojos Frage ging im zweiten Bombeneinschlag unter. Ihre Augen folgten den Rissen, die die Wände entlangliefen. Mauerkalk knirschte ihr zwischen allen Zähnen, kratzte in ihren Augen. Sie kauerte sich neben den Schemel und umklammerte die Mutter; das war ja schlimmer als im japanisch-chinesischen Krieg, schlimmer als jedes Erdbeben. Und es hörte nicht auf! Durch das scheppernde Höllengetöse gellten Schreie, sie kamen aus dem Kartoffelkeller. Jojo hörte eine Frau energisch rufen: »Platz da! Beim heiligen Gregorius! Macht Platz!« Die gellenden Schreie kamen näher, kamen in die Küche, während eine gewaltige Detonation alle Mauern erzittern ließ. Die dicke Wolgadeutsche schob unbeirrt zusammen mit der Breslauer

Schwiegermutter Wolfs schreiende Ehefrau in die Küche. Tante Mali war sofort bei ihr, betastete ihren Leib. Die Umsiedlerin sagte gelassen: »Kindchen möcht' kommen. Kommt gleich!« Jojo stand auf, klammerte sich an der Herdstange fest, wollte sehen, was passierte. Tante Mali hob der Schwangeren den Rock hoch, da lief es nass deren Beine hinunter. »Die Fruchtblase ist schon geplatzt!«, rief Tante Mali über einem erneuten Donnerschlag dem Tierarzt zu, und zu Frau Pusch: »Wir brauchen kochendes Wasser!« Die junge Frau schrie und schrie. Der Schreck über den unpassenden Zeitpunkt der Niederkunft inmitten der Leute und der Bomben machte alles noch viel schlimmer für sie.
»Legt sie auf den Küchentisch!«, kommandierte der Tierarzt Eberhard. »Und rückt mich ran!« Aber Wolfs Frau reagierte hysterisch, wollte nicht auf den Tisch. Tante Mali herrschte sie an: »Du als Krankenschwester! Du weißt doch, was sein muss.« Aber die junge Frau schrie, wollte keinesfalls auf den Küchentisch. Da wuchtete sich die dicke Wolgadeutsche rittlings auf den Tisch – »herrr mit Frrrau!« –, zog mit Hilfe von Mali und Mariechen die Schreiende hoch, bettete sie zwischen ihre Fleischmassen und sagte »Herzchen« zu ihr und »Liebchen«, während sie ihr die schweißnassen Haare zurückstrich. Die Herumstehenden wurden von Mariechen hinausgedrängt. Jojo aber blieb, auch die verletzte Wanda Jordan auf dem Schemel blieb. Jojo sah mit wachsender Aufgeregtheit zu: Alle Sachen unterwärts wurden der Schwiegertochter von Tante Mali ausgezogen, die Wolgadeutsche redete auf die Frau ein, die in ihren fleischigen Armen in den Wehen lag: »Möcht' schon alles gut werden … möcht' schon schönes Kindchen kommen auf schöne Welt …« Tante Mali stellte die Beine der Schwiegertochter auf den Tisch hoch und rief: »Los, Jojo, hilf dem Mariechen!« Jojo und Mariechen schoben in gemeinsamer Anstrengung den Tierarzt auf dem Küchenstuhl heran, stellten ihn direkt vor die geöffneten Beine. Wieder krachte es, vor dem zerborstenen Küchenfenster schepperten Scherben und Schutt haufenweise herunter, eine Ladung Dreck fegte durchs Fensterloch, und alle mussten heftig husten. Die Breslauer

Schwiegermutter drohte zu ersticken. Mariechen zwang ihren Kopf zurück, schüttete ihr aus einer Kanne Wasser in den Rachen, drückte ihren Oberkörper vornüber, bis sie unter heftigem Gegurgel Mörtel und Dreck erbrach. Danach versank die arme Frau in Apathie. Tante Mali hielt indessen die Hand ihrer Schwiegertochter: »Jetzt atmen! Jetzt pressen!« Tante Mali spornte die junge Frau an, machte ihr Mut. »Denk an Wolf! Hab Vertrauen! Atmen! Pressen! Es geht alles gut! Wir sind eine Arztfamilie.« Sie wischte ihr mit einem nassen Lappen Spucke und Mörtel aus dem Mund. Der Tierarzt Eberhard auf dem Stuhl zwischen den Beinen der Gebärenden rief aufmunternd: »Nur zu! Es ist nicht anders als bei den Kühen und Stuten.«

Jojo starrte auf den krassen Geburtsakt, der ihr wie ein Horrorszenario vorkam, wie von Edgar Allan Poe erdacht. Und das sollte das Ergebnis der Liebe sein? Dafür legte man sich mit einem Mann hin? Mechthild machte das für den Führer. Und Lothar …? Nein, dachte Jojo, nicht mit mir, nicht mit mir!

»Es kommt!«, rief Eberhard. »Der Kopf ist schon zu seh'n!« Auch Jojo sah den Kopf. Wolfs Frau schrie wie am Spieß, in einer letzten, starken Wehe wurde das Kind herausgedrückt. Jojo sah voll kreatürlicher Inbrunst, wie hier in Blut und Schleim ein Kind geboren wurde. Eberhard fasste zu, zog den Säugling ganz heraus, hielt ihn an den Füßen hoch. Er schrie. Es war ein Junge. Tante Mali half beim Abbinden der Nabelschnur, während es von draußen krachte und knallte wie bei einem chinesischen Begrüßungsfeuerwerk: Ein Kind war auf die Welt gekommen, auf diese Welt, die bebte und sich bäumte vor Hass und Krieg. Wolfs Kind! Jojo schaute zu ihrer Mutter hin. Die saß auf dem Schemel, mit dem Rücken steif gegen die Wand gelehnt. Das Miterleben der Geburt hatte zwei breite, helle Tränenstreifen in ihr kohlschwarzes Gesicht gemalt.

Tante Mali nahm das Kind entgegen, sie forderte Jojo auf, schnell aus dem Wäschezimmer oben frische Betttücher für den Kleinen zu holen. Jojo lief sofort los. Gut, dass sie die Russenstiefel anhatte, die Kellertreppe, das ganze Haus war verwüstet von Scherben und Schutt. Aber das Gebäude stand noch! Die Tür zum Esszimmer hing offen und schief in den Angeln. Jojo sah wie bei einem Blitzlicht: Es gab keinen Wintergarten mehr, nur eine offene Wand, und hinter der offenen Wand keinen Garten mehr, nur eine Kraterlandschaft. Von oben kamen ihr die beiden bärtigen alten Wolgadeutschen entgegen. »Dach nich' kaputt!«, sagten sie. »Auch nich' Feuer!« Jojo zog sich am Treppengeländer hoch. Alle Fensterscheiben waren zersplittert, ein eisiger Luftzug, vermischt mit Rauch, wehte durchs Haus. Sie hetzte zum Wäschezimmer, blieb einen Moment gebannt vor dem offenen Turmzimmer stehen. *Ihr* Turmzimmer: verwüstet und voller Splitter. Und die alte Kletterpflanze: weggerissen von der Balkonbrüstung. Aber es war keine Zeit für melancholische Gedanken. Jojo holte die Wäsche und hetzte durch die Scherbenhaufen wieder nach unten. Das Kind wurde gerade gewaschen. Dann wickelte es Tante Mali in ein frisches Tuch. Auch über die junge Mutter breitete sie ein sauberes Betttuch. Die schrie nicht mehr, lächelte nun ein merkwürdig geborstenes Lächeln.

Draußen blieb es plötzlich still. Die dröhnenden Bomber waren abgezogen. Über die Straße der SA raste eine Feuerwehr.

Endlich konnte Jojo sich um Mama kümmern. Die saß immer noch in der Abwaschecke auf dem Schemel von Frau Pusch und hielt sich unter Schmerzen den Arm. Jojo kauerte neben ihr nieder, legte ihre Hände und ihren Kopf auf Mamas Knie und schaute zu ihr hoch. »Mama, hast du dir den Arm gebrochen?«

Wanda Jordan nickte. Sie krächzte mit Mörtel im Hals: »Beim Treppensturz ... Bin durch die Luft gegen die Mauerkante geschleudert ...«

»Tut es sehr weh? Ist es sehr schlimm?«

Mama nickte, verzog dann das Gesicht zu einem grotesken Grinsen und krächzte: »Das heilt schon wieder, aber wenigstens muss ich nicht mehr in die Sauckel-Werke an die Stanzmaschine.« Sie holte Luft: »Und du, Jojo?«

In Jojos staubumkrusteten Augen stand hell das Wasser: »Ich hab' die Geburt gesehen.«

Tante Mali kam um den Herd herum mit dem eingewickelten Neugeborenen, weißhaarig vom Kalk und mit Dreckstreifen im Gesicht zeigte sie den Jungen Wanda Jordan und sagte stolz: »Ich hab' einen Enkelsohn!«
Mama war ohne jeden Vorbehalt: »Ich gratuliere Ihnen, Tante Mali! Das habt ihr alle großartig gemacht! Ich wünsche dem Kind Glück und Gesundheit – und ein besseres Leben!« Nach einem kleinen Zögern fügte sie hinzu: »Auch den Eltern!«
Die beiden Frauen sahen sich in die Augen, ziemlich lange, und Tante Mali sagte: »Danke, Wanduschka!«

Jojo war schon oben, bevor die Sirenen Entwarnung gaben. Sie schaute in ihrem kleinen Zimmer nach. Das Fenster war geborsten, die Fensterflügel hingen schief, die Waschschüssel und die Wasserkanne waren von der Waschkommode gefegt worden und lagen zerschmettert zwischen Büchern, anderen Gegenständen, Dreck und Staub auf dem Boden. Nur der Spiegel hing noch an der Wand. Jojo erschrak vor sich selbst, als sie sich darin sah: Weiß verkalkt waren Gesicht und Haare wie bei einer Toten. Sie fasste in ihre struppige Mähne. Wie sollte sie je den Kalk- und Mörtelstaub herausbekommen. Unter ihren Russenstiefeln knirschte es, sie sah nach unten: Vor ihren Stiefelspitzen lächelte ihr hinter zersprungenem Glas der Fähnrich zur See Alexander entgegen. Jetzt endlich konnte sie in Tränen ausbrechen, in einem Weinkrampf entluden sich eruptiv die Ungeheuerlichkeiten dieser Mittagsstunde.
Sie nahm ein Handtuch, das noch am Haken hing, und wischte sich mit der Tränennässe den Dreck aus dem Gesicht. Sie wollte im Esszimmer nachsehen: Der Mittagstisch war leer gefegt, das Geschirr lag zerschlagen am Boden, die Zwiebelkartoffeln und Rote Bete klebten an der Tapete. Ihr Wirklichkeitssinn kam Jojo abhanden. Wo war sie? Wie absurd das alles war: das Essen an der Tapete, der Wintergarten weg, als hätte es ihn nie gegeben. Sie ging mechanisch durch die offene Wand zum Garten, doch halt, hier war kein Garten mehr, nur ein Bombentrichter, am Rand ver-

ziert mit buntem, zersprengtem Jugendstilglas, irgendwo die geknickte grüne Zimmerlinde. Wie ein gespaltenes Ich sah Jojo sich am Kraterrand entlangbalancieren. Ihr schlug die halb zerfetzte, halb entwurzelte Kletterpflanze ins Gesicht. Weiter!, sagte ihr Ich zu ihr. Weiter! Sie kämpfte sich durch die Zweige, da lag einer vor dem freigesägten Kellerfenster, der rührte sich nicht, lag da, von Mauersteinen erschlagen. Wer war das? Jojos Ich sagte: Weiter, weiter! Es ließ sie um die Hausecke biegen. Da sah sie – das Herz blieb ihr fast stehen, ihr Ich war wieder ihr Ich, sie fühlte den ganzen Schrecken –, das Zwergenhaus war einfach weg! Einfach zusammengefallen! Ein Stein- und Schutthaufen, weiter nichts.
Die hatten doch gar keinen Keller. Wo waren die Rollmanns?

Jojo warf sich im Bett hin und her, fror und schwitzte, glaubte, sie sei hellwach und befand sich doch tief im Schlaf, hineingeschleudert in die wilde Welt der unsagbaren Träume.
»Flamme empor, flamme empor …«, sang ein fanatischer Jungmädelchor mit hochgeschraubten Stimmen und steif ausgestreckten Armen vor dem lichterloh brennenden Nationaltheater. »Rufe die Jugend zusammen, dass bei den lodernden Flammen wachse der Mut … wachse der Mut.«
Jojo stand gleichgültig vor dem Chor auf dem Theaterplatz, in Russenstiefeln und rosa Nachthemd, kämpfte verärgert mit der Bürste gegen Mörtel und Kalkstaub im verfilzten Haar. Silberne Spielzeugflieger brummten zu Tausenden über den Platz, schöne junge Todesengel kamen rittlings auf Bomben angeschwebt, Briten, Amerikaner, Australier, einer landete direkt vor Jojo, und sie sagte: *»I speak English.«*
Aus dem zusammenbrechenden Theater stürzte die rußgeschwärzte Chorsängerin Liane Krauss im rußgeschwärzten Arbeitskittel, schrie den aus der Schutzmauer freigesprengten Dichtern Goethe und Schiller zu: »Der Rüstungsbetrieb fliegt in die Luft! Gleich explodiert die Munition!« Das kümmerte Goethe und Schiller so wenig wie Jojo. Die sprang wie ein Hase hin und her, aus Angst um ihr rosa Nachthemd, denn aus dem brennenden

Eckhaus schleuderte Ulla Demjensky mit lodernden Haaren durch die rot glühenden Fenster der Kanzlei verkohlte Aktenbündel auf sie herunter. Ein scharfer Trillerpfiff schrillte in Jojos Ohr, sie fuhr herum, Luftschutzwart Huschke stand breitbeinig da und prahlte: »Ich hab' den roten Rollmann verpfiffen!« Nochmals ließ er einen Trillerpfiff ertönen, schob sein triumphales Grinsen dicht an Jojos Gesicht, gleich würde sein Luftschutzhelm ihre Stirn zerteilen, schon spitzte er die Lippen ... Nein, es war jetzt der Kyffhäuser-Chef Kiesel, der seinen Mund auf ihren drücken wollte. Er zerrte Jojo am Nachthemd zu sich heran und schnaufte: »Sie kriegen auch Pappe und Nägel von mir, Fräulein Josefa.« Jojo wehrte sich wild, Soldaten traten dazwischen, gelbe Uniformen, gelbe Haut, Schlitzaugen ohne Pupillen, die schwangen Samuraischwerter, und ein japanischer Krieger durchtrennte Jojos Pulsader. Erstaunt glotzte sie auf ihr gespaltenes Fleisch, die Öffnung mit dem pulsierend spritzenden Blut wurde größer und größer und gebar schließlich einen blauroten Säugling. Jojo hielt ihn an den Füßen hoch, schrie: »Es ist ein Junge! Er heißt Wolf!«
Das eigene Schreien riss Jojo aus dem abstrusen Albtraum. Ihr Herz raste, wo war sie? Stockfinster war es, kalt, es gab zu wenig Luft zum Atmen, ihr Arm war feucht und klebrig. Sie angelte nach der Taschenlampe unter dem Kopfkissen, richtete das Licht auf ihren Arm, der war rot von Blut. Fassungslos starrte sie auf die Wunde – hatte der Krieger mit dem Samuraischwert ihr wirklich die Pulsader durchtrennt? Was für ein Quatsch! Jojo versuchte den Albtraum abzuschütteln. Sie fischte mit den Füßen nach ihren Pantoffeln, stand auf, leuchtete ihr Bett ab: Auf dem rot gefärbten Laken entdeckte sie eine Scherbe vom zersplitterten Fensterglas. Sie nahm ihr Trikotunterhemd vom Stuhl und wickelte es fest um den Arm. Waren noch mehr Splitter im Bett? Sie fand keine. Sie horchte auf die Atemzüge Mamas, die im Schlaf stöhnte. Jojo leuchtete in ihre Richtung. Der gebrochene Arm machte ihrer Mutter zu schaffen. Tante Mali hatte ihr einen Stützverband aus abgerissenen Betttuchstreifen und zwei langen Holzkochlöffeln angefertigt.

Jojo tappte im Taschenlampenkegel zum Fenster, wollte es aufmachen, aber es war zugenagelt. Zugenagelt? Wieso? Sie tappte wieder zurück, legte sich hin, schaltete die Taschenlampe aus. Sie wollte nicht nachdenken, wollte gar nichts denken, war todmüde und gleichzeitig überdreht wach. Die irrwitzigen Szenen des Albtraums vermischten sich mit dem erlebten Wahnsinn der Wirklichkeit. Sie starrte mit aufgerissenen Augen in die Finsternis, die das kleine Zimmer wie mit Kohlenschwärze ausfüllte. Wieder sah sie das brennende, zertrümmerte, verwüstete Weimar vor sich. Sie war heute durch die Stadt zur OT gelaufen. Die Bronchien voll Mörtelstaub hatten geschmerzt beim schnellen Gehen in der eisigen Luft, die Wangen hatten ihr gebrannt von der Hitze der lodernden Häuser entlang der Straßen und Gassen.

Das Gauforum mit seinen hellen Quadern hatte keinen Schaden erlitten. Auch Diplomingenieur Kiesel war, eichengirlandenbestickt und mit Parteiabzeichen, ohne einen Kratzer dem bombensicheren Bonzenkeller entstiegen. Die Telefone hatten geschrillt, hatten ihn, den Verantwortlichen der Einsatzgruppe Kyffhäuser, zur Höchstform auflaufen lassen, um für Gauleiter Sauckel zu retten, was zu retten war von der NS-Kultstätte Weimar. Auf dem ausgerollten Stadtplan hatte ein Haufen Fachleute laufend die gemeldeten Schäden markiert, und das Ergebnis war schaurig. Zertrümmert und in Flammen aufgegangen unter Sprengstoff, Brandbomben und Luftminen: das Goethe-Haus, das Schiller-Haus, das Bach-Haus, die Herder-Kirche, das Deutschritterhaus, das Wittumspalais, der Marktplatz, der Frauenplan, der Grüne Markt, das Gelbe Schloss, der Fürstenkeller, der Wieland-Platz, die Hofapotheke, das Kaufhaus Kröger … Die Meldungen nahmen kein Ende. Und im Ilmpark brannten die Bäume.

OT-Chef Kiesel hatte Jojo entdeckt, die entgeistert dastand, mit heißen Wangen von Frost und Flammen, Kalkstaub im Haar, Rußstreifen auf der Stirn. »Fräulein Jordan!« Jojo hatte ihm hastig mit ihrer mörtelbelegten, rauchigen Stimme vom Bombeneinschlag direkt neben der »Pension Weimar« berichtet, vom gebrochenen Arm der Mutter, von der Geburt des Kindes im Keller,

von den zersplitterten Fenstern und den aus den Angeln gehobenen Türen. Er hatte ihr sofort alle Hilfe der OT zugesagt.
Jojo warf sich im Bett herum, sie wollte endlich weg vom Mühlrad der Gedanken, endlich in Ruhe schlafen, wenn sie nur genug Luft zum Atmen gehabt hätte. Aber die Männer von der OT hatten heute Nachmittag alle Fenster mit Brettern vernagelt.
Schließlich übermannte Jojo der Schlaf. Gleich brach wieder ein Albtraum über sie herein. Sie rannte durch die zerbombten Straßen, und brennende Karteimeldekarten segelten auf sie nieder. War das nicht das Reichsarbeitsdiensterfassungsamt, das da in Flammen stand? Jojo jubelte: »Mein Name verbrennt, meine Meldekarte verkohlt, der Reichsarbeitsdienst findet ohne meine Ableistung statt!« Auch Tante Frieda rannte jetzt trotz der Gicht im Bein mit und zeigte mit dem Finger auf einen lodernden Dachstuhl. »Da brennt meine schöne Wohnung ab, die schönen Möbel, die schönen Häkelkissen, das schöne Klavier, der schöne Leuchter! Wenn das die Frau Fischbein wüsste!« Neben ihnen rannten zwei Sanitäter mit einer Bahre. Tante Frieda rief: »Guck mal, Jojo, die Frau Rollmann!« Frau Rollmann auf der Bahre war weiß wie eine Tote. Sie hatte ein steifes Leinenhemd an und krächzte: »Ich werd' gleich operiert.« Am Straßenrand stand Kyffhäuser-Einsatzchef Kiesel, trieb Jojo zur Eile an: »Los, los! Das Sauckel-Rüstungswerk ist zu achtzig Prozent zerstört.« Der einbeinige Tierarzt rannte ganz flott mit der Krücke, neben ihm Hannelore, die rauchte und eine Flasche schwenkte. »Ich hab' Laboralkohol für den Eierlikör.« Die Todesengel und die Spielzeugflieger brummten wieder heran ... Ein Luftschutzbunker öffnete sein schwarzes Höhlenloch, ließ sie alle abstürzen in die Tiefe. Sie fielen und fielen und fielen. Im freien Flug hielt Jojo ihr rosa Nachthemd zusammen, Wolf hatte sich an ihre Beine geklammert, die Stabsarztmütze flog ihm davon, Jojo fing sie mit einer Hand auf, setzte sie auf ihre hochfliegenden Haare, während er ärgerlich schrie: »Du Baldrianterrorkind!« Ganz unten stand Max Rollmann in KZ-Streifen und Ballonmütze und tönte mit widerhallender Lautsprecherstimme: »Ein bekloppter Teppichbeißer is'

er, der Führer der großdeutschen Idioten. Die Hölle soll ihn holen, am Spieß soll er schmoren und mit ihm sein eitler Fettwanst Göring und sein Oberschreihals Kurzfuß-Goebbels und seine Mörderkakerlake Himmler. Ab nach Buchenwald mit euch!« Jojo knallte mit den Russenstiefeln zwischen Scherben und zerschlagenen Einmachgläsern in die Speisekammer. Sie wollte sich festhalten, fasste in zerplatzte Eier, in Butter und Marmelade, leckte sich gierig die Finger ab, hatte den Mund voller Glassplitter, und Mariechen sagte: »Scherben bringen Glück.« Da packte Huschke Jojo am Arm und zischte sie an: »Der rote Rollmann kommt an den Fleischerhaken!«
In höchster Panik wachte Jojo auf. Das muss ich Lothar sagen, dachte sie verwirrt, das muss ich Lothar sagen. Aber Lothar war gar nicht da.

Die Zeit wechselte nicht mehr zwischen Hell und Dunkel, sie teilte sich in Tagalarm und Nachtalarm. Jojo lag im alten Trainingsanzug im Bett, ihre Mutter in Männerhosen, mit einer Strickjacke über dem geschienten Arm, beide hatten Wollsocken an. Neben dem Bett stand griffbereit der Koffer mit den Wertsachen und der Rucksack mit Notwendigem.
Nachts hockten sie alle in der Küche im Souterrain beisammen, Wolfs Frau mit dem puppenkleinen Neugeborenen und ihrer klapprigen Mutter auf der Küchenbank über den Stufen: Jojo hatte ihren Stammplatz eingebüßt. Beim Pfeifgeräusch ausgeklinkter Bomben rannten sie in die Gewölbekeller zu den Kartoffeln und den Kohlen.
Tante Mali hatte den »bürgerlichen Mittagstisch« aufgegeben, im Esszimmer war hinter dem Velourvorhang keine Wand mehr. Der Glasertrupp von der OT hatte zwar Gucklöcher aus Glas in die Bretter vor den Fenstern eingelassen, aber der Wintergarten fehlte, da war alles einfach offen geblieben, und der Velourvorhang musste genügen. Bald würde der März kommen und mit dem Frühling die Sonne.
Mama bereitete der mehrfach gebrochene, eingegipste Arm

Schmerzen. Aber sie wusste ihn auch zu schätzen. Manchmal ging sie, wie Jojo wusste, in die Herz-Jesu-Kirche zum Marienaltar und sprach ein Dankgebet für die Befreiung vom Schichtdienst im mörderischen Sauckel-Werk. Dann betete sie auch ein Vaterunser und etliche Fürbitten für Alexander und für alle, denen der Krieg Not und Tod bereitete.

Chorsängerin Liane Krauss dagegen musste weiter schuften. Nach der Zerstörung der im Theater untergebrachten Rüstungsfabrik hatte man sie und die anderen Künstlerinnen zum Trümmerräumen und Schuttschippen ins schwer bombengeschädigte Sauckel-Werk abkommandiert. Auch Jojo kannte den Einsatzort Sauckel-Werk. Sie musste ihren Chef mit Stenoblock und Bleistift dorthin begleiten, wenn es um Schadensfeststellung, Werkstoffbeschaffung oder Leistungskontrolle der Arbeitskräfte ging. Sie sah die Zwangsarbeiter schuften und die KZ-Häftlinge, und sie musste auf ihrem Block festhalten, wie viele bei Luftangriffen umgekommen, wie viele aus Schwäche als Ausfall gemeldet waren. Im LKW ging es von Einsatzstelle zu Einsatzstelle, wo unter bewaffneter SS-Bewachung Arbeitssklaven Bombenschäden beheben mussten.

Jojo hasste diese Fahrten, denen sie sich nicht entziehen konnte. Sie fühlte sich vergewaltigt, durfte nie Protest oder Abscheu wagen, denn sie wollte nicht geköpft werden und sie wollte nicht, dass ihr Name zur Abschreckung in Großbuchstaben auf den roten Hinrichtungsplakaten an den Litfaßsäulen prangte.

Wenn sie ins Führerhaus des LKWs kletterte, zog ihr Chef sie auf den Schoß, weil auf dem Beifahrersitz nicht genug Platz war. Sie musste auf sein Knie. In den Kurven hielt er sie fürsorglich fest, durch den Pelz hindurch spürte sie seine lüsternen Finger, und sie spürte sein Knie, das sich frech in ihre Weichteile drängte. Sie hasste ihn. Oh Gott, wie sie ihn hasste! Aber ganz auf chinesische Art tat sie, als bemerke sie nichts. Er hatte die Macht, sie war ohnmächtig.

Wieder einmal ließ er sie zur Mittagspause an der Straße der SA raus, runter von seinem Knie, und sie ging mit schnellen Schritten auf die »Pension Weimar« zu. Sie hatte keine Ahnung, auch keine Vorahnung – da sah sie ihn. Lothar! Sein weizenhelles Haar war wie ein Signal in der winterlichen Mittagssonne. Er saß auf seinem Tornister und starrte auf den Steinhaufen, der vom Zwergenhaus übrig geblieben war. Jojos Herz setzte eine Sekunde mit dem Schlagen aus, dann hämmerte es wild.

»Lothar!«

Er drehte den Kopf zu ihr. »Jojo!«

Dann lagen sie sich in den Armen. Er presste sie an sich, ihr stockte der Atem, die Beine wurden ihr schwach. Aber er war anders, anders als letztes Mal. Sein Griff war hart, seine Stimme belegt, er zeigte mit dem vernarbten Kinn auf den Schuttberg.

»Da hat mein Alter auf'm Kanapee gehockt mit seinen Kohlrabiköppen ... Und da hat Mutter an der Nähmaschine das Geld verdient ...« Er hob das Kinn. »Und da oben, da war meine Bude, unsere Bude, Jojo ... Alles futsch, einfach futsch ... Und das war mal mein Zuhause!« Er vergrub sein Gesicht zwischen ihrem Hals und dem Pelz, seine Bartstoppeln kratzten, und sie fühlte es nass werden auf ihrer Haut.

Jojo dachte: Kein Zuhause? Ich hab' schon lange kein Zuhause mehr.

»Mutter hat mir aus dem Krankenhaus geschrieben, dass sie schwer verletzt ist, von der eingestürzten Mauer im Nachbarkeller, und dass unser Haus nur noch ein Trümmerhaufen ...« Seine Stimme versagte.

»Lothar, es ist alles so schrecklich.«

»Wo ist denn mein Alter nu' untergekrochen? Das hat Mutter mir nämlich nich' geschrieben.«

Jojo musste schlucken, musste erst allen Mut zusammenraffen: »Dein Vater ... der ist nach dem Bombentreffer völlig ausgerastet ... Hat alle und jeden verflucht, den Hitler, den Sauckel, die Bonzen, alle. Kennst ihn ja ...«

»Und?«

»Der Huschke hat ihn angezeigt – bei der Gestapo.«
»Und?«
»Die haben ihn abgeholt.«
Lothar war auf einmal ganz grau im Gesicht, in dem strohfarben die Bartstoppeln standen, durchsetzt von violetten Splitternarben. In seinen Augen war das Blau vom aufsteigenden Zorn dunkel geworden. »Der Huschke! Den mach' ich fertig! Den mach' ich kalt!«
Jojo sah ihn entsetzt an. War das … war so ihr Wiedersehen?
»Wo is' der Huschke, dieses Schwein?« Er hielt ihr seine Hände hin. »Dem drück' ich die Gurgel zu, das schwör' ich dir!«
Jojo sah schaudernd auf Lothars Hände. Waren das die Hände ihres Liebsten? Hände, denen sie sich lustvoll ausgeliefert hatte ohne Wenn und Aber? Hände, die nun töten wollten? »Tu das nicht!«, stammelte sie. »Du machst uns alle unglücklich. Damit schaffst du doch all diese miesen Huschkes nicht aus der Welt!«
Sie sahen sich in die Augen. »Lothar, ich bin doch auch noch da …«
»Ich habe nur vierundzwanzig Stunden. Dann muss ich zurück an die Front.«
Wie ein Steinschlag traf Jojo dieses »nur vierundzwanzig Stunden«. Der Krieg gönnte ihnen nicht mehr als einen Kalendertag!
»Komm in die ›Pension Weimar‹. Tante Mali hat bestimmt ein Bett für dich.« Ehe sie ins Haus gingen, küssten sie sich. Seine Bartstoppeln kratzten vertraut, doch Lothar kam ihr verändert und fremd vor.

Jojo ging an diesem Nachmittag nicht zur OT. Ohne Entschuldigung, das war riskant in dieser Zeit, das wusste sie nur zu gut, aber sie konnte und wollte auf die wenigen Stunden mit Lothar nicht verzichten.
Zuerst aber wollten sie zu Lothars Mutter ins Krankenhaus. In der »Pension Weimar« hatte er sich eilig rasiert, jetzt gingen sie durch Weimars verwüstete Straßen, so schnell, wie die Trümmer es zuließen. Sie hängte sich bei ihm ein: »Da kommt man ja richtig

außer Atem!« Sie zwang ihn stehen zu bleiben. »Letztes Mal bist du noch an der Krücke gehumpelt.« Lothar wusste sofort, wovon sie sprach. Sekundenschnell fing sie aus seinen Augenwinkeln diesen ihm eigenen blitzenden Blick auf, der alles verriet. Sie wurde feuerrot, und es ärgerte sie, dass er darüber lächelte. Sein erstes Lächeln seit ihrem Wiedersehen. Im Weitergehen sagte er wie beiläufig: »Ich hab' von Amalie Weimar eine Dachkammer bekommen, für heute Nacht ...« Wieder dieser sekundenschnelle Blickwechsel. Eine winzige Spur erwartungsvollen Glücks verfing sich in seinen Zügen.

Jojo hatte Frau Rollmann mit Mama bereits zweimal im Krankenhaus besucht, sie wusste, in welchem Raum sie lag. Als Lothar mit Jojo in das Sechsbettzimmer im Keller trat, lösten sich Frau Rollmanns Gesichtszüge in Fassungslosigkeit auf. Ihr Lothar! Von der Front da! Stand an ihrem Bett! Er beugte sich über sie, umfasste sie und küsste sie. Sie strich über sein helles Haar. »Jut siehste aus, Lothar«, sagte sie, »und Feldwebel bist jeworden, mit lauter Orden ... Wie lang kannste denn dableiben?«

»Ich hab' vierundzwanzig Stunden.« Er sah die Enttäuschung auf ihrem Gesicht. »Das is' kein Bombenurlaub, Mutter, das is' auf Ehrenwort. Das hat mein Kompaniechef auf die eigne Kappe genommen, mit 'm Schmuh, dass ich Ersatzteile besorg'. Is' doch totale Urlaubssperre.«

Das Wasser stand ihr schon in den Augen. »Ach Lothar ... Is' ja alles so schlimm ...« Sie senkte wegen der Bettnachbarn ihre Stimme zu einem Flüstern: »Du weeßt, was passiert is' mit Vatern ...«

Jojo ging aus dem Kellerraum, wartete im Flur, wollte nicht Zuschauerin sein beim vertraulichen Austausch zwischen Mutter und Sohn.

Als Lothar heraustrat, war er bleich, und seine Augen, rot gerändert, funkelten böse. Er zog Jojo wie hektisch getrieben mit sich. »Ich hab' Mutter versprochen rauszukriegen, wo Vater abgeblieben is'.«

»Ich weiß, wie wir das rausbekommen«, sagte Jojo. »Wir

geh'n zur Demjensky, die ist jetzt bei der Gestapo und die fragen wir.«
»Is' das diese Kriegerwitwe aus der ›Pension Weimar‹, die einen Toten geheiratet hat?«
»Genau die. Ist 'ne ganz Überzeugte, aber trotzdem nett. Die Anwaltskanzlei, in der sie gearbeitet hat, wurde ausgebombt. Jetzt ist sie im Marstall, die Gestapo hat sie sich geangelt, und sie hat nicht Nein gesagt.«
Sie gingen über aufgerissenes Kopfsteinpflaster, an zerstörten Häusern vorbei, aber Lothar schien das wenig zu erschüttern. »Ganz Russland sieht so aus. Und Polen. Und der deutsche Osten.« Dass seine Schule zerstört war, na und? Dass das Rathaus getroffen und das Kaufhaus Kröger weg war, na wenn schon! Nur das Hotel »Elephant« mit seinem Adolf-Hitler-Balkon stand unversehrt da. »Na bitte, was hält, das hält!«
Ein Bautrupp mit KZ-Häftlingen schuftete auf dem Marktplatz unter SS-Bewachung; sie schütteten einen Riesenbombenkrater zu. Jojo zog Lothar plötzlich hinter die Litfaßsäule vor dem Rathaus.
»Was is'?«
»Der LKW, der da kommt! Der ist von der OT. Sicher sitzt mein Chef drin. Wenn der mich hier sieht, bin ich geliefert!«
Richtig, aus dem OT-LKW sprang Diplomingenieur Kiesel, kontrollierte den Bautrupp und ließ sich Meldung machen. Er musste alles selber auf den Block schreiben. Jojo hinter der Litfaßsäule wurde es unheimlich, das war mehr als bloßer Nervenkitzel.
In Lothar kochte wieder Wut hoch: »Dass du für *die* arbeitest!«
»Hab' ich mir nicht ausgesucht, bin doch verpflichtet worden«, flüsterte sie. Und patzig: »Und du kämpfst für Hitler!«
»Wir kämpfen jetzt fürs Vaterland. Der Iwan ist ja schon drin …«
»Lothar, versteck dich! Der Krieg dauert nicht mehr lange.« Ihre Stimme war fast tonlos, er konnte sie gerade noch verstehen. »Ich weiß es von Radio London: Die Alliierten sind auch im Westen schon in Deutschland drin.«
»Ich hab' mein Ehrenwort gegeben, dass ich nich' länger als vier-

undzwanzig Stunden bleib'.« Lothar sah sie empört an. »Ich lass' doch meine Kameraden nicht im Stich!« Er drehte ihren Kopf zu dem riesengroßen roten Plakat an der Litfaßsäule. »Jojo, das blüht dir, wenn dich jemand verpfeift.« In Großbuchstaben stand da: »Hingerichtet wegen Abhören von Feindsendern ...«

Jojo sagte: »Bei Radio London musst du bloß aufpassen, dass keiner das Bum-bum-bum-bum hört, das dringt durch alle Wände. Wir kriechen immer unters Plumeau. Nachher drehst du die Skala wieder auf den Reichssender, so kann das keiner entdecken und dich hinhängen.«

Lothar war bedient. »Denkste, wir an der Front haben 'n Dunst davon, wie die Fronten jetzt verlaufen?« Er schlug mit der Faust gegen das rote Plakat: »Und wie haarscharf am Henker ihr hier in der Heimat lebt?« Er legte den Arm schützend um sie, zog sie an sich und sah ihr ins Gesicht. »Jojo, sei bloß vorsichtig!«

Endlich fuhr der LKW mit Jojos Chef davon. Sie atmete auf. »So, jetzt darfst du mich küssen.«

Das tat er. Und wie!

»Und jetzt gehen wir zur Demjensky.«

Am Eingang im Marstall scharfe Kontrolle. Lothar zeigte Soldbuch und seinen so genannten Ersatzteilbeschaffungsbefehl, der ihn trotz Urlaubssperre zum Aufenthalt in der Heimat berechtigte. Jojo zeigte ihren OT-Ausweis.

»So, zu Frau Demjensky wollen Sie.« Der Uniformierte im Glasverschlag musste im Personalregister nachsehen. »Ach, das ist die Neue. Und der Besuchsgrund?«

»Is' geheim«, sagte Lothar und machte ein Gesicht, als hätte er den Iwan vor seinem Panzerrohr. Sie bekamen einen Passierschein mit Stempel. »Erdgeschoss, Zimmer vierzehn.«

Also, den trüb beleuchteten Korridor entlang auf der Suche nach Zimmer vierzehn. An einer von den Türen am Ende des Gangs stand »Dusche«. Jojo schaute Lothar fragend an. »Wer duscht denn hier um Gottes willen?« Bei Nummer vierzehn klopften sie und machten auf. Frau Demjensky war einem Nervenschock

nahe, als sie die beiden sah. Sie kam schnell an die Tür und drängte die beiden zurück in den Korridor. Sie war hochrot im Gesicht und sagte mit halblauter Stimme: »Ich bin noch neu hier. Was wollt ihr denn bloß hier? Ich hab' außer Schreibarbeit überhaupt keine Funktion.«
»Ich will meinen Vater sprechen. Der Huschke hat ihn angezeigt. Und die Gestapo hat ihn abgeholt.«
»Mit so was hab' ich nichts zu tun. Ich arbeite hier im Dezernat für Schwarzschlachten. Ich mach' mich ja verdächtig mit euch!«
Jojo sah, dass die Demjensky zitterte. »Man könnte ja denken, ich sei so was wie 'ne Anlaufstelle für Volksverräter und für verbotene Kanäle.«
»Nu' machen Sie mal halblang!« Lothar wischte rigoros ihre Bedenken weg. »Sie kennen uns doch schon seit Jahren! Ich will bloß meinen Vater sprechen, ich bin nur vierundzwanzig Stunden von der Front da. Ich weiß, dass er ausgerastet is' und getobt hat nach diesem Bombenangriff ... Kann man doch verstehen: die Frau schwer verletzt, das Haus in Trümmern.«
»Ihr Vater gehört überhaupt nicht in mein Ressort«, sagte Ulla Demjensky. »Soviel ich weiß, ist er im Dezernat für illegale KP-Wühlarbeit registriert.«
Jojo wurde es flau, das hörte sich ja unglaublich an! Auch Lothar verlor fast den Mut. »Aber fragen könnten Sie doch mal, Frau Demjensky, wenn 'n alter Frontkämpfer Sie darum bittet ... Ihr Mann war doch auch an der Ostfront ...«
»Wartet hier!«, rang sich die Demjensky ab und ging in ein anderes Zimmer. Sie saßen quälend lange auf zwei Stühlen im Korridor und warteten. Akten tragende Beamte mit Ärmelschonern gingen durch den Korridor und Bürodamen mit Nackenknoten und flachen Schuhen. Immer wieder kamen bewaffnete SS-Männer, und einmal wurde ein Mann in Handschellen vorbeigeführt. Aus dem Untergeschoss kamen unheimliche Geräusche, sie konnten sie nicht einordnen. Es geht keiner zum Duschen, dachte Jojo.
Lothar flüsterte fast ohne Stimme: »Wenn er hier im Gestapo-Keller is', hat Mutter gesagt, det überlebt er nich'.«

Endlich kam die Demjensky zurück. »Er ist nicht mehr hier«, sagte sie, »er ist bereits in Schutzhaft. Abtransportiert. Ihr wisst schon wohin. Dort kann man niemanden besuchen.«
Lothar sprang auf, konnte sich nicht mehr beherrschen. »Den Huschke bring' ich um! Und zwar eigenhändig!«
Bestürzung zeichnete das Gesicht von Ulla Demjensky, und sie verschwand eiligst hinter ihrer Bürotür.
Wieder wurden sie genau kontrolliert. Als sie draußen auf der Straße standen, liefen Jojo die Tränen übers Gesicht. Lothar zog Jojo weg vom Marstall. Der Marstall, das hatte Jojo im Sophienstift in Heimatkunde gelernt, war einmal der Prunkstall für die Prachtpferde des Großherzogs gewesen. Jetzt war er die Furcht erregende Gestapo-Hochburg Weimars.
»Da oben« – und Jojo wusste, Lothar meinte Buchenwald – »da is' er ja nich' das erste Mal, da hat er wenigstens seine Kumpels von der KP. Die sorgen schon dafür, dass er überlebt.« Er holte tief Luft, dann presste er heraus: »So, und jetzt knöpf' ich mir den Huschke vor!«
Schon machte er sich mit großen Schritten auf den Weg. Jojo konnte kaum folgen, blieb dann stehen. »Lothar!«, rief sie ihm hinterher. »Dreh doch nicht durch wie dein Vater!«
Er blieb stehen und drehte sich um. Aus der Entfernung sahen sie sich stumm an. Dann ging er weiter, auf der Suche nach Huschke. Jojo begriff, dass sie ihn nicht davon abhalten konnte. Männer, dachte sie, Männer sind so anders.

Es war Mitternacht. In übersteigerter Wachheit lag Jojo im Bett, starrte in die zugebretterte Zimmerschwärze, erstickte fast am kalten Zigarettenqualm. Am liebsten hätte sie geheult, aber ihre Augen waren nur gereizt und trocken. Trotz Trainingsanzug und Wollsocken fror sie unterm Plumeau. Die Mutter im Bett daneben bewegte sich unruhig, auch sie konnte und wollte nicht schlafen.
Was für ein verkorkster Abend war das gewesen, dachte Jojo. Der einzige Abend mit Lothar!
Mama hatte Lothar zum Abendessen ins kleine Zimmer eingela-

den, um ihn seelisch aufzufangen, ihm beizustehen und ohne fremde Ohren mit ihm über den erlittenen Schicksalsschlag sprechen zu können. Jojo hatte aus der Küche heiße Kartoffelsuppe mit einem Würstchen gebracht und zwei Scheiben Brot. Schnaps von den Wolgadeutschen hatte es dazu gegeben und hinterher Wein und Zigaretten. Lothar hatte alles mit Heißhunger vertilgt, und Jojo hatte ihm dabei zugeschaut. Extra schön hatte sie sich für ihn gemacht, hatte erwartungsvoll dagesessen in ihrem weißen Angorapullover, mit ihren erregt sich aufstellenden Haarkringeln, auf den Lippen den kirschroten, kussechten Stift aus Paris, hatte nach italienischem Parfüm geduftet und nervös mit den übereinander geschlagenen Beinen gewippt. Aber Lothar war bis zum Hals zugeschnürt gewesen mit Hass und Wut, er hatte Huschke verfolgt und nicht gefunden, hatte dessen Hausmeisterwohnung gestürmt und Frau Huschke in Panik versetzt, aber erreicht hatte er nichts. Die Demjensky hatte aus dem Gestapo-Büro den Luftschutzwart wohl sofort gewarnt.

Und Mama hatte den ganzen Abend geredet und geredet wie ein Wasserfall. Ohne Punkt und Komma hatte sie Lothar versichert, wie Leid ihr alles tue, wie tapfer Lothars schwer verletzte Mutter sei, die sie schon im Krankenhaus besucht habe, mehrmals, und wie schrecklich das alles sei mit seinem Vater. Den Tobsuchtsanfall nach dem Bombeneinschlag könne man ja verstehen, sie kenne ja sein Temperament und seine Ansichten, aber gleich nach Buchenwald … Und wie furchtbar es sei, dass Lothar sein Elternhaus verloren habe, aber auch sie, die Jordans, hätten Unglück zu ertragen, Alexander sei im eisigen Meer verschollen. Wanda Jordan zeigte Lothar das Foto vom Fähnrich zur See hinter dem zersprungenen Glas, und sie berichtete von der Bombe im Garten und wie Jojo und sie durch den Luftdruck die Treppe in den Keller hinabgeschleudert worden waren, wie sie sich den Arm gebrochen und die junge Frau Weimar das Kind bekommen hatte und der Bankangestellte in Panik aus dem Kellerfenster getürmt und draußen von Trümmern erschlagen worden war. Sie hatte Lothar auch gefragt, wie es an der Ostfront aussehe, der aber war einsilbig geblieben. »Nicht rosig.« Aber in der Heimat, hatte er gesagt, finde er es fast schlimmer, worauf Mama wieder einmal vom chinesisch-japanischen Krieg angefangen hatte und von allem, was auch ihnen verloren gegangen war.

Jojo und Lothar hatten geraucht, die Spannung hatte dabei nicht nachgelassen. Jojo hatte Lothar von der Seite betrachtet, sein Profil, sein weizenhelles Haar, das nicht mehr militärisch kurz geschnitten war, seinen starken Nacken, der im Uniformkragen verschwand, seine kraftvollen Finger, die an der Kippe die nächste Zigarette anzündeten, seine blonden Wimpern an den gesenkten Lidern. Warum lag sie nicht in seinen Armen? Warum war jetzt nicht eine heiße Sommernacht im Park an der Ilm? Ihre Blicke hatten sich getroffen. Das schnelle, hektische Gerede der Mutter hatte ein verstecktes Lächeln auf ihre Gesichter geholt, ihre Augen hatten den gleichen Gedanken ausgetauscht: Die will uns doch bloß am Alleinsein hindern.

Mitten im Redefluss von Frau Jordan war Lothar aufgestanden und hatte zu Jojo gesagt: »Komm, wir gehen ein Stück spazieren!« Jojo war sofort aufgesprungen – aber auch Mama. Sie hatte den Spaziergang rigoros blockiert, weil es schon nach Mitternacht sei und Jojo um sechs aufstehen und zur OT müsse und weil sie sich außerdem mit dem gebrochenen Arm nicht ohne Hilfe ausziehen könne.

Lothar war alleine nach oben in die Dachkammer gegangen.

Jetzt lag Jojo im Dunkeln im Bett und wartete, wartete … Endlich hörte sie die gleichmäßigen Atemzüge, die ihr verrieten, dass Mama schlief. Jojo schlüpfte aus dem Bett, schlich auf Wollsocken aus dem Zimmer, flitzte durchs Treppenhaus nach oben in die Dachkammer.

Lothar lag mit offenen Augen da, völlig vergraben im Federbett. Die Dachkammer war eiskalt, vor das kaputte Fenster hatte er seine Uniformjacke gehängt, die kleine Lampe brannte. Jojo stand da und bibberte von Kälte und Erregung – und Angst vor dem unausweichlichen Liebesakt.

»Komm rein!« Lothar hob das Plumeau. Er war nackt.

Sie legte sich zu ihm mit Trainingsanzug und Wollsocken. Das Bett war glutheiß aufgeheizt von seiner Nacktheit. Er drückte sie an sich, durch den dicken, angerauten Trikotstoff fühlte sie seine Hitze. Unter dem Plumeau ging ein wildes Gefummel los. Er wollte sie nackt wie die Eva im Paradies haben, sie gerieten in Ekstase und mussten auch lachen. Es waren die unbeschwertesten Momente dieser vierundzwanzig Stunden. Jojo wischte alle Bedenken weg: Was sie tat, war gottgewollt.
Nicht gottgewollt waren die Sirenen, die losheulten wie zum letzten Gebet. Ohne Voralarm wieder einmal. Sie horchten nach draußen. Jojo fühlte Lothars Hand, die ihre Brust liebkoste, sein Knie, das sich zwischen ihre Beine zwängte, und seinen heißen Atem an ihrem Ohr. »Wir bleiben hier, Jojo, wir bleiben einfach hier«, flüsterte er heiser. Er legte sich auf sie mit seinem ganzen Gewicht. Sie hörte nebenan Tante Mali und Hannelore die Türen schlagen und die Treppe hinunterlaufen, von unten kamen Säuglingsgeschrei und das Fluchen der Umsiedler.
Plötzlich stand Mama im Zimmer, unbarmherzig forderte sie die Vertreibung aus dem Paradies: »Ihr kommt sofort da raus! Auf der Stelle! Los, ab in den Keller!« Als die beiden sich nicht rührten, riss sie das Plumeau weg, enthüllte das nackte Liebespaar, trieb es wie mit dem Flammenschwert in die Eiseskälte, in die Kleider, die Treppe hinab in den Keller. »Was würde deine Mutter sagen, Lothar«, schrie sie ihn an, »wenn ich das zuließe … bei anfliegenden Bombern!«
In den schmalen Gewölben des Kartoffel- und Kohlenkellers saßen und standen alle dicht beisammen, über ihnen das Dröhnen der Bomber, hin und wieder hörte man Einschläge. Lothar und Jojo lehnten Hand in Hand an der Wand, gegenüber saß Ulla Demjensky, die tat, als wäre Lothar nie bei ihr gewesen. Das Neugeborene schrie voller Wut. Im Funzellicht sah Jojo, wie es vor Empörung blaurot anlief, auch die Säuglinge der Rheinländerinnen stimmten in das Gebrüll ein. Als die Umsiedler Schnaps kreisen ließen, nahmen Lothar und Jojo jeder einen Schluck aus der Flasche. Das tat gut. Es krachte. Mauerstaub rieselte herab,

kratzte in den Augen, knirschte zwischen den Zähnen. Auf einmal fragte Lothar eiskalt provozierend in Richtung Demjensky: »Wo bleibt denn unser pflichteifriger Parteigenosse Huschke heute mit seiner Luftschutzkontrolle?«

Die Demjensky erlitt einen Hustenanfall. Hannelore klopfte ihr hilfreich auf den Rücken. Wieder krachte es. Der Boden hob sich, Mama wurde von hochgeschleuderten Kartoffeln getroffen, und Tante Frieda stammelte: »Du großer Gott!«

Endlich Entwarnung. Lothar drückte Jojos Hand, zerquetschte sie fast als Zeichen von Liebeserwartung und Liebesversprechen. Im Gedränge auf der Treppe nach oben wurden Jojo und Lothar getrennt. Wanda Jordan zog ihre Tochter ins kleine Zimmer. In der offenen Tür rief sie Lothar »gute Nacht!« zu und zog die Tür ins Schloss. Jojo wollte wieder raus, wollte mit Lothar nach oben, aber Mama herrschte sie an: »Du bleibst hier!«

Jojo machte einen Mordsaufstand, sie wollte rauf, sie wollte zu Lothar. »Lass mich gehen, Mama! Ich will es endlich erleben!«

Die Mutter war außer sich: »Willst du dir jetzt noch ein Kind machen lassen? Jetzt, wo schon das Chaos ausbricht? Willst du wie die Mechthild rumlaufen?«

»Mama! Hör auf!«

»Du weißt genau, was du aufs Spiel setzt!«

»Und du?«, fauchte Jojo zurück, »Du und Wolf? Du hast doch auch alles aufs Spiel gesetzt für deine Leidenschaft! Die tolle Wanduschka! Habt ihr nach irgendwas gefragt?« Mama war blass geworden, aber Jojo fuhr hitzig fort: »Ihr habt auf nichts und niemanden Rücksicht genommen, alles hast du für deine Liebschaft aufs Spiel gesetzt, alles, sogar als Vati noch gelebt hat!«

»Dein Vater hat auch seine kleine Russin gehabt.« Wanda Jordan rang um Fassung, wollte ruhig erscheinen. »Mit Wolf und mir, das war ganz etwas anderes, nicht so eine Jugendliebe wie bei euch. Das war die große Leidenschaft, die große Liebe …« Sie hielt erschöpft inne, dann sagte sie: »Außerdem bin ich eine erfahrene Frau, und er ist Arzt; uns hätte nie eine Dummheit passieren können.«

Aber Jojo wollte zu Lothar. Niemand sollte ihr stehlen, was gottgewollt war, was jede Faser ihres Ichs haben und erleben wollte, endlich, endlich, dieses eine Mal. Sie rannte zur Tür, aber Mama war schneller, die drehte den Schlüssel um, zog ihn ab und behielt ihn in der Hand. »Du bleibst heute Nacht hier! Du bist viel zu unerfahren im Bett, du weißt überhaupt nichts, ein Küken bist du … Und Lothar, der will bloß das Eine, und dann ist er weg, eventuell auf Nimmerwiedersehen.«

»Gerade deswegen. Vielleicht ist es unsere einzige Liebesnacht. Vielleicht seh' ich ihn nie wieder.«

»Eben!« Mama sprach die brutale Wahrheit aus: »Das ist ja das Druckmittel der Männer, die noch schnell ihr Vergnügen haben wollen, ehe sie wieder an die Front müssen.«

Mama legte sich mit dem Schlüssel in der Hand ins Bett. Jojo warf sich über ihr Plumeau, heulte und tobte: »Du bist ja so gemein! Vielleicht sind wir alle morgen schon tot. Und dann hab' ich es nie erlebt …«

Aber Jojo musste bleiben, lag im Bett, verzweifelte, geriet in orgiastische Liebesfantasien. Schließlich fiel sie erschöpft in unruhigen Schlaf, aus dem sie um fünf Uhr schon wieder erwachte.

Mit der Taschenlampe leuchtete sie zu Mamas Bett. Die schlief. Der Schlüssel war ihr aus der Hand gefallen und lag auf dem Bettvorleger. Jojo stand auf, hob ihn auf, schloss die Tür auf und schlich sich mit der Taschenlampe nach oben.

In der Dachkammer lag Lothar unter dem Plumeau und schlief. Sie leuchtete ihm ins Gesicht, aber er schlief wie ein Toter, wie einer, der jahrelang kein frisch bezogenes Bett mehr gehabt hatte, der seit Jahren statt Bettfedern und weißen Bezügen nur Wanzen und Flöhe kannte. Sie berührte ihn, er reagierte nicht, sie strich ihm über die Lippen, küsste ihn vorsichtig, schnupperte an seinem Hals, fuhr mit der Hand unter die Decke und fühlte an Schulter und Brust die Narben. Lothar wachte nicht auf. Auch als sie an seiner Schulter rüttelte. Er wachte einfach nicht auf. Hilflos stand sie da und leuchtete ihm ins Gesicht. Ein Soldat, dachte sie, nur Soldaten können so schlafen. In ihrer Brust spürte sie einen bedrückenden Klumpen. Die Enttäuschung brachte sie fast um. Sie verließ die Dachkammer mit dem schlafenden Lothar. Heute musste sie unbedingt zur OT.

Um elf Uhr dreißig stand Lothar plötzlich vor Jojo in ihrem OT-Büro. Mit Passierschein vom OT-Wachposten in der Hand, feldmarschmäßig in Uniform, mit Tornister. Jojos Kollegin machte große Augen. Er hatte sich vor Jojo aufgebaut, machte sich einen verzweifelt groben Scherz mit Strammstehen und bellte: »Melde gehorsamst: Feldwebel Rollmann angetreten zum Abschiednehmen!« Seine Stimme klang so fremd ironisch, seine Züge waren hart, sein Mund zeigte kein Lächeln. Sie spürte den Stich im Herzen. Sie wusste es: Er hatte auf sie gewartet, nackt im Bett, vergebens.

»Meine vierundzwanzig Stunden sind um, Jojo. Ich muss zum Bahnhof.«

»Ich komm' mit!« Jojo griff schon nach ihrem Fuchspelz im Spind. Der Kollegin gab sie die Anweisung: »Sag dem Chef, mein Verlobter musste an die Front. Ich bring' ihn bloß zum Zug.«

Die Bahnsteige waren hoffnungslos überfüllt, die unter Dampf und Pfeifen, Qualm und Quietschen hereinrollenden Züge so voll, dass das Ein- und Aussteigen meist nur durch die Fenster ging. Viele Paare standen da und nahmen Abschied. Ein Haufen junger Soldaten mit Kindergesichtern und viel zu großen Uniformen schaffte das Einsteigen nicht und ließ den Zug gen Osten ohne sie abfahren. Die Männer bekamen von BDM-Mädeln Tee und Suppe gereicht. Die Lautsprecherdurchsagen kündigten die nächsten Züge und ihre Verspätungen an. Im Gewühl Jojo und Lothar, in seinen Augen der Vorwurf, dass sie ihn vergeblich hatte warten lassen.

»Ich wollte ja zu dir, Lothar, glaub mir doch! Aber Mama hat mich eingeschlossen, ist mit dem Schlüssel in der Hand in ihr Bett. Wir hatten ganz fürchterlichen Krach deswegen.«

Der nächste Zug Richtung Osten lief ein, das Menschengeschiebe wurde lebensbedrohend. Lothar drängte Jojo zurück vom Bahnsteigrand. »Ich nehm' den nächsten Zug ...« Er fing an sie zu küssen. »Dass ich einfach so fahren soll, Jojo, ohne ... ohne ... Jojo, das kann ich einfach nicht glauben. So können wir unsere Liebe doch nicht verrotten lassen!« Die Verzweiflung stand ihm ins Gesicht geschrieben: »Wenn ich nun nicht mehr zurückkomme, Jojo ...«

Da war sie wieder, die Drohung, die Erpressung. Hatte die Mutter nicht doch Recht? Jojo wollte sich diesem männlichen Druck nicht beugen und außerdem war es sowieso zu spät. Sie rettete sich in fernöstliche Weltgewandtheit. »Weißt du, was jetzt Laotse sagen würde? ›Nur der Affe kann über Leben und Sterben so unendlich gelangweilt aussehen. Wahre Größe hat der Affe!‹«

»Was für ein blöder Spruch«, sagte Lothar erbittert.

Jojo verteidigte den Spruch. »Es ist doch nicht irgendein Affe im Zoo! Es ist der Affe der Weisheit. Und der Affe der Weisheit blickt gelassen über Leben und Sterben ... und über eine unerfüllte Liebe«, fügte sie hinzu und kam sich unglaubhaft und unglücklich vor.

»Was für ein Quatsch!«, empörte sich Lothar. »Wenn man an der Front stirbt, oder wenn du dir im verschütteten Keller die Pulsadern aufschneidest – wie kann man da gelassen sein wie ein Affe!«

»Man kann es«, behauptete Jojo, aber ihre nassen Augen sagten das Gegenteil.

»Mensch, da hinten sind die Kettenhunde!« Auf dem Bahnsteig sahen sie zwei Feldpolizisten, die jeden Soldaten prüften und ihn zum Einsteigen nötigten. »Den nächsten Zug muss ich nehmen, ich hab' mein Ehrenwort gegeben.«

Es passierte alles fast zur gleichen Zeit: Die Bahnhofssirene heulte mit entsetzlich durchdringendem Jaulton los, Flugzeuge donnerten heran. Bomben fielen. Tieffliegerbeschuss setzte knatternd ein. Die Flak bellte. Auseinander stiebende Menschen rannten zu den Treppen, suchten Schutz in den Unterführungen.

Lothar packte Jojo bei ihrem Pelz und zog sie mit sich. Er sprang vom Bahnsteig auf die Gleise, fing Jojo auf, und sie liefen quer über die Gleise. Aus einer Baubaracke flüchteten Arbeiter, genau

da hinein zog Lothar seine Jojo, drückte die Tür zu. Der brüllende Angriff draußen war plötzlich gedämpft, in einem Kanonenofen bullerte ein Feuer, es war heiß wie in einer Backstube. Schwer atmend standen die beiden voreinander. Jojo sah Lothars Blick. Sie wusste, was jetzt passieren würde. Auch in ihrem Kopf hämmerte es: Ich will es, ich will es, ich will es …
Sie ließ den Pelzmantel von den Schultern auf den Bretterboden fallen. Im Hitzekegel des Kanonenofens zog er sie auf das Fuchsfell, zerrte ihr den Schlüpfer herunter, und Jojo ließ sich unter einer alles überschwemmenden Welle sinnverwirrender Erregung in einem unerwartet schmerzhaften Liebesakt »nehmen«. Mit der Glut und der Kraft seiner Jugend und der Einmaligkeit der Hingabe ihrer Unschuld liebten sie sich mitten im Ansturm der Todesengel, gleichsam als Herausforderung an das Schicksal. Eine Hochzeit zwischen Liebe und Tod, Leben und Verderben.
Als er neben sie sank, lächelte er gelöst und glücklich. »Jojo, meine chinesische Porzellanpuppe …«
Sie lagen ganz still beieinander auf dem Fuchsfell. Draußen tobte die Welt. Nach einer Weile sagte Jojo, als gehe sie das überhaupt nichts an: »Die Baracke brennt.« Lothar riss sie hoch, griff nach Pelz, Tornister und was sonst von ihnen herumlag und zog Jojo aus der brennenden Baracke hinaus ins verwüstete Gleisgelände.
Mit ohrenbetäubendem Dauerton gab die Bahnhofssirene das Signal für die Entwarnung. Aus den Unterführungen quollen die Menschen hoch, vor dem Mund Taschentücher gegen Staub und beißenden Brandgeruch. Jojo und Lothar überquerten die Schienen, im Gehen zog sie den Pelz an. Er sprang auf den Bahnsteig, zog sie hoch. Jojo blickte zurück: Die Baracke brannte lichterloh. Trotz der Bombenschäden und Brandherde ging der Bahnbetrieb weiter. Der nächste, übervolle Zug in Richtung Ostfront wurde umgeleitet. Sie mussten zu einem anderen Bahnsteig rennen. Lothar kletterte durchs Wagonfenster. Jojo hob seinen Tornister hinterher. Dann beugte er sich aus dem Fenster, so weit es ging, zu Jojo hinunter, die dastand in ihrem angesengten Pelz, das Gesicht

so rot wie die Fuchsfarbe, ihre Augen so hell und so nass wie ein Bergsee.
Auch Lothars Gesicht war flammend rot unter dem schwarzen Panzerbarett, seine Splitternarben glühten im Gesicht, seine Augen verschwammen in Sinnlichkeit und Abschiedsschmerz.
Der Zug fuhr langsam an.
»Jojo, ich komme wieder!«, rief Lothar.
»Ich warte auf dich, Lothar!«, rief Jojo.
Er winkte ihr mit dem Taschentuch – nein, es war ihr französischer Seidenschlüpfer. Unter dem Rock fühlte sie plötzlich die schmerzende Nacktheit ihres Fleisches. Sie folgte Lothar mit den Augen, bis der Zug in einer Kurve verschwand.

Das Warten auf ihre »kritischen Tage« versetzte Jojo in Panik. Nicht der Vorstoß feindlicher Panzerverbände in die Eingeweide Deutschlands. Nicht der beginnende Todeskampf des Dritten Reiches und der fanatische Wille seiner Parteigänger, alles mit sich in den Abgrund zu reißen. Wann waren »ihre Tage« überhaupt fällig? Waren sie vielleicht schon überfällig? Wie lange war Lothar denn nun schon fort? Was für ein Datum war das gewesen, als »es« mit Lothar passierte? Warum war ihr andauernd so übel? Ein Anzeichen für Schwangerschaft? Oder war sie bloß hysterisch? Sie blätterte nervös in ihrem Taschenkalender. Nie hatte sie sich entsprechende Vermerke gemacht, wozu auch? Sollte sie mit Mama reden? Bloß nicht! Die glaubte ja, alles verhindert zu haben. Hatte sie nicht wie mit dem Flammenschwert Jojo und Lothar vom Liebeslager vertrieben? Hatte sie nicht Jojo eingeschlossen und den Schlüssel abgezogen? Jojo konnte mit niemandem sprechen, niemanden fragen. Vielleicht war ja alles nur halb so schlimm. Es gab doch auch andere Ursachen für das Ausbleiben der Menstruation. Aber welche? Sollte sie in einer Bibliothek eine Aufklärungsbroschüre über Zeugung und Empfängnis verlangen? Das war ihr zu peinlich.
Sie lag im Dunkeln wach, ihr fielen Szenen aus schwülen Romanen ein, in denen Engelmacherinnen am Werk waren und in

dunklen Hinterzimmern mit einem Stock in armen Opfern herumstocherten und sie für alle Zeit ruinierten. Oder es wurden bildschöne Mädchen von einem Adeligen geschwängert, worauf sie dann Tag und Nacht bei der Dorfhexe über heißem Kräuterdampf hockten. Vergebens. Bei Mama hatte Jojo einmal eine Gummidusche entdeckt. Wofür die sei? Für hygienische Spülungen »unterwärts«. Mehr hatte sie nicht erfahren.
Jojo schlich sich in Wolfs Dachkammer zu den medizinischen Büchern im Schrank. Sie schlug nach unter »Menstruation«. Da stand klein gedruckt ein endloser Text. »Ausbleibende Menstruation« hieß da »Amenorrhoe« ... Oh Gott! Sie las über »Ovulation«, »Follikelsprung«, »Eisprung« – was immer das sein sollte. Sie sah nach unter »Schwangerschaft«, da stand alles über »Zwillingsgeburten«, »Drillingsgeburten«, »Steißgeburten«, »Zangengeburten« und über alle Methoden, die »gesegnete Leibesfrucht« zu schützen.
Jojo huschte zurück nach unten ins kleine Zimmer. Eine Weile stand sie vor der Waschkommode, starrte sich im zersprungenen ovalen Wandspiegel an. Sie griff nach der Drahtbürste, fing an, wild und wütend den ewigen Mörtel aus ihrem widerspenstigen Haar herauszubürsten. Schließlich wurde ihr der Arm lahm. Die Seifenschale nahm sie als Aschenbecher mit zum Tisch. Sie schaltete den Volksempfänger an, warf sich in den wackligen Korbstuhl, legte die Beine gekreuzt auf den Tisch und fing an zu qualmen. Wie immer kamen im Radio Schlager: »Alle Tage ist kein Sonntag«, »Heimat, deine Sterne« und »Tapfere kleine Soldatenfrau«. Und dann, wie zum Hohn: »Jede Frau hat ein süßes Geheimnis, von dem außer ihr niemand weiß ...«
Jojo schaltete das Radio aus, drückte die Zigarette in die Schale und ging ins Bett. Sie brauchte keine Schlagerträume, ihr Leben war ein Albtraum.

Dass der Frühling plötzlich ausgebrochen war, mit der ganzen Macht aufsteigender Säfte und aufspringender Knospen, mit wärmender Sonne und lauem Märzlüftchen, war nach dem brutalen

Winter für alle eine Erlösung. Man konnte ein bisschen aufleben. Aber Jojo blieb blass wie Wachs, die dunklen Schatten um ihre hellen Augen gaben ihr das Aussehen eines Lebemädchens. Der OT-Chef war ganz verrückt nach ihr. Immer wieder musste sie ihn auf den Kontrollfahrten zu den Außenstellen begleiten, immer auf seinem Knie, in den Kurven immer »zur Sicherheit« fürsorglich begrapscht. Ihr wurde jedes Mal übel. Vor Empörung über die Belästigung. Weshalb sonst?
Lothar ... Wie lange war er schon wieder weg? Vier Wochen? Fünf Wochen? Sechs ...? Sie schrieb viele Briefe an Lothar. Von ihrer Bedrängnis schrieb sie nichts. Und von Lothar kam keine Feldpost, keine Antwort.
Der schwere, dunkle Velourvorhang war beiseite gezogen, das helle Märzlicht stürzte in den aus alten Glasfenstern, Glastüren und Brettern von OT-Helfern notdürftig wiedererrichteten Wintergarten. Es gab keine grüne Zimmerlinde mehr, aber auf dem runden Tisch lag wie früher die Kreuzstichdecke. Sie saßen im Kreis, Mariechen goss Muckefuck ein, den tranken sie ohne Milch und Zucker. Jojo stand an der Glastür zum Garten und starrte in den Bombentrichter. Mama, immer noch mit eingegipstem Arm, saß am Tisch neben Tante Mali und Tante Frieda, gegenüber von Wolfs Frau mit dem Winzling im Arm. Tante Frieda häkelte mit einer riesigen Häkelnadel an einer Babydecke. Frau Pusch flickte Küchentücher. Niemand strickte mehr die grauen, groben Soldatensocken.
Das friedliche Zusammensein am Kaffeetisch in der »Pension Weimar« war ein Trugbild, denn alle waren anders geworden: Jojo war immer noch blass und angestrengt. Wanda Jordan rannte dauernd ins Kino, um sich abzulenken vom verzweifelten Warten auf einen Bescheid über Leben oder Tod Alexanders. Tante Mali, obwohl sie wie immer freundliche Gelassenheit zeigte, blieb auch nicht verschont – Wolf lag schwer erkrankt an infektiöser Hepatitis auf einer Isolierstation in irgendeinem Lazarett. Seine junge Frau hatte aus Schreck darüber plötzlich keine Milch mehr, doch die immer noch üppigen Rheinländerinnen traten für sie Mutter-

milch ab. Sie lachten nicht mehr, sorgten sich um ihre größeren Kinder, die mit der Kinderlandverschickung im Osten waren, wo jetzt die Rote Armee einbrach. Chorsängerin Liane Krauss klagte über höllische Rückenschmerzen, trotzdem musste sie jeden Tag Wagons mit Rüstungsgut beladen. Ulla Demjensky hatte neuerdings zwei tiefe Falten zwischen Nase und Mund und im Haar vereinzelt graue Strähnen, denn in ihr Zimmer war auf ein Notbett ihre Schwiegermutter aus Posen eingezogen, hatte plötzlich vor der Tür gestanden, abgemagert und gerädert nach wochenlanger Odyssee in Flüchtlingskolonnen über Äcker und Wiesen, durch Wälder und Auffanglager. Ulla fing an zu rauchen und sich Schnaps zu besorgen. Die Schwiegermutter machte sie nervös, da sie nicht aufhören konnte, von den Gräueln im Osten zu erzählen, von erfrorenen, zerstückelten oder vergewaltigten Opfern. Die Umsiedler soffen nur noch, ertränkten im Schnaps ihre tiefe Enttäuschung über das ihnen versprochene Land im Warthegau, das gerade verloren ging. Hannelore und ihr Tierarzt heirateten. Die Hochzeitsfeier war erbärmlich ärmlich. Nur Tante Frieda glaubte unbeirrt an die Wunderwaffen und den Endsieg. Bei jeder Sondermeldungsfanfare, die noch immer deutsche Siege verkündete, eilte sie zum Volksempfänger und sagte: »Du großer Gott!«

Aus heiterem Himmel kam Jojo in der OT plötzlich auf Tuchfühlung mit der Hölle. Schwarze Ledermäntel, schwarze Hüte, schwarze Stiefel, schwarze Aura. Jojo spürte es sofort, als die zwei Männer ihr Büro in der OT betraten, stehen blieben und sie musterten. Die brauchten keineswegs den Kragenaufschlag zu lüften und ihr SD-Abzeichen zu zeigen, Jojo wusste sofort, wer die beiden waren. SD: Sicherheitsdienst des Reichsführers-SS, eine Formel für geheime Spitzel- und Informationsdienste inklusive Rollkommandos zur Vollstreckung verhängter Todesurteile. Ohne Anmeldung gingen die beiden Männer gleich ins Chefzimmer. Was wollten sie? Hier? Im Büro von Diplomingenieur Alfred Kiesel von der Einsatzgruppe Kyffhäuser?

Nach einer mulmigen Weile wurde Jojo hineingerufen. Sie nahm

Stenoblock und Bleistift mit. Aber Kiesel wollte keine Stenonotizen von ihr. Die SD-Männer wollten etwas von dem Fräulein Jordan. Sie wollten sie am liebsten gleich mitnehmen. Jojo schaute entsetzt ihren Chef an, der zog unmerklich die Schultern hoch. Hatte sie jemand denunziert? Die Demjensky vielleicht? Wegen Feindsenderhörens? Wegen eines frechen Witzes? Jojo brachte kein Wort hervor. Sie starrte die Männer vom SD an, beide groß und massig, Repräsentanten der Macht und des Todes.
Ohne Widerspruch zu erwarten, sagte der eine gefährlich liebenswürdig: »Fräulein Jordan, wir hätten Sie gerne für unsere Organisation als Mitarbeiterin.«
»Ja«, bestätigte der andere, »Sie erscheinen uns als verwendungsfähig. Sie sprechen mehrere Sprachen, Sie haben Auslandserfahrung … und Sie sind hübsch.«
In Jojo sprühten die Gedanken rasend schnell wie Funken: Was wussten die von ihr? Was machte sie »verwendungsfähig«? Aufgewachsen im Ausland? Studentin in Wien? Kontakte zu ausländischen Studenten? Besuch verbotener Kneipen? Lockere Lebensweise? Kanäle zu rheinischen Industriellenkreisen? Liebschaft mit einem Kommunistensohn? Sie war wohl erpressbar und daher ideal für den Geheimdienst. Als Kundschafterin? Für Spitzeldienste? Zum Aufspüren versteckter Juden? Als Denunziantin von Widerständlern? Zur Korrumpierung Verdächtiger durch Beischlaf? Als kleine Mata Hari zur Überführung unliebsamer Bonzen?
Die beiden SD-Leute und auch Kiesel blickten sie bedrohlich abwartend an. Ihr wurde übel. In ihrem Kopf fing es an zu kreiseln, gleich würde sie in Ohnmacht fallen. Ihr Magen krampfte sich zusammen. Sie fasste sich an die Kehle und blaffte die Männer unkontrolliert an: »Das geht nicht!«
Gleich musste sie sich erbrechen. Sie rannte zur Zwischentür, blieb eine Sekunde stehen: »Ich bin schwanger! Mein Verlobter ist an der Ostfront!« Sie holte nochmals Luft. »Entschuldigung, mir ist so schlecht, ich muss mich übergeben.«
Sie sah noch die drei blöde verdutzten Männergesichter, dann

stürzte sie raus in den Korridor, rannte zum Klo. Sie übergab sich in hysterischer Ekstase in die Kloschlüssel, mit Triumphgefühl und einem grotesken Lachanfall. Heilige Mutter Maria! Sie hatte den SD abgeschmettert! Diese blöden Glotzer würde sie in ihrem Leben nie vergessen. Sie spülte sich mit Leitungswasser den Mund aus. Und sie dankte Gott im Himmel für ihren Leichtsinn in der Liebe.

»Komm, Jojo«, sagte Mama, »du siehst schlecht aus, so blass um die Nase, und diese schwarzen Ränder unter den Augen! Komm, wir machen einen schönen Spaziergang.«
Es war Sonntagswetter, blauer Himmel, Frühlingssonne. Sie gingen die Allee hinauf in Richtung Schloss Belvedere. Mama trug ihren Gipsarm in einem Dreiecktuch, darüber eine Strickjacke. Jojo hatte ihren Frühlingsmantel an, der war abgeschabt und oben zu eng. Sie kämpfte mit sich. Sollte sie es ihrer Mutter sagen? Dass sie »Dummheiten« gemacht hatte? Mama würde ein fürchterliches Trara machen. Und vielleicht war doch gar nichts passiert. Bei dem einen Mal! Wie lange waren ihre Tage eigentlich überfällig? Ach, Mist, sie war ganz durcheinander.
Sie spazierten flott voran und füllten ihre Lungen mit frischer Luft. Jojo, tief verwickelt in Gedanken, Mama in vollem Redefluss. Sie erzählte, was es Neues gab: Frau Rollmann war aus dem Krankenhaus entlassen und zu Verwandten aufs Land verlegt worden. »Ach«, sagte Jojo, »dann können wir sie ja gar nicht mehr besuchen.« Mama hatte Frau Vogelfund getroffen. »Bei Mechthild ist es jetzt wohl jeden Tag so weit.« Mama hatte auch Tante Malis Verehrer, den Kommerzienrat, in der »Pension Weimar« getroffen. »Sein Sohn, ich glaub' der von der Waffen-SS beim Panzerkorps, hat das Ritterkreuz bekommen …« Und Wolf hat an seine Frau geschrieben, wie stolz er sei auf seinen Sohn. »Wolf liegt noch immer streng isoliert …«
Erst hörten sie es nicht bewusst, dann wurden sie aufmerksam. Ein merkwürdiges, vielfältiges Geräusch aus Klopfen und Geklapper. Es kam auf sie zu. Jojo und die Mutter blieben zwischen

zwei Alleebäumen stehen. Was war das? Irgendwie unheimlich, alarmierend. Dumpf. Ein unheilvolles, ein böses Geräusch und mit nichts vergleichbar. Es kam die Allee herunter, war begleitet von Hundegebell und Rufen, unerklärlich. Sie warteten, bis es näher kam.
Dann sahen sie die Gestalten in den zebragestreiften Lumpen. Sie kamen angewankt in Dreierreihen. Holzschuhgetrommel auf dem Steinpflaster von Tausenden von Füßen. Männer ohne Ende schwankten im Gehen, Fetzen an ihrem Leib. Jojo und Mama ergriff das blanke Entsetzen. In Streifen die meisten, in zerfetztem, wattiertem Zeug andere, wenige unter übergeworfenen Decken. Manche humpelten, die Füße lumpenumwickelt. Gesichter wie aus der Grube auferstanden, in tiefen Höhlen die Augen, so brennend wie Kohle, andere schon blicklos und tot. SS-Wachmänner mit umgehängten Karabinern und Pistolenhalftern, Peitschen in der Hand und hechelnde Bluthunde an kurzer Kette, trieben den Todeszug vorwärts.
Weiter hinten schien einer gestürzt zu sein, hatte die Marschkolonne durcheinander gebracht. Scharfe Rufe, geiferndes Gebell, ein Knall. Der Zug wankte weiter. Den hatten sie wohl erschossen.
Jojos Herz schlug wie ein Hammer, im Hals, im Kopf ein höllisches Dröhnen. Die Mutter neben ihr stand wie zur Salzsäule erstarrt. Der Elendszug klapperte weiter, die Allee entlang, an ihnen vorbei. Er wollte kein Ende nehmen. Wo kamen die alle her? Wo sollten sie hin? Nach Buchenwald? Wo Max Rollmann war?
Jojo fühlte, wie der Schock sie körperlich attackierte, ihr die Kehle zuschnürte. Reißende Schmerzen zerfetzten ihr den Unterleib, dann spürte sie, wie ihr das Blut in den Schlüpfer strömte. Sie stellte sich hinter einen dicken Baumstamm und weinte. »Mama, gib mir ein Taschentuch! Ich krieg' meine Tage ...« Sie weinte um die elendigen Menschen in den klappernden Holzschuhen. Auch Mama weinte. Sie weinten um Deutschland. Sie weinten um Weimar, wo Menschen mit Bluthunden vorangetrieben wurden. Würde es für die eine Befreiung geben?

Jojo weinte aber auch, weil sie wusste, dass sie jetzt kein Kind von Lothar bekommen würde, sie weinte und war doch froh darüber. Sie hörte Mama sagen: »Dantes Inferno …«

»Ich hol' dir aus der Küche heißes Wasser.« Die Mutter stand an der Tür, eine Hand auf der Klinke, den Gipsarm in der Schlinge. Jojo konnte es sehen: Vor Mamas Augen zog noch immer der Elendszug vorüber. »Ich kann irgendwie nicht glauben, was ich gesehen habe.«

Jojo stützte sich mit beiden Händen auf den Marmor der Waschkommode. Auch ihr kam das Ausmaß des Gesehenen unfassbar vor. Sie warnte ihre Mutter: »Sag in der Küche zu keinem ein Wort! Man weiß nie …«

Wanda Jordan schüttelte den Kopf, sie war blass bis in die Lippen. »Ich würde sowieso keine Worte dafür finden.«

Als die Mutter draußen war, starrte Jojo lange in den Wandspiegel. Blicklos sah sie ihrem Ich ins Gesicht hinter dem zersplitterten Glas. Mit pochendem Nerv in der Schläfe folgte sie der Spur des reißenden Schmerzes in ihrem Unterleib, ertrug, indem sie die Luft anhielt, das Sicheinkrallen eines gewaltig zerrenden Krampfes. Mit ihrem inneren Auge sah sie, wie das Gewebe blutig zerriss, fühlte den abgestoßenen Schwall in den zwischen die Schenkel geklemmten Waschlappen sickern.

Nein, sie kriegte kein Kind von Lothar.

Wanda Jordan zeigte ihrer Tochter mit Handgelenksverdrehungen und Fingerübungen, wie frei beweglich ihr Arm wieder war. Im Krankenhaus hatte man ihr den Gips abgenommen und sie gesundgeschrieben. Ihr Freude währte nur drei Tage, dann hatte sie den Meldebogen der Erfassungsbehörde in der Hand, »zwecks Wiederaufnahme der Kriegsdienstpflicht als Rüstungsarbeiterin«. Sie sollte wieder ins Sauckel-Werk in den unterirdischen Trakt, Waffenteile stanzen. Abscheu und Schrecken erfassten sie. Von ihrer chinesischen Gelassenheit war längst nichts mehr zu spüren.

Am letzten Tag des März war die Hölle los: Ein Bombenteppich

machte wie eine Feuerwalze das kaputte Weimar noch einmal nieder. Im Kartoffelkeller bebten die Wände, Kalk und Mörtel überschütteten die Schutzsuchenden. Auf den Knien betete Mama laut und sehr polnisch-katholisch: »Oh heiliger Herr im Himmel, ich bitte dich, gib mir ein gebrochenes Bein! Oh heilige Mutter Maria, ich bitte dich, brech mir das Schienbein!«
Die Bewohner der »Pension Weimar« starrten fassungslos und wie gelähmt auf die neue Wanduschka. Liane Krauss schrie schrill: »Sie dreht durch! Sie verliert den Verstand!«
Jojo zog ihre Mutter hoch und drückte sie auf die Bank. »Es dauert doch nicht mehr lange, Mama!«
Nach dem Angriff redete Jojo auf die Mutter ein: »Du wirst sehen, wir werden bald eine neue Zukunft haben.«
»Eine neue Zukunft ...« Mama steckte tief im Loch ihres seelischen Zusammenbruchs. »Eine Zukunft? Ohne Alexander?«
Jojos Überlebenswille machte sie unerschütterlich. »Du musst daran glauben! Er lebt noch! Du musst einfach daran glauben!«

In der »Pension Weimar« brachen Unruhe und Hektik aus, erst fast unbemerkt, dann offensichtlich. Ein ungewisses Brodeln unterspülte altgewohnte Ordnungen. Gräuelmeldungen von Gewalt und Tod machten die Runde, aus dem Volksempfänger dröhnten Propagandalügen und brutale Drohungen gegen Feiglinge, Volksverräter und Saboteure. Inmitten der mörderischen Kopflosigkeit kam die dramatische Freudenbotschaft.
»Alexander lebt!« In dem kleinen Zimmer lagen Mutter und Jojo sich mit Tränen der Erlösung in den Armen, sanken dann ermattet auf die wackeligen Stühle. Jojo sah auf die Mutter, sah mit ihrem inneren Auge, wie Mama sich in ihre Einzelteile auflöste und neu zusammensetzte, wie sie sich wandelte von der vernichteten, schuldbeladenen Sünderin zu einer freigesprochenen, hoffnungsfrohen, wieder aufblühenden Frau: »Eines Tages schließen wir Alexander in die Arme!«
Sie hatten die Postkarte erhalten, zwischen zwei Fliegeralarmen zugestellt: ein kleinformatiges Stück Karton ohne Marke, ohne

Stempel, adressiert an Wanda Jordan, »Pension Weimar«, Weimar, Straße der SA.
»*Prisoners of war post card.* Kriegsgefangenenpost. Zur Beachtung: Nichts hinzufügen! Widrigenfalls wird die Karte vernichtet.« Auf der Rückseite, vorgedruckt: »Ich bin in englische Gefangenschaft geraten. Bin gesund« (ausgestrichen). »Bin leicht verwundet. Feste Adresse folgt. Absender: Fähnrich zur See Jordan.« Darunter Regimentsangabe und Datum. Die Karte war drei Monate alt.
Ach Alexander! Jojo sah ihn vor sich. Der Bruder, mit dem sie zehn Jahre ihrer Kindheit verbracht hatte und der ihr, als er zur Kriegsmarine ging, ihren Kinderteddy Pong-Ju zurückgegeben hatte, weil der wasserscheu war. Alexander mit seinen schiefergrauen Augen, mit seinem mokanten, weltmännischen Lächeln ... »Die Tommys haben ihn rausgefischt«, sagte sie. »Ich hab' immer daran geglaubt.« Sie stand auf. »Das müssen wir feiern, Mama! Gib mir mal drei Hundertmarkscheine! Die Umsiedler haben bestimmt noch Schnaps.«

Mariechen hastete atemlos in die Küche, fast hätte sie Jojo umgerannt, die im geblümten Kleid dastand und eine mickrige Scheibe Brot mit Kunsthonig verschlang. Kurzatmig posaunte Mariechen die Meldung vom Auftauchen der Front heraus. Verwandte aus ihrem Heimatdorf bei Jena waren zu ihr geflüchtet. Amerikanische Panzer hatten das Dorf zusammengeschossen, obwohl weiße Tücher ausgehängt waren. Doch ein paar dumme Hitlerjungen hatten sich mit Panzerfäusten als Werwölfe aufgespielt.
»Aber das Schlimmste ...«, sie fasste sich an die magere Brust, »... die Soldaten, die aufgetaucht waren ... ihre Gesichter unter den Stahlhelmen: fast alle schwarz!« Es war Furcht erregend und schauerlich: Deutschland wurde von Negern erobert! Tante Frieda sagte: »Du großer Gott!«
»Leg schon mal die weißen Bettlaken raus«, wies Tante Mali ihre Schwägerin Pusch an, »für die Fenster!« Man beratschlagte: Wohin mit der großen, langen Hakenkreuzfahne? Sollte man sie

vernichten? Zerstückeln? In Streifen schneiden und als Häkelknäuel aufrollen? Vielleicht kam ja noch einmal ein Befehl von fanatischen Parteigenossen zum Beflaggen? »Wo sind denn überhaupt unsere Bonzen?«, lästerte der Tierarzt sarkastisch. Er saß am Küchentisch und drehte sich mit Machorka einen Glimmstängel. »Vom Gauleiter Sauckel sieht und hört man nichts mehr. Und Blockwart Huschke ist wie vom Erdboden verschluckt.«
Jojo sah durchs Küchenfenster, wie hell draußen die Sonne schien. Die Bonzen waren wie in China die Kakerlaken bei plötzlichem Licht in Löchern und Ritzen verschwunden. Da draußen lachte ihr ein neues Leben zu. Sie rannte aus der Küche die Treppe hoch zur Haustür. Sie schnappte sich ihr altes Fahrrad und fuhr los, mit dem unbändigen Drang, alle Grenzen zu sprengen.
Sie fuhr wie im Rausch durch die kaputten Straßen zum Stadtrand, hinaus in die Natur, als wolle sie den Befreiern entgegenfahren. Ihr geblümtes Kleid flatterte in der Frühlingsluft, sie musste aufpassen, dass es nicht in die Speichen geriet. Wie herrlich frei und unbeschwert würde das Leben bald sein!
Sie probierte in ihrer Fantasie schon mal Gespräche mit US-Besatzern: *My name ist Tschosäfa Tschordän – Tschosäfa with one f.* Darüber musste sie lachen. *I speak English fluently. I am an interpreter. May I help you?*
Das Kriegsende, so schätzte sie, war eine Frage von nur noch wenigen Tagen. Die westlichen Alliierten und die Rote Armee lieferten sich einen Wettkampf, wer zuerst die größten Teile Deutschlands besetzte. Das hatte Jojo unterm Plumeau von BBC London erfahren. Sie spekulierte auf die Amerikaner in Thüringen, denn die Sowjets wollten unbedingt Berlin erobern. *I studied languages. I'm nineteen years old. I was born in China. I'm happy that the war is over.*
Als sie mit dem Rad auf dem Rückweg über das Kopfsteinpflaster der Straße der SA holperte und bei der beim letzten Luftangriff ausgebrannten Apotheke einbog, sah sie vor der »Pension Weimar« eine blonde Frau mit drei blonden Kindern stehen, eins davon auf dem Arm.

»Fräulein Jordan?« Jojo nickte. »Sie wissen es doch bestimmt. Wohin ist denn bloß mein Mann, Ihr Chef, der Diplomingenieur Kiesel? Ist er auf Dienstreise? Oder ist sonst was gewesen?« Ihre Stimme war anklagend: »Seit drei Tagen war mein Alfred nich' mehr daheeme.«
Jojo hob die Schultern, ihr fiel nichts ein als: »Er wird sicher wieder auftauchen.« Dieser blöde Kiesel, dachte sie gereizt, hat 'ne blonde Frau und drei Kinder zu Haus und muss andauernd mich begrapschen und auf sein spitzes Knie zieh'n!
»Ich sitz' da mit 'm Haus und den kleinen Kindern ...«, nölte die Ehefrau. »Vielleicht muss ich da raus, jetzt wo die Amerikaner kommen ... Da macht er sich eenfach fort.«
»Vielleicht kommandiert er jetzt den Volkssturm?«
»Ach nee, doch nich' mein Alfred, der doch nich'!«
Als Frau Kiesel mit ihrem Gejammer und den drei Kindern weg war und Jojo das Fahrrad wegstellte, kam ein kleines Mädchen auf sie zugerannt, etwa acht, neun Jahre alt. Es zeigte auf die Villa-mit-Turm und fragte ängstlich: »Ist das die ›Pension Weimar‹? Mit dem Turm? Ich suche die Jojo.«
»Das bin ich.«
Das Kind drückte Jojo schnell einen gefalteten Zettel in die Hand, ein paar hingekritzelte Zeilen. Einen Moment blieb die Kleine unschlüssig stehen.
Jojo las oben: »Lothar vermisst.« Und als Unterschrift: »Ein Kamerad.«
Ihr Herz setzte aus. »Von wem hast du den Zettel?« Aber das Mädchen rannte schon weg. Jojo rannte hinterher, kriegte es am Ärmel zu fassen. »Von wem hast du den Zettel? Ich will mit ihm sprechen! Wo ist er?«
»Sag' ich nich'!« Das Mädchen versuchte sich loszumachen.
»Ich muss es aber wissen!«
»Darf ich nich' sagen, weil mein Bruder sich versteckt hat.« Das Kind fing an zu weinen. »Sonst wird er aufgehängt.« Das Mädchen riss sich los und lief davon, verschwand hinter der ausgebrannten Eckapotheke.

Jojo starrte auf die gekritzelte Botschaft:
»Lothar vermisst.
Kein Sprit. Keine Munition. Wir raus aus dem Panzer. In die Wälder getürmt. Iwan stößt nach. Lothar seitdem verschollen. Schwer verwundet? Gefallen? Gefangen? Hat gesagt: Wenn mir was passiert, sag meiner Porzellanpuppe Jojo Bescheid, in der ›Pension Weimar‹. Auch Eltern benachrichtigen!
Ein Kamerad.«
Wie bei einem Schuss, der voll trifft, fühlte Jojo keinen Schmerz – nicht am Körper, nicht an der Seele. Taub und leer stand sie da, benommen, voll ungläubiger Abwehr: Es ist nicht wahr … Es kann nicht wahr sein … Ihre Finger krampften sich um den Zettel und zerknüllten ihn. Mama! Wo war Mama? Halb betäubt wankte sie ins Haus, die Treppe runter zur Küche.
Auf der Türschwelle blieb sie wie gebannt stehen. In der Küche herrschte eine Gluthitze und aberwitzige Geschäftigkeit. Offene Flammen schlugen aus dem Herd, und stinkender Qualm quoll gegen die Decke. Die Eisenringe der Kochstellen waren weggezogen, Tante Mali, Mariechen und Frau Pusch verbrannten im Flackern des Feuers Stück für Stück der in Fetzen zerteilten SA-Uniform Wolfs. Alles, was anrüchig war, wurde verbrannt und mit Eisenhaken zerstochert. Auch Mama half und warf Zeug ins Feuer. Mit krummem Rücken und hochgebauschten Haaren kochte Tante Frieda daneben in einem großen Topf thüringische Zwiebelsuppe.
Jojo wusste nicht: Wachte oder träumte sie? War dies hier die Hexenszene der Walpurgisnacht aus Goethes »Faust« oder war es, ganz banal, die Feuerbestattung des tausendjährigen, großgermanischen Traums? Ulla Demjensky war so betrunken, dass sie wankte und sich an der heißen Messingstange des Herds einkrallte. Lallend protestierte sie gegen die Verbrennungsaktion, aber Tante Mali zwang sie, auch des Führers »Mein Kampf« ins Feuer zu werfen, das Hochzeitsgeschenk des Deutschen Reiches für sie und ihren toten Bräutigam. Wolfs Schwiegermutter aus Posen stützte Ulla. Mariechen stocherte mit dem Feuerhaken die Buch-

seiten auseinander, damit sie ordentlich brannten. Tante Mali sagte streng: »Und jetzt die Hitler-Bilder!« Die Demjensky besaß zwei, eins wurde von der Hitze des Feuers in die Luft gehoben, schwebte durch die Küche und verkohlte dann langsam mitsamt der eigenhändigen Signatur auf dem Steinboden.
Jojo starrte auf das abfackelnde Führerbild, und plötzlich schlug wie ein Faustschlag in die Magengrube mit Wucht das volle Bewusstsein durch: Für den da, der hier am Boden verkohlt, war Lothar im Nichts verschwunden!
Sie drehte sich um, rannte verstört die Treppe hoch. Noch eine Treppe. Noch eine Treppe. Ganz oben stürzte sie sich in die Dachkammer, in der Lothar genächtigt hatte, schmiss krachend die Tür hinter sich zu, rannte zum Bett und wühlte sich, Deckung suchend wie ein Tier, unter das unbezogene Plumeau. Sie zog sich das Kissen über den Kopf. Wie die drei Augen, Ohren und Mund zuhaltenden chinesischen Affen wollte sie nichts sehen, nichts hören, nichts sprechen.
Sie lag da, zusammengekauert wie ein Embryo. Hier durfte sie wimmern, hier hörte sie keiner. Hier hatte sie mit Lothar gelegen, hier unter dem Plumeau hatte er sie an sich gedrückt, ihren nackten Körper gegen seinen nackten Körper …
Wie viele Stunden hatte sie unterm Plumeau verkrochen gelegen? Mit einem Mal hob jemand das Kopfkissen hoch, zog das Kissen weg. Jojo hörte die Stimme ihrer Mutter: »*Hier* bist du! Was machst du da? Was ist passiert?«
Sie machte nicht die Augen auf, blieb so liegen, verkrümmt und verknittert in ihrem geblümten Kleid, streckte nur den Arm aus und hielt Mama den zerknüllten Zettel hin. Mama las ihn, setzte sich auf die Bettkante. Es herrschte eine Weile Schweigen, dann fasste sie nach Jojos Hand und sagte, was Jojo immer zu ihr gesagt hatte: »Er lebt. Er kommt wieder. Du musst daran glauben, Jojo! Du musst daran glauben!«
Jojo warf sich herum, drehte sich zur Wand, zog sich das Kissen wieder über den Kopf. Sie hörte Mama hinausgehen. Ihr Herz brannte. Sie wollte es nicht wahrhaben. Sie wollte an die Hoff-

nung glauben. Und fragte sich doch: Hatte sie ihn für immer verloren? Seine federnden Lippen? Den blitzenden Blick aus den Augenwinkeln? Sein sonnenverbranntes Gesicht unter dem ausgebleichten Haar? Sein narbengesprenkeltes Lächeln? Seine sinnlichen Fingerkuppen? Sein triumphierendes Zustoßen? Sein geflüstertes »Meine chinesische Porzellanpuppe«? Sie wollte weinen, aber sie konnte nicht.
Es war schon fast dunkel, da kam Mama sie holen. »Komm runter in die Küche, Jojo! Die Zwiebelsuppe ist fertig.«
Am Tisch mit dem karierten Wachstuch löffelte Jojo zwei Teller heiße Zwiebelsuppe in sich hinein. Das erfüllte sie mit neuer Energie und mit Mut. Jetzt konnte sie es aushalten, wie die anderen über Lothars ungewisses Schicksal sprachen. In den Ecken und Mauerspalten der Küche nistete noch der Verbrennungsqualm und reizte Hals und Augen. Tante Frieda teilte mit voller Schöpfkelle immer wieder aus, und die thüringische Zwiebelsuppe schwand bis zum Bodensatz. In zwei Stunden würde der Magen wieder knurren. Hannelore saß auf den Stufen, oben auf der Bank Wolfs junge Frau mit Kind und Mutter. Am Tisch hatten Jojo und Mama Platz genommen, außer ihnen Tante Mali, der Tierarzt und Mariechen, hinten am Abwaschtisch werkelte Frau Pusch. Alle ereiferten sich über die wilden Gerüchte, die in ganz Weimar kursierten: von Goebbels, der ein Gas bereithalte, mit dem er am Ende das ganze Volk aus dem Elend erlösen wolle, und vom schwarzen Markt in Berlin, dort könne man für achtzigtausend Mark falsche Papiere kaufen, inklusive Wehrpass und Ahnennachweis mit jüdischer Großmutter, und von den Amerikanern, die auf ihren Kampffahrzeugen mit Tanzmusik in die Ortschaften einfahren und mit Schokolade und Kaugummi um sich werfen würden, was keiner glauben wollte.
Die Todesengel, dachte Jojo, sie kommen nicht mehr in Bomben werfenden Fliegern, sie kommen als musikalische, Kaugummi werfende Befreier.
Das Fahrrad fiel Jojo ein, das unabgeschlossen an der Hauswand lehnte. Sie ging hinaus. Plötzlich stand in der diffusen Nacht einer

vor ihr, erschreckte sie zu Tode: hoch gewachsen, schlank, soweit sie erkennen konnte, in Zivil. Gedämpft, aber mit Nachdruck forderte er: »Holen Sie doch sofort mal Frau Weimar hier nach draußen!« Und angehängt: »Bitte!« Jojo wagte keine Frage. Sie holte Tante Mali. Die flüsterte mit dem Unbekannten, ging dann mit ihm ins Souterrain und verschwand mit ihm in der Waschküche. Gleich danach rief sie Eberhard in die Waschküche.

Wer war das? Was geschah in der Waschküche? Mariechen hatte durch den Spalt der Küchentür gesehen. Sie wusste, wer der nächtliche Besucher in Zivil war: »Der Sohn vom Kommerzienrat. Der SS-Hauptsturmführer vom Panzerkorps der Waffen-SS. Der hat doch neulich erst das Ritterkreuz bekommen! Sein Bruder wurde als Jagdflieger abgeschossen …«

Und? Was wollte er hier von Tante Mali und dem Tierarzt in der Waschküche?

»Los, los!« Hannelore stand auf und scheuchte Mariechen, Wanda Jordan und Jojo hoch. »Wir müssen noch das Begräbnis veranstalten!« Sie holten aus Kellerverstecken Kartons und Beutel und ein großes rotes Bündel, brachten alles in den nächtlichen Garten. Jojo stellte sich an den Kraterrand des Bombentrichters und leuchtete mit dem abgeblendeten Strahl der OT-Stablampe auf Mariechens und Hannelores Schaufel. Tante Mali warf Kartons und Beutel mit unliebsamem Zeug in die Tiefe, und alles wurde zugeschaufelt. Dann das dick zusammengerollte Bündel: die Hakenkreuzfahne. Hannelore beerdigte die Fahne mit einem ironischen, aus dem Volksmund stammenden »Wenn das der Führer wüsste!«.

Jojo hörte die wispernde Stimme am Zaun, das war die Apothekerin mit den vielen Kindern und dem Mutterkreuz. Sie hauste jetzt, nachdem die Apotheke ausgebrannt war, mit ihrer Sippschaft im Gartenschuppen. Hannelore und Mariechen ließen die Schaufel sinken und gingen zum Zaun. »Morgen kommen die Amerikaner! Oberbürgermeister Koch hat bereits am Rathaus die weiße Fahne rausgehängt. Die Amerikaner haben schon Buchenwald erobert.«

Buchenwald! Jojo dachte sogleich an Max Rollmann. Hatte der überlebt? Ja! Sie glaubte daran. So wie sie daran geglaubt hatte, dass Alexander noch lebte. Und so wie Lothar überleben würde, überleben musste! Sie wollte jetzt unbedingt allein sein. Durch den notdürftig reparierten Wintergarten ging sie ins Haus. Vielleicht fand sich noch irgendwo eine Zigarette.
Im menschenleeren, dunklen Esszimmer empfing sie das Gebrüll aus dem Volksempfänger. Der Apparat war immer eingestellt, falls wichtige Durchsagen kamen. Der große Tisch war ganz verlassen, es war als hätte es nie eine Abendrunde der »Pension Weimar« gegeben. Nur aus dem Lautsprecher bellte auf verlorenem Posten der Sprecher des letzten Reichssenders: »... dies ist die höchste Stunde der Bewährung! Ein Hundsfott, wer nicht bis zum letzten Atemzug kämpft! Reißt hoch die Herzen! Es gilt die Parole: Siegen oder fallen! Freiheitskämpfer, schließt euch dem Werwolf an! Die Losung heißt: Hass ist unser Gebet, Rache unser Feldgeschrei ...«
Mit einem wütend herausgeschrienen: »Du großer Gott!« äffte Jojo Tante Frieda nach.

Jetzt war es endlich so weit. Das ersehnte Ende war da! Jojo stand vor Gottlieb Schübles ehemaligem Zimmer auf dem Balkon zur Straßenseite im ersten Stock. Sie stand Arm in Arm mit Mama, daneben Hannelore, Mariechen, Wolfs Frau mit Wolfs Sohn und ihrer Mutter. Chorsängerin Liane Krauss bebte in theatralischer Erregung. Vorne auf der Straße der SA, eingegrenzt vom Bankgebäude und der Apothekerruine, rollten eine US-Panzerkolonne und die LKWs voller Soldaten vorbei. Gewaltiges Dröhnen ließ die Steinbalustrade, auf der Jojos freie Hand lag, zittern. Aus den Rissen in der Hausmauer rieselte der Mörtelstaub. Die Russlandeutschen, zu deren Quartier der Balkon jetzt gehörte, saßen drinnen am Tisch und klopften Karten, tranken Schnaps und qualmten. »Panzer? Soldaten? Amerikanski? – *Nitschewo!*«
Mariechen warf einen prüfenden Blick hinauf zur Fahnenstange. Hier, wo die im Bombentrichter beerdigte Hakenkreuzfahne un-

ter Blockwart Huschkes diensteifriger Aufsicht zu jedem erdenklichen Anlass hochgezogen wurde, flatterte jetzt im munteren Aprilwind ein weißes Bettlaken.
Als die Panzer weg waren und das Dröhnen verebbte, ging man in die Küche, um erleichtert einen Muckefuck zu trinken. Es hatte keine Kämpfe um Weimar gegeben. Jojo entwischte aus dem Haus, ging bis zur Ecke der Straße der SA und streckte begierig den Kopf vor, um die neue Zeit zu erschnuppern und in Augenschein zu nehmen.
In recht primitiven, kleinen offenen Geländewagen kamen weitere Amerikaner angeflitzt. Hüpfend fuhren die Autos über das altgediente Kopfsteinpflaster. Die Soldaten, keineswegs alle schwarz, saßen lässig darin, manche ließen ein Bein herausbaumeln. Sie hatten im Gesicht ein Zahnpastalächeln, die Maschinenpistolen salopp im Anschlag, aus dem Radio kam kesse Tanzmusik. Beim Anblick von Jojo in ihrem flatternden Frühlingskleid und mit windzerzausten Haarkringeln pfiffen sie grell und riefen: »He Fraulein!« Etwas flog ihr vor die Füße. Sie hob es auf, ehe ein anderer es tat: eine weiche Packung Zigaretten mit einem Kamel darauf und ein grünes Päckchen mit der Aufschrift *Chewing-Gum*. Jojo probierte beides aus. Sie hatte ihr Feuerzeug eingesteckt. Das war also der Geschmack der Freiheit: der Geschmack von Camel und Kaugummi!

Während Jojo den Geschmack der Freiheit kostete, eine Art Bonus auf die Wiedererlangung der Leichtlebigkeit, herrschte für Ulla Demjensky der erbarmungslose Zwang zum Hinsehen: Vier Tage nach der Befreiung Buchenwalds wurde sie von einem Polizeibeamten mit einem offiziellen Schreiben des neu eingesetzten Bürgermeisters abgeholt und auf Befehl des kommandierenden amerikanischen Generals gezwungen, zusammen mit eintausend ausgesuchten Nationalsozialisten der Stadt – die Hälfte Männer, die Hälfte Frauen, alle zwischen achtzehn und fünfundvierzig – in einem Fünfundzwanzigkilometermarsch nach Buchenwald zu marschieren und das Konzentrationslager zu besichtigen. Der

Polizeibeamte las vor: »Wer der Aufforderung nicht nachkommt, setzt sich schärfster Bestrafung aus.«
Als sie nach sieben Stunden zurückkam, sah sie fahl und grünlich wie eine Leiche aus. Sie stand in der Küche und bat um einen Tee. Alle wollten wissen, was sie gesehen hatte, aber die Demjensky brachte kein Wort heraus.
Wanda Jordan drängte: »Erzählen Sie doch mal, Ulla! Wie sah es da aus? Man kann sich das doch überhaupt nicht vorstellen.« Die Demjensky musste schlucken. Und als Mama fragte: »Haben Sie den Herrn Rollmann getroffen?«, rannte sie raus, weil ihr übel wurde.
Fast eine Woche lang lag Ulla Demjensky mit Nervenfieber im Bett, dann holte Tante Mali sie zur Mittagszeit in die Küche und drängte sie zum Essen. Als aber der Teller vor ihr stand und der Geruch der Kartoffelsuppe ihr in die Nase stieg, erlitt sie erneut einen Nervenanfall. Sie klappte schluchzend zusammen, und endlich bekamen die anderen zu hören – kaum verständlich unter Schlucken und Weinen –, was Ulla Demjensky in Buchenwald gesehen hatte. Bei ihrem Gestammel über Leichenberge und Verbrennungsöfen, Genickschussanlagen und Martergalgen, Fleischerhaken und Furcht erregende Hungergestalten wurde auch den Zuhörern mulmig und sie mussten ihr Entsetzen in Schnaps ersäufen, wie sie es in letzter Zeit als probates Mittel gegen Katastrophen erprobt hatten.
Als Jojo durchs Küchenfenster schaute, sah sie eine dieser elenden Gestalten in breiten Zebrastreifen auf die Pension zukommen. Sie rief: »Der Rollmann kommt! In KZ-Kleidung!«
Sofort ergriff Ulla Demjensky die Flucht nach oben in ihr Zimmer. Jojo und ihre Mutter eilten vor die Haustür, um Max Rollmann zu empfangen. Mama sagte ganz unkompliziert, wie das ihre Art war: »Wir freuen uns, dass Sie das noch überlebt haben, Herr Rollmann!«
Max Rollmann reichte beiden beide Hände. »Tach Frau Jordan, Tach Josefa!« Jojo grauste es wider besseres Wissens: Einer aus dem Grab hatte nach ihr gegriffen, sie fühlte jeden einzelnen

Handknochen Rollmanns. Er nahm die gestreifte Mütze ab, sein Schädel war kahl geschoren. Er glich einem Skelett, aber in seinen Augen brannte das alte Feuer, erfüllt mit fackelndem Leben.
Mama bot dem Heimgekehrten zu essen an, Kartoffelsuppe, aber er wollte nichts essen, solche Nahrung vertrug er noch nicht. Sie setzten sich zusammen ins kleine Zimmer. Stolz verkündete Rollmann: »Wir KP-Jenossen ham jekämpft. Ham uns Waffen beschafft. Alles illejal. Wir ham die SS-Schweine zusammenjetriebn un einjesperrt.«
Was sie erfuhren, drang ihnen bis ins Mark, Jojos Zigarette zwischen den Fingern zitterte, auch Max Rollmanns heruntergerauchte Kippe, die er mit vier Fingern festhielt. An der Glut des Stummels zündete er gleich die nächste an. Er hatte genug Zigaretten aus der US-Ration. Das Endlich-offen-reden-Können war für ihn nach so langer Unterdrückung wichtiger als Brot. Vom Zusammenhalt der KP-Kumpels im Lager sprach er, vom illegalen Kampf, von der Übergabe und dem Sieg, vom Triumph, den Befreiern als Freiheitskämpfer entgegentreten zu können. Er erzählte vom Schwur von Buchenwald und vom Internationalen Komitee. Als stehe er unter Morphium, leuchteten seine Augen: »Unsre Zeit wird kommen. Det Konzept ham wir im Lager schon komplett erarbeitet, für 'ne jerechte, freie Volksrepublik.«
Jojo und Mama wechselten Blicke. Sie warteten auf das Abklingen der Euphorie, ehe sie ihm eröffnen mussten, was nicht zu verschweigen war. Rollmann machte eine Pause für eine neue Zigarette. Jojo dachte: Jetzt oder nie! Erst strich sie den Zettel glatt, den ihr das kleine Mädchen gebracht hatte, dann legte sie ihn vor Max Rollmann auf den Tisch.
»Hier«, sagte sie, »die letzte Nachricht, die ich von Lothar habe.« Sie schluckte. »Es ist keine gute Nachricht.«
Max Rollmann starrte auf den Zettel, las. Seine Zigarette verqualmte im vollen Aschenbecher. Lange dauerte es, dann sah er auf, sah Jojo lange an und Mama.
Seine Stimme war fast weg. »Vermisst is' er …« Ein langes Stillschweigen im Zimmer. Nur das Klicken von Jojos Feuerzeug. »So

kurz vor'm Ende.« Max Rollmanns Stimme klang wie ein Reibeisen. »Ich hab's ja immer jesagt: Es jibt keenen Jott.«
»Doch!«, sagte Mama. »Man kann an etwas glauben. Ich bete für Lothar.« Sie wagte ein Trostwort. »Vermisst ist doch besser als tot ...«
Rollmann sah sie an mit einem schrecklichen Blick. »Manchmal is' Totsein besser.« Er erhob sich. »Ick muss zu meiner Frau, ick muss sofort zu meener Luise, die is' bei Verwandte uff'm Lande.«
Jojo und Mama standen ebenfalls auf, beide hatten tränennasse Gesichter. Unvermittelt zog Max Rollmann Jojo an sich. Es war für sie, als drücke sie ein Mann, der schon einmal im Jenseits war, an sich. Er küsste sie auf ihre heiße, nasse Wange.
»Josefa«, sagte er, »du warst für meinen Lothar immer der Appelzum-Reinbeißen.« Er lächelte und sie sah in seinen Augen: Auch er liebte sie.
Mama bot Max Rollmann Zivilkleidung an, sicher habe Tante Mali noch einen Anzug. »Nee, nee, lasst mal jut sein! Ick komm' mit meene Zebraklamotten durch jede Kontrolle ohne jrosse Menkenke.« Er griff nach seiner gestreiften Mütze. »Habt ihr'n Fahrrad für den ollen Rollmann?«
Jojo bot ihm spontan ihr Fahrrad an. Sie sahen ihn davonfahren: ein morsches Knochengestell auf einem rostigen Drahtesel über holperiges Kopfsteinpflaster.

Der Frühling war ein Geschenk des Himmels an Weimar. Helles Blattgrün an alten Stämmen, junge Triebe zwischen Steinen und Schutt, in verschont gebliebenen Gärten und Parks sprangen Knospen auf und verschwendeten ihren Duft.
»Dass wir überlebt haben, Jojo«, sagte Mama, »du und ich und Alexander, das *müssen* wir einfach feiern! So wie früher mit Vati, im Hotel ›Elephant‹, das steht ja noch.«
Untergehakt und in gehobener Stimmung, elegant in den italienischen Pumps schritten Jojo und ihre Mutter durch die trümmergesäumte Frauentorstraße in Richtung Markt. Jojo unter ihrem feuerroten Hut, die Lippen rot bemalt, die Fingernägel rot

lackiert. Mama, überschlank im hellen, fadenscheinigen Frühlingskostüm, mit schrägem, keckem Hütchen und der Lacktasche unter dem Ellbogen. An den nackten Waden hatten sie mangels Seidenstrümpfen mit Augenbrauenstift Strumpfnähte hochgezogen.
Die Straßen waren voll mit Menschen: befreite Häftlinge in KZ-Kleidung, befreite Zwangsarbeiter, deutsche Männer, nur in Zivil, Pimpfe ohne Abzeichen, Frauen in Trauerkleidung, Mädchen in bunten Röcken. Amis, so nannte man jetzt die Amerikaner, flitzten mit ihren Jeeps, so hießen die kleinen Geländewagen, vorbei, pfiffen und riefen: »He Fraulein!« Der kräftige Maiwind blies Jojo und ihrer Mutter zwischen den Ruinen ins Gesicht. Jojo fühlte knirschenden Mauersand zwischen den Zähnen, Mama anscheinend auch, denn sie sagte: »Wir werden uns Champagner bestellen und den ganzen Dreck runterspülen.« Und leise im Verschwörerton: »Hab' extra 'n paar Tausender in die Handtasche gesteckt.«
Jojo lachte. »Hoffentlich werden die uns auch alles servieren, vom Hummer bis zur Mokkakremtorte!«
Vom Markt schallte ihnen Musik entgegen. Sie blieben an der Ecke stehen. Ein Gewimmel, als wäre Kirmes. Die nie gehörte laute Tanzmusik, schwungvoll und mitreißend, sprang sie an, machte sie im Handumdrehen für ein ganz neues Gefühl heiterer Unbeschwertheit empfänglich.
Jojo zeigte auf die aufgereihten Jeeps und LKWs in der Mitte des Platzes: »Da kommt die Musik her. Über den Soldatensender. Die Amis haben überall ihre Radios dabei.« Die beiden genossen die Musik mit sich steigernder Begeisterung, ließen sich mitreißen vom Saxofonchorus und Trompetensound im schwingenden Rhythmus, dazwischen dumpf hämmernde, spannungsvolle Pausen, dann wieder eine hochjaulende Klarinette. Jojo und Mama tauschten einen Blick, mit hellen Augen strahlten sie sich an, das pulsierende Leben kehrte zurück – ins Blut und in die Beine.
Um die Mannschaftswagen lungerten Kaugummi kauende und Zigaretten qualmende Amis, lässig und meist guter Laune. Sie wa-

ren umringt von Kindern und jungen Frauen, die sich mit Candy, Chewing-Gum und Zigaretten beschenken ließen.
Das Rathaus stand noch, am Fahnenmast das Sternenbanner. Und zwischen einem ausgebrannten und einem zertrümmerten Haus fast unversehrt das Hotel »Elephant«. Darauf steuerten sie zu, passten auf, dass sie auf den Steinen nicht umknickten mit ihren hochhackigen Pumps. Vor dem Hotelportal stand ein Militärposten, der sie zurückwies und auf das Schild zeigte: *»Off limits to all unauthorized persons.«*
Aus der Traum von Champagner, Hummer und Mokkatorte! Das Hotel war für Deutsche tabu. Sie waren die Verlierer, die anderen die Sieger. So toll schien die neue Zeit auch nicht zu werden.
Enttäuscht stöckelten sie über den Platz bis zum Neptunbrunnen. Neptun hatte seinen Dreizack eingebüßt, hielt nur noch eine Stange in der Hand, ein demolierter Wächter vor dem ausgeglühten Skelett der historischen Hofapotheke. Dahinter vom Kaufhaus Kröger nur noch ein Haufen Steine, freie Sicht bis zum Schlossturm.
Sie ruhten sich auf dem Brunnenrand aus. Was für ein verändertes Treiben auf dem veränderten Platz! »Weißt du noch, wie hier Kirmes gefeiert wurde?«, fragte Jojo. »Ich war zehn, hab' mit Mechthild Brausepulver aus der Hand geschleckt, giftgrün und himbeerrosa. Und du hast wild mit Wolf getanzt zu ›Ro-sa-munde‹.« – »Ja«, erinnerte sich Mama, »es ist lange her. Und weißt du noch? Du bist hier bei der Rede von Gauleiter Sauckel in Ohnmacht gefallen. Ein Sanitäter musste dich ins Rathaus tragen.« – »Und ich weiß noch, wie der Goebbels mich im Hotel ›Elephant‹ angesprochen hat, als ich zu Vati ins Frühstückszimmer kam, weil er meine Puppe so hübsch fand.« – »Und ich bin hier einmal nachts mit Wolf in Sprechchöre brüllender Massen hineingeraten, die schrien: ›Wir wollen unsern Führer sehen!‹, bis er sich auf dem Balkon des ›Elephant‹ gezeigt hat.« Jojo dachte an den eitlen, eleganten Hauptmann, mit dem sie im Hotel so exzellent gespeist hatte, und an seinen ekligen Zungenkuss hinterher. »Und weißt du noch«, Mama lachte, »wie wir verärgert mit Vati den Speisesaal

verlassen haben, weil es am Eintopfsonntag nur Zusammengekochtes gab?«

»Und jetzt dürfen wir da drüben nicht mal mehr über die Schwelle«, machte Jojo ihrer Enttäuschung Luft. Eine Weile verstummten sie, hingen weiteren Erinnerungen nach. Ein Jeep stoppte direkt vor ihnen mit voll aufgedrehtem Radio. Mitreißende Musik katapultierte Jojo vom Tief ins Hoch. Ein schlaksiger Ami sprang heraus, musterte bewundernd die schönen »Frauleins« und sagte: »Was ist los?«

Jojo prustete. Die Amis kannten auf Deutsch offenbar nur zwei Sprüche: »Was ist los?« und »He Fraulein!« Sie fand das grotesk und lachte ein bisschen übertrieben.

»Hey, what's so funny?«, fragte der Amerikaner misstrauisch.

Jojo kess: *»We are celebrating the end of the war.«*

»Good reason to laugh.«

Jojo, ziemlich aufgedreht, schwärmte drauflos: *»Your American music makes me drunken, I could dance into heaven with those saxophones.«*

»Yeah.« Er grinste. *»It's the Glenn-Miller-Sound.«*

»The Glenn-Miller-Sound?«

»Yeah. Want a Camel?« Jojo nahm sich eine Zigarette. Er gab ihr Feuer, drückte ihr die ganze Packung in die Hand und flitzte wieder ab in seinem Jeep. Jojo rauchte – Camel, da war er wieder, der Geschmack der Freiheit.

Sie versank beim Rauchen in tiefes Nachdenken. Sie hörte nicht auf das Geplauder ihrer Mutter, starrte auf den Sockel des Brunnens und las die eingemeißelte Inschrift. Wie um sich abzureagieren, sagte sie heftig: »Dieses lateinische ›*Quos ego!*‹ steht noch immer da! Ich werd' wohl nie im Leben rauskriegen, was das heißt.«

»Ist doch egal«, sagte Mama, »wen interessiert das noch? Glaub mir: Mit dem verlorenen Krieg ist hier auch die klassische Kultur gestorben. Weimar kann mir gestohlen bleiben samt Goethe und Schiller. Nur weg von Weimar! Nur weg, und möglichst schnell! Am besten in die Schweiz, da haben wir ja Geld. Warte nur, bald steht uns die Welt wieder offen!«

Jojo sagte kein Wort dazu.
Die Mutter sah sie von der Seite an. »Willst du etwa nicht weg?«
»Ich hab' es Lothar versprochen: Ich werde hier auf ihn warten.«
Wanda Jordan blickte sie kritisch an und ein bisschen entsetzt.
Jojo spürte den Blick ihrer Mutter. »Mein Gott, wie du mich ansiehst!«, explodierte sie. Und ärgerlich auf sich selbst sagte sie, was sie am liebsten selbst nicht wahrhaben wollte: »Ja! Ich bin das, was ich nie sein wollte: eine treudeutsche, wartende Soldatenbraut.«
Schweigen zwischen ihnen. Dann Mama einfühlsam: »Ich glaube, ich verstehe, wie du fühlst.« Sie seufzte: »Jojo, die Zeit geht trotzdem weiter und reißt dich mit. Du willst doch nicht ewig in Weimar versauern? Mich jedenfalls hält hier nichts mehr, aber auch wirklich nichts!«

Atemnot und Panik rissen Jojo mitten in der Nacht aus dem Schlaf. Sie rang nach Luft. Noch immer hockte dieser zentnerschwere, aufgesträubte Kater mit Glutaugen auf ihrer Brust. Ein grässlicher, fetter Alb! In einer wüsten Vision erlebte sie wie Alice im Wunderland, dass dieser Alb sie zum Kleinlebewesen einer Gartenschnecke zusammenquetschte.
Nein, nein, nein! Sie wollte keine Weimarer Gartenschnecke sein. Sie stieß das schwere, pralle Plumeau beiseite, entfloh dem heißen Bett und tastete sich hastig durchs kleine Zimmer zum Behelfsfenster. Sie hielt die Nase nach draußen und sog mit tiefen Zügen die Nachtluft ein. Schwer von duftendem Frühlingsversprechen umschmeichelte sie der laue Luftzug und brachte – vergebens – die Botschaft von süßer Liebe im Gras.
Jojos Gedanken begannen zu kreisen: Mama wollte weg aus Weimar. Sie wollte bleiben. Mama sehnte sich nach einem mondänen Leben in der Schweiz. Sie sehnte sich nach dem vermissten Lothar. Weimar war Besatzungszone. Wegreisen durfte keiner. Noch war Krieg. Um die Ruinen von Berlin wurde fanatisch gekämpft. Trotzdem! Hilf- und tatenlos wollte sie sich einem unbeweglichen Schneckendasein nicht ausliefern. In ihrem Leben musste etwas passieren!

Spontan und kühn – wenn schon, denn schon! – fasste sie einen Entschluss: Gleich morgen würde sie vorpreschen. Direkt bis in die Höhle des Löwen, bis in die Ami-Hochburg. Schließlich konnte sie Englisch.

Sie kroch zurück ins Bett. Von Schlaf keine Spur, denn in ihrem Gehirn rumorte ein Räderwerk.

Mit aller aufgestauten Energie fuhr sie am Morgen mit der Bürste durch ihr Haar, von vorne nach hinten, von hinten nach vorne, von links nach rechts, von rechts nach links – bis auch der letzte Brösel Trümmerdreck ausgebürstet war, bis das Haar tiefdunkel glänzte und sich um die Ohren, um Nacken und Schultern elektrisiert aufkringelte. Sie zog das dunkelblaue Leinenkleid an und ihre roten Pumps, klemmte sich Mamas Lacktasche unter den Arm, warf einen Blick auf die schlafende Mutter und brach entschlossen auf, wenn auch aufgeregt bis in die Nervenspitzen.

Ihr Weg führte sie zielsicher bis vor den Militärposten am Kunstschmiedetor vor der requirierten Jugendstilvilla mit dem Sternenbanner und dem Schild: »Military Government of Weimar«.

Jeeps und Militärlastwagen fuhren ein und aus. Der Posten kontrollierte. Abgerissene, hohlwangige Menschen standen Schlange und wollten eingelassen werden. Der Mut drohte Jojo zu verlassen. War das, was sie wollte, nicht sinnlos und verstiegen? Die Amerikaner warteten doch nicht ausgerechnet auf sie! Nein, bloß jetzt nicht aufgeben! Der Militärposten kaute *Chewing-Gum*, das machte ihn menschlich. Also los! Jojo drängte sich vor. *»Hallo, Sir, I would like to get in there.«*

Ein prüfender Blick, dann kauend: *»In the matter of?«*

Jojo selbstbewusst: *»In personal matters.«*

Ein von Kauen begleitetes Grinsen. Der Posten winkte einen jungen G.I. heran, der brachte Jojo in die Eingangshalle der vormals privaten Villa, reichte sie weiter an die nächste Instanz: Oh Gott, ein Sergeant, so massig und so pechschwarz wie ein Gorilla! Eine Sekunde lang starrte Jojo ihn an, als wäre sie im Zoo.

Ein breites Lächeln entblößte seine perfekten Zähne, und er fragte: »Was ist los, Fraulein?«

Mit wackliger Stimme sagte sie: »*I ask for a job, because I speak English.*«
Sein Lächeln war noch nicht verschwunden. »*Okay, wait a moment.*« Er telefonierte. Jojo blickte sich um. Auf den Wartebänken unterschiedlichste Leute mit Formularen in den Händen, Army-Angehörige kreuzten von Tür zu Tür, aus einem Nebenzimmer, wo Geschirr klapperte, kam schwungvolle Musik – der Glenn-Miller-Sound.
Der Sergeant forderte sie zum Mitkommen auf. Ihr Herz fing an zu klopfen, die Erregung stieg wie Lampenfieber in ihr hoch. Sie fühlte, dass sie hochrot im Gesicht wurde.
Der Offizier saß zurückgelehnt im Bürosessel in einem stilvoll möblierten Raum. Auf seinem antiken Schreibtisch ein zum Dreieck geknicktes Pappschild: »Capt. William C. Parker.« Sein durchdringender Blick wurde von einer randlosen, strengen Brille noch verstärkt. Besonders befremdlich fand Jojo seine kurzen Haare, die seinen Schädel wie ein Tierfell überzogen. Der schwarze Sergeant legte den Anmeldezettel auf den Schreibtisch und sagte, bevor er ging: »*This young lady wants a job, Sir.*«
War sie verrückt? Plötzlich fühlte Jojo sich verraten und verkauft. Was für eine Schnapsidee, sich hier in der Ami-Hochburg vorzustellen und um eine Arbeit zu bewerben! Was, wenn dieser Captain sie nach ihrer Berufserfahrung fragte? Sollte sie sagen: Dolmetscherin im Kriegsgefangenenlager? Sekretärin des OT-Chefs der Einsatzgruppe Kyffhäuser? Und wenn er nach *Nazi activities* fragte? Sie war beim BDM gewesen – hatte gesammelt fürs Winterhilfswerk. Den Organisation-Todt-Ausweis hatte sie vorsorglich verbrannt.
Der Captain stand auf, kam um den Schreibtisch herum, stellte sich vor sie hin. Unwillkürlich machte sie einen Schritt zurück, ging auf Distanz zu dem groß gewachsenen, schlanken, durchtrainierten Offizier in der gestärkten, gebügelten, makellos hellen Uniform. Obwohl sie sehr aufgeregt war, hielt sie seinem Blick durch die randlose Brille stand: »*Now tell me, what is your problem?*«

Jojo holte tief Luft, dann legte sie los: *»My name is Tschosäfa Tschordän – Tschosäfa with one f.«* Die Aufregung ließ ihre Stimme vibrieren, trotz allem hätte sie über den oft einstudierten Satz lachen können. Fest blickte sie in Captain Parkers überaus sachliches Gesicht, sah aber auch das kleine Zucken in seinen Mundwinkeln. Eisern fuhr sie im geprobten Text fort: *»I speak English fluently, I studied languages. I was born in China. I visited the English school in Hong-Kong. I would like to work for your Military Government ...«*
»Sit down at the typewriter«, sagte Captain Parker.
»I can also take Kurzschrift ... äh ... *shorthand in English«*, ergänzte Jojo noch schnell.
»Okay, sit down!« Das Telefon klingelte, der Captain wurde zum Vorgesetzten beordert. Er warf Jojo an der Schreibmaschine ein Gerichtsprotokoll hin. *»Make an translation. I'll be back later.«* Er legte ihr eine Stange Zigaretten dazu, die mit dem Kamel darauf. Eine ganze Stange!
An der Tür sagte er im Befehlston: *»Don't leave, Tschosäfa!«* Und auf Deutsch: »Nicht weggehen!«
»Yes, Sir ... äh ... *I mean: No, Sir!«*
Jojo fing mit der Übersetzung an. Das komplizierte Juristendeutsch machte ihr zu schaffen, sie stand auf, suchte nach einem Fachwörterlexikon. Das Telefon klingelte auf dem Schreibtisch, sie nahm den Hörer ab und sagte: *»Here is the Military Government of Weimar ...«* Sie horchte auf die eigene Stimme. War das hier wirklich wahr? *»Yes, Captain Parker will be back later.«* Wieder horchte sie. Es war wirklich wahr! Sie schrieb eine Notiz für Captain Parker auf den Block.
Als sie aufsah, blickte sie in zwei moorbraune, verführerische Augen. Ein Mann stand vor ihr, noch jung, mit angeklatscht zurückgekämmtem, blauschwarzem Haar, blasser Haut, dunklen Bartschatten, in Army-Klamotten, aber ohne Abzeichen, und in amerikanischen Schnürstiefeln. Stand da mit einer Thermoskanne. Aus seinen dunklen Augen kam ein Blick, der sollte wohl unwiderstehlich sein. »Ich bin Pierre«, sagte er mit französischem Ak-

zent. »Ich bin hier das Mädchen für alles, für Service, Extras, Gefälligkeiten, Chauffieren ... Möchten Sie einen Kaffee?«
»Bohnenkaffee? Gern, Monsieur!«
»Sagen Sie Pierre zu mir!«
»Ich bin Josefa Jordan.«
»Weiß ich schon, Josefa.« Er holte eine Tasse aus dem Schrank und eine Büchse, tat ihr einen Löffel braunes Pulver in die Tasse und goss aus der Thermoskanne heißes Wasser drauf. Fertig war der Kaffee. Jojo blickte dümmlich. »Milch?« Jojo nickte. Er rührte ein weißes Pulver darunter, fertig war der Milchkaffee. Sie trank ihn in einem Zuge aus. Noch einen? Ja, noch einen! Ein Teufelsgebräu. Ihr Herz schlug wie rasend los.
»Nescafé! Der ist doppelt so stark«, sagte Pierre mit einem freundlichen Grinsen und verschwand aus dem Office. Als Captain Parker zurückkam, glühten Jojos Backen und ihre Augen blitzten. Sie fing Captain Parkers Blick auf hinter der randlosen Brille: Auf einmal gar nicht mehr streng sachlich, im Gegenteil, irgendwie ziemlich persönlich, mit diesem gewissen Etwas – ach Jojo, was bildest du dir da bloß ein!
Die fertige Übersetzung lag auf seinem Schreibtisch, dazu die notierten Anrufe. Auch Captain Parker konnte mit etwas aufwarten: *»Here, your pass check.«* Den hatte er zwischendurch für sie besorgt. Er setzte sich, trug noch ihr Geburtsdatum und ihren Geburtsort ein. Dann reichte er ihr das Dokument. Sie hatte es nun schwarz auf weiß und abgestempelt! Jojo war amtlich: *»Civilian member of the Military Government, secretary in the Legal Detachment.«*
Sie musste unterschreiben. Das Papier verpflichtete sie zur Geheimhaltung. Captain Parker hatte sie in seiner Abteilung angestellt. Jojo triumphierte innerlich, war aber auch irritiert über dessen spontanen Entschluss. Er hatte weder nach ihren Zeugnissen noch nach sonst irgendetwas gefragt.
Auf einen Fehler im *pass check* machte sie den Captain gleich aufmerksam: der Straßenname war falsch, da stand Steubenstraße statt Straße der SA. Mit einem überraschend jungenhaften Grin-

sen sagte er, jetzt plötzlich auf Deutsch: »Nicht lange mehr, *Tschosäfa*, die Straße der SA heißt morgen Steubenstraße.«
»Sie sprechen ja deutsch!«
»Nicht sehr gut. Meine Großmutter war ausgewandert nach die USA von die deutsche Schweiz. Sie hat mich Deutsch gelernt.«
Jojo blieb nur mit Mühe ernst. Er räusperte sich. *»Appear for work in my office tomorrow at eight o'clock, Tschosäfa!«*
»Yes, Sir«, sagte Jojo, *»tomorrow, eight o' clock.«* Die Stange Zigaretten nahm sie mit.

Wanda Jordan war ungehalten und besorgt. Jojo stand vor ihrem kleinen Zimmer, voll Erregung und triumphierend und hatte eine große Tüte aus Packpapier im Arm. »Du warst den ganzen Tag weg!« Jojo leerte die Tüte auf den Tisch: Kaffee, Milchpulver, Zigaretten, Kaugummi, Schokolade, Salznüsse. »Das hast du doch alles von irgendwelchen Amis.«
Jojo genoss das Verwirrspiel. »Das hab' ich von Pierre.« Sie machte es extra spannend. »Das hat er mir alles nach Büroschluss zugesteckt.«
»Pierre? Wieso Pierre? Und was heißt das: ›nach Büroschluss?‹«
Jojo verbiss sich das Lachen und sagte wie nebenbei: »Nur die Stange Zigaretten, die hab' ich von Captain William C. Parker.«
Mama machte das dümmste Gesicht der Welt. Jojo drehte sich auf ihrem roten Stöckelabsatz einmal um sich selbst, dass die Haare flogen, und amüsierte sich über den Knallbonbon, der gleich platzen würde. Sie zog ihren nagelneuen *pass check* heraus und hielt ihn der Mutter unter die Nase: *»I work for the Military Government of Weimar!«* Sie genoss Mamas Überraschung. »Ja!«, rief sie. »Ich bin seit heute bei der Militärregierung! Und Captain Parker ist mein Chef.« Sie streifte die Pumps ab, setzte sich, legte die Beine auf den Tisch und steckte sich eine Camel an.
Wie sie das gedeichselt habe.
»No problem! Ich bin einfach hingegangen, hab' mich vorgestellt, und da hat mich der Captain gleich dabehalten.« Jojo redete los wie ein Wasserfall, dass der Captain groß gewachsen und gut aus-

sehend sei, eine randlose Intellektuellenbrille trage und einen Haarschnitt wie ein Plüschtier habe, dass der Franzose Pierre bei den Amis das Mädchen für alles sei, ein hübscher Kerl, braune Augen, schwarze Haare, ein D.P., den sie in Bordeaux von der Straße weg deportiert hätten direkt nach Weimar in die Sauckel-Werke. »Mama, vielleicht stand der sogar neben dir an der Stanzmaschine.«
Das war zu viel auf einmal. Mama musste sich setzen. Sie nahm ein Kaugummiblatt, kaute, spuckte es dann in den Aschenbecher neben Jojos Füßen. Sie fasste Jojo bei den Zehen und drückte sie. »Ich bin total überrumpelt, Jojo. Ich glaub', du bist erwachsen.«
Jojo bewegte die Zehen in Mamas Griff und lachte. »Schon lange, Mama!«
Die Mutter zeigte auf die Sachen aus der Tüte: »Da hast du wohl die ideale Zwischenlösung gefunden, solange wir hier noch festsitzen: Wir sind gut versorgt, und du kannst die Sprachen trainieren. Und in dem Moment, in dem es möglich ist, hau'n wir ab aus Weimar.«
Denkste!, dachte Jojo eigensinnig. Ich bleibe in Weimar. So lange bis Lothar zurück ist. Da kannst du dich auf den Kopf stellen!
Und trotzdem wollte Jojo ihr Leben nicht vertrauern wie eine lahme Gartenschnecke. »Komm«, sagte sie, »wir laden alle zu echtem Bohnenkaffee mit Pulvermilch ein!«

Sie waren alle gekommen, angelockt von Kaffeesucht und Neugier, denn Jojo hatte verkündet: »Es gibt was zu feiern bei mir!«
Alle verfolgten Jojos schnelle Handgriffe mit den knallrot lackierten Fingernägeln. Am Kopfende des großen Esstischs stand sie, tat löffelweise braunes Pulver in die Tassen, goss heißes Wasser drauf und rührte um: »Milch?« Wer nickte, bekam weißes Pulver in die Kaffeebrühe. Sie leerten ihre Tassen, fingen aber sofort an zu meckern: Was war das für ein synthetisches Gebräu? Hatte das überhaupt eine Wirkung?
Beinahe wie in früheren Zeiten saß die Abendrunde um den großen Tisch unter der Lampe. Der Velourvorhang war offen,

Sirenen und Bomben gehörten der Vergangenheit an. Nur die Männer fehlten, außer dem Tierarzt mit dem amputierten Bein. Die Russlanddeutschen waren oben geblieben, flößten sich lieber Schnaps statt Nescafé ein.
»Ganz echter Bohnenkaffee!«, pries Jojo den Schatz an. »Zuerst vorgekocht, dann verdampft, dann der Bodensatz zu Pulver getrocknet, Wasser drauf – und fertig! Das weiße Pulver ist Trockenmilch!« Mit skeptischen Mienen schlürften sie die zweiten und dritten Tassen des abartigen Zeugs.
Jetzt wollte Tante Mali es wissen: »Und was, Jojo, gibt es bei dir Besonderes zu feiern?«
»Ich arbeite seit heute bei der amerikanischen Militärregierung!«
Perplexe Stille in der Runde. Irgendwie ein Schock.
»Dass du so im Handumdrehen zum Feind überwechselst ...« Mariechen blieben die Worte im Hals stecken, sie würgte noch an einem »Typisch Jojo!«.
Mama sagte leichthin: »Ist doch ganz logisch. Sie spricht fließend Englisch und ist international aufgewachsen.«
Jojo reichte Amizigaretten herum. Hannelore und ihr Tierarzt griffen zu, die Demjensky ebenfalls. Sich selbst steckte Jojo auch eine an.
»Ein Hochgenuss!«, rief Hannelore nach dem ersten Lungenzug. »Was für ein Dreck dagegen die ordinären Zigaretten der SA!« Ihre Hunnenaugen sprühten, der Pulverkaffee hatte sie hektisch munter gemacht, sogar überwach. Und alle anderen auch.
Jojo brachte weiteren Zündstoff in die Runde: »Die Straße der SA heißt ab morgen Steubenstraße!«
Jetzt redeten alle auf einmal, redeten schneller als sonst, hatten erregt gerötete Backen. Der Tierarzt fand das logisch: »Die Amis auf einer Straße der SA? Absurd!« Aber Tante Mali ärgerte sich: »Unsere Stadt hätten sie nach alter Tradition wieder Kaiserin-Augusta-Straße nennen müssen!«
Wegwerfend sagte die Demjensky: »Diese Kaugummikauer! Was wissen die schon von einer Kaiserin Augusta!« Sie zog wild an

ihrer Zigarette. »Cowboys und Indianer! Die sind doch unbeleckt von deutscher Kultur und Tradition!«

Vom Coffein enthemmt, fuhr Jojo plötzlich die Demjensky an: »Cowboys und Indianer! Na klar! Die kennen auch nicht deutsche Kultur im Stil von Buchenwald und Gestapo!«

Alle sahen erschrocken auf Jojo. Ulla Demjensky, bleich geworden unter ihrer Kaffeeröte, blickte Jojo an, mit Augen wie hundert Jahre alt: »Du hast ja keine Ahnung, Jojo, was ich in den letzten Monaten gelitten habe!«

»Ach nee!« Jojo fühlte, wie jähe Aggression ihre Zurückhaltung sprengte. »Davon haben Lothar und ich aber null Komma nix gemerkt, als wir bei Frau Demjensky in ihrem Gestapobüro im Marstall nach Max Rollmann gefragt haben! Da wurden wir schnell und mitleidlos abgewimmelt!« Die Demjensky antwortete nicht, starrte mit aufgerissenen Augen ins Leere.

Jojo löffelte nochmals braunes Pulver in die Tassen, goss heißes Wasser drauf und abermals Milchpulver. Die junge Frau Weimar, Wolfs Frau, vom Kaffee aufgeputscht und ermutigt und mit hochroten Wangen hübscher als sonst, wandte sich an Jojo: »Frau Josefa …« Sie gab sich sichtlich einen Ruck: »Könnten Sie mir vielleicht für mein Kind auch solche Trockenmilch von den Amerikanern besorgen?« Das hätte Jojo am allerwenigsten erwartet! Ihre Antwort kam nicht gleich, dafür das Gezischel der alten Frau aus Breslau, die in einem unkontrollierten Ausbruch ihre Tochter anfuhr: »Dass du dich nicht schämst! Dass du nicht zu stolz dafür bist! Ausgerechnet von der Tochter dieser Frau so was zu erbetteln!«

Mama sagte laut und vernehmlich: »Aber ganz sicher wird Ihnen die Tochter dieser Frau die amerikanische Trockenmilch besorgen, für das Kind von Wolf!« Sie kippte erregt ihren Kaffee hinunter und schleuderte aus hellen Augen Blitze gegen die alte Frau aus Breslau. Und schon ziemlich im Kaffeerausch: »Was einmal war, und wenn es auch der siebente Himmel war, das ist aus und vorbei. Das Leben geht weiter.« Sie sah Tante Mali an: »Ja, es war einmal sehr schön … in dem Turmzimmer mit Balkon und Kletterpflanze, in dem jetzt andere wohnen. Da waren wir gern zu

Hause, nicht wahr, Jojo?« Jojo fand, dass ihre Mutter zu viel redete, aber die redete noch weiter: »Für mich und Jojo – und auch für Alexander –, da brechen neue Zeiten an! Die Welt steht uns bald offen, dann lassen wir Weimar hinter uns.«
Niemand hatte auf das Rundfunkprogramm des letzten Reichssenders geachtet. Plötzlich brach die Unterhaltungsmusik ab, da wurden alle aufmerksam. Es war zehn Uhr, aber keiner war müde. Die Ankündigung »einer ernsten und wichtigen Nachricht« wirkte auf alle wie ein Alarmsignal.
Tiefgründige Musik setzte ein, »Götterdämmerung«. In hochgeputschtem Schweigen harrte die Abendrunde auf die Enthüllung. Dann endlich! Die Stimme des Sprechers hatte eine Aura von Düsternis: »Unser Führer Adolf Hitler ist heute Nachmittag auf seinem Befehlsstand in der Reichskanzlei, bis zum letzten Atemzug gegen den Bolschewismus kämpfend, für Deutschland gefallen.«
In die tragische Musik hinein tönte Tante Friedas ewiges »Du großer Gott!«.
Der Tierarzt drehte den Volksempfänger ab und sagte grimmig: »Na endlich!«
Dann schwieg die Runde wieder. Jojo fühlte Herzstechen. Die Russen eroberten in Berlin schon die Reichskanzlei. Wo aber war Lothar?
»Der Guru ist tot!« Mamas Stimme schreckte die schweigende Runde auf. »Der Guru Adolf Hitler ist verloschen wie ein unheilvoller Komet. Bald ist auch er nur noch Asche und Staub – so wie die Millionen, die er mitgerissen hat in seinem Untergangswahn.«
»Das war kein Untergangswahn«, ereiferte sich Ullas Schwiegermutter aus Posen. »Wir haben für unser Deutschtum gekämpft. Mit Wodkaflaschen wurde mein Mann von Polen erschlagen, bloß weil er Deutscher war! Und das *vor* Kriegsausbruch!«
Jojo fühlte sich auf einmal zittrig vom Kaffee und den Zigaretten. Die Erregung der Frau aus Posen schraubte sich durch das Coffein immer höher: »Und die Amerikaner und Engländer sind doch erst recht Kriegsverbrecher! Massenmörder sind die! Mit ihren

Bombenteppichen auf wehrlose Frauen und Kinder, Greise und Flüchtlinge. Mindestens so bestialisch wie die Polen und Russen.« In tiefster Resignation sagte Tante Mali wie zu sich selbst: »Und mein Wolf liegt todkrank in irgendeinem Russenlazarett.«

Jojo wurde es langsam übel. Das sollte doch ihre Feier sein! Heiliger Bimbam! Die war ja vielleicht ausgeartet!

Die Demjensky heulte, stammelte unter Schluchzen: »Der Führer ist tot. Der hat es gut. Für ihn ist alles vorbei. Aber ich! Für mich werden nie die Schreie aufhören, die aus dem Gestapokeller kamen.« Ihre Schwiegermutter machte: »Pscht! Sei doch still!«

»Was soll das schon für ein Frieden sein, der jetzt kommt?« Tante Frieda meckerte unzufrieden. »Alles verloren und kaputt! Meine schöne Wohnung ausgebrannt!«

Ziemlich grob blaffte Eberhard, der Tierarzt, sie an: »Deine schöne Wohnung! Hast du je darüber nachgedacht, warum deine Frau Fischbein ausgezogen ist? Und ihre Wohnung arisiert wurde? Und warum sie dir nie eine Karte geschickt hat? Die haben sie nämlich im Osten in ein Vernichtungslager gebracht!«

Tante Frieda brachte nicht mal ein »Du großer Gott« zu Stande. Sie schüttelte nur den Kopf: »Das glaub' ich nicht.«

»Ist aber wahr!«

Sie schüttelte weiter den Kopf wie eine automatische Puppe im Gruselkabinett. »Davon hat der Führer nichts gewusst …«

»Und du?« Unvermittelt giftete Frau Pusch, die sonst nie etwas sagte, Eberhard an. »Du hast heimlich in der Waschküche den Kommerzienratssohn operiert, hast ihm das Blutgruppenzeichen aus dem Fleisch geschnitten, damit sie ihn nicht kriegen, den Herrn SS-Hauptsturmführer.«

Zornig fuhr Tante Mali sie an: »Sei still! Das geht dich nichts an!«

»Ach, Kinder, lasst uns doch feiern!«, rief Chorsängerin Liane Krauss, im Kaffeerausch schwelgend: »Das Schlimmste ist doch vorbei! Keine Bomben mehr, keine Fron in der Rüstungsfabrik, bald gibt's genug zu essen, bald findet mein Dickerchen, der olle Gottlieb, zu mir zurück, bald gibt's wieder Kino und Operetten.«

Sie sprang auf, stellte sich hinter ihre Stuhllehne in Pose und legte

mit ihrer schönsten Operettenstimme los: »Es geht alles vorüber, es geht alles vorbei. Auf jeden Dezember folgt wieder ein Mai ...« Die beiden Rheinländerinnen stimmten sangesfreudig in die beliebte Schlagermelodie ein.
Das halt' ich nicht aus!, dachte Jojo. Sie zählte die Kippen in ihrem Aschenbecher: Sie war bei der siebten Zigarette angelangt, und bei der fünften Tasse Kaffee. Ihr Herz schlug wild. Gleich singen sie »Tapfere Soldatenfrau« und dann »Ich warte auf dich, bei Tag und bei Nacht, wart' ich auf dich«. Ach Lothar Lothar Lothar ...
Sie konnte die ganze Nacht nicht schlafen.

Jojo drückte den Klingelknopf. Dasselbe Dienstmädchen wie immer machte ihnen auf. Frau Vogelfund erschien im Flur, zeigte sich mühsam erfreut angesichts des Überraschungsbesuchs am Sonntagnachmittag: »Wie schön, dass Sie uns besuchen, Frau Jordan und Josefa!«
Erwartungsvoll schüttelte Jojo ihre Mähne: »Wir wollten doch unbedingt das Kind von Mechthild sehen.«
Frau Vogelfund führte die Jordans in das große Zimmer. Trotz des Geplauders von Mama stand Frau Vogelfund irgendwie geistesabwesend da. Sie wirkte grau, wie von Schwermut beladen, mit dunklen Schatten um Augen und Nasenflügel. Grau war auch das schwere hoch gesteckte Haar, wie mit Totenasche bestreut. Unvermittelt wandte sie sich zur Tür. »Ich geh' Mechthild holen«, sagte sie, »und auch meinen Mann, er arbeitet noch Akten durch.«
Jojo und die Mutter standen allein im Zimmer. Vom Balkon drang Vogelzwitschern herein. Die Tür zum Musiksalon stand offen, gab den Blick frei auf Mechthilds mannshohe Goldharfe. Der Sonntagskaffeetisch war für drei gedeckt, mit Meißner Streublümchengeschirr und mit handgestickter Streublümchendecke. In der Mitte stand ein Rührkuchen.
Jojo und Mama betrachteten stumm das Ehren- und Trauerarrangement auf der Vitrine: ein holzgeschnitzter Kerzenhalter Marke Erzgebirge, eine abgebrannte Kerze, zwei Fotos, beide mit Trauerflor – die gefallenen Söhne. Auf Samtkissen lagen deren Orden

und Ehrenzeichen, daneben stand eine mundgeblasene Vase mit einem kleinen Maiglöckchenstrauß. Und darüber an der Wand wie eh und je, weder vergraben noch verbrannt, das Porträt des Führers mit dem visionären, herrischen Blick, geschmückt mit einem besonders schweren Trauerflor.
Jojo hörte Babygeschrei. Sie schnellte herum: »Mechthild!« Da stand sie, ihre Freundin seit Kindertagen, ernst, aber von innen strahlend: ganz deutsche Mutter – mit dem Führerkind. Jojo umarmte sie mitsamt dem Kind. Wanda Jordan und die dazugekommenen Großeltern des Babys waren gerührt.
»Oh Gott ist das süß! Und ganz in Himmelblau! Man sieht es: ein Junge!« Mechthild nickte stolz. Jojo begeisterte sich mit einem kleinen Anflug von Ironie: »Blaue Augen, blonder Flaum! Unverkennbar germanisch!« Und halblaut zur Freundin: »Das Führerkind! Dein Geschenk für Hitler!« Vertraulich die Hand auf Mechthilds Arm, fragte sie verschmitzt: »Heißt er Adolf?«
Mechthild wurde puterrot. Mama sagte: »Aber Jojo!« Mechthilds Vater trat zu ihr, drehte sie an der Schulter herum, zeigte auf die Trauerfotos: »Josefa! Unsere Söhne, der Karl und der Rüdiger, sind beide für Großdeutschland gefallen. Und Karl-Rüdiger heißt nun Mechthilds Sohn. So werden sie in ihm weiterleben. Das Kind ist ein Vermächtnis – besonders auch im Angesicht des Heldentodes unseres geliebten Führers.«
Jojo starrte den Regierungsdirektor Vogelfund ziemlich entgeistert an. War er wirklich überzeugt von dem, was er so hochtrabend aussprach? Erst jetzt fiel ihr auf, wie gealtert er war. Sein scharfkantig rasiertes Bärtchen unter der Nase war eisengrau, das Kopfhaar dünn geworden. Zwei eingekerbte Falten führten von den Mundwinkeln abwärts – eine dauernde Trauermiene. Auch die Bauchrundung war weg. Genauso die Parteiabzeichen. Vogelfund sah Jojo eindringlich in die Augen: »Gerade jetzt, wo der Führer in Berlin auf dem letzten Gefechtsstand bis zum letzten Atemzug …« Er verstummte erschüttert.
Jojo warf Mama schnell einen Blick zu. Die stand neben Mechthild und strich dem Baby übers flaumige Köpfchen. In Jojo bro-

delte es. Herrje! Das Kind war doch keine Jungfrauenzeugung! Und Mechthild keine überirdische Mutter Maria, begattet vom heiligen Geist des Führers! Und Hitlers Heldentod! Wie der hier verklärt wurde! Dabei hatte es sich ganz anders abgespielt, das wusste sie aus erster Quelle, von Captain Parker.
Das Dienstmädchen kam herein mit zwei zusätzlichen Kaffeegedecken für die Gäste und fragte: »Lindenblütentee oder Ersatzkaffee?«
»Wir haben echten Kaffee mitgebracht«, sagte Wanda Jordan.
Jojo griff in ihre Basttasche und hielt Frau Vogelfund eine Dose Nescafé hin. »Hier, amerikanischer Bohnenkaffee in Pulverform. Der löst sich in der Tasse auf.« Und zum Dienstmädchen: »Else, Sie brauchen nur heißes Wasser zu bringen.«
Frau Vogelfund blickte fragend ihren Mann an. Der gab sich souverän: »Lass uns das fremde Zeug mal probieren, wir werden uns schon nicht vergiften …«
Jojo verteilte löffelweise Kaffeepulver in jede Tasse, das Dienstmädchen goss Wasser darauf. Aus ihrer Basttasche angelte Jojo eine Dose Trockenmilch. »Hier, Mechthild, das hab' ich dir mitgebracht, für deinen Karl-Rüdiger. Amerikanisches Milchpulver, schmeckt wie echte Milch.«
Mechthild sagte abwehrend: »Ich hab' genug Milch.«
»Sie schmeckt auch im Kaffee gut.« Jojo rührte in jede Tasse Milchpulver. Recht abfällig blickten die Vogelfunds auf ihre rot lackierten Fingernägel. Dann nippten sie an dem Gebräu. »Na ja …« Frau Vogelfund wollte nicht unhöflich sein. »Aber Kaffee aus gerösteten Bohnen schmeckt doch besser, soweit ich mich erinnere.« Sie ließ sich trotzdem noch einmal die Tasse füllen. Dann schnitt sie den Rührkuchen auf. »Da sind zwei Eier und ein Stück Butter drin. Wir haben ja zum Glück noch unsere Verwandten auf dem Lande.« Sie verteilte die Stücke.
Mama machte Konversation: »Und Sie, Herr Vogelfund, sind auf Ihrem Posten geblieben … im Gegensatz zu so vielen anderen.«
Er biss vom Kuchenstück ab, Mama musste auf Antwort warten. Dann: »Tja, das sind jetzt schwere Zeiten. Aber ein deutscher Be-

amter ist unentbehrlich und verlässlich. Ich arbeite weiter im Regierungsverwaltungstrakt im Schloss.« Er räusperte einen Kuchenkrümel weg. »Die Amerikaner wären ohne uns ja aufgeschmissen!«
Wanda Jordan sah sich um: »Mit Ihrer Wohnung hatten Sie auch Dusel. Kein Bombenschaden. Nicht mal 'n Kratzer.«
»Wir würden auch das und noch mehr opfern.« Der Regierungsdirektor sprach mit verhaltenem Pathos: »Wenn wir nur unseren Führer wieder lebend hätten!« Frau Vogelfund tupfte die hochrote, schweißnasse Stirn. Die Wechseljahre!, dachte Jojo. Herrn Vogelfunds tragische Stimme füllte den Raum: »Bis zum letzten Atemzug in Berlin gegen den Bolschewismus kämpfend, ist Adolf Hitler – wie unsere Söhne – für Großdeutschland in den Heldentod gegangen.«
Mamas Löffel klapperte auf die Untertasse. »Das stimmt nicht«, sagte sie knapp.
Konsterniert saßen die Vogelfunds da.
»Er hat Selbstmord gemacht!«
Sie wurde dumpf angestarrt.
»Ja. Im Führerbunker hat er sich eine Kugel in den Kopf gejagt.«
Jojo setzte noch eins drauf: »Und vorher hat er seinen Schäferhund totgeschossen.«
»Nein!« Mechthild legte die Hand schützend auf das Köpfchen ihres Kindes. »Nie würde der Führer das tun! Das ist alles feindliche Lügenpropaganda!«
Diesen irrwitzigen Anbetungswahn musste man zerstören! Mit einem Gefühl von Gerechtigkeit verpasste Jojo den Vogelfunds den nächsten Schock: »Und seine Frau hat sich mit Gift umgebracht!«
»Der Führer war überhaupt nicht verheiratet!«, empörte sich Mechthild.
Mama schoss zurück: »Doch! Sie hieß Eva Braun. War Hitlers Geliebte. Jahrelang! War früher mal Gehilfin beim Propagandafotografen Hoffmann. War dauernd auf dem Obersalzberg.« Und

zu Herrn Vogelfund: »Wussten Sie das nicht, Herr Regierungsdirektor?«
Mit kleinen, bösen Augen sah Vogelfund Mama an, die Miene verschlossen wie ein Panzerschrank, die Ohren bläulich rot.
Mama betonte jedes Wort: »Meine Tochter weiß es aus authentischer Quelle. Von Captain Parker. Jojo arbeitet als Dolmetscherin bei der Militärregierung.«
Jetzt glotzten die Vogelfunds Jojo an.
»Es stimmt«, sagte sie, »Adolf Hitler hat Eva Braun noch im Führerbunker geheiratet – vor dem Doppelselbstmord. Und das ist die Wahrheit.«
Eine dramatische Stille legte sich quälend über die Kaffeerunde, nur Mama rührte klappernd mit dem Löffel in der leeren Tasse.
Quälend und förmlich war auch die Verabschiedung.
Auf dem Rückweg zur »Pension Weimar« gingen Mutter und Tochter stumm nebeneinander. Durch die Straße der SA, die jetzt Steubenstraße hieß, vorbei am Eckhaus, wo an zwei eingerosteten Haken die zertrümmerten Überreste des Schaukastens des Rassenhetzblatts »Der Stürmer« hingen.
Plötzlich explodierte Mama: »Dass man so verblendet sein kann! Bei allem, was man inzwischen weiß! Die Vogelfunds sind wirklich nicht von dieser Welt. Dass man sich so hineinsteigert in einen geradezu mythischen Totenkult! Und das arme Kind! Mit diesem Vermächtnis! Wie soll es damit denn später mal leben?«
Jojo stiefelte wortlos neben Mama her. Sie hatte nur einen Gedanken im Kopf: Ein Kind … ein Kind von Lothar … Wenn ich jetzt ein Kind von Lothar in meinem Bauch hätte – was wäre dann?

Es war Mai. Mai in Weimar. Mai auch in der Nacht. Hieß es nicht Wonnemonat Mai? Voll schwerer Fliederdüfte, voll losbrechender Frühlingsgewitter. Der Schlaf floh Jojo. Nächte gab es, da stand sie im Garten unterm Vordach, am grob zugescharten Bombentrichter, manchmal während eines Regengusses. Ließ sich klatschnass regnen bis auf die Haut unter dem fadenscheinigen Seidenpyjama. Ließ sich, wenn das Gewitter abrupt abzog, vom

Vollmond bescheinen, hob das Gesicht, nass vom Regen – nur vom Regen? – hoch zum Nachthimmel, fragte den Mann im Mond, wo Lothar blieb.
Sie wollte nicht allein sein in einem Frühling wie diesem. Jede Pore ihrer Haut sehnte sich nach Lothars Händen, nach Lothars Küssen, nach Lothars junger Kraft.
Jeden Morgen um acht fühlte Jojo sich getröstet vom breiten, weiß blitzenden *Good-Morning*-Lächeln des schwarzen Sergeanten und seinem freundschaftlichen Blick aus den alten weisen, kindlich heiteren Urwaldaugen. Und jeden Morgen amüsierte sie sich über Pierre mit seinem angeklatscht zurückgekämmten Haar, der wie ein klassischer Lebemann diesen unwiderstehlichen Augenaufschlag für Jojo parat hatte, zusammen mit frischem Pulverkaffee.
Ganz anders dagegen Captain Parker, wenn er am Schreibtisch stand, Hand am Telefon, groß, schlank, Brille, Plüschhaar, gewaschen, gestärkt, gebügelt die Uniform, korrekt – immer so überaus korrekt.
Es gab andere Offiziere, von anderen Detachments, viel lockerer, lässiger und jünger. Sie kamen zu Parker ins Büro mit dem Vorwand dienstlicher Fragen, in Wahrheit aber, um Jojo zu begutachten. *Captain Parker's Tschosäfa*. Sie kamen, um ihr Blicke zuzuwerfen, waren flapsig, machten Witze und luden sie ein: *»How about a Jitterbug-Party, Miss Tschosäfa?«*
Aber Parker wimmelte sie ab, drängte sie hinaus, bediente sich eines probaten Mittels, Jojo zu isolieren: Er deckte sie mit Arbeit mehr als ein: Repatriierungsanträge, kniffliges Paragrafenzeug, Herkunftsnachweise verschleppter Personen, Rücktransporte von Häftlingen, juristische Absicherungen, eidesstattliche Erklärungen. Beide arbeiteten konzentriert. Aufpassen musste man, dass nicht Kriminelle sich als Politische oder Nazis sich als Juden ausgaben. Manchmal hatte Jojo Geheimprotokolle zu schreiben, da ging es um die bevorzugte Behandlung sehr wichtiger Personen, VIPs, wie ihr Parker erklärte, Persönlichkeiten aus der Sonderkaste prominenter, ehemaliger Schutzhäftlinge der Buchenwalder Sondervilla für Sippenhaft.

Merkwürdig und irgendwie komisch: Jojo und Captain Parker vereinte die Arbeitssucht. Er bewunderte Jojos Ausdauer im juristischen Gestrüpp, und sie erzählte ihm, wie sie als Kind mit dem Ball gegen die Hausmauer nach selbst auferlegten Regeln Ausdauer trainiert hatte. Auch Captain Parker kannte ein Härte- und Ausdauertraining. Er erzählte Jojo von der Eliteakademie Westpoint, sagte in bemühtem Deutsch: »Einhundert Liegestutzen, zwanzig Male die Hochwand hinüber ... lange Zeit unter Wasser without Atemgerät ...« Jojo sah ihn groß an. Die Amis sind auch nicht von Pappe, dachte sie. Unkonzentriert entglitt ihr ein Stapel Papiere. Parker ging sofort in die Hocke. Da fühlte Jojo seine Hand an ihrem Bein die Wade aufwärts streichen. Sie schnellte weg, und Parker kam hoch. Auch er rot im Gesicht, genau wie sie. Empört begegnete sie seinem Männerblick hinter der strengen Brille.
»Excuse me, Tschosäfa!« Er grinste. *»I had to make sure.«* Wieder Deutsch: »Es ist wahr – die Strumpfnaht ist aufgemalt.«
»Natürlich!« Jojo war irritiert und ärgerlich. »Ich hab' schon lange keine Strümpfe mehr.«
»Aber sehr hübsche Beine.«
Diese Männer!
Am andern Tag lagen ein Paar Nylons auf ihrem Schreibtisch.

Lampions und Glühwürmchen im Park. Eine Juninacht. Hell erleuchtet die beschlagnahmte Villa eines Nazibonzen. Jitterbug-Party. Genau das, was Jojo jetzt brauchte. Jitterbug? Was war das? Nie gehört, aber toll! Rasanter Rhythmus, da kochte das Blut über. Rasantes Fegen übers Parkett, da verging einem Hören und Sehen. Jitterbug! Jojos Flatterkleid aus weißer Fallschirmseide klatschte ihr um die Beine, ihre Augen blitzten so hell wie die dicken japanischen Perlen am Hals. Wann hatte sie überhaupt das letzte Mal getanzt? Captain Parker schleuderte sie über die Tanzfläche, vorbei an anderen tanzenden Paaren und weggerollten Teppichen. An den ausgestreckten Armen hielten sie sich mit Klammergriff, wirbelten wieder zusammen, standen Brust an

Brust, machten wild wiegende Schritte, und schon wieder schleuderte er sie von sich weg, stoppte sie am ausgestreckten Arm, riss sie zurück an seine Brust. Jojo japste, ihr Atem fegte durch die Bronchien. Eine Tanzekstase von solchem Ausmaß hätte sie dem Elitemann aus Westpoint nie zugetraut. Ganz abgesehen davon, dass sie sich zum ersten Mal privat trafen. Und das war verboten!
Zwischen den Tänzen nahmen sie Drinks. Captain Parker goss sich großzügig Whisky auf Eiswürfel. Und Pierre, hier als Barmixer tätig, mischte Longdrinks für Jojo, die ihr schnell zu Kopf stiegen. Alle möglichen Sorten Snacks standen herum, salzige, solche mit Käsegeschmack, manche aus Kartoffeln. Jojo aß zu viel davon. Es wurde gelacht und geflirtet. Eine Menge gut aussehender Offiziere war da, alle mit Mädchen, wo immer sie die auch herhatten.
Beim wilden Weitertanzen schwappten Jojos Gedanken außer Kontrolle. Wenn Parker sie nicht so fest im Griff hätte, würde sie quer durch den Raum taumeln. Das reizte sie, hemmungslos zu lachen. Irgendwie war ihr Leben plötzlich auf den Kopf gestellt. Vielleicht musste sie alles-alles-alles vergessen. Vielleicht sollte sie neu-neu-neu anfangen, einen Ami heiraten, in die Staaten gehen, einen offenen Buick steuern, von morgens bis Mitternacht Kaugummi kauen. Captain Parker zog sie mit starkem Arm an sich heran, drückte sie fest an seine Westpoint-Liegestützen-Muskulatur. Er tanzte mir ihr ins Nebenzimmer, verlangsamte den Schritt, gleich würde er sie küssen. Ach Lothar, Lothar, dessen Lippen beim Küssen federten! Wenn er sie so sähe, seine Eifersucht würde ihn umbringen. Trotzdem – sie hielt Parker ihren Mund hin, wollte sich selbst beweisen, dass auch die Küsse anderer Männer Sinnlichkeit hatten. Oder, wie die Amis sagten, Sex.
Sie ließ sich küssen, wartete auf seine Zunge, aber die kam nicht. Der Kuss blieb merkwürdig keusch. Nach einem Moment lösten sich ihre Lippen. Sie sah ihn groß an, wollte er denn nicht geküsst werden?
Schließlich sagte er: *»I have a problem, I am in love with you.«*
Eine Liebeserklärung! Du großer Gott! Und wieso war das ein Problem für ihn?

»Since the moment you came into my office … Ich wollte dich! Kein anderer sollte dich haben.« Erst jetzt kapierte Jojo, wieso sie im Handumdrehen an seiner Schreibmaschine gelandet war. Die Whiskyflasche auf dem Fensterbrett kam ihm gerade recht, er nahm ein paar große Schlucke und sagte dann: »Du musst wissen: *I am religious, I am a Presbyterian.«* Was immer das heißen sollte, nun kam der Heiratsantrag, auf Deutsch: »Ich verspreche, ich werde dich heiraten. Sobald es mit deutschen Fräuleins erlaubt sein wird.« Er setzte nochmals die Flasche an. »Vielleicht es wird dauern Monate, vielleicht es wird dauern Jahre.«
Jojo war ekstatisch: Ein amerikanischer Offizier, ein Elitemann, wollte sie heiraten. Zugleich war sie entsetzt: Das war ein Mann mit eisernen Grundsätzen und mit einer puritanischen Religion. Sex sicher erst in der Hochzeitsnacht. Und danach vielleicht ein lebenslanges Fiasko.
»Here!« Parker wankte ein bisschen. Er zeigte ihr aus seiner Brieftasche ein bedrucktes Kärtchen: *»My daily prayer.«* Er erzählte ihr von seiner Mutter, die fünfmal in der Woche in die kleine Kirche gehe, in einem sehr kleinen Ort in Texas, wo seine Eltern ein großes Haus hätten, in dem Jojo wohnen könne mit ihren gemeinsamen Kindern, wenn er auf Militärmission in fremde Länder müsse. Die Haare standen Jojo zu Berge. Das sollte die »Freiheit Amerikas« sein? Nein danke, Sir!
Er war wohl ziemlich betrunken. Er drückte sie in eine Ecke, bekam einen sinnlichen Blick, und seine Hände waren gar nicht mehr puritanisch. Und er sagte ihr, was er ihr nüchtern wohl nie anvertraut hätte: *»Tschosäfa, I tell you a military secret.«*
Er kam aus dem Gleichgewicht, sie wollte ihn festhalten, aber sie wankte auch.
»A secret?«
»The Russians will take over Thüringen. The US Forces will leave. I got the order today.«
Jojo war mit einem Schlag nüchtern. Die Russen! Die Russen würden Thüringen übernehmen! Die Amis gehen! Und Parker auch! Was sollte aus ihr und Mama werden? Wie sollte sie raus-

kommen! Unter den Sowjets wollte sie keinesfalls bleiben – das würde auch Lothar verstehen. Aber: keiner durfte reisen.
Parker sah den Schock in ihrem Gesicht, ihre aufgerissenen Augen, den offenen Mund, die gesträubten Haare, die sich zu Kringeln aufstellten. Er grinste, fasste nach ihr, zog sie an sich, vergass seine puritanischen Grundsätze und griff ihr in die Bluse. Jojo, erschrocken, ernüchtert, angelte nach einem Rettungsstrohhalm. Flüsternd hauchte sie an seinem Ohr: *»You must help me to get away – if you don't want to loose me.«*
Captain Parker versprach es ihr. Keinesfalls würde er sie den Sowjets überlassen.

»Die Russen kommen! Mama! Die Russen kommen!«
Noch in der Nacht schreckte sie die Mutter aus dem Schlaf, rüttelte sie am Arm, rief ihr laut ins Ohr: »Die Russen kommen!«
Als hätte sie zehn Tassen Nescafé intus, so aufrecht und hellwach saß Wanda Jordan noch im gleichen Moment im Bett. Sie starrte die Tochter an, die vor ihr stand, in weißer Fallschirmseide, die Sandaletten in der Hand und von einer Wolke Alkohol und Rauch umgeben. Noch einmal rief Jojo: »Mama, die Russen kommen! Die Amis gehen! Captain Parker haut heute um fünf Uhr ab. Thüringen wird sowjetische Besatzungszone.«
Entsetzt und empört fragte Wanda Jordan: »Wie blöde sind denn diese Amis? Ein Land wie Thüringen einfach den Russen zu überlassen!« Aber viel größer war ihre Sorge: »Was machen wir jetzt? Wie kommen wir hier raus? Man darf doch höchstens ein paar Kilometer reisen.«
Jojo sagte entschlossen: »Wir bleiben auf keinen Fall hier.« Mit ihrer inneren Stimme beruhigte sie Lothar: Wenn ich jetzt gehe, Lothar, das bedeutet nicht, dass ich dich verlasse. Du wirst verstehen, dass deine Porzellanpuppe unter der russischen Knute kaputtgehen würde. Wo immer ich auch hingerate, dort werde ich auf dich warten.
»Woher weißt du das?«
Wanda Jordan bekam keine Antwort. Jojo war völlig weggetreten,

und Mama musste noch einmal fragen: »Jojo, woher weißt du das?«
»Von Captain Parker.«
»Auf dieser Party?«
»Captain Parker musste um drei Uhr fort.«
»Und?«
»Parker hat's mir schon versprochen, unter Küssen …«
»Unter Küssen?«
Die Mutter schwang die Beine aus dem Bett. »Du willst mir erzählen, dass diesem Captain …« Mamas Miene zeigte eine ganze Reihe von gegensätzlichen Äußerungen: Konfusion, Sorge, Berechnung. Frage war immer: Was machen wir denn jetzt?
»Er will mich unbedingt vor den Russen rausschaffen, weil er …« Sie machte eine spannungsgeladene Pause. »Weil er mich heiraten will.«
Mama war wie elektrisiert. »Das wäre ja fantastisch! Wir könnten nach Amerika, in ein freies, reiches Land … und Alexander auch.« Aber sie sah Jojos Gesicht. »Ich weiß«, sagte sie, »du willst eigentlich gar nicht weg von Weimar, weil du wartest. Auf ihn.«
»Ich glaube, das wird er verstehen … Denn wenn hier die Rote Armee einmarschiert …«
Mama hatte es wie ein Blitzschlag aus heiterem Himmel getroffen. Schnell zog sie ihren Hausmantel an und riss Kleider, Wäsche und Schuhe aus dem Schrank. »Willst du nicht auch Koffer packen?«
»Um halb sechs holt uns Pierre in einem Nazibonzen-Maybach ab. Wir fahren nicht allein. Eine hoch gestellte Persönlichkeit wird morgen nach Bayern gefahren. Captain Parker lädt uns einfach mit in den Wagen. Und er wird uns auch mit Papieren versorgen. Es ist die einzige Chance. Pierre chauffiert den Wagen.« Jojo zündete sich eine Zigarette an. »Für jeden von uns einen mittelgroßen Koffer und die Pelzmäntel, mehr hat nicht Platz.« Sie machte die Zigarette wieder aus. »Pack den Koffer für mich, häng das dunkelblaue Leinenkleid heraus und den hochroten Hut!«
Sie zog ein paar bequeme Schuhe an, nahm Papier und Stift und rannte los.

Der Abschied von Lothar, ein Abschied, der ihr besonders schwer fiel: Lothar, Lothar, Lothar!
Sie rannte den Berg hinunter ins Tal, über die weiße Brücke Richtung Ilm, Richtung Goethes Gartenhaus. Lothar, Lothar, Lothar! Sie hatte ihm etwas aufgeschrieben. Sie hoffte, sie würde das Blechkästchen finden, das er und sie gemeinsam versteckt hatten, unter Wurzeln und Steinen.
Endlich, endlich hatte sie den Garteneingang erreicht. Nur einmal hatte sie sich im hellen Kleid hinter helle Birkenstämme gestellt, als ein Jeep mit der Military Police vorbeikam. Nun aber verschwand Jojo zwischen den Bäumen. Es wurde immer finsterer, sie dachte, sie würde überhaupt nichts sehen. Da verzogen sich die Wolken und ein breiter Mond lenkte seinen Silberstrahl auf den Kugelstein, dort im Garten zwischen knorrigen Bäumen und verwilderten Büschen. Diese Kugel des wankelmütigen, so unverlässlichen Glücks, genauso wie sie gemacht und gedacht war: wankend und schwankend, eine graue, große Kugel, gefährlich schwebend auf einem schweren Quader.
Jojo legte sofort die Hände auf den gerundeten Stein, ihre vom Wind zerzausten Haare bauschten sich um ihr gerötetes Gesicht. »Ich weiß«, sagte sie langsam, »dass dieser Quader fest und unzerstörbar ist – aber, ach, auf ihm balanciert die Kugel des Glücks, sie kann dir jeden Augenblick wegrollen.« Sie fühlte sich hingezogen zu dieser rauen, bemoosten Steinkugel und gleichzeitig abgestoßen, umschlang sie mit ihren Armen, legte ihre Wange an das kühle Grau. Diese Kugel, die immer wieder Zeuge gewesen war von dem ausufernden und doch wieder gebrochenen Liebesglück zwischen Jojo und Lothar. Ach Lothar, Lothar, Lothar!
Niemals im Leben würde einer sie wieder küssen wie Lothar mit seinen federnden Lippen, nie würde einer sie wieder ansehen wie Lothar, aus den Augenwinkeln mit gesenktem, blitzendem Blick. Vielleicht war sie fürs ganze Leben verkorkst, wenn Lothar nicht wiederkam. Sie hatte sich den ganzen Krieg über geweigert, Opfer zu bringen – war dies jetzt das Opfer, das ihr abverlangt wurde? Sie wehrte sich dagegen, sie wollte das nicht wahrhaben.

Auf den Knien rutschte sie jetzt am Boden, grub unter Wurzeln und Tuffsteinen, fand das Blechkästchen und öffnete es: Innen war alles gelb geworden, die Flussmuschelperlenkette, die sie getragen hatte, und die beiden mit ihrer chinesischen Minischere von Kinn über Nase zum Scheitel durchgeschnittenen Fotos: Jojo und Lothar je zur Hälfte, sie betrachtete sie lange. Wie waren sie da jung gewesen! Und hatten sich schon so geliebt. Sie legte die Fotos ins Kästchen zurück und lehnte sich an die Kugel, fuhr mit ihren Händen über die steingraue, raue Rundung.
Ihr war, als steige ihr der verführerische Duft einer hochsommerlichen, nächtlichen Wiese und blühenden Gebüschs in die Nase. »Komm!«, sagte Lothar. »Keiner kann uns sehen. Ich will dich ganz – jetzt und sofort.« Sie will es auch – ja! Er liegt mit ihr im Gras, ohne Rücksicht auf seine Wunde am Bauch, ohne Rücksicht auf den Aspiringeschmack beim Küssen. Etwas passiert mit ihr, oh ja, oh ja, es zuckt durch alle Nervenbahnen. Jojo weint, Jojo schluchzt, denn Lothar ... wieder einmal macht seine Verwundung einen Strich durch die Rechnung. Jojo verspricht ihm ein nächstes Mal, wenn es ein nächstes Mal noch gibt.
Sie dachte mit dem Gefühl des Triumphes und der Lust an die Baracke, in der sie beim Geheul des Bombenangriffes und der Abwehrraketen den Höhepunkt erreichten. Lothar, Lothar, Lothar!
Sie legte den hastig hingeschriebenen, gefalteten Zettel in das Blechkästchen, dazu ein Bild von ihnen beiden als Paar, vom Fotografen aufgenommen, und ihre Rasierklinge, die sie stets im Portemonnaie bei sich hatte.
»... damit Du siehst, ich schneide mir nicht die Pulsadern auf, denn ich will für Dich leben, auch wenn die Russen kommen und wir in den Westen gehen. Ich bete zu allen meinen chinesischen Göttern, dass Du noch am Leben bist. Dass Du eines Tages dieses Kästchen ausgräbst. Dass Du kommst und mich findest. Meine Adresse schicke ich an die ›Pension Weimar‹. Ich werde Dich nie vergessen, mein lieber Lothar, oh mein Lothar!
In Liebe, Jojo, deine chinesische Porzellanpuppe.«
Die Sonne ging strahlend auf. Hastig vergrub sie das Blechkäst-

chen. Dann blieb sie stehen, blickte auf den von der Sonne beschienenen Kugelstein.
»Auf Wiedersehen, Lothar!«

Im dunkelblauen Kleid und mit hochrotem Hut war Jojo reisefertig. Die hellen Augen spiegelten die Begeisterung, die »Pension Weimar« verlassen zu können, zugleich verriet der Mund, dass dieser Abschied ihr nicht leicht fiel.
Jojo saß drei Stufen über dem Boden auf ihrer Küchenbank und wartete auf das Frühstück. Es war ein besonderes Frühstück, das ihr Tante Mali zum letzten Beisammensein spendierte. Ein Napf voll schäumender, kochender Milch wurde im letzten Moment von der Flamme gezogen, brauner Kakao und weißer Zucker wurden untergemischt, der Napf wieder bis zum Hochkochen auf die Feuerstelle geschoben, dann, im letzten Moment, nahm Tante Mali den Topf weg. Sie goss mit dem Schöpflöffel die braune Köstlichkeit genüsslich in Jojos Küchentasse und stellte diese mit einem freundlichen Lächeln auf den Tisch.
Auf ein Lächeln Jojos wartete sie vergebens. Jojo war, solange der Kakao nicht kühler wurde, in Gedanken unentwegt mit Lothar beschäftigt.
Es war Viertel nach fünf. Die reisefertige Mama schlürfte im Stehen Bohnenkaffee und nahm Abschied von denen, die in der Pension in Weimar zurückblieben, der Willkür der Sowjets ausgeliefert. Sie sind extra früh aufgestanden, um Wanda Jordan und ihrer Tochter Lebewohl zu sagen – so plötzlich, so heimlich.
Wanda Jordan stellte den Kaffee weg, ergriff die Hände von Tante Mali und bat sie, dem Kriegsgefangenen Alexander, sobald Post von ihm komme, ihre neue Anschrift mitzuteilen. »Ich schreibe Ihnen sofort meine neue Adresse …« Mama hatte Tränen in den Augen, der Abschied von Tante Mali fiel ihr schwer. Sie musste an Wolf denken, als er jung und heißblütig war. Jetzt lag er krank irgendwo in einem russischen Lager. »Ich hoffe mit Ihnen, dass Wolf bald entlassen wird.« Auch Tante Mali konnte die Tränen nicht zurückhalten. Und Hannelore weinte ebenfalls heftig, als sie

Wanda beim Zigarettenanzünden das Silberetui von Vati zeigte. Tante Frieda steckte Jojo ein paar handgemachte Häkelstrümpfe zu: »Damit du nicht frierst.« Jojo bedankte sich halb abwesend. Das Bild von Lothar war inzwischen blasser geworden, und sie sagte zu Tante Mali: »Wenn Lothar Rollmann auftaucht, dann lass es mich wissen!« Dass die Russlanddeutschen über Nacht verschwunden waren, wussten sie von Mariechen. So warteten zum Abschiednehmen noch Frau Pusch und Liane Krauss, Wolfs junge Frau mit Baby und Mutter, die zwei Rheinländerinnen mit ihren Kleinkindern sowie, ganz in der Ecke, Ulla Demjensky und ihre Schwiegermutter.

»Jetzt!«, rief der Tierarzt und klopfte von draußen ans Fenster, wo er Wache stand. »Jetzt kommt er!« In der Küche entstand Gedränge, jeder wollte auf Wiedersehen sagen, aber Jojo war als Erste vor dem Haus. Sie sah, wie der Maybach anhielt – elegant, schwarz poliert –, der von einem Nazibonzen requirierte Wagen. Sie sah Pierre, der glücklich und lachend das Lenkrad verließ und auf sie zukam, mit Papieren in der Hand.

»Sehen Sie, was Captain Parker Ihnen ausgestellt hat!« Er drückte Jojo ein ausgefülltes und abgestempeltes Formular in die Hand.

Jojo las laut vor: *»VIP Travel Permit. Miss Josefa Jordan is a very important person. Any help needed should be provided.«*

Sie und die herbeigeeilte Mutter mussten beinahe lachen.

»Für Sie, Jojo, und für Sie, Frau Jordan.« Pierre lächelte zufrieden. *»A very important person! A VIP! A wie-ei-pi!«*

»Eine Ausnahmegenehmigung für eine Reise ins Ungewisse.« Wanda Jordan schluckte heftig.

»Wie für mich nach Frankreich«, sagte jetzt Pierre, »ist auch für Sie dank Captain Parker dieser Weg in die Freiheit die letzte Möglichkeit.« Er ließ die beiden unterschreiben.

Der Tierarzt kam mit einem der Koffer. Tante Mali mit dem anderen. »Mein Gott«, sagte Wanda, die ihren Pelzmantel trug, »je weniger man hat, desto besser.« Und mit einem Anflug von Resignation: »Sie können alles, was uns gehört, verteilen.«

Jojo ging voraus, sie folgte Pierre, der den Kofferraum öffnete. Er

war so voll, dass Pierre nur mit Mühe die beiden Gepäckstücke unterbrachte. »Die Pelze müssen Sie in den Wagen mitnehmen.« Alle standen herum, alle wollten sich verabschieden, während Mutter und Tochter mit Pelzmänteln und Handtaschen einstiegen. Im Wagen wurden sie einer unbekannten Person vorgestellt. »Dieser Dame«, flüsterte Pierre, der jetzt hinter das Steuer kletterte, »dieser Prinzessin, die unter bürgerlichem Namen reist und keinesfalls den Russen in die Hände fallen darf, verdanken Sie Ihre plötzliche Reise.«
Mama wollte die Person mit ein paar unverbindlichen Worten ansprechen, erhielt aber keine Antwort. Sie wandte sich an Pierre: »Ich mache mir große Sorgen, ob das Weimarer Geld von der Bank in Bayern noch ausgezahlt wird.« Pierre ließ den Motor an, der Maybach fuhr los. Jojo und Mama schauten zurück. Da standen sie alle und winkten Wanduschka und ihrer Tochter nach.
Vor der »Pension Weimar« in der Straße der SA, die inzwischen Steubenstraße hieß.
Längst war die Villa-mit-Turm kein Kastell mehr für ein verschlafenes Dornröschen hinter riesiger Hecke, sondern eher eine verkommene Ruine nach den Luftangriffen. Jojo wusste, dass die »Pension Weimar« ein Stück ihres Lebens gefordert, ihr dafür aber im Tausch ein Stück Schicksal angeboten hatte. Oh Lothar, Lothar, Lothar! Sie wusste, dass sie dieses Haus für immer lieben und hassen würde, so wie sie die süßsaure Soße zum chinesischen Fisch liebte und hasste.

Die »Pension Weimar« verschwand, die heutige Steubenstraße verschwand, und Jojo genoss das Maybach-Fahrgefühl: in die Freiheit, in die Freiheit, in ein neues Lebensabenteuer.
Pierre machte eine Rundfahrt durch die Stadt Weimar. Ein Haufen Steine war der Rest von den hochherrschaftlichen Bauten, nur das Hotel »Elephant« am Markt stand beinahe unverändert da. Der Neptun mit dem abgebrochenen Dreizack über dem Brunnen vor der Apotheke erregte Pierres Aufmerksamkeit: »Der mit seinem lateinischen Spruch: ›Quos ego!‹ Weißt du, was das heißt, Jojo?«

Jojo lachte laut auf. Nun würde sie endlich die Bedeutung erfahren.
»›Euch werd' ich's zeigen!‹ Ein wahres Wort, ein Wort der Stunde.«
Sie fuhren durch die Schillerstraße, am Theater und am Sophienstift vorbei und an der Militärregierung. Es war wie ein letzter Abschiedswalzer ...
Sie fuhren am Gauforum vorbei, hinauf zum Bahnhof. Jojo sah die abgebrannte Baracke, und es war, als würde beim Abschiedswalzer der ersten Geige die Saite reißen.
Sie ließ ihr Herz zurück. Ob Laotse sie trösten konnte, der sagte: »Die Tage kommen und gehen, das Wasser fließt, die Sonne scheint, du wirst vergessen«?
Vergessen? Niemals. Ich werde dich nie vergessen, Lothar, nicht einmal wenn ich tot bin.

Quellen

Primärquellen:

Allgemeine Thüringische Landeszeitung Deutschland, Weimar 1935 bis 1945
Die Tagebücher meiner Mutter
Kriegskorrespondenz mit meinem Bruder
OT-Taschenatlas, Organisation-Todt-Taschenbuchverlag
Privatfotos
Schenke, Wolfgang: *Reise an der gelben Front,* Verlag Gerhard Stalling, Oldenburg 1940
Singkamerad. Schulliederbuch der deutschen Jugend, 14. Aufl., Verlag Franz Eher Nachf., München 1941

Sekundärquellen:

Brockhaus, Gudrun: *Schauder und Idylle,* Verlag Antje Kunstmann, München 1997
Coutade, Francis und Cadars, Pierre: *Geschichte des Films im Dritten Reich,* Heyne Verlag, München 1977
Deutschland – Deutschland, Sammlung Dieterich, Carl Schünemann Verlag, Bremen
Du gehörst dem Führer, C. W. Leske Verlag, Köln 1993
Eitner, Hans Jürgen: *Hitlers Deutsche,* Casimir Katz Verlag, Gernbach 1970
Fest, Joachim: *Das Gesicht des Dritten Reiches,* Piper Verlag, München 1999
Funke, Manfred: *Starker oder schwacher Diktator?* Droste Verlag, Düsseldorf 1989
Günther, Gitta, Huschke, Wolfram und Steiner, Walter (Hg.): *Weimar – Lexikon der Stadtgeschichte,* Verlag Hermann Böhlaus Nachf., Weimar
Herz, Rudolf: *Hoffmann & Hitler,* Fotomuseum im Münchner Stadtmuseum, München 1994
HJ im Dienst, Verlag Bernhard & Graefe, Bonn
Kogon, Eugen: *Der SS-Staat,* Kindler Verlag, München 1974

Ottinger, Johannes: *Orden und Ehrenzeichen,* Verlag E. S. Mittler & Sohn, Hergord 1977
Poliakov, Leon und Wulf, Josef (Hg.): *Das Dritte Reich und die Juden,* Arani Verlag, Berlin 1978
Reichel, Peter: *Der schöne Schein des Dritten Reiches,* Hanser Verlag, München 1991
Riess, Curt: *Das gab's nur einmal,* Verlag der Sternbücher, Hamburg
Rökk, Marika: *Herz mit Paprika,* Universitas Verlag, Berlin 1974
Scheibert, Horst, Feist, Uwe und Dario, Mike: *Panzer,* Podzun Verlag, Friedberg 1976
Schlagzeilen unseres Jahrhunderts, Verlag Naumann & Göbel, Köln
Seidler, Franz W.: *Die Organisation Todt,* Verlag Bernhard & Graefe, Bonn 1987
Taisen, Marga: *Und Buddha lächelt,* Verlag der Bücherfreunde / Wegweiser Verlag, Berlin
Vieregg, Hildegard (Hg.): *Rundgang durch die Ausstellung »München – Hauptstadt der Bewegung«,* Katalog des Münchner Stadtmuseums, München 1993
Wagner, Rainer (Hg.): *Weimar – Bd. 4: Stadtansichten im Wandel,* Druck- und Verlagshaus Thiele & Schwarz, Kassel
Weimar, Bucher's Städtereisen, Verlag C. J. Bucher, München
Weißhuhn, Herbert: *Weimar,* mit Fotos von Guntard und Renate Linde, VEB Brockhaus Verlag, Leipzig
Wiener, Ralph: *Gefährliches Lachen,* rororo-Taschenbuch, Reinbek 1994
Wolbert, Klaus: *Die Nackten und die Toten des Dritten Reiches,* Ababas Verlag, 1982
Yutang, Lin: *Weisheit des lächelnden Lebens,* Deutsche Verlagsanstalt, Stuttgart 1955
Zentner, Christian (Hg.): *Das große Lexikon des Zweiten Weltkriegs,* Südwest Verlag, München 1988